FRANK HERBERT

LES HÉRÉTIQUES DE DUNE

traduit de l'américain par Guy Abadia

FRANCE LOISIRS
123, boulevard de Grenelle, Paris

Édition du Club France Loisirs, Paris
avec l'autorisation des éditions Robert Laffont

Titre original : HERETICS OF DUNE

ISBN 2-7242-2900-2
(édition originale :
ISBN 0-399-12898-0 G.P. Putnam's Sons, New York).

Presque toujours, la discipline est cachée, faite pour limiter et non pour libérer. N'en cherchez pas le *pourquoi*. Méfiez-vous du *comment*. Inexorablement, le *pourquoi* mène au paradoxe et le *comment* vous enferme dans le piège d'un univers de cause et d'effet. Les deux dénient l'infini.

Les *Apocryphes* d'Arrakis

— Taraza vous a dit, n'est-ce pas, que nous avons usé onze de ces gholas Duncan Idaho? Celui-ci est le douzième.

La vieille Révérende Mère Schwangyu avait dit cela sur un ton d'amertume délibérée tout en observant, de la terrasse du troisième étage, l'enfant solitaire qui jouait tout en bas sur la pelouse entourée de murs. A son zénith, le soleil éclatant de la planète Gammu éclaboussait l'enceinte blanche en contrebas d'une lumière crue, comme si un puissant projecteur avait été braqué sur le jeune ghola.

Usé! se dit la Révérende Mère Lucille en s'autorisant un bref hochement de tête. Comme le choix des mots et les manières de Schwangyu étaient froids et impersonnels! *Nous avons épuisé notre stock; veuillez nous réapprovisionner...*

L'enfant paraissait âgé d'une douzaine d'années standard, mais les apparences pouvaient être trompeuses chez un ghola dont la mémoire première n'avait pas encore été éveillée. Juste à ce moment-là, il leva la tête vers les deux femmes qui l'observaient. De stature solide, il avait des yeux perçants qui les fixaient intensément sous la toque noire de ses cheveux de karakul. Le soleil jaune de ce début de printemps projetait une ombre courte à ses pieds. Il avait la peau très bronzée, mais un léger mouvement de son épaule gauche fit glisser sa combinaison bleue, découvrant quelques millimètres de chair pâle.

— Non seulement ces gholas sont ruineux, mais ils peuvent être extrêmement dangereux pour nous, déclara Schwangyu.

Sa voix était monocorde et totalement dépourvue d'émotion, ce qui la rendait encore plus impressionnante. C'était la voix d'une Révérende Mère Instructrice s'adressant à une simple acolyte, et cela confirmait à Lucille que Schwangyu faisait partie de celles qui protestaient ouvertement contre le projet ghola. Taraza l'avait avertie : « Elle essaiera de vous convertir ».

— Onze échecs me semblent suffisants, reprit Schwangyu.

Lucille contempla les traits ridés de la vieille Révérende Mère en se disant soudain : *Peut-être qu'un jour je serai desséchée comme elle. Peut-être que j'aurai son pouvoir au sein du Bene Gesserit.*

Petite de taille, Schwangyu était marquée par les stigmates de nombreuses années passées au service de la Communauté des Sœurs. Lucille savait, pour avoir soigneusement préparé cette mission, que sous sa robe noire traditionnelle, Schwangyu dissimulait un corps maigre et osseux que peu de gens en dehors de l'acolyte qui l'habillait et des mâles que le programme génétique lui avait imposés avaient eu l'occasion de contempler intégralement. La bouche de la Révérende Mère était large et sa lèvre inférieure plissée par les rides de l'âge qui convergeaient vers son menton saillant. Dans ses manières, il y avait une sécheresse abrupte que les non-initiés interprétaient souvent comme un mouvement de colère. La commandante de la Citadelle de Gammu gardait ses distances avec les autres encore plus que la plupart des Révérendes Mères.

Une fois de plus, Lucille se prit à souhaiter en savoir davantage sur l'étendue du projet ghola. Taraza, pour sa part, avait tracé nettement la ligne de démarcation : « Il ne faut pas faire confiance à Schwangyu lorsque la sécurité du ghola est en jeu »

— D'après nous, ce sont les Tleilaxu eux-mêmes qui ont tué presque tous les onze autres, reprit Schwangyu. Ce devrait être déjà pour nous une information.

Alignant son attitude sur celle de Schwangyu, Lucille se donna un masque d'expectation tranquille et presque dépourvue d'émotion. Cela voulait dire : « Je suis peut-être plus jeune que vous, Schwangyu, mais je suis quand même comme vous une Révérende Mère à part entière. » Et elle sentit le regard de Schwangyu rivé sur elle.

Schwangyu avait déjà vu des enregistrements holo de cette

Lucille; mais en chair et en os, elle était pour le moins déconcertante. Une imprégnatrice parfaitement qualifiée, sans aucun doute. Ses yeux bleu sur bleu que n'atténuait aucun verre de contact lui donnaient une expression perçante qui allait bien avec l'ovale de son visage. Le capuchon baissé de sa robe *aba* noire laissait voir sa chevelure châtain resserrée par une barrette avant de retomber en cascade sur ses épaules. Même le vêtement le plus raide ne pouvait dissimuler complètement son ample poitrine. Lucille était issue d'une lignée génétique renommée pour ses tendances maternelles et elle avait déjà donné à l'Ordre trois enfants, dont deux du même père. Oui, c'était bien cela : une séductrice châtain aux seins plantureux, faite pour la maternité.

— Vous ne parlez pas beaucoup, dit Schwangyu à haute voix. J'en conclus que Taraza vous a mise en garde contre moi.

— Avez-vous des raisons de croire que quelqu'un va chercher à assassiner ce douzième ghola? demanda alors Lucille.

— Ils ont déjà essayé.

Comme il était étrange que le mot *hérésie* vînt si aisément à l'esprit dès qu'il s'agissait de Schwangyu, songeait Lucille. L'hérésie pouvait-elle exister parmi les Révérendes Mères? Les connotations religieuses du terme paraissaient déplacées dans le contexte Bene Gesserit. Comment des mouvements hérétiques auraient-ils pu voir le jour chez des gens qui passaient leur temps à manipuler en profondeur tout ce qui avait trait aux religions?

Lucille reporta son attention sur le ghola, qui choisit ce moment pour exécuter une série de roues qui lui firent décrire un cercle entier, jusqu'à ce qu'il se retrouve exactement au même endroit, les yeux levés vers la terrasse d'où on l'observait.

— Quelle belle technique! fit Schwangyu d'une voix railleuse qui masquait imparfaitement une agressivité sous-jacente.

Lucille lui jeta un bref regard. *Hérésie*, oui. Dissidence n'était pas le terme. Opposition ne couvrait pas ce qui émanait de cette vieille femme. C'était quelque chose qui pouvait anéantir le Bene Gesserit. Une révolte contre Taraza, contre la Révérende Mère Supérieure? Impensable! Les Mères Supérieures étaient de la race des monarques. Une fois que Taraza s'était entourée de conseils et avait pris sa décision, les Sœurs lui devaient une obéissance absolue.

— Ce n'est pas le moment de créer de nouveaux problèmes, dit Schwangyu.

Le sens de ses paroles était clair. Celles de la Grande Dispersion étaient de retour et certaines de ces Égarées avaient des intentions hostiles au Bene Gesserit. *Honorées Matriarches*... un titre qui ne faisait que singer celui de Révérendes Mères! Lucille se décida à lancer une sonde exploratoire.

— Vous pensez que nous devrions concentrer nos efforts sur le problème des Honorées Matriarches?

— Concentrer est un bien grand mot. Elles sont loin d'avoir nos pouvoirs. Elles manquent de sens commun. Et elles ne savent pas utiliser le mélange. C'est cela qu'elles veulent obtenir de nous, en réalité. Notre connaissance de l'épice.

— C'est possible, concéda Lucille, pas tout à fait convaincue.

— La Mère Supérieure Taraza ne doit plus avoir toute sa raison pour perdre son temps avec ce ghola en un moment pareil, reprit Schwangyu.

Lucille garda le silence. Il était évident que le projet ghola avait réveillé un endroit sensible au sein de la Communauté des Sœurs. La possibilité, même lointaine, qu'un nouveau Kwisatz Haderach pût être suscité faisait passer dans leurs rangs des frissons d'horreur angoissée. Toucher aux restes du Tyran dont les grands vers étaient les dépositaires actuels! C'était dangereux au possible.

— Nous ne devrions jamais conduire ce ghola sur Rakis, grommela Schwangyu. Laissons dormir en paix les grands vers.

Lucille ne quittait pas l'enfant-ghola des yeux. Il avait tourné le dos à la terrasse où se penchaient les deux Révérendes Mères, mais quelque chose dans son attitude indiquait qu'il savait qu'elles discutaient de lui et qu'il attendait le résultat de leur conversation.

— Vous vous rendez compte, j'imagine, que vous avez été appelée trop tôt? demanda Schwangyu. Il est bien trop jeune!

— Je n'avais jamais entendu parler d'imprégnation profonde sur quelqu'un de si jeune, admit Lucille.

Elle avait laissé percer dans sa voix une nuance d'autodérision que Schwangyu n'allait pas manquer d'interpréter de travers. La gestion de la procréation et de toutes les nécessités annexes était la plus grande spécialité du Bene Gesserit. Il fallait savoir se servir de l'amour tout en l'évitant soi-même, devait être en train de se dire Schwangyu en ce moment même. Les analystes du Bene Gesserit connaissaient parfaitement les fondements de l'amour. La question avait été explorée dans les premiers stades du développement de l'Ordre, mais jamais les Sœurs n'avaient osé extirper ces tendances des lignées qu'elles contrôlaient. Tolérer l'amour tout en s'en gardant, telle était la règle. Comprendre qu'il gisait au plus profond de la structure génétique humaine comme un filet de sécurité destiné à assurer la perpétuation de l'espèce. On s'en servait chaque fois que la chose était nécessaire pour imprégner des individus choisis (ou les faire s'imprégner entre eux) dans l'intérêt du Bene Gesserit, sachant qu'alors il demeureraient liés par des attaches puissantes mais difficilement accessibles à la conscience ordinaire. D'autres pouvaient discerner ces attaches et tenter de les mettre à profit, mais les individus ainsi liés continueraient à danser au son d'un pipeau qu'ils n'entendaient pas.

— Je ne voulais pas dire que c'est une erreur de vouloir l'imprégner, fit Schwangyu en se méprenant sur le silence de Lucille.

— Nous faisons ce qu'on nous ordonne de faire.

Schwangyu pouvait interpréter cela comme elle le voudrait.

— Je m'aperçois que vous ne voyez pas d'objection à ce que l'on conduise le ghola sur Rakis, reprit la vieille Révérende Mère. Mais votre obéissance serait-elle aussi inconditionnelle si vous connaissiez toute la vérité?

Lucille prit une profonde inspiration. La véritable signification du programme concernant les gholas Duncan Idaho allait-elle lui être révélée maintenant?

— Il y a sur Rakis une enfant qui s'appelle Sheeana Brugh, continua Schwangyu. Elle contrôle les vers géants.

Lucille ne laissa pas paraître son intérêt soudain. *Les vers géants*. Elle n'avait pas dit Shaï-Hulud, ni Shaïtan. *Les vers géants*... Le coursier du désert annoncé par le Tyran avait enfin fait son apparition!

— Je ne parle pas à la légère, dit Schwangyu, voyant que Lucille demeurait silencieuse.

Je m'en doute, se disait celle-ci. *Et elle n'hésite pas non plus à désigner les choses par leur nom vulgaire au lieu d'utiliser celui que nous impose la tradition mystique. Les vers géants... Elle pense en réalité au Tyran, Leto II, dont chaque ver détient une partie du rêve sans fin, sous la forme d'une minuscule perle de conscience. Toujours selon la tradition, bien sûr.*

Schwangyu hocha la tête en direction de la pelouse où se trouvait l'enfant.

— Vous croyez que leur ghola aura vraiment de l'influence sur la fille qui contrôle les vers géants? demanda-t-elle.

Enfin, le voile est levé, se dit Lucille. Puis, à haute voix :

— Je n'ai pas besoin de savoir la réponse à cette question.

— Vous êtes excessivement prudente, lui fit remarquer Schwangyu.

Le dos de Lucille se tendit. *Prudente? Et pour cause!* Taraza l'avait prévenue : « Dans vos rapports avec Schwangyu, la plus grande circonspection s'impose. Mais surtout, soyez rapide. Notre marge de temps est restreinte, si nous voulons réussir. »

Réussir à quoi? Elle ne l'avait pas dit. Lucille jeta un regard oblique à Schwangyu.

— Je ne vois pas comment les Tleilaxu auraient pu réussir à assassiner onze gholas, dit-elle. Il faut d'abord qu'ils percent nos défenses.

— Maintenant que nous avons le Bashar, il empêchera peut-être un désastre.

Schwangyu avait dit cela sur un ton qui indiquait clairement qu'elle n'y croyait pas. La Mère Supérieure Taraza n'avait guère donné plus de renseignements : « Vous êtes une Imprégnatrice, Lucille. Une fois sur Gammu, vous reconnaîtrez de vous-même une partie du schéma. Mais pour votre mission, vous n'avez pas besoin d'avoir une vue d'ensemble. »

— Songez à tout ce que cela coûte! dit Schwangyu en regardant d'un œil mauvais le ghola qui s'était accroupi dans l'herbe et s'amusait à en arracher des touffes.

Le prix n'avait rien à voir avec la question. Lucille savait que la seule chose qui importait pour l'instant était cet aveu d'échec implicite. Le Bene Gesserit ne pouvait se permettre de révéler une faiblesse. Mais le fait d'avoir envoyé trop tôt une Imprégnatrice en disait suffisamment long. C'était une information vitale. Taraza savait que l'Imprégnatrice s'en rendrait compte et que cela lui éclairerait une partie du schéma.

Schwangyu agita une main osseuse en direction de l'enfant qui s'était remis à courir et à faire des cabrioles sur la pelouse.

— La politique! dit-elle.

Il ne faisait aucun doute pour Lucille que la politique du Bene Gesserit était à l'origine de l'*hérésie* professée par Schwangyu. La nature délicate des dissensions internes était largement attestée par le fait que c'était justement à Schwangyu qu'était revenu le commandement de cette Citadelle de Gammu. Celles qui s'opposaient à Taraza refusaient de demeurer sur la touche.

Schwangyu se tourna vers Lucille pour la regarder dans les yeux. Elles en avaient dit assez toutes les deux. C'était amplement suffisant pour des esprits rompus aux disciplines mentales du Bene Gesserit. Le Chapitre avait soigneusement choisi son envoyée.

Lucille était consciente de l'examen détaillé dont elle faisait l'objet, mais elle refusait de laisser entamer la barrière de détermination profonde derrière laquelle toute Révérende Mère pouvait s'abriter dans les moments de stress. *Qu'elle me regarde tant qu'elle voudra...* Présentant son profil à Schwangyu, elle adopta un sourire léger en fixant des yeux la terrasse du bâtiment voisin.

Un homme en uniforme armé d'un laser de combat apparut derrière le parapet, jeta un bref coup d'œil aux Révérendes Mères puis se pencha pour observer l'enfant.

— Qui est-ce? demanda Lucille.

— Patrin, l'homme de confiance du Bashar. Il dit qu'il n'est que son ordonnance, mais il faudrait être aveugle et stupide pour croire une chose pareille.

Lucille examina l'homme avec soin. C'était donc lui, Patrin. Né sur Gammu, avait dit Taraza. Choisi pour cette mission par le Bashar en personne. Blond, maigre, beaucoup trop vieux pour jouer au soldat; mais le Bashar lui-même était à la retraite avant de reprendre du service, et c'était sur son insistance que Patrin partageait son sort.

Schwangyu remarqua la manière soucieuse dont Lucille reportait son attention de Patrin au ghola. Oui ; si le Bashar avait été rappelé pour prendre en main la défense de cette Citadelle, c'était que le ghola courait un extrême péril. Lucille sursauta soudain d'étonnement :

— Mais... ce qu'il fait là... c'est...

— Ce sont les ordres de Miles Teg, fit Schwangyu en citant le nom du Bashar. Tous les jeux du ghola font partie de son entraînement. Ses muscles doivent être prêts pour le jour où il recouvrera son moi d'origine.

— Mais ce ne sont pas de simples exercices qu'il est en train de faire là!

Lucille sentait ses propres muscles réagir par sympathie devant les mouvements familiers du ghola.

— Seules les arcanes du Bene Gesserit sont interdites à ce ghola, expliqua Schwangya. Il a accès à la presque-totalité de nos connaissances.

L'intonation de la vieille Révérende Mère indiquait clairement qu'elle trouvait cela hautement contestable.

— Personne n'imagine, j'en suis sûre, que ce ghola pourrait devenir un nouveau Kwisatz Haderach, objecta Lucille.

Schwangyu se contenta de hausser les épaules.

Lucille demeura silencieuse, perdue dans ses réflexions. Etait-il possible qu'un jour ce ghola se transforme en une version mâle des Révérendes Mères? Ce Duncan Idaho pouvait-il apprendre à faire pénétrer sa vision intérieure dans des régions où aucune Révérende Mère n'osait s'aventurer?

Schwangyu parla alors d'une voix sourde, presque rauque :

— Leurs intentions... sont extrêmement dangereuses... Elles risquent de commettre les mêmes erreurs que...

Schwangyu n'acheva pas sa phrase. Lucille remarqua l'emploi du pronom *elles*. C'était *leur* ghola, *leur* responsabilité.

— Je donnerais cher pour connaître avec certitude la position des Ixiens et des Truitesses dans cette affaire, dit Lucille.

— Les Truitesses! Elles ne croient qu'à la justice et à la vérité, fit Schwangyu en secouant la tête à la pensée des vestiges de cette armée de femmes qui avait autrefois servi exclusivement le Tyran.

Lucille sentit sa gorge se serrer soudain. Schwangyu venait presque de déclarer ouvertement son opposition. Pourtant, c'était elle qui commandait ici. Le principe politique était simple. Ceux qui s'opposaient à un projet devaient le superviser afin d'y mettre fin aux premiers signes de défaillance. Mais c'était un authentique ghola Duncan Idaho qui se trouvait en bas sur la pelouse. Les examens cellulaires et les Diseuses de Vérité l'avaient amplement confirmé.

Taraza avait dit : « Vous lui enseignerez l'amour sous toutes ses formes ».

— C'est qu'il est si jeune, murmura Lucille sans quitter le ghola des yeux.

— Très jeune, oui, approuva Schwangyu. J'imagine que pour l'instant, vous allez vous contenter de le faire réagir à certaines formes d'affection maternelle. Plus tard...

La Révérende Mère haussa les épaules. Lucille, pour sa part, ne laissa transparaître aucune émotion. Une Bene Gesserit était faite pour obéir. *Je suis une Imprégnatrice. Par conséquent...* La suite des événements découlait des ordres qu'elle avait reçus et de sa formation très spécialisée.

— Il y a quelqu'un qui me ressemble et qui parle avec la même voix que moi, dit Lucille. C'est pour elle que je suis chargée d'Imprégner. Puis-je savoir comment elle s'appelle?

— Non.

Lucille demeura silencieuse. Elle ne s'était pas attendue à des révélations. Mais plus d'une fois, on lui avait fait remarquer qu'elle ressemblait de manière frappante à la Révérende Mère Darwi Odrade, des Services de Sécurité. *Odrade en plus jeune.* Souvent, elle avait entendu cette phrase. Naturellement, elles étaient issues toutes les deux de la lignée des Atréides, renforcée par la branche des descendants de Siona. Sur ces gènes-là, les Truitesses n'avaient pas le monopole! Du reste, sa *mémoire seconde* de Révérende Mère, malgré sa sélectivité linéaire et exclusivement féminine, lui livrait d'importantes clés concernant les grandes lignes du projet ghola. Lucille, qui avait pris l'habitude de tenir compte de la *persona* Jessica implantée quelque cinq mille ans auparavant dans les manipulations génétiques de l'Ordre, sentait monter actuellement de cette source une sourde impression de danger. Le signal était familier, mais d'une telle intensité que Lucille, machinalement, se réfugia dans cette Litanie contre la Peur qu'on lui avait apprise dès ses premiers contacts avec les rituels du Bene Gesserit.

Je ne dois pas connaître la peur. La peur est l'ennemie de la raison. La peur est la petite mort qui cause l'anéantissement suprême. Je fais face à ma peur. Je la laisse passer en moi et autour de moi. Et quand elle est passée, je suis ses traces dans ma vision intérieure. Là où elle est allée, il ne demeure plus rien. Plus rien d'autre que moi.

Le calme revint en elle.

Schwangyu, percevant vaguement ce qu'il se passait, relâcha légèrement sa garde. Lucille n'était pas stupide. Ce n'était pas une de ces Révérendes Mères « spéciales », au titre creux et aux qualifications à peine suffisantes pour ne pas discréditer l'Ordre

Lucille était pleinement qualifiée et il y avait des réactions que même une autre Révérende Mère ne pouvait lui cacher. Soit; elle allait savoir la véritable ampleur de l'opposition à ce sujet ridicule et éminemment dangereux.

— Je ne pense pas que leur ghola vivra assez longtemps pour voir Rakis, dit-elle.

Lucille ne releva pas.

— Parlez-moi de ses amis, fit-elle.

— Il n'a pas d'amis. Il n'a que des instructeurs.

— Quand ferai-je leur connaissance?

Lucille regardait la terrasse du bâtiment d'en face où Patrin s'appuyait négligemment au parapet, le laser à portée de la main. Elle se rendit compte avec un choc qu'il était en train de la regarder. Patrin représentait un message envoyé par le Bashar! *Nous veillons...* Et il était visible que Schwangyu comprenait aussi le message.

— Je suppose que c'est Miles Teg que vous avez hâte de rencontrer, dit la vieille Révérende Mère.

— Entre autres.

— Vous ne voulez pas d'abord établir le contact avec le ghola?

— C'est déjà fait, dit Lucille en baissant les yeux vers la pelouse où, une fois de plus, l'enfant s'était immobilisé, les yeux levés vers la terrasse. Je le trouve très réfléchi, ajouta-t-elle.

— Je n'ai pas connu les autres, sinon par leurs dossiers, mais j'ai l'impression que celui-ci est le plus réfléchi de toute la série.

Lucille réprima un frisson involontaire devant l'hostilité violente que recelaient les moindres attitudes et les moindres propos de Schwangyu. Pas une seule fois elle n'avait laissé penser que l'enfant qu'elle voyait en bas partageait avec elle une trace d'humanité quelconque.

Tandis que Lucille entretenait ces pensées, des nuages cachèrent le soleil, comme cela arrivait fréquemment à cette heure-ci. Un vent glacé s'engouffra par-dessus l'enceinte de la Citadelle, balayant la pelouse. L'enfant se détourna et reprit ses exercices sur un rythme accéléré, comme pour se réchauffer.

— Où va-t-il quand il a envie d'être seul? demanda Lucille.

— Principalement dans sa chambre. Il a tenté plusieurs escapades, bien trop dangereuses pour que nous les encouragions.

— Il doit nous détester.

— C'est à peu près certain.

— Il faudra que je m'occupe de ça avant tout.

— Je suis sûre qu'une Imprégnatrice comme vous n'aura aucun mal à neutraliser ce sentiment.

— C'est à Geasa que je pensais, fit Lucille avec un sourire

entendu. Je trouve surprenant que Geasa et vous ayez commis une telle erreur.

— Il ne m'appartient pas d'intervenir dans le processus normal d'éducation du ghola. Qu'une de ses instructrices se prenne d'affection pour lui, ce n'est pas mon problème.

— L'enfant est attachant, dit Lucille.

Elles demeurèrent encore quelque temps sur la terrase à observer les exercices et les jeux du ghola. Chacune de son côté, les deux Révérendes Mères pensaient à ce qui était arrivé à Geasa, l'une des premières instructrices que l'on avait envoyées ici pour le projet ghola. L'attitude de Schwangyu était évidente : *L'échec de Geasa a été providentiel.* Quant à Lucille, elle se contentait de penser : *Schwangyu et Geasa m'ont compliqué la tâche.* Ni l'une ni l'autre ne songea un seul instant à la manière dont ces réflexions renforçaient leurs allégeances respectives.

Tout en regardant l'enfant, Lucille commençait à se faire une idée différente de ce que Leto II le Tyran avait voulu accomplir en réalité. L'Empereur-Dieu avait utilisé inlassablement ce ghola-type, un individu après l'autre, sur une période de trois mille cinq cents ans. Et l'Empereur-Dieu était une force de la nature peu ordinaire, le plus grand Jagannâth de l'histoire humaine, qui écrasait tout sur son passage, aussi bien les sociétés organisées que les oppositions individuelles, naturelles ou forcées, les gouvernements, les rites (officiels ou occultes), les religions (profondes ou ordinaires). Rien n'avait échappé au passage destructeur du Tyran. Pas même le Bene Gesserit.

Leto II appelait cela « Le Sentier d'Or » et le ghola Duncan Idaho que Lucille contemplait en ce moment avait joué, tout au cours de cette effroyable période, un rôle éminent. La Révérende Mère avait étudié de très près les archives du Bene Gesserit, probablement les plus complètes que l'on pût trouver sur la question. Et même à présent, sur la plupart des vieilles Planètes Impériales, les nouveaux mariés avaient coutume de jeter des poignées d'eau à l'est puis à l'ouest en psalmodiant leur version locale de : « Que par cette offrande ta bénédiction retombe sur nous, ô Dieu de toute puissance et de miséricorde infinie ».

Autrefois, c'était le rôle des Truitesses et de la prêtraille qu'elles dirigeaient que de veiller sur cette foi aveugle. Mais le mouvement avait acquis son propre poids pour devenir une compulsion universelle. Même le croyant qui avait le plus de doutes se disait : « N'importe comment, ça ne peut pas faire de mal. » C'était une réussite que les plus fins stratèges religieux de la Missionaria Protectiva admiraient, non sans une pointe de frustration. Le Tyran avait surpassé le Bene Gesserit dans son propre domaine. Et quinze cents ans après la mort de l'Empereur-Dieu, la Communauté des Sœurs était toujours impuissante à désamorcer le redoutable dispositif.

— Qui s'occupe de l'éducation religieuse de cet enfant? demanda Lucille.

— Personne. A quoi cela servirait-il? Si sa mémoire originale doit lui être restituée, il aura ses propres idées. Nous nous en occuperons s'il le faut le moment venu.

L'enfant avait apparemment terminé sa période d'exercice. Sans relever les yeux vers la terrasse, il quitta la pelouse entourée de murs par une large porte qui se trouvait sur sa gauche. Patrin abandonna également son poste d'observation sans un seul regard en direction des Révérendes Mères.

— Ne vous laissez pas abuser par les hommes de Teg, déclara Schwangyu. Ils ont des yeux derrière la tête. Savez-vous que la mère naturelle de Teg était l'une des nôtres? Je crois qu'il enseigne à ce ghola des choses qu'il aurait mieux valu oublier!

Les explosions sont en même temps des compressions du temps. Les changements observables dans l'univers naturel sont tous explosifs à un certain degré et d'un certain point de vue; autrement, ils ne seraient pas perceptibles. Les changements souples et progressifs, s'ils sont suffisamment étalés dans le temps, passent inaperçus aux yeux des observateurs dont la perspective est trop courte. C'est pourquoi, en vérité, je vous dis que j'ai observé des changements que vous n'auriez jamais remarqués.

Leto II

Assise à son bureau de la Planète du Chapitre, la Révérende Mère Supérieure Alma Mavis Taraza contemplait, dans la lumière du matin, la silhouette souple et élancée de celle qui se tenait devant elle. La longue robe *aba*, d'un noir chatoyant, qui la drapait des épaules jusqu'au sol, ne dissimulait pas totalement la grâce avec laquelle son corps exprimait le moindre de ses mouvements.

Taraza se pencha en avant dans son canisiège pour lire les glyphes abrégés, particuliers au Bene Gesserit, que son Relais des Archives projetait, pour ses seuls yeux, dans la partie supérieure de son bureau.

« Darwi Odrade », disait la fiche, qui énumérait les points essentiels d'une biographie que Taraza connaissait déjà en détail. Mais ce rappel avait plusieurs utilités. Outre qu'il fournissait un appui sûr à la mémoire de la Mère Supérieure, il pouvait éventuellement prolonger le temps de réflexion dont elle disposait pendant qu'elle faisait mine de consulter le dossier ou encore servir d'argument final au cas où l'entretien tournerait de manière négative.

Odrade avait donné le jour pour le Bene Gesserit à dix-neuf enfants, observa Taraza tandis que les informations continuaient à se dérouler devant ses yeux. Chaque enfant avait eu un père différent. Rien d'inhabituel à cela, mais même le regard le plus critique n'aurait pu discerner en quoi ces états de service, essentiels pour l'Ordre, avaient altéré la silhouette d'Odrade. Les traits de son visage, qui conféraient un naturel altier à son nez long et à ses pommettes anguleuses, convergeaient vers un menton étroit. Sa bouche, cependant, était charnue et pleine de promesses d'une sensualité qu'elle prenait grand soin de brider.

On peut toujours faire confiance aux gènes des Atréides, se dit Taraza.

Le rideau d'une fenêtre se mit à battre derrière Odrade et elle se retourna. La petite pièce où Taraza travaillait chaque matin était d'une élégance sobre, à dominantes vertes. Seul le cani-siège où la Mère Supérieure était assise tranchait sur le décor par son blanc éclatant. Deux fenêtres en saillie donnaient à l'est sur une vaste pelouse, avec à l'arrière-plan les montagnes couronnées de neige de la Planète du Chapitre.

Sans lever les yeux, Taraza déclara :

— Je suis heureuse que Lucille et vous ayez accepté cette mission. Cela me facilite énormément les choses.

— J'aurais aimé faire sa connaissance.

Les yeux d'Odrade étaient fixés sur le haut de la tête de Taraza. Sa voix avait une douceur de contralto. Taraza s'éclaircit la voix pour répondre :

— C'est inutile. Lucille est l'une de nos meilleures Imprégnatrices. Bien entendu, vous avez toutes les deux fait l'objet du même conditionnement libéral pour accomplir votre tâche.

Il y avait quelque chose de presque insultant dans l'intonation désinvolte de Taraza, et seule l'habitude d'une fréquentation de longue date lui permit de faire abstraction de son ressentiment immédiat. Elle se rendait compte que celui-ci provenait en partie de l'utilisation par Taraza du mot « libéral ». Ses ancêtres Atréides se hérissaient à cette mention. C'était comme si les souvenirs de toutes ses aïeules s'unissaient pour flétrir des préjugés inconscients et des sous-entendus douteux. *« Seuls les libéraux savent penser. Seuls les libéraux sont de vrais intellectuels. Seuls les libéraux comprennent les besoins de leurs semblables.* »

Que de malveillance pouvait se cacher derrière ce mot, se disait Odrade. Que de faux amours-propres clamant leur désir de se sentir supérieurs!

Odrade se força cependant à se rappeler que Taraza, malgré son ton de désinvolture insultante, n'avait utilisé le terme que dans un sens général. Elle voulait dire que l'éducation globale de Lucille avait été soigneusement alignée sur la sienne.

Taraza, sans quitter des yeux le dessus de son bureau, se pencha en arrière pour adopter une position plus confortable. La lumière du jour, filtrant par les rideaux des fenêtres, tombait directement sur sa figure, laissant des ombres entre le menton et le nez. A peine plus âgée qu'Odrade mais bien plus petite de taille, Taraza conservait une grande partie de la beauté qui avait fait d'elle une reproductrice fructueuse, même avec des mâles difficiles. Son visage formait un long ovale aux joues douces et pleines. Ses cheveux noirs, ramassés en arrière, dégageaient un front haut à l'arête saillante. Quand Taraza parlait, sa bouche s'ouvrait à peine : ses mouvements étaient superbement contrôlés. L'attention de ses interlocuteurs était invinciblement attirée par le bleu sur bleu de ses yeux. L'effet global était celui d'un masque suave qui ne laissait filtrer qu'un minimum d'émotions authentiques.

Odrade identifia la pose adoptée par la Mère Supérieure. Taraza allait bientôt se mettre à murmurer entre ses dents.

Effectivement, au même instant, Taraza remua les lèvres pour grommeler quelque chose. Tout en suivant avec attention la biographie d'Odrade, la Mère Supérieure avait mille choses dans la tête.

C'était une pensée plutôt rassurante pour Odrade. Taraza ne croyait pas à l'existence d'un être bienveillant penché sur le sort de l'humanité. La seule chose qui comptait dans son univers était la Missionaria Protectiva et la politique du Bene Gesserit. Tout ce qui pouvait être utile à cette politique, y compris les machinations d'un Tyran depuis longtemps disparu, devait être considéré comme bon. Le reste était mauvais. Les intrusions étrangères provenant de la Grande Dispersion, et particulièrement ces femmes qui se donnaient le nom d'« Honorées Matriarches », ne pouvaient être que suspectes. Les partisanes de Taraza, et même les Révérendes Mères qui s'opposaient à elle au Conseil, représentaient la dernière ressource du Bene Gesserit, les seules forces sur qui l'on pût compter.

Toujours sans lever les yeux, Taraza demanda :

— Savez-vous que si l'on compare les millénaires qui ont précédé le Tyran à ceux qui ont suivi sa mort, la diminution des conflits majeurs est quelque chose de phénoménal? Depuis l'époque du Tyran, ces conflits représentent moins de deux pour cent de leur nombre antérieur.

— Pour autant que nous le sachions, fit Odrade.

L'œil vif de Taraza se leva sur elle une fraction de seconde, puis se fixa de nouveau sur le bureau.

— Plaît-il?

— Nous n'avons aucun moyen de connaître le nombre de guerres qui ont été livrées en dehors de chez nous. Avez-vous des statistiques sur les peuples de la Grande Dispersion?

— Bien sûr que non!

— Leto nous a apprivoisés. C'est ce que vous avez voulu dire.

— Si vous préférez le formuler de cette façon... dit Taraza en insérant une marque sur quelque chose qu'elle était en train de lire.

— Est-ce qu'une partie du crédit ne devrait pas être attribuée à notre vaillant bashar, Miles Teg, ou à ses talentueux prédécesseurs?

— C'est nous qui les avons choisis.

— Je ne saisis pas l'utilité de cette discussion martiale, fit Odrade. Qu'est-ce que tout cela a à voir avec nos problèmes actuels?

— Certains pensent que nous pourrions régresser d'un seul coup, dans un horrible fracas jusqu'à la situation qui existait avant le Tyran.

— Ah? fit Odrade avec une moue de surprise.

— Plusieurs groupes d'Égarées sont en ce moment en train de proposer des armes à qui veut ou peut les acheter.

— Des spécifiques?

— Gammu est envahie par toutes sortes d'engins de combat individuel et il ne fait aucun doute que le Tleilax fait provision d'armements interdits.

Taraza se laissa aller en arrière en se frottant les tempes. Elle reprit d'une voix faible, comme si elle méditait uniquement pour elle-même :

— Nous croyons prendre des décisions de la plus haute importance, dictées par les plus grands principes.

Odrade l'avait déjà vue ainsi, également. Elle demanda sans s'émouvoir :

— Notre Mère Supérieure douterait-elle du bien-fondé de l'Ordre?

— Douter? Oh, non! Mais j'avoue que la chose est un peu frustrante. Nous œuvrons toute une vie pour atteindre ces objectifs raffinés et que constatons-nous à la fin? Qu'un bon nombre de choses auxquelles nous avons dédié notre existence résultent de décisions mesquines, prises pour assurer notre confort ou notre satisfaction personnels, sans commune mesure avec nos idéaux élevés. Ce qui est recherché chaque fois, c'est une espèce de compromis matériel propre à combler les exigences de ceux qui ont réellement le *pouvoir* de prendre les décisions.

— En d'autres occasions, vous appeliez cela les nécessités de la politique, fit Odrade.

Taraza parla d'une voix étroitement contrôlée tout en reportant son attention sur le dossier qu'elle lisait.

— Si nous laissons nos jugements s'institutionnaliser, c'est à coup sûr la fin du Bene Gesserit.

— Vous ne trouverez pas de décision mesquine dans ma bio.

— Ce sont des failles que je recherche. Des sources de faiblesse.

— Vous n'en trouverez pas non plus.

Taraza réprima un sourire. Elle reconnaissait bien cette remarque égocentrique. C'était une façon d'aiguillonner la Mère Supérieure. Odrade était très forte pour se donner un air impatient tout en se retirant au contraire dans un cocon d'attente infatigable.

Voyant que Taraza ne mordait pas à l'hameçon, Odrade reprit son attitude d'expectation tranquille. Respirer régulièrement, faire le calme dans son esprit. La patience venait sans y penser. Depuis longtemps, le Bene Gesserit lui avait enseigné à canaliser le passé et le présent en flots simultanés. Tout en observant son environnement immédiat, elle avait la faculté de réunir des fragments de son passé pour les revivre, comme en surimpression sur l'écran du présent.

Simple gymnastique de la mémoire, se disait Odrade. Certaines choses gagnaient à être remontées à la surface. Les barrières étaient enlevées. Et quand tout le reste faisait défaut, il y avait toujours son enfance brumeuse.

A une époque, Odrade avait vécu comme la majorité des enfants : dans une maison avec un homme et une femme qui, s'ils n'étaient pas ses vrais parents, en tenaient certainement lieu. Tous les enfants qu'elle connaissait alors vivaient dans des conditions analogues. Ils avaient un papa et une maman. Quelquefois, seul le papa travaillait à l'extérieur. Dans d'autres cas, c'était la maman. Pour Odrade, il n'y avait pas de problème. C'était la femme qui restait à la maison et elle n'avait pas besoin d'une aide spéciale pour garder l'enfant pendant les heures de travail. Beaucoup plus tard, Odrade avait appris que sa mère naturelle avait déboursé une forte somme d'argent pour qu'il en soit ainsi et que la fille soit cachée dans cette famille à la vue de tout le monde.

« Elle t'a placée chez nous parce qu'elle t'aimait », avait expliqué la femme quand Odrade avait eu l'âge de comprendre.

« C'est pour cette raison que tu ne dois jamais révéler à personne que nous ne sommes pas tes vrais parents. »

L'amour n'avait cependant rien à voir avec la question, comme Odrade l'avait compris plus tard. Les Révérendes Mères ne se laissaient pas dicter leurs actions par des motifs aussi terre à terre. Et la mère naturelle d'Odrade était une Bene Gesserit.

Tout cela avait été révélé à Odrade conformément aux prévisions originales. Son nom était resté Odrade. Darwi était celui qu'on lui avait toujours donné quand on ne voulait être ni familier ni sévère avec elle. Et ses amies du même âge avaient pris l'habitude de l'abréger en Dar.

Tout ne se passait pas, néanmoins, conformément aux prévisions originales. Odrade se souvenait d'un lit étroit au milieu d'une chambre aux murs bleu pastel égayés par des dessins d'animaux et de paysages imaginaires. Il y avait des rideaux blancs aux fenêtres et la brise d'été ou de printemps les agitait parfois. Odrade aimait sauter sur le lit comme une folle. C'était un jeu merveilleux, qui provoquait des rires sans fin. Parfois, en plein rebond, des bras la saisissaient et la serraient très fort. Des bras d'homme. Un visage tout rond avec une petite moustache qui la chatouillait et lui donnait le fou rire. Le lit cognait le mur quand elle sautait dessus. Il y avait plein de marques à cause de ça.

Odrade s'attardait sur ce souvenir, répugnant à le laisser se noyer dans le puits de sa rationalité. Des marques sur un mur. Des éclats de rire joyeux. Comme c'était peu, pour représenter tant.

Etrange, comme elle pensait de plus en plus à papa ces temps-ci. Tous ses souvenirs n'étaient d'ailleurs pas agréables. Il y avait eu des moments de tristesse ou de colère, des moments où il mettait maman en garde contre les dangers de « trop se donner ». Son visage reflétait alors de multiples frustrations. Sa voix était rauque comme quand il se mettait en colère. Maman se faisait toute petite, le regard plein d'inquiétude. Odrade sentait ses angoisses et ses préoccupations et elle en rendait papa responsable. Mais c'était maman qui savait toujours ce qu'il fallait faire pour arranger les choses. Elle embrassait papa dans le cou, elle lui caressait la joue et murmurait de gentilles choses à ses oreilles.

Toutes ces vieilles émotions « naturelles » avaient donné un certain mal à la maîtresse analyste du Bene Gesserit quand il avait fallu les exorciser. Encore maintenant, il y avait des restes qu'on aurait pu extirper.

Voyant l'attention avec laquelle Taraza épluchait son dossier, Odrade se demanda si la Mère Supérieure avait découvert la faille dont elle parlait.

Elles doivent savoir que je suis capable de régler toute seule ces émotions des temps passés.

Il y avait si longtemps. Et cependant, Odrade devait admettre que le souvenir de cet homme et de cette femme était si profondément incrusté en elle que rien ne saurait l'effacer complètement. Particulièrement le souvenir de maman.

La Révérende Mère *in extremis* qui avait donné le jour à Odrade l'avait cachée dans cette famille de Gammu pour des raisons qu'Odrade comprenait aujourd'hui parfaitement. Elle n'en gardait pas de ressentiment. Cela avait été nécessaire pour leur survie à toutes les deux. Les problèmes découlaient du fait que sa mère adoptive avait donné à Odrade la chose que la plupart des mères donnent à leurs enfants, la chose dont le Bene Gesserit se défiait tellement : l'amour.

Quand les Révérendes Mères avaient fini par venir, la mère adoptive n'avait pas essayé de résister. Elle avait laissé partir « son » enfant escortée par deux Révérendes Mères et toute une troupe de gardiens et rectrices. Odrade avait mis longtemps, par la suite, à comprendre la signification de ce moment déchirant. La femme, quant à elle, avait toujours su que ce jour surviendrait. Ce n'était qu'une question de temps. Mais au fil des mois, puis des années — cela avait duré en tout près de six années standard — elle avait osé espérer.

Les Révérendes Mères étaient alors arrivées avec leurs cerbères. Elles attendaient seulement que les conditions soient propices, qu'il soit établi avec certitude qu'aucun ennemi ne savait qu'il s'agissait d'un enfant de la lignée des Atréides, à la naissance soigneusement programmée par le Bene Gesserit.

Odrade avait vu tendre à sa mère adoptive un gros paquet d'argent. La femme avait jeté l'argent par terre. Mais elle n'avait pas élevé la voix. Les adultes qui participaient à cette scène savaient dans quelles mains se trouvait le pouvoir.

Tout en évoquant ces souvenirs comprimés, Odrade voyait encore sa mère adoptive aller s'asseoir lentement sur une chaise près de la fenêtre qui donnait sur la rue, puis se balancer doucement d'avant en arrière, d'avant en arrière, sans dire un seul mot.

Les Révérendes Mères avaient fait usage de la Voix, de la fumée d'herbes lénitives, de mille ruses et de leur présence considérable pour persuader Odrade de monter dans la voiture qui attendait : « Ce ne sera pas pour longtemps. C'est ta vraie mère qui nous envoie. »

Odrade flairait le mensonge, mais la curiosité était plus forte. *Ma vraie mère!*

Sa dernière vision de la femme qui était restée sa seule parente connue était celle d'une silhouette menue en train de se balancer d'avant en arrière à la fenêtre, l'air misérable, les bras croisés autour de ses épaules.

Plus tard, quand Odrade avait parlé de retourner la voir, ce souvenir-image avait été incorporé à une leçon essentielle du Bene Gesserit.

L'amour ne conduit qu'au chagrin. L'amour est une ancienne force, qui a joué un grand rôle en son temps mais n'est plus essentielle à la survie de l'espèce. N'oublie pas l'erreur de cette femme, n'oublie pas sa douleur.

Jusqu'au milieu de l'adolescence, Odrade avait compensé par le rêve. Elle retournerait *réellement* là-bas quand elle serait ordonnée Révérende Mère à part entière. Elle retrouverait cette femme affectueuse, même si elle ne lui connaissait pas d'autre nom que « maman » et « Sibia ». Odrade avait encore en mémoire les rires des adultes qui avaient appelé cette femme « Sibia ».

Maman Sibia.

Les Sœurs avaient cependant décelé les trop fréquentes rêveries d'Odrade et elles en avaient cherché la source, qui avait été elle aussi incorporée à une leçon : « La rêverie facilite l'éveil de ce que nous appelons le flot simultané. C'est l'un des outils essentiels de la pensée rationnelle. Grâce à cet outil, l'esprit se libère pour que les idées soient plus nettes. »

Le flot simultané.

Odrade porta son regard sur Taraza, toujours penchée sur son bureau. Les traumatismes de l'enfance devaient être soigneusement rangés dans un espace mémoriel reconstitué à cet effet. Tout cela s'était déroulé bien loin d'ici, sur Gammu, la planète que les gens de Dan — Caladan à cette époque-là — avaient reconstruite après la Grande Famine et la Dispersion. Pour raffermir sa prise sur la pensée rationnelle, Odrade utilisa la pose de la Mémoire Seconde qui s'était déversée dans son esprit conscient pendant l'agonie de l'épice, au moment où elle s'était réellement transformée en Révérende Mère.

Le flot simultané... le filtre de la conscience... la Mémoire Seconde...

Quels instruments puissants le Bene Gesserit avait placés entre ses mains. Quels instruments dangereux. Toutes ces autres existences qui étaient là, juste derrière la barrière de la conscience... c'étaient des instruments de survie et non les moyens de satisfaire une curiosité futile.

Taraza parla alors, puisant sa remarque dans les informations qui défilaient toujours sur son bureau :

— Vous faites un peu trop appel à votre Mémoire Seconde. Cela vous prive d'énergies que vous feriez mieux de garder en réserve.

Les yeux bleu sur bleu de la Mère Supérieure se levèrent sur Odrade l'espace d'un éclair et elle ajouta :

— Vous frisez parfois la limite de la tolérance physique. Cela pourrait vous mener à une mort prématurée.

— Je n'abuse pas de l'épice.

— Et bien vous en prend, ma fille! Votre organisme ne peut supporter qu'une certaine dose de mélange. Vous pouvez hanter le passé jusqu'à une certaine limite, pas plus.

— Avez-vous trouvé mon point faible?

— Gammu!

Ce seul mot équivalait à toute une harangue. Odrade le savait déjà. L'inévitable traumatisme de ces années lointaines constituait un facteur de distraction qu'il fallait à tout prix finir d'extirper et de rendre rationnellement acceptable.

— Mais c'est sur Rakis que l'on m'envoie, fit-elle.

— Surtout, n'oubliez pas vos aphorismes sur la modération. N'oubliez pas qui vous êtes.

Une fois de plus, Taraza baissa les yeux vers le bureau.

Je suis Odrade et c'est tout.

Dans les écoles Bene Gesserit, où l'appel se faisait par le patronyme seulement, les prénoms tendaient vite à être oubliés. Les novices apprenaient très tôt que l'utilisation d'un petit nom était un piège utilisé de longue date pour captiver l'affection d'une personne.

Taraza, qui avait trois classes d'avance sur Odrade, avait reçu pour charge d'« initier » sa cadette. L'association, loin d'être le fruit du hasard, avait été soigneusement calculée par les Sœurs. Cette « initiation », qui n'excluait pas certains abus d'autorité de la part de la plus grande des deux, consistait à faire passer des enseignements essentiels qu'un statut plus proche de l'égalité rendait mieux accessibles. Quoi qu'il en soit, Taraza, qui avait accès à une partie des dossiers concernant sa pupille, avait commencé à l'appeler : « Dar ». Et Odrade avait appelé Taraza : « Tar ». Ces deux noms allaient bien ensemble. Dar et Tar. Et même après avoir été réprimandées par des Révérendes Mères qui les avaient entendues, elles étaient parfois retombées dans l'erreur, ne fût-ce que pour le plaisir.

Odrade, baissant les yeux vers Taraza, répéta tout haut les deux noms. Un sourire écarta imperceptiblement les commissures des lèvres de la Mère Supérieure.

— Je me demande ce qu'il peut y avoir dans mon dossier que vous n'ayez déjà lu plusieurs fois, dit Odrade.

Taraza s'appuya en arrière dans son canisiège, attendant qu'il s'adapte à sa nouvelle position. Elle posa ses mains jointes sur le bureau et leva les yeux vers la Révérende Mère plus jeune.

Pas tellement plus jeune que moi, tout compte fait, songea-t-elle. Mais depuis l'école, elle avait toujours conservé cette idée qu'il y avait un fossé entre leurs deux groupes d'âge et que jamais le passage des ans n'avait pu le combler.

— Il faudra être prudente, surtout dans les premiers temps, Dar, fit-elle à haute voix.

— Mais ce projet ghola n'en est pas à ses débuts, que je sache?

— Votre intervention est nouvelle. Et nous sommes en train de nous lancer dans quelque chose qui n'a jamais été tenté.

— Vais-je enfin apprendre de quoi il s'agit?

— Non.

C'était net et tranchant. Un seul mot résumait les discordances en haut lieu et le peu de cas qui était fait de son « besoin de savoir ». Mais Odrade comprenait très bien. Il y avait une règle institutionnelle établie par le Chapitre original du Bene Gesserit et qui s'était transmise à peu près inchangée au cours des millénaires. Les différentes subdivisions du Bene Gesserit étaient séparées par des barrières étanches, aussi bien verticales qu'horizontales, qui en faisaient des groupes isolés reliés au sommet seulement à un commandement unique. Les différentes tâches (c'est-à-dire les rôles attribués individuellement) étaient menées à bien par des cellules distinctes. Les membres actifs d'une cellule ne connaissaient absolument pas ceux des cellules parallèles.

Mais je sais bien que la Révérende Mère Lucille se trouve dans une cellule parallèle, se disait Odrade. *C'est la seule explication logique.*

Elle reconnaissait la nécessité d'une telle organisation, calquée sur celle des anciennes sociétés secrètes révolutionnaires. Les Sœurs du Bene Gesserit s'étaient toujours vues comme des révolutionnaires permanentes. Leur révolution ne s'était estompée qu'à l'époque du Tyran, Leto II.

Estompée momentanément; mais ni déviée, ni stoppée, songea Odrade.

— Je voudrais savoir, lui dit Taraza, si vous avez le sentiment qu'un danger immédiat menace le Bene Gesserit dans le cadre de la mission que vous allez accomplir.

C'était l'une de ces questions très spéciales que lui posait quelquefois Taraza. Odrade avait appris à y répondre sans réfléchir, traduisant en paroles une réaction purement instinctive.

— Si nous n'agissons pas, dit-elle vivement, ce sera bien pis.

— Nous avions calculé qu'il y aurait du danger.

La Mère Supérieure avait parlé d'une voix sèche et lointaine. Elle n'aimait pas faire appel à ce talent d'Odrade. Celle-ci possédait un instinct de prescience qui lui permettait de déceler l'existence d'une menace contre l'Ordre. Cela provenait, bien sûr, d'une influence erratique de sa lignée génétique. Celle des

Atréides, avec leurs dangereux pouvoirs. Le dossier génétique d'Odrade portait une mention spéciale : « Toute progéniture devra être soumise à un examen détaillé ». Déjà, deux nouveau-nés avaient été discrètement mis à mort.

Je n'aurais pas dû réveiller maintenant ce talent d'Odrade. Pas même pour un instant, se disait Taraza. Mais quelquefois, la tentation était trop grande.

Taraza éteignit l'écran incorporé à son bureau, qu'elle continua de fixer en parlant :

— Même si vous découvrez le géniteur parfait, vous ne devez pas vous reproduire sans notre permission tant que vous êtes loin de nous.

— C'est l'erreur qu'a commise ma mère naturelle.

— L'erreur de votre mère naturelle a été de se faire reconnaître à ce moment-là!

Odrade avait déjà entendu ce refrain. La lignée des Atréides avait quelque chose de spécial qui demandait une surveillance étroite de la part des maîtresses généticiennes. Le talent erratique, bien sûr. Elle avait souvent entendu parler de cette force génétique qui avait produit le Kwisatz Haderach et le Tyran. Mais qu'est-ce que les maîtresses généticiennes pouvaient bien chercher à présent? Leur approche était-elle entièrement négative? Ne plus permettre de naissance dangereuse? Odrade n'avait jamais vu aucun de ses bébés après leur naissance. Mais ce n'était pas une chose inhabituelle pour le Bene Gesserit. Elle n'avait pas non plus connaissance de son dossier génétique. Là encore, la règle de la séparation des pouvoirs était scrupuleusement observée par les Sœurs.

Et ces barrages qu'elles avaient implantés dans ma Mémoire Seconde!

Elle avait localisé les espaces vides de sa mémoire et elle les avait remplis. Il était probable que seules Taraza et une ou deux autres Conseillères (probablement Bellonda et l'une des Révérendes Mères parmi les plus âgées) avaient accès à ces informations ultra-secrètes.

Taraza et les autres avaient-elles prêté serment de se faire tuer plutôt que de révéler ce qu'elles savaient à une personne non autorisée? Le fait est qu'il existait un rituel précis de succession pour le cas où une Révérende Mère importante viendrait à mourir loin de ses Sœurs, sans aucune chance de pouvoir transmettre la chaîne de vies intérieures qu'elle détenait. Ce rituel avait joué de nombreuses fois sous le règne du Tyran. Quelle horrible période, où aucune cellule révolutionnaire de l'Ordre ne pouvait avoir de secrets pour ce monstre! Les Sœurs ne s'étaient jamais fait d'illusions sur Leto II. S'il n'avait pas détruit le Bene Ghesserit, c'était uniquement parce qu'il en avait été empêché par une loyauté profondément implantée en lui par sa grand-mère, Dame Jessica.

Es-tu là, Jessica?

Odrade sentit quelque chose remuer au plus profond d'elle-même. Tout cela à cause de l'échec d'une seule Révérende Mère... « Elle s'est laissée prendre au pipiège de l'amour! » Un infime détail, mais combien lourd de conséquences... Trois mille cinq cents ans de tyrannie!

Le Sentier d'Or. Quelque chose d'infini? C'était faire peu de cas des mégamilliards d'êtres perdus à l'occasion de la Grande Dispersion. Quelle menace faisaient planer les Égarées qui revenaient maintenant?

Comme si elle lisait les pensées d'Odrade, ce qu'elle semblait faire réellement à certains moments, Taraza déclara :

— Les Dispersées sont à nos portes. Elles n'attendent plus que le moment propice pour agir.

Odrade avait entendu tous ces arguments. Le danger d'un côté et, de l'autre, quelque chose qui exerçait un pouvoir d'attraction magnétique. Tant de données magnifiquement inconnues. Le Bene Gesserit, avec ses pouvoirs aiguisés par l'usage du mélange à travers des millénaires... que ne pouvait-il espérer accomplir, avec ces gigantesques ressources humaines non exploitées? Tous ces gènes nouveaux, en nombre incalculable... tous ces talents en puissance flottant librement dans l'univers, où ils pouvaient se perdre à jamais...

— C'est le fait de ne pas savoir qui engendre les plus grandes terreurs, murmura Odrade.

— Et les plus grandes ambitions.

— J'irai donc sur Rakis?

— Quand le moment sera venu. Je vous juge à hauteur de cette mission.

— Ou vous ne m'auriez pas désignée.

C'était pour elles un très ancien dialogue, qui remontait à l'époque de leurs études. Taraza s'avisa cependant qu'elle ne s'y était pas engagée consciemment. Trop de souvenirs communs les liaient. Dar et Tar... Il faudrait prendre garde à cela!

— N'oubliez pas vers où penche votre loyauté, dit Taraza.

L'existence des non-vaisseaux accroît la possibilité de détruire des planètes entières sans représailles possibles. On peut lancer contre une planète un gros corps céleste, astéroïde ou autre. On peut en dresser les habitants les uns contre les autres par des moyens de subversion sexuelle et les armer pour qu'ils s'autodétruisent. C'est cette dernière technique que les Honorées Matriarches semblent privilégier.

Analyse du Bene Gesserit

De la cour où il se trouvait, et même lorsqu'il n'en avait pas l'air, Duncan Idaho gardait son attention fixée sur les personnes qui l'observaient d'en haut. Il y avait d'abord Patrin, naturellement, mais Patrin ne comptait pas vraiment. C'étaient surtout les deux Révérendes Mères sur l'autre terrasse qui l'intéressaient. En voyant Lucille, il s'était dit : *C'est la nouvelle*. Et cette pensée avait fait naître en lui une excitation qu'il avait noyée dans un surcroît d'exercices.

Il acheva les trois premières séries de mouvements récréatifs que Miles Teg avait ordonnés, vaguement conscient du fait que Patrin ferait son rapport sur leur exécution parfaite. Duncan aimait bien Teg et le vieux Patrin, et il sentait que ce sentiment était réciproque dans les deux cas. Mais cette nouvelle Révérende Mère... sa présence indiquait des changements intéressants. En premier lieu, elle était plus jeune que les autres. Ensuite, elle n'essayait pas de cacher la couleur de ses yeux, qui indiquait clairement son appartenance au Bene Gesserit. La première fois qu'il avait vu Schwangyu, Duncan avait tout de suite remarqué les verres de contact qui imitaient la pupille d'une personne non astreinte au mélange, avec un blanc légèrement injecté de sang. Il avait entendu dire par l'une des acolytes de la Citadelle que les verres de Schwangyu corrigeaient également « un astigmatisme toléré dans sa ligne génétique en contrepartie de qualités transmises à sa descendance ».

A l'époque, la plus grande partie de cette remarque avait été inintelligible à Duncan. Mais il avait fait des recherches à la bibliothèque de la Citadelle, bien que les données accessibles fussent rares et mesurées dans ce domaine. Schwangyu elle-même éluda systématiquement ses questions sur le sujet et le comportement de ses professeurs, par la suite, lui apprit qu'elle avait été très fâchée. C'était typique d'elle, cette manière de passer ses colères sur quelqu'un d'autre.

Il était sûr que ce qui l'avait le plus fâchée, c'était quand il lui avait demandé si elle était sa mère.

Depuis longtemps maintenant, Duncan savait qu'il n'était pas comme tout le monde. Il y avait des endroits, dans cette place forte complexe du Bene Gesserit, où il n'avait jamais le droit d'entrer. Dans certains cas, il avait découvert le moyen de passer outre aux interdictions. Souvent, il contemplait, par une fenêtre demeurée ouverte ou par d'épaisses baies de plaz, les sentinelles en faction devant les vastes espaces dégagés que pouvaient prendre en enfilade une série de redoutes stratégiquement disposées. Miles Teg lui-même lui avait expliqué l'importance de ces défenses.

On appelait cette planète Gammu, mais autrefois elle était connue sous le nom de Giedi Prime. C'était un personnage nommé Gurney Halleck qui avait introduit ce changement. Tout cela, cependant, c'était de l'histoire ancienne. Sans intérêt. Il ne restait plus, de cette époque pré-danienne, qu'une faible odeur d'huile amère dans le sol de la planète. Des millénaires de plantations spéciales étaient en train de modifier cela, avaient expliqué les professeurs de Duncan. Il en voyait une partie d'ici. L'endroit était entouré de forêts de conifères et autres essences classiques.

Sans cesser d'épier les deux Révérendes Mères, Duncan exécuta une série de roues parfaites. Il fléchissait les muscles au moment où ses membres touchaient le sol, comme Teg le lui avait appris.

Teg lui donnait également des leçons de défense planétaire. Gammu était entourée de monitors en orbite dont les équipages n'avaient pas le droit d'emmener leurs familles à bord. Les familles restaient en bas, garantes de la vigilance de ces gardiens orbitaux. Et parmi les vaisseaux qui croisaient dans l'espace, il y avait quelques non-vaisseaux absolument indétectables dont les équipages étaient composés exclusivement d'hommes dévoués au Bashar et de Sœurs du Bene Gesserit.

— Je n'aurais pas accepté cette charge, avait expliqué Teg, si la défense planétaire n'avait pas été entièrement placée sous mon commandement.

Duncan avait compris que la « charge » en question n'était autre que lui. La Citadelle avait pour unique fonction de le protéger. Et les monitors en orbite, y compris les non-vaisseaux, étaient là pour protéger la Citadelle.

Tout cela faisait partie d'une éducation militaire dont Duncan Idaho trouvait certains éléments curieusement familiers. Quand il s'agissait d'apprendre à organiser la défense d'une planète supposée vulnérable à des attaques venues de l'espace, il savait dire immédiatement comment il fallait disposer les éléments de cette défense pour qu'elle soit le plus efficace. La tâche était globalement complexe, mais chaque secteur pouvait être défini et expliqué aisément. Il y avait, par exemple, la surveillance constante de l'atmosphère de Gammu et du sérum sanguin de ses habitants. Les docteurs Suk à la solde du Bene Gesserit étaient partout. « Les maladies sont des armes », avait coutume de dire Miles Teg. « Notre défense contre les maladies doit être finement accordée ».

Souvent, Teg était ironique à l'égard des mesures de défense passive. Il disait qu'elles étaient « le produit d'une mentalité d'assiégé depuis longtemps reconnue propre à engendrer des faiblesses mortelles ».

Chaque fois que Teg abordait un point d'instruction militaire, Duncan l'écoutait avec une attention profonde. La documentation de la bibliothèque, confirmée par Patrin, présentait le mentat Miles Teg comme l'un des plus grands commandants militaires du Bene Gesserit. Lorsque Patrin racontait ses campagnes en compagnie du Bashar, il en parlait toujours comme d'un héros.

« Dans toute guerre », disait Miles Teg, « la mobilité est la clé du succès. Ceux qui se laissent enfermer dans des forteresses, fussent-elles à l'échelle d'une planète entière, sont en dernier ressort éminemment vulnérables. » Teg n'avait pas une très haute opinion de la planète Gammu.

« Tu sais déjà que cet endroit s'appelait autrefois Giedi Prime. Les Harkonnen, qui régnaient ici, nous ont appris pas mal de choses. Nous avons une meilleure idée, grâce à eux, des abîmes d'horreur et de violence que l'être humain est capable d'atteindre. »

Tout en se remémorant ces choses, Duncan voyait que les deux Révérendes Mères qui l'observaient de la terrasse étaient en train de parler de lui.

Est-ce vraiment pour moi que la nouvelle est là?

Il n'aimait pas qu'on l'observe et il espérait que cette nouvelle Révérende Mère lui laisserait un peu de temps à lui. Elle n'avait pas l'air trop sévère. Pas comme Schwangyu.

Tout en poursuivant ses exercices, Duncan les rythma par une litanie intérieure: *Maudite Schwangyu! Maudite Schwangyu!*

Il la détestait depuis l'âge de neuf ans, ce qui faisait quatre années maintenant. Elle ne devait même pas s'en rendre compte. Elle avait dû tout oublier de l'incident qui avait donné naissance à sa haine.

A peine âgé de neuf ans, il avait réussi, déjouant la surveillance des gardes, à se faufiler dans l'un des passages souterrains qui conduisaient aux redoutes. Les murs du souterrain étaient humides et sentaient le moisi. Il avait eu juste le temps de regarder par les meurtrières de la redoute avant d'être surpris par un garde qui l'avait ramené à l'intérieur de la Citadelle.

Cette escapade avait été l'occasion d'un long sermon de

Schwangyu, figure alors lointaine et menaçante dont il fallait impérativement respecter les ordres. C'était encore l'image qu'il avait d'elle, bien qu'il eût appris entre-temps à reconnaître la Voix de Commandement du Bene Gesserit, cette subtile technique d'intonation qui permettait de faire plier la volonté d'une personne non protégée.

Il faut obéir à ses ordres.

— À cause de vous, lui avait dit Schwangyu, tous ceux qui étaient de garde seront sévèrement punis.

C'était la partie la plus cruelle de ce sermon. Duncan aimait bien certains gardes et il les incitait parfois à jouer ou à plaisanter avec lui. Et maintenant, à cause d'un caprice de sa part, ses amis allaient être punis.

Duncan savait ce que ce mot voulait dire.

Maudite Schwangyu! Maudite Schwangyu!

Après le sermon de la Révérende Mère, Duncan avait couru chez son Instructrice en chef du moment, la Révérende Mère Tamalane, une autre vieille à la figure fripée, aux manières froides et hautaines, aux cheveux de neige sur un front étroit. Il lui avait demandé quelle était la punition des gardes. Tamalane l'avait un peu surpris en prenant une moue pensive. Puis sa voix avait crissé, comme du sable sur une surface de bois:

— Leur punition? Tiens, tiens!

Ils se trouvaient dans la petite salle de classe attenante à la grande salle de documentation où Tamalane préparait chaque soir ses cours du lendemain. L'endroit était rempli de lecteurs de bulles et de bobines ainsi que de toutes sortes d'appareils compliqués qui servaient à classer et à retrouver la documentation. Duncan le préférait de loin à la bibliothèque, mais il n'avait pas le droit d'aller y travailler tout seul. Partout, des brilleurs autosuspendus diffusaient une lumière régulière. En l'entendant approcher, Tamalane s'était levée de l'endroit où elle préparait les cours qui lui étaient destinés.

— Il y a toujours, dans nos châtiments majeurs, quelque chose qui s'apparente à un festin sacrificiel, avait expliqué la Révérende Mère. Tous ces gardes, naturellement, feront l'objet d'un châtiment majeur.

— Un festin? avait répété Duncan, surpris.

Tamalane l'avait alors regardé droit dans les yeux. Ses dents, à la lumière des brilleurs, luisaient d'un éclat d'acier.

— L'histoire s'est rarement montrée tendre envers ceux qui devaient être châtiés, murmura-t-elle.

Duncan avait cillé à la mention du mot « histoire ». C'était un signe qu'il savait reconnaître chez Tamalane. Elle allait encore lui infliger une leçon fastidieuse.

— Les châtiments du Bene Gesserit ne s'oublient jamais, prononça la vieille Révérende Mère.

Duncan, les yeux rivés sur les lèvres parcheminées de Tamalane, sentit brusquement qu'elle parlait par expérience personnelle amère et qu'il allait sans doute apprendre quelque chose d'intéressant!

— Ils contiennent toujours une leçon à laquelle on ne peut pas échapper, continua Tamalane, et qui va au-delà de la simple douleur.

Duncan était assis par terre à ses pieds. Vue sous cet angle, Tamalane était une silhouette sinistre, drapée de noir.

— Nos châtiments ne vont jamais jusqu'à la souffrance ultime, expliqua-t-elle. C'est l'apanage des Révérendes Mères quand elles franchissent la barrière de l'épice.

Duncan hocha silencieusement la tête. La documentation de la bibliothèque faisait allusion à « l'agonie de l'épice », une épreuve mystérieuse qu'il fallait surmonter pour devenir Révérende Mère.

— Nos punitions, reprit Tamalane, sont surtout pénibles du point de vue moral. Elles portent toujours sur la plus grande faiblesse de celui qui est puni. Ainsi, en renforçant cette faiblesse, nous faisons d'une pierre deux coups.

Ces paroles avaient empli Duncan d'une vague terreur. Qu'allaient-elles faire à ses gardes? Il était incapable de parler, mais cela n'avait pas d'importance. Tamalane n'avait pas fini.

— Et chaque punition s'achève par un dessert, dit-elle en faisant claquer ses mains.

Duncan plissa le front. *Un dessert*? Encore cette idée de festin. Comment un festin pouvait-il être une punition?

— Ce n'est pas vraiment un festin, mais l'idée d'un festin, fit Tamalane comme si elle lisait ses pensées. Le dessert arrive comme quelque chose de totalement inattendu. Le puni se dit : Enfin, on m'a pardonné. Tu comprends?

Duncan secoua lentement la tête. Il ne comprenait pas du tout.

— C'est la douceur de l'instant qui compte, reprit Tamalane en décrivant un cercle devant elle de ses doigts crochus. Imagine que tu aies eu droit à tous les plats d'un festin pénible et qu'on te serve à la fin quelque chose que tu apprécies vraiment. Hélas! au moment où tu le savoures survient le choc le plus pénible de tous; tu t'aperçois, tu *découvres* qu'il ne s'agit pas du tout de te faire plaisir en fin de compte. Bien au contraire. C'est là que la punition atteint son *summum*. Le Bene Gesserit t'a inculqué sa leçon.

— Mais que va-t-elle faire à ces gardes? ne put s'empêcher de crier Duncan.

— Il m'est impossible de te dire en quoi consistera la punition de chacun. Cela ne m'intéresse pas de le savoir. Je peux seulement t'affirmer qu'elle sera différente dans chaque cas.

Tamalane avait refusé d'en dire plus. Elle était retournée à son travail en annonçant :

— Nous continuerons demain à t'enseigner la manière de reconnaître la source des différents accents du galach parlé.

Personne d'autre, pas même Teg ni Patrin, n'avait voulu répondre à ses questions sur la nature des punitions infligées aux gardes. Ceux-ci, quand il les avait revus, avaient également refusé de parler. Certains lui tournaient la tête et plus personne n'acceptait de plaisanter avec lui. Tous lui gardaient visiblement rancune de leur punition.

Maudite vieille! Maudite Schwangyu!

C'était là la source de sa haine intense. Toutes les vieilles sorcières étaient pour lui responsables presque au même titre que Schwangyu. Est-ce que cette jeune nouvelle allait être comme les vieilles?

Maudite Schwangyu!

Quand il avait demandé à Schwangyu pourquoi elle avait jugé nécessaire de punir les gardes, elle avait longuement réfléchi avant de répondre :

— Il y a du danger sur cette planète. Certaines personnes voudraient vous faire du mal.

Duncan n'avait pas demandé pourquoi. C'était encore un domaine où ses questions ne recevaient jamais de réponse. Même Teg, dont la présence était directement liée à ce mystérieux danger, refusait d'en parler.

Miles Teg était pourtant un mentat qui connaissait nécessairement un grand nombre de réponses. Souvent, Duncan voyait ses yeux briller tandis qu'il s'absorbait dans des pensées lointaines. Mais le mentat demeurait invariablement muet devant des questions telles que: « Pourquoi sommes-nous sur Gammu? Pourquoi toutes ces défenses? Qui cherche à me faire du mal? Qui sont mes parents? »

Tout ce qu'il avait pu tirer un jour de Miles Teg, c'était un « Je ne peux pas te répondre » excédé.

La bibliothèque n'avait pas non plus résolu ses problèmes. Il n'avait que huit ans lorsqu'il avait essayé. Son Instructrice principale était une Révérende Mère déchue nommée Luran Geasa, peut-être pas aussi vieille que Schwangyu mais d'un âge avancé quand même. Plus de cent ans, sans aucun doute.

A la demande de Duncan, la bibliothèque lui avait fourni des renseignements sur l'ancienne Giedi Prime, sur les Harkonnen et leur chute, sur les différentes campagnes commandées par Miles Teg. Aucune des grandes batailles que Teg avait menées n'avait été très sanglante. Plusieurs commentateurs faisaient mention de son « sens aigu de la diplomatie ». De recherche en recherche, Duncan en était venu à s'intéresser à la période de l'Empereur-Dieu et à la pacification de son peuple. Durant des semaines entières, il était resté sur cette période. Il avait découvert de vieilles cartes qu'il projetait sur le mur de focalisation. Les commentaires en surimpression lui avaient appris que cette Citadelle où il se trouvait était un ancien poste de commandement des Truitesses, abandonné au cours de la Grande Dispersion.

Les Truitesses!

Duncan aurait tellement souhaité vivre à cette époque, peut-être comme l'un des rares conseillers mâles de cette armée de femmes exclusivement vouée au culte et à la protection du grand Empereur-Dieu.

Ah! Vivre sur Rakis en ce temps-là!

Teg l'avait surpris en se montrant loquace sur l'Empereur-Dieu, qu'il désignait toujours sous le nom de « Tyran ». Une section réservée de la bibliothèque avait été ouverte à Duncan et les informations sur Rakis avaient afflué.

— Verrai-je un jour Rakis? avait-il demandé à Geasa.

— On est en train de te préparer à y vivre.

Cette réponse l'avait stupéfié. Tout ce qu'on lui avait appris sur cette planète lointaine revêtait un aspect nouveau.

— Pourquoi irai-je vivre là-bas?

— Je ne peux pas te répondre.

Mû par un intérêt nouveau, il s'était lancé dans des recherches personnelles sur cette mystérieuse planète et son misérable Culte de Shaï-Hulud, le Dieu Fractionné. *Des vers...* C'était tout ce qu'il restait de l'Empereur-Dieu! Cette idée remplissait Duncan de crainte respectueuse. Peut-être qu'il y avait là de quoi nourrir un culte. Cela faisait assurément vibrer en lui une corde sensible. Qu'est-ce qui avait pu pousser un être humain à accepter une si terrible métamorphose?

Duncan n'ignorait pas ce que les gardes et les autres personnes de la Citadelle pensaient de Rakis et de ses prêtres. Ce n'étaient que rires et railleries à leur propos. Teg avait dit: « Nous n'apprendrons probablement jamais toute la vérité là-dessus, mon garçon; mais crois-moi, ce n'est pas une religion pour un soldat. »

Schwangyu, de son côté, avait renchéri : « Vous allez apprendre beaucoup de choses sur le Tyran; mais vous ne devez pas croire à sa religion, ce serait indigne de vous. »

Dès qu'il avait un moment libre, Duncan se penchait avidement sur les documents que lui offrait la bibliothèque : le Livre Sacré du Dieu Fractionné, la Bible de la Garde, la Bible Catholique d'Orange et même les Apocryphes. Il apprit ainsi le rôle historique du Comité de la Foi et de la « Perle qui est le Soleil de la Compréhension ».

L'idée même des vers le fascinait. La taille qu'ils atteignaient! Les plus grands dépassaient la Citadelle en longueur. Autrefois, avant l'époque du Tyran, il y avait des hommes qui montaient dessus. Mais aujourd'hui, les prêtres de Rakis interdisaient formellement cette pratique.

Il avait été captivé par les récits des équipes d'archéologues qui avaient découvert sur Rakis le non-espace primitif aménagé par le Tyran. Ce lieu portait le nom de Dar-es-Balat. Les rapports originaux de l'archéologue Hadi Benotto portaient la mention: « Retiré par ordre du Clergé de Rakis. » Par contre, les écrits du Bene Gesserit sur la question étaient nombreux et accessibles. Ce que Benotto avait mis au jour semblait proprement fabuleux.

— Une miette de conscience de l'Empereur-Dieu dans chaque ver? s'était étonné Duncan devant Geasa.

— C'est ce que disent les textes. Mais même si c'est vrai, les vers ne le savent pas. Ils n'en ont pas conscience. Le Tyran lui-même n'a-t-il pas dit qu'il entrait dans un rêve sans fin?

Chaque séance d'étude était l'occasion d'un sermon où les vues du Bene Gesserit sur la religion lui étaient expliquées. Un jour, il tomba sur des textes portant pour titres: « Les neuf filles de Siona » et « Les mille fils de Duncan Idaho ».

Il demanda à Geasa :

— Je m'appelle aussi Duncan Idaho. Qu'est-ce que ça signifie?

Geasa se tenait toujours comme si elle était écrasée par l'ombre de sa déchéance, la tête courbée en avant, les yeux rivés au sol. Duncan était venu la trouver au début de la soirée, dans le long corridor qui menait à la salle d'entraînement. Elle avait pâli devant sa question. Comme elle ne lui répondait pas, il avait insisté :

— Je suis peut-être le descendant de cet autre Duncan Idaho?

— Il faut demander cela à Schwangyu, avait prononcé Geasa comme si chaque mot lui causait une douleur.

C'était une réponse qu'il entendait souvent et qui le rendait furieux. Cela signifiait qu'on allait lui dire n'importe quoi pour le faire taire et qu'il n'apprendrait pas grand-chose. Cependant, Schwangyu avait été plus loquace qu'il ne s'y attendait.

— Vous portez en vous le véritable sang de Duncan Idaho.

— Qui sont mes parents?

— Ils sont morts depuis longtemps.

— De quelle manière?

— Je l'ignore. Nous vous avons recueilli orphelin.

— Dans ce cas, pourquoi y a-t-il des gens qui veulent me faire du mal?

— Ils redoutent ce que vous pourriez accomplir.

— Que pourrais-je accomplir?

— Etudiez bien vos leçons et tout deviendra clair en son temps.

Taisez-vous et étudiez! Encore une réponse qu'il avait l'habitude d'entendre.

Il avait obéi parce qu'il savait voir quand une porte était définitivement fermée. Cependant, son esprit fureteur avait découvert d'autres informations sur la Grande Famine, la Dispersion, les non-espaces et les non-vaisseaux que même les prescients les plus puissants de cet univers étaient incapables de détecter. À cette occasion, il avait lu aussi que les descendants de Duncan Idaho et de Siona, ces personnages illustres qui avaient servi l'Empereur-Dieu, étaient exclus des visions des prophètes et des prescients. Même un Navigateur de la Guilde en pleine transe de mélange ne pouvait les voir. Siona, d'après ces documents, était une pure Atréides; et Duncan Idaho était un ghola.

Un ghola?

De nouvelles recherches sur ce mot curieux ne lui avaient fourni qu'une définition sommaire. « Ghola : Etre humain créé dans les cuves axlotl du Tleilax à partir de cellules prélevées sur un cadavre. »

Les cuves axlotl? « Machine tleilaxu servant à reproduire un être humain à partir de cellules prélevées sur un cadavre. »

« Description d'un ghola », avait-il demandé.

« Reproduction humaine dépourvue de la mémoire de l'original. Voir *cuve axlotl.* »

Duncan avait appris à lire entre les lignes et à interpréter les silences des informations que lui livrait la Citadelle. Ce fut une brusque révélation. Il savait! Il n'avait que dix ans et il savait déjà!

Je suis un ghola.

C'était le soir, à la bibliothèque, toutes les machines ésotériques autour de lui confondues en un même substrat sensoriel, et un garçon de dix ans était silencieusement assis devant un écran, aux prises avec cette vérité qu'il venait de découvrir.

Je suis un ghola!

Il n'avait aucun souvenir de ces cuves axlotl où ses cellules avaient grandi. La première chose qu'il se rappelait était le visage de Geasa quand elle l'avait soulevé de son berceau et que ses yeux d'adulte avaient manifesté un intérêt alerte vite estompé sous un prudent battement de paupières.

C'était comme si toutes les informations parcimonieusement livrées jusque-là par les documents et les personnes qui peuplaient la Citadelle venaient d'adopter enfin un contour commun : celui du ghola Duncan Idaho.

« Renseignez-moi sur le Bene Tleilax », demanda-t-il à l'écran.

« Leur peuple se divise en Maîtres et en Danseurs-Visages. Les Danseurs-Visages sont des hybrides, stériles et entièrement soumis à la volonté des Maîtres. »

Pourquoi m'ont-ils fait une chose pareille?

Les machines d'information de la bibliothèque avaient soudain pris un aspect inquiétant et hostile. Il avait peur, non plus que ses questions se heurtent à un mur de silence, mais qu'elles reçoivent des réponses trop précises.

Pourquoi ai-je une telle importance pour Schwangyu et les autres?

Il avait le sentiment qu'on lui avait causé du tort. Même Teg et Patrin. Etait-il normal de se servir des cellules d'un être humain pour fabriquer un ghola? Il posa sa question suivante après un long moment d'hésitation.

« Un ghola peut-il se rappeler qui il était? »

« La chose est possible. »

« Que faut-il faire? »

« L'identité psychique entre un ghola et son original préétablit certains processus qui peuvent être déclenchés par un choc traumatique. »

Ce n'était pas une réponse, ça!

« Mais comment faire? »

A ce moment-là, Schwangyu était arrivée à l'improviste à la bibliothèque. Il avait dû utiliser un mot clé qui avait déclenché un dispositif d'alarme.

— Tout vous sera expliqué en temps voulu, avait-elle dit simplement.

Comme elle le prenait de haut avec lui! Ce manque de sincérité, cette injustice l'indignaient. Il y avait quelque chose en lui qui lui disait que son psychisme inachevé contenait plus de sagesse humaine que d'autres qui se présumaient supérieurs. Sa haine de Schwangyu atteignait des dimensions nouvelles. La vieille Révérende Mère personnifiait à présent tout ce qui le faisait souffrir en éludant ses questions.

Son imagination était maintenant exaltée. Il se faisait fort de retrouver ses souvenirs originaux! Il en était fermement convaincu. Il saurait qui étaient ses parents, les membres de sa famille, ses amis... et aussi ses ennemis!

— M'avez-vous produit à cause de mes ennemis? demanda-t-il à Schwangyu.

— Vous avez déjà appris le silence, lui répondit la Révérende Mère. Appuyez-vous sur ce que vous avez appris.

Très bien, maudite Schwangyu. Puisqu'il en est ainsi, je te combattrai par le silence. J'apprendrai ce dont j'ai besoin et tu ne sauras jamais plus ce que je pense réellement.

— J'ai l'impression, avait dit Schwangyu avant de se retirer, que nous sommes en train d'élever un stoïque.

Cette façon qu'elle avait de se croire toujours supérieure! Il n'admettait pas cela. Il lutterait contre tout le monde par son silence et par sa vigilance. Il sortit en courant de la bibliothèque et alla s'enfermer dans sa chambre.

Au cours des mois suivants, plusieurs choses lui confirmèrent qu'il était un ghola. Même un enfant était capable de voir que ce qui l'entourait n'était par ordinaire. Parfois, Duncan apercevait d'autres enfants au-delà des murs, sur la route périphérique. Ils couraient et riaient de manière insouciante. Les documents de la bibliothèque décrivaient de nombreux enfants. Aucun n'était comme lui entouré d'adultes qui lui imposaient un entraînement difficile et rigoureux. Aucun n'était soumis à une Révérende Mère qui ordonnait les moindres détails de sa vie quotidienne.

Sa découverte précipita un autre changement dans la vie de Duncan. Luran Geasa fut éloignée de lui et il ne la revit plus jamais.

Elle n'était pas censée me laisser découvrir la vérité sur les gholas.

La vérité était un peu plus complexe, comme Schwangyu l'expliquait à Lucille sur la terrasse le jour où elle était arrivée.

— Nous savions que cet instant arriverait inévitablement, qu'il apprendrait ce qu'est un ghola et qu'il poserait les questions évidentes.

— Il était grand temps, de toute manière, qu'une Révérende Mère prenne son éducation quotidienne en charge. Geasa n'était peut-être pas la personne indiquée.

— Vous mettez mon jugement en doute? fit sèchement Schwangyu.

— Votre jugement est-il si infaillible qu'il soit interdit de le mettre en doute?

Prononcée par la douce voix de contralto de Lucille, cette réplique avait la valeur d'un soufflet. Schwangyu demeura silencieuse près d'une minute entière avant de murmurer :

— Geasa considérait le ghola comme un enfant attachant. Elle a versé des larmes en disant qu'il allait lui manquer.

— N'avait-elle pas été mise en garde?

— Geasa n'a jamais eu notre formation.

— Vous l'avez donc remplacée par Tamalane. Je ne la connais pas, mais je suppose qu'elle est très vieille.

— En effet.

— Quelle a été la réaction du ghola quand il n'a plus vu Geasa?

— Il a demandé où elle était allée. Nous ne lui avons pas répondu.

— Comment les choses se sont-elles passées avec Tomalane?

— Le troisième jour, il lui a dit très calmement : « Je vous déteste. C'est bien ce que je suis censé faire? »

— Si vite!

— En ce moment même, il vous observe et il pense : Je hais

Schwangyu. Devrai-je haïr aussi cette nouvelle? Mais il se dit en même temps que vous n'êtes pas comme les autres vieilles sorcières qu'il connaît. Vous êtes jeune. Il sait que ce doit être important.

Les humains sont contents lorsque chacun occupe sa place, lorsque chacun sait parfaitement ce qu'il représente dans l'agencement des choses et ce qu'il peut espérer accomplir. Détruisez cette place et vous détruisez l'être.

Leçon du Bene Gesserit

Miles Teg n'avait jamais souhaité se voir confier cette mission sur Gammu. Maître d'armes d'un enfant ghola? Même si c'était un enfant ghola comme celui-là, au nom chargé d'histoire, il trouvait qu'il s'agissait d'une intrusion fâcheuse dans sa retraite bien organisée.

Il avait cependant passé toute sa vie active comme mentat militaire au service du Bene Gesserit et ne pouvait se résoudre à computer un acte de désobéissance.

Quis custodiet ipsos custodes?

Qui gardera les gardiens? Qui veillera à ce que les gardiens n'enfreignent pas la règle?

C'était une question à laquelle il avait longuement réfléchi en plus d'une occasion. Elle constituait l'un des fondements de sa loyauté envers le Bene Gesserit. Quels que soient les reproches que l'on pouvait adresser aux Sœurs, elles faisaient preuve d'une remarquable constance dans leurs buts. D'un *but moral,* estimait Teg. Et ce but moral du Bene Gesserit était en parfait accord avec ses propres principes.

Que ces principes eussent été implantés en lui par le Bene Gesserit ne changeait rien à l'affaire. La raison, et particulièrement la manière de raisonner d'un mentat, ne pouvait lui dicter une autre conclusion.

Pour Teg, tout se résumait à cette vérité essentielle: Il suffisait qu'une seule personne suive ces bons principes pour que l'univers en soit amélioré. Ce n'était pas du tout une question de justice. La justice impliquait le recours à la loi, et celle-ci était parfois une maîtresse volage, toujours soumise aux caprices et aux préjugés de ceux qui administraient les lois, Non; c'était une question d'équité, c'est-à-dire quelque chose de beaucoup plus profond. Il fallait que les gens soumis à un jugement en ressentent l'équité profonde.

Des axiomes tels que : « La loi est faite pour être respectée à la lettre » étaient dangereux selon les principes de Teg. L'équité requérait un consensus, une constance prévisible et, par-dessus tout, une loyauté ascendante et descendante à tous les échelons de la hiérarchie. Le commandement exercé selon ces principes n'avait besoin d'aucun contrôle extérieur. On faisait son devoir parce que la cause était juste. Et l'on n'obéissait pas simplement parce qu'on *prévoyait* qu'elle serait juste. On le faisait parce qu'elle l'était à ce moment-là. La prescience et la computation n'avaient rien à voir avec la question.

Teg connaissait la réputation des Atréides dans le domaine de la prescience, mais les aphorismes gnomiques n'avaient pas de place dans son univers. Il fallait prendre le monde comme on le trouvait et appliquer ses principes quand on le pouvait. Les ordres absolus de la hiérarchie devaient être suivis. Non que Taraza eût présenté la chose comme un ordre absolu, mais les implications étaient là.

« Vous êtes la personne qui convient parfaitement pour cette tâche. »

Il avait derrière lui une longue carrière émaillée de succès et il avait pris sa retraite dans les honneurs. Il se savait maintenant vieux, plus lent, guetté par toutes les imperfections de l'âge, mais l'appel du devoir l'exaltait encore, même s'il se sentait contraint de réprimer l'envie de dire « non ».

La demande émanait de Taraza elle-même. Celle qui régnait sur tout le Bene Gesserit (y compris la Missionaria Protectiva) l'avait choisi entre tous. Ce n'était pas juste une Révérende Mère, c'était *la* Révérende Mère Supérieure.

Elle était venue en personne dans son domaine privé sur Lernaeus. Elle faisait cela pour l'honorer et il le savait. Elle était arrivée sans prévenir devant sa porte, accompagnée seulement de deux acolytes et d'un petit détachement de garder parmi lesquels il avait reconnu certains visages. Teg les avait formés lui-même. L'heure de son arrivée n'avait pas non plus été choisie au hasard. Tôt le matin, juste après le petit déjeuner. Elle connaissait ses habitudes de vie et savait certainement qu'il était plus alerte à cette heure-là. Elle voulait le trouver en forme, au sommet de ses capacités.

Patrin, son vieil officier d'ordonnance, avait conduit Taraza dans le salon de l'aile orientale, une petite pièce élégante uniquement meublée en dur. L'aversion de Teg pour les canisièges et autres mobiliers vivants était bien connue. Patrin avait le visage sombre quant il avait introduit la Mère Supérieure vêtue de noir dans la pièce. Teg avait immédiatement remarqué le changement. Le visage blême et émacié de Patrin, sillonné de nombreuses rides, offrait peut-être à d'autres l'aspect d'un masque immuable, mais Teg avait l'habitude de déchiffrer le pli plus profond de la commissure de ses lèvres ou le regard plus figé de ses yeux usés. Ainsi, en chemin, Taraza avait dû lui dire quelque chose qui l'avait troublé.

Une double porte coulissante, vitrée de plaz épais, donnait à l'est sur une longue pelouse qui descendait en pente douce vers une rivière bordée d'arbres. Dès qu'elle eut passé le seuil du salon, Taraza s'arrêta pour admirer la vue.

Sans qu'elle eût rien dit, Teg appuya sur un bouton et de lourdes tentures glissèrent, cachant la vue, tandis que des brilleurs s'allumaient. Taraza comprit que le mentat avait computé un besoin d'isolement. Il le confirma en ordonnant à Patrin :

— Veille à ce que nous ne soyons pas dérangés.

— Quels sont vos ordres pour la Métairie Sud? demanda Patrin en hésitant.

— Tu t'en occuperas à ma place. Firus et toi, vous savez ce que je veux.

Patrin referma la porte un peu trop bruyamment en se retirant. C'était un signe presque imperceptible, mais qui en disait long à Teg.

Taraza fit un pas vers le centre de la pièce et l'examina en hochant la tête.

— Vert tilleul. Une de mes couleurs préférées. Votre mère avait beaucoup de goût.

Cette remarque réchauffa le cœur de Teg. Il était très attaché à cette maison et à ces terres. Sa famille ne les occupait que depuis trois générations, mais elle avait marqué les lieux. Quant aux aménagements effectués par sa mère, ils étaient demeurés tels quels dans bien des pièces.

— Il y a des endroits qui peuvent procurer beaucoup de paix, dit-il.

— J'ai particulièrement aimé les tapis terre de Sienne du hall et l'imposte en vitrail de la porte d'entrée, dit Taraza. Il s'agit d'une véritable antiquité, j'en suis sûre.

— Vous n'êtes pas venue ici pour parler de décoration.

Taraza eut un rire gloussant. Elle avait une voix haut perchée, dont les enseignements du Bene Gesserit lui avaient appris à se servir avec une efficacité dévastatrice. Ce n'était pas une voix que l'on pouvait ignorer, même quand Taraza se donnait un air soigneusement décontracté comme en ce moment. Teg l'avait vue à l'œuvre au Conseil du Bene Gesserit. Il n'émanait d'elle que puissance et persuasion. Chacune de ses paroles évoquait l'esprit incisif qui guidait ses décisions. Et il sentait précisément dans son attitude présente l'ombre d'une décision importante.

Teg lui indiqua sur sa gauche un fauteuil en tapisserie verte. Elle le regarda un instant, fit de nouveau du regard le tour de la pièce et esquissa un sourire.

Pas un seul canisiège dans la maison. Elle l'aurait parié. Teg était une antiquité qui s'entourait d'antiquités. Elle s'assit en lissant sa robe, attendant que Teg occupe le siège qui était en face d'elle. Puis elle parla.

— Je regrette d'avoir à vous demander d'interrompre provisoirement votre retraite, Bashar. Malheureusement, les circonstances ne me laissent guère le choix.

Teg appuya posément les coudes sur les deux bras de son fauteuil. C'était l'attitude d'un mentat au repos, en train d'attendre la suite. Il semblait dire: « J'enregistre ».

Taraza parut momentanément déroutée. Il abusait un peu de la situation. Miles Teg avait encore une prestance royale. Haut de taille, avec son large front couronné d'épais cheveux gris, il n'était plus qu'à quatre A.S., elle le savait avec précision, de ses trois cents ans. L'année standard avait beau être plus courte d'une vingtaine d'heures que l'année dite « primitive », cela faisait tout de même un âge considérable et une expérience acquise au service du Bene Gesserit qui commandait le respect. Elle nota qu'il portait un uniforme gris clair totalement dépourvu de marque de distinction. Le pantalon et la veste étaient de bonne coupe et la chemise à col ouvert laissait voir son cou profondément ridé. Il y avait un éclat d'or à sa taille et elle reconnut la médaille-soleil que le Bashar avait reçue à la fin de sa brillante carrière. Toujours ce même esprit utilitaire. Il avait transformé la breloque d'or en boucle de ceinture. D'un côté, c'était rassurant. Cela signifiait qu'il comprendrait son problème.

— Pourrais-je boire un verre d'eau? demanda-t-elle. Le voyage a été long et pénible. Nous avons fait la dernière étape dans l'un de nos transports, qui devrait être au rebut depuis cinq cents ans.

Teg se leva de son fauteuil, alla baisser une tablette murale et sortit une bouteille d'eau glacée et un verre de l'armoire qui se trouvait derrière. Il les plaça sur une table basse à portée de la main de Taraza.

— J'ai du mélange, dit-il.

— Merci, Miles, mais j'ai ce qu'il faut.

Teg retourna s'asseoir et elle nota quelques signes de raideur. Il avait cependant gardé une étonnante souplesse pour son âge.

Taraza se versa un demi-verre d'eau qu'elle but d'une traite. Elle reposa le verre sur la petite table avec une lenteur délibérée. Comment aborder le problème? L'attitude de Teg ne lui laissait aucun doute. Il n'avait pas envie de quitter sa retraite. Les analystes de Taraza l'avaient amplement avertie. Depuis qu'il s'était établi ici, il s'était pris de passion pour l'agriculture. Essentiellement, son domaine sur Lernaeus se consacrait aux cultures expérimentales.

Levant les yeux vers lui, elle l'étudia ouvertement. Ses épaules carrées accentuaient l'étroitesse de sa taille. Il était évident qu'il se maintenait en bonne forme physique. Et ce visage long, aux lignes osseuses : typiquement Atréides. Il lui rendait son regard, comme toujours, requérant son attention mais ouvert à tout ce que la Mère Supérieure pouvait avoir à lui dire. Ses lèvres fines esquissaient un léger sourire, découvrant des dents luisantes et régulières.

Il sait que ma position est inconfortable, pensa Taraza. *Qu'il aille donc au diable! Il est tout autant que moi le serviteur du Bene Gesserit!*

Teg ne faisait rien pour lui faciliter la tâche. Il demeurait digne, curieusement distant. Elle se força à se rappeler qu'il s'agissait d'une attitude propre à tous les mentats et qu'elle ne devait pas lui attribuer de signification particulière.

Brusquement, Teg se leva et alla jusqu'à une petite armoire sur la gauche de Taraza. Il s'y adossa, les bras croisés et les yeux rivés sur la Mère Supérieure.

Elle fut forcée de déplacer son fauteuil pour lui faire face. Encore un de ses trucs! Il avait décidé de tout faire pour l'embêter! Toutes les Examinatrices du Bene Gesserit avaient noté la difficulté qu'il y avait à le faire asseoir pour un entretien. Il préférait rester debout, les épaules martiales, les yeux fixés vers le bas. Peu de Révérendes Mères atteignaient sa taille — un peu plus de deux mètres. Ce trait, de l'avis général des analystes, était chez lui une manière (probablement inconsciente) de protester contre l'autorité que les Sœurs exerçaient sur lui. Cela n'était nullement visible, au demeurant, dans le reste de son comportement. Miles Teg était toujours le soldat le plus fidèle que le Bene Gesserit eût jamais employé.

Dans un univers multisocial où les principales forces de cohésion interagissaient avec une complexité sans commune mesure avec l'apparente simplicité des dénominations, les chefs militaires sur qui l'on pouvait compter valaient plusieurs fois leur pesant de mélange. Les religions et le souvenir commun des tyrannies impériales étaient toujours présents dans toute négociation, mais les forces économiques finissaient par faire pencher la balance et le poids des armes formait une tare non négligeable. Elle était là dans chaque transaction et elle serait là aussi longtemps que les échanges commerciaux seraient régis par la nécessité. Nécessité de se procurer certains produits irremplaça bles, comme l'épice ou les machines ixiennes, certains spécialis tes, comme les mentats ou les docteurs Suk, ainsi que toutes sortes de talents pour lesquels un marché existait : bâtisseurs, concepteurs, artistes, main-d'œuvre ordinaire ou planiformée, dispensateurs de plaisirs exotiques...

Aucune légalité commune ne pouvait embrasser un ensemble si complexe. D'où une autre nécessité logique: celle de disposer en permanence d'arbitres suffisamment musclés. Tout naturellement, au sein du gigantesque réseau économique, le rôle avait échu au Bene Gesserit. Miles Teg le savait. Il savait aussi qu'une fois de plus, on faisait appel à lui pour faire pencher la balance. Que ce rôle lui plaise ou non, cela ne faisait pas partie de la négociation.

— Ce serait différent si vous aviez ici de puissantes attaches familiales, déclara Taraza.

Teg accepta cet argument sans rien dire. Sa femme était morte depuis trente-huit ans. Ses enfants étaient tous adultes et, à l'exception de l'une de ses filles, établis ailleurs. Il avait ici de nombreux intérêts personnels, mais pas d'obligations familiales. Taraza avait raison.

Elle lui rappela sa longue et fidèle carrière au service du Bene Gesserit, citant au passage quelques-unes de ses victoires mémorables. Elle savait que la flatterie n'aurait que peu d'effet sur lui, mais c'était une introduction dont elle avait besoin pour pouvoir continuer.

— On vous a déjà parlé de votre ressemblance avec vos ancêtres, dit-elle.

Il inclina la tête d'un millimètre au plus.

— Particulièrement, votre ressemblance tout à fait remarquable avec le premier Leto Atréides, le grand-père du Tyran, poursuivit Taraza.

Teg ne fit rien pour indiquer qu'il avait entendu ou qu'il avait une opinion. Ce n'était qu'une donnée déjà présente dans sa vaste mémoire. Il savait qu'il possédait les gènes des Atréides. Il avait déjà remarqué sa ressemblance avec Leto Ier lors d'une visite à la Maison du Chapitre. Quand il avait vu son portrait. il avait eu l'impression d'avoir un miroir en face de lui.

— Vous êtes légèrement plus grand, dit Taraza.

Teg continuait de la regarder sans rien dire.

— Enfin, Bashar! vous pourriez au moins faire un petit effort pour m'aider!

— C'est un ordre, Mère Supérieure?

— Allez au diable, ce n'est pas un ordre!

Teg sourit calmement. Le fait que Taraza se permît une telle explosion devant lui en disait long. Elle n'aurait jamais fait cela en présence de gens à qui elle ne faisait pas entièrement confiance. Et elle ne se serait pas livrée à ce genre de manifestation affective avec quelqu'un qu'elle considérait simplement comme un subalterne.

Taraza se laissa aller en arrière dans son fauteuil et leva les yeux vers lui en grimaçant un sourire.

— C'est bon. Je crois que vous vous êtes assez amusé comme ça. Patrin m'a dit que vous auriez un choc si je vous demandais de reprendre le service. Je vous assure que vous êtes indispensable à nos projets.

— Quels projets, Mère Supérieure?

— Nous élevons en ce moment sur Gammu un ghola Duncan Idaho. Il va bientôt avoir six ans et il est mûr pour l'éducation militaire.

Teg laissa la surprise agrandir un peu ses pupilles.

— Ce ne sera pas une mission de tout repos, reprit Taraza. Je voudrais que vous preniez en charge dès que possible son entraînement et sa protection.

— Ma ressemblance avec le duc Atréides... vous voulez vous en servir pour rétablir sa mémoire originale.

— D'ici huit ou dix ans, c'est exact.

— Si longtemps! fit Teg en secouant la tête. Et pourquoi Gammu?

— Son héritage prana-bindu a été modifié, sur notre demande, par le Bene Tleilax. Ses réflexes égaleront les plus rapides de notre époque. Pourquoi Gammu? Parce que le vrai Duncan Idaho y est né et y a grandi. En raison des changements opérés sur son héritage cellulaire, nous devons veiller à maintenir tout le reste aussi proche que possible des conditions originales.

— Pourquoi faites-vous tout cela? demanda Teg sur le ton d'un mentat avide de données.

— Une fillette capable d'imposer sa volonté aux grands vers a été découverte sur Rakis. Notre ghola aura son rôle à jouer là-bas.

— Vous voulez les apparier?

— Je ne vous recrute pas comme mentat. Ce sont vos capacités militaires et votre ressemblance avec le premier Leto qui nous intéressent. Vous savez ce qu'il faut faire, le moment venu, pour rétablir sa mémoire originale.

— Vous désirez vraiment que je reprenne mon ancienne fonction de maître d'armes.

— Vous trouvez cette charge indigne de celui qui fut le Bashar Suprême de toutes nos forces armées?

— Mère Supérieure, vous commandez et j'obéis. Mais je ne suis disposé à accepter ce poste que s'il comporte l'entière responsabilité de la défense de Gammu.

— Ce détail est déjà réglé, Miles.

— Vous avez toujours su ma manière de raisonner.

— Et j'ai toujours compté sur votre loyauté.

Teg s'écarta de l'armoire où il était adossé et réfléchit un instant avant de demander :

— Qui me préparera pour cette mission?

— Bellonda, du Bureau des Archives, comme autrefois. Elle vous donnera un code pour communiquer avec nous.

— Je vous préparerai une liste. De vieux compagnons d'armes. Leurs enfants, quelquefois. Je veux qu'ils soient déjà sur Gammu à mon arrivée.

— Vous n'envisagez pas qu'ils pourraient refuser?

Le regard de Teg parla pour lui : « *Ne dites pas de bêtises!* »

Taraza gloussa en songeant : *S'il y a une chose que les premiers Atréides nous ont apprise, c'est bien à produire des individus capables d'inspirer une dévotion et une loyauté à toute épreuve.*

— Patrin se chargera du recrutement, dit Teg. Il n'acceptera pas de grade, je le sais, mais il devra recevoir la solde et les égards réservés à un colonel d'ordonnance.

— Vous reprendrez, bien sûr, votre grade de Bashar Suprême, dit Taraza. Nous ferons en sorte...

— Hors de question. Vous avez déjà Burzmali. Inutile d'affaiblir son prestige en lui imposant d'obéir à son ancien Bashar.

Taraza l'observa un instant avant de répliquer:

— Nous n'avons pas encore désigné Burzmali pour occuper...

— Je le sais parfaitement. Mes anciens compagnons d'armes me tiennent régulièrement informé de la vie politique de l'Ordre. Mais vous et moi n'ignorons pas que ce n'est qu'une question de temps. Burzmali est le meilleur choix.

Elle ne put qu'accepter ce jugement. C'était plus qu'une computation de mentat militaire. C'était l'opinion de Miles Teg. Mais une autre pensée la frappa.

— Vous étiez donc déjà au courant de nos dissensions au Conseil! accusa-t-elle. Et vous m'avez laissée...

— Mère Supérieure, si je pensais que vous alliez créer un nouveau monstre sur Rakis, je vous l'aurais dit. Vous faites confiance à mes décisions. Je fais confiance aux vôtres.

— C'est vrai, Miles, dit Taraza en se levant. Je crois que nous avons perdu le contact depuis trop longtemps. Vous ne pouvez pas savoir comme je suis rassurée, à l'idée que vous reprendrez bientôt le collier.

— Le collier. C'est bien le mot. Nommez-moi Bashar en mission spéciale. De cette manière, quand Burzmali l'apprendra, il n'y aura pas de questions stupides.

Taraza sortit des plis de sa robe une liasse de papiers riduliens qu'elle tendit à Teg.

— Ils sont déjà signés. Vous remplirez votre rengagement.

Toutes les autorisations sont là, avec les titres de transport et le reste. C'est moi qui vous donne vos ordres. Vous ne devez obéir qu'à moi. Vous êtes *mon* Bashar; comprenez-vous?

— Ne l'ai-je pas toujours été?

— C'est plus important maintenant que jamais. Veillez à la sécurité du ghola et instruisez-le bien. Il est sous votre responsabilité. Je vous couvrirai sur ce point contre n'importe qui.

— Je crois savoir que c'est Schwangyu qui commande sur Gammu.

— J'ai dit contre n'importe qui, Miles. Ne faites pas confiance à Schwangyu.

— Je vois. Vous déjeunerez avec nous? Ma fille a...

— Pardonnez-moi, Miles, mais il faut que je rentre dès que possible. Je vous envoie Bellonda sans délai.

Teg la raccompagna jusqu'au pas de la porte, échangea quelques plaisanteries avec d'anciens élèves qu'il reconnaissait dans son cortège et la regarda partir songeusement. Un voiture blindée les attendait un peu plus loin dans l'allée. C'était un tout nouveau modèle, vraisemblablement amené avec eux sur Lernaeus. Sa vue le mit mal à l'aise.

Il fallait que ce soit urgent!

Taraza avait jugé nécessaire d'accomplir en personne ce travail de messagère, sachant les conclusions qu'il en tirerait. Connaissant les rouages intimes du Bene Gesserit, il ne pouvait manquer de computer certains événements récents. Les dissensions qui avaient éclaté au sein du Grand Conseil Bene Gesserit étaient bien plus profondes que ne l'avaient suggéré ses informateurs.

Vous êtes mon *Bashar.*

Il feuilleta la liasse de documents et d'autorisations spéciales. Tous les papiers portaient déjà le sceau et la signature de Taraza. La confiance que cela impliquait ne faisait que s'ajouter à d'autres choses qu'il ressentait et qui accentuaient son malaise.

Ne faites pas confiance à Schwangyu.

Il glissa les papiers dans sa poche et partit à la recherche de Patrin. Il allait falloir le calmer et le mettre au courant. Ils discuteraient ensuite pour savoir à qui ils devaient faire appel. Déjà, une liste s'ébauchait dans sa tête. C'était une mission dangereuse. Seuls les meilleurs devaient en faire partie. Hélas, il faudrait transmettre la responsabilité du domaine à Firus et à Dimela. Il y avait tant de détails à régler! Tout en traversant la maison à grands pas, il sentit son pouls s'accélérer.

Croisant un garde de la maison, un de ses anciens soldats, il s'arrêta :

— Martin, fais annuler tous mes rendez-vous de la journée. Cherche ma fille. Dis-lui de venir me rejoindre tout de suite dans mon bureau.

La nouvelle fit rapidement le tour de la maison, puis du domaine tout entier. Serviteurs et familiers, sachant que *la* Révérende Mère Supérieure venait d'avoir un entretien privé avec lui, établirent d'eux-mêmes un barrage pour le protéger de tout ce qui aurait pu distraire son attention. Sa fille, Dimela, l'interrompit quand il voulut lui faire la liste de tous les travaux à mener à bien dans les fermes expérimentales.

— Père, je suis assez grande pour me débrouiller toute seule!

Ils se trouvaient dans la petite serre attenante à la chambre où travaillait Teg. Les restes d'un déjeuner hâtif étaient sur un plateau posé au bord d'une table encombrée de pots. Le registre de Patrin était debout contre le mur derrière le plateau.

Teg regarda vivement sa fille. Elle lui ressemblait de visage mais non de taille. Un peu trop anguleuse pour être une beauté, elle avait cependant fait un bon mariage. Dimela et Firus avaient trois beaux enfants.

— Où est Firus? demanda Teg.

— Il surveille l'ensemencement de la Métairie Sud.

— Ah, oui. Patrin m'en a parlé.

Teg lui sourit. Il avait toujours été secrètement content que Dimela refuse les exhortations du Bene Gesserit. Elle avait préféré épouser Firus, natif de Lernaeus, et demeurer dans l'entourage de son père.

— Tout ce que je sais, c'est qu'on t'a demandé de reprendre du service, dit-elle. Est-ce que c'est une mission dangereuse?

— Sais-tu que tu viens de parler exactement comme ta mère?

— C'est bien cela, il y a du danger! Maudites Sœurs! Tu n'en as donc pas fait assez pour elles?

— Il faut croire que non.

Elle fit volte-face au moment où Patrin pénétrait dans la serre par la porte du fond. Il l'entendit murmurer en passant au vieil officier d'ordonnance :

— Plus il vieillit et plus il ressemble lui-même à une Révérende Mère!

A quoi d'autre pouvait-elle donc s'attendre? se demandait Miles Teg. Fils d'une Révérende Mère et d'un obscur fonctionnaire du Combinat des Honnêtes Ober Marchands, il avait grandi dans une maison où tout vibrait au diapason du Bene Gesserit. Depuis son plus jeune âge, il lui était constamment apparu que les allégeances de son père au réseau commercial interstellaire du CHOM s'effaçaient chaque fois que sa mère avait une objection à faire.

Cette demeure avait été celle de sa mère jusqu'à ce qu'elle meure, moins d'un an après son mari. L'empreinte de ses goûts était partout autour de Teg.

Patrin s'arrêta devant la table encombrée de pots.

— Je suis revenu chercher mon registre, dit-il. Avez-vous ajouté des noms?

— Quelques-uns. Tu ferais bien de t'y mettre sans attendre.

— Oui, Bashar!

Patrin exécuta un demi-tour réglementaire et repartit par où il était venu en faisant claquer le registre contre sa cuisse.

Il commence à saisir l'esprit, lui aussi, se dit Teg.

Une fois de plus, il laissa errer son regard autour de lui. Cette demeure était toujours la demeure de sa mère. Après toutes les années qu'il avait passées ici, le foyer qu'il avait fondé. La présence de sa mère était la plus forte. La serre, c'était lui qui l'avait construite; mais le bureau à côté, c'était la pièce où elle se retirait pour travailler.

Janet Roxbrough, des Roxbrough de Lernaeus. Le mobilier, le décor, tout cela c'était elle. Taraza l'avait vu tout de suite. Sa femme et lui avaient apporté quelques modifications superficielles, mais l'empreinte profonde était celle de Janet Roxbrough. Pas trace de Truitesses dans sa lignée. Quelle aubaine pour le Bene Gesserit! La seule chose étrange, c'était qu'elle avait épousé Loschy Teg et passé toute sa vie tranquillement ici. Un paradoxe incompréhensible jusqu'à ce que l'on s'avise que le programme génétique des Sœurs n'était pas à une génération près.

Elles ont encore eu ce qu'elles voulaient, se dit-il. *Elles m'ont gardé en réserve pendant toutes ces années juste pour l'occation présente.*

La religion n'a-t-elle pas, depuis des millénaires, déposé un brevet sur la Création?

La Question du Tleilax
Paroles de Muad'Dib

L'air de Tleilax était cristallin, tendu par un silence dû pour une part au froid du matin et pour l'autre à une sensation de présence monstrueuse aux aguets, comme si la vie, la vie vorace et impatiente de la cité de Bandalong, n'attendait pour se déchaîner que son signal personnel. Le Mahaï, Tylwyth Waff, Maître des Maîtres, affectionnait cette heure plus qu'aucune autre de la journée. Vue de cette fenêtre ouverte, la cité lui appartenait en entier et ne revivrait que sur son ordre. C'est du moins ce qu'il se disait. La présence tapie qu'il sentait sur Bandalong était sa manière d'appréhender les réalités susceptibles de naître de ce puissant réservoir d'incubation vivante qu'était la civilisation du Tleilax, née en ces lieux avant d'essaimer sa puissance jusqu'aux plus lointaines étoiles.

Il avait attendu patiemment, durant des millénaires, son peuple. Et il y avait lieu, pensait Waff, de savourer cet instant. À travers toute la sombre époque du Prophète Leto II (qui n'était pas l'Empereur-Dieu mais le Messager de Dieu), à travers la Grande Famine et la Dispersion, à travers chaque humiliante défaite infligée par des créatures inférieures, à travers toutes ces pénibles épreuves, les Tleilaxu avaient patiemment rassemblé leurs forces en vue de cet instant.

Nous sommes arrivés à notre carrefour du temps, ô Prophète!

Il voyait la cité qui s'étendait sous sa fenêtre comme un symbole, un puissant repère sur la page des ambitions tleilaxu. D'autres planètes du Tleilax, d'autres grandes cités reliées, interdépendantes, soumises à son Dieu et à sa cité centrale, attendaient le signal que tous savaient imminent. Les forces liguées des Danseurs-Visages et des Masheikhs avaient condensé leurs pouvoirs en préparation du grand bond cosmique. Des millénaires d'attente étaient sur le point de prendre fin.

Waff appelait cela « le long commencement ».

Oui... Il hochait intérieurement la tête en contemplant la cité tapie. Depuis la conception du plan, depuis le noyau d'idée infime qui lui avait donné naissance, les dirigeants du Bene Tleilax avaient parfaitement compris les dangers d'une action si diluée dans le temps, si contournée, si subtile. Ils savaient qu'il allait leur falloir affronter maintes et maintes fois le quasi-désastre, la défaite sanglante, la soumission et les humiliations. Tout cela et bien davantage avait contribué à l'édification d'une image particulière du Bene Tleilax. Grâce à des millénaires de faux-semblants, ils avaient créé un mythe.

« Les vils, les détestables, les sales Tleilaxu! Les stupides Tleilaxu! Les prévisibles Tleilaxu! Les impétueux Tleilaxu! »

Même les protégés du Prophète s'étaient laissé séduire par ce mythe. Dans cette même pièce, une Truitesse captive avait crié à un Maître tleilaxu: « Une trop longue imposture finit par se transformer en réalité! Vous êtes devenus vils! » Elle avait donc été mise à mort, et le Prophète n'avait rien fait.

Comme tous ces peuples étrangers comprenaient mal le sens de la réserve tleilaxu... Impétueux? Ils changeraient peut-être d'avis le jour où le Bene Tleilax leur montrerait combien de millénaires il était capable d'attendre pour établir sa suprématie.

Spannungsbogen...

Waff retourna l'ancien mot sur sa langue. L'écartement de l'arc. La force avec laquelle on tendait la corde en arrière avant de décocher la flèche. Voilà une flèche qui frapperait fort!

— Les Masheikhs ont su attendre plus longtemps que quiconque, murmura Waff. Il avait osé prononcer ce mot à haute voix, pour lui seul, ici, dans sa tour-sanctuaire: « Masheikhs ».

Les toitures en contrebas scintillaient tandis que le soleil pointait à l'horizon. On entendait les premiers bruits de l'activité du matin. Les senteurs douces-amères de la vie tleilaxu flottèrent jusqu'à sa fenêtre, apportées par la brise. Il inhala une bonne gorgée d'air et referma la croisée.

Il se sentait ragaillardi par ces quelques instants de méditation solitaire. Tournant le dos à la fenêtre, il revêtit la robe d'honneur de khilat blanc devant laquelle tous les Domels étaient conditionnés à se prosterner. Le vêtement recouvrait entièrement son corps trapu et lui donnait l'impression distincte d'être protégé par une armure.

L'armure de Dieu!

« Nous sommes le peuple du Yaghist », avait-il rappelé seulement la veille à ses conseillers. « Tout le reste est dans les limbes. Nous avons nourri le mythe de notre faiblesse et de nos maléfices pendant des millénaires dans un unique dessein. Même le Bene Gesserit y croit! »

Siégeant dans la profonde sagra sans fenêtre, à l'abri d'une barrière de non-espace, les neuf conseillers avaient souri silencieusement pour approuver ses paroles. Par le jugement du ghufran, ils le savaient déjà. Le stade auquel les Tleilaxu déterminaient leur propre destinée avait toujours été celui du Kehl, avec son droit de ghufran.

Il était dans l'ordre des choses que même Waff, le plus puissant de tous les Tleilaxu, ne pût quitter son monde sans être obligé, pour y être réaccepté, de s'humilier dans le ghufran, en demandant pardon d'avoir été au contact des inimaginables péchés étrangers. Côtoyer des powindahs pouvait souiller irrémédiablement les plus grands. Les khasadars qui faisaient la police aux confins du Tleilax et veillaient sur les selamliks des femmes avaient raison de le soupçonner systématiquement. Waff appartenait certes au kehl, mais il devait le prouver chaque fois qu'il revenait au cœur-patrie après l'avoir quitté et, à plus forte raison, chaque fois qu'il entrait au selamlik pour y distribuer son sperme.

Waff se dirigea vers son grand miroir pour y inspecter sa tenue. Aux yeux des powindahs, il le savait, il apparaissait comme un gnome de moins d'un mètre cinquante. Ses yeux, ses cheveux, sa peau formaient un camaïeu de gris qui servait de cadre à un visage ovale fendu d'une bouche minuscule où brillait une ligne de dents pointues. Un Danseur-Visage aurait pu imiter ses traits, sur l'ordre d'un Masheikh, mais ni les Masheikhs ni les khasadars ne se seraient laissé abuser. Seuls les powindahs auraient été dupés.

A l'exception du Bene Gesserit!

Cette pensée lui fit faire la grimace. Mais les sorcières ne perdaient rien pour attendre. Elles n'avaient pas encore vu les nouveaux Danseurs-Visages.

Aucun peuple n'a su maîtriser le langage génétique aussi bien que le Bene Tleilax, se dit-il pour se rassurer. *Nous l'appelons, à juste titre, « le langage de Dieu », car c'est Dieu lui-même qui nous a fait don de ce grand pouvoir.*

Waff alla se placer devant la porte pour attendre la sonnerie du matin. Il était impossible, se disait-il, de décrire la richesse des émotions auxquelles il était en proie en ce moment. Le temps se dépliait devant lui. Il ne demandait pas pourquoi le vrai message du Prophète n'avait été entendu que par le Bene Tleilax. C'était la volonté de Dieu et, en cela, le Prophète n'avait été que le Bras de Dieu. Il avait droit au respect en tant que Messager de la Volonté Divine.

Tu as préparé les autres à notre intention, ô Prophète.

Comme ce ghola sur Gammu. Il arrivait à point. A lui seul, il valait toute cette longue attente.

La sonnerie du matin retentit. Waff sortit dans le couloir, en même temps que plusieurs autres silhouettes en robe blanche, et se dirigea vers le balcon de l'est pour saluer le soleil levant. En tant que Mahaï et Abdl de son peuple, il pouvait à présent s'identifier à tous les Tleilaxu.

Nous sommes les légalistes du Shariat, les derniers de notre espèce dans l'univers.

Il n'aurait pu révéler une pensée si secrète en aucun autre lieu que les cellules privées de ses frères-maliks, mais il savait que c'était un sentiment partagé par tous ceux qui l'entouraient maintenant. Les conséquences de cette manière de penser étaient visibles aussi bien sur le visage des Masheikhs que sur celui des Domels et des Danseurs polymorphes. Le paradoxe de la parenté et du sentiment d'identité sociale qui imprégnait tout le kehl, du plus grand Masheikh au plus humble Domel, n'était pas un paradoxe aux yeux de Waff.

Nous œuvrons pour le même Dieu.

Un Danseur-Visage ayant revêtu l'apparence d'un Domel s'était incliné cérémonieusement avant d'ouvrir les grandes portes du balcon. Waff, émergeant dans la lumière du soleil au milieu de ses compagnons, avait souri en le reconnaissant. *Un Domel, tiens donc*! C'était une petite plaisanterie en famille, mais on ne pouvait pas dire que les Danseurs-Visages faisaient partie de la famille. C'étaient des assemblages, des instruments, de même que ce ghola de Gammu était un instrument, et ils étaient conçus grâce au Langage de Dieu que les Masheikhs étaient seuls à parler.

En même temps que tous les autres qui l'entouraient, Waff se prosterna devant le soleil. Puis il lança le cri de l'Abdl, qu'il entendit répercuté par d'innombrables voix jusqu'aux plus lointaines portes de la cité.

— Le soleil n'est pas Dieu!

Non, le soleil n'était pas Dieu. Le soleil n'était qu'un symbole de la puissance et de la miséricorde infinies de Dieu. Encore un assemblage, encore un instrument. Purifié qu'il était par son passage au ghufran de la veille, ragaillardi par ce rituel du matin, Waff pouvait maintenant songer sereinement à son dernier voyage en territoire powindah et au retour récent qui avait rendu le ghufran nécessaire. Les autres fidèles s'écartèrent pour le laisser passer lorsqu'il retourna dans le couloir et se rendit à l'entrée du jardin central où il avait demandé à ses conseillers de le retrouver.

Cette incursion chez les powindahs a été positive, se dit-il.

Chaque fois qu'il quittait les mondes intérieurs du Bene Tleilax, Waff se considérait comme faisant partie d'un lashkar, une expédition de guerre lancée à la poursuite de cette vengeance ultime que son peuple appelait secrètement Bodal (toujours avec une majuscule, toujours la première chose réaffirmée devant le kehl ou à l'occasion du ghufran). Et il était réjouissant de penser que ce récent lashkar avait été une exquise réussite.

Lorsqu'il pénétra dans le jardin central, le lieu était déjà inondé de soleil grâce aux réflecteurs prismatiques installés sur les toitures voisines. Un jet d'eau miniature jouait une fugue visuelle au centre d'un cercle de gravier. Sur le côté, délimitée par une petite barrière blanche, se trouvait une étendue d'herbe rase, suffisamment proche du jet d'eau pour que l'air soit imprégné de fraîcheur mais pas assez pour que le bruit puisse troubler une conversation tenue à voix basse. Tout autour de la pelouse étaient disposés dix petits bancs en matière plastique ancienne, neuf d'entre eux formant un arc de cercle très large face au dixième légèrement décalé.

Waff s'arrêta devant la barrière blanche pour regarder autour de lui. Il se demandait pourquoi il éprouvait un plaisir plus intense que d'habitude à se trouver en ces lieux. Le bleu foncé des bancs était dans la masse du matériau. Des siècles d'utilisation avaient creusé les angles des accoudoirs et les endroits où d'innombrables et augustes postérieurs avaient pris place; mais la couleur était exactement la même partout.

Il s'assit face aux neuf conseillers, rassemblant dans sa tête les mots qu'il allait devoir utiliser. Ce document qu'il ramenait de son dernier lashkar — et qui constituait en fait la raison première du voyage — ne pouvait pas tomber mieux à point en vérité. De par son titre et son contenu, il avait la valeur d'un puissant message adressé aux Tleilaxu.

Waff sortit de sa poche intérieure la mince liasse de papier cristal ridulien. Il nota l'intérêt soudain reflété sur le visage de ses conseillers : neuf visages semblables au sien, tous Masheikhs du plus profond du kehl. Neuf visages qui attendaient. Ils avaient lu ce document en kehl : « Le Manifeste des Atréides ». Ils avaient passé une nuit de réflexion sur le contenu du message. A présent, il était temps de confronter les mots. Waff posa le document sur ses genoux.

— Je propose d'assurer à cet écrit la plus large diffusion possible, dit-il.

— Sans aucun changement?

La réplique venait de Mirlat, celui de ses conseillers qui s'occupait le plus particulièrement du processus de transformation des gholas. Sans doute Mirlat aspirait-il à devenir Abdl et Mahaï. Waff fixa son regard sur les larges mâchoires du conseiller, à l'endroit où le cartilage durci était devenu, au fil des siècles, la marque évidente de l'âge avancé qu'atteignait son corps actuel.

— Exactement tel qu'il est arrivé entre nos mains, répondit Waff.

— Ce n'est pas sans danger, fit Mirlat.

Waff tourna la tête à droite, laissant à ses conseillers loisir d'observer son profil d'enfant avec le jet d'eau à l'arrière-plan. *La main de Dieu est à ma droite!* Le ciel au-dessus de sa tête était de cornaline polie, comme si Bandalong, la plus antique cité du Tleilax, avait été édifiée sous l'un de ces gigantesques dômes artificiels qui protégeaient les pionniers sur les planètes les plus rudes. Lorsqu'il se tourna de nouveau vers les conseillers, le visage de Waff était sans expression.

— Il n'y a aucun danger pour nous, dit-il.

— C'est une question d'opinion, contra Mirlat.

— Dans ce cas, exposons nos opinions. Avons-nous quoi que ce soit à redouter des Ixiens ou des Truitesses? Je pense que non. Il sont dans notre poche, même s'ils ne le savent pas encore.

Il laissa son auditoire s'imprégner de ses paroles. Tous ses conseillers savaient que les nouveaux Danseurs-Visages avaient infiltré les plus hautes assemblées des Ixiens et des Truitesses et que la substitution n'avait pas été décelée.

— La Guilde n'osera rien faire contre nous, car nous sommes sa seule source sûre de mélange, reprit Waff.

— Et ces Honorées Matriarches qui reviennent de la Dispersion? demanda Mirlat.

— Nous les affronterons quand le moment sera venu. Nous

serons aidés en cela par les descendants de ceux de notre peuple qui ont volontairement pris part à la Dispersion.

— Le moment paraît effectivement propice, murmura l'un des autres conseillers.

C'était Torg le Jeune qui venait de prendre la parole. *Parfait,* se dit Waff. *Une voix d'assurée.*

— Et le Bene Gesserit! jeta Mirlat.

— Je suis persuadé que les Honorées Matriarches écarteront ces sorcières de notre chemin, répliqua Waff. Déjà, elles se montrent les crocs comme des bêtes sauvages prêtes à s'entre-déchirer.

— Si l'auteur de ce manifeste est identifié, demanda Mirlat, que se passera-t-il?

Plusieurs conseillers hochèrent la tête. Waff les repéra : il faudrait s'appliquer à les convaincre.

— Il est dangereux de porter le nom des Atréides à notre époque, fit-il remarquer.

— Sauf sur Gammu, peut-être, lui dit Mirlat. Quant au nom des Atréides, il figure en tête de ce document!

C'est drôle, songea Waff. Le représentant du CHOM à la conférence powindah d'où il revenait lui avait fait la même réflexion. Cependant, la plupart des membres du CHOM étaient des athées pour qui toute religion était suspecte, et il ne faisait aucun doute que les Atréides avaient représenté une force religieuse importante. Les inquiétudes du CHOM avaient été presque palpables.

Il exposa à ses conseillers la teneur de ses réflexions.

— Ce dégénéré incroyant avait raison, insista Mirlat. Ce document a quelque chose d'insidieux.

Il faudra que je m'occupe de Mirlat, songea Waff. Ouvrant le manifeste qui était sur ses genoux, il lut la première ligne à haute voix :

— « Au commencement était le verbe et le verbe était Dieu. »

— Cela vient droit de la Bible Catholique d'Orange, fit Mirlat.

À nouveau, il y eut quelques hochements de tête gênés. Waff montra la pointe de ses canines en un bref sourire:

— Vous suggérez peut-être que certains, parmi les powindahs, soupçonnent l'existence du Shariat et des Masheikhs?

Cela faisait du bien, de pouvoir prononcer ouvertement de telles paroles, en rappelant au passage à son auditoire qu'il n'y avait qu'ici, dans le secret de cette assemblée, que les vieux mots et le vieux langage étaient préservés sans changement. Mais Mirlat ou bien l'un des autres avaient-ils peur que de simples mots Atréides sèment la subversion dans le Shariat?

Il posa également cette question et vit les fronts se plisser.

— L'un d'entre vous, demanda-t-il, croirait-il par hasard qu'il existe un seul powindah capable d'utiliser le langage de Dieu?

Qu'ils méditent un peu cela! Tous ceux qui étaient ici s'étaient réveillés maintes fois dans la chair d'un ghola. Il y avait dans cette assemblée une unité physique à laquelle peu de peuples pouvaient prétendre. Mirlat lui-même avait vu le Prophète de ses propres yeux. Scytale avait parlé à Muad-Dib! Ayant appris à faire revivre la chair et à restaurer la mémoire, ils avaient condensé ces pouvoirs entre les mains d'un gouvernement unique dont les interventions étaient strictement limitées de peur qu'elles ne soient requises de partout. Seules les sorcières avaient à leur disposition un réservoir d'expérience analogue dans lequel elles pouvaient puisser à volonté. Mais elles ne le faisaient qu'avec la plus extrême prudence, terrifiées qu'elles étaient à l'idée de produire un nouveau Kwisatz Haderach!

Waff exposa tout cela à ses conseillers et conclut en disant :

— Le moment d'agir est venu.

Voyant que personne n'exprimait son désaccord, il ajouta:

— Ce manifeste est l'œuvre d'un seul auteur. Toutes les analyses concordent sur ce point. Mirlat?

— Il ne fait aucun doute qu'il a été écrit par une seule personne et que cette personne possède véritablement le sang des Atréides, approuva Mirlat.

— Tous ont affirmé la même chose au congrès powindah, fit Waff. Même un Navigateur de la Guilde du troisième degré a accepté cette conclusion.

— Mais cet auteur unique a produit quelque chose qui déchaîne de violentes réactions dans des sphères très diverses, objecta Mirlat.

— Avons-nous jamais douté de la capacité des Atréides à semer la perturbation? demanda Waff. Quand les powindahs m'on montré ce document, j'ai tout de suite compris que Dieu nous avait envoyé un signe.

— Les sorcières nient toujours être à l'origine du manifeste? demanda Torg le Jeune.

Comme il est perceptif, songea Waff avant de lui répondre:

— Toutes les religions powindahs sont remises en question dans ce document. Toutes les fois sauf la nôtre sont expédiées dans les limbes.

— C'est précisément le problème! lança Mirlat.

— Mais nous sommes les seuls à le savoir, poursuivit Waff. Qui d'autre soupçonne seulement l'existence du Shariat?

— La Guilde, fit Mirlat

— Elle n'en a jamais parlé à personne et elle ne le fera jamais. Elle sait trop bien quelle serait notre réaction.

Il ouvrit de nouveau le manifeste posé sur ses genoux et en lut un passage à haute voix :

— « Des forces que nous ne comprenons pas imprègnent notre univers. Nous apercevons l'ombre de ces forces projetée sur un écran accessible à nos sens, mais il ne nous est pas permis de saisir leur essence. »

— Celui qui a écrit cela est au courant du Shariat, grommela Mirlat.

Waff poursuivit sa lecture comme s'il n'y avait pas eu d'interruption.

— « La compréhension exige des mots. Mais certaines choses ne peuvent être réduites à de simples mots. L'expérience de certaines choses ne peut être faite qu'en l'absence des mots. »

Comme s'il tenait à la main quelque relique sacrée, Waff reposa le document sur ses genoux. D'une voix si basse que la plupart de ses auditeurs durent se pencher en avant et que certains portèrent la main en cornet autour d'une oreille, il ajouta :

— Autrement dit, notre univers est magique. Autrement dit, toutes les formes arbitraires sont transitoires et sujettes à des transformations magiques. La science nous a conduits à cette interprétation comme si elle nous plaçait sur des rails dont nous ne pouvons pas nous écarter.

Il laissa ces paroles foisonner un instant puis reprit :

— Aucun prêtre rakien du Dieu Fractionné ni aucun autre charlatan powindah ne pourrait accepter cela. Nous seuls savons que ces paroles sont vraies parce que notre Dieu est un Dieu magique dont nous parlons le langage.

— On nous accusera d'en être les auteurs, déclara Mirlat. Mais à peine avait-il parlé qu'il secouait vivement la tête de droite à gauche : Non! Ce n'est pas cela. Je vois ce que vous voulez dire.

Waff demeura silencieux. Il les voyait tous plongés dans des réflexions sur leurs origines soufiques et dans le souvenir de la Grande Croyance et de l'œcuménisme Zensunni qui avait engendré le Bene Tleilax. Les gens de ce kehl connaissaient les faits, révélés par Dieu, de leurs origines, mais le passage des générations avait fait en sorte qu'aucun powindah ne partageait ce secret bien gardé.

Les mots affluèrent silencieusement à l'esprit de Waff : *« Les suppositions fondées sur la compréhension impliquent la croyance en un sol absolu d'où toute chose est issue comme une plante qui germe à partir d'une graine. »*

Sachant que ses conseillers avaient également en mémoire ce dogme de la Grande Croyance, Waff leur répéta l'admonition Zensunni :

— De telles suppositions découlent d'une foi dans les mots qu'aucun powindah ne saurait mettre en doute. Seul le Shariat doute, et il le fait en silence.

Les conseillers hochèrent la tête à l'unisson. Waff s'inclina légèrement et poursuivit :

— Le fait de dire qu'il existe des choses que les mots ne peuvent décrire ébranle un univers où les mots constituent la croyance suprême.

— Le poison powindah! crièrent ses conseillers en chœur.

Il les tenait tous dans le creux de sa main, à présent. Il enfonça le clou de sa victoire en demandant :

— Quel est le Credo Soufi-Zensunni?

Ils ne pouvaient pas le dire en mots, mais ils eurent tous la même pensée. *Pour atteindre au s'tori, nulle compréhension n'est requise. Le s'tori existe indépendamment des mots. Il existe même s'il n'a pas de nom.*

Quelques instants plus tard, ils étaient tous en train d'échanger des regards entendus. Mirlat prit sur lui de réciter la profession de foi du Tleilax :

— Je prononce le nom de Dieu, mais ce n'est pas mon Dieu. Ce n'est qu'un bruit, guère plus impressionnant que les autres bruits.

— Je vois maintenant, dit Waff, que vous ressentez tous l'importance de ce que nous apporte ce document. Des millions et des millions d'exemplaires ont déjà été mis en circulation chez les powindahs.

— Par qui? demanda Mirlat.

— Quelle importance? contra Waff. Que les powindahs se fatiguent à les chercher, à essayer d'en découvrir l'origine, à les censurer, à prêcher contre leur contenu. Par chacune de ces actions, ils injecteront plus de force au manifeste.

— Ne devrions-nous pas prêcher nous aussi contre lui? demanda Mirlat.

— Seulement si l'occasion le demande. Regardez! (Il fit claquer les papiers sur ses genoux.) Les powindahs ont réduit leurs perceptions à leurs objectifs les plus étroits et c'est leur principale faiblesse. Nous devons faire en sorte que ce manifeste bénéficie de la plus large diffusion possible.

— La magie de notre Dieu est notre seul pont, entonnèrent les conseillers.

Waff observa qu'ils avaient tous recouvré la sécurité centrale de leur foi. La chose n'avait pas été difficile à obtenir. Aucun Masheikh ne partageait la stupidité des powindahs qui gémissaient : « Dans ta grâce infinie, ô mon Dieu, pourquoi moi? » Dans la même phrase, les powindahs trouvaient le moyen d'invoquer et de nier l'infini sans s'aviser de leur propre folie.

— Scytale! appela Waff.

Le plus jeune des conseillers, au visage de bébé, assis à l'extrême gauche comme il se devait, se pencha en avant avec empressement.

— Vous pouvez armer les fidèles, ajouta Waff.

— Je trouve étonnant que ce soit un Atréide qui nous ait fourni cette arme, dit Mirlat. Comment font les Atréides pour s'attacher chaque fois à un idéal capable de rassembler des milliards d'adeptes?

— Ce ne sont pas les Atréides, mais Dieu, fit Waff en levant les deux mains pour prononcer la clôture rituelle : Les Masheikhs, s'étant réunis au sein du kehl, ont senti la présence de leur Dieu.

Waff ferma les yeux et attendit que les autres partent. *Les Masheikhs!* Comme cela faisait du bien, de prononcer ce mot en kehl, de parler le langage de l'Islamiyat, qu'aucun Tleilaxu n'utilisait en dehors de ces assemblées secrètes. Même devant les Danseurs-Visages, ce langage était interdit. Depuis le Wekht de Jandola jusqu'aux confins les plus reculés du Yaghist Tleilaxu, il n'y avait pas un seul powindah vivant qui connût ce secret.

Le Yaghist, se dit Waff en se levant du banc. *La terre des non-soumis.*

Il avait l'impression de sentir le document vibrer entre ses doigts. Ce Manifeste des Atréides était exactement le genre de chose que les powindahs pouvaient suivre en masse jusqu'à leur perte.

Il y a des jours où c'est du mélange; et il y a des jours où c'est de la terre amère.

Aphorisme Rakien

Dans sa troisième année chez les prêtres de Rakis, la jeune Sheeana était allongée à plat ventre au sommet d'une haute dune incurvée, scrutant l'horizon lointain du matin où elle entendait une sourde rumeur caractéristique. L'air du désert était ourlé de vapeurs irréelles figées par une lumière d'argent. Le froid de la nuit était encore perceptible.

Sheeana savait que les prêtres l'observaient, du haut de leur abri en forme de tour, deux kilomètres derrière elle; mais elle s'en souciait peu. C'était le tremblement du sol sous son corps qui retenait présentement toute son attention.

Il est énorme, se dit-elle. *Au moins soixante-dix mètres. Il doit être magnifique.*

Le distille gris était souple et lisse contre sa peau. Rien à voir avec le tissu grossier et rapiécé de celui qu'elle portait avant d'être prise en charge par les prêtres. Elle se réjouissait d'avoir ce distille ainsi que la riche cape blanche et pourpre qui le couvrait, mais elle était surtout heureuse à l'idée d'être ici. En de tels moments, elle se sentait envahie par quelque chose d'exaltant et de dangereux.

Les prêtres ne comprenaient rien à ce qui se passait ici. Elle le savait très bien. C'étaient des lâches. Elle regarda par-dessus son épaule, en direction de la tour, et vit les éclats de soleil reflétés par les objectifs.

C'était une enfant précoce de onze années standard, au teint sombre et aux cheveux bruns par endroits éclaircis par le soleil. Elle imaginait très clairement ce que les prêtres voyaient dans leurs instruments grossissants.

Ils me voient en train de faire ce qu'aucun d'eux n'oserait faire. Ils me voient au milieu du chemin de Shaïtan. Je suis toute petite au milieu des sables et Shaïtan est très gros. Ils l'aperçoivent déjà.

D'après le crissement qu'elle entendait, elle savait qu'elle n'allait pas tarder à apercevoir à son tour le ver géant. Elle ne désignait pas le monstre qui s'approchait sous le nom de Shaï-Hulud, le Dieu des sables, comme le faisaient les prêtres qui chaque matin récitaient leur litanie en l'honneur de la perle de conscience de Leto II renfermée dans chaque maître annelé du désert. Pour elle, les vers géants étaient simplement « ceux qui m'ont épargnée », ou « Shaïtan ».

A présent, ils lui appartenaient.

Cette relation avait été instaurée un peu plus de trois mois auparavant, durant le mois d'igat de l'ancien calendrier, le mois où elle avait eu ses huit ans. Son village était très pauvre. Il faisait partie de ces avant-postes construits bien en dehors des barrières de sécurité que représentaient les qanats et les canaux circulaires de Keen. Seul un fossé de sable plus ou moins humide protégeait ces villages. Shaïtan se tenait généralement à l'écart de l'eau, mais le vecteur des truites avait vite fait d'absorber toute trace d'humidité. Le village était un misérable assemblage de cabanes et de taudis autour des deux petits pièges à vent qui fournissaient l'eau de boisson. Il fallait chaque jour, pour reconstituer la barrière humide, gaspiller l'éventuel surplus d'eau précieuse recueillie par ces pièges à vent.

Ce matin-là — comme aujourd'hui, le froid de la nuit était encore piquant dans ses narines et dans ses poumons, et l'horizon était enrobé d'une brume fantôme —, la plupart des enfants du village s'étaient égaillés dans le désert pour y chercher, comme à l'accoutumée, des débris de mélange que

Shaïtan semait parfois sur son passage. Deux gros vers avaient été entendus cette nuit à proximité. Le mélange, malgré l'effondrement des cours sur le marché moderne, pouvait leur payer les briques vernissées avec lesquelles ils construiraient leur troisième piège à vent.

En même temps qu'ils cherchaient l'épice, les enfants étaient automatiquement attentifs au moindre signe susceptible de révéler la présence sous les sables d'un ancien sietch fortifié du temps des Fremen. Ce n'étaient plus aujourd'hui que des ruines, mais leurs murailles rocheuses procuraient un abri sûr contre Shaïtan. De plus, certaines de ces ruines avaient la réputation de cacher des magots d'épice. Tous les habitants des villages rêvaient de découvrir un jour un tel trésor.

Sheeana, vêtue de son distille rapiécé et de sa cape de pacotille, avait pris seule la direction du nord-est, où une lointaine colonne de vapeurs miroitantes marquait l'emplacement de la grande cité de Keen, prodigue de ses trésors d'humidité qui s'envolaient sous le soleil.

Chercher des bribes de mélange dans le désert revenait principalement à se fier à son odorat. C'était une forme de concentration qui ne laissait que peu de place à l'écoute du crissement de sable annonçant l'approche de Shaïtan. Les muscles des jambes devaient apprendre à se déplacer automatiquement selon un rythme brisé qui se fondait dans l'ensemble des bruits naturels du désert.

Au début, Sheeana n'avait pas entendu les cris. Ils étaient étroitement mêlés au bruit de saltation du sable que le vent soufflait sur les barracans qui dissimulaient le village à sa vue. Mais, progressivement, elle en avait pris conscience et maintenant elle s'alarmait.

De nombreuses voix qui hurlent!

Oubliant la démarche non rythmée du désert, elle courut aussi vite que ses jambes le permettaient, escalada la face abrupte et glissante de la barracan et porta son regard en direction du bruit angoissant. Elle arrivait juste à temps pour voir la cause des derniers cris.

Le vent et les truites des sables avaient asséché un arc considérable du fossé qui protégeait le village à son extrémité opposée. De l'endroit où elle était, elle distinguait la brèche à la différence de couleur. Un ver sauvage avait pénétré à l'intérieur. Il décrivait des cercles fous à la limite de la partie encore humide. Sa gueule gigantesque environnée de flammes sombres balayait les gens et les taudis en une spirale qui se rétrécissait rapidement.

Sheeana vit les derniers survivants massés au centre de cette dévastation, dans un espace jonché de débris d'habitations et de pièges à vent. Sous ses yeux, certains tentèrent de s'échapper vers le désert. Elle reconnut son père parmi ceux qui couraient. Il n'y eut aucun survivant. La gueule énorme les engloutit tous avant de raser ce qu'il restait du village.

Seule une petite colonne de fumée montant du sable noirci indiquait l'endroit où s'était dressé le minuscule village qui avait osé usurper une partie du territoire de Shaïtan. Ce lieu était maintenant aussi dépourvu de signes de présence humaine qu'au temps où personne ne l'avait encore foulé.

Sheeana prit une inspiration saccadée, par le nez, pour préserver l'humidité de son corps, comme tous les vrais enfants du désert avaient appris à le faire. Elle scruta l'horizon à la recherche des autres enfants, mais les traces laissées par Shaïtan formaient de grandes boucles de l'autre côté du village et il n'y avait plus la moindre silhouette humaine en vue. Elle poussa le cri de rassemblement perçant qui portait loin dans l'air sec du désert. Aucune réponse ne lui revint.

Toute seule.

Elle avança, comme en transe, le long de la crête de sable, vers l'endroit où avait été son village. A mesure qu'elle s'en rapprochait, une forte odeur de cannelle emplissait ses narines, apportée par le vent qui balayait toujours la crête des dunes. Elle comprit ce qui s'était passé. Le village, par malheur, avait été bâti sur une poche d'épice en gestation. Lorsque cette formidable masse enfouie sous les sables était arrivée à maturité, explosant pour former le mélange, Shaïtan avait accouru. Tous les enfants du désert savaient que Shaïtan était incapable de résister à une explosion de masse d'épice.

La fureur et le désespoir gagnèrent Sheeana. Sans se rendre compte de ce qu'elle faisait, elle dévala le versant de la dune en direction de Shaïtan et surgit derrière lui au moment où il s'en retournait par la brèche qui lui avait permis de franchir le fossé humide. Sans hésiter, elle poursuivit sa course le long de sa queue, s'y hissa et se remit à avancer sur l'énorme dos annelé. Arrivée sur la bosse qui précédait la tête, elle se mit à genoux et martela des poings la surface rigide.

Le ver s'arrêta.

Sa fureur soudain transformée en terreur, Sheeana cessa de tambouriner sur le ver. Alors seulement, elle se rendit compte qu'elle était en train de hurler. Un atroce sentiment de solitude désemparée l'étreignit. Elle ne comprenait pas comment elle était arrivée ici, mais elle savait où elle se trouvait et elle était morte de peur.

Le ver demeurait immobile sur le sable.

Sheeana ne savait pas ce qu'elle devait faire. D'un moment à l'autre, Shaïtan pouvait se laisser rouler sur le dos et l'écraser. Ou bien il pouvait s'enfouir, et elle resterait à la surface où il pourrait l'attraper aisément.

Brusquement, le long tremblement se propagea sur toute la longueur du monstre, depuis l'extrémité de sa queue jusqu'à la position qu'occupait Sheeana derrière sa tête. Le ver commença à avancer. Il décrivit un arc de cercle large et prit de la vitesse en direction du nord-est.

Sheeana se pencha en avant et s'agrippa à la crête principale de l'anneau le plus proche. Elle avait peur que le ver ne s'enfonce soudain dans le sable. Que ferait-elle alors? Mais Shaïtan ne semblait pas avoir envie de s'enfouir. A mesure que les minutes passaient et que leur course à travers le désert demeurait strictement rectiligne, elle retrouvait peu à peu ses capacités de réflexion. Ce qu'elle était en train de faire n'était pas entièrement nouveau. Les prêtres du Dieu Fractionné interdisaient formellement cette pratique, mais l'histoire écrite tout comme l'histoire orale racontaient que les anciens Fremen avaient coutume de se déplacer ainsi. Ils se tenaient debout sur le dos de Shaïtan en s'aidant de bâtons flexibles terminés par des crochets. Les prêtres avaient décrété qu'il en était ainsi du temps où Leto II ne partageait pas encore sa conscience avec le Dieu du désert, mais qu'il était à présent défendu de se livrer à des actes susceptibles de profaner les restes éparpillés de l'Empereur-Dieu.

A une allure stupéfiante, le ver emportait Sheeana vers l'horison miroitant où la cité de Keen était comme un mirage voilé par la brume. Sa cape usée battait contre la surface mince de son distille rapiécé. Ses doigts lui faisaient mal à l'endroit où elle agrippait la crête de l'anneau géant. L'odeur mêlée de pierre brûlée, d'ozone et de cannelle provenant des échanges thermiques du ver assaillait ses narines selon les sautes de vent.

Les prêtres vont me voir et ils seront fâchés, se dit-elle.

Elle apercevait déjà les murs bas qui marquaient l'emplacement des premiers qanats et, plus loin, la courbe d'un aqueduc au ras du sol. Dominant ces ouvrages se dressaient les murs de jardins en terrasses et les hautes structures des pièges à vent géants. Puis il y avait les bâtiments du temple, entourés de leurs propres canaux.

Une journée de marche à travers le désert en un peu moins d'une heure !

Ses parents et ses voisins du village avaient plusieurs fois accompli ce voyage pour acheter des marchandises ou participer aux danses, mais Sheeana ne les avait accompagnés qu'à deux reprises. Elle se souvenait surtout des danses et des manifestations de violence qui s'ensuivaient. Les dimensions de Keen l'impressionnaient terriblement. Tous ces bâtiments! Tout ce monde! Shaïtan n'aurait jamais pu dévaster un endroit pareil.

Mais le ver fonçait droit devant lui, comme s'il avait l'intention de bondir par-dessus le qanat et l'aqueduc. Sheeana voyait la cité devenir de plus en plus grosse. La fascination l'emportait sur la terreur. Shaïtan n'allait jamais s'arrêter!

Le ver géant ralentit brusquement et s'immobilisa.

Les tubes d'aération du qanat se trouvaient à moins de cinquante mètres de sa gueule béante. Sheeana perçut les lourds effluves de cannelle et les grondements qui montaient de la fournaise intérieure de Shaïtan.

Elle comprit enfin que son voyage s'arrêtait là. Prudemment, elle lâcha l'anneau auquel elle s'agrippait. Elle se mit debout, s'attendant à être renversée d'un moment à l'autre si le ver se remettait en mouvement. Mais Shaïtan attendait sans bouger. Lentement, Sheeana se laissa glisser sur le sable et demeura là. Qu'allait faire le ver maintenant? Allait-il s'en aller? Elle avait vaguement l'intention de courir s'abriter dans le qanat, mais Shaïtan la fascinait. Glissant et trébuchant dans le lit de sable creusé par la masse du ver, elle contourna sa tête et fit face à la terrifiante gueule. Derrière les dents de cristal, les flammes roulaient d'avant en arrière en ronflant. Une terrible exhalaison d'épice fit reculer Sheeana.

La fureur qui lui avait fait dévaler la dune la première fois et grimper sur le dos du monstre s'empara à nouveau d'elle.

— Maudit Shaïtan! s'écria-t-elle en brandissant un poing menu. Que t'avons-nous donc fait?

C'étaient exactement les mots qu'elle avait entendu prononcer par sa mère après la destruction d'un jardin de tubercules. Aucune partie d'elle-même ne s'était jamais interrogée sur ce nom, Shaïtan, ni sur la fureur de sa mère. Elle était au fin fond de la misère rakienne et elle le savait. Les gens comme elle croyaient d'abord à Shaïtan et ensuite à Shaï-Hulud. Les vers étaient des vers, et parfois bien pis. Il n'y avait pas de justice au milieu des sables. Il n'y avait que du danger. La pauvreté et la crainte des prêtres forçaient peut-être les siens à hanter le périlleux désert, mais même ainsi ils ne se départaient jamais de la détermination farouche qui avait toujours poussé les Fremen.

Cette fois-ci, cependant, Shaïtan avait gagné.

Confusément, Sheeana était en train de s'apercevoir qu'elle se trouvait sur le chemin du monstre. Ses pensées inachevées lui disaient qu'elle avait commis une folie. Bien plus tard, lorsque l'enseignement des Sœurs lui aurait permis d'analyser ces moments, elle comprendrait que c'était la terreur de la solitude qui l'accablait et lui faisait souhaiter inconsciemment que Shaïtan l'emporte en compagnie de ses morts.

Un crissement monta de sous la masse du ver.

Sheeana étouffa un cri.

Lentement d'abord, puis de plus en plus vite, le ver recula de plusieurs mètres. Il se tourna alors et s'éloigna vers le désert, longeant la double ornière qu'il avait tracée en venant. Le crissement de son passage diminua peu à peu et Sheeana prit conscience d'un autre bruit persistant. Elle leva les yeux vers le ciel. Le *schwop-schwop* d'un ornithoptère sacerdotal descendit sur elle, en la balayant de son ombre. L'appareil lança des reflets au soleil du matin tandis qu'il s'éloignait dans le désert sur les traces du ver.

Sheeana se sentit alors envahie par une peur plus familière. *Les prêtres!*

L'orni, au loin, avait fait demi-tour. Il revint se poser lentement sur une surface de sable aplanie par le ver à quelques mètres de Sheeana. Elle sentit l'odeur de l'huile et celle, âcre et nauséeuse, du carburant. L'orni était comme un insecte géant tapi sur le sable, prêt à bondir sur elle.

Une portière s'ouvrit.

Sheeana mit les épaules en arrière et ne recula pas. Très bien; ils l'avaient attrapée. Elle ne se faisait pas d'illusions sur ce qui l'attendait. Essayer de fuir n'aurait servi à rien. Seuls les prêtres utilisaient des ornis. Il voyaient tout et ils pouvaient aller partout.

Deux prêtres richement vêtus de robes blanches ornées d'or et de pourpre descendirent de l'orni et se mirent à courir vers elle dans le sable. Ils se prosternèrent si près de Sheeana qu'elle sentit leur transpiration et l'encens musqué, à base de mélange, qui imprégnait leurs vêtements. Ils étaient jeunes, mais ressemblaient à tous les autres prêtres qu'elle avait déjà vus : les traits mous, les mains sans cals, indifférents aux déperditions d'humidité corporelle. Aucun des deux ne portait de distille sous sa robe.

Celui qui était agenouillé sur sa gauche, les yeux au même niveau que ceux de Sheeana, lui parla :

— Enfant de Shaï-Hulud, nous avons vu ton Père t'amener sur son dos de son lointain pays.

Ces paroles n'avaient aucun sens pour Sheeana. Les prêtres étaient des gens dont il fallait avoir peur. Ses parents et tous les adultes qu'elle connaissait le lui avaient toujours enseigné par les mots et par l'exemple. Les prêtres possédaient des ornithoptères. Les prêtres vous donnaient à dévorer à Shaïtan pour la moindre infraction, et même sans infraction, par simple caprice sacerdotal. Les siens connaissaient de nombreux cas.

Sheeana recula d'un pas. Elle regarda les deux hommes agenouillés devant elle puis tourna la tête de tous les côtés. Où aurait-elle pu s'enfuir?

Celui qui avait déjà parlé leva une main implorante.

— Reste avec nous.

— Vous êtes trop méchants! fit Sheeana d'une voix que l'émotion rendait cinglante.

Les deux prêtres se prosternèrent de nouveau sur le sable.

Au loin, en haut des tours de la cité, des objectifs renvoyèrent des éclats de soleil. Sheeana les aperçut. Elle savait ce que c'était. Les prêtres étaient toujours en train d'épier tout le monde dans les cités. Quand on voyait ces éclats, il fallait surtout s'arranger pour ne pas se faire remarquer, et « bien se tenir ».

Elle croisa les mains devant elle pour les empêcher de trembler. Elle regarda à droite et à gauche, puis baissa les yeux vers les deux prêtre prosternés. Il y avait quelque chose qui n'allait pas.

La figure dans le sable, les deux prêtres frissonnaient de peur et attendaient sans oser bouger.

Sheeana ne savait comment réagir. Son esprit de huit ans était incapable d'assimiler les événements récents. Elle savait que ses parents et tous leurs voisins avaient été pris par Shaïtan. Elle l'avait vu de ses propres yeux. Et Shaïtan l'avait amenée ici, en refusant de l'engloutir dans son horrible fournaise. Elle avait été épargnée.

Voilà un mot qu'elle comprenait très bien. *Epargnée.* On le lui avait expliqué quand elle avait appris les danses et les chants.

Shaï-Hulud, épargne-nous!
Ecarte Shaïtan de notre chemin...

Lentement, car elle ne voulait pas déranger les prêtres prosternés, elle se lança dans les figures enchaînées, arythmiques de la danse. A mesure que la musique lui revenait en mémoire, elle dénoua ses mains et écarta majestueusement les bras, levant haut le pied dans le même mouvement. Puis elle commença à tourner sur elle-même, d'abord lentement puis de plus en plus vite dans l'extase de la musique. Sa longue chevelure brune tournoyait sur son visage.

Les deux prêtres avaient osé relever la tête. L'enfant étrange était en train d'exécuter La Danse! Ils en reconnaissaient les mouvements. C'était la Danse Propitiatoire. Elle était en train de demander à Shaï-Hulud de pardonner les péchés commis par son peuple. Elle priait Dieu de leur donner son pardon!

Ils tournèrent la tête pour s'entre-regarder et, ensemble, se remirent à genoux. Puis ils commencèrent à taper rythmiquement dans leurs mains, suivant la tradition qui consistait à essayer de distraire l'attention de la danseuse. Et ils chantèrent les antiques paroles :

Nos pères mangeaient la manne du désert
Dans les endroits torrides où soufflaient les tornades...

Les prêtres ne faisaient plus attention qu'à l'enfant. C'était une petite chose fragile, aux muscles filiformes et aux membres grêles. Sa cape et son distille étaient usés et rapiécés comme ceux des plus démunis. Ses pommettes hautes projetaient des ombres sur le bistre de son visage. Les prêtres remarquèrent qu'elle avait les yeux marron et les cheveux bruns, par endroits striés de fauve sous l'action du soleil. Il y avait dans l'acuité de tous ses traits — le nez et le menton étroits, le front large, la grande bouche aux lèvres minces, le cou élancé — quelque chose qui évoquait la parcimonie de l'eau. Elle avait un air de famille avec les portraits de Fremen que l'on pouvait voir dans le Saint des Saints de Dar-es-Balat. Quoi de plus naturel, pour la fille de Shaï-Hulud?

Elle dansait admirablement, aussi. Pas une seule figure rythmique facile à reproduire ne faisait partie de sa danse. Il y avait un rythme, mais il était admirablement espacé, d'une centaine de mouvements au moins. Et elle maintint la cadence tandis que le soleil grimpait de plus en plus dans le ciel. Il était presque au zénith quand Sheeana s'effondra, épuisée, dans le sable.

Les prêtres se relevèrent et regardèrent le désert, dans la direction vers laquelle Shaï-Hulud s'était éloigné. Les vibrations de la danse ne l'avaient pas fait revenir. Ils avaient donc été pardonnés.

C'est ainsi qu'avait commencé la nouvelle vie de Sheeana.

Avec animation, dans leurs quartiers privés, plusieurs jours d'affilée, les prêtres de secteurs avaient discuté de son cas. Finalement, ils avaient soumis leurs interprétations et leurs différentes conclusions à l'arbitrage du Grand Prêtre, Hedley Tuek. Celui-ci avait réuni le soir même ses six conseillers dans la Petite Salle du Synode où un portrait mural de Leto II, visage humain à l'extrémité d'un grand corps vermiforme, les considérait de son regard bienveillant.

Tuek prit place sur un banc de pierre qui provenait des ruines de l'ancien Sietch Windgap. Muad'Dib en personne, à ce que l'on disait, s'était assis sur ce banc, dont l'un des pieds s'ornait encore d'un bas-relief représentant le faucon des Atréides.

Ses conseillers s'assirent sur des bancs moins hauts et plus modernes face à lui.

Le Grand Prêtre était une figure imposante. Il avait de longs cheveux gris et soyeux, bien peignés, qui lui arrivaient aux épaules et formaient un cadre parfait pour son visage rectangulaire à la bouche large, aux lèvres épaisses et au menton massif. Les yeux de Tuek, à l'ombre d'épais sourcils gris broussailleux, avaient gardé leur blanc d'origine, qui faisait ressortir le bleu foncé des pupilles.

Les conseillers formaient un ensemble disparate. Rejetons pour la plupart de vieilles familles sacerdotales, ils avaient la conviction intime, chacun de son côté, que tout irait bien mieux si c'étaient eux qui étaient assis sur le banc de Tuek.

Stiros, au visage pincé et à la silhouette décharnée, se posa tout de suite en porte-parole de l'opposition.

— Ce n'est qu'une pauvre enfant du désert qui est montée sur le dos de Shaï-Hulud. La chose est formellement interdite et demande à être châtiée.

Plusieurs voix s'élevèrent immédiatement :

— Non, non, Stiros, Vous avez mal compris! Elle n'était pas debout sur Shaï-Hulud comme les ancien Fremen. Elle n'avait pas d'hameçons à faiseurs, ni...

Stiros essaya vainement de les faire taire. C'était l'impasse, à ce que constatait Tuek. Trois contre trois, en comptant Umphrud, cet hédoniste gras qui se faisait toujours l'avocat d'une « acceptation prudente ».

— C'est vrai qu'elle n'avait aucun moyen de diriger Shaï-Hulud, fit Umphrud. Nous l'avons tous vue sauter sur le sable sans la moindre peur quand elle est arrivée, et lui parler.

Ils avaient tous vu cette scène, en effet, soit sur le moment, soit par l'intermédiaire de l'enregistrement holo que quelqu'un d'avisé avait réalisé. Enfant du désert ou pas, cette petite avait défié Shaï-Hulud, elle lui avait parlé, et Shaï-Hulud ne l'avait pas dévorée. Le Ver-de-Dieu avait même reculé pour obéir à l'enfant et s'en retourner dans le désert.

— Nous la mettrons à l'épreuve, déclara Tuek.

De bonne heure le lendemain matin, un ornithoptère piloté par les deux prêtres qui avaient ramené Sheeana du désert la transporta hors de portée du regard de la populace de Keen. Les prêtres la conduisirent au sommet d'une dune où ils plantèrent dans le sable la reproduction exacte d'un marteleur fremen. Quand ils le firent marcher, un cognement sourd et régulier fit trembler le désert. C'était l'ancienne manière d'appeler Shaï-Hulud. Les prêtres regagnèrent en courant leur orni et décollèrent, laissant là Sheeana pétrifiée, ses pires terreurs réalisées, à moins de vingt mètres du marteleur.

Deux vers furent attirés. Ce n'étaient pas les plus gros que les prêtres eussent observés. Ils faisaient moins de trente mètres de long. L'un d'eux arracha le marteleur en le réduisant au silence. Ensemble, ils décrivirent un cercle et vinrent s'immobiliser à cinq mètres de Sheeana.

Elle les regardait, résignée, les poings sur les hanches. C'était cela que les prêtres faisaient toujours. Ils donnaient les gens à manger à Shaïtan.

A bord de leur orni qui tournait dans le ciel, les deux prêtres suivaient avec fascination la scène que leurs objectifs transmettaient, dans la résidence du Grand Prêtre à Keen, à des observateurs non moins fascinés qu'eux. Tous avaient déjà contemplé des spectacles similaires. C'était une forme de châtiment classique, une manière commode d'éliminer les contestataires du clergé ou de la populace, ou encore de préparer la voie à l'acquisition d'une nouvelle concubine. Mais jamais, jusqu'à présent, la victime n'avait été une petite fille solitaire. Et quelle petite fille!

Résignée à son sort, elle n'essaya pas de prendre la fuite. Bientôt, se disait-elle, elle retrouverait ses parents et tous ses amis. Mais comme les vers demeuraient immobiles, la colère remplaça peu à peu la peur. Les méchants prêtres l'avaient abandonnée! Elle entendait leur orni au-dessus de sa tête. La forte odeur d'épice exhalée par les vers emplissait l'atmosphère autour d'elle. Abruptement, elle leva la main droite, l'index pointé sur l'orni.

— Allez-y, mangez-moi! C'est ce qu'ils veulent, là-haut!

Les prêtres ne pouvaient entendre ce qu'elle disait, mais il était clair qu'elle s'adressait aux deux Vers-de-Dieu et cet index levé ne présageait rien de bon.

Les vers demeuraient immobiles. Sheeana baissa le bras.

— Vous avez tué mon père, ma mère et tous mes amis! accusa-t-elle en brandissant le poing et en faisant un pas en avant.

Les vers reculèrent pour conserver la même distance.

— Si vous ne voulez pas de moi, retournez à l'endroit d'où vous venez! cria-t-elle en montrant le désert.

Dociles, ils reculèrent encore et firent volte-face à l'unisson. Les prêtres de l'orni les suivirent jusqu'à ce qu'ils s'enfouissent dans le sable, à un peu plus d'un kilomètre de distance. Alors seulement, ils retournèrent chercher Sheeana, terrorisés et tremblants, pour la conduire à Keen.

Avant la nuit tombée, l'ambassade du Bene Gesserit avait reçu un rapport complet. Le lendemain matin, un message partit pour la Planète du Chapitre.

Cela s'était produit enfin!

L'ennui, avec un certain type de guerre, c'est qu'il détruit (et vous pouvez être sûrs que le Tyran le savait, car la leçon est implicitement contenue dans son enseignement) toute parcelle de sens moral chez les individus vulnérables. Les guerres de ce type ont pour conséquence de replonger des survivants intérieurement détruits au milieu de populations innocentes parfaitement incapables d'imaginer ce dont ces soldats de retour sont capables.

Les leçons du Sentier d'Or
Archives du Bene Gesserit

L'un des plus anciens souvenirs de Miles Teg se situait dans la salle à manger où il prenait ses repas avec ses parents et son jeune frère Sabin. Teg n'avait que sept ans à l'époque, mais ces événements étaient gravés d'une manière indélébile dans sa mémoire. La salle à manger sur Lernaeus était décorée de fleurs multicolores fraîchement cueillies. La lumière rase du soleil jaune était diffusée par d'antiques tentures. La vaisselle de fine porcelaine bleue et l'argenterie étincelante rehaussaient la table. Des acolytes étaient toujours là à portée de la main, car même si la mère de Miles était détachée en service spécial à titre permanent, il ne fallait pas gaspiller ses talents d'instructrice du Bene Gesserit.

Janet Roxbrough-Teg était une femme au visage large et osseux fait pour appartenir à une grande dame. Elle avait une façon de veiller, de la place qu'elle occupait à une extrémité de la table, à l'impeccable qualité du service, qui faisait toujours légèrement sourire Loschy Teg, le père de Miles. C'était un homme mince, au front haut, au visage si étroit que ses yeux foncés semblaient saillir sur le côté. Ses cheveux noirs formaient un contraste parfait avec la blondeur de sa femme.

Dominant de sa voix douce le cliquetis des couverts et la riche odeur épicée de la soupe d'édu, sa mère était en train d'expliquer à son père la manière de traiter un Libre Négociant importun. Quand elle avait prononcé le nom de « Tleilax », Miles avait dressé l'oreille, car son programme d'enseignement portait justement en ce moment sur le Bene Tleilax.

Même Sabin, qui devait succomber, bien des années plus tard, au poison d'un assassin sur Romo, s'efforçait d'écouter avec toute l'attention que lui permettaient ses quatre ans. Sabin admirait son frère comme un héros. Tout ce qui était digne d'intérêt pour Miles l'était également pour Sabin. Les deux frères écoutaient donc la conversation en silence.

— C'est un homme de paille des Tleilaxu, disait Dame Janet. Je l'entends à sa voix.

— Je ne doute pas de ton habileté à déceler ces choses-là, ma chère, répondit Loschy Teg; mais qu'y puis-je? Il est dûment accrédité et propose de m'acheter...

— Cette commande de riz est sans importance pour le moment. Ne te laisse jamais leurrer par un Danseur-Visage. Ce qu'il recherche n'a rien à voir avec ce qu'il paraît rechercher.

— Mais je suis sûr que ce n'est pas un Danseur! Il...

— Loschy! C'est moi qui t'ai enseigné à les repérer et je sais très bien que tu en es capable. Bien sûr que ce Libre Négociant n'est pas un Danseur-Visage. Ils sont restés à bord du vaisseau. Ils savent que je suis ici.

— Et qu'ils ne peuvent pas te duper. Bien sûr, mais tout de même...

— La stratégie du Tleilax fait toujours partie d'un tissu de stratégies contradictoires parmi lesquelles une seule est la bonne. C'est à notre école qu'ils ont appris cela.

— Ma chère, si nous avons affaire aux Tleilaxu, et je ne discute pas ton jugement, c'est qu'il s'agit d'une question de mélange.

Dame Janet hocha doucement la tête. En fait, même Miles connaissait le rapport étroit qui existait entre le Tleilax et l'épice. C'était l'une des choses qui le fascinaient à propos du Tleilax. Pour chaque milligramme de mélange découvert sur Rakis, les cuves de Bene Tleilax en produisaient des tonnes. Le marché s'était élargi en fonction de ces nouvelles ressources et même la Guilde Spatiale avait dû s'incliner devant toute cette puissance.

— Mais le riz... commença Loschy Teg.

— Mon cher époux, le Bene Tleilax n'a nul besoin de telles quantités de riz ponji dans notre secteur. C'est pour l'échanger qu'ils en ont besoin. Nous devons découvrir à qui il est destiné en réalité.

— Tu veux que je les fasse attendre.

— À la bonne heure! Tu sauras t'en tirer à merveille. Tu ne donneras pas à ce Libre Négociant l'occasion de dire oui ou non. Quelqu'un qui a été formé au contact des Danseurs-Visages appréciera la subtilité.

— Nous forçons les Danseurs-Visages à sortir de leur vaisseau pendant que tu lances ta petite enquête ailleurs.

— Tu es merveilleux, sourit Dame Janet, quand tu prends ainsi les devants.

Ils échangèrent un tendre sourire de complicité.

— Il ne peut se tourner vers aucun autre fournisseur dans ce secteur, fit remarquer Loschy Teg.

— Il voudra par-dessus tout éviter qu'on lui dise que c'est à prendre ou à laisser, fit Dame Janet en tapotant le dessus de la table. Nous devons gagner du temps, le plus possible de temps. Il faut forcer les Danseurs-Visages à mettre le nez hors de leur vaisseau.

— Ils vont s'en rendre compte, bien sûr.

— Oui, mon cher; et c'est ce qui est dangereux. Tu ne devras les rencontrer que sur ton propre terrain, avec une bonne escorte à proximité.

Miles se souvenait que son père avait effectivement réussi à faire sortir les Danseurs-Visages de leur vaisseau. Sa mère l'avait laissé regarder, sur l'écran-judas, la petite pièce aux parois doublées de laiton où son père avait mené les tractations qui lui avaient valu les félicitations du CHOM, sans compter un bénéfice substantiel pour lui-même.

C'étaient les premiers Danseurs-Visages que Miles Teg avait l'occasion d'observer : deux petits hommes aussi semblables que des jumeaux. Une figure ronde, pratiquement sans menton, un nez rond retroussé, une bouche fine, des yeux noirs légèrement protubérants et des cheveux blancs coupés court qui se dressaient sur leur tête comme les poils d'une brosse. Ils portaient les même vêtements que le Libre Négociant : tunique noire et pantalon noir.

— L'illusion, Miles, lui avait dit sa mère, N'oublie jamais cela. L'illusion est leur domaine. Les Tleilaxu ne procèdent que d'une seule manière : fabriquer des illusions pour atteindre leur objectif réel.

— Comme le magicien au Cirque d'Hiver? demanda Miles sans quitter des yeux l'écran-judas où s'animaient les petits personnages.

— Tout à fait, répondit Dame Janet.

Elle regardait aussi l'écran tout en parlant, la main posée sur l'épaule de son fils en un geste de protection.

— Observe bien, Miles, reprit-elle. Ce sont des êtres malfaisants que tu vois là. Leur visage peut se transformer en un instant. Ils peuvent grandir de taille, paraître plus lourds. Ils pourraient imiter ton père de manière si parfaite que je serais la seule à pouvoir découvrir la substitution.

La bouche de Miles Teg s'arrondit en un « O » silencieux. Son attention demeurait rivée à l'écran, où il entendait son père expliquer que les cours du riz ponji du CHOM avaient de nouveau grimpé de manière alarmante.

— Le plus terrible de tout, avait continué Dame Janet, c'est que certains Danseurs parmi les plus récents sont capables, par simple contact avec leur victime, d'absorber une partie de leurs souvenirs.

— En lisant leurs pensées? demanda Miles, surpris, en se tournant vers sa mère.

— Pas exactement. Nous pensons qu'ils prennent plutôt une sorte de cliché de la mémoire, analogue à un enregistrement holo. Ils ne savent pas encore que nous sommes au courant.

Miles comprit qu'il ne devait parler de cela à personne, pas même à son père ni à sa mère. Elle lui avait appris la notion du secret Bene Gesserit.

Il continuait de regarder l'écran avec fascination. Les Danseurs-Visages ne manifestaient aucune réaction devant les paroles de son père. Seuls leurs yeux paraissaient briller avec un peu plus d'intensité.

— Pourquoi sont-ils si mauvais? demanda Miles.

— Ce sont des êtres communautaires, conçus pour ne jamais s'identifier à une forme ou à un visage particulier. C'est à mon intention qu'ils ont pris l'aspect que tu leur vois en ce moment. Ils savent que je les regarde. C'est leur apparence communautaire de base. Observe-les bien.

Miles inclina la tête sur le côté et contempla les Danseurs-Visages. Ils paraissaient si neutres, si inefficaces.

— Ils n'ont aucune identité, continua sa mère. Ils n'ont que l'instinct de préserver leur propre existence, sauf s'ils ont reçu l'ordre de mourir pour leurs maîtres.

— Ils en sont capables?

— Ils l'on fait de nombreuses fois.

— Qui sont leurs maîtres?

— Des gens qui quittent rarement les planètes du Bene Tleilax.

— Ils peuvent avoir des enfants?

— Pas les Danseurs-Visages. Ce sont des hybrides, stériles. Mais leurs maîtres se reproduisent. Leur progéniture est étrange. Nous en avons capturé quelques spécimens. Il y a très peu de femelles, et nous n'avons pas réussi à sonder leur mémoire seconde.

Miles fronça les sourcils. Il savait que sa mère était une Bene Gesserit. Il savait que les Révérendes Mères portaient en elles un merveilleux réservoir de souvenirs profonds qui remontaient à des millénaires de là, aux tout premiers temps du Bene Gesserit. Miles était même en partie au courant de l'existence du programme génétique des Sœurs. Elles sélectionnaient soigneusement les mâles qui leur donnaient des enfants.

— Comment sont les femmes tleilaxu? demanda Miles.

C'était une question perspicace, qui fit naître en Dame Janet un frisson de fierté pour son fils. Oui, il y avait de fortes chances pour qu'elle ait là un mentat en puissance. Les maîtresses généticiennes avaient parfaitement bien évalué les potentialités de Loschy Teg.

— Personne, en dehors de leurs planètes, n'a jamais vu de femelle tleilaxu, répondit-elle.

— Est-ce qu'elles existent, ou bien n'y a-t-il que les cuves?
— Elles existent.
— Y a-t-il aussi des Danseuses?
— Ils sont mâle ou femelle à volonté. Observe-les avec attention. Ils ont compris ce que ton père veut faire et cela les irrite.
— Vont-ils chercher à lui faire du mal?
— Ils n'oseront pas. Ils savent que nous avons pris nos précautions. Regarde la manière dont celui de gauche crispe la mâchoire. C'est un signe de colère chez eux.
— Tu disais que c'étaient des êtres com... communautaires.
— Leur instinct ressemble à celui de la ruche, Miles. Ils n'ont pas d'image propre. Sans identité personnelle, ils transcendent l'amoralité. Tu ne dois croire en rien de ce qu'ils peuvent dire ou faire.

Miles frissonna.

— Nous n'avons jamais pu déceler l'existence chez eux du moindre code moral, continua Dame Janet. Ce sont des automates de chair. Sans personnalité, ils ne peuvent avoir ni idéal, ni doutes. Ils ne sont faits que pour obéir à leurs maîtres.
— Et ils ont reçu l'ordre de venir ici acheter notre riz.
— Exactement. On leur a dit d'acheter du riz et il n'y a aucun autre endroit dans ce secteur où ils peuvent s'en procurer.
— Ils sont obligés de passer par mon père?
— Il est leur seule source possible. Regarde. Ils sont en train de le payer en mélange.

Miles vit les plaquettes d'épice brunâtres changer de mains. Il y en avait toute une pile, que l'un des Danseurs-Visages avait tirée d'une mallette posée par terre.

— Le prix est bien plus élevé que tout ce à quoi ils auraient pu s'attendre, reprit Dame Janet. La piste sera facile à suivre.
— Pourquoi?
— Quelqu'un va certainement être ruiné dans cette opération. Nous croyons savoir qui est l'acheteur. Lui ou un autre, nous finirons bien par l'apprendre. Nous saurons alors quel était l'enjeu réel de la transaction.

Dame Janet lui indiqua ensuite les différents détails qui permettaient à des oreilles et à des yeux exercés de repérer un Danseur-Visage. C'étaient des signes particulièrement subtils, mais Miles apprenait vite. Sa mère lui révéla aussi à cette occasion qu'il deviendrait probablement un jour un mentat... ou encore bien plus.

Peu avant son treizième anniversaire, Miles Teg fut envoyé à la citadelle du Bene Gesserit sur Lampadas, pour y recevoir un enseignement spécial. Là, le jugement de sa mère fut confirmé. Elle reçut un message qui lui disait : « Vous nous avez donné le guerrier mentat que nous attendions. »

Teg ne connut l'existence de cette note qu'après la mort de sa mère, quand il mit de l'ordre dans ses affaires. Les mots étaient gravés sur un minuscule feuillet de cristal ridulien qui portait le sceau de la Maison du Chapitre. Ils l'avaient empli d'une étrange sensation de déplacement temporel. Sa mémoire l'avait brusquement replongé à l'époque de Lampadas, où l'amour-dévotion qu'il portait à sa mère avait été adroitement dirigé vers le Bene Gesserit tout entier, comme prévu à l'origine. Il n'avait compris cela que pendant les dernières années de sa formation de mentat, mais qu'est-ce que cela changeait? Au contraire, ses liens avec le Bene Gesserit s'en étaient trouvés renforcés. Il avait la confirmation que l'Ordre était pour lui une source de puissance. Le Bene Gesserit, il le savait déjà, était l'une des forces les plus puissantes dans son univers. Au moins égale à la Guilde Spatiale, supérieure à la Fédération des Truitesses qui avait hérité le noyau de l'ancien empire des Atréides, supérieure de très loin au CHOM, à peu près à égalité avec les Fabricants d'Ix et le Bene Tleilax. Une faible mesure de l'influence universelle exercée par la Communauté des Sœurs pouvait être déduite du fait qu'elles avaient conservé cette autorité malgré l'apparition du mélange issu des cuves du Tleilax, qui avait cassé le monopole de Rakis sur l'épice tout comme les machines de navigation ixiennes avaient cassé le monopole de la Guilde sur les voyages spatiaux.

Mils Teg connaissait déjà bien son histoire à cette époque-là. Les Navigateurs de la Guilde n'étaient plus les seuls à savoir faire passer un vaisseau à travers les replis de l'espace — ici à un moment donné, dans une galaxie lointaine au battement de cœur suivant.

Les Sœurs Instructrices ne lui cachaient presque rien. Ici, pour la première fois, il avait appris qu'il descendait des Atréides. Cette révélation avait été rendue nécessaire par la nature même des tests auxquels il était soumis. De toute évidence, on voulait mesurer ses facultés de prescience. Avait-il le pouvoir, comme les Navigateurs de la Guilde, de déceler les obstructions fatales? Les tests n'avaient rien donné. On l'avait mis en présence de non-vaisseaux et de non-espaces. Il était aussi impuissant devant eux que le reste de l'humanité. Pour cette épreuve, cependant, on lui avait fait absorber des doses croissantes d'épice et cela lui avait apporté la révélation de son Moi Véritable. « L'Esprit du Premier Eveil », comme l'avait appelé la Sœur Instructrice à qui il avait demandé l'explication de cette étrange sensation.

Pendant quelque temps, pour lui, l'univers avait été magique. La perception qu'il en avait était un cercle, puis un globe. Les formes arbitraires devenaient transitoires. Sans avertissement, il tombait en transe, jusqu'à ce que les Sœurs lui aient appris à contrôler le phénomène. Elles lui fournirent des témoignages de saints et de mystiques et lui firent tracer un cercle à main levée, de chaque côté, en concentrant son attention sur son doigt. Avant la fin de ce cycle d'études, ses perceptions avaient renoué le contact avec les étiquettes conventionnelles, mais le souvenir de ces instants magiques ne l'avait jamais quitté et il y puisait, dans les moments difficiles, une force considérable.

Après avoir accepté la charge de maître d'armes auprès du ghola, Teg avait eu de plus en plus recours à cette force magique. Elle lui avait été particulièrement utile lors de son premier entretien avec Schwangyu, à son arrivée dans la Citadelle de Gammu. La rencontre avait eu lieu dans le bureau de la Révérende Mère, une pièce aux parois de métal brillant encombrée d'appareils qui, pour la plupart, portaient l'estampille d'Ix. Même le fauteuil sur lequel elle était assise, le dos à la clarté du jour qui pénétrait par la grande fenêtre et rendait les traits de son visage impossibles à discerner. Même ce fauteuil à ajustement automatique provenait des ateliers ixiens. Teg, pour sa part, avait été obligé de s'asseoir dans un canisiège, ce qui voulait dire, pensait-il, qu'elle connaissait son aversion pour l'utilisation de toute forme de vie à des fins aussi dégradantes.

— Vous avez été choisi, lui dit Schwangyu, pour votre image de patriarche. Votre sagesse vous vaudra l'amour et le respect du ghola.

Le soleil éclatant formait une couronne aveugle autour de sa tête encapuchonnée. C'était délibéré!

— Je ne saurais donner une image de père, répondit-il.

— D'après Taraza, vous possédez exactement les caractéristiques qu'elle recherchait. Je suis au courant de votre carrière prestigieuse et de la valeur qu'elle représente pour nous.

Cela ne faisait que confirmer ses précédentes computations de mentat. *Il y a longtemps qu'elles préparaient cela. C'était prévu dans leur programme de sélection. Je suis le résultat de ce programme. Je fais partie de leur maître-plan.* Mais il se contenta de dire à haute voix :

— Taraza espère que cet enfant se transformera en guerrier redoutable quand il aura recouvré sa véritable personnalité.

Schwangyu le considéra longuement avant de déclarer :

— Vous ne devrez répondre à aucune de ses questions sur les gholas, s'il venait à aborder le sujet. N'utilisez même pas ce terme en sa présence tant que je ne vous en aurai pas donné la permission. Nous vous fournirons toutes les données sur les gholas dont vous pourrez avoir besoin pour exercer vos fonctions.

Égrenant froidement ses mots pour obtenir plus d'emphase, Teg répondit :

— Peut-être la Révérende Mère n'a-t-elle pas été informée

que les gholas du Tleilax sont un sujet qui m'est passablement familier. J'ai affronté les Tleilaxu sur les champs de bataille.

— Vous croyez que vous en savez assez sur la série Idaho?

— Les Duncan Idaho ont une réputation de grands stratèges militaires.

— Peut-être le grand Bashar n'a-t-il pas été informé des autres caractéristiques de notre ghola.

Impossible de se méprendre sur l'ironie qui était dans sa voix. Mais il y avait aussi autre chose. De la jalousie, et une fureur mal dissimulée. La mère de Teg lui avait enseigné à lire à travers ses propres masques, ce qui faisait partie des leçons interdites, et il avait toujours caché ce talent. Il feignit la contrition et haussa les épaules.

Il était évident, cependant, que Schwangyu avait compris qu'il était le Bashar de Taraza. La limite était tracée.

— À la demande du Bene Gesserit, expliqua Schwangyu, quelques modifications importantes ont été apportées par les Tleilaxu à la présente série. Le système neuromusculaire du ghola a été modernisé.

— Sans transformer sa personnalité originale?

Teg lui avait posé la question en feignant l'innocence, curieux de voir jusqu'où elle irait dans la voie des révélations.

— Ce n'est pas un clone, c'est un ghola!

— Je vois.

— Vous croyez vraiment? Quoi qu'il en soit, cet état de choses nécessite une rigoureuse formation prana-bindu à tous les stades.

— Ce sont exactement les ordres de Taraza, dit Teg. Et tout le monde aura à lui obéir.

Schwangyu se pencha en avant sans chercher à dissimuler sa colère.

— On vous a donné pour tâche de former un ghola dont le rôle, sur bien des plans, représentera une menace considérable pour nous tous. Je ne crois pas que vous ayez la moindre idée de ce que vous allez contribuer à créer!

Elle en parle comme d'un objet, se dit-il. Pour elle, comme pour toutes les autres Révérendes Mères qui s'opposaient à Taraza, l'enfant-ghola ne serait jamais un être humain. Peut-être ne le serait-il pour personne tant qu'il n'aurait pas découvert sa véritable personnalité, fermement ancrée à l'identité du Duncan Idaho original.

Teg voyait clairement à présent que Schwangyu nourrissait plus que des réserves cachées sur le projet ghola. Elle était activement dans l'opposition, comme l'avait laissé entendre Taraza. Schwangyu était dans l'autre camp et les ordres de Taraza étaient formels : « Vous aurez à protéger l'enfant contre toute menace, d'où qu'elle vienne. »

Dix mille ans ont passé depuis que Leto II a entamé son extraordinaire mutation en ver géant de Rakis et les historiens se disputent encore sur ses véritables motivations. Désirait-il seulement jouir d'une longévité exceptionnelle? Il vécut certes plus de dix fois les trois cents ans dévolus aux plus communs mortels; mais voyez quel en fut le prix à payer! Était-ce alors l'attrait du pouvoir? L'histoire ne l'a pas surnommé « le Tyran » sans raison; mais quel humain aurait voulu de tout ce que lui a rapporté son pouvoir? Cherchait-il plutôt à sauver l'humanité malgré elle? Nous n'avons pour répondre à cela que ses propres paroles sur ce qu'il dénommait « le Sentier d'Or » et il me paraît impossible de prendre en considération les documents trop orientés de Dar-es-Balat. Peut-on enfin envisager l'existence d'un autre type de compensation dont la nature ne serait compréhensible qu'à la lumière de sa propre expérience? Faute de renseignements suffisants, la question demeure en suspens et nous en sommes réduits à admirer la prouesse physique accomplie, qui est la seule chose indéniable.

Péroraison de Gaus Andaud à l'occasion du dixième millénaire de la métamorphose de Leto II

Une fois de plus, Waff se considérait comme en état de lashkar et jamais l'enjeu n'avait été aussi important. Une Honorée Matriarche de la Grande Dispersion demandait à le voir en personne. Powindah entre toutes! Les descendants des Tleilaxu qui faisaient partie de la Dispersion lui avaient dit tout ce qu'ils savaient de ces terribles femmes : « Mille fois plus dangereuses que les Révérendes Mères du Bene Gesserit! ».

Et mille fois plus nombreuses, songea Waff.

Il ne faisait cependant pas tout à fait confiance à ces Tleilaxu rentrés au bercail. Leur accent était étrange, leurs manières étonnantes et leurs pratiques rituelles sujettes à suspicion. Comment les réadmettre au sein du Grand Kehl? Existait-il un ghufran capable de les purifier après tant de siècles? On ne pouvait imaginer qu'ils aient pu conserver intact le secret des Tleilaxu au fil des générations.

Ce n'étaient plus des frères-maliks mais ils constituaient cependant la seule source d'informations dont disposait le Tleilax sur ces Egarées. Et quelles révélations ils avaient rapportées! Des révélations si précieuses qu'elles avaient été intégrées dans la série des gholas Duncan Idaho et qu'elles valaient bien à elles seules tous les risques de contamination powindah.

L'endroit mutuellement choisi pour la rencontre avec les Honorées Matriarches était la neutralité présumée d'un non-vaisseau ixien en orbite rapprochée autour d'une géante gazeuse dans un secteur désaffecté de l'ancien Imperium. C'était le Prophète lui-même qui avait extrait les dernières parcelles de richesses minières de ce système. Et bien que des Danseurs-Visages du nouveau type fussent mêlés, sous une apparence ixienne, à l'équipage du non-vaisseau, Waff ne pouvait s'empêcher d'appréhender cette première rencontre. Si les Honorées Matriarches étaient réellement plus redoutables que les sorcières du Bene Gesserit, n'allaient-elles pas déceler la substitution?

Les préparatifs de la rencontre avaient mobilisé toute l'énergie et l'ingéniosité des Tleilaxu. Etait-ce suffisant? Il se rassurait en pensant aux deux armes indétectables qu'il portait sur lui et qui n'avaient jamais été utilisées en dehors des planètes centrales du Tleilax. Elles étaient le fruit de longues et difficiles recherches de la part de ses armuriers et consistaient en deux minuscules lance-fléchettes dissimulés dans ses manches. Il s'entraînait depuis des années à faire jaillir les dards empoisonnés d'un seul mouvement de poignet qui était devenu pour lui un geste de défense instinctif.

Les murs de la salle prévue pour la rencontre étaient couleur de cuivre, ce qui signifiait qu'ils étaient protégés contre les appareils de détection ixiens. Mais qui pouvait savoir quelles nouvelles inventions celle de la Dispersion avaient pu mettre au point en dehors du domaine ixien?

Waff entra dans la pièce d'un pas hésitant. L'Honorée Matriarche s'y trouvait déjà, installée dans un siège à lames de cuir.

— Vous m'appellerez, comme tout le monde, Honorée Matriarche, lui dit-elle dès qu'elle le vit.

Il s'inclina, comme on lui avait dit de le faire.

— Honorée Matriarche...

Il n'avait décelé dans sa voix aucun indice de pouvoir secret. Ses légères intonations de contralto exprimaient uniquement le dédain qu'elle avait pour lui. Elle ressemblait à une vieille sportive ou acrobate à la retraite, diminuée mais encore pourvue d'une bonne partie de son tonus et de ses talents. Son visage était un parchemin tendu sur les os proéminents de son crâne et de ses pommettes. Sa bouche aux lèvres minces produisait, quand elle parlait, une impression d'arrogance, comme si chacune de ses paroles tombait de haut vers des créatures inférieures.

— Eh bien! venez donc vous asseoir, commanda-t-elle en désignant un autre siège à lames qui lui faisait face.

Waff entendit le sifflement de la porte étanche qui se refermait derrière lui. Il était seul avec elle! Elle portait un détecteur. Il voyait le fil qui sortait de son oreille gauche. Les lance-dards de Waff avaient été « blanchis » contre de tels détecteurs. On les avait hermétiquement scellés, puis maintenus à moins trois cent quarante degrés Kelvin dans un bain irradiant pendant cinq années standard pour qu'ils soient à l'épreuve des détecteurs. Mais était-ce suffisant?

Lentement, il se laissa tomber dans le fauteuil indiqué.

Des verres de contact orangés couvraient les pupilles de l'Honorée Matriarche, à qui ils donnaient un aspect féroce. Elle était vraiment effrayante. Et son costume! Un collant rouge sous une cape bleu foncé à la surface ornée de paillettes nacrées en forme d'arabesques évoquant d'étranges dragons. Elle occupait son siège souple comme s'il s'agissait d'un trône, ses mains crochues délicatement posées sur le bois des bras.

Waff fit des yeux le tour de la salle. Elle avait déjà été inspectée par ses collaborateurs en compagnie des techniciens ixiens chargés de son aménagement et des représentants de l'Honorée Matriarche.

Nous avons fait ce que nous avons pu, se dit-il en s'efforçant de se détendre.

L'Honorée Matriarche éclata de rire.

Waff la considéra de son air le plus digne.

— Vous cherchez à m'évaluer, accusa-t-il. Vous vous dites que vous disposez contre moi d'immenses ressources, d'instruments subtils ou grossiers qui n'attendent que votre commandement.

— N'utilisez pas ce ton avec moi.

Elle avait dit cela d'une voix neutre et basse, mais les mots étaient chargés d'un tel fiel que Waff eut un mouvement de recul presque perceptible. Ses yeux s'étaient baissés vers les jambes musclées de son interlocutrice, vers le maillot rouge qui collait si parfaitement à sa peau qu'il semblait faire organiquement partie d'elle.

Le moment avait été calculé pour que la rencontre se situe au milieu de leurs matinées respectives, leurs heures d'éveil ayant été synchronisées durant le voyage. Mais Waff se sentait perturbé et désavantagé. Si ses informateurs ne se trompaient pas, elle devait elle aussi avoir ici des armes.

Elle lui adressa un sourire dépourvu d'humour.

— Vous essayez de m'intimider, murmura Waff.

— Non sans succès.

— Je suis venu ici sur votre invitation, dit-il sans laisser percer dans sa voix la rage subite qu'il éprouvait.

— J'espère que vous ne comptez pas vous lancer dans un affrontement où vous seriez certainement perdant, dit-elle.

— Je suis ici pour forger un lien entre nous.

Et il se demanda intérieurement : *Que peuvent-elles bien vouloir de nous? Elles ont certainement quelque chose à nous proposer.*

— Quel lien pourrait-il y avoir entre nous? demanda l'Honorée Matriarche. Qui bâtirait un édifice sur un radeau près de se disloquer? Ha! Tout accord peut être rompu, et la chose n'est pas rare en vérité.

— Sur quelles bases négocions-nous?

— Négocier? Je n'en ai nullement l'intention. Je m'intéresse à ce ghola que vous avez fabriqué pour les sorcières.

Sa voix ne laissait rien percer, mais Waff sentit son pouls bondir devant le sujet abordé. Durant l'une de ses vies de ghola, il avait été instruit sous la responsabilité d'un mentat renégat. Les capacités d'un mentat le dépassaient amplement. De plus, le processus de raisonnement s'appuyait sur des mots. Il avait fallu tuer le mentat powindah, mais l'expérience avait laissé quelques enseignements précieux. Waff s'autorisa une légère moue de dégoût à cette évocation, mais il repensa aux enseignements. *Attaquez, puis tirez parti des informations produites par votre attaque!*

— Vous ne me proposez rien en contrepartie, dit-il d'une voix sonore.

— Je serai juge de la récompense.

Waff lui fit un sourire dédaigneux.

— Vous vous amusez à mes dépens?

— Si je voulais m'amuser avec vous, dit-elle en découvrant ses dents perlées en un sourire féroce, vous n'en auriez plus pour longtemps à vivre. Vous ne souhaiteriez même pas survivre à mes jeux.

— Je dois donc dépendre de votre bon plaisir?

— Dépendre! répéta-t-elle en plissant les lèvres comme si ce mot avait une saveur particulièrement désagréable. Pourquoi vendez-vous ces gholas aux sorcières pour les tuer ensuite?

Waff serra les lèvres et demeura muet.

— Vous avez réussi à modifier ce ghola tout en lui conservant la possibilité de retrouver ses souvenirs originaux, reprit-elle.

— Vous en savez beaucoup, dit Waff.

Ce n'était pas tout à fait de l'ironie et il espérait n'avoir rien laissé percer. Elles avaient donc des espions chez les sorcières! Y avait-il aussi des traîtres à leur service sur les planètes centrales du Tleilax?

— Il y a une fillette sur Rakis qui figure au centre de leurs projets, déclara l'Honorée Matriarche.

— Comment savez-vous ces choses?

— Il n'est pas un seul geste que les sorcières puissent accomplir sans que nous le sachions. Vous pensez que ce sont des espions qui nous informent, mais vous n'avez aucune idée le l'ampleur de nos moyens!

Waff était consterné. Lisait-elle dans sa pensée? Etait-ce un talent nouveau, né de la Grande Dispersion et cultivé loin des regards humains traditionnels?

— Quelles modifications avez-vous apportées à ce ghola? demanda-t-elle, impérieuse.

La Voix!

Malgré les armes que lui avait fournies son instructeur mentat contre de tels procédés, Waff faillit balbutier une réponse. Cette Honorée Matriarche possédait quelques-uns des pouvoirs des sorcières! La chose était tellement inattendue de sa part. Devant une Révérende Mère, il aurait été préparé. Il lui fallut un bon moment pour recouvrer son équilibre. Puis il joignit le bout de ses doigts contre son menton.

— Vous possédez des ressources intéressantes, lui dit-elle.

Une expression espiègle se peignit sur le visage de Waff. Il savait à quel point il pouvait être désarmant quand il ressemblait ainsi à un lutin.

C'est le moment d'attaquer!

— Nous savons ce que vous avez appris grâce au Bene Gesserit, dit-il.

Un éclair de rage illumina un bref instant le visage de l'Honorée Matriarche puis disparut.

— Nous ne devons absolument rien à ces sorcières!

Waff mit dans sa voix un ton de séduction comique et cajoleuse.

— Vous n'appelez sûrement pas cela négocier?

— Pourquoi pas? fit-elle d'un air sincèrement surpris.

— Voyons, Honorée Matriarche, murmura Waff en abaissant les mains. Vous vous intéressez au ghola. Vous parlez de ce qui se passe sur Rakis. Pour qui nous prenez-vous donc?

— Pour bien peu de chose. Et votre valeur diminue à vue d'œil.

Waff sentit dans cette réponse une froide logique mécanique. Rien de semblable à ce qui pouvait émaner d'un mentat. C'était beaucoup plus glaçant et impersonnel.

Elle est capable de me tuer sur place!

Où étaient donc ses armes? Avait-elle seulement besoin d'armes? Il n'aimait pas du tout l'aspect rebondi de ses muscles, les cals sur ses mains, la lueur de fauve tapi dans ses prunelles orange. Avait-elle deviné (pouvait-elle déjà savoir) la vérité sur les lance-dards qu'il cachait dans ses manches?

— Nous nous trouvons face à un problème qui ne peut être résolu par des moyens logiques, dit-elle.

Waff la regarda, sidéré. Un Maître Zensunni aurait pu

prononcer exactement les mêmes mots. Il l'avait fait lui-même en maintes occasions.

— Vous n'avez probablement même pas envisagé cette possibilité, ajouta l'Honorée Matriarche.

C'était comme si ces mots levaient un masque de devant son visage. Waff vit soudain, au-delà des attitudes qu'elle affectait, la nature de ses calculs. Le prenait-elle pour un vulgaire ksili uniquement bon à ramasser de la merde de limachon?

Mettant dans sa voix autant d'hésitation perplexe que possible, il demanda:

— Et comment pourrait-on résoudre un problème de ce type?

— Le cours naturel des événements réglera la question.

Waff continuait de la dévisager avec une perplexité feinte. Ses derniers mots n'étaient pas une révélation, mais que de choses ils laissaient entendre!

— Je ne vous suis pas très bien, dit-il.

— L'humanité est devenue infinie. C'est cela, le véritable bienfait de la Dispersion.

Il lutta pour dissimuler le trouble vertigineux qu'avaient fait naître ces mots.

— Des univers infinis... un temps infini... Il peut donc se produire n'importe quoi.

— Aaah! Vous n'êtes pas trop bête, pour un petit homme. Comment faire pour tabler sur n'importe quoi? Il n'y a pas de logique.

Elle parlait, songea Waff, comme l'un des anciens militants du Jihad Butlérien, qui avait tenté de débarrasser l'humanité de ses cerveaux mécaniques. Cette Honorée Matriarche était curieusement désuète.

— Nos ancêtres cherchaient une réponse avec leurs ordinateurs, lança-t-il. *Qu'elle déguste cela*!

— Vous savez parfaitement bien que ce qu'il manque aux ordinateurs, c'est une capacité de stockage infinie.

De nouveau, sa réplique le déconcerta. Lisait-elle vraiment dans la pensée? Etait-ce une forme d'imprégnation mentale? Après tout, ce que les Tleilaxu faisaient avec les gholas et les Danseurs polymorphes, d'autres pouvaient très bien le faire aussi. Il recentra son attention et médita sur les Ixiens et leurs inventions infernales, leurs machines powindahs.

L'Honorée Matriarche jeta un regard autour d'elle.

— Avons-nous tort de nous fier aux Ixiens? demanda-t-elle.

Waff retint sa respiration.

— Je ne pense pas que vous leur fassiez totalement confiance, ajouta-t-elle. Allons, allons, petit homme. Je suis pleine de bonne volonté à votre égard.

Un peu tard, Waff s'avisa qu'elle essayait peut-être de se

montrer aimable et sincère avec lui. Elle avait en tout cas renoncé à son attitude première de supériorité impatiente. Les informateurs de Waff issus de la Dispersion lui avaient dit que les Honorées Matriarches prenaient leurs décisions en matière sexuelle un peu à la manière du Bene Gesserit. Essayait-elle de le séduire? D'un autre côté, il était clair qu'elle *comprenait* et qu'elle avait mis en évidence les faiblesses de la logique. C'était très déroutant!

— Nos propos font des cercles, dit-il.

— Ne vous méprenez pas. Le cercle est une figure qui limite, qui circonscrit. L'humanité n'est plus limitée par l'espace dans lequel elle doit grandir.

Elle y revenait! La bouche sèche, il répondit :

— On dit qu'il faut accepter ce que l'on n'est pas en mesure de régir.

Elle se pencha en avant, ses prunelles orange fixées sur le visage de Waff.

— Acceptez-vous l'éventualité d'un désastre total pour le Bene Tleilax?

— Si tel était le cas, je ne serais pas ici.

— Quand la logique fait défaut, un autre instrument doit être employé.

— Cela semble logique, dit Waff avec un sourire.

— Pas d'ironie avec moi! Comment osez-vous?

Il leva les mains devant son visage comme pour le protéger et prit un ton conciliant.

— Quel autre instrument l'Honorée Matriarche suggère-t-elle?

— L'énergie.

— L'énergie? répéta Waff, de nouveau surpris par cette réponse. Quelle quantité, et sous quelle forme?

— Vous voulez des réponses logiques.

Avec une certaine tristesse, Waff comprit qu'elle n'avait finalement rien de zensunni. L'Honorée Matriarche jouait avec les mot à la lisière de la non-logique, elle tournait autour, mais la logique demeurait son instrument.

— Le pourrissement du centre se propage vers la périphérie, dit-il.

Ce fut comme si elle n'avait pas entendu sa remarque probatoire. Elle avança un index décharné jusqu'à un ou deux centimètres de son nez.

— Il y a des ressources inexploitées d'énergie dans les profondeurs de chaque être que nous daignons toucher.

Waff recula son visage jusqu'à ce qu'elle laisse retomber le bras. Il répliqua:

— N'est-ce pas ce que le Bene Gesserit disait avant de produire son Kwisatz Haderach?

— Elles n'ont su contrôler ni le phénomène, ni elles-mêmes.

De nouveau, se dit Waff, elle utilisait la logique pour se référer au non-logique. Se rendait-elle compte de ce qu'elle lui avait appris durant ces brefs échanges? Il pouvait reconstituer l'histoire probable de ces Honorées Matriarches. L'une des Révérendes Mères *naturelles* issue des Fremen de Rakis avait fait partie de la Dispersion. Toutes sortes de gens s'étaient enfuis à bord des non-vaisseaux pendant la Grande Famine et immédiatement après. Un non-vaisseau avait déposé quelque part cette graine de sorcière et ses conceptions. La graine avait germé sous la forme de cette furie aux yeux orange.

Une fois de plus, elle utilisa la Voix pour demander :

— Qu'avez-vous accompli avec ce ghola?

Mais Waff était prêt et n'eut aucun mal à lui résister. Cette Honorée Matriarche allait devoir être écartée ou, si possible, éliminée. Il avait beaucoup appris d'elle, mais il était impossible de dire ce qu'elle avait appris de lui avec ses talents inconnus.

Ce sont des monstres qui se nourrissent de sexualité, lui avaient dit ses informateurs. *Elles asservissent les hommes par les pouvoirs du sexe.*

— Vous ne soupçonnez pas les joies que je pourrais vous procurer, dit-elle d'une voix qui s'enroula autour de lui comme la lanière d'un fouet. Comme elle était tentante et enjôleuse!

Il répondit, sur la défensive :

— Dites-moi comment vous...

— Je n'ai rien à vous expliquer!

— Alors, vous n'êtes pas vraiment venue pour négocier, fit-il tristement.

Les non-vaisseaux avaient en vérité infesté les autres univers de leurs cargaisons humaines. Waff sentait sur ses épaules le fardeau de ce qu'il devait accomplir. Et s'il ne réussissait pas à la tuer?

— Comment osez-vous vous obstiner à parler de négociations avec une Honorée Matriarche? demanda-t-elle. Sachez que c'est toujours nous qui fixons le prix.

— J'ignore vos usages, Honorée Matriarche. Mais je perçois dans vos paroles que je vous ai offensée.

— Vos excuses sont acceptées.

Mes excuses n'en étaient pas! Il la considéra d'un air suave. Tant de choses pouvaient être déduites du petit numéro auquel elle s'était livrée. A la lumière de son expérience millénaire, Waff passa en revue ce qu'il venait d'apprendre. Cette femme de la Dispersion venait à lui parce qu'elle recherchait une information vitale. Elle n'avait donc pas d'autre source que lui. Il percevait son désespoir. Bien masqué, mais nettement décelable. Elle voulait la confirmation ou la réfutation de quelque chose qu'elle redoutait.

Comme elle ressemblait à un rapace, avec ses mains crochues posées négligemment sur les bras du fauteuil! *Le pourrissement du centre se propage vers la périphérie.* Il l'avait dit à haute voix et elle n'avait pas entendu. Il était clair que l'humanité atomique continuait d'éclater dans sa Dispersion des Dispersions. Les gens représentés par cette Honorée Matriarche n'avaient trouvé aucun moyen de remonter la trace des non-vaisseaux. C'était cela, naturellement. Elle traquait les non-vaisseaux exactement de la même manière que les sorcières du Bene Gesserit.

— Vous cherchez le moyen d'annuler l'invisibilité des non-vaisseaux, lui dit-il.

Cela lui causa un choc évident. Elle ne s'attendait pas à une telle chose de la part du petit lutin assis devant elle. Il vit la peur, puis la fureur, puis la résolution se succéder sur son visage avant qu'elle assume à nouveau son masque de rapace. Mais elle savait. Elle savait qu'il avait vu.

— C'est donc cela que vous faites avec votre ghola, dit-elle.

— C'est ce que les sorcières du Bene Gesserit cherchent à faire avec lui, mentit Waff.

— Je vous ai sous-estimé. Avez-vous commis la même erreur en ce qui me concerne?

— Je ne le pense pas, Honorée Matriarche. Le programme génétique dont vous êtes issue est de toute évidence grandiose. Je suis convaincu que du bout du pied, vous pourriez me tuer sans me laisser le temps de battre une seule fois des paupières. Les sorcières ne sont pas à votre hauteur.

Un sourire ravi radoucit les traits de l'Honorée Matriarche.

— Les Tleilaxu sont-ils prêts à nous servir de leur plein gré, ou faut-il les y contraindre?

— Vous nous proposez l'esclavage? fit-il sans chercher à dissimuler son indignation.

— C'est l'une des options possibles.

Elle était à sa merci, maintenant. L'arrogance était sa faiblesse! D'un ton servile, il demanda :

— Que voudriez-vous m'ordonner de faire?

— Vous ramènerez avec vous deux jeunes Honorées Matriarches de notre suite. Elles s'accoupleront avec vous et... vous enseigneront nos conceptions de l'extase.

Waff inspira puis expira lentement à deux reprises.

— Etes-vous stérile? demanda-t-elle.

— Seuls nos Danseurs-Visages sont des hybrides.

Elle devait déjà savoir cela. Ce n'était un secret pour personne.

— Vous vous faites appeler maître, reprit-elle, et vous ne vous maîtrisez même pas vous-même.

Bien plus que toi, chienne de Matriarche! Et mon titre est Masheikh, ce qui provoquera probablement ta perte.

— Les deux Honorées Matriarches qui resteront avec vous auront le droit de visiter toutes les installations tleilaxu. Elles me rapporteront un compte rendu détaillé.

Il soupira comme s'il était résigné.

— Ces deux femmes sont-elles au moins jolies?

— Honorées Matriarches! corrigea-t-elle.

— C'est le seul nom dont vous vous servez?

— Elles vous en donneront un autre si elles le jugent utile. Ce n'est pas à vous de le demander.

Elle se pencha légèrement de côté et frappa le sol de ses phalanges crochues. Elle avait une manière de pénétrer le blindage de cette salle!

La porte s'ouvrit et deux femmes portant à peu près le même costume qu'elle firent leur apparition. Elles étaient seulement plus jeunes et leurs capes étaient moins ornées. Mais c'était autre chose qui intéressait Waff. Etaient-elles toutes les deux... Il essaya de ne pas laisser voir son triomphe, mais n'y réussit pas. Sans importance... La vieille s'imaginerait qu'il s'extasiait devant leur beauté.

A des signes connus uniquement des Maîtres, il s'était aperçu que l'une des deux femmes qui venaient d'entrer était un Danseur polymorphe du dernier modèle. La substitution avait été opérée sans que ces Matriarches se doutent de rien! Le Tleilax avait accompli un pas en avant. Les sorcières du Bene Gesserit seraient-elles aussi aveugles devant les nouveaux gholas?

— Je vois que vous êtes devenu bien raisonnable, lui dit la vieille Honorée Matriarche. Vous en serez récompensé.

— Je reconnais vos pouvoirs, répondit-il. Et c'était vrai. Il inclina la tête pour dissimuler la résolution qu'il savait ne pouvoir exclure de son regard.

— Elles vous accompagneront partout, reprit l'Honorée Matriarche en désignant les nouvelles venues. Vous obéirez à leur moindre caprice et vous les traiterez en tout honneur et respect.

— Bien entendu, Honorée Matriarche.

Les yeux toujours baissés, il leva les deux bras comme en signe de soumission. Un dard jaillit de chacune de ses manches. En même temps qu'il déclenchait l'attaque, Waff s'était jeté de côté dans son fauteuil. Mais le mouvement n'avait pas été tout à fait assez rapide. Le pied droit de l'Honorée Matriarche avait frappé, l'atteignant à la cuisse gauche en le projetant violemment à la renverse avec son fauteuil.

Ce fut le dernier acte qu'elle accomplit. Le dard de la manche gauche lui transperça le fond de la gorge après être entré par la bouche que la surprise avait laissée ouverte. Le poison paralysant étouffa le cri qu'elle allait pousser. Le deuxième dard se ficha dans l'œil de la vraie jeune Matriarche. Le Danseur-Visage étouffa son cri d'un revers fulgurant du tranchant de la main contre sa gorge.

Les deux corps s'affaissèrent en même temps.

Péniblement, Waff se dégagea et remit le fauteuil en place en se relevant. Sa cuisse lui élançait. Quelques centimètres de plus et elle lui aurait brisé la jambe! Il était sûr que sa réaction n'avait pas été commandée par son système nerveux central. Comme chez certains insectes, les réflexes pouvaient provenir directement du système musculaire concerné. Cette nouveauté méritait une enquête approfondie!

Le Danseur-Visage était allé se poster devant la porte restée ouverte. Il s'effaça pour laisser entrer un autre Danseur sous la forme d'un garde ixien.

Waff massa sa cuisse endolorie pendant que les deux Danseurs déshabillaient les deux mortes. L'ex-garde ixien copia le visage de la vieille Honorée Matriarche. Tout se passa ensuite très rapidement. Il n'y avait plus trace de garde ixien. Un autre faux garde entra et copia la deuxième Honorée Matriarche. Bientôt, les deux cadavres et les vêtements des gardes furent réduits en cendres, à leur tour recueillies dans un sachet qu'une fausse Honorée Matriarche dissimula sous sa cape.

Waff examina soigneusement la pièce. Les conséquences de ce qu'il venait de découvrir le faisaient frissonner. L'arrogance que l'on avait étalée devant lui ne pouvait venir que de pouvoirs effroyables. Il fallait en savoir plus sur ces pouvoirs. Il prit à part le Danseur-Visage qui avait copié la Vieille Matriarche.

— Vous l'avez retranscrite?

— Oui, Maître. Sa mémoire de veille était encore active quand je l'ai copiée.

— Faites un transfert avec elle.

Il désigna celle qui était auparavant l'un des gardes ixiens. Les deux Danseurs-Visages unirent leurs fronts quelques instants puis se séparèrent.

— C'est fait, dit la Matriarche la plus âgée.

— Combien d'autres copies de ces Honorées Matriarches avons-nous faites?

— Quatre, Maître.

— Aucune n'a été découverte?

— Aucune Maître.

— Toutes les quatre devront aller sur les planètes centrales de ces Honorées Matriarches et y découvrir le plus de choses possible à leur sujet. L'une d'elle reviendra pour nous informer.

— C'est impossible, Maître.

— Impossible?

— Elles se sont coupées de leur source. C'est ainsi qu'elles agissent toujours, Maître. Elles font partie d'une nouvelle cellule établie sur Gammu.

— Mais nous devrions pouvoir...

— Pardonnez-moi, Maître, mais les coordonnées de leur système d'origine figuraient seulement dans les banques d'un non-vaisseau et elles ont été effacées.

— La piste est totalement détruite? fit Waff, atterré.

— Totalement, Maître.

Quel désastre ! se dit-il, forcé de ralentir le tourbillon soudain de ses pensées.

— Il ne faut pas qu'elles sachent ce qui vient de se passer ici, déclara-t-il d'une voix sourde.

— Nous redoublerons de prudence, Maître.

— Quels sont les nouveaux talents dont elles disposent? Quels sont leurs vrais pouvoirs? Vite!

— A peu près ce que l'on pourrait attendre d'une Révérende Mère du Bene Gesserit, mais sans la mémoire du mélange.

— Vous en êtes sûr?

— Je n'en trouve aucune trace. Comme vous le savez, Maître, nous avons...

— Je sais, je sais, fit-il en lui intimant le silence. Mais cette vieille semblait si arrogante, si...

— Pardonnez-moi, Maître, mais le temps presse. Ces Honorées Matriarches ont développé les plaisirs du sexe à un point jamais égalé.

— Nos informations étaient donc exactes.

— Elles sont remontées jusqu'aux sources de l'ancien Tantrisme et ont mis au point leurs propres méthodes de stimulation sexuelle, Maître. C'est par ce moyen qu'elles s'attirent la dévotion de ceux qu'elles soumettent.

— La dévotion! répéta-t-il en retournant ce mot sur sa langue. Sont-elles supérieures aux maîtresses généticiennes du Bene Gesserit?

— Elles le pensent, Maître. Voulez-vous que nous vous fassions une démons...

— Inutile!

Waff laissa tomber son masque de lutin devant cette révélation et assuma l'expression de domination d'un Maître. Les Danseurs-Visages inclinèrent la tête en signe de soumission. Une lueur de triomphe traversa le visage de Waff. Les Tleilaxu revenus de la Dispersion avaient dit vrai. Une simple transcription mentale avait confirmé l'efficacité de cette nouvelle arme que possédait son peuple!

— Quels sont vos ordres, Maître?

Waff reprit son masque de lutin pour s'adresser au Danseur qui copiait la vieille Matriarche.

— Nous n'approfondirons cette question que lorsque nous

serons de retour au cœur de Tleilax, à Bandalong. Entre-temps, même un Maître ne donne pas d'ordres à une Honorée Matriarche. C'est vous qui commandez jusqu'à ce que nous soyons à l'abri des regards indiscrets.

— Bien sûr, Maître. Dois-je transmettre vos instructions à ceux qui sont dehors?

— Oui; voici ce que j'ordonne. Ce non-vaisseau ne doit plus jamais retourner à Gammu. Il faut qu'il disparaisse sans laisser de trace. Aucun survivant.

— Vous serez obéi, Maître.

La technologie, au même titre que de nombreuses autres activités, tend à l'évitement des risques par l'investisseur. L'incertitude est éliminée dans la mesure du possible. Les investissements de capitaux obéissent particulièrement à cette règle, car les gens préfèrent généralement le prévisible à l'imprévisible. Rares sont ceux qui reconnaissent le caractère destructif du processus par les limites qu'il impose à la diversité et par la vulnérabilité où il plonge des populations entières face à la manière brutale dont notre univers est parfois capable de jeter les dés.

Réflexions sur les Ixiens
Archives du Bene Gesserit

Le lendemain de son épreuve dans le désert, Sheeana se réveilla dans l'enceinte sacerdotale pour voir son lit entouré de gens en robe blanche.

Des prêtres et des prêtresses!

— Elle ne dort plus, dit une prêtresse.

La peur assaillit Sheeana. Elle remonta les couvertures jusqu'à son menton tout en regardant les visages qui l'épiaient. Allaient-ils l'abandonner encore dans le désert? Elle avait dormi, épuisée, d'un sommeil profond et réparateur dans le lit le plus moelleux et les draps les plus blancs qu'elle eût connus de toutes ses huit années de vie, mais elle savait que tout ce que faisaient les prêtres pouvait être à double face. On ne pouvait leur faire confiance!

— Avez-vous bien dormi?

C'était la prêtresse qui avait parlé tout à l'heure. Plus âgée que les autres, elle avait les cheveux gris et le visage entouré d'un capuchon blanc gansé de pourpre. Ses yeux étaient légérement vitreux mais alertes, d'un bleu très pâle. Son nez court et retroussé dominait une bouche étroite et un menton saillant.

— Vous ne voulez pas nous parler? insista la vieille prêtresse. Je m'appelle Cania. Je suis votre aide de nuit. Rappelez-vous, je vous ai aidée à vous mettre au lit.

Le ton de sa voix, au moins, était rassurant. Sheeana se redressa pour mieux regarder tous ces gens. Ils avaient peur! Son nez d'enfant du désert n'avait aucun mal à reconnaître les phéromones. Pour elle, c'était une simple constatation : *Cette odeur-là égale la peur.*

— Vous avez voulu me faire du mal, dit-elle à haute voix Pourquoi avez-vous fait ça?

Ceux qui l'entouraient échangèrent des regards consternés.

La terreur de Sheeana se dissipa d'un seul coup. Elle avait reconnu le nouvel ordre des choses. L'épreuve de la veille dans le désert marquait un nouveau changement. Elle se rappela l'attitude servile de la vieille femme... Cania? Elle était pour ainsi dire à ses pieds depuis hier soir. Plus tard, Sheeana apprendrait que toute personne qui a survécu à l'acceptation de la mort acquiert un nouvel équilibre émotionnel. La peur est une condition transitoire. C'était sa nouvelle situation qui devenait intéressante.

La voix de Cania était tremblante quand elle répondit:

— Soyez assurée, Fille de Dieu, que nos intentions n'étaient nullement malveillantes.

— Je m'appelle Sheeana. Qui sont tous les autres?

Elle lissa posément les couvertures de son lit. C'était la politesse du désert qui lui avait fait dire son nom. Cania s'était déjà présentée.

— Ils se retireront si vous ne souhaitez pas leur présence... Sheeana. Et Cania ajouta en désignant une autre femme au visage rubicond qui se tenait sur sa gauche et qui portait un costume semblable au sien : Excepté Alhosa, naturellement. C'est votre aide de jour.

Alhosa fit une courbette pour marquer les présentations. Sheeana tourna la tête vers son visage bouffi de cellulite et ses traits épais nimbés d'un casque flou de cheveux blonds. Puis elle porta brusquement son attention sur les hommes du groupe, qui l'observaient derrière leurs paupières à demi baissées avec, pour certains, un air de suspicion tremblante. Il émanait d'eux une forte odeur de peur.

Des prêtres!

— Renvoyez-les, dit-elle en agitant la main dans leur direction. Ils sont haram!

C'était un mot du peuple, le terme le plus vil pour désigner tout ce qu'il y avait de plus maléfique.

Les prêtres, choqués, eurent un mouvement de recul.

— Laissez-nous! ordonna Cania.

Il était impossible de se tromper sur l'expression de triomphe haineux qui avait traversé son visage. Cania n'avait pas été rangée dans la même catégorie que ces prêtres que l'on qualifiait d'haram! Ils avaient dû commettre de hideux méfaits pour que Dieu envoie une enfant-prêtresse pour les châtier. Cania n'avait aucun mal à les en croire capables. Ils l'avaient rarement traitée comme elle en était digne.

Tels des chiens battus, les prêtres se retirèrent à reculons de la chambre de Sheeana sans cesser de faire des courbettes. Parmi eux se trouvait l'historien-locuteur Dromind, un homme au visage sombre et à l'esprit crochu qui happait les idées comme le bec d'un vautour arrachant un morceau de charogne. Dès que la porte se fut refermée derrière eux, Dromind apprit à ses compagnons tremblants que Sheeana était une forme moderne de l'ancien nom Siona.

— Vous savez tous la place occupée par Siona dans les historiques, leur dit-il. Elle a servi Shaï-Hulud dans sa métamorphose de simple humain en Dieu Fractionné.

Stiros, un vieux prêtre ridé aux lèvres parcheminées et au yeux clairs et luisants, le considéra avec étonnement.

— C'est extrêmement curieux, dit-il. L'Histoire Orale prétend qu'elle a joué un rôle primordial dans sa transformation d'Unique en Entité Omnique. Sheeana... Vous croyez que...

— N'oublions pas la traduction des propres paroles sacrées de Dieu par Hadi Benotto, interrompit un autre prêtre. Shaï-Hulud y cite fréquemment Siona.

— Pas toujours pour la flatter, leur rappela Stiros. N'oubliez pas son nom complet : Siona Ibn Fuad al-Seyefa Atréides.

— Atréides... murmura un autre prêtre.

— Nous devrons la surveiller avec le plus grand soin, fit Dromind.

Un jeune acolyte-messager fit irruption dans le couloir où se trouvait le groupe et chercha Stiros.

— Vous devez évacuer immédiatement ces lieux, lui dit-il.

— Quoi? fit la voix indignée d'un prêtre.

— Elle va s'installer dans les quartiers du Grand Prêtre, poursuivit le messager.

— Sur ordre de qui? demanda Stiros.

— C'est le Grand Prêtre Tuek en personne qui a donné ces instructions. Ils ont tout écouté, ajouta-t-il avec un geste vague dans la direction d'où il venait.

Tous comprirent aussitôt. Les salles pouvaient être aménagées de telle sorte que les voix se propagent d'un endroit à un autre. Il y avait toujours quelqu'un pour écouter ce que l'on disait.

— Qu'ont-ils entendu? demanda Stiros d'une voix qui tremblait.

— Elle a demandé si la chambre qu'elle occupait était ce qu'il y avait de mieux. Elle va déménager et il ne faut pas qu'elle vous voie ici.

— Mais que devons-nous faire? demanda Stiros.

— Étudions-la, fit Dromind.

Ils quittèrent le couloir immédiatement. A partir de ce moment-là, ils se mirent en devoir de surveiller Sheeana. L'impulsion qui venait d'être donnée devait marquer tout le cours de leur existence ultérieure. Les habitudes mises en place autour de Sheeana causèrent des changements dont les retentissement gagnèrent les sphères les plus éloignées de l'influence du Dieu Fractionné. Et deux mots avaient déclenché ces changements : « Étudions-la ».

Comme elle était naïve, curieusement naïve, se disaient les prêtres. Mais elle savait lire, et elle manifestait un intérêt intense pour les Livres Sacrés qu'elle avait découverts dans les quartiers de Tuek, devenus ses propres quartiers.

Du plus haut de l'échelle jusqu'au plus bas, tout n'était que propitiation. Tuek était allé loger dans les appartements de son assistant principal, et le processus s'était répercuté vers le bas. Des Fabricateurs avaient pris les mesures de Sheeana et lui avaient confectionné un distille de qualité ainsi qu'une série de robes d'un blanc et or sacerdotal avec des ornements de pourpre.

Les gens commençaient à éviter l'historien-locuteur Dromind, qui avait trop tendance à mettre le grappin sur le premier venu pour lui exposer l'histoire de l'autre Siona, comme si cela en disait long sur celle qui portait à présent son nom modifié.

— Siona était la compagne de l'auguste Duncan Idaho, répétait-il à qui voulait l'entendre. Vous trouverez leurs descendants partout.

— Ah oui, vraiment? Excusez-moi, c'est très intéressant mais une affaire urgente m'appelle.

Au début, Tuek s'était montré plus patient avec Dromind. L'histoire avait retenu son intérêt et les implications étaient claires.

— Dieu nous a envoyé une nouvelle Siona, disait Tuek. Ce n'est pas compliqué.

Dromind avait fait de nouvelles recherches dans les archives et il était revenu à la charge.

— Il nous faut considérer à présent les documents de Dar-es-

Balat sous un jour entièrement nouveau. Ne jugez-vous pas utile de procéder à de nouveaux tests sur cette enfant?

Dromind avait pris le Grand Prêtre à part juste après le déjeuner. Les restes du repas de Tuek encombraient encore la petite table sur la terrasse. Par la fenêtre ouverte, ils entendaient les bruits de l'appartement de Siona, juste au-dessus d'eux. Tuek mit un doigt sur ses lèvres et parla à voix basse :

— L'Enfant Sacrée va de son propre gré dans le désert. (Il se rendit devant une grande carte murale et désigna un secteur au sud-ouest de Keen.) Apparemment, voici la zone qui l'intéresse ou, disons... qui l'attire.

— J'ai appris qu'elle avait très souvent recours à des dictionnaires, murmura Dromind. Je suis sûr que si elle...

— C'est pour *nous* mettre à l'épreuve. Ne vous y trompez pas.

— Mais, Seigneur Tuek, elle pose les questions les plus puériles à Cania et Alhosa.

— Doutez-vous de mon jugement, Dromind?

Un peu tard, l'historien-locuteur se rendit compte qu'il avait outrepassé les limites de la prudence. Il serra les lèvres, mais son expression disait que les mots ne demandaient qu'à sortir.

— Dieu l'a envoyée pour extirper le mal qui a pu se glisser dans les rangs de ses serviteurs, dit Tuek. Allez! Priez en vous demandant si ce mal ne se serait pas également logé en vous.

Quand Dromind fut parti, Tuek fit appeler l'un de ses aides de confiance.

— Où se trouve l'Enfant Sacrée?

— Elle est sortie dans le désert, Seigneur, pour communier avec son Père.

— En direction du sud-ouest?

— Oui, Seigneur.

— Dromind doit être conduit à l'est et abandonné au milieu des sables. Que l'on dispose plusieurs marteleurs autour de lui afin qu'il ne revienne jamais.

— Dromind, Seigneur?

— Obéissez.

Même après le transfert de Dromind dans la Gueule de Dieu, les prêtres avaient continué à suivre sa première injonction. Ils étudiaient Sheeana.

Sheeana étudiait aussi.

Peu à peu, de manière si graduelle qu'elle était incapable de dire à quel moment la transition avait eu lieu, elle avait pris conscience du pouvoir qu'elle exerçait sur son entourage. Au début, c'était un jeu, celui de l'enfant-roi au-devant duquel les adultes se précipitent pour satisfaire le moindre de ses caprices. Mais il lui apparut bientôt qu'elle ne demandait jamais trop.

Voulait-elle sur sa table un fruit très rare?

Le fruit lui était servi sur un plateau d'argent.

Apercevait-elle de loin dans une rue grouillante un enfant dont la tête lui plaisait et qu'elle souhaitait avoir comme compagnon de jeux?

Immédiatement, cet enfant lui était amené dans ses appartements du temple. Une fois sa terreur et sa stupeur passées, l'enfant était parfois capable de partager les jeux de Sheeana, que les prêtres et les prêtresses observaient avec gravité. Innocentes courses à cloche-pied le long des jardins suspendus, chuchotements et rires pouffants, tout était soumis à des analyses intenses. Sheeana trouvait pesante la terreur de ces enfants, mais elle préférait changer chaque fois de partenaire pour apprendre de nouveaux jeux.

Les prêtres ne réussissaient pas à s'accorder sur l'innocence de ces rencontres. Les jeunes partenaires de Sheeana furent soumis à d'impressionnants interrogatoires, jusqu'à ce qu'elle s'en aperçoive et entre dans une colère folle à l'égard des responsables.

Inévitablement, les rumeurs concernant Sheeana se propagèrent sur tout Rakis et gagnèrent les planètes avoisinantes. Le Bene Gesserit fut bientôt en possession de nombreux rapports. Les années se passèrent, dans une sorte de routine sublimement autocratique, à combler la curiosité de Sheeana. Cette curiosité ne semblait pas avoir de limites. Aucun de ceux qui entouraient Sheeana ne s'était avisé qu'il s'agissait là d'une forme d'éducation. Sheeana faisait celle des prêtres et ils faisaient la sienne. Le Bene Gesserit s'était tout de suite aperçu de cet aspect de l'existence de Sheeana et suivait les choses avec attention.

— Elle est en bonnes mains, disait Taraza. Laissons-la où elle se trouve jusqu'à ce qu'elle soit prête. Mais veillez à maintenir une force d'intervention sous alerte constante, et à m'informer régulièrement.

Jamais Sheeana ne révéla ses véritables origines ni le sort qu'avait fait subir Shaïtan à sa famille et à tous ses voisins. Il s'agissait d'une affaire privée entre Shaïtan et elle. Elle considérait que son silence représentait son paiement pour avoir été épargnée.

Certaines choses s'estompèrent dans la vie de Sheeana. Elle fit de moins en moins d'incursions dans le désert. Sa curiosité demeurait toujours vive, mais il devenait évident que ce n'était pas au milieu des sables qu'elle trouverait l'explication du comportement de Shaïtan à son égard. Et bien qu'elle connût l'existence des ambassades représentant les autres puissances sur Rakis, les espions du Bene Gesserit implantés dans son entourage faisaient en sorte qu'elle ne manifeste pas trop d'intérêt pour l'Ordre. Leurs réponses étaient calculées pour détourner l'attention de Sheeana à mesure qu'elle se formait

Le message que fit parvenir Taraza à ses observateurs sur Rakis était net et sans équivoque : « Les décennies de préparation deviennent les années de finition. Nous n'agirons que le moment venu. Il ne fait plus le moindre doute que l'enfant que nous attendions est bien celui-là. »

A mon sens, les réformateurs ont causé plus de tort à eux seuls que n'importe quelle autre force dans toute l'histoire humaine. Montrez-moi quelqu'un qui déclare : « Tout cela doit être changé » et vous aurez devant vous une tête gonflée d'intentions pernicieuses qui n'ont aucun autre exutoire. Ce que nous devons au contraire nous efforcer de faire toujours, c'est découvrir les cours naturels des choses et nous y insérer sans heurt.

Révérende Mère Taraza
Extrait d'une conversation
Dossier GSXXMAT 9 du B. G.

Le ciel se dégageait progressivement tandis que le soleil de Gammu accomplissait son ascension, libérant les odeurs d'herbe et de forêt environnantes que la rosée du matin avait condensées.

Duncan Idaho se tenait devant l'une des fenêtres interdites, respirant les senteurs qui parvenaient à lui. Ce matin-là, Patrin lui avait dit:

— Tu as quinze ans, maintenant. Tu ne dois plus te considérer comme un enfant, mais comme un jeune homme.

— C'est mon anniversaire?

La conversation avait lieu dans la chambre de Duncan, où Patrin venait de le réveiller en lui apportant un jus de fruit.

— Je ne sais pas quel est ton anniversaire.

— Les gholas en ont-ils?

Patrin ne répondit pas. Il était interdit d'aborder ce sujet avec le jeune ghola.

— Schwangyu t'a dit que tu n'avais pas le droit de répondre à cette question, fit Duncan.

— Le Bashar m'a demandé de te dire, murmura Patrin d'une voix visiblement embarrassée, que ta leçon n'aura pas lieu comme d'habitude ce matin. Il voudrait que tu reprennes les exercices des genoux et des jambes jusqu'à ce qu'il te fasse appeler.

— Mais j'ai passé toute la journée d'hier à les faire!

— Je t'ai simplement dit ce que le Bashar avait ordonné.

Patrin prit le verre vide et se retira. Duncan s'habilla rapidement. On devait l'attendre à l'Intendance pour le petit déjeuner. Qu'ils aillent au diable! Il n'avait pas besoin de leur petit déjeuner. Que faisait donc le Bashar? Pourquoi ne pouvait-il commencer la leçon à l'heure? Les genoux et les jambes! C'était juste pour le faire patienter tandis que quelque chose d'imprévu l'occupait ailleurs. Rageusement, Duncan prit un couloir interdit qui menait à une fenêtre interdite.

Et tant pis si ces maudits gardes se font encore punir!

Les odeurs qui montaient de la fenêtre ouverte étaient évocatrices, mais il était incapable d'identifier les souvenirs qui se pressaient à la lisière de son esprit conscient. Il avait cependant la certitude qu'il s'agissait bien de souvenirs. Il trouvait cela à la fois effrayant et exaltant. Comme de marcher au bord d'un précipice ou de défier ouvertement Schwangyu. Il n'avait jamais fait ni l'un ni l'autre, mais il pouvait l'imaginer. Il lui suffisait de voir dans un livre l'illustration holo d'un sentier de falaise pour que son estomac se resserre. Quant à Schwangyu, il imaginait souvent qu'il se révoltait contre l'un de ses ordres, et il éprouvait alors la même réaction viscérale.

Il y a quelqu'un d'autre dans ma tête, se disait-il.

Pas seulement dans sa tête, mais dans son corps aussi. Il éprouvait des sensations bizarres, comme s'il venait de se réveiller après un rêve qu'il était incapable de se rappeler. La matière du rêve nécessitait certaines connaissances qu'il ne pouvait posséder.

Et pourtant, il les possédait.

Il était capable de nommer certaines essences d'arbres dont le parfum montait jusqu'à lui et qui ne figuraient pourtant dans aucun dictionnaire de la bibliothèque.

Cette fenêtre interdite était ainsi appelée parce qu'elle était percée dans l'une des murailles de la Citadelle et qu'elle n'était pas munie de barreaux. On l'ouvrait souvent, comme à présent, pour aérer. On pouvait l'atteindre de la chambre de Duncan en grimpant à la balustrade de son balcon et en se glissant dans le puits de ventilation d'une remise située à l'étage. Il avait appris à le faire sans que personne ne s'en doute. Très tôt, on lui avait fait comprendre que ceux qui étaient formés par le Bene Gesserit étaient capables de tirer parti des plus petits détails. Grâce aux enseignements de Teg et de Lucille, il avait lui-même progressé considérablement dans cet art.

Dans l'ombre du couloir où s'ouvrait la fenêtre, Duncan

observait les pentes boisées qui grimpaient jusqu'aux cimes nues. Il trouvait cette forêt impressionnante. Ses pinacles rocheux avaient quelque chose de magique. Il était facile d'imaginer qu'aucun humain ne les avait jamais touchés. Comme ce serait merveilleux de s'y perdre, de s'y retrouver seul avec soi-même sans se soucier de cette autre personne qui le hantait, comme une présence étrangère.

En soupirant, Duncan se détourna et regagna sa chambre par son passage secret. Ce n'est que lorsqu'il s'y retrouva bien à l'abri qu'il s'autorisa à se dire qu'il avait réussi encore cette fois-ci. Personne n'allait être puni à cause de lui.

Les châtiments et la souffrance, qui entouraient comme une aura les endroits interdits, n'avaient pour seul effet que d'inciter Duncan à redoubler de précautions chaque fois qu'il enfreignait une règle.

Il ne voulait pas penser à la douleur que lui infligerait Schwangyu si elle le surprenait dans l'un des endroits interdits. Mais même la plus terrible punition, se disait-il, ne le ferait pas plier. Il n'avait jamais plié devant ses mauvais coups. Il se contentait de la regarder dans les yeux, haineusement, absorbant la leçon. Pour lui, la leçon donnée par Schwangyu était toujours la même. Il devait renforcer son aptitude à se déplacer sans qu'on le voie, sans faire de bruit et sans laisser la moindre trace de son passage.

Assis au bord de son lit, Duncan contemplait le mur blanc qui lui faisait face. Un jour, à force de le fixer ainsi, une image s'y était formée. Celle d'une jeune femme aux cheveux ambrés et à la courbe du visage adorable. Elle le regardait en souriant. Ses lèvres avaient remué sans qu'il en sorte un son, mais Duncan avait déjà appris à lire sur les lèvres et ses mots ne faisaient aucun doute : « Duncan, mon Duncan adoré... »

Etait-ce sa mère? Sa vraie mère?

— Même les gholas avaient une mère, perdue quelque part dans la nuit des temps. Au fond des cuves axlotl se cachait l'image d'une vraie femme qui l'avait porté dans son ventre et qui l'aimait. Oui, qui l'aimait, parce qu'il était son enfant. Si l'image sur ce mur était celle de sa mère, comment était-elle arrivée jusqu'ici? Il n'avait aucun moyen de l'identifier. Il souhaitait simplement de tout son cœur que ce fût sa mère.

Cette expérience le terrorisait, mais la terreur ne l'empêchait pas de souhaiter qu'elle se renouvelle. Quelle que fût l'identité de cette jeune femme, sa présence éphémère l'avait marqué. L'étranger qui le hantait la connaissait bien. Il en était sûr. Il y avait des moments où il souhaitait se fondre avec cet étranger, seulement pour un instant, afin de mettre la main sur tous ses souvenirs cachés. Mais cette pensée l'effrayait. Il avait peur de perdre son identité, si l'étranger pénétrait dans sa pensée consciente.

Il se demandait si cela ressemblerait à la mort.

Duncan avait été en présence de la mort avant d'avoir six ans. Les défenseurs de la Citadelle avaient repoussé une troupe d'assaillants et l'un des gardes avait été tué. Quatre assaillants avaient également trouvé la mort. Duncan avait vu les cadavres que l'on ramenait à la Citadelle, avec leurs muscles flasques et leurs bras traînants. Quelque chose d'essentiel les avait quittés. Leur mémoire n'existait plus. Il ne leur restait rien pour évoquer leurs souvenirs intérieurs ou leurs souvenirs étrangers.

Les cinq corps avaient été transportés dans les profondeurs de la Citadelle. Duncan avait entendu l'un des gardes qui disait plus tard que les quatre intrus avaient été trouvés bourrés de *shere*. Ce fut à cette occasion que Duncan entendit parler pour la première fois des sondes ixiennes.

« Une sonde ixienne permet de lire même les dernières pensées d'un mort », lui avait expliqué Geasa. « Le shere est une drogue qui protège de cette sonde. Les cellules nerveuses ont le temps de mourir totalement avant que les effets de la drogue ne disparaissent. »

En écoutant discrètement les conversations, Duncan apprit que les quatre intrus étaient tout de même sondés par d'autres moyens. Ces moyens ne lui furent pas expliqués et il avait l'impression qu'il s'agissait de techniques secrètes propres au Bene Gesserit. Encore un truc diabolique de ces maudites Révérendes Mères, se disait-il. Elles étaient capables de faire revivre les morts pour extorquer des information à leurs lèvres récalcitrantes. Et Duncan imaginait des visages sans vie grimaçant au bon plaisir d'une démoniaque opératrice.

L'opératrice était toujours Schwangyu.

Ces images occupaient l'esprit de Duncan malgré tous les efforts de ses professeurs pour « lutter contre l'ineptie qu'engendre l'ignorance ». Ils lui enseignaient que les récits fantaisistes qui circulaient n'étaient propres qu'à entretenir la crainte du Bene Gesserit parmi les non-initiés. Mais Duncan refusait de se considérer comme un initié. Chaque fois qu'il voyait une Révérende Mère, il pensait : *Je n'ai rien de commun avec ces femmes*!

Lucille insistait beaucoup sur ces choses ces derniers temps. « La religion est une source d'énergie, disait-elle. Tu dois savoir identifier cette énergie et l'utiliser à tes propres fins. »

A leurs fins et non pas aux miennes, songeait Duncan.

Il imaginait ce qu'il ferait s'il suivait ses propres inclinations et se voyait triomphant du Bene Gesserit et tout spécialement de Schwangyu. Il soupçonnait que de telles projections mentales étaient issues d'une réalité souterraine qui se confondait avec celle où résidait l'étranger qui le travaillait. Mais il avait appris à hocher docilement la tête en donnant l'impression que lui aussi trouvait ces crédulités religieuses amusantes.

Lucille avait su reconnaître cette dichotomie. Elle avait expliqué à Schwangyu:

— Il est convaincu de l'existence de forces mystiques redoutables qu'il vaut mieux, si possible, éviter. Tant qu'il persistera dans cette croyance, il sera incapable d'apprendre à se servir de nos connaissances les plus fondamentales.

Elles s'étaient réunies à l'occasion de ce que Schwangyu appelait « une séance de concertation régulière ». C'était juste après leur frugal repas du soir et les bruits de la Citadelle évoquaient la transition. Les patrouilles de nuit prenaient leur service, ceux qui n'étaient plus de garde jouissaient de l'une de leurs rares périodes de détente. Le bureau de Schwangyu n'avait pas été entièrement isolé de ces bruits-là. C'était délibéré. Les oreilles exercées d'une Révérende Mère pouvaient, grâce à eux, en apprendre long sur ce qui se passait autour d'elle.

Ces « réunions de concertation » préoccupaient de plus en plus Schwangyu. Il devenait évident que Lucille ne pouvait être gagnée à la cause de celles qui s'opposaient à Taraza. Lucille était insensible aux subterfuges manipulateurs d'une Référende Mère. Le plus ennuyeux était que Teg et elle avaient partie liée pour inculquer au ghola des capacités hautement explosives. C'était dangereux à l'extrême. Indépendamment de tous ses autres problèmes, Schwangyu commençait à nourrir pour Lucille un respect de plus en plus grand.

— Il croit que nous faisons appel à des pouvoirs occultes pour pratiquer nos arts, poursuivit Lucille. Comment a-t-il pu arriver à de telles conclusions?

Schwangyu ressentait le désavantage imposé par cette question. Lucille savait déjà que cela avait été voulu pour affaiblir le ghola. Elle était en train de lui dire: « La désobéissance est un crime contre la Communauté des Sœurs! »

— Si ce sont nos connaissances qu'il désire acquérir, répondit-elle, je suis certaine que vous vous chargerez de les lui transmettre.

C'était la vérité, quel que fût le danger qu'il y avait à le faire aux yeux de Schwangyu.

— Sa soif de connaissance est le meilleur levier dont je dispose, répondit Lucille. Mais vous savez comme moi que ce n'est guère suffisant.

Il n'y avait aucun reproche dans sa voix, mais pour Schwangyu la chose était implicite. *Maudite soit-elle! Elle essaie de me rallier à sa cause!* Plusieurs répliques lui traversèrent l'esprit. « *Je n'ai jamais désobéi aux ordres.* » Peuh! La piètre excuse! « *Le ghola a été traité selon les méthodes habituellement pratiquées par le*

Bene Gesserit pour la formation des élèves. » Non seulement inexact, mais inapproprié. Le ghola n'était pas un élève comme les autres. Il y avait en lui des profondeurs qui ne pouvaient être égalées que par une Révérende Mère en puissance. Et c'était bien là le problème!

— J'ai commis certaines erreurs, dit-elle à haute voix.

Là! C'était le genre de réponse à double tranchant que seule une autre Révérende Mère était à même d'apprécier.

— Vous n'avez pas commis d'erreur en l'endommageant, lui dit Lucille.

— Mais je n'avais pas prévu qu'une autre Révérende Mère découvrirait ses failles.

— Il ne veut acquérir nos pouvoirs que pour nous échapper. Il pense: « *Un jour, j'en saurai autant qu'elles, et je pourrai m'enfuir.* »

Voyant que Schwangyu ne répondait pas, Lucille poursuivit:

— C'est très habile. S'il s'enfuit, nous devrons le poursuivre et le détruire nous-mêmes.

Schwangyu se contenta de sourire.

— Je ne commettrai pas la même erreur que vous, continua Lucille. Je vais vous dire ouvertement ce que vous finiriez par voir de toute manière. Je comprends maintenant pourquoi Taraza a envoyé une Imprégnatrice à quelqu'un de si jeune.

Le sourire de Schwangyu disparut.

— Qu'êtes-vous en train de faire?

— Je le lie à moi exactement de la même manière que nous lions nos acolytes à leurs maîtresses. Je le traite avec loyauté et sincérité comme s'il faisait partie des nôtres.

— Mais c'est un mâle!

— Oui; il ne connaîtra pas l'agonie de l'épice, mais c'est la seule différence. Et je crois qu'il commence à réagir favorablement.

— Et quand sera venu le moment de l'imprégnation finale?

— Ce sera délicat, je le sais. Naturellement, vous pensez que le processus le détruira. Cela faisait partie de vos plans.

— Lucille, la Communauté n'est pas unanime derrière Taraza en ce qui concerne l'utilisation de ce ghola. Je suis sûre que vous le savez.

C'était le plus puissant argument de Schwangyu et le fait qu'elle l'eût réservé pour ce moment en disait long. La peur d'un nouveau Kwisatz Haderach était profondément ancrée dans les esprits et les dissensions au sein du Bene Gesserit en traduisaient l'importance.

— Il s'agit de matériel génétique du premier degré, fit Lucille. Il n'a pas été sélectionné pour devenir un Kwisatz Haderach.

— Mais les Tleilaxu ont transformé son patrimoine génétique!

— Oui; sur notre demande. Ils ont accéléré ses réactions nerveuses et musculaires.

— Et c'est tout?

— Vous avez vu les rapports de nos spécialistes.

— Si nous étions aussi avancées dans ce domaine que les Tleilaxu, nous n'aurions pas besoin d'eux. Nous aurions nos propres cuves axlotl.

— Vous pensez qu'ils nous cachent quelque chose?

— Ils l'ont gardé entièrement au secret pendant neuf mois!

— J'ai déjà entendu tous ces arguments.

Schwangyu leva les bras en un geste de capitulation.

— Je vous l'abandonne, *Révérende Mère.* Les conséquences vous concernent seule. Mais vous ne pourrez pas m'écarter de ce poste quel que soit le rapport que vous adresserez au Chapitre.

— Vous écarter? Certainement pas. Je ne veux pas que votre faction nous envoie quelqu'un d'inconnu.

— Il y a une limite aux insultes que je suis disposée à accepter de votre part, fit Schwangyu.

— Et il y en a une autre à la traîtrise que Taraza acceptera de la vôtre.

— S'il sort de tout cela un autre Paul Atréides ou bien, les dieux nous en préservent, un nouveau Tyran, Taraza en portera la seule responsabilité, fit Schwangyu. Vous pouvez lui répéter ces paroles.

— Vous serez peut-être intéressée d'apprendre, dit Lucille en se levant, que Taraza m'a laissé carte blanche quant à la quantité de mélange que je dois faire absorber au ghola. Et j'ai déjà commencé à augmenter sa dose d'épice.

Schwangyu frappa des deux poings le dessus de son bureau.

— Maudites soyez-vous toutes les deux! Vous allez causer notre perte!

C'est dans leur sperme que doit résider le secret des Tleilaxu. Nos tests ont prouvé qu'il ne se transmet pas de manière génétiquement régulière. Il y a des échelons manquants. Tous les Tleilaxu que nous avons examinés jusqu'ici nous ont dissimulé leur personnalité profonde. Ils sont insensibles aux sondes ixiennes. Le secret à tous les niveaux, telle est leur arme et leur défense ultime.

Analyse du Bene Gesserit
Code d'archives BTXX 441 WOR

Un matin de la quatrième année de Sheeana au sanctuaire de Rakis, le rapport d'une espionne du temple fit briller une lueur d'intérêt dans les yeux d'une observatrice locale du Bene Gesserit.

— Sur la terrasse, dites-vous? demanda la Mère Commandante de la Citadelle de Rakis.

Tamalane, la commandante, avait servi auparavant sur Gammu et savait mieux que quiconque l'importance de la partie que le Bene Gesserit était en train de jouer ici. L'arrivée de l'informatrice avait interrompu son déjeuner, qui consistait en un fruit confit saupoudré de mélange. La messagère demeurait debout devant la table tandis que Tamalane reprenait son repas tout en examinant encore le rapport.

— Sur la terrasse, oui, Révérende Mère.

Tamalane leva les yeux vers son informatrice. Kipuna, native de Rakis, avait été formée comme acolyte pour ce genre de tâche locale délicate. Avalant une bouchée de son fruit confit, Tamalane insista:

— Ce sont bien ses mots exacts: « Ramenez-les! »?

Kipuna inclina affirmativement la tête. Elle comprenait le sens de la question. Est-ce que Sheeana avait bien utilisé ce même ton impérieux?

Tamalane parcourait le rapport à la recherche de ses points sensibles. Il était heureux que Kipuna le lui ait apporté en personne. Cette Rakienne avait des qualités que Tamalane respectait. Son visage potelé et ses cheveux flous l'apparentaient sans équivoque à la caste des prêtres, mais sa cervelle était moins floue que les cheveux qui la surmontaient.

— Sheeana n'était pas contente, dit Kipuna. L'orni venait de passer devant sa terrasse et elle avait aperçu clairement les deux prisonniers enchaînés qu'il transportait. Elle savait qu'il les conduisait à la mort dans le désert.

Tamalane posa le rapport sur la table en souriant.

— Elle a donc ordonné qu'on lui ramène ces prisonniers. Je trouve son choix des termes fascinant.

— Ramenez-les? C'ést un ordre tout simple. En quoi peut-il être fascinant?

Tamalane admirait la manière directe dont l'acolyte exprimait son intérêt. Elle ne voulait pas laisser passer une chance de comprendre la façon dont l'esprit d'une Révérende Mère fonctionnait.

— Ce n'est pas cette phrase-là qui m'intéresse, dit-elle en se penchant sur le rapport pour lire à haute voix : « Vous êtes les serviteurs de Shaïtan et non les serviteurs de ses serviteurs. » Vous avez vu et entendu tout cela en personne?

— Oui, Révérende Mère. J'ai jugé important de vous remettre moi-même ce rapport, au cas où vous auriez d'autres questions à poser.

— Elle l'appelle toujours Shaïtan. Comme cela doit les irriter! Mais le Tyran l'avait dit lui-même : « Ils m'appelleront Shaïtan. »

— J'ai lu les comptes rendus des découvertes de Dar-es-Balat, dit Kipuna.

— Et il n'y a pas eu de retard dans l'exécution de son ordre? demanda Tamalane.

— Juste le temps de transmettre le message à l'orni, Révérende Mère. Pas plus de quelques minutes.

— Ainsi, ils la surveillent en permanence. Parfait. Est-ce que Sheeana vous a donné l'impression qu'elle connaissait déjà les deux prisonniers? Y a-t-il eu un échange quelconque avec eux?

— Je suis certaine qu'ils lui étaient totalement étrangers, Révérende Mère. Deux hommes ordinaires de basse caste, pauvrement vêtus et plutôt sales. Probablement issus des taudis crasseux de la périphérie.

— Lorsque ces pouilleux ont été amenés devant elle, Sheeana a donc ordonné qu'on leur retire leurs chaînes, et elle leur a parlé. Quels ont été ses mots exacts?

— Vous êtes de mon peuple.

— Splendide! s'écria Tamalane. Puis elle a demandé qu'on les emmène, qu'on leur donne un bain et des vêtements neufs et qu'on les libère ensuite. Dites-moi ce qu'il s'est passé après cela.

— Elle a fait venir Tuek, qui s'est présenté avec trois de ses conseillers. La discussion a été... animée.

— Transe mémorielle, s'il vous plaît. Faites-moi entendre cette conversation.

Kipuna ferma les yeux, prit une profonde inspiration et tomba aussitôt en transe mémorielle.

— *Sheeana* : « Je n'aime pas que vous donniez ceux de mon peuple en pâture à Shaïtan. » *Le conseiller Stiros* : « Ils sont offerts en sacrifice à Shaï-Hulud. » *Sheeana* : « A Shaïtan! »

Elle tape du pied, furieuse. *Tuek :* « Ça suffit comme ca, Stiros. Je ne veux plus entendre parler de cette dissension. » *Sheeana* : « Quand finirez-vous par apprendre? » Stiros ouvre la bouche pour parler, mais Tuek le fait taire d'un regard et dit : « Nous venons d'apprendre, Enfant Sacrée. » *Sheeana* : « Je veux que... »

— Assez! dit Tamalane.

L'acolyte rouvrit les yeux et attendit en silence. Au bout d'un moment, Tamalane ordonna :

— Retournez à votre poste, Kipuna. Je suis très contente de vous.

— Merci beaucoup, Révérende Mère.

— La consternation va se répandre chez les prêtres. Les moindres souhaits de Sheeana sont obéis parce que Tuek croit en elle. Ils cesseront d'utiliser les vers comme moyen de punition.

— Les deux captifs...

— Vous êtes perspicace, Kipuna. Oui, les deux captifs raconteront à tout le monde ce qu'il leur est arrivé. Leur récit sera déformé. Le peuple dira que Sheeana le protège des prêtres.

— N'est-ce pas précisément ce qu'elle fait, Révérende Mère?

— Oui, mais considérez la chose du point de vue des prêtres. Ils renforceront les autres formes de châtiment. Fouet, privations de toutes sortes. Tandis que la peur de Shaïtan diminuera grâce à Sheeana, celle des prêtres augmentera.

Deux moix plus tard, le rapport de Tamalane au Chapitre confirmait ces paroles.

« La diminution des rations, spécialement des rations d'eau, est devenue la forme de punition la plus employée », écrivait Tamalane. « Des rumeurs de toutes sortes atteignent les régions les plus reculées de Rakis et se propageront probablement bientôt jusqu'aux planètes voisines. »

Elle considérait avec soin les implications de son rapport. De nombreuses Sœurs le liraient, y compris celles qui n'étaient pas d'accord avec Taraza. N'importe quelle Révérende Mère pourrait se faire une image précise de ce qui était en train de se passer sur Rakis. Beaucoup de gens y avaient assisté à l'arrivée de Sheeana sur le dos d'un ver géant du désert. Les efforts des prêtres pour maintenir le secret sur cet événement étaient voués dès le début à l'échec. Les curiosités insatisfaites tendent à créer leurs propres réponses. Les mythes sont plus dangereux que la réalité.

Les rapports précédents avaient parlé des enfants que Sheeana faisait venir au temple comme compagnons de jeux. Les récits déformés que faisaient ces enfants étaient eux-mêmes considérablement enrichis par la rumeur populaire et ces apports intéressaient grandement le Chapitre. Les deux captifs que l'on avait relâchés dans les rues avec les plus fins atours n'avaient pas peu contribué à fortifier la mythologie naissante. Le Bene Gesserit, expert dans l'art des mythes, possédait maintenant sur Rakis un réservoir d'énergie qui ne demandait qu'à être subtilement entretenue et canalisée.

« Nous avons implanté dans la population la croyance en un espoir réalisé », écrivait Tamalane dans son rapport. Et elle pensait, en le relisant, aux slogans précédemment introduits par le Bene Gesserit.

Sheeana est celle que nous attendions depuis longtemps.

La phrase était suffisamment simple pour qu'on puisse en amplifier la signification sans distorsions inacceptables.

La fille de Shaï-Hulud est venue châtier les prêtres!

Celle-ci avait créé quelques problèmes. Un certain nombre de prêtres avaient trouvé la mort au détour d'une ruelle obscure comme conséquence de la ferveur populaire. Cela avait conduit la police sacerdotale à accentuer la pression sur la populace, avec tous les abus que cela entraînait habituellement.

Tamalane repensa à la délégation qui avait demandé audience à Sheeana en conséquence de l'agitation des conseillers de Tuek. Sept d'entre eux, avec Stiros à leur tête, avaient interrompu le déjeuner de Sheeana en compagnie d'un enfant des rues. Sachant qu'une telle chose pouvait arriver à n'importe quel moment, Tamalane avait pris ses dispositions et la scène avait été intégralement enregistrée pour elle en secret. Il ne manquait aucun mot, aucune expression du visage. Même les pensées étaient apparentes aux yeux exercés d'une Révérende Mère.

— Nous voulions faire un sacrifice à Shaï-Hulud! protestait Stiros.

— Tuek vous a déjà dit de ne pas discuter avec moi sur ce point, répliquait Sheeana.

Et comme les prêtresses souriaient devant la déconfiture de Stiros et des autres prêtres!

— Mais Shaï-Hulud... insistait Stiros.

— Shaïtan! corrigeait Sheeana, et son expression disait clairement: *Ces prêtres stupides ne savent donc rien*?

— Mais nous avons toujours pensé...

— Vous avez eu tort! faisait Sheeana en tapant du pied.

Stiros feignait alors le désir de s'instruire.

— Devons-nous croire que Shaï-Hulud, le Dieu Fractionné, est en même temps Shaïtan?

Quel imbécile! se disait Tamalane. Même un enfant pouvait lui répondre, comme Sheeana ne manqua pas de le faire.

— Tous les gamins des rues savent cela avant d'apprendre à marcher!

— Comment savez-vous ce qu'il y a dans la tête d'un gamin des rues? demanda habilement Stiros.

— Vous êtes impie de douter de moi! accusa Sheeana. C'était un argument dont elle avait appris à se servir souvent, sachant que la chose serait rapportée à Tuek et lui causerait des ennuis.

Stiros le savait aussi. Il attendait les yeux baissés tandis que Sheeana, d'une voix lourde de patience, comme quelqu'un qui raconte une vieille fable à un enfant, lui expliquait que le ver géant du désert pouvait être habité aussi bien par un dieu que par un démon, ou par tous les deux à la fois, et que les humains ne pouvaient qu'accepter cela. Ce n'était pas à eux de décider de ces choses.

Stiros avait déjà envoyé des gens à la mort dans le désert pour avoir proféré de telles hérésies. Son expression (soigneusement enregistrée pour les analystes du Bene Gesserit) disait qu'il avait l'habitude de voir naître de tels concepts au fin fond de la fange des bas-quartiers de Rakis. Mais à présent! Il lui fallait tenir compte de l'insistance de Tuek à prétendre que tout ce qui sortait de la bouche de Sheeana était parole d'évangile!

Tout en revoyant l'enregistrement, Tamalane se disait que tout se passait pour le mieux. Elle l'écrivait dans son rapport au Chapitre. Les doutes assiégeaient Stiros. Les doutes étaient partout, excepté au sein du peuple qui manifestait sa dévotion à Sheeana. Les espions chargés de surveiller Tuek rapportaient que lui-même commençait à douter du bien-fondé de sa décision d'expédier l'historien-locuteur Dromind.

— Avait-il raison de se défier d'elle? demandait le Grand Prêtre à son entourage.

— Certainement pas! répondaient les sycophantes.

Qu'auraient-ils pu dire d'autre? Le Grand Prêtre ne pouvait se tromper quand il prenait de telles décisions. Dieu ne l'aurait jamais permis. Cependant, Sheeana n'arrangeait pas les choses. Elle expédiait aux limbes les décisions de plus d'un Grand Prêtre avant Tuek. La réévaluation était à l'ordre du jour.

Stiros ne cessait de harceler le Grand Prêtre :

— Que savons-nous d'elle au juste?

Tamalane possédait l'enregistrement complet de leurs dernières conversations à ce sujet. Elles s'étaient poursuivies tard dans la nuit dans les appartements privés de Tuek où ils se croyaient à l'abri des oreilles indiscrètes, confortablement installés dans de rares et moelleux canisièges, des fruits confits épicés de mélange à portée de la main. Les images holo que possédait Tamalane montraient un brilleur qui flottait sur ses suspenseurs à proximité des deux hommes, sa puissance réduite pour épargner leurs yeux fatigués.

— Peut-être que cette première épreuve dans le désert avec un marteleur n'était pas celle qu'il lui fallait, disait Stiros.

C'était une formulation habile. Tuek n'était pas réputé pour avoir l'esprit particulièrement compliqué.

— Pas celle qu'il lui fallait? Que voulez-vous dire par là?

— Dieu souhaite peut-être que nous lui fassions subir d'autres épreuves.

— Mais vous l'avez vue vous-même parler à Dieu dans le désert à plusieurs reprises.

— C'est exact, fit Stiros, bondissant visiblement sur l'occasion attendue. Si elle est capable de demeurer indemne en présence de Dieu, pourquoi ne pourrait-elle enseigner à d'autres la manière d'accomplir cela?

— Vous savez bien qu'elle se met en colère quand on le lui suggère!

— Peut-être n'avons-nous pas su aborder le problème de la bonne façon.

— Stiros! Et si l'enfant avait raison? Nous servons le Dieu *Fractionné*. Pourquoi Dieu se fractionnerait-il? N'est-ce pas là l'épreuve ultime de Dieu?

L'expression de Stiros indiquait que c'était là exactement le genre de gymnastique mentale que sa faction redoutait. Il essaya de détourner la conversation, mais le Grand Prêtre n'était pas d'humeur à renoncer à son plongeon dans la métaphysique.

— L'épreuve ultime, médita Tuek, c'est de savoir reconnaître le bien dans le mal et le mal dans le bien.

La consternation se peignit sur le visage de Stiros. Tuek était l'Oint Suprême de Dieu. Aucun prêtre n'avait le droit de remettre *cela* en question! Si Tuek s'avisait de rendre publiques de pareilles conceptions, c'était toute l'autorité des prêtres qui risquait d'être ébranlée dans ses fondements mêmes. Il était clair que Stiros était en train de se demander si l'heure n'était pas venue d'emmener le Grand Prêtre dans le désert avec un marteleur.

— Loin de moi l'idée de débattre de conceptions si profondes avec mon Grand Prêtre, finit par dire Stiros, mais j'ai peut-être une suggestion à faire qui lèverait bien des doutes.

— Proposez toujours, dit Tuek.

— Certains instruments pourraient être discrètement glissés dans ses vêtements. Nous pourrions ainsi écouter ce qu'elle dit quand elle s'adresse à...

— Vous croyez que Dieu ignorerait ce que nous ferions?

— Jamais pareille idée ne m'a traversé l'esprit.

— Je refuse de la faire conduire encore dans le désert.

— Mais si l'idée venait d'elle-même? murmura Stiros avec un sourire onctueux. Elle l'a déjà fait plusieurs fois.

— Pas récemment. Il semble qu'elle ne ressente plus comme avant le besoin de consulter Dieu.

— Ne pourrions-nous pas le lui suggérer discrètement?

— C'est-à-dire?

— Sheeana, il y a longtemps que vous n'avez pas parlé avec votre Père. Ne languissez-vous pas d'être privée de sa Présence?

— Pour une suggestion discrète, c'est un peu lourd.

— Je ne faisais que donner un exemple de ce que nous pourrions...

— Stiros, cette Enfant Sacrée n'est pas une idiote! Elle dialogue avec Dieu. Il pourrait nous punir cruellement de notre présomption.

— Dieu ne l'a-t-il pas mise en notre présence pour que nous puissions l'étudier?

Ce genre de propos était, aux yeux de Tuek, beaucoup trop proche de l'hérésie de Dromind. Il considéra sombrement Stiros.

— Ce que je voulais dire, fit ce dernier, battant en retraite, c'est que Dieu veut sûrement nous apprendre des choses par son intermédiaire.

Tuek lui-même avait dit à peu près la même chose en plusieurs occasions, sans jamais entendre dans sa voix le curieux écho des propos de Dromind.

— Il n'est pas question de faire pression sur elle ni de la soumettre à de nouvelles épreuves, déclara le Grand Prêtre.

— Le ciel nous en préserve! répondit Stiros. Je serai l'ombre de la prudence. Et tout ce que j'apprendrai sur l'Enfant Sacrée vous sera immédiatement rapporté.

Tuek hocha silencieusement la tête. Il avait ses propres moyens de s'assurer que Stiros ne lui mentait pas.

Les épreuves et les pressions discrètes qui s'ensuivirent furent immédiatement rapportées au Chapitre par Tamalane et ses subordonnées.

« Sheeana a l'air de plus en plus pensif ces jours-ci », écrivait Tamalane dans un rapport.

Pour les Révérendes Mères de Rakis comme pour celles à qui s'adressaient les rapports, cet air pensif avait une signification évidente. Les antécédents de Sheeana avaient été déduits depuis longtemps. Les attaques de Stiros donnaient à l'enfant la nostalgie des siens. Sheeana se gardait d'y faire la moindre allusion, mais il était clair qu'elle pensait souvent au village de pionniers d'où elle était originaire. Malgré les peurs et les dangers dont était faite la vie là-bas, c'était sans doute la période où elle avait été le plus heureuse. Elle devait se rappeler les rires, les tiges à prédire le temps que l'on plantait dans les sables, la chasse aux scorpions dans les recoins du village, la recherche des fragments d'épice parmi les dunes. D'après les incursions répétées de Sheeana dans le même secteur, les Sœurs avaient localisé approximativement le village perdu et reconstitué les causes de sa disparision. Sheeana contemplait souvent une vieille carte de Tuek, accrochée à l'un des murs de ses appartements. Comme s'y attendait Tamalane, un matin, l'enfant désigna sur la carte un endroit où elle était déjà allée souvent.

— Conduisez-moi là-bas, ordonna-t-elle.

On fit venir immédiatement un orni.

Tandis que les prêtres écoutaient avidement à bord d'un autre orni qui tournait hors de vue au-dessus de sa tête, Sheeana avait affronté une fois de plus son vengeur des sables. Tamalane et ses conseillères, branchées sur le circuit des prêtres suivaient la scène avec non moins d'avidité.

Rien ne suggérait qu'un village avait existé au milieu des dunes battues par le vent où Sheeana s'était fait déposer. Elle utilisa, cette fois-ci, un marteleur. C'était une idée de Stiros, qui l'avait soigneusement initiée au maniement de cet antique moyen d'appeler le Dieu Fractionné.

Un ver ne tarda pas à arriver.

Tamalane voyait sur son écran le monstre dont elle estimait la taille à cinquante mètres, ce qui était une petite moyenne. Sheeana se tenait à trois mètres à peine de la gueule béante. Le grondement de la fournaise intérieure du ver était nettement audible dans les écouteurs.

— Me diras-tu pourquoi tu as fait ça? demanda Sheeana

Elle ne bronchait pas devant l'haleine ardente du ver géant. Le sable craquait sous le moids du monstre, ce dont elle ne paraissait pas s'apercevoir.

— Réponds-moi! cria-t-elle.

Aucune voix ne sortit du ver, mais Sheeana pencha la tête comme pour écouter.

— Alors, retourne d'où tu viens, dit-elle avec un geste impérieux.

Docilement, le ver recula et fit demi-tour avant de s'éloigner dans le désert.

Des jours durant, tandis que les Sœurs se délectaient à les espionner, les prêtres avaient débattu cette brève rencontre. Il n'était pas possible de questionner Sheeana sans qu'elle apprenne qu'elle avait été épiée. Comme toujours, elle refusait de dire quoi que ce soit sur ses incursions dans le désert.

Stiros continuait à la travailler discrètement. Le résultat était ce que le Bene Gesserit escomptait. A l'improviste, Sheeana disait certains jours en se réveillant : « Aujourd'hui, je vais dans le désert ».

Quelquefois, elle utilisait un marteleur. Souvent, elle dansait pour les attirer. Loin des regards de Keen ou de tout autre endroit habité, les vers ne manquaient jamais d'arriver à ses rendez-vous. Plantée devant les monstres, elle leur parlait tandis que des oreilles avides écoutaient.

Tamalane était fascinée par la quantité de témoignages qui passaient dans ses mains avant d'aboutir au Chapitre.

« Je devrais vous détester! » disait Sheeana dans l'un d'eux. Quel remue-ménage cela causa chez les prêtres! Tuek voulait ouvrir publiquement le débat : « Devrions-nous tous détester le Dieu Fractionné en même temps que nous l'aimons? »

Stiros avait écarté cette suggestion en faisant valoir que les desseins de Dieu n'étaient pas encore très clairs.

Sheeana demandait à l'un des monstres : « Veux-tu me laisser monter sur toi? »

Mais quand elle s'était rapprochée, le ver avait reculé sans la laisser grimper.

En une autre occasion, elle avait demandé : « Dois-je rester encore parmi les prêtres? »

Ce même ver avait été l'objet d'une avalanche de questions intéressantes : « Où vont les gens quand tu les manges? Pourquoi cherche-t-on à me tromper? Faut-il que je punisse les mauvais prêtres? »

Tamalane avait ri de bon cœur en prenant connaissance de cette dernière question. Elle pensait à l'émoi que cela allait causer dans l'entourage de Tuek. Effectivement, ses espions ne manquèrent pas de lui signaler la consternation des prêtres.

— Mais comment lui répond-il? demanda un jour Tuek. Est-ce que quelqu'un a entendu parler Dieu?

— Peut-être qu'il répond directement dans sa tête, hasarda l'un des conseillers.

— Ce doit être cela, fit Tuek, sautant sur l'occasion. Nous essaierons de lui demander ce que Dieu lui dicte de faire.

Sheeana refusa cependant de se laisser entraîner dans ce genre de discussion.

« Elle sait évaluer avec précision les limites de son pouvoir », écrivait Tamalane dans son rapport. « Elle va moins souvent dans le désert à présent en dépit des pressions exercées par Stiros. Comme nous l'avions prévu, son intérêt s'estompe. L'excitation et la peur la conduisent seulement jusqu'à un certain point avant de s'effacer. Elle a cependant appris l'existence d'une injonction efficace: *Allez-vous-en!* »

Pour le Bene Gesserit, c'était une borne importante dans l'évolution des choses. Si le Dieu Fractionné lui-même obéissait sans hésiter, ce n'était pas à un simple prêtre ni à une simple prêtresse de lui disputer le droit d'émettre un tel commandement.

« Les prêtres sont en train d'édifier des tours dans le désert », écrivait Tamalane. « Ils veulent disposer d'endroits plus sûrs pour observer Sheeana quand elle se rend là-bas. »

Le Bene Gesserit avait également prévu cette évolution et des pressions discrètes avaient même été exercées pour accélérer le programme. Chaque tour disposait de son piège à vent, de son équipe d'entretien, de sa barrière d'eau, de ses jardins et d'autres éléments de civilisation. Chacune représentait un avant-poste qui élargissait le domaine de la communauté humaine de Rakis au détriment des vers géants.

Les villages de pionniers n'avaient plus de nécessité et le mérite de leur suppression revint encore à Sheeana aux yeux de la populace.

« Elle est *notre* prêtresse », entendait-on partout.

Tuek et ses conseillers étaient empalés sur une girouette. *Shaïtan et Shaï-Hulud dans le même corps*?

Stiros vivait dans la crainte perpétuelle que Tuek n'érige cela en dogme. Ses conseillers rejetèrent finalement la suggestion d'éliminer le Grand Prêtre. Une autre proposition selon laquelle la Prêtresse Sheeana aurait pu avoir un accident fatal fut accueillie avec horreur par tous, y compris Stiros qui jugeait le risque trop grand.

« Si nous ôtions cette épine, Dieu nous enverrait peut-être quelque chose de bien plus terrible », disait-il en mettant ceux qui l'écoutaient en garde: « Les plus anciens livres n'ont-ils pas prédit que nous serions guidés un jour par un petit enfant? »

Stiros n'était que le dernier en date de ceux qui voyaient en Sheeana quelque chose de plus qu'une simple mortelle. Il était évident que l'entourage de l'Enfant Sacrée, en particulier Cania, lui vouait une admiration et une dévotion à toute épreuve. Elle était si charmante, si ingénue, si perceptive et brillante.

Beaucoup remarquaient que cette admiration pour Sheeana touchait même Tuek.

Le Bene Gesserit avait un nom pour ce phénomène qu'il connaissait de longue date: *L'effet de dévotion cumulée*. Tamalane notait dans son rapport les profonds changements qui étaient en train de s'opérer sur Rakis. Partout sur la planète, les gens commençaient à adresser leurs prières à Sheeana au lieu de Shaïtan ou même de Shaï-Hulud.

« Ils voient que Sheeana intercède pour les plus faibles », écrivait Tamalane. « Le processus est familier. Tous se déroule selon les instructions reçues. Quand allez-vous envoyer le ghola? »

La surface extérieure d'un ballon est toujours plus grande que son foutu centre. C'est toute la signification de la Grande Dispersion!

Réponse du Bene Gesserit
à la suggestion ixienne d'envoyer
de nouvelles sondes
à la recherche des Égarées

Une navette rapide du Bene Gesserit conduisit Miles Teg jusqu'au transport de la Guilde en orbite autour de Gammu. Il n'aimait pas s'absenter de la Citadelle en un moment pareil, mais priorité faisait loi. Il avait aussi un pressentiment sur toute cette aventure. En trois siècles d'expérience, Teg avait appris à écouter ses pressentiments. Les choses n'allaient pas très bien sur Gammu. Chaque patrouille, chaque message transmis par les télésenseurs, les rapports envoyés par les observateurs de Patrin dans les différentes cités — tout contribuait à nourrir l'inquiétude de Teg.

En tant que mentat, il ressentait le mouvement des forces à l'intérieur et autour de la Citadelle. Le ghola dont on lui avait confié la charge était menacé. L'ordre de se présenter, prêt à toute violence, à bord d'un transport de la Guilde, venait cependant de Taraza elle-même et portait un crypto-identificateur à l'épreuve de toute falsification.

À bord de la navette qui le conduisait à son rendez-vous là-haut, Teg Miles se préparait mentalement au combat. Toutes les mesures de protection qu'on pouvait prendre à la Citadelle avaient déjà été décidées. Lucille était prévenue. Il avait confiance en elle. Schwangyu, c'était autre chose. Teg avait fermement l'intention d'aborder avec Taraza le problème des modifications importantes à apporter dans la manière dont la Citadelle de Gammu était tenue. Mais d'abord, il avait un autre combat à gagner. Dans son esprit, il ne faisait pas le moindre doute que le conflit était sur le point d'éclater.

Tandis que la navette manœuvrait pour accoster, Teg vit, par un hublot, le gigantesque symbole ixien à l'intérieur du cartouche de la Guilde, sur le côté non éclairé du transport. C'était un vaisseau que la Guilde avait reconverti à l'emploi des machines ixiennes, qui se substituaient au navigateur traditionnel. Il devait y avoir à bord une équipe de techniciens ixiens pour s'occuper des machines. Il y avait probablement aussi un authentique navigateur de la Guilde. Celle-ci n'avait jamais tout à fait appris à faire confiance aux machines ixiennes, même si elle exhibait ces transports reconvertis comme un message à l'adresse des Tleilaxu et des Rakiens: *Voyez comme nous pouvons très bien nous passer de votre mélange*!

Telle était la véritable signification du cartouche aux couleurs ixiennes que Teg était en train de contempler sur la coque du vaisseau spatial.

Il perçut la légère secousse due aux grappins d'accostage et prit une profonde inspiration pour relaxer ses nerfs tendus. Il ressentait ce qu'il avait toujours ressenti juste avant la bataille: le vide dans son esprit et, surtout, l'absence de tout rêve trompeur. Ils avaient échoué. La discussion n'ayant pas rempli son office, les armes allaient parler... à moins qu'il ne trouve un autre moyen de gagner. La guerre, ces temps-ci, prenait rarement des proportions massives, mais la mort n'en était pas moins là. Et cela représentait un échec de nature plus permanente: *Si nous ne sommes pas capables de régler nos différends de manière pacifique, nous sommes moins qu'humains.*

Un subalterne à l'accent typiquement ixien guida Miles Teg jusqu'à la salle où attendait Taraza. Le long de chaque coursive et dans le pneumotube où on lui fit prendre place, il cherchait des signes qui auraient pu confirmer l'avertissement secret contenu dans le message de la Mère Supérieure. Mais tout semblait calme, comme à l'ordinaire. Le subalterne manifestait envers lui la déférence à laquelle un Bashar pouvait s'attendre.

— Je faisais partie du commandement tireg à Andioyu, dit-il à Teg, citant l'une de ces batailles où il avait triomphé sans avoir besoin de combattre.

Ils arrivèrent devant une porte ovale ordinaire percée dans la paroi d'une coursive ordinaire. La porte s'ouvrit et Teg pénétra dans une pièce aux murs blancs de dimensions plus que confortables. Elle était meublée de fauteuils pliants, de petites tables basses et de brilleurs réglés dans le jaune. La porte étanche se referma derrière lui sur ses joints avec un bruit sourd, laissant son guide dans la coursive.

Une acolyte du Bene Gesserit écarta la tenture légère qui dissimulait un passage à la droite de Teg. Elle inclina légèrement la tête. Sa présence allait être annoncée à Taraza.

Teg réprima un tremblement dans les muscles de son mollet. *Danger!*

Il ne s'était pas trompé sur l'avertissement secret contenu dans le message de Taraza. Ses précautions avaient-elles été adéquates? Il y avait à sa gauche un fauteuil léger devant une longue table noire, et un second siège au bout de la table. Il se dirigea vers ce côté de la pièce et attendit le dos au mur. Il remarqua qu'un peu de la terre jaune de Gammu adhérait encore au bout de ses chaussures.

Il y avait une drôle d'odeur dans cette pièce. Il plissa les narines. *Du shere!* Taraza et sa suite s'étaient-elles prémunies contre les sondes ixiennes? Teg avait absorbé, comme d'habitude, sa capsule de shere avant de monter dans la navette. Il y avait trop de choses dans sa tête qui auraient pu profiter à l'ennemi. Mais le fait que Taraza eût laissé traîner cette odeur derrière elle avait une autre implication. C'était un message à un observateur dont elle ne pouvait empêcher la présence.

Taraza entra par le passage derrière la tenture. Elle avait l'air fatigué, se dit Teg. C'était d'autant plus remarquable que les Sœurs étaient capables de dissimuler leur fatigue jusqu'au moment où elles tombaient, ou presque. Manquait-elle à ce point de forces ou était-ce encore un signal à l'intention d'observateurs cachés?

Du seuil de la pièce, Taraza étudia Teg. Le Bashar paraissait plus vieux que lors de leur dernière rencontre, songea-t-elle. Ses responsabilités sur Gammu l'avaient marqué, mais elle trouvait cela plutôt rassurant. Il faisait son travail.

— Votre promptitude est appréciée, Miles, dit-elle.

Appréciée! Leur code pour dire: « *Nous sommes observés secrètement par un dangereux ennemi.* »

Teg hocha la tête en jetant un coup d'œil à la tenture qui avait livré passage à Taraza.

La Mère Supérieure s'avança en souriant. Pas le moindre signe sur lui des effets du mélange, remarqua-t-elle. L'âge respectable qu'il commençait à atteindre le faisait toujours soupçonner d'avoir recours à l'épice pour en alléger le fardeau. Mais rien n'indiquait l'existence d'une dépendance à laquelle les plus forts se résignaient parfois quand ils sentaient leur fin approcher. Teg avait revêtu son ancien uniforme de Bashar Suprême, mais sans les étoiles d'or à l'épaule et sur le revers du col. C'était un signal qu'elle reconnut et qui disait : « Souvenez-vous que je les ai gagnées à votre service. Je ne vous ai pas failli cette fois-ci non plus. »

Les yeux qui la fixaient sans bouger étaient dépourvus de toute expression. Tout dans son attitude indiquait la plus profonde sérénité intérieure, en contradiction totale avec ce qu'il devait, elle le savait, éprouver en réalité. Il attendait son signal.

— Notre ghola devra être éveillé à ses souvenirs dans les meilleurs délais, dit-elle en coupant sa réponse d'une main impérieuse. J'ai connaissance des rapports de Lucille et je sais qu'il est bien jeune, mais nous somme forcés d'agir.

Elle parlait pour ceux qui les observaient. Fallait-il croire ce qu'elle disait?

— Je vous donne l'ordre de procéder à cet éveil, ajouta la Mère Supérieure avec une torsion de son poignet gauche qui confirmait ses paroles dans leur langage gestuel secret.

C'était donc vrai! Ses yeux se tournèrent imperceptiblement

vers la tenture qui dissimulait le passage par où était venue Taraza. Qui se trouvait là?

Il mit ses talents de mentat sur le problème. Beaucoup d'éléments lui manquaient, mais cela ne l'arrêtait pas. Un mentat se passait de beaucoup de choses à condition de pouvoir constituer une trame. Dans certains cas, quelques grandes lignes suffisaient à fournir la configuration recherchée, qu'il ne restait plus qu'à compléter en y insérant les morceaux manquants. Les mentats possédaient rarement toutes les données qu'ils pouvaient désirer, mais Teg avait été formé à isoler les trames, à reconnaître les systèmes et les ensembles. Il se rappelait également qu'il avait été formé militairement comme on forme une arme destinée à être pointée correctement sur l'ennemi.

Taraza était en train de le pointer comme un canon. Son évaluation de la situation présente s'avérait exacte.

— On cherchera à tuer ou à capturer le ghola par tous les moyens avant que vous puissiez l'éveiller, reprit Taraza.

Il identifia ce ton. Elle offrait froidement des données à l'analyse d'un mentat. Elle avait donc vu qu'il était sur ce mode.

La recherche de trame se poursuivait systématiquement dans son esprit en alerte. Il y avait, en premier lieu, le dessein des Sœurs concernant le ghola. Il en ignorait à peu près tout sauf que cela tournait autour de la présence sur Rakis d'une jeune fille qui (disait-on) avait le pouvoir de commander aux vers. Les gholas Idaho avaient une charmante personnalité, plus quelque chose d'autre qui avait poussé le Tyran et les Tleilaxu à les reproduire d'innombrables fois. Des cargaisons de Duncan! Quel service lui rendait ce ghola pour que le Tyran ne l'ait jamais laissé reposer en paix parmi les morts? Et les Tleilaxu avaient continué pendant des millénaires, même après la mort du Tyran, à décanter des gholas Duncan Idaho dans leurs cuves axlotl. Ils avaient vendu douze fois ce ghola au Bene Gesserit, qui payait dans la meilleure monnaie qui fût: du mélange tiré de ses précieuses réserves. Pourquoi le Tleilax acceptait-il en paiement quelque chose qu'il produisait en abondance? La réponse était évidente. Pour vider les réserves des Sœurs. Une forme de cupidité très particulière. Le Tleilax achetait la suprématie. C'était le pouvoir qui était en jeu! Il fixa la Mère Supérieure qui attendait calmement.

— Les Tleilaxu tuent nos gholas l'un après l'autre pour contrôler nos réflexes, dit-il.

Taraza hocha la tête sans répondre. Il y avait donc autre chose. Il se replongea dans le mode mentat.

Le Bene Gesserit constituait un précieux marché pour le mélange tleilaxu. Ce n'était pas leur seule source, car il y avait toujours la production infime de Rakis, mais c'était pour les Sœurs une source appréciable; oui, très appréciable. Il n'était pas raisonnable que le Tleilax s'aliène un si précieux marché, à moins de disposer quelque part d'un marché potentiel encore plus précieux.

Qui d'autre s'intéressait aux activités du Bene Gesserit? Les Ixiens, sans aucun doute. Mais les Ixiens n'étaient pas un marché pour le mélange. Leur seule présence à bord de ce vaisseau indiquait leur indépendance. Et comme les Ixiens et les Truitesses faisaient cause commune, ces dernières pouvaient être écartées de la recherche de trame.

Quelle puissance ou quelle coalition de puissances possédait dans cet univers...

Teg figea cette pensée comme s'il venait d'activer les rétrofreins d'un orni. Il laissa flotter librement son esprit tandis qu'il détaillait d'autres considérations.

Pas dans cet univers.

La trame prenait forme. *Toutes ces richesses!* Dans ses computations de mentat, Gammu jouait un nouveau rôle. Cette planète avait été jadis vidée de toutes ses ressources par les Harkonnen, qui l'avaient abandonnée comme une carcasse pourrie. Les Daniens lui avaient redonné sa splendeur. Il y avait eu une époque, cependant, où tout espoir semblait perdu pour Gammu. Même les rêves avaient disparu. Remontant de ces sombres abîmes, la population était devenue bassement pragmatique. *Si ça marche, c'est que c'est bien.*

La richesse.

Lors de son premier contact avec Gammu, il avait remarqué le nombre élevé de banques. Certaines étaient signalées comme protégées par le Bene Gesserit. Gammu servait de plaque tournante pour la manipulation de richesses énormes. La banque qu'il avait visitée un jour afin de vérifier la possibilité de l'utiliser comme contact en cas d'urgence revint pleinement à son attention de mentat. Il s'était immédiatement rendu compte qu'elle ne se confinait pas dans des transactions purement planétaires. C'était une banque pour les banquiers.

Pas seulement des richesses mais une RICHESSE ILLIMITÉE!

Il n'avait pas encore une trame maîtresse, mais il en savait assez pour une projection d'essai. Des richesses qui n'étaient pas de cet univers. Les gens de la Dispersion!

Toutes ces computations de mentat ne lui avaient pris que quelques secondes. Ayant atteint le stade de la projection, Teg se mit en état de décontraction musculaire et nerveuse, jeta un seul coup d'œil à Taraza et marcha vers le passage dissimulé par la tenture. Il remarqua que Taraza ne donnait aucun signe d'alarme. Écartant la tenture d'un mouvement brusque, Teg fit face à un homme presque aussi grand que lui. Costume de style militaire, javelots croisés à la patte du collet. Le visage était rude, la mâchoire large, les yeux verts. L'air surpris mais alerte, il avait une main à hauteur d'une poche qui dissimulait visiblement une arme.

Teg lui sourit, laissa retomber la tenture et retourna vers Taraza.

— Nous sommes épiés par les gens de la Dispersion, fit-il.

Taraza se sentit soulagée. Teg s'était montré à la hauteur de ce qu'elle attendait.

La tenture s'écarta. L'inconnu s'avança et s'arrêta à deux pas de Teg, les traits figés en une expression de colère glaciale.

— Je vous avais avertie de ne rien lui dire! s'écria-t-il d'une voix grinçante de baryton dont Teg entendait l'accent pour la première fois.

— Et je vous avais mis en garde contre les pouvoirs de ce Bashar mentat, fit Taraza avec une lueur de mépris dans les yeux.

L'homme se radoucit et une subtile expression de crainte se peignit sur son visage.

— Croyez bien, Honorée Matriarche, que je...

— N'ayez pas l'impudence de m'appeler ainsi! explosa Taraza, le corps arqué dans une posture de combat que Teg la voyait adopter pour la première fois.

— Chère madame, vous ne contrôlez pas la situation. Je dois vous rappeler que mes ordres...

Teg en avait suffisamment entendu.

— Elle la contrôle par mon entremise, dit-il. Avant de venir ici, j'ai pris certaines précautions. Nous ne sommes pas... (Il regarda autour de lui avant de reporter son attention sur l'homme, dont le visage était devenu circonspect) ... à bord d'un non-vaisseau. Deux de nos propres non-vaisseaux vous tiennent en ce moment dans leur ligne de mire.

— Vous ne survivriez pas! aboya l'homme.

— Personne à bord de ce vaisseau ne survivrait, fit Teg en souriant aimablement et en serrant la mâchoire pour déclencher le signal nerveux activant le minuteur à pulsations implanté dans son crâne. Immédiatement, les implusions graphiques s'inscrivirent dans ses centres visuels. Et vous n'avez pas beaucoup de temps, ajouta-t-il, pour prendre votre décision!

— Expliquez-lui comment vous avez su ce qu'il fallait faire, dit Taraza.

— La Mère Supérieure et moi, nous avons nos propres moyens de communication, dit Teg. Mais en vérité, elle n'avait pas besoin de me prévenir. Sa convocation suffisait. Etre présente de son propre gré sur un transport de la Guilde à une heure pareille? Impossible!

— C'est l'impasse, grogna l'homme.

— Peut-être. Mais ni la Guilde ni les Ixiens ne prendront le risque de provoquer une attaque massive de forces du Bene

Gesserit placées sous le commandement de quelqu'un qui a été formé par moi. Je veux parler du bashar Burzmali. Votre appui vient de s'évanouir en fumée.

— Je ne lui ai rien dit de tout cela, fit Taraza. Vous venez simplement d'assister à la démonstration des pouvoirs d'un Bashar mentat, dont je doute qu'ils puissent être égalés dans votre univers. Songez-y si vous envisagez d'affronter un homme comme Burzmali, formé par ce mentat.

L'autre porta son regard de Taraza à Teg, puis de Teg à Taraza.

— La seule manière de sortir de ce qui vous paraît être une impasse, dit Teg, c'est que la Mère Supérieure Taraza et sa suite quittent ce vaisseau avec moi. Vous devez vous décider immédiatement. Le délai va expirer.

— Vous bluffez, dit l'homme. Mais ses mots n'avaient aucune force.

Teg se tourna vers Taraza et s'inclina :

— Ce fut un grand honneur pour moi de vous servir, Révérende Mère Supérieure. Je vous fais mes adieux.

— Peut-être la mort ne nous séparera-t-elle pas, répondit Taraza. C'était la formule d'adieu traditionnelle d'une Sœur à une autre.

— Partez! L'homme au visage rude se précipita vers la porte étanche de la coursive, l'ouvrit brusquement pour révéler deux gardes ixiens au visage surpris. D'une voix rauque, il ordonna: Conduisez-les à leur navette.

— Faites venir votre suite, Mère Supérieure, dit Teg sans se départir de son calme. Puis il s'adressa à l'homme qui se tenait sur le seuil de la coursive: Vous accordez trop de valeur à votre propre peau pour faire un bon soldat. Aucun de mes hommes n'aurait commis une telle erreur.

— Il y a de véritables Honorées Matriarches à bord de ce vaisseau, grinça l'homme. Mon devoir est de protéger leur vie.

Teg fit la grimace et se tourna vers l'endroit où Taraza accueillait sa suite, qui se trouvait dans la pièce à côté. Il y avait là deux Révérendes Mères et quatre acolytes. Il reconnut l'une des Révérendes Mères, Darwi Odrade. Il ne l'avait vue auparavant qu'une seule fois et de loin, mais l'ovale de son visage et ses yeux merveilleux ne pouvaient le tromper. Elle ressemblait trait pour trait à Lucille.

— Avons-nous le temps de faire les présentations? demanda Taraza.

— Naturellement, Mère Supérieure.

Il s'inclina devant les deux femmes et leur serra la main tandis que Taraza les présentait. En partant, il dit à l'étranger en uniforme :

— Il faut toujours prendre le temps de respecter les civilités. Autrement, nous sommes moins qu'humains.

Ce n'est que lorsqu'ils furent tous à bord de la navette que Teg, assis à côté de Taraza, lui posa la question prioritaire :

— Comment vous ont-ils capturées?

La navette plongeait vers la surface de la planète. L'écran devant Teg l'informait que le vaisseau de la Guilde frappé aux armes d'Ix obéissait à son ordre de ne pas quitter l'orbite où il se trouvait tant que leur appareil ne serait pas en sécurité à l'intérieur de la zone de défense planétaire.

Avant que Taraza pût lui répondre, Odrade se pencha vers l'allée qui séparait leurs sièges en disant :

— J'ai annulé l'ordre du Bashar de détruire ce vaisseau de la Guilde, Mère Supérieure.

Teg tourna vivement la tête pour lui lancer un regard furieux:

— Mais ils vous ont faites prisonnières et... Comment saviez-vous? ajouta-t-il en fronçant les sourcils.

— Miles!

La voix de Taraza contenait un reproche d'une douceur infinie. Il eut un sourire penaud. Oui, elle le connaissait aussi bien qu'il se connaissait lui-même. Mieux, sous certains aspects.

— Ils ne nous ont pas simplement capturées, Miles, reprit Taraza. Nous nous sommes laissé prendre. J'escortais officiellement Dar jusqu'à Rakis. Nous avons laissé notre non-vaisseau sur Jonction et demandé le transport de la Guilde le plus rapide qui fût disponible. Tous mes conseillers, y compris Burzmali, étaient d'accord pour prédire que ces étrangers de la Dispersion s'empareraient du transport pour nous conduire à vous, en espérant récolter tous les morceaux du projet ghola.

Teg était stupéfait. *Un tel risque*!

— Nous savions que vous viendriez à notre secours, poursuivit Taraza. Et Burzmali était là pour le cas où vous n'auriez pas pu le faire.

— Ce vaisseau de la Guilde que vous venez d'épargner va demander des renforts et attaquer notre...

— Ils n'attaqueront pas Gammu, dit Taraza. Il y a sur cette planète trop de forces diverses qui font partie de la Dispersion. Il n'oseront pas s'aliéner tous ces gens.

— Je voudrais bien en être aussi certain que vous le paraissez.

— Vous pouvez l'être, Miles. Mais nous avons d'autres raisons de ne pas détruire ce vaisseau. La Guilde et les Ixiens viennent de se faire prendre en flagrant délit de rupture de neutralité. C'est mauvais pour le commerce et ils ont besoin en ce moment, j'en suis sûre, de toutes les affaires qu'ils peuvent se procurer.

— A moins qu'ils n'aient en vue de plus gros clients qui leur offrent de meilleures conditions.

— Aaah, Miles! fit Taraza d'une voix rêveuse. Ce que nous autres Bene Gesserit de la dernière époque tentons de faire, c'est de laisser les choses s'apaiser, s'équilibrer. Vous le savez bien.

Teg reconnaissait la vérité contenue dans ces paroles, dont une seule partie retenait cependant son attention : « Nous autres Bene Gesserit de la dernière époque... » Ces mots avaient un avant-goût de mort. Mais sans lui laisser le temps d'approfondir, Taraza poursuivit :

— Nous aimons bien régler les conflits les plus passionnés en dehors du champ de bataille. Je dois admettre que c'est au Tyran que nous sommes redevables de cette attitude. Vous ne vous considérez peut-être pas comme un produit du conditionnement du Tyran, Miles, mais vous l'êtes bel et bien.

Teg accepta cela sans commentaire. C'était un facteur primordial dans l'expansion de la société humaine. Aucun mentat ne pouvait ignorer cette donnée.

— C'est cette qualité, Miles, qui nous a attirées vers vous en premier lieu, continua Taraza. Vous pouvez être horriblement frustrant par moments, mais nous ne voudrions pas que vous soyez fait autrement.

À des détails subtils de sa voix et de son comportement, Teg se rendit compte que Taraza ne parlait pas seulement pour lui mais également au bénéfice de leur entourage.

— Vous rendez-vous compte, Miles, comme c'est affolant de vous entendre soutenir deux points de vue opposés à la fois avec une force égale? Mais ce pouvoir de sympathie que vous possédez est une arme puissante. Comme certains de vos ennemis ont été terrifiés de vous voir surgir là où ils n'avaient pas le moindre soupçon que vous pouviez apparaître!

Teg s'autorisa un léger sourire. Il jeta un regard aux femmes assises de l'autre côté du passage central. Pourquoi Taraza tenait-elle à ce qu'elles entendent ces mots? Darwi Odrade paraissait assoupie, la tête en arrière, les yeux clos. Plusieurs autres bavardaient à voix basse. Mais cela ne voulait rien dire. Même de simples acolytes formées par le Bene Gesserit étaient capables de suivre plusieurs trains de pensées à la fois. Il reporta son attention sur Taraza.

— Vous sentez véritablement les choses de la même manière que vos ennemis les sentent, continuait la Mère Supérieure. C'est cela que je voulais dire. Et, bien entendu, quand vous êtes dans cet état d'esprit, il n'existe plus d'ennemi pour vous.

— Plus d'ennemi?

— Ne vous méprenez pas sur mes paroles, Miles. Nous n'avons jamais mis votre loyauté en doute. Mais il est bien étrange de constater comme vous pouvez nous faire voir des choses que nous n'aurions aucun autre moyen de percevoir. Il y a des moments où vous nous servez d'yeux.

Darwi Odrade avait ouvert les siens et il vit qu'elle l'observait. C'était une femme magnifique. Il y avait quelque chose qui le troublait dans son physique. Comme Lucille, elle lui rappelait quelqu'un dans son passé. Avant qu'il pût explorer plus avant cette pensée, Taraza demanda :

— Le ghola possède-t-il cette capacité de faire l'équilibre entre deux forces opposées?

— Il pourrait faire un mentat, répondit Teg.

— Il *a été* un mentat dans l'une de ses incarnations, Miles.

— Vous tenez à l'éveiller malgré son jeune âge?

— Il le faut. C'est une question de vie ou de mort.

Le point faible du CHOM? C'est simple. Ils ignorent le fait que de plus vastes puissances commerciales les attendent sur la marge de leurs activités, des puissances capables de les engloutir comme un limachon engloutit un tas d'ordures. C'est là la véritable menace de la Dispersion. Pour eux comme pour nous toutes.

Extrait des délibérations du Conseil du Bene Gesserit, Nº d'archives SXX 90 CH

Odrade n'accordait qu'une partie de son attention à la conversation entre Teg et Taraza. La navette n'était pas grande et la cabine des passagers était encombrée. Ils allaient utiliser les freins atmosphériques, elle le savait, pour amortir leur descente, et elle se préparait à être secouée. À bord de tels engins, les pilotes n'avaient recours aux suspenseurs qu'en cas d'extrême urgence. Il fallait économiser l'énergie.

Elle profita de l'occasion, comme elle faisait toujours, pour se préparer mentalement aux tâches qui l'attendaient. Le temps pressait. Elle était assujettie à un calendrier spécial. Avant de quitter la planète du Chapitre, elle était restée en contemplation devant un vrai calendrier, fascinée, comme cela lui arrivait souvent, par la persistance du temps et de son langage :

secondes, minutes, jours, semaines, mois, années... années standard, plus exactement. Persistance n'était d'ailleurs peut-être pas le mot adéquat pour décrire ce phénomène. Inviolabilité, plutôt. Tradition. Ne jamais déranger la tradition. Elle s'accrocha à cette comparaison. L'antique flot du temps s'imposait à des planètes qui ne battaient pas au pouls de l'horloge humaine primordiale. Il y avait sept jours dans une semaine. Sept! Quelle puissance il y avait encore dans ce chiffre! Quelque chose de mystique. Il était enchâssé dans la Bible Catholique d'Orange. Le Seigneur avait fait un monde en six jours. « Et le septième jour, Il se reposa. »

Tant mieux pour lui, se disait Odrade. *Nous avons tous besoin de nous reposer après de grands travaux.*

Elle tourna légèrement la tête pour regarder Teg, de l'autre côté du passage central. Il n'avait certainement pas idée de la quantité de souvenirs qu'elle possédait sur lui. Elle voyait la manière dont les années avaient transformé ses traits rudes. Le contact du ghola avait drainé ses énergies. Cet enfant de la Citadelle de Gammu devait être une éponge qui absorbait tout et tout le monde autour de lui.

Miles Teg, sais-tu de quelle manière nous t'utilisons? se demanda-t-elle.

C'était une pensée qui l'affaiblissait, mais elle la laissa s'attarder dans son esprit conscient presque comme un défi. Comme il lui serait facile d'aimer ce noble vieillard! Pas comme un partenaire, bien sûr. Mais... aimer, néanmoins. Elle sentait le lien qui l'attirait vers lui. Elle le reconnaissait grâce aux plus aiguisés de ses talents Bene Gesserit. L'amour, l'amour qui damne et qui affaiblit.

Odrade avait ressenti cette attirance face au premier partenaire qu'on l'avait envoyée séduire. Curieuse sensation. Ses années de conditionnement Bene Gesserit lui avaient appris à s'en garder. Aucune de ses rectrices ne lui avait permis le luxe d'un tel abandon. Elle avait compris, avec le temps, les raisons de toutes ces précautions. Et elle était là, aujourd'hui, envoyée en mission par les maîtresses généticiennes, avec l'ordre de se rapprocher précisément de cette manière d'un individu donné, de le laisser la pénétrer. Toutes les données cliniques étaient en place dans son esprit conscient et elle savait lire l'excitation sexuelle chez son partenaire au moment même où elle décidait de la partager. Il est vrai qu'elle avait été soigneusement préparée à ce rôle par des hommes que les maîtresses généticiennes choisissaient et conditionnaient avec art pour cette tâche précise.

Odrade soupira et quitta Teg des yeux, perdue dans ses souvenirs. Les mâles utilisés dans les séances d'entraînement ne laissaient jamais leur visage refléter devant les étudiantes cet abandon créateur de liens. C'était une lacune nécessaire dans l'éducation sexuelle.

Cette première mission de séduction qu'on lui avait confiée... Elle n'était vraiment pas prête pour l'extase soudée d'un orgasme simultané, une réciprocité et un partage aussi vieux que l'humanité — plus vieux! Et avec des pouvoirs capables de faire chavirer la raison... Cette expression sur le visage de son partenaire, la tendresse dans son baiser, l'abandon total de toutes ses barrières protectrices, sa vulnérabilité suprême! Aucun entraîneur n'avait jamais agi ainsi. Désespérément, elle s'était agrippée aux leçons du Bene Gesserit. À travers elles, elle avait vu l'essence de cet homme sur son visage, elle avait ressenti cette essence dans ses propres fibres intimes. L'espace d'un bref instant, elle s'était autorisé une réaction égale, elle avait fait l'expérience d'un sommet d'extase dont aucun de ses instructeurs ne lui avait jamais laissé soupçonner l'existence. C'est à ce moment-là qu'elle avait compris ce qui était arrivé dans le cas de Dame Jessica et des autres « échecs » du Bene Gesserit.

Cela s'appelait l'amour!

Ce sentiment avait un pouvoir qui l'effrayait (comme les maîtresses généticiennes l'avaient prévu), et elle était retombée dans le conditionnement méticuleux du Bene Gesserit, adoptant un masque de plaisir à la place de la brève expression naturelle de son visage, employant des caresses calculées là où des caresses spontanées auraient été plus faciles mais moins efficaces.

Le mâle avait réagi, naturellement, de manière stupide. Cela aidait, de s'imaginer qu'il était stupide.

Sa seconde séduction avait été moins difficile. Avec ce mâle, comme avec les suivants dont on l'avait envoyée recueillir la semence, les repères mémoriels étaient différents. Il lui fallait faire des efforts pour faire remonter leur visage à la surface. Pas comme pour le premier. Elle n'avait aucun mal à évoquer encore ses traits et elle le faisait, parfois, avec un sentiment d'émerveillement durci. Par moments, ce visage revenait de lui-même dans son imagination, sans qu'elle pût trouver de cause immédiate.

Tel était le dangereux pouvoir de l'amour!

Elle songeait à tous les dommages que cette force occulte avait causés au Bene Gesserit au fil des millénaires. Dame Jessica et son amour pour son Duc n'étaient qu'un exemple parmi d'innombrables autres. L'amour obnubilait la raison. Il détournait les Sœurs de leurs devoirs. L'amour ne pouvait être toléré que quand il ne causait aucune discontinuité brutale et apparente, ou bien quand il servait les desseins du Bene Gesserit. Autrement, il fallait l'éviter.

Il demeurait toujours, cependant, un objet de vigilance inquiète.

Odrade rouvrit les yeux et les tourna vers Teg et Taraza. La Mère Supérieure avait abordé un nouveau sujet. Comme sa voix pouvait être agaçante, à certains moments! Odrade referma les yeux et écouta la conversation, liée à ces deux voix par un fil que son esprit conscient ne pouvait éviter.

— Peu de gens comprennent à quel point l'infrastructure d'une civilisation est une infrastructure de dépendance, était en train de dire Taraza. Nous avons fait de nombreuses études là-dessus.

L'amour est une infrastructure de dépendance, songea Odrade. Pourquoi Taraza évoquait-elle ce sujet juste à ce moment-là? Elle n'avait pas l'habitude de faire les choses sans raisons profondes.

— L'infrastructure de dépendance est une expression qui englobe tout ce qui est nécessaire à une population humaine pour sa survie ou son expansion, reprit Taraza.

— Le mélange? demanda Teg.

— Bien entendu; mais la plupart des gens, quand ils voient l'épice, se contentent de dire : « Quelle chance que nous l'ayons et qu'elle nous permette de vivre bien plus longtemps que nos ancêtres autrefois! »

— A condition d'avoir assez d'argent pour l'acheter, fit Teg avec, nota Odrade, un rien d'incisif dans la voix.

— Tant que le marché n'est pas soumis à un monopole, répondit Taraza, la plupart des gens peuvent en avoir suffisamment.

— J'ai appris l'économie sur les genoux de ma mère. L'eau, le pain, l'air que nous respirons, un espace vital libre de contamination par les produits toxiques... Il existe de nombreuses sortes de monnaies d'échange, dont la valeur varie selon le type de dépendance.

Tout en l'écoutant, Odrade hochait presque la tête d'approbation. Elle partageait la réaction de Teg.

Inutile d'enfoncer des portes ouvertes, Taraza. Venez-en donc au fait!

— Je voudrais que vous vous rappeliez clairement ce que vous a enseigné votre mère, reprit Taraza. Comme sa voix était soudain devenue douce! Mais elle changea abruptement de ton en lâchant sèchement: Le despotisme hydraulique!

Elle excelle dans ces changements d'emphase, songea Odrade. De sa mémoire jaillissaient les données comme d'un robinet ouvert à pleine force. *Le despotisme hydraulique*. Le monopole d'une source d'énergie essentielle telle que l'eau, l'électricité, les hydrocarbures, les drogues, le mélange... Obéissez à ceux qui détiennent cette source, ou mourez!

— Il y a un autre concept, continuait Taraza, dont je suis sûre que votre mère vous a parlé. Celui de la bûche maîtresse.

La curiosité d'Odrade était maintenant excitée. Taraza avait une idée importante derrière la tête. La notion de bûche maîtresse datait de l'époque lointaine d'avant les suspenseurs où les bûcherons envoyaient les troncs qu'ils avaient abattus par flottage sur la rivière jusqu'à la scierie principale. Parfois, les billes se coinçaient et il fallait faire appel à un spécialiste chargé de désigner l'unique bûche, la bûche maîtresse, qu'il fallait retirer pour défaire l'embâcle. Odrade savait que Teg avait une connaissance abstraite du terme, mais Taraza et elle pouvaient évoquer les témoignages visuels de leur mémoire seconde et assister en imagination au formidable jaillissement d'éclats de bois et d'eau au moment où l'embâcle était rompu.

— Le Tyran était une bûche maîtresse, déclara Taraza. Il créait les embâcles, puis il les défaisait.

La navette se mit à trépider en prenant un premier contact avec l'atmosphère de Gammu. Odrade sentit son harnais de sécurité se tendre durant quelques secondes, puis l'appareil se stabilisa. Les conversations, qui s'étaient interrompues, reprirent.

— Au-delà des dépendances que l'on dit naturelles, continua Taraza, il y a certaines religions qui ont été créées par des moyens psychologiques. Même les nécessités physiques ont parfois une telle composante occulte.

— Ce n'est pas la Missionaria Protectiva qui songerait à le nier, dit Teg.

De nouveau, Odrade avait perçu dans la voix du Bashar un arrière-ton de ressentiment profond. Taraza devait s'en rendre compte aussi. Que cherchait-elle à faire? Elle risquait d'affaiblir Teg!

— Aaah! oui, dit Taraza. Notre Missionaria Protectiva. Les humains ont tellement besoin que leur système de croyance personnel constitue « la vraie foi ». Si vous trouvez à quelque chose du plaisir ou un sentiment de sécurité et si, par-dessus le marché, c'est compatible avec votre système de croyance, quelle dépendance puissante est ainsi créée!

Taraza s'interrompit tandis que la navette était de nouveau secouée par son passage dans l'atmosphère.

— J'aimerais qu'il utilise ses suspenseurs! se plaignit-elle.

— Cela économise de l'énergie, dit Teg. Donc, moins de dépendance.

— Vous avez raison, Miles, glousa Taraza. Vous connaissez bien la leçon. Je vois là la main de votre mère. Cherchez la dame, quand l'enfant s'échappe dans une direction dangereuse.

— Vous me considérez comme un enfant?

— Je vous considère comme quelqu'un qui vient de faire sa

première rencontre directe avec les machinations de ces soi-disant Honorées Matriarches.

C'était donc ça, se dit Odrade. Et avec un choc, elle se rendit soudain compte que Taraza ne visait pas seulement Teg par ces paroles.

C'est à moi qu'elle s'adresse!

— Ces Honorées Matriarches, comme elles se font appeler, poursuivit Taraza, ont allié l'extase sexuelle à la dévotion religieuse. Je doute qu'elles soupçonnent seulement les dangers de leur entreprise.

Odrade ouvrit les yeux et regarda la Mère Supérieure, de l'autre côté du passage. L'expression de Taraza était impénétrable mais son regard, rivé sur Teg, brûlait de la nécessité de lui faire comprendre ces choses.

— Oui, les dangers, répéta-t-elle. La masse de l'humanité possède une indéniable identité-unité. Elle peut constituer une entité, se comporter comme un seul organisme.

— C'est ce que disait le Tyran, objecta le Bashar.

— C'est ce que le Tyran a démontré! Cette âme collective, il ne lui restait plus qu'à la manipuler. Il y a des moments, Miles, où la communion avec l'âme est une question de survie. Les âmes, voyez-vous, cherchent toujours des exutoires.

— La communion avec les âmes, n'est-ce pas démodé à notre époque?

Teg avait demandé cela avec une pointe de raillerie qui ne plaisait guère à Odrade. Elle vit que Taraza avait la même réaction irritée.

— Vous croyez que je parle de mode quand il s'agit de religion? fit Taraza d'une voix dure et haut perchée. Nous savons tous les deux que les religions peuvent être créées! Je parle de ces Honorées Matriarches qui singent certaines de nos manières mais n'ont pas une parcelle de notre conscience profonde. Elles osent s'établir elles-mêmes au centre de la dévotion!

— Ce que le Bene Gesserit évite toujours de faire, murmura Teg. Ma Mère disait que celui qui vénère et celui qui est vénéré sont unis par la foi.

— De même qu'ils peuvent être divisés par elle!

Odrade vit que Teg passait subitement au mode mentat. Ses traits devinrent placides, son regard lointain. Elle commençait à comprendre en partie où Taraza voulait en arriver.

Le mentat monte à la romaine, un pied sur chaque cheval. Ses pieds reposent sur des réalités différentes tandis que la recherche de trame l'emporte au galop. Il doit arriver à un objectif unique en chevauchant plusieurs réalités.

D'une voix de mentat, monocorde et lointaine, Teg énonça:

— Des forces divisées se battent tôt ou tard pour la suprématie.

Taraza poussa un soupir de plaisir, presque sensuel dans sa spontanéité libératrice.

— L'infrastructure de dépendance, murmura-t-elle. Ces femmes de la Dispersion contrôlent à coup sûr les forces divisées qui rivalisent pour accéder au sommet. Cet officier, à bord du vaisseau de la Guilde, quand il parlait de ses Honorées Matriarches... vous avez sûrement remarqué, Miles, la haine qui se mêlait au respect qu'il y avait dans sa voix. Je sais que votre mère vous a enseigné à reconnaître ces choses-là.

— J'ai remarqué.

De nouveau, Teg était attentif à chaque parole de la Mère Supérieure, comme l'était maintenant Odrade.

— Les dépendances, reprit Taraza. Comme elles peuvent être à la fois simples et complexes. Prenez la carie dentaire, par exemple.

— La carie dentaire?

Teg avait été tiré d'un seul coup de ses réflexions de mentat et Odrade, en l'observant, comprenait que c'était exactement la réaction que voulait obtenir Taraza. Elle jouait d'une main sûre de son Bashar mentat.

Et moi, je suis censée observer et apprendre, se dit Odrade.

— Oui, la carie dentaire, répéta Taraza. Un simple implant à la naissance préserve la plus grande partie de l'humanité de ce fléau. Cependant, nous devons quand même nous brosser les dents et en prendre soin de différentes manières. Nous n'y pensons même pas tellement nous trouvons cela naturel. Nous considérons que les objets dont nous nous servons font partie intégrante de notre environnement. Pourtant, ces objets, les produits qu'ils contiennent, l'enseignement de l'hygiène dentaire, les docteurs Suk, tout cela forme un tout étroitement lié.

— Un mentat n'a pas besoin qu'on lui explique ce qu'est l'interdépendance, dit Teg. Il y avait toujours de la curiosité dans sa voix, mais son ressentiment n'avait pas disparu.

— Je le reconnais, répondit Taraza. C'est la fibre même du processus de pensée d'un mentat.

— Alors, pourquoi insistez-vous tellement?

— Vous êtes un mentat. Examinez ce que vous savez pour l'instant de ces Honorées Matriarches et répondez-moi. Quelle est leur faiblesse?

— Elles ne peuvent survivre, répondit Teg sans hésiter, que si elles continuent à accroître la dépendance de ceux qui les soutiennent. C'est une impasse de drogué.

— Précisément. Et le danger?

— C'est qu'elles pourraient causer la perte d'une grande partie de l'humanité avec elles.

— Tel était le problème du Tyran, Miles. Je suis sûre qu'il en avait conscience. Et maintenant, écoutez-moi avec soin. Vous aussi, Dar, ajouta-t-elle en croisant le regard d'Odrade, de l'autre côté du passage. Suivez-moi bien. Le Bene Gesserit est actuellement en train de semer de très puissants... *éléments* dans le courant humain. Il se peut qu'ils provoquent un embâcle. Ils causeront à coup sûr des dégâts. Et nous aurons...

Une fois de plus, la navette traversa une zone de turbulences intenses et toute conversation fut impossible tandis qu'ils s'agrippaient à leurs sièges, écoutant les grincements et les craquements de la cabine autour d'eux. Quand l'interruption cessa, Taraza éleva la voix :

— Si nous survivons à cet engin du diable et si nous arrivons jusqu'à Gammu, il vous faudra vous entretenir avec Dar, Miles. Vous avez lu le *Manifeste des Atréides.* Elle vous en parlera pour vous préparer. C'est tout.

Teg se tourna pour regarder Odrade. Une fois de plus, ce visage lui tiraillait la mémoire. Il n'y avait pas que cette ressemblance frappante avec Lucille. C'était autre chose. Mais il écarta cela pour l'instant. *Le Manifeste des Atréides?* Il l'avait lu, puisque Taraza elle-même le lui avait fait parvenir en le priant d'en prendre connaissance.

Me préparer? A quoi donc?

Odrade perçut l'interrogation sur son visage. Elle comprenait maintenant ce que voulait la Mère Supérieure. Ses ordres revêtaient une signification nouvelle, tout comme certains passages du *Manifeste* lui-même.

« De même que l'univers se crée avec la participation de la conscience, de même l'humain prescient porte cette faculté créatrice à son extrême limite. Tel était le pouvoir profondément incompris du bâtard Atréides, pouvoir qu'il transmit ensuite à son fils, le Tyran. »

Odrade connaissait ces mots aussi intimement que peut le faire un auteur, mais ils lui revenaient maintenant à l'esprit comme si elle les rencontrait pour la première fois.

Sacrée Tar! songeait-elle. *Mais si elle se trompait*?

Au niveau quantique, notre univers peut être considéré comme un lieu indéterminé, statistiquement prévisible uniquement par le recours aux très grands nombres. Entre cet univers et un autre relativement prévisible où le passage d'une seule planète peut être annoncé à la picoseconde près, d'autres forces entrent en jeu. Pour l'univers intermédiaire où se situe notre vie de tous les jours, « ce que je crois » est une force prédominante. Nos croyances commandent le déroulement des événements quotidiens. Si nous sommes assez nombreux à y croire, nous pouvons causer l'existence d'une chose nouvelle. Les systèmes de croyances créent des filtres à travers lesquels le chaos se résout en ordre.

Analyse du Tyran
Dossier Taraza, archives du B.G.

Les pensées de Teg étaient en effervescence tandis qu'il retournait du vaisseau de la Guilde à Gammu. Il descendit de la navette sur la bordure noircie du terrain d'atterrissage privé de la Citadelle et regarda autour de lui comme si c'était la première fois. Il était presque midi. Si peu de temps avait passé et tant de choses avaient changé.

Jusqu'où le Bene Gesserit était-il capable d'aller pour inculquer une leçon essentielle? Taraza avait bousculé ses processus familiers de mentat. Il avait l'impression que l'incident à bord du vaisseau de la Guilde avait été fabriqué uniquement à son intention. Il avait été délogé de son cours prévisible. Comme Gammu lui semblait étrange tandis qu'il traversait la piste gardée en direction des puits d'entrée!

Teg avait vu dans sa vie beaucoup de planètes. Il avait appris leurs coutumes et la manière dont elles imprégnaient leurs habitants. Certaines jouissaient d'un gros soleil jaune toujours à proximité, qui baignait de chaleur et faisait évoluer et grandir tout ce qui vivait. D'autres n'avaient que de chétives étoiles scintillant du haut d'un ciel noir, émettant une pauvre lumière qui ne touchait presque rien. Entre les deux, et même en dehors, d'innombrables variations existaient. Gammu était une variété jaune-verte avec une journée de 31,27 heures standard et une orbite de 2,6 a.s. C'était une planète que Teg avait cru connaître parfaitement.

Lorsque les Harkonnen s'étaient trouvés forcés de l'abandonner, des colons de la branche danienne, reliquats de la Dispersion, étaient venus l'occuper en l'appelant Gammu, nom que lui avait donné Halleck à l'occasion du grand remaniement cartographique. À l'époque, ces colons s'appelaient des Caladaniens, mais les millénaires ont parfois tendance à raccourcir les noms.

Teg s'arrêta à l'entrée de la rampe qui conduisait dans les étages inférieurs de la Citadelle. Il vit que Taraza et les autres traînaient le pas. La Mère Supérieure était en train de parler gravement à Odrade.

Le Manifeste des Atréides, songea-t-il.

Même sur Gammu, peu de gens se réclamaient de la lignée des Atréides ou de celle des Harkonnen, bien que les génotypes fussent visibles partout et en particulier celui, dominant, des Atréides: long nez pointu, front haut et bouche sensuelle. Souvent, les morceaux étaient dispersés: la bouche chez l'un, les yeux perçants chez l'autre, avec d'innombrables mélanges. Mais il arrivait qu'une seule personne réunisse tous ces traits. On la voyait alors fière de cette certitude intime:

« Je fais partie d'eux! »

Les natifs de Gammu reconnaissaient cela comme une supériorité devant laquelle ils s'inclinaient, mais peu d'entre eux lui donnaient un nom.

À côté de tout cela, il y avait l'héritage des Harkonnen. Les lignées remontant aux temps perdus des Grecs, des Pathans et des Mameluks, ombres d'une histoire ancienne que seuls quelques rares spécialistes ou étudiants formés par le Bene Gesserit pouvaient encore évoquer.

Taraza et sa suite avaient rattrapé Teg. Il l'entendit dire à Odrade : « Il ne faut rien cacher à Miles ».

Très bien. Qu'elle me dise tout. Il les précéda, passant entre les gardes, dans le long couloir incliné, sous les réduits défensifs, qui menait à l'intérieur de la Citadelle.

Maudit Bene Gesserit! Que font réellement les Sœurs sur cette planète?

Partout, les marques du Bene Gesserit étaient visibles sur Gammu. Les sélections étaient multipliées pour fixer certains traits. Çà et là, l'emphase était perceptible dans les yeux séducteurs des femmes.

Teg rendit son salut à une capitaine de la garde sans tourner la tête. *Des yeux séducteurs, oui.* Il l'avait remarqué dès son arrivée à la Citadelle du ghola, et particulièrement durant sa première tournée d'inspection sur la planète, où il avait été étonné de rencontrer plusieurs fois son propre visage. Le vieux Patrin le lui avait dit souvent: « Vous avez la tête de Gammu, Bashar. »

Ces yeux séducteurs, la capitaine de la garde qu'il venait de croiser les avait, de même que Lucille et Odrade. Peu de gens font attention au regard quand il s'agit de séduction. Il fallait une éducation Bene Gesserit pour s'en rendre compte. Une grosse poitrine chez une femme, un ventre dur chez un homme (avec un fessier bien musclé), ce sont des points naturellement importants dans les appariements sexuels. Mais sans les yeux, le reste n'est rien. Les yeux sont l'essentiel. Teg avait appris qu'on pouvait se noyer dans certains yeux, s'y laisser sombrer sans se rendre compte de ce qu'on était en train de vous faire jusqu'à ce que pénis et vagin fussent étroitement verrouillés l'un dans l'autre.

Il avait remarqué les yeux de Lucille immédiatement après son arrivée sur Gammu et il s'en était tenu à distance prudente. Aucun doute sur la manière dont le Bene Gesserit utilisait ses talents!

Elle était là, justement. Elle les attendait dans le bloc central d'examen et de décontamination. Elle lui fit, dès qu'elle le vit, un signe de main qui signifiait que tout allait bien pour le ghola. Teg se sentit soulagé. Il observa avec curiosité la rencontre entre Lucille et Odrade. Elles se ressemblaient, malgré la grande différence d'âge, encore plus qu'il ne l'avait pensé. Le corps, bien sûr, n'était pas le même. Lucille était bien plus en chair que la frêle Odrade.

La capitaine de la garde aux yeux séducteurs se rapprocha de lui et lui parla à l'oreille :

— Schwangyu vient d'apprendre qui vous avez ramené avec vous. Elle arrive.

Schwangyu émergea un instant plus tard d'un tube de montée et, n'accordant qu'un seul regard courroucé à Teg, se dirigea vers Taraza.

Nous savons tous pourquoi Taraza voulait la surprendre, se dit Teg.

— Vous n'avez pas l'air enchantée de me voir ici, dit Taraza en s'adressant à Schwangyu.

— Je suis simplement surprise, Mère Supérieure. Je ne m'y attendais pas du tout.

Une nouvelle fois, Shwangyu lança un regard venimeux à Teg. Pendant ce temps, Odrade et Lucille s'étaient dévisagées sans rien dire.

— J'avais entendu parler de cette ressemblance, naturellement, déclara enfin Odrade. Mais c'est stupéfiant de voir ainsi son visage reflété dans celui d'une autre personne.

— Je vous avais prévenue, dit Taraza.

— Quels sont vos ordres, Mère Supérieure? demanda Schwangyu.

Il lui était impossible de s'enquérir plus directement des motifs de cette visite impromptue.

— Je voudrais dire un mot en privé à Lucille, fit Taraza.

— Je vais vous faire préparer un appartement.

— Ne vous donnez pas cette peine. Je ne reste pas. Miles a déjà pris des dispositions pour mon départ. Ma présence est requise au Chapitre. Lucille et moi nous parlerons dans la cour. Oh! ajouta-t-elle en mettant un doigt sur sa joue. J'aimerais observer le ghola sans qu'il me voie pendant quelques minutes. Je suis sûre que Lucille pourra s'en occuper.

— Il suit l'entraînement le plus intense avec beaucoup de facilité, expliqua Lucille tandis que les deux femmes s'éloignaient vers un tube de descente.

Teg reporta son attention sur Odrade, non sans noter en passant l'intensité de la fureur qui se lisait sur le visage de Schwangyu et qu'elle n'essayait même pas de dissimuler.

Lucille était-elle la soeur ou la fille d'Odrade? Il vint subitement à l'idée de Teg que cette ressemblance servait les desseins du Bene Gesserit. Mais oui, évidemment! Lucille était une Imprégnatrice!

Schwangyu semblait avoir dominé sa colère. Elle regardait Odrade avec curiosité.

— J'allais justement déjeuner, lui dit-elle. Voudriez-vous vous joindre à moi?

— Il faut que je parle en privé au Bashar, répondit Odrade. Si vous n'y voyez pas d'inconvénient, nous pourrions avoir cet entretien ici même? Il ne faut pas que le ghola m'aperçoive.

Schwangyu fit la grimace, sans essayer de cacher son animosité envers Odrade. Ils savaient, au Chapitre, de quel côté penchait la loyauté de chacune! Mais personne... personne ne la délogerait de ce poste d'observation et de commandement. L'opposition avait aussi ses droits!

Ce qu'elle pensait était clair, même pour Teg. Il remarqua la raideur de son dos lorsqu'elle les quitta.

— Il est navrant que des Sœurs se tournent contre d'autres Sœurs, dit Odrade.

Teg fit un signe de main à la capitaine de la garde pour qu'elle se retire. Odrade avait dit *en privé*, ce serait *en privé*. Il s'adressa à la Révérende Mère :

— C'est un de mes endroits sûrs. Nous pouvons parler sans crainte d'être épiés.

— Je le pensais bien, dit Odrade.

— Il y a là-bas une chambre de service, proposa Teg en désignant un endroit sur sa gauche. Avec quelques meubles, même des canisièges si vous préférez.

— Je déteste qu'ils me pelotent. Nous ne pourrions pas parler ici? ajouta-t-elle en prenant le bras de Teg. Nous pourrions faire quelques pas, j'ai les muscles raidis d'être restée assise dans cette maudite navette.

— Quelle est cette chose que vous êtes censée avoir à m'expliquer? demanda-t-il tandis qu'ils marchaient lentement.

— Mes souvenirs ne sont plus sélectivement filtrés. Je les ai tous récupérés. Uniquement du côté féminin, bien sûr.

— Et alors?

Teg plissa les lèvres. Ce n'était pas l'entrée en matière qu'il attendait. Odrade était plutôt du genre à aller droit au but.

— Taraza a dit que vous aviez lu le *Manifeste des Atréides*. Parfait. Vous savez que cela va faire du bruit dans certaines sphères.

— Schwangyu en a déjà fait un sujet de diatribe : « Vous autres les Atréides. »

Odrade le dévisagea avec gravité. Comme le disaient les rapports, Teg demeurait une figure imposante; mais elle l'avait su sans avoir besoin de lire les rapports.

— Vous et moi sommes des Atréides, dit-elle.

Teg dressa subitement l'oreille.

— Votre mère vous a expliqué tout cela en détail, poursuivit Odrade, la première fois que vous êtes revenu de l'école en vacances sur Lernaeus.

Teg s'arrêta et baissa les yeux vers elle. Comment pouvait-elle connaître un tel détail? A sa connaissance, il n'avait jamais rencontré auparavant cette Darwi Odrade. Faisait-il l'objet de discussions spéciales sur la Planète du Chapitre? Il demeura silencieux, l'obligeant à poursuivre la conversation.

— Je vais vous répéter mot pour mot ce qu'un homme a dit un jour à ma mère naturelle, fit Odrade. Voilà. Ils sont au lit et c'est l'homme qui parle : « J'ai engendré un certain nombre d'enfants lorsque j'ai cru échapper la première fois à l'emprise du Bene Gesserit. Je me voyais indépendant, en possession de tout mon libre arbitre et en droit de mener les combats de mon choix. »

Teg ne chercha pas à dissimuler sa surprise. Ces paroles, c'était lui qui les avait prononcées! Sa mémoire de mentat lui disait qu'Odrade les avait enregistrées aussi fidèlement qu'une machine. Jusqu'à l'intonation!

— Vous en voulez encore? demanda-t-elle, voyant qu'il continuait à la dévisager. Très bien. C'est toujours l'homme qui parle. « Tout ça, c'était avant qu'on m'envoie suivre une formation de mentat, évidemment. Comme cela m'a ouvert les yeux! Pas un instant les Sœurs ne m'avaient perdu de vue. Jamais je n'ai eu mon libre arbitre. »

— Pas même lorsque j'ai prononcé ces paroles, dit-il.

— C'est exact.

Elle accentua la pression de ses doigts sur son bras tandis qu'ils continuaient à déambuler.

— Tous les enfants que vous avez engendrés, reprit-elle, appartiennent au Bene Gesserit. La communauté ne veut pas prendre le risque de laisser se noyer notre génotype dans le patrimoine génétique commun.

— Que mon corps aille à Shaïtan, les Sœurs s'en fichent

pourvu que leur précieux génotype demeure sous leur garde.

— Ma garde, fit Odrade. Je suis l'une de vos filles. De nouveau, il la força à s'arrêter.

— Je pense que vous savez qui était ma mère, ajouta Odrade en levant la main pour l'empêcher de parler. Inutile de prononcer son nom.

Teg étudiait les traits d'Odrade. Il y reconnaissait certains signes. La mère et la fille se ressemblaient. Mais Lucille, dans tout cela?

— Lucille provient d'une lignée parallèle, expliqua Odrade, devinant sa pensée. C'est remarquable, n'est-ce pas, ce que l'on peut obtenir par des sélections rigoureuses?

Teg se racla la gorge. Il ne se sentait aucune attache émotionnelle avec cette fille nouvellement révélée. Ce qu'elle disait, ainsi que d'autres signes plus subtils de son comportement, mobilisait par contre toute son attention.

— Vous ne me faites pas ces révélations par hasard, dit-il. Cela fait-il partie de ce que la Mère Supérieure vous a demandé de...

— Il y a autre chose, interrompit Odrade. Ce *Manifeste*... j'en suis l'auteur. Je l'ai écrit sur l'ordre de Taraza et selon ses instructions détaillées.

Teg jeta un coup d'oeil autour de lui comme pour s'assurer que personne ne pouvait les entendre.

— Les Tleilaxu... dit-il d'une voix plus basse. Ils sont en train de le diffuser partout!

— Comme nous l'espérions.

— Pourquoi me dites-vous tout cela? Taraza vous a seulement demandé de me préparer à...

— Le moment va venir où il faudra que vous soyez au courant de nos plans. Taraza désire que vous puissiez prendre vos propres décisions, c'est-à-dire que vous possédiez l'intégralité de votre libre arbitre.

Tout en parlant, Odrade vit le regard de Teg devenir trouble comme celui d'un mentat plongé dans ses computations.

Il respirait à fond et lentement. *Dépendance et bûches maîtresses*... Il sentait l'existence d'une énorme trame de mentat juste à la limite des données qui s'accumulaient. Il ne lui était pas venu un seul instant à l'idée que c'était une forme de loyauté filiale qui avait motivé les révélations d'Odrade. Dans tout ce qui était soumis à l'influence du Bene Gesserit, il y avait une essence fondamentalement dogmatique, voire ritualiste, en dépit des efforts constants des Sœurs pour l'éviter. Odrade, cette fille qui venait de surgir de son passé, était une Révérende Mère à part entière, dotée d'extraordinaires pouvoirs de maîtrise nerveuse et musculaire. Sans compter, à ses propres dires, la mémoire au complet de ses ancêtres côté femmes. Elle faisait partie des toutes spéciales! Elle savait user de techniques de violence dont peu d'humains connaissaient l'existence. Et pourtant, cette similitude, cette essence, demeurait, et un mentat ne pouvait éviter de s'en rendre compte.

Que veut-elle?

Confirmation de ma paternité? Elle a déjà toutes les preuves qu'elle peut désirer.

Observant la manière dont elle attendait, patiente, que ses pensées se résolvent, il songeait à ce que l'on disait souvent, non sans raison, des Révérendes Mères : qu'elles ne faisaient plus tout à fait partie de la race humaine. Elles se tenaient en quelque sorte en dehors du courant principal. Elles le longeaient sans doute; elles y faisaient sans doute de fréquentes plongées pour des motifs à elles. Mais elles se tenaient à l'écart de l'humanité. Elles s'en éloignaient. C'était l'une des marques d'identité des Révérendes Mères, cette impression qu'elles donnaient d'avoir une dimension de plus. Cela les rendait en vérité plus proches du Tyran depuis longtemps disparu que de la souche humaine dont elles étaient issues.

La manipulation. C'était leur marque principale. Elles manipulaient tout et tout le monde.

— Je dois servir d'yeux aux Bene Gesserit, dit-il à haute voix. Taraza veut que je prenne une décision *humaine* pour vous toutes.

Visiblement satisfaite, Odrade lui serra le bras.

— J'ai un sacré père!

— Etes-vous sûre d'avoir un père?

Il lui exposa ce qu'il venait de penser sur le Bene Gesserit et la manière dont l'Ordre s'éloignait de plus en plus de l'humanité.

— En dehors de l'humanité, dit-elle. Quelle drôle d'idée. Croyez-vous que les navigateurs de la Guilde soient aussi à l'écart de leur humanité originelle?

Il médita là-dessus. Les navigateurs de la Guilde différaient largement de la forme humaine traditionnelle. Nés dans l'espace, vivant toute leur vie dans des bacs de mélanges gazeux, ils avaient des membres et des organes déformés, étirés, qui n'étaient plus à la même place. Mais un jeune navigateur dans sa phase œstrale, avant d'être placé dans un bac, pouvait se croiser avec des normaux. C'était prouvé. Les navigateurs de la Guilde étaient peut-être devenus non humains, mais pas de la même manière que le Bene Gesserit.

— Ils ne sont pas mentalement comme vous, répondit-il. Ils pensent comme des humains. Guider un vaisseau à travers l'espace, même en utilisant la prescience pour trouver le bon chemin, représente un type de comportement qu'un humain peut accepter.

— Vous n'acceptez pas le nôtre?

— Autant que faire se peut. Mais j'ai l'impression qu'à partir d'un certain stade d'évolution, vous déviez complètement du type normal. Je crois que vous faites un effort conscient pour vous donner seulement une apparence humaine. La manière dont vous me tenez le bras en ce moment, par exemple, comme si vous étiez réellement ma fille.

— Je suis votre fille, mais je suis surprise que vous ayez une si piètre opinion de nous.

— Bien au contraire. Je vous respecte et vous me faites peur.

— Peur de votre propre fille?

— De toutes les Révérendes Mères.

— Vous pensez que je ne suis là que pour manipuler des créatures inférieures?

— Je pense que vous n'avez plus de sentiments humains. Il y a un vide chez vous, quelque chose qui manque, que vous avez enlevé vous-mêmes. Vous ne faites plus partie de nous.

— Je vous remercie, dit Odrade. Taraza m'avait prévenue que vous n'hésiteriez pas à me répondre franchement. Mais je le savais déjà par moi-même.

— À quoi m'avez-vous préparé?

— Vous le saurez au moment où cela se produira. C'est tout ce que je peux dire. Tout ce que j'ai le droit de dire.

Encore des manipulations, songea-t-il. *Maudites Sœurs!*

Odrade s'éclaircit la voix. Elle semblait sur le point de dire quelque chose, mais elle demeura silencieuse tout en continuant de marcher aux côtés de Teg sans lui lâcher le bras.

Elle savait qu'il fallait qu'il dise ces choses-là, mais elle se sentait peinée. Elle aurait voulu lui expliquer qu'elle faisait partie de celles qui se sentaient encore humaines. Fondamentalement, cependant, son jugement sur le Bene Gesserit était justifié.

On nous apprend à rejeter l'amour. Nous savons le simuler, mais chacune de nous est capable de l'étouffer en un instant.

Il entendirent des bruits derrière eux. Ils s'arrêtèrent et se retournèrent. Lucille et Taraza émergèrent d'un tube de montée. Elles parlaient du ghola qu'elles venaient d'observer.

— Vous avez entièrement raison de le traiter comme l'un de nous, disait Taraza.

Teg les avait entendues, mais ne fit aucun commentaire tandis qu'elles s'approchaient d'Odrade et de lui.

Il sait, se disait Odrade. *Il ne va rien me demander sur ma mère naturelle. Il n'y a eu aucun lien créé, aucune imprégnation. Bien sûr qu'il sait.*

Odrade ferma les yeux et la mémoire la prit au dépourvu en formant spontanément l'image d'un tableau de peinture. L'objet était accroché au mur dans le petit salon de Taraza. La technologie ixienne l'avait préservé à l'intérieur d'un cadre hermétiquement scellé par une feuille de plaz invisible. Odrade s'arrêtait souvent devant ce tableau. Elle avait l'impression, chaque fois, qu'elle n'avait qu'à tendre la main pour toucher l'antique toile si magnifiquement conservée par les Ixiens.

Chaumières à Cordeville.

Le titre de l'œuvre et le nom de l'artiste étaient immortalisés sur une petite plaque polie au-dessous du tableau.

Vincent Van Gogh.

Cela datait d'une époque si reculée que seuls quelques rarissimes vestiges comme celui-ci demeuraient pour la représenter physiquement à travers les âges. Elle avait essayé d'imaginer les voyages que ce tableau avait accomplis, les successions de hasards qui l'avaient fait échouer intact dans le salon de Taraza.

Les Ixiens s'étaient surpassés dans cette restauration. En mettant le doigt sur une pastille noire dans le coin inférieur gauche du cadre, on était immédiatement emporté par le génie non seulement de l'artiste mais aussi de l'Ixien qui avait restauré et préservé le tableau. Son nom figurait également sur le cadre : Martin Buro. Quand un doigt humain touchait la pastille noire, elle jouait le rôle de projecteur sensoriel, un dérivé de la technologie qui avait donné les fameuses sondes ixiennes. Buro avait restauré non seulement le tableau, mais aussi le peintre avec toutes les impressions qui accompagnaient chaque coup de pinceau. Tout avait été capturé dans les mouvements du maître et enregistré pour le plaisir complet de l'observateur.

Odrade était restée si souvent en contemplation d'un bout à l'autre de l'exécution qu'elle avait presque l'impression de pouvoir recréer indépendamment le chef-d'œuvre.

Le souvenir de cette expérience, sur le coup des accusations portées par Teg, avait une signification évidente pour elle. Elle savait pourquoi ce tableau l'avait toujours fascinée.

Pendant le bref déroulement de l'enregistrement, elle se sentait toujours intégralement humaine, en harmonie avec ces chaumières où des gens réels avaient vécu, en harmonie avec la totalité de la chaîne de vie qui, en la personne du peintre fou Van Gogh, s'était arrêtée ici, juste le temps de s'enregistrer à jamais dans la mémoire de la race humaine.

Taraza et Lucille s'immobilisèrent à deux pas de Teg et Odrade. L'haleine de Taraza sentait l'ail.

— Nous avons profité de l'occasion pour manger quelque chose, dit Taraza. Avez-vous un désir?

C'était ce qu'il ne fallait pas dire. Odrade lâcha soudain le bras de Teg. Elle se détourna et s'essuya les yeux avec sa manche. Quand elle regarda de nouveau Teg, elle lut la surprise sur son visage.

Oui, ce sont de vraies larmes, pensa-t-elle.

— Je crois que nous avons fait ici tout ce que nous pouvions, déclara Taraza. Il est temps pour vous de retourner sur Rakis, Dar.

— Plus que temps, répondit Odrade.

La vie ne peut trouver de raisons de continuer, ne peut être une source de considération décente et mutuelle que si chacun de nous a décidé de lui insuffler ces qualités-là.

Chenoeh : *Conversations avec Leto II*

Hedley Tuek, Grand Prêtre du Dieu Fractionné, était de plus en plus furieux contre Stiros. Bien que trop vieux pour aspirer lui-même à la dignité de Grand Prêtre, Stiros avait des fils, des petits-fils et d'innombrables neveux. Il avait reporté ses ambitions personnelles sur sa famille. C'était un personnage cynique. Il représentait, au sein du clergé, une faction puissante qui se faisait appeler « communauté scientifique » et qui avait une influence aussi insidieuse qu'envahissante. Elle était en fait dangereusement proche de l'hérésie.

Tuek se gardait d'oublier que plus d'un Grand Prêtre s'était « perdu » dans le désert à l'occasion d'un regrettable accident. Stiros et ses amis étaient bien capables de ménager pour lui un semblable épisode.

C'était l'après-midi à Keen et Stiros venait de le quitter, visiblement en proie à la plus grande frustration. Stiros voulait que Tuek se rende personnellement dans le désert pour y observer ce que ferait Sheeana. Suspicieux, Tuek avait décliné l'invitation.

Une étrange discussion avait suivi, pleine de sous-entendus et de vagues allusions au comportement de Sheeana, sans compter de longues diatribes contre le Bene Gesserit. Stiros, qui se méfiait toujours des Sœurs, avait immédiatement conçu une vive antipathie à l'encontre de la nouvelle commandante de la Citadelle du Bene Gesserit sur Rakis, cette... comment s'appelait-elle? Ah, oui! Odrade. Un drôle de nom, mais les Sœurs s'en donnaient souvent de plus étranges encore. Nul ne songeait à le leur reprocher, au demeurant. Dieu lui-même n'avait jamais remis en question l'existence propre du Bene Gesserit. Il avait critiqué certaines Sœurs, oui, mais l'Ordre dans son ensemble avait toujours partagé la Vision Sacrée de Dieu.

Tuek n'aimait pas la manière dont Stiros parlait de Sheeana. Un peu trop cynique, à son goût. Finalement, il l'avait fait taire à force de sentences percutantes prononcées ici, dans le Saint des Saints, avec son maître-autel et ses images sacrées du Dieu Fractionné. Des relais de faisceaux prismatiques faisaient danser de minces traits de clarté dans les vapeurs d'encens à base de mélange qui baignaient le double alignement de colonnes menant à l'autel. Tuek avait la certitude que, par ce dispositif, ses paroles montaient directement à Dieu.

— Dieu agit par l'entremise de notre nouvelle Siona, avait-il dit à Stiros en notant la perplexité qui se peignait sur le visage du vieux conseiller. Sheeana est le vivant rappel de Siona, cet instrument humain dont Dieu s'est servi pour atteindre son présent état de Fractionnement.

Stiros enrageait. Il avait dit des choses qu'il n'aurait jamais osé répéter devant le Conseil au complet. Il présumait trop de sa longue collaboration avec Tuek.

— Je vous dis que ce n'est qu'une enfant entourée d'adultes qui ne cherchent qu'à s'attirer ses bonnes grâces et...

— Et celles de Dieu!

Tuek ne pouvait pas laisser passer de telles paroles. Mais Stiros poursuivit d'une voix grinçante, en se penchant vers lui :

— Elle est au centre d'un système éducatif connecté à tout ce que son imagination peut souhaiter. Nous ne lui refusons absolument rien!

— Et c'est normal.

Comme s'il n'avait pas entendu, Stiros poursuivit :

— Cania lui a fourni des enregistrements venant de Dar-es-Balat!

— « Je suis le Livre de la destinée... » récita Tuek selon les propres mots de Dieu dans les écrits sacrés.

— Précisément! Et elle les écoute d'un bout à l'autre.

— En quoi cela vous trouble-t-il? demanda Tuek de sa voix la plus calme.

— Ce n'est pas nous qui vérifions ses connaissances, c'est elle qui vérifie les nôtres!

— Dieu veut sans doute qu'il en soit ainsi.

Impossible de se méprendre sur la fureur amère qui s'imprimait dans les traits de Stiros. Tuek observait en silence le vieux conseiller en train de rassembler mentalement de nouveaux arguments. Dans ce genre de débat, les ressources ne manquaient pas. Tuek ne songeait guère à le nier. Seule l'interprétation comptait. C'était justement la raison pour laquelle l'arbitrage final du Grand Prêtre était indispensable. Malgré (ou peut-être grâce à) leur manière de voir l'histoire, les prêtres de Rakis en savaient long sur les raisons qui avaient amené Dieu à résider sur leur planète. Ils possédaient Dar-es-Balat avec tous ses trésors, entre autres le plus ancien non-espace connu de tout l'univers. Durant des milliers d'années, alors que Shaï-Hulud transformait la verdoyante Arrakis en un désert nommé Rakis, Dar-es-Balat avait attendu patiemment sous les sables. Parmi tous ses Trésors Sacrés, les prêtres avaient découvert la propre voix de Dieu, ses écrits et même des holophotos. Tout cela était clairement expliqué et ils savaient que la surface désertique de Rakis reproduisait l'aspect original de la planète, celui qu'elle avait à l'époque où elle représentait la seule source connue d'Epice Sacrée.

— Elle pose des questions sur la famille de Dieu, fit Stiros. A quoi peut lui servir de...

— C'est pour nous mettre à l'épreuve. Est-ce que nous leur donnons la place qui leur revient? La Révérende Mère Jessica, son fils Muad'Dib, le fils de ce dernier, Leto II... C'est la Triade Sacrée du Ciel.

— Leto II... murmura Stiros. Et l'autre Leto, alors? Celui que les Sardaukars ont tué?

— Faites attention, Stiros, murmura Tuek. Vous savez très bien que mon arrière-grand-père s'est prononcé sur cette question en ces lieux mêmes. Quand notre Dieu Fractionné s'est réincarné, une partie de lui-même est demeurée au ciel pour faciliter l'Accession. Cette partie est devenue sans nom, comme il convient à la véritable Essence de Dieu.

— Ah?

Tuek avait perçu le terrible cynisme contenu dans la voix du vieillard. Les paroles de Stiros semblaient vibrer dans l'air saturé d'encens, appelant sur lui les foudres divines.

— Dans ce cas, pourquoi demande-t-elle de quelle manière notre Leto s'est transformé en Dieu Fractionné? poursuivit Stiros.

Mettait-il en doute la Métamorphose Sacrée? Tuek était sidéré. Il se contenta de répondre .

— Elle nous éclairera le moment venu.

— Nos piètres explications doivent la remplir de perplexité, railla Stiros.

— Vous allez trop loin, prenez garde!

— Vous croyez? Ne trouvez-vous pas étrange qu'elle pose aussi des questions sur la manière dont les truites des sables enclavent la majeure partie de l'eau de Rakis, recréant ainsi le désert?

Tuek faisait de vigoureux efforts pour dissimuler sa fureur croissante. Il était vrai que Stiros représentait une faction puissante au sein du clergé, mais ses paroles et le ton qu'il employait soulevaient des questions auxquelles les Grands Prêtres avaient depuis longtemps répondu. La Métamorphose de Leto II avait donné naissance à d'innombrables truites des sables qui portaient chacune un petit fragment de lui-même. De la truite des sables au Dieu Fractionné, la transition était connue et respectée comme un dogme. La remettre en question revenait à nier l'existence de Dieu.

— Vous restez là à ne rien faire! accusa Stiros. Nous sommes de simples pions entre les mains de...

— Suffit!

Tuek avait suffisamment laissé s'exprimer le cynisme de ce vieillard. Se drapant dans sa dignité, il prononça les paroles de Dieu :

— Votre Seigneur sait parfaitement ce qu'il y a dans votre cœur. Votre âme suffit ce jour à vous dénoncer. Je n'ai pas besoin de témoins. Vous n'écoutez pas votre âme, vous écoutez à sa place votre fureur et votre rage.

Stiros se retira alors, bouillant de frustration.

Après avoir longtemps médité, Tuek se para de ses plus beaux atours d'or, de pourpre et de blanc. Puis il alla rendre visite à Sheeana.

Elle se trouvait dans les jardins suspendus qui surmontaient le bâtiment sacerdotal principal, en compagnie de Cania et de deux autres personnes: un jeune prêtre nommé Baldik, qui était au service particulier de Tuek, et une prêtresse acolyte appelée Kipuna, qui se comportait un peu trop comme une Révérende Mère pour son goût. Le Bene Gesserit avait des espions ici comme partout, bien sûr, mais Tuek n'aimait pas s'en apercevoir. Kipuna avait pris en charge la majeure partie de l'entraînement physique de Sheeana. Un lien spécial s'était crée entre l'enfant et la prêtresse acolyte, qui suscitait la jalousie de Cania. Mais même Cania ne pouvait s'opposer aux volontés de Sheeana.

Les quatre étaient assis près d'un banc de pierre, presque dans l'ombre d'une cheminée d'aération. Kipuna tenait la main droite de Sheeana, dont elle manipulait les doigts. L'enfant avait grandi, se disait Tuek. Cela faisait six ans déjà qu'elle était sous sa responsabilité. Il voyait percer sous sa robe un début de poitrine. Il n'y avait pas un souffle de vent sur les jardins en terrasse et l'air était lourd dans les poumons de Tuek.

Il regarda autour de lui pour s'assurer que ses ordres concernant la sécurité de l'endroit étaient bien respectés. On ne savait jamais de quel côté pouvait surgir le danger. Quatre soldats de sa garde personnelle, bien armés mais de manière discrète, occupaient au loin les endroits stratégiques. Le parapet entourant le jardin était élevé et ne laissait dépasser que la tête des gardes. Le seul bâtiment plus haut que cette tour sacerdotale était le piège à vent principal de Keen, à un kilomètre environ vers l'ouest.

Malgré les preuves visibles que ses consignes de sécurité étaient intégralement suivies, Tuek avait une impression de danger. Était-ce Dieu qui voulait l'avertir? Il était encore troublé par le cynisme de Stiros. Avait-il eu tort de lui accorder toute cette latitude?

Sheeana, en voyant approcher Tuek, cessa les étranges flexions des doigts qu'elle était en train d'accomplir sous les directives de Kipuna. Manifestant tous les signes apparents d'une patience bien informée, elle demeura silencieuse, le regard rivé sur le Grand Prêtre, forçant ses compagnons à se retourner pour regarder avec elle.

Sheeana ne voyait pas en Tuek un personnage bien redoutable. Elle aimait bien ce vieillard, malgré ses questions parfois pataudes. Quant aux réponses qu'il donnait...! Tout à fait par hasard, elle avait découvert la question qui le troublait le plus : « Pour quelle raison? »

Certains prêtres présents avaient interprété tout haut cette question comme: « Pour quelle raison croyez-vous à cela? ». Sheeana avait immédiatement profité de l'occasion et, par la suite, chaque fois qu'elle avait entrepris de tirer les vers du nez à Stiros ou à quelqu'un d'autre, elle avait utilisé la formule consacrée: « Pour quelle raison croyez-vous à cela? ».

Tuek s'arrêta à deux pas de l'enfant et s'inclina.

— Bonjour, Sheeana.

Il tortillait nerveusement le cou contre le col de sa robe. Le soleil tapait dur sur ses épaules et il se demandait pourquoi elle aimait tant rester ici à l'extérieur.

Sheeana continuait de dévisager placidement Tuck. Elle savait que cela le mettait mal à l'aise.

Il se racla la gorge. Chaque fois que Sheeana le regardait ainsi, il se demandait :

Est-ce Dieu qui m'observe à travers ses yeux?

Ce fut Cania qui parla :

— Sheeana a posé aujourd'hui des questions sur les Truitesses.

De sa voix la plus onctueuse, Tuck murmura :

— La Sainte Légion de Dieu.

— Rien que des femmes? demanda Sheeana.

Elle parlait comme si elle ne pouvait y croire. Pour la base de la société rakienne, le mot « Truitesses » appartenait à l'histoire ancienne et désignait des gens perdus au fin fond de l'époque de la Grande Famine.

Les Truitesses, se dit Tuck. *Elle veut me mettre à l'épreuve.*

Les tenantes modernes du nom ne possédaient sur Rakis qu'une petite délégation de commerce et d'espionnage, composée à la fois de femmes et d'hommes. Leurs origines n'avaient plus grand rapport avec les activités auxquelles elles se livraient présentement, et qui consistaient à servir principalement de bras séculier à Ix.

— Il y a toujours eu des hommes pour servir les Truitesses en qualité de conseillers, dit Tuek sans quitter Sheeana des yeux pour voir comment elle réagirait.

— Il y a donc toujours eu des Duncan Idaho, intervint Cania.

— Oui, oui; bien sûr, les Duncan.

Il s'efforçait de ne pas laisser voir sa contrariété. Cette femme l'interrompait tout le temps! Tuek n'aimait guère qu'on lui rappelle cet aspect-là de la présence historique de Dieu sur Rakis. L'inévitable ghola et la situation qu'il occupait dans la Sainte Légion laissaient soupçonner à tout le moins la complaisance du Bene Tleilax. Il fallait toutefois reconnaître que les Truitesses, agissant naturellement sous l'impulsion de Dieu, avaient su protéger les Duncan de tous les dangers qui les menaçaient. Les Duncan étaient sacrés, cela ne faisait aucun doute. Mais ils appartenaient à une catégorie spéciale. Dieu lui-même n'avait-il pas écrit qu'il avait tué certains de ses gholas de ses propres mains, sans doute pour les transférer plus directement au ciel?

— Kipuna m'a parlé du Bene Gesserit, déclara Sheeana.

Comme l'esprit de cette enfant virevoltait sans cesse!

Tuek s'éclaircit la voix. Il reconnaissait l'ambiguïté de sa propre attitude devant les Révérendes Mères. Certes, le plus grand respect était dû aux « Favorites de Dieu » telle la vénérée Chenoeh. Et le premier de la lignée des Grands Prêtres avait su démontrer logiquement que la sainte Hwi Noree, la Fiancée de Dieu, était en secret une Révérende Mère. En hommage à ces circonstances spéciales, le clergé se sentait des responsabilités irritantes envers le Bene Gesserit. Elles se traduisaient essentiellement par les prix ridiculement bas que les prêtres lui demandaient pour leur mélange en comparaison des tarifs pratiqués par les Tleilaxu.

De sa voix la plus ingénue, Sheeana murmura :

— Parlez-moi du Bene Gesserit, Hedley.

Tuek regarda vivement les adultes qui entouraient Sheeana, essayant de surprendre un sourire sur leur visage. Il ne savait quelle attitude prendre quand elle s'adressait ainsi à lui par son prénom. Dans un sens, c'était humiliant. Dans un autre, elle l'honorait en le traitant de manière si intime.

Dieu me met cruellement à l'épreuve, se disait-il.

— Est-ce que les Révérendes Mères sont gentilles? demanda Sheeana.

Tuek soupira. Les textes étaient unanimes à dire que Dieu faisait des réserves sur la Communauté des Sœurs. Les paroles sacrées avaient été soigneusement analysées et soumises à l'interprétation finale d'un Grand Prêtre. Dieu ne laissait pas les Sœurs menacer son Sentier d'Or. Ce point au moins était clair.

— Beaucoup d'entre elles sont gentilles, répondit-il.

— Où se trouve la plus proche Révérende Mère?

— A l'ambassade du Bene Gesserit ici même, à Keen.

— Vous la connaissez?

— Il y a plusieurs Révérendes Mères dans la Citadelle

— Qu'est-ce que c'est qu'une citadelle?

— C'est ainsi qu'elles appellent leur demeure ici.

— Il doit y en avoir une qui les commande. Vous la connaissez?

— Je connaissais l'ancienne, Tamalane, mais elle vient d'être remplacée. La nouvelle commandante s'appelle Odrade.

— Drôle de nom.

Tuek le pensait aussi, mais il se contenta de dire :

— Un de mes historiens affirme que c'est une déformation du nom « Atréides ».

Sheeana médita cela quelques instants. *Atréides*... c'était la famille qui était à l'origine de l'existence de Shaïtan. Avant les Atréides, il n'y avait que les Fremen et Shaï-Hulud. L'Histoire Orale, que le peuple préservait malgré toutes les interdictions des prêtres, chantait les filiations de tous les grands noms de Rakis. Sheeana avait souvent entendu ces noms repris en chœur dans son village.

« Muad'Dib a engendré le Tyran. »

« Le Tyran a engendré Shaïtan. »

Elle ne se sentait pas d'humeur à discuter pour rien avec Tuek. Elle murmura simplement :

— Amenez-moi cette Révérende Mère Odrade.

Kipuna dissimula un sourire malicieux derrière sa main.

Tuek, médusé, recula d'un pas. Comment satisfaire une telle demande? Même le Grand Prêtre de Rakis ne donnait pas d'ordres à une Révérende Mère! Et si les Sœurs lui opposaient un refus? Pouvait-il leur faire en échange un présent de mélange? Cela risquait d'être interprété comme une faiblesse. Les Sœurs marchanderaient. Il n'y avait pas plus âpre en affaires que ces Révérendes Mères au regard glacé. Et la nouvelle, Odrade, devait être une des pires, à en juger d'après les apparences.

Toutes ces pensées avaient traversé l'esprit de Tuek en un éclair. Mais ce fut Cania qui lui vint en aide en suggérant :

— Peut-être que Kipuna pourrait transmettre l'invitation de Sheeana?

Tuek jeta un vif regard à la jeune prêtresse acolyte. Beaucoup soupçonnaient Kipuna (et Cania la première, visiblement) de les espionner pour le compte du Bene Gesserit. Certes, sur Rakis, tout le monde espionnait pour quelqu'un. Tuek arbora son plus beau sourire pour se tourner vers Kipuna :

— Vous connaissez des Révérendes Mères?

— Certaines, oui, Seigneur Grand Prêtre, répondit l'acolyte.

Au moins, elle n'oublie pas de marquer le respect qui convient!

— Parfait! dit-il à haute voix. Voulez-vous être assez aimable pour faire en sorte que la gracieuse invitation de Sheeana se répercute jusqu'au sommet de l'ambassade des Sœurs?

— Je ferai de mon mieux, Seigneur Grand Prêtre, répondit humblement Kipuna.

— Je n'en doute pas!

L'acolyte, fièrement, commença à se tourner vers Sheeana. Elle triomphait intérieurement. La demande de l'enfant avait été ridiculement facile à induire à l'aide des techniques enseignées par le Bene Gesserit. Kipuna souriait et ouvrit la bouche pour parler. Soudain, un mouvement derrière Sheeana, à hauteur du parapet situé à une quarantaine de mètres de là, attira son attention. Quelque chose avait jeté un éclat au soleil Quelque chose de très petit et...

— Avec un cri étranglé, Kipuna souleva l'enfant, la projeta vers Tuek médusé et cria : « Courez! » tout en s'élançant ellemême à la rencontre de l'objet brillant, un chercheur minuscule qui traînait derrière lui une grande longueur de shigavrille.

Dans sa jeunesse, Tuek avait joué à la batte. Instinctivement, il rattrapa Sheeana, hésita un instant puis se rendit compte du danger. Entraînant la fille qui protestait et gigotait dans ses bras, il franchit en trombe la porte de la cage d'escalier. Il entendit la porte se refermer en claquant derrière lui et Cania qui le suivait de son pas rapide.

— Qu'est-ce que c'est? Qu'y a-t-il? hurlait Sheeana en tambourinant sur sa poitrine.

— Chut! fit Tuek en s'arrêtant au premier palier, d'où un puits de descente et un système de va-et-vient à suspenseurs permettaient de gagner les étages inférieurs de l'édifice. Cania s'était arrêtée à côté de Tuek et sa respiration essoufflée résonnait bruyamment dans l'étroite cage d'escalier.

— Cela a tué Kipuna et deux de vos gardes, haleta-t-elle. Littéralement sectionnés! Je l'ai vu de mes propres yeux! Que Dieu ait pitié de nous!

Les pensées de Tuek étaient un maelstrom. Le puits de descente et le système à suspenseurs formaient des souricières que quelqu'un avait pu aisément saboter. L'attaque sur la terrasse n'était peut-être qu'un élément d'un complot bien plus vaste.

— Déposez-moi! insista Sheeana. Que se passe-t-il donc?

Tuek la mit par terre, mais garda l'une de ses mains serrée dans la sienne. Il se pencha pour lui dire :

— Ma chère Sheeana, il y a quelqu'un qui veut nous faire du mal.

La bouche de l'enfant forma un « O » silencieux. Puis :

— Ils ont fait du mal à Kipuna?

Tuek leva la tête vers la porte de la terrasse. Etait-ce un ornithoptère qu'on entendait là-haut? *Stiros*! Il était si facile pour des conspirateurs d'emmener dans le désert trois personnes vulnérables.

— J'entends un orni, dit Cania, qui avait retrouvé son souffle. Nous ne devrions pas nous attarder ici.

— Nous allons descendre par l'escalier, fit Tuek.

— Mais les...

— Obéissez!

Sans lâcher la main de Sheeana, le Grand Prêtre descendit jusqu'à l'étage suivant. En plus du puits de descente et du va-et-vient, il y avait à ce palier une porte qui s'ouvrait sur un vaste corridor semi-circulaire. Les appartements de Sheeana, précédemment ceux de Tuek, n'étaient qu'à quelques pas de cette entrée. De nouveau, Tuek hésita.

— Il se passe des choses là-haut, chuchota Cania.

Tuek baissa les yeux vers l'enfant apeurée et silencieuse qui se collait contre lui. Elle avait la main moite de transpiration.

On entendait effectivement tout un remue-ménage là-haut sur la terrasse. Des cris, des bousculades, des sifflements de brûleurs. La porte par laquelle ils étaient descendus, à présent hors de vue au-dessus de leur tête, vola en éclats. Cela acheva de décider Tuek. Il ouvrit brusquement la porte du corridor et... se précipita dans les bras d'une formation étroitement serrée en triangle de femmes entièrement vêtues de noir. Avec une sensation de défaite au creux du ventre, Tuek reconnut celle qui occupait la pointe de la formation... *Odrade!*

Quelqu'un lui arracha Sheeana et la fit passer dans le groupe compact de femmes en noir où elle fut littéralement engloutie. Avant que Tuek ou Cania aient pu protester, des mains leur bâillonnèrent la bouche. D'autres mains les plaquèrent contre le mur du corridor. Plusieurs silhouettes en robe noire sortirent silencieusement par la porte qui donnait sur la cage d'escalier.

— L'enfant est sauve et c'est la seule chose qui compte pour le moment, murmura Odrade en regardant Tuek dans les yeux. Ne faites aucun bruit! ajouta-t-elle tandis que la main qui le bâillonnait était retirée. Puis elle utilisa la Voix : Racontez-moi ce qui s'est passé là-haut!

Tuek obéit sans hésitation.

— Un chercheur avec une longue traîne de shigavrille, dit-il. Il est arrivé par-dessus le parapet. Kipuna l'a vu la première et...

— Où est Kipuna?

— Morte. Cania a tout vu.

Tuek décrivit la conduite héroïque de Kipuna devant le danger.

Kipuna morte! se dit Odrade en dissimulant le désarroi plein de fureur que lui causait la nouvelle. Quelle perte! Sa mort forçait l'admiration, mais quelle perte! Le Bene Gesserit avait besoin de ce genre de courage et de dévotion, mais il avait également besoin du capital génétique représenté par Kipuna. *Et il est perdu, détruit par ces imbéciles!*

Sur un geste d'Odrade, la main qui bâillonnait Cania fut retirée.

— Dites-moi ce que vous avez vu, ordonna Odrade.

— L'engin chercheur a lancé sa shigavrille autour du cou de Kipuna et...

Cania frissonna sans pouvoir continuer sa phrase. Le bruit sourd d'une explosion retentit au-dessus de leur tête, puis ce fut le silence. Odrade fit un geste bref. Des femmes en noir se glissèrent silencieusement de chaque côté le long de la paroi incurvée du corridor, puis disparurent à leur vue. Seules Odrade et deux autres, de jeunes femmes au regard froid et déterminé, demeurèrent aux côtés de Tuek et de Cania. Sheeana avait disparu.

— Les Ixiens ne sont pas étrangers à cette affaire, déclara Odrade.

Tuek était de cet avis. *Toute cette shigavrille...*

— Où avez-vous conduit l'enfant? demanda-t-il.

— Nous nous occupons de sa protection. Attendez...

Elle pencha la tête pour écouter. Une femme en noir apparut en courant au détour de la courbe du corridor. Elle chuchota quelque chose à l'oreille d'Odrade. Celle-ci eut un sourire bref.

— Tout est fini, annonça-t-elle. Nous pouvons aller retrouver Sheeana.

L'enfant était assise dans un fauteuil moelleux au milieu de la pièce principale de ses appartements. Des femmes en noir formaient un demi-cercle protecteur derrière elle. Tuek vit qu'elle semblait avoir récupéré du choc de l'attaque et de l'arrivée des Sœurs. Ses yeux brillaient d'excitation et de questions muettes. Son attention était braquée sur quelque chose qui se trouvait hors du champ de vision de Tuek, sur sa droite. Il s'avança et tourna la tête, sursautant devant le spectacle qui se révéla à lui.

Le corps nu d'un homme était adossé au mur dans une étrange position disloquée. Sa tête était tordue de telle manière que son menton reposait sur son épaule gauche. Ses yeux béants reflétaient le vide de la mort.

Stiros!

Les lambeaux de son vêtement, qui lui avait été visiblement

arraché violemment, gisaient en un tas informe aux pieds du cadavre.

Tuek se tourna vers Odrade.

— Il faisait partie du complot, expliqua-t-elle. Il y avait des Danseurs-Visages parmi les Ixiens.

Tuek essaya de déglutir malgré sa gorge sèche.

Cania s'avança lentement vers le corps. Tuek ne voyait pas son visage, mais il se souvenait qu'il y avait eu quelque chose entre Stiros et elle dans leur jeunesse. Le Grand Prêtre se déplaça instinctivement pour se trouver entre elle et l'enfant assise.

Cania s'immobilisa devant le cadavre et le toucha du pied. Elle se tourna, l'air satisfait, vers Tuek.

— Il fallait que je m'assure qu'il était bien mort, dit-elle.

Odrade jeta un coup d'oeil à l'une de ses compagnes.

— Débarrassez-nous de ce corps, dit-elle.

Elle se tourna vers Sheeana. C'était la première occasion qu'elle avait d'étudier l'enfant de près depuis son arrivée au temple à la tête de la force d'attaque. Derrière elle, Tuek bredouilla :

— Révérende Mère, pourriez-vous s'il vous plaît m'expliquer ce qu'il...

— Plus tard, interrompit Odrade sans se retourner.

L'expression de Sheeana s'était animée en entendant les mots prononcés par Tuek.

— Je me *doutais* que vous étiez une Révérende Mère! fit-elle.

Odrade se contenta de hocher la tête. Quelle enfant fascinante! Elle éprouvait devant elle les mêmes sensations que lorsqu'elle se tenait devant l'antique tableau du bureau de Taraza. Une partie du feu que renfermait le chef-d'œuvre l'inspira subitement. Le message du peintre fou Van Gogh. Le chaos transformé en ordre merveilleux. Cela ne faisait-il pas partie des prolongements du Bene Gesserit?

Cette enfant est ma toile, se disait Odrade. Elle sentait ses doigts frémir au toucher de l'antique pinceau. Ses narines palpitaient à l'odeur des huiles et des pigments.

— Laissez-moi seule avec Sheeana, ordonna-t-elle. Que tout le monde sorte.

Tuek ouvrit la bouche pour protester, mais y renonça quand l'une des femmes en noir qui accompagnaient Odrade l'agrippa par le bras. Odrade lui jeta un regard furieux.

— Le Bene Gesserit a déjà eu l'occasion de vous rendre service par le passé, dit-elle. Cette fois-ci, il vous a sauvé la vie.

La femme qui le maintenait le tira par le bras.

— Répondez à ses questions, dit Odrade; mais pas ici.

Cania fit un pas vers Sheeana.

— Cette enfant est sous ma...

— Sortez! glapit Odrade, faisant appel à tous les pouvoirs de la Voix.

Le visage de Cania devint blême.

— Vous avez failli la perdre face à une bande de conspirateurs minables, poursuivit la Révérende Mère en la fustigeant du regard. Nous déciderons plus tard s'il y a lieu que vous continuiez à vous occuper d'elle.

Les larmes ruisselèrent sur le visage de Cania, mais les reproches d'Odrade ne pouvaient être démentis. Cania se détourna et courut rejoindre les autres.

Odrade reporta son attention sur l'enfant qui l'observait.

— Il y a si longtemps que nous vous attendions, dit-elle. Nous ne laisserons pas à ces imbéciles une autre occasion de vous perdre.

La loi choisit toujours son camp en fonction des modalités exécutives. La moralité et les finasseries juridiques ont peu de chose à voir avec elle dès lors que la seule véritable question qui se pose est: « Qui tient le manche du fouet? »

Débat du Conseil du Bene Gesserit
Nº d'Archives XOX 232

Dès que Taraza et sa suite eurent quitté Gammu, Teg s'attela à ses nouvelles tâches. L'organisation interne de la Citadelle devait être entièrement revue. Il s'agissait de mettre le ghola hors de portée des griffes de Schwangyu. Ordres de Taraza.

« Elle peut regarder tant qu'elle voudra. Mais défense de toucher. »

Malgré les contraintes de son travail, Teg se prenait de temps à autre à regarder en direction de l'espace, en proie à une vague inquiétude. Le sauvetage de Taraza à bord du vaisseau de la Guilde et les étranges révélations d'Odrade n'entraient dans aucune configuration de données qu'il pouvait créer.

Les dépendances... les bûches maîtresses...

Il était présentement assis dans son bureau devant la projection d'un planning de travail où il y avait des modifications d'équipes à approuver. Durant quelques instants, il s'était senti perdu, incapable de situer l'heure ou même la date où il se trouvait. Il lui avait fallu un moment pour recouvrer ses esprits.

C'était le milieu de la matinée. Taraza et sa suite étaient reparties depuis deux jours. Il se retrouvait seul. Oui, Patrin l'avait remplacé pour la journée auprès de Duncan, pour lui permettre de se consacrer à ses tâches de commandement.

Le bureau où il travaillait lui paraissait tout d'un coup étranger. Pourtant, chaque élément pris séparément lui était familier. Sa console de données personnelle, sa veste d'uniforme soigneusement posée sur le dossier d'une chaise à côté de lui... Il essaya de se plonger dans le mode mentat et rencontra de la résistance dans son propre esprit. Un phénomène qu'il n'avait plus connu depuis l'époque de sa formation.

Une formation si lointaine.

A elles deux, Taraza et Odrade avaient fait en sorte de lui faire revivre une sorte de formation personnelle.

Ou plutôt, d'auto-formation.

Comme par hasard, sa mémoire évoqua alors une conversation qu'il avait eue longtemps auparavant avec Taraza. Comme tout cela lui paraissait familier, détaché de la réalité présente! Il était pris entièrement au piège de ses souvenirs.

Taraza et lui étaient épuisés après avoir pris les décisions et accompli les actions nécessaires pour éviter des affrontements sanglants à l'occasion de ce que l'on devait appeler l'incident de Barandiko. Rien d'autre à présent qu'un simple hoquet de l'histoire, mais à l'époque cela avait requis toutes leurs énergies conjuguées.

Une fois la trêve signée, Taraza l'avait invité dans un petit salon privé à bord du non-vaisseau où ils se trouvaient. Elle lui avait parlé de manière détendue, louant sa sagacité dans la façon dont il avait su voir les faiblesses de l'ennemi qui avaient permis d'imposer le compromis.

Il n'avaient pas pris le moindre repos depuis près de trente heures et Teg était heureux de pouvoir enfin s'asseoir tandis que Taraza programmait son restaubar individuel. Deux grands verres de liquide brun crémeux apparurent bientôt dans le distributeur.

Teg reconnut l'odeur au moment où elle lui tendit son verre. C'était un énergisant rapide, le genre d'en-cas que les Sœurs du Bene Gesserit n'avaient pas l'habitude de partager avec des étrangers. Mais Taraza ne le considérait plus comme un étranger.

La tête penchée en arrière, Teg avait bu une longue gorgée de cette boisson, le regard fixé sur le plafond abondamment décoré du petit salon. Ce non-vaisseau était un modèle archaïque, conçu à une époque où la décoration intérieure était plus recherchée. Partout, il y avait des frises et des panneaux gravés de figures baroques.

Le goût du liquide brun fortement épicé de mélange avait fait faire à la mémoire de Teg un bond en arrière dans son enfance.

— Ma mère me préparait une boisson semblable chaque fois qu'elle me trouvait exténué, dit-il en contemplant le verre qu'il tenait à la main. Déjà, il sentait en lui les effets apaisants du liquide.

Taraza était allée s'asseoir avec son verre dans un canisiège qui faisait face à Teg. C'était une grosse masse pelucheuse et animée qui s'adaptait à la forme de son corps avec l'aisance d'une longue habitude. Pour Teg, elle avait avancé un fauteuil plus traditionnel en tapisserie verte, mais elle vit son regard se porter à la dérobée sur le canisiège et lui sourit.

— Les goûts et les couleurs diffèrent, Miles, fit-elle en soupirant entre deux gorgées. Eh bien! L'épreuve a été rude, mais c'est du bon travail, bien qu'il y ait eu des moments où ça a failli mal tourner.

Teg se sentait touché par son attitude détendue. Il n'y avait là nulle affectation, nul masque destiné à les séparer et à définir leur rôle respectif au sein de la hiérarchie du Bene Gesserit. Taraza voulait être simplement amicale avec lui, sans qu'il entre dans ses intentions le moindre calcul séducteur. Tout était exactement conforme aux apparences... comme on pouvait le dire à l'occasion de chaque rencontre avec une Révérende Mère.

En une joyeuse illumination, Teg avait compris qu'il était devenu expert dans l'art de lire ce que ressentait Alma Mavis Taraza, même lorsqu'elle choisissait de revêtir l'un de ses masques.

— Votre mère vous a enseigné bien plus que ce qui lui avait été demandé, reprit Taraza. Une femme avisée. Mais une hérétique de plus. C'est tout ce que notre programme génétique semble capable de produire ces temps-ci.

— Hérétique? avait répété Miles Teg, vaguement dépité.

— C'est une plaisanterie que les Sœurs aiment échanger en privé. Nous sommes censées obéir aux ordres d'une Mère Supérieure avec la plus entière dévotion. Et c'est ce que nous faisons. Excepté quand nous ne sommes pas d'accord, bien sûr.

Teg sourit et but une longue gorgée de son énergisant.

— C'est drôle, dit Taraza, mais pendant que se déroulait le petit affrontement serré de tout à l'heure, je me suis aperçue que j'avais devant vous les mêmes réactions qu'avec une de mes Sœurs.

Teg sentait le liquide lui réchauffer l'estomac. Il lui laissait une sensation piquante dans les narines. Il posa son verre vide sur une petite table et parla sans cesser de le regarder :

— Ma fille aînée...

— Ce doit être Dimela. Vous auriez dû la laisser venir à nous, Miles.

— La décision n'est pas venue de moi.

— Mais il aurait suffi d'un mot...Taraza haussa les épaules... Enfin, c'est du passé. Que vouliez-vous me dire à propos de Dimela?

— Elle trouve que, bien souvent, je ressemble trop à l'une d'entre vous.

— Trop?

— Elle m'est aveuglément loyale, Mère Supérieure. Elle ne comprend pas vraiment la relation qu'il y a entre nous...

— Et quelle est cette relation?

— Vous commandez et j'obéis.

Taraza l'observait par-dessus le rebord de son verre. Après l'avoir posé, elle murmura :

— C'est vrai. Vous n'avez jamais réellement été un hérétique, Miles. Peut-être... un jour...

Il parla rapidement, désireux de détourner Taraza de telles idées :

— Dimela pense qu'un long usage du mélange, dans de nombreux cas, rend les gens semblables à vous.

— Vraiment? Ne vous semble-t-il pas étrange, Miles, qu'une potion gériatrique puisse avoir autant d'effets secondaires?

— Cela ne me paraît nullement étrange.

— Hum, je crois comprendre votre point de vue, dit-elle en achevant de vider son verre et en le mettant de côté. Je songeais plutôt à la manière dont une augmentation sensible de la longévité a induit chez certaines personnes, et particulièrement chez vous, Miles, une connaissance plus profonde de la nature humaine.

— En vivant plus longtemps, on a l'occasion d'observer davantage.

— Je ne pense pas que ce soit aussi simple. Certains n'observent jamais rien. Ils se contentent de subir l'existence avec une sorte d'insistance passive, et ils résistent avec un dépit rageur à tout ce qui pourrait les tirer de leur fausse sérénité.

— Je n'ai jamais été capable d'équilibrer correctement le bilan de l'épice, dit-il en faisant allusion au processus courant d'exploitation des données par les mentats.

Taraza hocha la tête. Visiblement, elle avait le même problème.

— Nous autres du Bene Gesserit, nous avons tendance à être plus polarisées que les mentats, dit-elle. Nous utilisons des techniques pour nous sortir de là, mais le mal récidive.

— Nos ancêtres ont eu ce problème pendant longtemps.

— Avant l'épice, c'était différent.

— Mais ils vivaient si peu longtemps.

— Cinquante, cent ans au plus. Cela nous paraît court, mais...

— Est-ce qu'ils remplissaient davantage les années qu'ils avaient?

— Oh ! avec frénésie, parfois.

Il comprit qu'elle puisait ces renseignements dans sa mémoire seconde. Ce n'était pas la première fois qu'il avait accès, par personne interposée, à cette source d'ancien savoir. Sa mère avait déjà agi ainsi devant lui à l'occasion, mais toujours pour lui prodiguer une leçon. Était-ce ce que faisait Taraza en ce moment? Voulait-elle lui apprendre quelque chose?

— Le mélange est un monstre à plusieurs bras, dit-elle.

— Vous arrive-t-il de regretter qu'il ait été découvert?

— Le Bene Gesserit n'existerait pas sans lui.

— Ni la Guilde.

— Mais il n'y aurait pas eu non plus de Tyran, ni de Muad'Dib. L'épice reprend d'une main ce qu'elle donne avec les autres.

— Et laquelle de ces mains renferme ce que nous désirons? Cela n'a-t-il pas toujours été la question?

— Vous êtes quelqu'un d'étrange, vous savez cela, Miles? Les mentats s'adonnent rarement à la philosophie. Je pense que c'est l'un de vos points forts. Vous possédez à un degré suprême la capacité de douter.

Il haussa les épaules. Le tour que prenait cette conversation commençait à être gênant pour lui.

— Je vois que cela ne vous amuse pas, dit Taraza. Mais cramponnez-vous quand même à vos doutes. Le doute est nécessaire au philosophe.

— C'est ce que les Zensunni nous affirment.

— Tous les mystiques sont d'accord sur ce point, Miles. Ne sous-estimez jamais les pouvoirs du doute. Ils sont très persuasifs. Le S'tori tient le doute et la certitude dans une seule main.

Réellement surpris, Teg demanda :

— Les Révérendes Mères pratiquent les rites zensunni?

Il n'avait jamais jusque-là soupçonné une telle chose.

— Une seule fois dans notre vie, dit-elle. Nous accédons à une forme absolue, exaltée, de S'tori, qui concerne chacune de nos cellules.

— L'agonie de l'épice!

— J'étais sûre que votre mère vous en avait parlé. Mais je vois qu'elle ne vous a pas expliqué le rapport avec le zensunni.

Teg déglutit, la gorge lourde. Fascinant! Elle lui ouvrait de nouvelles perspectives sur le Bene Gesserit. Cela changeait la nature entière de ses concepts, y compris l'image de sa propre mère. Les Sœurs du Bene Gesserit reculaient vers des limbes où il ne pourrait jamais les suivre. Elles pouvaient le considérer à l'occasion comme un camarade, mais jamais il ne serait admis dans l'intimité de leur cercle. Il pouvait faire semblant, sans plus. Jamais il ne serait comme Muad'Dib ou le Tyran.

— La prescience, dit Taraza.

Ces mots déviérent son attention. Elle avait détourné la conversation sans la détourner.

— C'est bien à Muad'Dib que je pensais, dit-il.

— Vous croyez qu'il avait prédit l'avenir.

— C'est ce que l'on enseigne aux mentats.

— Votre voix est chargée de doute, Miles. A-t-il prédit ou a-t-il créé? La prescience peut être mortelle. Les gens qui sollicitent des oracles ne veulent en réalité savoir que le prix de la fourrure de baleine l'an prochain, ou d'autres choses aussi triviales. Personne n'a envie que sa vie privée lui soit prédite instant par instant.

— Le plaisir de la surprise.

— Exactement. Si l'on pouvait posséder une telle connaissance, la vie deviendrait insupportablement ennuyeuse.

— Vous croyez que l'existence de Muad'Dib était ennuyeuse?

— Celle du Tyran également. On a l'impression que leur vie entière a été consacrée à essayer de briser des chaînes qu'ils avaient eux-mêmes mises en place.

— Pourtant, ils croyaient...

— N'oubliez pas vos doutes de philosophe, Miles. Méfiez-vous! L'esprit de celui qui croit est un esprit qui stagne. Il ne se développe pas vers l'extérieur, dans un univers infini.

Teg resta un long moment sans répondre. Il ressentait maintenant la fatigue que la boisson énergisante avait chassée de ses préoccupations immédiates. Il ressentait aussi la manière dont ses pensées étaient troublées par l'intrusion de nouveaux concepts. C'étaient des choses qui, lui avait-on enseigné, risquaient d'affaiblir un mentat. Pourtant, il se sentait fortifié par elles.

Elle est en train de m'apprendre quelque chose, se disait-il. *Il y a une leçon à tirer de tout cela.*

Comme projetée au centre de son attention de mentat en lettres de feu éclatantes, l'admonition Zensunni que tous les mentats recevaient dès le début de leur formation lui revint en mémoire.

Par votre croyance aux singularités granulaires, vous niez tout mouvement, évolutif aussi bien que dévolutif. La croyance a pour effet de figer un univers granulaire et d'assurer sa persistance. Rien ne peut plus être autorisé à changer, car votre univers figé disparaîtrait alors. Mais si vous ne bougez pas, l'univers a son mouvement propre. Il évolue au-delà de vous et finit par ne plus vous être accessible.

— Le plus curieux, dit Taraza en s'immisçant dans cette rêverie qu'elle avait créée, c'est que les savants ixiens sont incapables de voir à quel point leur univers est dominé par leurs propres croyances.

Teg continuait de la regarder dans un silence réceptif.

— Les croyances ixiennes, reprit la Mère Supérieure, sont entièrement soumises à leurs choix relatifs à leur façon d'observer leur univers. Leur univers n'a pas de comportement propre. Il se conforme aux types d'expériences qu'ils ont choisis eux-mêmes.

En sursautant, Teg sortit de sa rêverie intérieure. Il se trouvait non pas devant Taraza, mais dans sa Citadelle de Gammu, installé dans le vieux fauteuil familier de son bureau. Un rapide coup d'oeil autour de lui lui montra que rien n'avait bougé. Il n'avait passé que quelques minutes dans cet état d'âme et son bureau ne lui donnait plus cette sensation d'étrangeté. Il se plongea, pour en ressortir aussitôt, dans le mode mentat. Il était *restauré*.

Le goût et l'odeur de la boisson que lui avait donnée Taraza ce jour-là étaient encore sur sa langue et dans ses narines. En un éclair, le mentat qui était en lui pouvait faire revivre toute la scène. La lumière tamisée des brilleurs, le contact du fauteuil qu'il avait occupé, le son de leurs voix... tout était là, soigneusement rangé dans sa mémoire, à l'abri du temps.

L'évocation de ce vieux souvenir avait donné naissance à un univers magique où ses capacités étaient amplifiées au-delà de tout ce qu'il aurait pu imaginer. Aucun atome n'existait dans cet univers magique, uniquement fait d'ondes et d'inquiétants mouvements. Il lui fallait, pour s'y maintenir, rejeter toutes les barrières nées de la croyance et de la compréhension. Cet univers était transparent. Le regard le traversait sans y trouver le moindre écran sur lequel projeter ses formes. Cet univers magique le réduisait à un noyau d'imagination active où ses propres capacités créatrices d'images constituaient l'unique écran où une projection quelconque pouvait se fixer.

J'y suis en même temps celui qui interprète et est interprété!

Le bureau où se trouvait Teg ne cessait de vaciller à la limite de sa réalité sensorielle. Il sentait son esprit conscient réduit à un noyau d'expression, et pourtant ce noyau remplissait son univers. Il était ouvert à l'infini.

Taraza m'a fait cela délibérément! se dit-il. *Elle m'a amplifié!*

Il se sentait au bord d'un abîme de peur. Il se rendait compte que sa fille, Odrade, avait puisé à ces pouvoirs pour créer le *Manifeste des Atréides* que lui avait demandé Taraza. Et ses propres pouvoirs de mentat étaient submergés par cette trame plus vaste.

Taraza exigeait de lui une terrible contribution. La nécessité d'une telle chose le stimulait et l'effrayait tout à la fois. Cela pouvait très bien sonner le glas du Bene Gesserit.

La règle de base est de ne jamais soutenir ce qui est faible mais ce qui est fort.

Coda Bene Gesserit

— Comment se fait-il que vous donniez des ordres aux prêtres? demanda Sheeana. Ils sont chez eux.

Odrade répondit d'un ton aussi naturel que possible, mais en choisissant ses mots en fonction des connaissances que possédait déjà Sheeana :

— Les prêtres ont des racines fremen. Il y a toujours eu des Révérendes Mères non loin d'eux. De plus, mon enfant, vous aussi, vous leur donnez des ordres.

— Ce n'est pas la même chose.

Odrade sourit intérieurement.

A peine un peu plus de trois heures s'étaient écoulées depuis que l'attaque du temple avait été brisée. Odrade avait mis ce temps à profit pour établir un centre de commandement dans les appartements de Sheeana d'où elle supervisait les nécessaires opérations d'enquêtes et de représailles préliminaires tout en discutant avec Sheeana qu'elle ne perdait pas des yeux.

Le flot simultané.

Odrade jeta un regard circulaire à la pièce qu'elle avait choisie comme centre de commandement. Un lambeau du vêtement de Stiros était resté par terre dans un coin, dernier témoin des récents événements sanglants. Cette chambre avait une forme bizarre. Elle ne possédait pas deux murs parallèles. Odrade huma l'air. Il y flottait encore une odeur résiduelle d'ozone, due aux détecteurs que ses acolytes avaient utilisés pour s'assurer que l'endroit était exempt de tout système d'espionnage.

Pourquoi ces murs bizarres? Le bâtiment était de construction ancienne. Il avait dû subir de nombreuses transformations et adjonctions, mais cela n'expliquait pas la forme de cette pièce. Les murs et le plafond étaient revêtus d'un agréable crépi de couleur crème. Des tentures finement ouvragées en fibre d'épice flanquaient chacune des deux portes. C'était le milieu de l'après-midi et la lumière du soleil, filtrée par des stores à lamelles, se projetait en pointillé sur le mur opposé aux fenêtres. Des brilleurs jaune-argent flottaient à hauteur du plafond, accordés à la lumière solaire. Les bruits de la rue, étouffés, montaient par les grilles de ventilation sous les fenêtres. Au sol, les dessins sobres du carrelage gris et des tapis orange voulaient donner une impression de confort et de sécurité mais, tout d'un coup, Odrade ne se sentait plus en sécurité.

Une Révérende Mère de haute taille entra de la pièce voisine, qui servait de centre de communications.

— Mère Commandante, dit-elle, les messages ont été transmis au Tleilax, à Ix et à la Guilde.

— Très bien, fit distraitement Odrade.

La messagère retourna à ses activités.

— Que faites-vous donc? demanda Sheeana, curieuse.

— J'examine quelque chose.

Les lèvres d'Odrade étaient plissées de concentration. Pour les conduire ici, leurs guides leur avaient fait traverser un véritable labyrinthe de couloirs, d'escaliers, d'arcades et de courettes intérieures. Un splendide système de va-et-vient à suspenseurs les avait transportées, à un moment, dans une autre salle du temple, d'où partaient d'autres corridors et d'autres escaliers, pour aboutir finalement dans cette pièce qu'étudiait Odrade.

— Pourquoi regardez-vous cette chambre comme ça? insista Sheeana.

— Chut, mon enfant!

La pièce avait la forme d'un polyèdre irrégulier dont le petit côté se trouvait sur la gauche. Elle devait faire trente-cinq mètres dans sa plus grande longueur et à peu près la moitié en largeur. Plusieurs fauteuils et divans bas lui donnaient différents degrés de confort. Sheeana était royalement assise dans un fauteuil jaune vif aux bras épais et mœlleux. Pas un seul canisiège. Beaucoup de bleu, de jaune et de brun dans la décoration. Le regard d'Odrade se posa sur une large grille de ventilation blanche qui surmontait, à une extrémité du mur le plus long, un tableau de peinture représentant des montagnes. Un agréable courant d'air s'établissait entre les petites grilles sous les fenêtres et la grande grille au-dessus du tableau.

— C'était la chambre de Hedley, dit Sheeana.

— Pourquoi l'ennuyez-vous en l'appelant par son prénom, mon enfant?

— Ah! Ça l'ennuie?

— Ne jouez pas ainsi sur les mots avec moi, mon enfant! Vous savez très bien que ça l'ennuie, et vous le faites exprès!

— Alors, pourquoi me poser la question?

Odrade ignora cette nouvelle impertinence tout en continuant d'étudier soigneusement les murs de la pièce. Celui qui faisait face au tableau de peinture formait un angle oblique par rapport au mur extérieur. *Très habile*! Elle comprenait tout, à présent. Cette chambre avait été construite de telle sorte que le moindre murmure à l'intérieur pût être perçu par quelqu'un caché derrière la grande grille. Sans doute le tableau lui-même dissimulait-il un autre vide pour propager les sons hors de cette pièce. Aucun instrument de détection n'était capable de signaler un tel dispositif. Aucun *bip-bip* n'allait dénoncer la présence d'un œil ou d'une oreille aux aguets. Seule l'intuition rusée d'une personne accoutumée aux traîtrises en tous genres avait livré la clé.

D'un geste de la main, elle fit approcher une acolyte qui se tenait dans la pièce et lui donna des instructions par signes rapides des doigts.

« Trouvez qui écoute derrière cette grille. » Son menton désigna le panneau blanc au-dessus du tableau. *« N'intervenez pas. Il faut que nous sachions à qui sont destinés les renseignements. »*

— Comment avez-vous su qu'il fallait venir me sauver? demanda Sheeana.

L'enfant possédait une très belle voix, mais qui demandait à être éduquée, songea Odrade. Elle s'exprimait avec une assurance qui pouvait être façonnée en puissant instrument.

— Répondez-moi! ordonna Sheeana.

Ce ton impérieux fit sursauter Odrade, provoquant une brusque colère qu'elle dut refouler. Elle ne pouvait néanmoins laisser passer cela.

— Calmez-vous, mon enfant, dit-elle en modulant sa voix d'une certaine manière qui fit aussitôt son effet. Mais une fois de plus, Sheeana la surprit en disant :

— C'est un autre genre de Voix, que vous utilisez pour que je me tienne tranquille. Kipuna m'a tout expliqué sur la Voix.

Odrade se tourna vers elle pour la regarder. La première réaction de choc était passée, mais Sheeana tremblait encore de rage quand elle prononçait le nom de Kipuna.

— Je suis en train de mettre au point notre riposte à l'attaque de tout à l'heure, expliqua patiemment la Révérende Mère. Vous ne devriez pas me distraire. Je suppose que vous aimeriez que les coupables soient châtiés?

— Qu'allez-vous leur faire? Dites-moi ce que vous allez leur faire!

Cette enfant a un sens étonnant de la vengeance, se dit Odrade. *Il faudra réprimer cette tendance*. La vengeance était une passion aussi dangereuse que l'amour. La capacité de haïr avait pour contrepartie la capacité d'aimer.

— J'ai fait parvenir à la Guilde, à Ix et au Tleilax le message que nous envoyons toujours lorsque quelqu'un nous contrarie. Simplement ces deux mots : « Vous paierez. »

— De quelle manière paieront-ils?

— On est en train de leur préparer un châtiment sur mesure. Ils subiront les conséquences de leur conduite.

— Mais *en quoi* consistera ce châtiment?

— Vous le saurez peut-être le moment venu. Vous apprendrez peut-être même de quelle manière nous déterminons l'ampleur de chaque punition. Mais pour l'instant, vous n'avez pas besoin de le savoir.

Sheeana prit un air boudeur.

— Vous n'êtes même pas furieuse. Simplement « contrariée ». C'est ce que vous avez dit.

— Dominez votre impatience, mon enfant. Il y a des choses que vous ne pouvez pas comprendre.

La Révérende Mère qui était entrée tout à l'heure par la porte du centre de communications refit son apparition. Elle jeta un coup d'œil à Sheeana puis s'adressa à Odrade.

— Le Chapitre vient d'accuser réception de votre rapport. Votre action est approuvée.

Voyant qu'elle demeurait là sans bouger, Odrade demanda:

— Il y a autre chose?

Un rapide coup d'œil en direction de Sheeana expliqua les hésitations de la Révérende Mère. Odrade leva vers elle la paume de sa main droite, invitation à poursuivre dans le langage gestuel du Bene Gesserit. Les doigts de l'acolyte se mirent alors à danser frénétiquement.

« Message de Taraza. Les Tleilaxu constituent le pivot de l'opération. Il faudra faire payer chèrement son mélange à la Guilde. Fermez-lui les sources d'approvisionnement rakiennes. Forcez la Guilde et les Ixiens à s'allier. Ils s'épuiseront face à la concurrence écrasante de la Dispersion. Ignorez les Truitesses pour le moment. Elles ont partie liée avec les Ixiens. Le Maître des Maîtres nous répond du Tleilax. Il vient sur Rakis. Piégez-le. »

Odrade sourit avec douceur pour montrer qu'elle avait compris. Elle suivit des yeux la Révérende Mère qui se retirait. Non seulement le Chapitre approuvait les mesures qu'elle venait de prendre sur Rakis, mais un châtiment approprié avait été conçu par le Bene Gesserit avec une rapidité fascinante. De toute évidence, Taraza et ses conseillères avaient anticipé ce moment.

Odrade s'accorda un soupir de soulagement. Son message au Chapitre avait été succinct. Un bref résumé de l'attaque, l'énumération des pertes, l'identification des assaillants et une note pour confirmer à Taraza que l'avertissement requis avait bien été transmis aux coupables: « Vous paierez. »

Oui, ces imbéciles qui avaient déclenché l'attaque savaient maintenant que le nid de frelons était dérangé. Cela ferait naître la peur, partie essentielle du châtiment.

Sheeana était en train de se tortiller sur son fauteuil. Son attitude indiquait qu'elle allait maintenant tenter une nouvelle approche.

— L'une des vôtres a dit qu'il y avait des Danseurs-Visages, fit-elle en pointant le menton vers les jardins en terrasses.

Quel vaste réservoir d'ignorance était cette enfant, songeait Odrade. Il allait falloir remplir ce vide. *Des Danseurs-Visages!* Elle revit en imagination les cadavres qu'ils avaient examinés. Le Tleilax avait fini par mettre ses nouveaux polymorphes en action. C'était un test pour le Bene Gesserit, naturellement. Ces nouveaux modèles étaient extrêmement difficiles à repérer. Cependant, ils émettaient toujours l'odeur caractéristique de leurs phéromones uniques. Odrade avait signalé ce détail dans son rapport au Chapitre.

Le problème à présent était de garder secrètes ces informations. Odrade fit de nouveau approcher l'acolyte de garde. Indiquant d'un mouvement de paupières la grille de ventilation, elle ordonna silencieusement avec ses doigts :

« *Faites tuer ceux qui écoutent!* »

— Vous vous intéressez trop à la Voix, mon enfant, dit-elle en se penchant vers le fauteuil où était Sheeana. Le silence est un très précieux outil pour apprendre.

— Mais pourrais-je apprendre la Voix? Je veux savoir l'utiliser.

— Je vous dis d'apprendre à rester silencieuse et à apprendre par votre silence.

— Et moi, je vous ordonne de m'enseigner la Voix!

Odrade songea à ce que disaient les rapports établis par Kipuna. Sheeana avait appris à utiliser efficacement la Voix sur presque tout son entourage. Elle l'avait découverte toute seule. Une forme de Voix intermédiaire, destinée à un public limité. C'était chez elle quelque chose de naturel. Tuek, Cania et les autres avaient peur de Sheeana. La religion et la superstition y étaient pour quelque chose, bien sûr, mais il y avait surtout l'utilisation inconsciente et admirablement sélective des tonalités et des modulations propres à la Voix.

Odrade savait qu'il n'y avait qu'une seule manière de réagir face à l'attitude de Sheeana. La franchise. C'était un très puissant appât, et qui servait à plus d'une motivation.

— Je suis ici pour vous enseigner de nombreuses choses, dit-elle. Mais je ne suis pas à vos ordres.

— Tout le monde m'obéit! s'écria Sheeana.

Elle est à peine à l'âge de la puberté, et déjà elle se comporte en aristocrate, songea Odrade. *Dieux que nous avons créés! Que pourra-t-il advenir d'elle?*

Sheeana se laissa glisser du fauteuil et se rapprocha d'Odrade en levant vers elle un regard interrogateur. Les yeux de l'enfant étaient à hauteur des épaules de la Révérende Mère. Sheeana, plus tard, serait grande et intimidante. Si elle survivait.

— Vous répondez à certaines de mes questions mais pas à d'autres, dit-elle. Vous prétendez que vous m'attendiez, mais vous ne voulez pas expliquer pourquoi. Pour quelle raison ne m'obéissez-vous pas?

— Voilà une question stupide, mon enfant.

— Pourquoi m'appelez-vous toujours mon enfant?

— N'en êtes-vous pas une?

— J'ai mes règles.

— Mais cela ne vous empêche pas d'être une enfant.

— Les prêtres m'obéissent.

— Ils ont peur de vous.

— Vous pas?

— Bien sûr que non.

— C'est une bonne chose. Cela devient ennuyeux, d'avoir affaire à des gens qui ne font que vous craindre.

— Les prêtres croient que c'est Dieu qui vous envoie.

— Ce n'est pas ce que vous croyez?

— Pourquoi m'imaginerais-je une chose pareille? Nous...

Elle s'interrompit à l'entrée de l'acolyte messagère dont les doigts exécutèrent aussitôt une danse muette.

« *Il y avait quatre prêtres en train d'écouter. Ils ont été tués. Tous étaient des hommes à Tuek.* »

Odrade fit signe à l'acolyte qu'elle pouvait se retirer.

— Elle parle avec ses doigts, dit Sheeana. Comment fait-elle?

— Vous ne posez jamais les questions qu'il faut, mon enfant. Et vous ne m'avez pas répondu. Pourquoi devrais-je vous considérer comme l'instrument de Dieu?

— Shaïtan ne me fait pas de mal. Lorsque je vais dans le désert et que Shaïtan arrive, je lui parle.

— Pourquoi l'appelez-vous Shaïtan au lieu de Shaï-Hulud?

— Tout le monde me pose cette question stupide!

— Eh bien! donnez-moi votre réponse stupide.

Le visage de Sheeana redevint boudeur.

— C'est à cause de la manière dont nous nous sommes rencontrés.

— De quelle manière?

Sheeana pencha la tête et observa Odrade durant quelques secondes avant de murmurer :

— C'est un secret.

— Et vous êtes capable de garder un secret?

Sheeana se redressa en hochant la tête, mais Odrade perçut l'incertitude dans son mouvement. L'enfant savait voir quand elle était acculée à une position indéfendable!

— Parfait, reprit Odrade. Savoir respecter un secret est l'un des enseignements essentiels des Révérendes Mères. Je suis heureuse de constater que nous n'aurons pas de mal de ce côté-là.

— Mais je veux tout apprendre!

Que de mouvements d'humeur chez cette enfant! Elle ne contrôlait pas ses émotions.

— Il faut que vous m'appreniez tout! insista Sheeana.

C'est le moment de lui montrer le fouet, se dit Odrade.

Sheeana avait suffisamment posé et fanfaronné pour que même une acolyte de première année sache maintenant comment la prendre. Utilisant la Voix à pleine puissance, Odrade s'écria :

— Ne prenez pas ce ton avec moi, mon enfant! Surtout si vous voulez apprendre quoi que ce soit!

Sheeana se figea. Il lui fallut plus d'une minute pour comprendre ce qu'il lui arrivait. Puis son expression se détendit. Elle sourit et murmura d'une voix ouverte et chaleureuse :

— Je suis si heureuse que vous soyez enfin venue! Je m'ennuyais tellement ces derniers temps!

Rien ne peut surpasser la complexité de l'esprit humain.

Leto II
Archives de Dar-es-Balat

La nuit de Gammu, facilement sinistre sous cette latitude, n'était plus qu'à deux heures de là. Les nuages s'amassaient au-dessus de la Citadelle. Obéissant à l'ordre de Lucille, Duncan était retourné dans la cour effectuer tout seul une nouvelle et intensive série d'exercices.

Lucille l'observait de la terrasse où elle l'avait vu pour la première fois.

Duncan se mouvait au rythme saccadé du huitième degré des

était retourné dans la cour effectuer tout seul une nouvelle et intensive série d'exercices.

Lucille l'observait de la terrasse où elle l'avait vu pour la première fois.

Duncan se mouvait au rythme saccadé du huitième degré des techniques Bene Gesserit de combat, plongeant dans l'herbe, roulant sur lui-même, se jetant d'un côté puis de l'autre, se baissant ou se relevant en un seul mouvement spasmodique.

C'était une belle démonstration d'esquive improvisée, se disait Lucille. Elle ne voyait pas dans ses mouvements la moindre séquence répétitive et la vitesse d'exécution était éblouissante. Le ghola avait maintenant près de seize ans. Il arrivait déjà à un palier de son potentiel prana-bindu.

Les mouvements soigneusement contrôlés de ces exercices physiques révélaient tant de choses! Il avait tout de suite réagi favorablement quand elle avait lancé l'idée des séances du soir. La première phase du programme que lui avait assigné Taraza était accomplie. Le ghola s'était pris d'amour pour elle. Aucun doute là-dessus. Elle faisait l'objet d'une fixation maternelle de sa part. Et tout cela avait été obtenu sans l'affaiblir exagérément, malgré les craintes de Teg à cet égard.

Mon ombre est sur le ghola, mais il n'est ni assujetti ni dépendant, se disait-elle pour se rassurer. *Teg se fait du souci sans raison.*

Ce matin même, elle avait dit à Teg : « Là où ses forces vives font la loi, il continue de s'exprimer librement. »

Il faudrait qu'il puisse le voir en ce moment, songeait-elle. Cette nouvelle série d'exercices était presque entièrement inventée par Duncan.

Lucille étouffa un cri d'admiration devant un bond particulièrement agile qui venait d'amener le ghola presque au centre exact de la cour. Il était en train d'acquérir une sorte d'équilibre neuromusculaire qui, avec le temps, serait peut-être allié à un équilibre psychologique au moins égal à celui de Teg. L'impact culturel d'un tel apport serait impressionnant. Il suffisait de voir tous ceux qui faisaient instinctivement allégeance à Teg et, à travers Teg, au Bene Gesserit.

C'est le Tyran qu'il nous faut remercier pour ça, se dit-elle.

Avant Leto II, aucun système de régulation culturelle n'avait subsisté assez longtemps pour approcher l'équilibre considéré comme idéal par le Bene Gesserit. C'était cet équilibre « évoluant sur le fil de l'épée » que Lucille trouvait fascinant. C'était aussi la raison pour laquelle elle s'engageait sans réserve dans une entreprise dont elle ignorait l'ampleur exacte mais qui exigeait d'elle des actes que tous ses instincts qualifiaient de répugnants.

Duncan est si jeune!

Ce que le Bene Gesserit allait lui demander maintenant avait été explicitement mentionné par Taraza. *L'imprégnation sexuelle.* Ce matin-là déjà, Lucille s'était mise nue devant son miroir pour répéter les attitudes et les mouvements du corps et du visage qu'elle allait être appelée à utiliser pour exécuter les ordres de Taraza. En état de décontraction artificielle, Lucille avait vu son propre visage lui apparaître comme celui d'une déesse préhistorique de l'amour, à la chair opulente et aux rondeurs prometteuses pour tous les mâles qui s'y laissaient prendre.

Au cours de ses études, Lucille avait eu l'occasion de manipuler d'anciennes statues des Premiers Temps, figurines de pierre représentant des femmes aux hanches larges et aux seins pendants, symboles d'abondance pour le nourrisson qu'elles protégeaient. À volonté, Lucille était capable de simuler, en plus jeune, cette forme ancienne.

Dans la cour en contrebas, Duncan s'immobilisa un instant, comme pour réfléchir aux mouvements suivants. Puis il hocha la tête, fit un bond en l'air, imprima une torsion à son corps et retomba agilement sur une jambe pour repartir dans une série de girations latérales qui ressemblaient plus à des mouvements de danse que de combat.

Lucille serra les lèvres en une moue résolue.

L'imprégnation sexuelle.

Le secret de la sexualité n'en était pas un du tout, pensait-elle. Ses racines plongeaient au cœur de la vie elle-même. C'était évidemment la raison pour laquelle sa première mission de séduction pour le Bene Gesserit avait eu comme conséquence d'implanter un visage de mâle dans sa mémoire. La maîtresse généticienne lui avait expliqué que le phénomène était prévisible et qu'il ne fallait pas s'en alarmer. Mais Lucille avait compris à cette occasion que l'imprégnation sexuelle était une arme à double tranchant. On pouvait apprendre à évoluer en équilibre sur le fil de l'épée, mais on pouvait aussi s'y couper. Parfois, quand ce visage de mâle revenait se graver malgré elle dans son esprit, Lucille se sentait toute déconcertée. Cela se produisait trop fréquemment à des moments délicats où elle devait faire de gros efforts pour ne rien laisser paraître.

« Cela vous rend encore plus forte », lui avait affirmé la maîtresse généticienne.

Cependant, il y avait des moments où elle se demandait si elle n'avait pas banalisé quelque chose qui aurait mieux fait de demeurer un mystère.

Un sentiment d'âcreté à l'idée de ce qu'elle devait accomplir prit possession de Lucille. Ces soirées passées à observer l'entraînement de Duncan étaient parmi les meilleurs moments de sa journée. Le garçon était en train de réaliser de nets progrès physiques, surtout dans le domaine délicat de la coordination neuromusculaire et des techniques prana-baindu qui faisaient la renommée du Bene Gesserit. Cependant, le moment était venu de passer au stade suivant, qui lui incombait entièrement, et elle ne pouvait plus se laisser aller à la contemplation admirative de celui dont elle avait la charge.

Miles Teg allait bientôt arriver. Duncan et lui iraient alors continuer l'entraînement dans la salle spécialisée, avec ses armes plus redoutables.

Miles Teg.

Une fois de plus, Lucille laissa ses pensées se porter sur lui. Elle se sentait attirée d'une manière particulière qu'elle n'avait pas eu de mal à identifier dès le début. Les Imprégnatrices jouissaient d'une certaine latitude dans le choix de leurs partenaires génétiques, à condition bien sûr que cela ne contrarie pas les ordres reçus. Teg était âgé, mais son dossier suggérait qu'il était encore sexuellement actif. Elle ne pourrait pas garder l'enfant avec elle, bien entendu; mais elle savait comment régler cette question.

Pourquoi pas? s'était-elle dit.

Son plan était extrêmement simple. S'occuper d'abord de l'Imprégnation du ghola puis, ayant dûment avisé Taraza de ses intentions, concevoir un enfant avec le vaillant Miles Teg. Déjà, elle avait mis en œuvre des mouvements de séduction préparatoire, mais Teg n'avait pas marché. Avec son cynisme de mentat, il l'avait arrêtée un soir dans le vestiaire attenant à la salle d'armes.

— L'âge de la reproduction est terminé pour moi, Lucille. Le Bene Gesserit devrait se contenter de ce que je lui ai déjà donné.

Vêtu seulement d'un maillot de corps noir, Teg venait de s'essuyer le visage après une séance d'entraînement et de laisser tomber la serviette dans une corbeille. Sans même la regarder, il avait ajouté :

— Voulez-vous me laisser, à présent, je vous prie?

Ainsi, il avait détecté ses avances! Elle aurait dû le prévoir, avec un homme comme Teg. Mais tout n'était pas encore joué. Une Révérende Mère de sa classe pouvait difficilement s'accommoder d'un échec, même devant un mentat aussi fort que celui-ci l'était visiblement.

Lucille était demeurée hésitante pendant quelques instants, l'esprit automatiquement occupé à concevoir un moyen de passer outre à ce rejet préliminaire. Mais quelque chose l'arrêtait. Non pas le dépit d'avoir été repoussée, ni la possibilité éloignée qu'il pourrait être véritablement immunisé contre ses manœuvres. L'orgueil et la crainte d'un échec (toujours possible) n'avaient rien à voir avec ce qu'elle ressentait.

Question de dignité.

Il y avait chez Teg une dignité tranquille qu'elle associait à tout ce que son courage et ses prouesses avaient déjà apporté au Bene Gesserit. Incertaine quant à ses propres motivations, Lucille s'était finalement détournée de lui. Peut-être à cause de la dette de gratitude que le Bene Gesserit avait envers lui. Le séduire maintenant serait dégradant, pas seulement pour lui mais pour elle aussi. Elle ne pouvait se résoudre à un tel acte, du moins sans en avoir expressément reçu l'ordre.

Tandis qu'elle laissait ainsi errer ses pensées, les perceptions de Lucille étaient en sommeil. Un mouvement, cependant, attira son attention dans l'ombre de la porte de la salle d'armes. Elle aperçut la silhouette de Teg. Reprenant le contrôle d'elle-même, elle se concentra sur Duncan. Le ghola avait cessé ses bonds faussement désordonnés sur la pelouse. Il se tenait immobile, respirant à fond, les yeux levés vers la terrasse où se trouvait Lucille. Elle vit la transpiration sur son visage et en plaques sombres sur sa combinaison bleu ciel. Elle se pencha au-dessus du parapet pour lui crier :

— C'était très bien, Duncan. Demain, je commencerai à t'enseigner d'autres combinaisons pied-poing.

Les mots étaient sortis spontanément mais elle reconnut aussitôt leur source. Ils s'adressaient en réalité à Teg, dans l'ombre de la porte, et non au ghola. Elle avait voulu dire à Teg : « Voyez comme vous n'êtes pas le seul à lui enseigner vos techniques mortelles. »

Lucille se rendit compte, à ce moment-là, que Teg s'était insinué dans sa psyché plus profondément qu'elle n'aurait dû le permettre. Dépitée, elle porta son regard sur la haute silhouette qui émergeait de l'ombre. Déjà, Duncan courait à la rencontre du Bashar.

Comme elle se concentrait sur Teg, une réaction la saisit en un éclair, déclenchée par les plus élémentaires influx Bene Gesserit. Elle aurait le temps, plus tard, de définir les étapes de cette réaction. *Quelque chose d'anormal! Danger! Teg n'est pas Teg!* Dans l'éclair de cette prise de conscience, cependant, aucun de ces éléments ne connut d'existence séparée. Elle réagit en hurlant de toute la puissance de la Voix :

— *Duncan! À plat ventre!*

Le ghola se laissa aussitôt tomber dans l'herbe à plat ventre, son attention rivée sur la silhouette qui émergeait de l'ombre de la salle d'armes et qui tenait un laser à la main.

Un Danseur-Visage! se dit Lucille. Seules ses facultés d'hyper-vigilance lui avaient permis de le reconnaître. *Un nouveau modèle!* Elle cria à l'adresse de Duncan :

— Danseur-Visage!

Le ghola fit un bond de côté puis en l'air, en s'aplatissant à un mètre au moins du sol. Lucille fut sidérée par la vitesse de sa réaction. Elle ignorait qu'un être humain pût être aussi rapide. La première giclée du laser balaya l'air au-dessous de Duncan, qui paraissait flotter.

Lucille bondit par-dessus le parapet et se laissa tomber sur le rebord de la fenêtre à l'étage en dessous. Avant même qu'elle eût achevé son mouvement, sa main droite s'était tendue vers le tuyau de descente des eaux de pluie qu'elle se rappelait avoir vu là. Le corps arqué, elle atterrit sur le rebord de la fenêtre en dessous. L'énergie du désespoir la poussait, bien qu'elle sût qu'elle arriverait trop tard.

Quelque chose crépita sur le mur au-dessus d'elle. Elle vit une ligne bleutée se diriger vers elle tandis qu'elle se jetait sur le côté, opérant un rétablissement en l'air avant de retomber en souplesse sur la pelouse. En même temps, son regard capturait toute la scène autour d'elle avec une précision instantanée.

Duncan s'avançait vers l'attaquant en feintant et en bondissant dans une étonnante parodie de sa séance d'entraînement. A quelle vitesse il se déplaçait!

Lucille lut l'indécision dans le regard du faux Teg.

Elle se rua vers le Danseur-Visage, ressentant les pensées de la créature :

Deux contre moi!

Même à deux, ils n'avaient cependant aucune chance. Le Danseur-Visage n'avait qu'à régler son arme à pleine puissance. A distance rapprochée, il lui suffisait de balayer l'air devant lui et rien ne pourrait pénétrer une telle défense. Tout en se jetant sur lui, Lucille cherchait désespérément un moyen de le vaincre lorsqu'elle vit un rond de fumée rouge sortir de sa poitrine. Une ligne rouge monta obliquement vers les muscles du bras qui tenait l'arme. Le bras du faux Teg tomba comme un morceau qui se détache d'une statue. L'épaule se détacha du torse dans un jaillissement de sang. La créature s'écroula en se fondant en un nuage de fumée rouge et d'écume sanglante. Des morceaux de chair éclaboussèrent les murs et l'herbe, qui se teinta de toutes les nuances de pourpre et de bleu.

Lucille sentit, en s'immobilisant dans son élan, les phéromones caractéristiques des Danseurs-Visages. Duncan arriva derrière elle. Il s'accroupit, guettant un mouvement dans l'ombre derrière le Danseur mort.

Un nouveau Teg émergea dans l'encadrement de la porte. Lucille l'identifia aussitôt comme étant le vrai.

— C'est le Bashar, murmura Duncan.

Lucille eut une réaction de satisfaction en voyant que ses leçons avaient porté leurs fruits. Duncan savait distinguer ses amis de ses ennemis, même si les apparences étaient trompeuses. Elle désigna le Danseur-Visage mort :

— Sens-le.

— Ça y est, j'ai compris, dit Duncan en humant. Mais ce n'était pas une très bonne copie. Je m'en suis aperçu en même temps que vous.

Teg s'avança vers eux. Il était armé d'un laser lourd qu'il tenait au creux de son bras gauche. Sa main droite agrippait fermement la crosse et la détente. Il fit du regard le tour de la cour puis se tourna vers Duncan et finalement vers Lucille.

— Amenez-le à l'intérieur, dit-il.

C'était l'ordre d'un commandant de guerre, habitué à ne se fier qu'à la connaissance supérieure qu'il avait de ce qu'il convenait de faire dans une situation de crise. Lucille obéit sans protester.

Duncan se laissa conduire par la main sans discuter, derrière le tas de chair sanglante du Danseur-Visage, à l'intérieur de la salle d'armes. Alors seulement, il désigna du pouce les restes de la créature en demandant :

— Qui l'a laissé entrer?

Non pas : « Comment est-il entré », nota Lucille; mais : « Qui? ». Duncan avait déjà écarté les questions accessoires pour arriver au cœur du problème.

Teg les rejoignit pour les guider vers ses propres quartiers. Arrivé devant sa porte, il s'arrêta, regarda à l'intérieur puis fit signe à Lucille et à Duncan d'entrer.

Dans sa chambre à coucher flottait une odeur âcre de chair brûlée et de viande carbonisée que Lucille détestait par-dessus tout. De la viande humaine! Un cadavre vêtu de l'un des uniformes de Teg était recroquevillé, face contre terre, à l'endroit même où il était tombé du lit.

Teg le poussa du pied avec le bout de sa chaussure pour exposer son visage, figé dans un rictus, les yeux béants. Lucille reconnut l'un des gardes de l'extérieur, un homme qui était arrivé à la Citadelle en même temps que Schwangyu, d'après son dossier.

— Leur complice, dit Teg. Patrin s'est occupé de lui et nous l'avons mis là avec un de mes uniformes. Les Danseurs-Visages s'y sont laissé prendre, car nous ne leur avons pas donné le temps de voir son visage avant de contre-attaquer. Ils n'ont pas pu prendre d'empreinte mémorielle.

— Vous êtes au courant de ça? fit Lucille, surprise.

— Bellonda m'a tout expliqué.

Abruptement, l'une des implications de ce que venait de dire Teg frappa Lucille. Refoulant un mouvement de fureur, elle demanda:

— Comment avez-vous pu laisser l'un deux arriver jusque dans la cour?

— Tout est allé très vite, répondit doucement Teg. J'ai dû faire un choix, qui s'est avéré être le bon.

Elle ne chercha pas à dissimuler sa colère.

— Votre choix a consisté à laisser Duncan se débrouiller tout seul?

— À le laisser un instant sous votre protection plutôt que de permettre à d'autres assaillants de pénétrer dans la place et de s'y retrancher solidement. Patrin et moi avons eu un mal fou à nettoyer cette aile. Nous n'avons pas chômé. (Il se tourna vers Duncan.) Il s'en est très bien tiré, grâce à l'entraînement que nous lui avons fait subir.

— Mais ce... cette *chose* a failli le tuer!

— Lucille! fit Teg en secouant la tête. C'était un risque minuté. Je savais que vous pouviez, à vous deux, lui tenir tête pendant une minute au moins. Je savais que vous n'hésiteriez pas à vous sacrifier en vous jetant sur cette créature pour sauver Duncan. Vingt seconde de plus.

En entendant ces mots, Duncan tourna vers Lucille un regard brillant.

— Vous auriez vraiment fait ça?

Comme elle ne répondait pas, Teg murmura :

— Elle l'aurait fait.

Lucille ne le démentit pas. Elle repensait maintenant à la vitesse incroyable à laquelle Duncan s'était déplacé, à l'enchaînement éblouissant de son attaque.

— Décisions de combat, dit Teg en regardant Lucille.

Elle dut admettre qu'il avait raison. Une fois de plus, Teg avait choisi la meilleure solution. Mais il faudrait qu'elle fasse un rapport à Taraza. Les accélérations prana-bindu de ce ghola dépassaient tout ce à quoi l'on pouvait s'attendre.

Elle se tendit soudain en voyant Teg se tourner, alarmé, vers la porte qui se trouvait derrière elle. Elle fit volte-face.

Schwangyu était là. Patrin arrivait derrière elle, un autre laser lourd au creux du bras. Lucille remarqua que le canon était pointé sur Schwangyu.

— Elle a insisté, dit Patrin.

Le vieil aide de camp avait un pli de mécontentement au coin de sa bouche ridée.

— Il y a une file de cadavres qui va jusqu'à la redoute sud, fit Schwangyu. Vos hommes refusent de me laisser sortir pour une inspection. Je vous somme de retirer vos ordres immédiatement.

— Pas avant que mes équipes de nettoyage aient terminé leur travail, dit Teg.

— On massacre encore des gens là-dehors! Je l'entends très bien!

La voix de Schwangyu s'était teintée de fiel. Elle regardait Lucille d'un air furieux.

— On les interroge, également, dit Teg.

Schwangyu porta tout son courroux sur lui.

— S'il y a du danger, nous allons conduire le... l'enfant dans mes appartements. Immédiatement!

— Nous n'en ferons rien, dit Teg d'une voix calme mais déterminée.

Schwangyu se raidit de dépit. Les phalanges de Patrin devinrent blanches contre la crosse de son laser. Schwangyu balaya d'un regard l'espace compris entre le canon de l'arme et le regard attentif de Lucille. Les deux femmes se fixèrent dans les yeux.

Teg laissa le moment durer avant de dire :

— Lucille, conduisez Duncan dans mon salon.

Il indiqua d'un mouvement de tête la porte qui se trouvait derrière lui.

Lucille obéit, en se mettant ostensiblement entre Duncan et Schwangyu pour passer devant elle. Dès qu'elle eut refermé la porte, Duncan chuchota :

— Elle est vraiment troublée! Elle m'a presque appelé « le ghola ».

— Schwangyu a commis plus d'une imprudence, se contenta de dire Lucille.

Elle regarda autour d'elle. C'était la première fois qu'elle entrait dans les appartements privés de Teg. Le saint des saints du grand Bashar. L'endroit n'était pas différent de ses propres quartiers. Il y régnait le même genre de désordre ordonné. Sur une petite table, à côté d'un fauteuil à l'ancienne en tapisserie grise, étaient jetées pêle-mêle plusieurs bobines de lecture. Le lecteur de bobines était encore ouvert, comme si son utilisateur venait de s'absenter pour un court moment. Sur une chaise voisine, la veste noire d'un uniforme de bashar était étalée. Une petite boîte ouverte contenant du matériel de couture était posée dessus. La manche de la veste avait un trou soigneusement reprisé.

Il reprise son linge!

C'était un aspect du grand Miles Teg auquel elle ne se serait pas attendue. Si elle avait réfléchi à la question, elle aurait plutôt dit que ce genre de tâche incombait à Patrin.

— Schwangyu a laissé entrer les assaillants, n'est-ce pas? demanda Duncan.

— Les siens s'en sont chargés, fit Lucille sans essayer de dissimuler sa colère. Elle est allée trop loin, cette fois-ci! Un pacte avec les Tleilaxu!

— Patrin va la tuer?

— Je n'en sais rien et ça m'est complètement égal!

De l'autre côté de la porte, Schwangyu parlait très fort et d'une voix rageuse :

— Allons-nous rester là éternellement, Bashar?
— Vous pouvez vous retirer quand vous voudrez.
— Mais je n'ai pas le droit de sortir par le boyau sud!
Il y avait un défi enfantin dans sa voix. Lucille savait qu'elle le faisait exprès. Où voulait-elle en venir? Teg avait intérêt à se méfier. Il avait été très habile tout à l'heure, lorsqu'il avait mis en évidence à son intention les failles de la vieille Révérende Mère dans sa maîtrise d'elle-même. Mais les ressources de Schwangyu n'étaient pas pour autant taries. Lucille se demandait s'il ne valait pas mieux laisser Duncan quelques instants ici pour retourner aux côtés de Teg.
— Si vous partez, reprit la voix de Teg, je ne vous conseille pas de retourner chez vous.
— Et pourquoi donc?
Schwangyu paraissait sincèrement surprise et sa voix, une fois de plus, la trahissait malgré elle.
— Un instant, dit Teg.
Lucille entendit des cris au loin. Il y eut une violente explosion sourde qui semblait venir de l'intérieur de la Citadelle, puis une autre moins rapprochée. Au-dessus de la porte par où Duncan et elle étaient entrés, un peu de poussière de plâtre tomba du plafond.
— Qu'est-ce que c'était? fit de nouveau la voix de Schwangyu, un peu trop sonore.
Lucille se plaça entre Duncan et le mur qui les séparait du salon.
— La première explosion, dit Teg, c'était eux, et je m'y attendais. La seconde, c'était nous, et je ne crois pas qu'ils s'y attendaient.
Un sifflement déchira l'air au moment où Schwangyu répondait quelque chose.
— Tout est fini, Bashar! cria alors la voix de Patrin.
— Que se passe-t-il donc? demanda Schwangyu.
— La première explosion, chère Révérende Mère, c'était celle de vos appartements détruits par nos assaillants. La seconde, c'est nous qui avons détruit l'ennemi.
— Je viens de recevoir confirmation, Bashar! cria de nouveau Patrin. Nous les avons eus tous. Ils sont descendus du non-vaisseau avec une barge, comme vous l'aviez prévu.
— Le vaisseau? fit la voix de Teg, pleine de rage impérieuse.
— Anéanti au moment même où il a émergé du pli spatial. Pas un seul survivant.
— Imbéciles! s'écria Schwangyu. Vous rendez-vous compte de ce que vous venez de faire?
— J'ai obéi aux ordres de protéger ce garçon contre toute attaque, répondit Teg. À propos, n'étiez-vous pas censée vous trouver dans vos appartements à l'heure qu'il est?

— Comment?

— C'est vous qu'ils visaient quand ils ont fait sauter vos appartements. Les Tleilaxu sont très dangereux, Révérende Mère.

— Je ne vous crois pas.

— Allez voir vous-même. Laisse-la passer, Patrin.

Tout en écoutant, Lucille percevait les arguments implicites. Le Bashar mentat, dans cette affaire, avait été jugé plus digne de confiance qu'une Révérende Mère. Schwangyu le constatait. Cela devait la rendre folle. Suggérer que ses appartements avaient été volontairement détruits était une habile manoeuvre. Mais elle ne le croirait peut-être pas. Elle devait surtout penser en ce moment que Teg et Lucille avaient conclu à sa complicité dans cette attaque. Impossible de savoir combien d'autres étaient au courant. Il y avait Patrin, bien sûr.

Duncan avait le regard fixé sur la porte fermée, la tête légèrement penchée à droite. Son visage avait une curieuse expression, comme s'il voyait à travers la porte ce que les autres faisaient.

— Je ne vous crois pas quand vous dites que mes appartements sont détruits, dit Schwangyu d'une voix parfaitement contrôlée. Elle savait que Lucille écoutait.

— Il n'y a qu'un moyen de vous en assurer, répondit Teg.

Habile de sa part, songea Lucille. Schwangyu ne pouvait prendre aucune décision tant qu'elle ne saurait pas si les Tleilaxu l'avaient trahie ou non.

— Vous m'attendrez ici, dans ce cas! C'est un ordre!

Lucille entendit le froissement furieux de sa robe tandis que la Révérende Mère se retirait.

Elle ne se contrôle plus, se dit Lucille, surtout troublée par le jeu qu'avait joué Teg. *Il a réussi*! Miles Teg avait fait perdre son équilibre émotionnel à une Révérende Mère!

La porte que fixait Duncan s'ouvrit à la volée. Teg était là, la main sur la poignée.

— Vite! Il faut que nous ayons quitté la Citadelle avant son retour.

— Quitter la Citadelle? répéta Lucille sans cacher sa surprise.

— Dépêchez-vous! Patrin a préparé notre retraite.

— Mais il faut que...

— Rien du tout! Venez comme vous êtes. Suivez-moi ou nous devrons utiliser la force.

— Vous croyez vraiment que vous pourriez me...

Lucille s'interrompit brusquement. Ce n'était pas le même Teg qu'elle avait devant elle et elle savait qu'il n'aurait pas fait une telle menace s'il n'avait pas été prêt à la mettre à exécution.

— Très bien, répondit-elle.

Elle prit la main de Duncan et suivit le Bashar. Patrin attendait dans le couloir. Il regardait vers la droite.

— Elle est partie, dit le vieil aide de camp en s'adressant à Teg. Vous savez ce qu'il faut faire?

— Pat!

C'était la première fois que Lucille l'entendait se servir de ce diminutif. Patrin sourit de toutes ses vieilles dents à Teg :

— Pardonnez-moi, Bashar. L'émotion, vous comprenez. Je vous laisse faire. Je n'ai pas encore terminé mon rôle.

Teg fit signe à Lucille de prendre le corridor sur la droite. Elle obéit et entendit le pas de Teg qui les suivait de près. La main de Duncan était moite dans la sienne. Il la retira et continua d'avancer à côté d'elle sans regarder derrière lui.

Au bout du couloir, le tube de descente à suspenseurs était gardé par deux hommes à Teg. Il leur fit un signe de tête.

— Personne ne nous suit.

Ils répondirent à l'unisson :

— À vos ordres, Bashar!

Lucille comprit, au moment où elle entrait dans le tube avec Duncan et Teg, qu'elle venait de choisir son camp dans un conflit dont elle ne comprenait pas entièrement les tenants et les aboutissants. Elle ressentait les remous de la politique du Bene Gesserit comme un torrent puissant qui arrivait sur elle. Habituellement, ce n'était qu'un faible courant qui venait lécher la rive, mais cette fois-ci elle se sentait sur le point d'être emportée par une vague destructrice et incontrôlable.

Duncan ne parla que lorsqu'ils émergèrent dans le boyau conduisant à la redoute sud :

— Il faudrait que nous soyons tous armés.

— Nous le serons bientôt, dit Teg. Et j'espère que tu es prêt à abattre tous ceux qui se mettront en travers de notre chemin.

Le fait le plus significatif est que nous n'ayons jamais rencontré de femelles tleilaxu en dehors de leurs planètes centrales. (Les Danseurs-Visages qui revêtent une apparence femelle ne comptent pas ici. Ce sont des hybrides qui ne jouent aucun rôle dans leur système de reproduction.) Le Bene Tleilax séquestre soigneusement ses femelles pour les tenir hors de notre portée. C'est notre déduction fondamentale. Nous pensons aussi que c'est dans leurs œufs que les Maîtres du Tleilax dissimulent leurs plus grands secrets.

Analyse du Bene Gesserit
N° d'Archives XOXTM 99.....O41

— Nous nous rencontrons donc enfin, dit Taraza.

Elle regarda, assis dans un fauteuil séparé du sien par un espace libre de deux mètres, celui qu'on appelait Tylwyth Waff. Les analystes du Bene Gesserit lui avaient assuré que cet homme était le Maître des Maîtres du Tleilax. Un bien petit gnome, pour assumer un tel pouvoir. Mais il ne fallait pas, surtout ici, se fier aux apparences.

— Certains n'auraient pas cru cela possible, répondit Waff.

Il avait une petite voix flûtée. Encore une chose à mesurer selon un standard différent, se dit Taraza.

Ils se trouvaient sous la neutre protection d'un non-vaisseau de la Guilde bardé de moniteurs et de capteurs appartenant aux deux parties, collés à la coque du bâtiment comme autant de rapaces à une charogne. (La Guilde avait fait tout son possible pour donner entière satisfaction au Bene Gesserit. *Vous paierez* La Guilde savait. Ce n'était pas la première fois qu'elle avait à payer.) La petite pièce de forme ovale où avait lieu la rencontre avait des parois doublées de laiton, théoriquement à l'épreuve de tous les systèmes d'écoute et de surveillance. Mais Taraza n'y croyait guère. Elle avait la conviction que les liens entre la Guilde et le Tleilax, forgés par le mélange, étaient plus solides que jamais.

Waff ne cherchait pas à se faire d'illusions sur Taraza. Cette femme était bien plus dangereuse que n'importe quelle Honorée Matriarche. S'il la tuait, elle serait aussitôt remplacée par une autre Mère Supérieure qui aurait exactement les mêmes connaissances et les mêmes pouvoirs.

— Nous avons trouvé vos nouveaux Danseurs-Visages très intéressants, fit Taraza.

Une grimace involontaire échappa à Waff. Oui, *bien* plus dangereuse que les Honorées Matriarches, qui n'avaient même pas encore rendu le Tleilax responsable de la perte d'un non-vaisseau tout entier.

Taraza jeta un coup d'oeil à la petite montre à double cadran numérique placée sur une table basse à sa droite. Chacun d'eux pouvait, de son fauteuil, la consulter aisément. L'écran du côté de Waff affichait une heure qui correspondait à son horloge biologique interne. Elle remarqua que les deux affichages en temps biologique étaient synchronisés, à dix secondes près, avec un moment arbitraitre de milieu d'après-midi. C'était l'un des côtés agréables de cette rencontre, où même l'espace qui séparait les deux fauteuils avait fait l'objet de négociations préalables.

Il n'y avait personne d'autre que Waff et elle dans cette salle ovale d'un diamètre de six mètres sur trois. Les deux fauteuils étaient absolument identiques : cadre de bois chevillé et toile orange. Pas un gramme de métal ni d'autre matériau. Aucun autre meuble que la petite table où était posée la montre et qui consistait en un mince plateau de plaz noir reposant sur un trépied de bois fuselé. Chacune des deux parties en présence était passée devant un détecteur ultra-sensible. Chacune avait trois gardes du corps personnels qui attendaient devant l'unique sas d'entrée. Taraza ne pensait pas que les Tleilaxu risqueraient, surtout dans les circonstances présentes, une substitution par des Danseurs-Visages.

« Nous paierez! »

Les Tleilaxu, de leur côté, étaient extrêment conscients de leur vulnérabilité. Et Waff venait d'apprendre que les Révérendes Mères étaient capables d'identifier leur nouveau type de danseurs polymorphes! Il s'éclaircit la voix avant de dire lentement :

— Je ne m'attends pas à ce que nous trouvions un terrain d'entente.

— Pourquoi êtes-vous venu, alors?

— Je cherche à m'expliquer l'étrange message que nous avons reçu de votre Citadelle sur Rakis. Que sommes-nous censés payer?

— Je vous en prie, ser Waff, faites-moi grâce de ces faux-semblants ridicules dans cette pièce. Il y a des faits que vous et moi ne pouvons ignorer.

— Par exemple?

— Aucune femelle du Bene Tleilax n'a jamais fait partie de notre programme génétique.

Qu'il transpire un peu avec ça! se dit-elle. Il était déjà assez frustant pour le Bene Gesserit de ne pas pouvoir disposer dans ses recherches d'un seul fragment de mémoire seconde tleilaxu. Waff devait le savoir.

— Vous n'espérez tout de même pas, dit-il en plissant le

front, que je vais négocier la vie d'une... Il s'interrompit en secouant la tête... Je ne peux pas croire que c'est le paiement que vous demandez.

Voyant que Taraza ne lui répondait pas, il reprit :

— Cette stupide attaque contre le temple de Rakis a été lancée sur l'initiative d'éléments locaux qui ont déjà été châtiés.

Gambit prévu numéro trois, se dit Taraza.

Elle avait participé, avant de venir ici, à plusieurs sessions d'analyse et d'information. Si l'on pouvait appeler cela ainsi. Il s'agissait plutôt de spéculations. Ils avaient si peu de renseignements sur ce Maître des Maîtres tleilaxu, ce Tylwyth Waff. Ils étaient cependant arrivés, par inférence, à quelques projections d'une extrême importance (si elles se réalisaient). L'ennui était que leurs données les plus intéressantes provenaient de sources peu sûres. Une chose, toutefois, émergeait de tout cela : le gnome assis face à Taraza était mortellement dangereux.

Le gambit engagé par Waff mobilisait toute son attention. Elle prit son temps pour répondre avec un sourire entendu :

— C'est exactement le genre de mensonge que nous attendions de votre part.

— Les insultes commencent? fit-il sans s'animer.

— Vous m'y forcez. Je vous avertis que vous ne devez pas espérer agir avec nous comme avec ces catins de la Dispersion.

Le regard figé de Waff incita Taraza à risquer un gambit à elle. Les déductions des Sœurs, en partie fondées sur la disparition d'un vaisseau de conférence ixien, s'avéraient justes! Sans cesser de sourire, elle exploita la même ligne de conjecture :

— Les catins en question seraient peut-être ravies d'apprendre qu'il y a des Danseurs-Visages parmi elles.

Waff refoula un mouvement de rage. *Maudites sorcières! Elles savent! Elles ont réussi à savoir!* Ses conseillers avaient émis de nombreuses réserves quant à cette rencontre. Une bonne minorité s'étaient prononcés contre. Les sorcières étaient tellement... diaboliques. Et cette idée de représailles!

Il est temps d'orienter son attention sur Gammu, se dit Taraza. *Ne pas le laisser reprendre son équilibre.*

— Même lorsque vous retournez l'une des nôtres, comme vous l'avez fait sur Gammu avec Schwangyu, vous n'apprenez rien d'important! dit-elle.

Waff se hérissa.

— Elle croyait qu'elle pouvait nous... acheter, comme de vulgaires assassins! Nous n'avons fait que lui donner une leçon.

Aaah! il laisse voir le bout de son amour-propre, se dit Taraza. *Très intéressant. Il faudra que nous explorions les implications d'une telle réaction quant à l'existence d'une structure morale sous-jacente.*

— Vous n'avez jamais vraiment pénétré nos rangs, dit-elle.

— Et vous n'avez jamais pénétré ceux des Tleilaxu!

Waff avait réussi à répliquer cela avec un calme apparent. Il avait besoin de temps pour réfléchir! Pour prévoir ce qu'il fallait faire!

— Peut-être aimeriez-vous connaître le prix de notre silence, suggéra Taraza. Prenant l'absence de réaction de Waff pour un acquiescement, elle continua: Pour commencer, vous partagerez avec nous tous les renseignements que vous obtiendrez sur ces catins de la Dispersion qui se font appeler Honorées Matriarches.

Waff eut un haut-le-corps. Beaucoup de choses avaient été confirmées grâce à l'opération montée à la suite de la mort des Matriarches. La complexité de leurs techniques sexuelles! Peu de psychismes étaient capables de résister à leurs extases. Le potentiel d'une telle arme était énorme! Fallait-il partager ce secret avec les sorcières?

— Je dis bien *tous* les renseignements, insista Taraza

— Pourquoi les traitez-vous de catins?

— Elles veulent nous imiter mais elles se vendent pour n'importe quoi et ne sont qu'une parodie de tout ce que nous représentons. Honorées Matriarches, vraiment!

— Elles vous dépassent en nombre à raison de dix mille contre une. Nous en avons eu la preuve.

— Une seule d'entre nous pourrait les battre toutes.

Waff garda le silence. Il étudiait Taraza. Forfanterie de sa part? On ne pouvait jamais savoir, avec ces sorcières du Bene Gesserit. Elles avaient effectivement des pouvoirs. La face obscure de l'univers magique leur appartenait. En plus d'une occasion, les sorcières avaient écorné le Shariat. Etait-ce la volonté de Dieu que les vrais croyants subissent une nouvelle épreuve?

Taraza se gardait de contrarier les tensions que ce silence prolongé renforçait. Elle sentait le désarroi de Waff. Cela lui rappelait les séances de préparation à cette rencontre, tenues par les Sœurs en petit comité. Bellonda y avait posé la question cruciale, d'une simplicité trompeuse.

« Que savons-nous au juste des Tleilaxu? »

La réponse, Taraza l'avait sentie surgir en même temps dans l'esprit de toutes celles qui étaient assises autour de la table de conférence: *Nous ne savons peut-être que ce qu'ils veulent que nous sachions.*

Aucune de ses analystes ne pouvait manquer de soupçonner que les Tleilaxu avaient délibérément créé une fausse image d'eux-mêmes. L'intelligence des Tleilaxu devait se mesurer à l'aune des cuves axlotl dont ils étaient les seuls à posséder le secret. Avaient-ils acquis celui-ci, comme on le suggérait parfois, à la suite d'un simple coup de chance? Dans ce cas, pourquoi l'heureux hasard ne s'était-il pas reproduit pour d'autres au cours de tous ces millénaires?

Et les gholas...

Les Tleilaxu se servaient-ils du processus de création des gholas pour se procurer une immortalité de leur cru? Elle croyait voir, dans le comportement de Waff, certains indices favorisant une telle hypothèse. Rien de bien défini, juste une présomption qu'il faudrait vérifier.

Au Chapitre, Bellonda n'avait cessé de revenir à la charge sur leurs soupçons de base :

« Tout, vous dis-je! Tout ce que contiennent nos archives n'est peut-être qu'un gros tas d'immondices juste bon à nourrir des limachons! »

Cette allusion avait fait frissonner certaines des Révérendes Mères les plus impassibles qui siégeaient à cette table.

Des limachons!

Ces créatures rampantes, résultant de croisements entre la limace géante et le cochon, avaient beau servir de base aux repas les plus raffinés et les plus coûteux de cet univers, elles n'en incarnaient pas moins, aux yeux des Sœurs, tout ce que le Tleilax avait de plus répugnant. Les limachons étaient l'un des premiers objets d'échange que le Bene Tleilax avait utilisés. Issu des cuves axlotl, ce produit était directement réalisé à partir de la chaîne hélicoïdale dont toute vie tirait sa forme. Que son existence soit due au Bene Tleilax ne faisait qu'ajouter au halo d'obscénité qui entourait une créature dont les multiples bouches absorbaient sans cesse pratiquement toutes les formes d'immondices, aussitôt transformées en excréments non seulement malodorants mais baveux.

« Le mets le plus exquis de ce côté-ci du paradis », avait murmuré Bellonda, citant un slogan du CHOM.

« Et venant d'une obscénité », avait ajouté Taraza.

Une obscénité.

Ce mot ne cessait de s'imposer à l'esprit de Taraza tandis qu'elle observait Waff en silence. Quelle raison pouvait pousser un peuple à s'abriter délibérément derrière un masque d'obscénité? Les sursauts d'amour-propre de Waff ne collaicnt guère avec cette image.

Waff toussota devant sa main. Il sentait le contact des ourlets où il avait dissimulé deux de ses redoutables lance-dards. Une minorité de ses conseillers lui avaient dit :

« Comme dans les cas des Honorées Matriarches, le vainqueur de cette rencontre avec le Bene Gesserit sera celui qui sortira avec les informations les plus secrètes sur l'autre. Il est évident que la mort de l'adversaire garantit le succès. »

Je pourrais la tuer. Mais après?

Il y avait trois autres Révérendes Mères en pleine possession de leurs moyens qui attendaient dehors. Sans aucun doute, Taraza avait un signal tout prêt pour le moment où la porte étanche serait ouverte. En l'absence de ce signal, la violence et le désastre s'ensuivraient à coup sûr. Il ne croyait pas un seul instant que même ses Danseurs-Visages du nouveau type étaient capables de terrasser les Révérendes Mères qui étaient là. Ces sorcières devaient être sur le qui-vive après avoir identifié la nature de ses propres gardes.

— Nous partagerons les renseignements, dit-il.

Les aveux implicites que cela supposait lui étaient pénibles, mais il se rendait compte qu'il n'avait pas le choix. L'estimation de Taraza quant à la valeur respective des deux camps en présence était sans doute outrée, mais il sentait qu'elle contenait une part de vérité. Il ne se faisait aucune illusion, de toute manière, sur ce qui pourrait se passer si les Honorées Matriarches apprenaient le sort réservé à leur délégation. La perte du non-vaisseau ne pouvait être, pour le moment, attribuée aux Tleilaxu. Il arrivait, après tout, que des vaisseaux disparaissent sans laisser de traces. Mais un assassinat délibéré, c'était une autre affaire. Les Matriarches, dans ce cas, chercheraient certainement à exterminer sans pitié un adversaire aussi impudent, ne fût-ce que pour l'exemple. C'était en tout cas l'avis des Tleilaxu qui étaient revenus de la Dispersion. Et après son premier contact avec les Matriarches, Waff avait tendance à partager cet avis.

— Mon second point à l'ordre du jour de cette réunion, dit Taraza, est notre ghola.

Waff s'agita de manière presque imperceptible dans son fauteuil.

Taraza éprouvait de la répugnance pour ses yeux minuscules, son visage rond, son nez court et ses dents trop pointues.

— Vous n'avez pas cessé d'assassiner nos gholas pour contrôler la progression d'un programme où votre rôle se borne à fournir un seul élément, accusa-t-elle.

Waff se demanda de nouveau s'il devait la tuer. Rien ne pouvait donc être caché à ces maudites sorcières? Il devenait indispensable d'envisager l'existence d'un espion tleilaxu qui les renseignait depuis les planètes centrales. Comment feraient-elles pour savoir toutes ces choses, autrement?

— Je vous assure, Révérende Mère, dit-il, que le ghola...

— Ne m'assurez rien! Nous préférons nous assurer nous-mêmes, fit-elle en secouant la tête d'un côté puis de l'autre comme si elle était sincèrement navrée. Vous croyez donc que nous ne savons pas que vous nous vendez des marchandises avariées?

— Il correspond en tout point aux spécifications indiquées par notre contrat! protesta vivement Waff.

De nouveau, Taraza secoua la tête d'un air navré. Ce petit Maître tleilaxu ne se rendait pas compte de ce qu'il venait de révéler ici.

— Vous avez implanté votre propre programme dans son psychisme, dit-elle. Je vous avertis, ser Waff, que si vos manipulations contrarient en quoi que ce soit notre projet, nous vous le ferons payer plus cher que vous ne le croyez possible.

Waff se passa la main sur le visage. La sueur perlait à son font. Maudites sorcières! Mais elles ne savaient pas tout. Les Tleilaxu qui étaient rentrés de la Dispersion et les Honorées Matriarches dont Taraza parlait avec tant de mépris avaient fourni au Tleilax une arme de nature sexuelle dont ils ne partageraient jamais le secret quelles que soient les promesses qui pourraient être faites ici.

Taraza médita en silence les réactions de Waff et opta pour un coup de bluff :

— Quand nous avons capturé votre vaisseau ixien, vos nouveaux Danseurs-Visages ont mis un peu trop longtemps à mourir. Nous avons appris pas mal de choses.

Waff se raidit, prêt à laisser jaillir un torrent de violence.

Dans le mille! se dit Taraza.

Son coup de bluff venait de confirmer l'une des perspectives les plus extrêmes envisagées par ses conseillères. A la lumière de ce mensonge, elle ne semblait plus aussi outrée.

« *L'ambition du Tleilax est de réaliser une réplique pranabindu complète* », avait avancé une conseillère.

Une réplique complète!

Toutes les Sœurs présentes avaient été sidérées par cette hypothèse. Cela impliquait une forme de duplication mentale qui allait bien au-delà de l'empreinte mémorielle qu'elles connaissaient déjà.

La conseillère, Sœur Hesterion du Bureau des Archives, avait apporté à l'appui de ses dires une épaisse liste de présomptions. « *Une chose est certaine. Tout ce qu'une sonde ixienne est capable de faire par des moyens mécaniques, les Tleilaxu l'accomplissent dans la chair et les nerfs. Le stade suivant s'imagine aisément.* »

Voyant les réactions de Waff à son mensonge, Taraza continua de l'observer avec soin. Il était à son moment le plus dangereux.

Waff était tremblant de rage. Les sorcières savaient beaucoup trop de choses. Il ne mettait pas un seul instant ses affirmations en doute.

Il faut que je la tue quelles que soient les conséquences pour moi. Il faut les tuer toutes. Des abominations! Ce nom qu'elles ont trouvé elles-mêmes les décrit parfaitement!

Taraza n'eut pas de peine à interpréter correctement son expression. Elle se hâta ede dire:

— Vous ne courez absolument aucun danger de notre part tant que vous ne contrariez pas nos desseins. Vos opinions religieuses, votre mode de vie sont votre affaire personnelle.

Waff hésita, pas tant pour ce qu'elle venait de dire qu'à l'évocation de ses pouvoirs. Que savaient-elles d'autres? Mais se résigner à admettre leur supériorité, surtout après avoir rejeté une alliance avec les Honorées Matriarches, alors que l'Accession était si proche après tant de millénaires... Il se sentait désemparé. La minorité de ses conseillers avait raison, finalement, qui lui avait dit :

« Il ne peut y avoir de lien entre nos peuples. Tout accord conclu avec les forces powindahs revient à réaliser une alliance contre nature. »

Taraza sentait encore la violence qui menaçait en lui. L'avait-elle poussé trop loin? Elle se tenait sur le qui-vive. Un tressaillement involontaire de ses poignets lui donna l'alerte.

Il cache des armes dans ses manches!

Les ressources des Tleilaxu ne devaient jamais être sous-estimées. Les détecteurs du Bene Gesserit n'avaient rien signalé.

— Nous sommes au courant des armes que vous avez sur vous, dit-elle tandis qu'un nouveau coup de bluff lui venait à l'esprit. Si jamais vous commettiez une erreur maintenant, les catins seraient également informées de la manière dont vous utilisez ces armes.

Waff prit trois courtes inspirations. Quand il parla, il avait recouvré ses moyens.

— Nous n'accepterons pas d'être des satellites du Bene Gesserit!

Taraza répondit d'une voix monocorde, faite pour l'apaiser :

— Je n'ai jamais, ni par mes actes ni pas mes paroles, suggéré pour vous un tel rôle.

Elle attendit. Il n'y eut pas le moindre changement dans l'expression de Waff, pas le moindre vacillement dans le regard rageur qu'il fixait obtinément sur elle.

— Vous nous menacez, grogna-t-il. Vous exigez que nous partagions avec vous tous nos...

— Partager signifie que nous traiterons d'égal à égal! coupa Taraza sèchement. On ne partage pas avec quelqu'un d'inférieur!

— Et qu'avez-vous à partager avec nous? demanda Waff.

Elle lui répondit sur le ton qu'elle aurait utilisé pour gronder gentiment un enfant :

— Il y a bien une raison, ser Waff, pour laquelle un personnage aussi important que vous s'est déplacé jusqu'ici.

D'une voix toujours étroitement contrôlée, Waff répliqua :

— J'imagine qu'il en va de même pour la Mère Supérieure du Bene Gesserit.

— Je suis venue ici dans l'espoir de nous rendre plus forts, murmura calmement Taraza.

— Vous ne m'avez pas encore dit ce que vous proposez en partage, accusa-t-il. Vous espérez toujours avoir l'avantage.

Taraza continuait de l'étudier de près. Elle avait rarement senti chez un humain une telle intensité de rage refoulée.

— Dites-moi ouvertement ce que vous désirez, dit-elle.

— Et vous nous l'*accorderez* par pure bonté d'âme?

— Nous ferons un échange.

— Un échange? C'était ce que vous aviez en tête lorsque vous m'avez ordonné — *or-don-né!* — de...?

— Vous êtes venu ici fermement décidé à rompre tout accord que nous pourrions conclure, dit-elle. Pas une fois vous n'avez essayé d'échanger quoi que ce soit. Vous êtes assis en face de quelqu'un qui ne demande qu'à négocier avec vous et tout ce que vous savez faire, c'est...

— Négocier? fit Waff en repensant à la colère de l'Honorée Matriarche lorsqu'il avait prononcé ce mot.

— C'est bien ce que j'ai dit, négocier, affirma Taraza.

Quelque chose qui évoquait un sourire agita les coins des lèvres de Waff.

— Vous croyez que je dispose de l'autorité nécessaire pour *négocier* avec vous?

— Faites attention, ser Waff. Vous disposez de l'autorité suprême. Elle réside dans la capacité finale d'éliminer sans appel l'adversaire. Ce n'est pas moi qui fais cette menace. C'est vous.

Elle regarda les manches de Waff pour bien souligner son propos.

Le Tleilaxu soupira. Quelle situation impossible! Elle était powindah. Comment négocier avec une powindah?

— Nous avons un problème qui ne peut être résolu par des moyens rationnels, murmura Taraza.

Waff cacha sa surprise. C'étaient exactement les termes que l'Honorée Matriarche avait utilisés! Il était atterré à l'idée de ce que la chose pouvait signifier. Le Bene Gesserit et les Honorées Matriarches avaient-ils fait cause commune? La manière dont Taraza parlait des Matriarches démentait cette idée, mais depuis quand pouvait-on se fier aux sorcières?

De nouveau, Waff se demanda s'il fallait qu'il se sacrifie pour éliminer cette sorcière. Cela servirait-il à quelque chose? Ce qu'elle savait, d'autres sorcières le savaient sans doute aussi. Cela ne reviendrait qu'à précipiter le désastre. Certes, il y avait des dissensions chez les Sœurs; mais qui pouvait affirmer qu'il ne s'agissait pas d'une nouvelle ruse de ces sorcières?

— Vous nous demandez quelque chose en partage, dit Taraza. Et si je vous offrais quelques-unes de nos lignées de choix?

Impossible de se tromper sur la manière dont il venait de dresser l'oreille.

— Pourquoi devrions-nous nous tourner vers vous si cela nous intéressait? demanda-t-il. Nous avons nos cuves, et les spécimens génétiques ne sont pas difficiles à trouver un peu partout.

— Des spécimens de quoi?

Waff soupira. On ne pouvait pas échapper à la perspicacité incisive de ces sorcières. Elle venait de marquer un point. Il avait dû lui révéler involontairement des choses qui l'avaient mise sur cette voie. Le mal était fait, à présent. Elle avait déduit avec justesse (ou ses espions lui avaient dit!) que le patrimoine génétique humain à l'état libre ne recelait que très peu d'intérêt pour les Tleilaxu avec la connaissance complexe qu'ils avaient du langage le plus secret de la vie. Il n'était jamais payant de sous-estimer le Bene Gesserit ni les produits de ses programmes génétiques. Dieu était témoin qu'elles avaient donné naissance à Muad'Dib et au Prophète!

— Que demanderiez-vous d'autre en échange? dit-il

— Vous voilà prêt à négocier enfin! Vous avez compris, naturellement, que je vous proposais d'authentiques reproductrices de la lignée des Atréides.

Qu'il compte toujours là-dessus! se dit-elle. *Elles ressembleront comme deux gouttes d'eau à des Atréides, mais elles n'en seront certainement pas!*

Waff avait senti son pouls s'accélérer subitement. Il avait du mal à y croire. Avait-elle la moindre idée de ce que les Tleilaxu étaient capables de retirer du simple examen d'un tel matériel génétique?

— Nous aurions droit, poursuivit Taraza, à une première sélection de leur progéniture.

— Pas question.

— A une première séléction alternée avec vous, dans ce cas?

— Peut-être.

— Qu'est-ce que ça veut dire, peut-être?

Elle se pencha en avant. L'intensité des réactions de Waff lui disait qu'elle était sur la bonne piste.

— Que nous demanderiez-vous d'autre? dit-il.

— Nos reproductrices devront avoir libre accès à vos laboratoires génétiques.

— C'est insensé!

Waff secouait la tête d'exaspération. Croyait-elle vraiment que le Tleilax allait dévoiler ainsi sa meilleure arme?

— A défaut, nous nous contenterions d'une cuve axlotl en parfait état de marche, fit Taraza.

Waff se contenta de la regarder fixement sans rien dire.

— Il fallait bien que j'essaye, dit Taraza en haussant les épaules.

— Puisque vous le dites.

Taraza se laissa aller en arrière dans son fauteuil, passant en revue ce qu'elle venait d'aprendre. La réaction de Waff à sa sonde Zensunni était des plus intéressantes. *Un problème qui ne peut être résolu par des moyens rationnels.* Ces paroles avaient produit sur lui un effet subtil. Il avait paru émerger des profondeurs de lui-même avec un regard interrogateur.

Que Dieu nous préserve tous! Waff est-il secrètement Zensunni? Quel que soit le danger, il fallait que ce point soit élucidé. Odrade, sur Rakis avait besoin de toutes les armes susceptibles de lui donner un avantage.

— Peut-être avons-nous fait tout ce que nous pouvons pour aujourd'hui, déclara-t-elle à haute voix. Nous avons tout le temps pour mettre notre accord au point. Dieu seul, dans sa miséricorde infinie, nous a donné des univers sans fin où tout peut arriver.

Waff frappa une fois dans ses mains sans y penser.

— Le don de la surprise est le plus grand de tous! dit-il.

Pas seulement Zensunni, pensa Taraza, *mais Soufi également. Soufi!* Son point de vue sur le Tleilax était en train de se modifier peu à peu. *Depuis combien de temps cachent-ils cela en leur sein?*

— Le temps par lui-même ne compte pas, dit-elle, lançant une nouvelle sonde. Il suffit de regarder n'importe quel cercle.

— Les soleils sont des cercles. Chaque univers est un cercle. Il retenait son souffle, attendant sa réponse.

— Les cercles sont des enclos, dit Taraza, puisant la réplique adéquate dans sa mémoire seconde. Tout ce qui sert à enclore ou à limiter a nécessairement un côté tourné vers l'infini.

Waff leva les deux mains, la paume vers Taraza, puis les laissa retomber sur ses genoux. Ses épaules perdirent un peu de leur rigidité défensive.

— Pourquoi n'avez-vous pas dit toutes ces choses dès le début? demanda-t-il.

C'est maintenant qu'il faut faire très attention, se dit Taraza. Chaque aveu contenu dans l'attitude et les paroles de Waff devait faire l'objet d'une étude approfondie.

— L'échange qu'il y a eu entre nous ne révèle absolument rien, dit-elle, à moins que nous ne décidions de parler plus ouvertement. Et encore, nous serions toujours tributaires des mots.

Waff étudia attentivement son visage, essayant de découvrir sous ce masque Bene Gesserit quelque confirmation de ce qui était impliqué par ses mots et son comportement. Elle était powindah, se rappela-t-il prudemment, et il était impossible de faire confiance aux powindahs; mais... si elle avait la Vraie Foi...

— Dieu n'a-t-il pas envoyé son Prophète sur Rakis pour nous mettre à l'épreuve et nous éclairer? demanda-t-il.

Taraza explora frénétiquement sa mémoire seconde. *Un prophète sur Rakis? Muad'Dib?* Non... cela ne cadrait pas avec les idées soufi ou zensunni sur...

Le Tyran!

Elle serra les lèvres, dépitée.

— On doit accepter ce que l'on ne peut contrôler, dit-elle.

— Car en vérité c'est l'oeuvre de Dieu, acheva Waff.

Taraza en avait assez vu et entendu. La Missionaria Protectiva l'avait imbibée de toutes les religions connues. La Mémoire Seconde avait renforcé et complété ses connaissances. Elle ressentit la nécessité urgente de sortir saine et sauve de cette pièce. Odrade devait être avertie.

— Puis-je émettre une suggestion? demanda-t-elle.

Waff hocha courtoisement la tête.

— Peut-être avons-nous ici la substance d'un plus fort lien entre nous que nous ne l'avions cru possible, dit-elle. Je vous offre l'hospitalité de notre Citadelle de Rakis. Sa commandante sera à votre disposition.

— Une Atréides?

— Non, mentit Taraza. Mais je ne manquerai pas, naturellement, de faire rapidement part de vos besoins à nos maîtresses généticiennes.

— De mon côté, je m'occuperai de réunir ce que vous demandez en paiement. Mais pourquoi avoir choisi Rakis pour effectuer cette transaction?

— N'est-ce pas le lieu désigné? Qui pourrait être insincère dans la patrie du Prophète?

Waff se laissa aller en arrière dans son fauteuil, détendu. Assurément, Taraza connaissait les réponses appropriées. C'était une révélation à laquelle il ne s'était pas attendu.

— Chacun de nous écoute Dieu à sa manière, dit la Révérende Mère.

Et collectivement dans le sein du kehl, ajouta mentalement Waff. Levant les yeux vers elle, il se répéta qu'elle était powindah et que l'on ne pouvait faire confiance à aucun powindah. *Attention!* cette femme était quand même une sorcière du Bene Gesserit qui n'hésitait pas à créer des religions pour satisfaire ses propres fins. *Powindah!*

Taraza marcha jusqu'à la porte étanche, l'ouvrit et fit le signe de sécurité. Puis elle se retourna vers Waff, qui n'avait pas bougé de son fauteuil.

Il n'a pas percé notre véritable dessein, se dit-elle. *Celles que nous allons lui envoyer devront être choisies avec un soin extrême. Il ne faut pas qu'il soupçonne qu'il fait partie du leurre.*

Derrière son masque de gnome, Waff lui rendait imperturbablement son regard.

Comme il a l'air faussement placide, se disait Taraza. Il était pourtant mûr pour tomber dans leur piège. Une alliance entre le Bene Gesserit et le Bene Tleilax offrait des avantages nouveaux. *Mais à condition que nous en fixions nous-mêmes les termes!*

— A bientôt sur Rakis, dit-elle en s'éloignant.

Quel héritage social accompagnait la Grande Dispersion à ses débuts? Nous connaissons intimement cette époque. Nous savons quel en est le contexte physique et moral. Les Égarés emportaient avec eux une conscience qui se limitait en gros à la technique et au savoir-faire de l'homme. Mus par le mythe de la Liberté, ils éprouvaient un irrésistible besoin d'expansion territoriale. La plupart n'avaient pas prêté attention à la leçon du Tyran selon laquelle la violence engendre ses propres limites. La Grande Dispersion fut un mouvement aveugle et désordonné que l'on a interprété comme une phase de croissance (expansion). A la base, il n'y avait rien d'autre qu'une crainte profonde (souvent inconsciente) de la stagnation et de la mort.

Analyse de la Grande Dispersion
Archives du Bene Gesserit

Allongée sur le côté au bord de la grande baie en encorbellement, Odrade effleurait de la joue le plaz tiède par lequel elle observait la Grand-place de Keen. Le coussin rouge qui lui calait les reins sentait le mélange, comme beaucoup d'objets sur Rakis. Elle occupait une habitation de trois pièces, petites mais bien conçues et situées aussi bien à l'écart du Temple que de la Citadelle du Bene Gesserit. C'était l'une des clauses de l'accord passé avec les prêtres.

— Sheeana doit être protégée plus efficacement, avait affirmé Odrade.

— Mais elle ne peut être placée sous la seule responsabilité des Sœurs, avait objecté Tuek.

— Pas plus que celle des prêtres, avait insisté la Révérende Mère avant d'aboutir à ce compromis.

Six étages au-dessous du point d'observation d'Odrade, un énorme marché en plein air s'étalait sur presque toute l'étendue de la Grand-place dans une confusion plus ou moins ordonnée. La lumière jaune-argent du soleil de l'après-midi faisait luire les couleurs crues des innombrables dais tendus côte à côte et projetait de longues ombres sur le sol inégal. L'air avait un éclat poudreux là où circulaient des groupes épars au milieu des parasols rapiécés et des alignements de marchandises de toutes sortes.

La Grand-place formait un rectangle qui s'étendait sous la fenêtre d'Odrade sur un bon kilomètre de profondeur, et à peu près le double de cette distance en regardant à droite et à gauche. Un rectangle géant de terre battue et de vieux cailloux d'où montait une poussière âcre soulevée par les pas des acheteurs venus braver la chaleur du plein jour dans l'espoir de faire de meilleures affaires.

A mesure que l'après-midi avançait, les activités changeaient sous les yeux d'Odrade. La foule devenait plus dense, plus vive. Le mouvement s'accélérait.

Odrade pencha la tête pour mieu regarder au pied de son immeuble. Juste sous sa fenêtre, quelques marchands avaient délaissé leurs étals pour rentrer chez eux. Ils reviendraient bientôt, après avoir mangé et fait une courte sieste qui leur permettrait d'affronter les heures plus intéressantes où l'on pouvait respirer sur la place un air qui ne brûlait pas la gorge.

Sheeana était en retard, nota Odrade. Les prêtres n'allaient pas oser la retarder plus longtemps. Ils devaient être en train de la bombarder de questions et de recommandations, en lui répétant qu'elle était l'envoyée de Dieu auprès de son Église. Ce qui ne manquerait pas de rappeler à la pauvre fille nombre d'allégeances forcées qu'Odrade aurait pour tâche de démythifier et de neutraliser pour les remettre à leur juste place.

Faisant le dos rond à sa fenêtre, Odrade se livra silencieusement, pendant une minute, à une série de mini-exercices destinés à soulager les tensions. Elle s'avouait une certaine sympathie pour Sheeana. Un véritable chaos devait régner pour l'instant dans l'esprit de cette fille. Elle ne se doutait certainement pas de ce qui l'attendait quand elle passerait entièrement sous la tutelle d'une Révérende Mère. Son jeune esprit devait être farci de superstitions et autres déformations.

Comme l'était le mien, se dit Odrade.

Elle ne pouvait éviter de se souvenir, en un moment pareil. La tâche qui l'attendait était claire: exorciser. Pas seulement Sheeana, mais elle-même.

Les souvenirs défilèrent dans sa mémoire de Révérende Mère à l'affût.

Odrade, cinq ans, dans sa confortable demeure sur Gammu. La rue où elle se trouve est bordée d'habitations bourgeoises typiques des petites villes côtières de la planète. Larges avenues, villas basses et sans étage qui se prolongent en éventail jusqu'au front de mer incurvé où le mètre carré est bien plus disponible et moins convoité que sur la façade.

La mémoire d'Odrade, affilée par le Bene Gesserit, continua d'explorer tout seule cette demeure lointaine avec ses occupants, son avenue, ses compagnons de jeux d'enfance. Elle sentait dans sa poitrine une constriction qui lui disait que les souvenirs qu'elle évoquait ici étaient reliés à des événements plus récents.

La crèche du Bene Gesserit sur la planète artificielle d'Al Dhanab, l'un des premiers lieux sûrs de la Communauté des Sœurs. (Plus tard, elle devait apprendre que le Bene Gesserit avait naguère envisagé de transformer le planétoïde entier en non-espace, mais que l'Ordre y avait renoncé en raison des trop grandes quantités d'énergie requises.)

La crèche était une cascade de nouveautés pour une enfant habituée au confort et aux amitiés de Gammu. Le programme d'éducation Bene Gesserit comprenait un entraînement physique intensif. Régulièrement, on l'avertissait qu'elle ne pouvait espérer devenir un jour une Révérende Mère sans passer par d'intenses souffrances et de fréquentes périodes d'exercices musculaires apparemment sans espoir.

Certaines de ses camarades échouaient à ce stade. Elles repartaient pour devenir infirmières, domestiques, ouvrières ou reproductrices occasionnelles. Elles occupaient des créneaux de nécessité partout où la Communauté les appelait. Il y avait des moments où Odrade se disait que ce genre d'échec n'était pas tellement détestable, après tout. Moins d'ambition, moins de responsabilités. Mais cela, c'était avant qu'elle émerge de la Formation Primaire.

Pour moi, il s'agissait bel et bien d'émerger, de ressortir victorieuse de l'autre côté.

Pour se trouver plongée en fin de compte dans des contraintes encore plus étouffantes.

Au bord de sa fenêtre rakienne, Odrade se dressa sur un coude, repoussant le coussin rouge, et tourna le dos au spectacle de la place. Cela devenait de plus en plus bruyant, en bas.

Maudits prêtres! Ils poussaient leur retard jusqu'à la limite du tolérable.

Il faut que je repense à mon enfance car cela m'aidera dans mes rapports avec Sheeana, se dit-elle, fronçant aussitôt les sourcils devant cette faiblesse. *Encore une mauvaise excuse!*

Il fallait à certaines postulantes cinquante ans au bas mot pour devenir Révérendes Mères à part entière. Cela leur était laborieusement inculqué durant leurs années de Formation Secondaire. Une leçon de patience. Très tôt, Odrade avait manifesté le goût des études profondes. On avait envisagé de faire d'elle l'un des mentats du Bene Gesserit, probablement une Archiviste, mais l'idée avait été abandonnée lorsqu'on avait découvert qu'elle possédait un talent plus profitable. Elle avait été orientée vers des tâches plus délicates, dans la Maison du Chapitre.

La Sécurité.

Ce talent particulier aux Atréides avait souvent reçu cette application. Le soin des détails. C'était la marque d'Odrade. Elle savait que ses Sœurs étaient capables de prédire certaines de ses actions uniquement à partir de ce qu'elles savaient d'elle. Taraza le faisait régulièrement. Odrade avait entendu l'explication de ses propres lèvres.

« La personnalité d'Odrade est exquisément reflétée dans sa manière d'exécuter les tâches qui lui sont confiées », avait déclaré Taraza.

Et il y avait une plaisanterie qui circulait dans la Maison du Chapitre : « Où va Odrade quand elle a fini d'étudier? Elle va travailler. »

Le Chapitre n'imposait pas le besoin de recourir aux masques qu'une Révérende Mère revêtait automatiquement quand elle se trouvait à l'extérieur. Elle pouvait se permettre d'afficher momentanément des émotions, de réagir ouvertement à ses propres erreurs ou à celles des autres, de se sentir triste ou amère et même, quelquefois, heureuse. Il y avait des mâles disponibles, non pour la reproduction mais pour un occasionnel réconfort. Tous ces hommes du Chapitre étaient charmants et quelques-uns étaient même sincères dans leur charme. Naturellement, ceux-là étaient les plus prisés.

Les sentiments.

Dans l'esprit d'Odrade, l'idée était désagréablement familière.

Il faut toujours que j'en arrive à ça.

Odrade sentait sur son dos la chaude lumière du soleil déclinant de Rakis. Elle savait où en était son corps, mais son esprit s'ouvrait à la rencontre prochaine de Sheeana.

L'amour!

Ce serait si facile, et si dangereux.

En cet instant, elle enviait les Mères Établies, celles qui

étaient autorisées à passer toute leur vie avec le même partenaire génétique. Miles Teg était l'enfant d'un tel couple. Et sa mémoire seconde lui disait qu'il en avait été de même pour Dame Jessica et son Duc. Muad'Dib lui-même avait choisi cette forme d'union.

Mais ce n'est pas pour moi.

Odrade s'avouait amèrement jalouse à l'idée qu'une telle existence lui fût à jamais interdite. Quelles compensations lui offrait celle où on l'avait aiguillée?

« Une existence sans amour peut être plus intensément consacrée à l'Ordre. Nous nous chargeons de fournir aux initiées d'autres formes de consolation. Ne vous inquiétez pas en ce qui concerne les plaisirs du sexe. Ils seront disponibles chaque fois que vous en sentirez le besoin. »

Avec de charmants mâles!

Depuis l'époque de Dame Jessica, depuis le Tyran, les choses avaient bien changé, même pour le Bene Gesserit. Chaque Révérende Mère pouvait en attester.

Un profond soupir parcourut Odrade. Elle tourna la tête pour regarder la place en contrebas. Toujours pas le moindre signe de Sheeana.

Il ne faut pas que je me mette à aimer cette enfant!

Voilà. C'était fait. Elle avait joué le jeu mnémonique dans les formes requises par le Bene Gesserit. Elle fit pivoter son corps et s'assit les jambes croisées au bord de la fenêtre. Au-delà de la Grand-place, la vue s'étendait sur les toits de la ville, avec son réservoir. Au sud, les quelques collines que l'on apercevait étaient les vestiges de l'ancienne Muraille de Dune, ce haut rempart de rocs jadis franchi par Muad'Dib et ses légions montées sur les vers géants du désert.

L'air miroitait sous l'effet de la chaleur qui montait du sol au-delà du qanat et du canal qui protégeaient Keen des incursions des nouveaux vers. Cela faisait sourire Odrade. Les prêtres ne trouvaient pas étrange d'avoir à protéger leurs communautés contre le Dieu Fractionné avec des barrières d'eau.

Nous voulons bien t'adorer, Dieu, à condition que tu ne nous importunes pas. C'est notre religion, c'est notre cité. Vois-tu, il y a longtemps que ce lieu ne porte plus le nom d'Arrakeen. A présent, il s'appelle Keen. Et la planète n'est plus Dune ni Arrakis, mais simplement Rakis. Garde tes distances, Dieu. Tu est le passé, et le passé est toujours embarrassant.

Odrade contemplait les lointaines collines qui miroitaient dans la chaleur du désert. Sa mémoire seconde pouvait à volonté lui montrer à quoi le paysage ressemblait jadis. Le passé n'était pas un mystère pour elle.

Si les prêtres tardent encore à amener Sheeana, je veillerai à ce qu'ils soient punis.

La chaleur enveloppait encore le marché au-dessous d'elle, retenue par la terre et les murailles épaisses qui entouraient la Grand-Place. Sa diffusion était amplifiée par la fumée de nombreux feux allumés dans les maisons environnantes et sous les tentes disséminées sur la place. La journée avait été torride, bien au-dessus de trente-huit degrés à l'ombre. Le bâtiment où se trouvait Odrade, cependant, était un ancien centre de Truitesses, climatisé à l'aide de machines ixiennes, avec des évaporateurs sur la terrasse.

Nous serons bien tranquilles ici.

Elles seraient surtout efficacement protégées par le Bene Gesserit. À chaque étage, il y avait des Révérendes Mères. Les prêtres avaient aussi des représentants dans l'immeuble, mais aucun d'eux n'oserait venir les déranger sans sa permission. Il était prévu que Sheeana les rencontre à l'occasion. Odrade, cependant, comptait bien faire en sorte que ces occasions ne dépassent pas ce qu'elle voudrait bien accorder.

Ça y est, se dit-elle. *Le plan de Taraza est en marche.*

Encore tout frais dans sa mémoire était le dernier message du Chapitre. Ce qu'il révélait sur les Tleilaxu l'emplissait d'une excitation qu'elle refrénait avec soin. Ce Waff, ce Maître tleilaxu, allait faire un sujet d'étude passionnant.

Un Zensunni! Et un Soufi!

« Héritier d'un rituel plus que millénaire », avait dit Taraza.

Secrètement inclus dans le message de Taraza était un autre message.

Elle place en moi son entière confiance.

À cette idée, Odrade se sentait plus forte.

Sheeana est le pivot, nous sommes le levier. Notre force viendra de plusieurs sources.

Odrade se détendit. Elle savait que Sheeana ne laisserait pas les prêtres tarder plus longtemps. Comme elle, et plus encore, elle devait être en proie à l'impatience. Car elles étaient devenues des conspiratrices, toutes les deux. C'était un premier pas. Pour Sheeana, il s'agissait d'un jeu merveilleux. Elle était née et elle avait été élevée dans la défiance des prêtres. Quel plaisir d'avoir finalement trouvé une alliée dans ses jeux!

Sous la fenêtre d'Odrade, la foule s'agitait d'une manière nouvelle. Elle pencha la tête, curieuse, pour voir ce qu'il se passait. Cinq hommes entièrement nus avaient formé un cercle en se tenant par les bras. Leurs tuniques et leurs distilles étaient entassés dans un coin, gardés par une petite fille à la peau noire vêtue d'une longue robe brune en fibre d'épice. Elle avait les cheveux noués par un morceau de tissu rouge.

Des saltimbanques!

Odrade avait entendu parler de ces gens, mais c'était la première fois qu'elle avait l'occasion d'en voir depuis son arrivée ici. Parmi la foule qui les regardait, il y avait trois prêtres du service d'ordre, de grands gaillards coiffés d'un casque jaune à cimier. Ils portaient des tuniques courtes, qui laissaient leurs jambes entièrement libres de leurs mouvements. Chacun avait à la main un bâton bardé de métal.

Tandis que les saltimbanques dansaient leur ronde, la foule s'excitait de plus en plus. Odrade connaissait la suite. Bientôt, les gens se mettraient à crier, la mêlée serait générale. Le sang coulerait, les têtes craqueraient. Tout le monde s'affolerait, courant dans tous les sens. À la fin, tout s'apaiserait sans intervention extérieure. Certains s'en iraient en pleurant, d'autres en riant. Et la garde sacerdotale n'interviendrait pas.

Depuis des siècles, le Bene Gesserit était fasciné par l'inutile insanité de cette danse et ses conséquences. À présent, Odrade retenait son souffle en l'observant. La lente détérioration du rite intéressait à plus d'un titre la Missionaria Protectiva. Les Rakiens l'appelaient aussi la « Danse de la Diversion ». Mais il existait d'autres noms pour la décrire, parmi lesquels le plus significatif était : « Siaynoq ». Cette danse représentait en effet tout ce qui restait du plus grand rituel pratiqué du temps du Tyran, sa cérémonie de partage avec ses Truitesses.

Odrade reconnaissait et respectait ici l'énergie contenue dans ce phénomène. Aucune Révérende Mère ne pouvait manquer de s'en apercevoir. Mais l'idée d'un tel gaspillage la rendait nerveuse. De telles forces auraient dû être canalisées, concentrées. Ce rite demandait à être utilisé pour quelque chose de constructif, alors qu'il ne servait à présent qu'à vidanger des énergies qui auraient pu, certes, constituer une menace pour les prêtres si elles n'avaient pas trouvé cet exutoire.

Une odeur de fruit douceâtre parvint aux narines d'Odrade. Elle huma l'air et se tourna pour regarder les grilles de ventilation proches de la fenêtre. La chaleur de la foule et de la terre exposée longtemps au soleil créait un courant d'air ascendant qui amenait les odeurs jusque dans le système de climatisation ixien. Elle appuya le front contre le plaz pour mieux voir ce qu'il se passait au-dessous. Aaah! Les danseurs, ou bien la foule, avaient renversé l'étal d'un marchand. Ils étaient en train de piétiner les fruits. Les danseurs avaient de la pulpe jaune jusqu'aux cuisses.

Odrade reconnut le marchand de fruits parmi les spectateurs. Son visage ridé lui était familier car elle passait souvent devant son étal pour entrer dans l'immeuble. Il paraissait indifférent à la perte de ses fruits. Comme le reste de l'assistance, il concentrait son attention sur les danseurs. Les cinq hommes nus tournaient en levant haut le pied sur un rythme déhanché, discontinu, apparemment sans coordination, qui cependant formait à intervalles réguliers des figures répétitives : trois danseurs les deux pieds par terre, et les deux autres maintenus en l'air par leurs partenaires.

Odrade n'eut pas de peine à identifier le motif. Il était apparenté à l'ancienne manière fremen de marcher sur le sable. Cette danse curieuse, fossilisée, avait des racines profondes dans la nécessité vitale d'avancer sur le sable sans signaler sa présence aux grands vers.

De tous les coins de la place, les gens affluaient maintenant, en sautillant de temps à autre comme des pantins, le cou raide, pour essayer d'apercevoir, par-dessus la foule compacte, les cinq hommes nus qui dansaient.

Odrade vit alors le cortège de Sheeana, loin sur la droite, avançant dans la grande avenue qui débouchait sur la place. Des symboles sur une façade annonçaient que cette avenue était la Voie de Dieu. Historiquement, c'était par là que Leto II entrait dans la cité quand il quittait les lointaines murailles de son Sareer, plus au sud. Nombreux étaient encore les détails qui rappelaient ici la splendeur de l'ancienne Onn, la Cité Festive du Tyran, construite autour du cœur de l'encore plus antique Arrakeen. Onn avait effacé beaucoup de marques d'Arrakeen, mais certaines artères demeuraient. Il y avait des bâtiments trop utiles pour être réformés. Et les bâtiments définissent les voies.

Le cortège de Sheeana s'immobilisa à l'endroit où l'avenue débouchait sur la place. Des gardes au casque jaune partirent en avant, ouvrant un chemin avec leurs bâtons. Ils étaient tous d'une taille supérieure à la moyenne. Posé au sol, leur bâton de deux mètres arrivait à peine à l'épaule du plus petit d'entre eux. Même au milieu de la foule la plus hétéroclite, on ne pouvait manquer de reconnaître immédiatement un garde sacerdotal. Et l'escorte de Sheeana était composée des plus grands d'entre eux.

Le cortège se remit en route dans la direction d'Odrade. Les tuniques volaient à chaque enjambée vigoureuse des gardes, révélant le gris luisant des meilleurs distilles. Ils étaient quinze à former un V protecteur qui rasait les étals, fendant la foule par le chemin le plus direct.

Un groupe de prêtresses au centre duquel était Sheeana marchait en désordre derrière les gardes. Odrade apercevait par instants la tête fièrement rejetée en arrière de Sheeana, avec ses cheveux diaprés de soleil. Mais ceux qui retenaient surtout son attention étaient les gardes au casque jaune. Ils avançaient avec une arrogance à laquelle ils étaient conditionnés dès l'enfance. Ils se sentaient supérieurs à la foule qui les entourait. Et la foule réagissait, naturellement, en s'écartant pour laisser passer le cortège.

Tout cela se faisait de manière si naturelle qu'Odrade avait l'impression, en voyant progresser le groupe, d'assister à une autre danse rituelle dont les motifs n'avaient pas changé depuis des millénaires.

Comme bien souvent dans ces moments-là, Odrade se considérait comme une archéologue, non pas quelqu'un qui remuait les vestiges poussiéreux des temps révolus, mais quelqu'un qui se concentrait sur ce qui retenait fréquemment l'attention des Sœurs, à savoir la manière dont les gens portaient en eux leur passé. Et dans ce cas précis, la marque du Tyran lui-même était apparente. L'arrivée de Sheeana se faisait sous le signe de l'Empereur-Dieu en personne.

Sous les fenêtres d'Odrade, les cinq hommes nus continuaient de danser. Il y avait cependant dans la foule une onde de nervosité nouvelle qu'Odrade percevait nettement. Sans qu'aucune tête se tourne véritablement vers la phalange sacerdotale qui arrivait au pas de charge, l'assistance savait.

Les bêtes savent toujours quand le berger arrive.

L'impatience de la foule se traduisait à présent par une accélération des mouvements. On ne les priverait pas de leur chaos! Une motte de terre lancée de loin s'écrasa sur le sol à proximité des danseurs. Ils ne changèrent pas un seul pas dans leur enchaînement de figures mais le rythme s'accéléra. La durée des séquences entre chaque répétition attestait qu'ils avaient une remarquable mémoire.

Une autre motte venue de la foule heurta l'épaule d'un saltimbanque. La danse des cinq hommes n'en fut pas modifiée.

Des cris s'élevèrent, puis des imprécations reprises en choeur. Des battements de mains contrecarrèrent le rythme de la danse. Mais les figures demeurèrent inchangées.

Les murmures de la foule devinrent un âpre grondement, les cris résonnèrent sur les murs de la place. Tout le monde essayait de briser le rythme de la danse. Odrade ressentait profondément l'importance de cette scène.

Le cortège de Sheeana se trouvait maintenant à peu près au centre de la place et poursuivait son chemin vers le gros de la foule, qui se trouvait à une cinquantaine de mètres de la pointe du V. Les gardes sacerdotaux avançaient toujours au même pas, indifférents à ceux qui couraient de tous les côtés pour les laisser passer. Sous les casques jaunes, leurs yeux étaient fixés droit devant eux, par-delà les gens, comme s'ils ne voyaient ni la foule, ni les saltimbanques, ni aucune autre barrière qui pût les ralentir.

La foule devint brusquement silencieuse, comme si une main invisible lui avait fait signe de se taire. Les cinq saltimbanques continuaient à danser. Le silence, au-dessous d'Odrade, était tellement chargé d'électricité qu'elle sentait se dresser les poils de sa nuque. Les trois gardes sacerdotaux qui regardaient les danseurs au milieu de la foule se tournèrent comme un seul homme et se dirigèrent vers l'immeuble d'Odrade, quittant son champ de vision.

Une femme hurla une imprécation.

Les danseurs ne parrurent pas l'entendre.

La foule resserra le cercle autout des danseurs. La petite fille qui gardait leurs vêtements n'était plus en vue nulle part.

La phalange de Sheeana chargeait, les prêtresses et leur protégée dans son sillage.

Sur la droite d'Odrade, il y eut une soudaine éruption de violence. Des bagarres commencèrent. D'autres projectiles volèrent vers les saltimbanques. Le murmure de la foule devint une litanie scandée de plus en plus vite.

En même temps, ceux qui formaient l'extérieur du cercle s'écartaient pour laisser passer les gardes. Sans quitter des yeux les danseurs, sans interrompre leur contribution au chaos grandissant, ils faisaient de la place au cortège.

Captivée, Odrade regardait le spectacle qui se déroulait sous elle. Tout se passait en même temps. La mêlée, les bagarres, les imprécations, la litanie qui n'arrêtait plus, l'implacable avance des gardes et du cortège.

Dans le cocon protecteur des prêtresses, Sheeana tournait sa petite tête de tous les côtés pour essayer de voir ce qui se passait.

Parmi la foule, les bâtons et les poings volaient, mais à aucun moment un garde ni aucun autre membre du cortège de Sheeana ne fut menacé.

Les saltimbanques continuaient de sautiller à l'intérieur d'un cercle qui ne cessait de se refermer sur eux. Le groupe était peu à peu repoussé vers l'immeuble d'Odrade, ce qui la forçait à coller son visage au plaz pour y voir quelque chose.

La foule s'écartait toujours devant l'étrave des gardes. Les prêtresses ne regardaient ni à gauche ni à droite. Les prêtres au casque jaune regardaient droit devant eux.

Le mot mépris était trop faible pour décrire leur attitude, se disait Odrade. Il n'était pas juste non plus de dire que la foule ignorait le cortège. Chaque groupe avait connaissance de l'existence de l'autre, mais ils vivaient dans des mondes bien séparés, dont ils observaient strictement les règles chacun de son côté. Seule Sheeana paraissait ignorer ce protocole secret. Elle se hissait sans cesse sur la pointe des pieds pour essayer de voir au-delà du rempart de corps qui la protégeait.

Juste devant l'immeuble d'Odrade, la foule se porta brusquement en avant. Les saltimbanques furent emportés par le mouvement comme un navire saisi par une lame géante. Odrade entrevit des fragments de peau nue ballottée de main en main au milieu d'un chaos trépidant. Il fallait qu'elle se concentre pour arriver à séparer les bruits qui montaient jusqu'à elle.

C'était de la folie furieuse!

Aucun des saltimbanques n'avait essayé de résister. Que leur faisait-on? Allait-on les tuer? Etait-ce un sacrifice? Aucune des analyses du Bene Gesserit n'effleurait ce genre de réalité.

Les casque jaunes, ouvrant la voie à Sheeana et à ses prêtresses, s'étaient écartés pour les laisser entrer dans l'immeuble. Puis ils s'étaient déployés en arc devant la porte, le bâton tenu à deux mains, à demi levé, à hauteur de la taille.

Le chaos sur la place commençait à s'apaiser. On ne voyait aucun des cinq saltimbanques, mais de nombreux blessés gisaient par terre. Certains se relevaient péniblement. D'autres avaient la tête en sang.

Sheeana et les prêtresses n'étaient plus dans le champ de vision d'Odrade. Elle se détourna du plaz, essayant de mettre un peu d'ordre dans ce qu'elle venait de voir.

Incroyable!

Aucun récit des Sœurs, aucune holophoto ne donnait la plus petite idée de ce à quoi elle venait d'assister. En grande partie, il s'agissait d'odeurs. Celle de la poussière, de la transpiration, une intense concentration de phéromones humaines. Odrade prit une profonde inspiration. Elle se sentait trembler intérieurement. La foule était redevenue un ensemble d'individus distincts qui déambulaient dans le marché. Elle en vit qui pleuraient. Certains proféraient des jurons, d'autres riaient.

Derrière Odrade, la porte s'ouvrit brusquement. Sheeana entra dans un grand éclat de rire. Odrade se retourna et aperçut dans le couloir ses gardes et quelques-unes des prêtresses avant que Sheeana referme la porte.

Les yeux brun foncé de la petite fille pétillaient d'excitation. Son visage mince, où s'esquissait déjà la douceur de ses futurs traits de femme, était tendu sous l'effet d'une émotion réprimée. La tension disparut quand elle s'approcha d'Odrade.

Très bien, pensa la Révérende Mère. *Le premier lien a déjà porté sa leçon.*

— Vous avez vu les saltimbanques? demanda Sheeana en faisant un tour sur elle-même et en sautillant à cloche-pied pour venir s'arrêter juste devant Odrade. Ils sont formidables, n'est-ce pas? Je les trouve extraordinaires! Cania ne voulait même pas me laisser regarder. Elle dit que c'est trop dangereux pour moi de prendre part au Siaynoq. Mais ça m'est bien égal! Shaïtan ne mangerait jamais ces saltimbanques!

Dans un élan de compréhension soudaine uniquement comparable à ce qu'elle avait ressenti durant l'agonie de l'épice, Odrade eut la révélation de ce qu'elle venait de voir sur la place du marché. Il avait fallu la présence et les paroles de Sheeana pour que tout devienne subitement clair.

Un langage!

Profondément ancré dans leur conscience collective, ces gens portaient en eux, inconsciemment, un langage qui leur disait des choses qu'ils ne voulaient pas entendre. Les saltimbanques le parlaient. Sheeana le parlait aussi. Il se composait de mouvements, d'intonations et de phéromones, combinaison subtile et complexe qui s'était créée de la même manière que tous les langages.

Par nécessité.

Odrade se tourna en souriant vers la petite fille joyeuse qui se tenait devant elle. À présent, elle savait comment prendre les Tleilaxu au piège. À présent, elle comprenait mieux les plans de Taraza.

Il faut que j'accompagne Sheeana dans le désert à la première occasion. Nous attendrons seulement l'arrivée de ce Maître du Tleilax, ce fameux Waff. Nous l'emmènerons avec nous!

Indépendance et liberté sont des concepts complexes. Ils remontent à la notion religieuse de libre arbitre et sont apparentés à la mystique du souverain que l'on trouve à la base de toute monarchie absolue. Sans les monarques absolus, calqués sur les Anciens Dieux et régnant par la grâce de la croyance en une astreinte religieuse, indépendance et liberté n'auraient jamais acquis la signification qu'elles ont de nos jours. Ce sont des idéaux qui doivent leur existence aux oppressions passées et qui sont maintenus par des forces inéluctablement condamnées à s'user si elles ne sont pas périodiquement ravivées par des leçons spectaculaires ou par des oppressions nouvelles. C'est la clé de base de mon existence.

Leto II, Empereur-Dieu de Dune
Archives de Dar-es-Balat

Quand ils eurent parcouru une trentaine de kilomètres dans la forêt dense qui s'étendait au nord-ouest de la Citadelle de Gammu, Teg les fit attendre, sous la protection d'un cache-vie pliable, que le soleil disparaisse derrière les hauteurs que l'on apercevait à l'ouest.

— Cette nuit, nous prendrons une autre direction, dit-il.

Trois nuits d'affilée, il les avait guidés sans faillir dans l'obscurité des grands arbres, fournissant la magistrale démonstration des possibilités de sa mémoire de mentat. Chaque pas accompli correspondait exactement à une indication relevée par Patrin.

— J'ai des courbatures à force d'être assise, se plaignit Lucille. Et la nuit va être encore glacée.

Teg replia le cache-vie qu'il remit dans son sac.

— Vous pouvez tous les deux vous dégourdir un peu les jambes, dit-il. Mais nous ne partirons que lorsque l'obscurité sera totale.

Il était assis adossé au tronc d'un conifère aux branches massives et il regardait, plongé dans l'ombre, Lucille et Duncan qui s'avançaient dans la clairière. Ils demeurèrent un instant immobiles, frissonnant légèrement tandis que les dernières calories de la journée s'envolaient, absorbées par le froid qui tombait. Oui, la nuit allait être glacée, se dit Teg. Mais il y avait peu de chances pour qu'ils aient le temps de penser à ça.

L'inattendu.

Schwangyu ne se douterait jamais qu'ils se trouvaient encore si près de la Citadelle, et à pied.

Taraza aurait dû insister davantage en nous mettant en garde contre Schwangyu, se dit-il.

La rébellion violente et caractérisée de Schwangyu contre l'autorité d'une Mère Supérieure était un défi à la tradition. La logique mentat ne pouvait accepter une telle situation sans disposer d'informations nouvelles.

Une phrase qu'il avait apprise au cours de ses études lui revint en mémoire. C'était un de ces aphorismes prudents destinés à aider le jeune mentat à brider sa logique.

Face à une piste logique, impeccablement alignée sur le droit fil du rasoir d'occam, le mentat est capable de marcher jusqu'à sa propre destruction.

Il y avait donc des cas où la logique échouait.

Il repensa au comportement de Taraza à bord du vaisseau de la Guilde et immédiatement après.

Elle voulait me faire savoir que je serais entièrement livré à moi-même. Il faut que j'examine le problème de mon point de vue et non du sien.

Pour cela, il importait que l'attaque de Schwangyu le prenne presque au dépourvu. Pour qu'il puisse la déceler, y faire face et la déjouer par ses propres moyens.

Taraza n'avait pas prévu ce que cela coûterait à Patrin.

En réalité, Taraza se fiche pas mal de ce qu'il peut arriver à Patrin. Ou à moi. Ou à Lucille...

Mais au ghola?

C'est cela qui doit compter pour elle.

Pourtant, ce n'était pas logique...

Il abandonna cette ligne de raisonnement. Taraza ne voulait pas qu'il agisse de manière logique. Elle voulait qu'il fasse exactement ce qu'il faisait maintenant. Ce qu'il avait toujours fait dans des situations de crise.

L'inattendu.

Il y avait bien une espèce de logique dans tout cela, mais elle semblait avoir uniquement pour effet de précipiter les protagonistes dans le chaos.

D'où, probablement, l'ordre était finalement censé surgir grâce à eux.

Une boule lui étreignit soudain la gorge.

Patrin! Mon vieux Patrin! Tu savais, toi, alors que je n'avais pas encore compris! Que vais-je devenir sans toi?

Il pouvait presque entendre la réponse de son fidèle aide de camp, sur le ton digne et légèrement offensé qu'il adoptait toujours quand il avait un reproche à faire à son commandant.

« Vous ferez de votre mieux, Bashar. »

Le raisonnement le plus froid et le plus prudent disait que plus jamais il n'entendrait le son de cette voix comme celle d'un homme en chair et en os. Et pourtant... elle ne voulait pas le quitter. L'homme vivait entier dans sa mémoire.

— N'est-ce pas le moment de partir?

C'était Lucille, qui s'était rapprochée du grand arbre au pied duquel il s'adossait. Duncan attendait derrière elle. Les deux avaient leur sac au dos.

Pendant qu'il méditait sous son arbre, la nuit était tombée. La clarté profuse des étoiles créait de vagues ombres dans la clairière. Teg se remit debout, prit son sac et, courbant la tête pour éviter les branches basses, s'avança vers la clairière. Duncan l'aida à mettre le sac au dos.

— Schwangyu finira par envisager cette possibilité aussi, dit Lucille. Ses éclaireurs retrouveront nos traces. Vous le savez très bien.

— Peut-être, mais pas avant d'avoir suivi la fausse piste jusqu'au bout, fit Teg. En route!

Prenant la direction de l'ouest, il s'enfonça le premier dans la forêt.

C'était la quatrième nuit qu'ils avançaient ainsi. Les trois nuits précédentes, il les avait guidés le long de ce qu'il appelait « l'itinéraire-mémoire de Patrin ». Et depuis la veille, il ne cessait de se reprocher d'avoir été incapable de projeter les conséquences logiques du comportement de Patrin.

Je comprenais la profondeur de sa loyauté, mais je n'ai pas tiré les conséquences évidentes de cette loyauté. Nous avons vécu tant d'années ensemble que je croyais connaître ses pensées aussi bien que les miennes. Pauvre Patrin! Tu n'avait pas besoin de mourir!

Teg devait cependant s'avouer que le sacrifice de Patrin correspondait à une nécessité réelle. Patrin l'avait compris. Le mentat s'était interdit de regarder la vérité en face. La logique pouvait être aussi aveugle que n'importe quelle autre faculté.

Comme le Bene Gesserit l'avait souvent répété et *démontré.*

Voilà pourquoi nous sommes à pied. Schwangyu ne s'y attend pas.

Teg devait reconnaître que parcourir ainsi à pied les territoires inhabités de Gammu lui ouvrait des perspectives entièrement nouvelles. Toute cette région était redevenue sauvage à l'époque de la Grande Famine et de la Dispersion. Elle avait été reboisée par la suite, mais non repeuplée. Pour s'y guider, Teg utilisait des marques secrètes et des repères naturels. Il imaginait Patrin enfant, apprenant le terrain par coeur. Telle butte rocheuse visible par une trouée des arbres à la faveur des étoiles, tel promontoire hérissé, telle piste coupant sous les arbres géants.

« *Il s'attendront à ce que nous tentions de rejoindre un non-vaisseau en orbite* », s'étaient-ils dit d'un commun accord tandis qu'ils préparaient leur fuite. « *Le leurre devra les entraîner dans cette direction.* »

Patrin n'avait pas précisé que c'était lui qui servirait de leurre.

Teg déglutit, la gorge sèche.

Il était impossible d'assurer la protection de Duncan à l'intérieur de la Citadelle, se dit-il pour se justifier.

Mais c'était vrai.

Lucille avait protesté, le premier jour, quand ils s'étaient tapis sous le cache-vie qui les abritait des instruments de détection des patrouilles aériennes.

— Il faut que nous communiquions avec Taraza!

— Dès que ce sera possible.

— Et s'il vous arrivait quelque chose? Je ne sais rien de vos projets.

— S'il m'arrivait quelque chose, vous ne pourriez pas continuer à suivre l'itinéraire de Patrin. Nous n'avons pas le temps de vous le mettre en mémoire.

Duncan ne parla pas beaucoup ce jour-là. Il les regardait en silence, s'assoupissant de temps à autre pour se réveiller alerte mais le regard noir.

Le deuxième jour, sous le cache-vie, il demanda subitement à Teg :

— Pourquoi veulent-ils me tuer?

— Pour faire obstacle aux projets du Bene Gesserit à ton égard, répondit Teg.

— Et quels sont ces projets? fit Duncan en fixant Lucille de son regard acéré.

Comme elle ne répondait pas, il reprit :

— Elle les connaît. Elle les connaît parce que je suis censé devenir dépendant d'elle. Je suis censé l'aimer!

Teg se dit que Lucille cachait bien son désarroi. De toute évidence, elle ne savait plus où elle en était avec le ghola. Cette fuite dans la forêt de Gammu bousculait toute sa chronologie.

D'un autre côté, la réaction de Duncan révélait une possibilité nouvelle. Avait-il des capacités latentes de Diseur de Vérité? Quels talents les Tleilaxu avaient-ils subrepticement glissés dans ce nouveau ghola?

Le second soir, Lucille l'avait accusé :

— Taraza vous a donné l'ordre de rétablir sa mémoire originale! Comment pouvez-vous accomplir une chose pareille ici?

— Dès que nous arriverons en lieu sûr.

Cette nuit-là, Duncan avait marché d'un pas léger, silencieux, à leur côté. Il était plein d'une nouvelle vitalité. Il avait entendu!

Il ne doit rien arriver à Teg, se disait-il. *Quel que soit le moment et le lieu sûr dont il s'agit, nous devons y arriver sans encombre. Et je saurai alors!*

Il ignorait ce qu'il allait apprendre, mais il acceptait à présent le prix qu'il y avait à payer. Cette forêt vierge allait les conduire à ce but. Il se souvenait des heures qu'il avait passées, à sa fenêtre de la Citadelle, à contempler ces lieux sauvages. Il se disait alors qu'il aurait pu s'y sentir libre. Mais cette impression de liberté à l'écart du monde l'avait quitté. La forêt vierge n'était plus qu'un chemin vers quelque chose de bien plus important.

Lucille, qui formait l'arrière-garde, s'efforçait de demeurer calme et alerte. Elle ne pouvait qu'accepter ce qu'elle ne pouvait changer. Une partie de son attention s'accrochait fermement aux instructions de Taraza :

« Ne quittez pas le ghola. Quand le moment sera venu, accomplissez votre mission. »

Pas après pas, Teg mesurait les kilomètres. C'était leur quatrième nuit de marche et Patrin avait estimé qu'il leur faudrait quatre nuits pour atteindre leur destination.

Et quelle destination!

Tout leur plan de fuite reposait sur une découverte que Patrin avait faite quand il n'était qu'un adolescent explorant les mystères de Gammu. Leur conversation revint à la mémoire de Teg :

— J'y suis retourné avant-hier, avait dit le vieil aide de camp, sous prétexte d'effectuer une reconnaissance en personne. L'endroit est demeuré intact. Je suis absolument le seul à connaître son existence.

— Comment peux-tu en être sûr?

— J'ai pris mes précautions quand j'ai quitté Gammu il y a

des années. De toutes petites choses que n'importe qui d'autre aurait forcément dérangées. Rien n'a été touché.

— Un non-globe Harkonnen, dis-tu?

— Très ancien; mais ses chambres sont intactes et toujours en état de fonctionnement.

— L'eau, les vivres...

— Tout le nécessaire est stocké dans des compartiments anentropiques situés au coeur du système.

Teg et Patrin avaient donc pris leurs dispositions, en espérant qu'ils n'auraient jamais à utiliser ce plan de détresse connu d'eux seuls, et Patrin avait aidé Teg à graver dans sa mémoire l'itinéraire secret de sa découverte de jeunesse.

Derrière Duncan, Lucille laissa échapper une exclamation en trébuchant sur une racine.

J'aurais dû l'avertir, se dit Teg. De toute évidence, Duncan le suivait à l'oreille, tandis que Lucille était plongée dans ses pensées.

La ressemblance entre son visage et celui de Darwi Odrade était quelque chose d'extraordinaire. Quand elles étaient côte à côte à la Citadelle, il les avait observées longuement. Certes, la différence d'âge était nettement perceptible. La jeunesse de Lucille se manifestait par des traits plus arrondis, plus riches en graisse sous-cutanée. Mais la voix! Tout y était. Le timbre, l'accent, la subtilité des inflexions atonales. Tout était marqué au poinçon du Bene Gesserit. Dans le noir, il eût été impossible de les distinguer l'une de l'autre.

Pour quelqu'un qui connaissait comme lui le Bene Gesserit, il ne pouvait y avoir de doute. C'e n'était pas un accident. Compte tenu de la propension des Sœurs à renforcer plusieurs fois plutôt qu'une leurs lignes génétiques de valeur pour mieux protéger leurs investissements, il y avait nécessairement là une origine ancestrale commune.

Nous sommes tous des Atréides, se dit-il.

Taraza ne lui avait pas révélé ses intentions concernant le ghola, mais le fait d'y participer lui donnait accès à une trame en voie de formation. La structure était incomplète, mais les lignes principales commençaient à se dégager.

Génération après génération, les Sœurs avaient conclu le même marché avec les Tleilaxu. Elles leur achetaient le ghola Idaho qu'elles formaient ici, sur Gammu, jusqu'à ce qu'on l'assassine. Le Bene Gesserit attendait son moment. C'était un jeu lourd de conséquences, qui venait, semblait-il, d'atteindre son point culminant simplement parce qu'une petite fille capable de commander aux vers venait de faire son apparition sur Rakis.

Gammu elle-même faisait partie de la trame. La planète était couverte de signes caladaniens. La subtilité danienne émergeait au-dessus des anciennes manières plus brutales. Ce n'était pas qu'une population qui était issue du sanctuaire danien où la grand-mère du Tyran, Dame Jessica, avait achevé sa vie.

Teg avait vu les signes découverts ou secrets dès qu'il avait effectué sa première tournée de reconnaissance sur Gammu.

La richesse.

Les signes étaient là pour qui voulait les voir. Elle se coulait dans leur univers comme une amibe à la recherche d'un espace capable de la loger. Il y avait sur Gammu une richesse venue de la Dispersion. Teg en était certain. Une richesse si grande que rares étaient ceux qui soupçonnaient (ou étaient capables d'imaginer) tout son ampleur et toute sa puissance.

Il s'immobilisa brusquement. Certains détails dans son environnement immédiat exigeaient toute son attention. Devant lui s'étendait un passage de roche nue et exposée, avec ses repères implantés par Patrin dans sa mémoire. De tout l'itinéraire, c'était probablement le secteur le plus dangereux à traverser.

« Pas de grotte ni de végétation où vous dissimuler en cas d'attaque. Gardez le cache-vie à portée de la main. »

Teg sorti la couverture-écran de son sac et la mit sur son bras. Il fit signe aux autres de reprendre la marche. Le tissu noir du cache-vie crissait contre son corps à chacun de ses mouvements.

Lucille était en train de prendre de plus en plus d'importance, se dit-il. Elle aspirait à mettre un titre devant son nom. *Dame Lucille*. Cela devait sonner agréablement à ses oreilles. Quelques *Dames* commençaient à réapparaître parmi les Révérendes Mères depuis que les Grandes Maisons émergeaient de la longue période d'obscurité que leur avait imposée le Tyran avec son Sentier d'Or.

Lucille, l'Imprégnatrice-Séductrice.

Toutes les femmes comme elle, au Bene Gesserit, étaient adeptes des techniques sexuelles. Teg avait été informé de l'existence de ces techniques par sa propre mère, qui l'avait envoyé très jeune chez des femmes du voisinage soigneusement sélectionnées pour qu'il apprenne à reconnaître les signes, aussi bien en lui-même que chez les femmes. Un tel enseignement était strictement interdit en dehors du Chapitre, mais la mère de Teg faisait partie des *hérétiques* du Bene Gesserit.

« *Tu en auras besoin un jour, Miles.* »

Sans aucun doute, elle possédait un certain talent de prescience. Elle l'avait définitivement armé contre les Imprégnatrices entraînées à amplifier les signaux orgastiques pour obtenir la fixation des liens inconscients entre mâle et femelle.

Lucille et Duncan. Une imprégnation d'elle équivaudrait à une imprégnation d'Odrade.

Les morceaux du puzzle commençaient à se mettre en place. Mais cette fille de Rakis? Lucille espérait-elle, une fois qu'elle aurait imprégné Duncan, lui enseigner ses techniques de séduction pour qu'il subjugue à son tour celle qui commandait aux grands vers?

Encore trop peu de données pour une Computation Primaire.

Il s'arrêta quand ils eurent franchi le dangereux passage à découvert. Il remit le cache-vie en place et referma son sac tandis que Duncan et Lucille attendaient en silence. Il soupira. Cette couverture-écran le préoccupait. Elle n'avait pas le pouvoir de déflexion d'un véritable écran de combat. Par contre, si le rayon d'un laser la touchait, le brasier qui en résulterait risquait de leur être fatal.

Un jouet dangereux!

Teg s'était toujours méfié de ces inventions compliquées. Il préférait compter sur son intelligence, ses réflexes et les Cinq Préceptes du Bene Gesserit que lui avait enseignés sa mère. *N'utilise une machine que si elle est absolument nécessaire pour amplifier le corps*, disait l'un de ces Préceptes.

— Pourquoi nous arrêtons-nous? demanda Lucille.

— Pour écouter la nuit, répondit Teg.

Duncan, le visage spectral à la lumière des étoiles filtrée par les grands arbres, observait tranquillement le Bashar. Ses traits avaient pour lui quelque chose de rassurant. Comme s'ils étaient gravés quelque part dans une mémoire inaccessible.

Je peux faire confiance à cet homme, se disait le jeune ghola.

Lucille se demandait si la véritable raison de cette halte n'était pas que le vieux corps recru de Teg criait merci, mais elle ne pouvait se résoudre à exprimer ce doute à haute voix. Teg disait que son plan de fuite incluait un moyen de leur faire gagner Rakis. Très bien. C'était la seule chose qui comptait pour le moment.

Par déduction, elle était déjà arrivée à la conclusion que l'endroît sûr où les conduisait Teg ne pouvait être qu'un non-vaisseau ou un non-espace quelconque. Rien de moins ne pouvait suffire. Et d'après certaines allusions qu'avait laissé échapper Teg, la clé de tout était Patrin.

Lucille, la première, avait compris de quelle manière Patrin allait payer leur fuite. Patrin était le chaînon le plus faible. Il restait derrière à la portée de Schwangyu. La capture du leurre était inévitable. Il fallait être idiot pour supposer qu'une Révérende Mère ayant les pouvoirs de Schwangyu aurait du mal à arracher un secret à un simple mâle. Schwangyu n'aurait même pas besoin d'avoir recours à des moyens de persuasion compliqués. Les subtilités de la Voix, ainsi que certaines méthodes dont le Bene Gesserit avait toujours le monopole, comme la boîte à douleur ou les pressions nodales, suffiraient amplement.

Dans ces conditions, la seule forme que pouvait prendre la

loyauté de Patrin était claire. Comment Teg avait-il pu être aussi aveugle?

L'amour!

Ce lien puissant qui existait de longue date entre les deux hommes. Schwangyu agirait vite et sans ménagement. Patrin le savait. Teg aussi, mais il avait refusé de le voir.

La voix de Duncan la tira soudain des réflexions dans lesquelles elle était plongée.

— Un orni! Derrière nous!

— Vite!

Teg avait tiré la couverture-écran de son sac et l'avait déployée au-dessus d'eux. Accroupis dans l'obscurité imprégnée des odeurs de la terre, ils écoutèrent l'ornithoptère qui passait au-dessus d'eux sans s'arrêter.

Quand ils furent certains qu'ils n'avaient pas été repérés, ils reprirent, guidés par Teg, l'*itinéraire-mémoire* de Patrin.

— C'était un appareil de reconnaissance, leur dit Lucille. Ils commencent à se douter... ou bien alors Patrin...

— Économisez vos forces, vous en aurez besoin, fit Teg.

Elle n'insista pas. Il savait comme elle que Patrin était mort. Toute discussion à ce sujet était parfaitement inutile.

Ce n'est pas un mentat pour rien.

Ses talents allaient même plus loin que ceux d'un mentat. Sa mère était une Révérende Mère et elle lui avait enseigné des choses qui dépassaient les limites autorisées avant que le Bene Gesserit ne le prenne officiellement en main. Le ghola n'était pas le seul ici à disposer de ressources inconnues.

L'itinéraire qu'ils suivaient était un sentier d'animaux qui serpentait au flanc d'une colline escarpée que couvrait une forêt dense. La lumière des étoiles ne perçait pas les frondaisons épaisses. Seule l'extraordinaire mémoire du mentat les maintenait sur la piste.

Le sol était spongieux sous les pieds de Lucille. Elle se guidait uniquement à l'oreille, sur le pas de Teg.

Duncan est bien silencieux, se disait-elle. *Comme refermé sur lui-même.*

Il obéissait aux ordres. Il suivait Teg sans discuter. Mais elle sentait que cette obéissance avait le caractère d'une stratégie momentanée. Il ne disait pas ce qu'il pensait. Il suivait Teg parce que cela lui convenait pour l'instant. La révolte de Schwangyu avait implanté en lui le germe d'une farouche indépendance. Et qu'est-ce que les Tleilaxu, de leur côté, avaient implanté dans ce ghola?

Teg s'arrêta au premier endroit plat sous les grands arbres pour reprendre son souffle. Lucille l'entendit respirer bruyamment. Cela lui rappela que le mentat était vieux, bien trop vieux pour ce genre d'exercice. Elle lui demanda doucement :

— Ça va, Miles?

— Si ça ne va pas, je vous le ferai savoir.

— C'est encore loin? demanda Duncan.

— Plus très loin à présent.

Ils reprirent leur marche dans la nuit.

— Pressons le pas, fit Teg au bout d'un moment. Nous entamons le dernier tronçon.

Maintenant qu'il avait accepté la mort de Patrin comme un fait certain, les pensées de Teg revenaient sans cesse, comme l'aiguille aimantée d'une boussole, sur Schwangyu et ce qu'elle devait se dire. Le monde devait lui donner l'impression de s'écrouler autour d'elle. Les recherches duraient depuis quatre jours et quatre nuits! Des gens qui pouvaient échapper ainsi à une Révérende Mère devaient être théoriquement capables de n'importe quoi! Naturellement, les fugitifs avaient dû quitter la planète à cette heure. Sans doute un non-vaisseau. À moins que...

Le raisonnement de Schwangyu devait être rempli d'*à moins que*.

Patrin était le maillon fragile, mais on lui avait appris à ne jamais laisser subsister de maillon fragile. Et celui qui lui avait appris cela était un spécialiste : Miles Teg.

Teg se sécha les yeux en secouant la tête d'un mouvement brusque. Les nécessités immédiates demandaient un fond d'honnêteté qu'il ne pouvait pas éluder. Teg n'avait jamais su mentir, y compris à lui-même. Très tôt au cours de sa formation de mentat, il s'était aperçu que sa mère et toutes celles qui s'occupaient de près de son éducation avaient profondément implanté en lui le sens de l'honnêteté personnelle.

L'adhésion à un code d'honneur.

Ce code, tel qu'il pouvait l'identifier en lui, avait de quoi attirer toute son attention fascinée. Il débutait par la constatation que les humains n'avaient pas tous été créés égaux, qu'ils possédaient des aptitudes innées différentes et traversaient des événements différents au cours de leur existence. Tout cela produisait des gens de talents variés et de valeur inégale.

Pour obéir à ce code, Teg s'était rendu compte très tôt qu'il lui fallait se situer avec précision dans le flux des hiérarchies visibles et accepter l'idée que le moment viendrait peut-être où il ne pourrait pas évoluer davantage.

Ce conditionnement était profond. De toute évidence, il était lié à quelque chose d'inhérent à son humanité. Il dictait avec une force invincible les limites du comportement permis à ceux qui étaient au-dessus de lui comme à ceux qui étaient au-dessous dans la pyramide hiérarchique.

Et la clé de l'échange est la loyauté.

La loyauté circulait de haut en bas et de bas en haut, en se fixant partout où elle trouvait un point d'ancrage méritoire. Ainsi, Teg savait qu'il avait suscité lui-même de telles loyautés. Et il ne doutait pas que Taraza le soutiendrait dans toutes les situations sauf une : celle où le sacrifice de sa personne deviendrait nécessaire à la survie de l'Ordre. Ce qui en soi n'était que juste. Leur loyauté à tous se résumait finalement à cela.

Je suis le Bashar de Taraza. C'est ce que dit le code.

Et ce même code avait tué Patrin.

J'espère que tu n'as pas souffert, mon vieux compagnon.

Une fois de plus, Teg s'arrêta sous les grands arbres. Sortant son poignard de combat de l'étui de sa botte, il grava une petite marque dans le tronc le plus proche.

— Que faites-vous? lui demanda Lucille.

— C'est un signe secret. Seuls certains de mes hommes, que j'ai entraînés spécialement, savent le reconnaître. Et Taraza aussi, bien sûr.

— Mais pourquoi...

— Je vous l'expliquerai plus tard.

Il fit quelques pas, s'arrêta devant un autre arbre où il grava le même signe. Cela pouvait ressembler, au milieu de cette forêt vierge, à n'importe quelle marque faite par un animal sauvage.

Tandis qu'ils poursuivaient leur route, Teg s'aperçut qu'il avait déjà pris sa décision à propos de Lucille. Il ne pouvait la laisser faire ce qu'elle voulait de Duncan. Toutes ses projections mentat sur la sécurité et la santé mentale du ghola le faisaient arriver aux mêmes conclusions. L'éveil des souvenirs de la période pré-ghola de Duncan devait avoir la priorité sur toute Imprégnation effectuée par Lucille. Teg n'ignorait pas qu'il serait difficile de la contrecarrer. Il fallait être, pour tromper une Révérende Mère, meilleur menteur qu'il n'avait jamais su l'être.

La chose devrait paraître accidentelle, due à la seule logique des circonstances. Lucille ne devrait jamais se douter qu'il s'opposait à elle. Teg ne se faisait guère d'illusions sur les chances qu'il aurait face à une Révérende Mère déchaînée. Mieux vaudrait la tuer. Cela, il se sentait capable de le faire. Mais les conséquences! Jamais il ne pourrait convaincre Taraza que c'était pour respecter ses ordres qu'il avait dû recourir à une mesure si sanglante.

Non; il faudrait qu'il attende son heure. Qu'il sache observer et écouter afin d'agir au bon moment.

Ils étaient arrivés à l'orée d'une petite clairière au fond de laquelle se dressait une muraille de roche volcanique. À la lumière des étoiles, des amas de broussailles et des buissons d'épineux formaient des taches sombres contre la roche.

Teg repéra la trouée plus noire entre deux buissons.

— À partir d'ici, il faut ramper, dit-il.

— Je sens une odeur de brûlé, fit Lucille.

— C'est ici que le leurre s'est arrêté, expliqua Teg. Un peu plus loin sur notre gauche, il a laissé des traces simulant celles que peut laisser au sol le départ d'un non-vaisseau.

L'exclamation étouffée de Lucille fut nettement audible. *Quelle audace!* S'il venait à l'idée de Schwangyu de mettre un prescient sur la piste de Duncan (car lui seul était repérable, Teg et elle étant protégés comme tous les descendants de Siona), toutes les marques confirmeraient qu'ils étaient bien arrivés jusqu'ici et qu'ils avaient quitté la planète à bord d'un non-vaisseau. À condition que...

— Où nous emmenez-vous maintenant? demanda-t-elle.

— Il s'agit d'un non-globe Harkonnen, expliqua Teg. Il est ici depuis des millénaires et il n'attend que nous.

Tout naturellement, ceux qui ont le pouvoir cherchent à empêcher le développement de la recherche « sauvage ». La quête insatiable de la connaissance a toujours produit, de mémoire d'homme, des concurrents indésirables. Ce que veulent les gens en place, ce sont des « progrès contrôlés », qui ne donneront naissance qu'à des produits et des idées aisément maîtrisables et qui, chose très importante, permettront que la plus grande partie des bénéfices soit recueillie par des investisseurs appartenant au système. Malheureusement, ce n'est pas un univers de hasard, soumis à des variables relatives, qui va leur donner l'assurance de ces « progrès contrôlés ».

Réflexions sur les Ixiens
Archives du Bene Gesserit

Hedley Tuek, Grand Prêtre et dirigeant en titre de Rakıs, ne se sentait pas présentement à la hauteur de la charge qui lui était imposée.

La cité de Keen était enveloppée d'une lourde brume nocturne mais ixi, dans sa salle d'audience privée, la lumière de nombreux brilleurs dissipait toutes les ombres. Même au cœur du Temple, cependant, on entendait le gémissement lointain du vent, ce tourment périodique dont la planète était affligée.

La salle d'audience avait la forme d'un quadrilatère irrégulier de sept mètres de long sur quatre mètres du côté le plus large. L'autre mur était légèrement plus étroit. Le plafond lui aussi s'inclinait presque imperceptiblement dans cette direction. Des tentures en fibre d'épice et d'astucieuses combinaisons de jaunes et de gris pâles dissimulaient ces irrégularités. L'une des tentures recouvrait un pavillon acoustique dont le rôle était de transporter même les sons le plus faibles jusqu'aux oreilles de ceux qui écoutaient dans la pièce voisine.

Darwi Odrade, la nouvelle commandante de la Citadelle du Bene Gesserit sur Rakis, était seule avec Tuek dans la salle d'audience. Les coussins verts où ils étaient moelleusement installés n'étaient séparés que par un étroit espace.

Tuek essaya de dissimuler une grimace. L'effort crispa ses traits normalement imposants en un masque révélateur. Il s'était préparé avec un grand soin à la confrontation de ce soir. Ses habilleuses avaient longuement ajusté sa robe sur son grand corps un peu corpulent. Des sandales d'or paraient ses longs pieds. Le distille sous sa robe n'était là que pour la parade : pas de pompe ni de poche à eau ni de réglage fastidieux à faire. Ses cheveux gris soyeux et bien peignés, qui lui tombaient aux épaules, formaient un cadre parfait pour son visage carré, sa bouche large aux lèvres épaisses et son menton charnu. Ses yeux prirent subitement un air de bienveillance affable, expression qu'il avait copiée sur son grand-père. C'était celle qu'il arborait quand il était entré dans cette salle pour rencontrer Odrade. Il s'était senti particulièrement sûr de lui et imposant à ce moment-là; mais à présent, il avait l'impression d'être nu et hirsute.

Il n'a vraiment pas grand-chose dans la tête, se disait Odrade.

Tuek, de son côté, pensait : *Je ne peux pas discuter de ce terrible* Manifeste *avec elle! Pas quand il y a un Maître tleilaxu et ces affreux Danseurs qui écoutent dans la pièce à côté. Qu'est-ce qu'il m'a pris de me mettre dans une situation pareille?*

— C'est de l'hérésie pure et simple, dit-il à haute voix.

— Mais vous ne représentez qu'une religion parmi tant d'autres, objecta Odrade. Avec ceux qui reviennent de la Dispersion, la prolifération des schismes et des croyances va être...

— La seule vraie foi est la nôtre! s'écria Tuek.

Odrade réprima un sourire. *Il l'a dit juste quand il fallait. Et Waff a certainement entendu.* Tuek était remarquablement facile à manipuler. Si les Sœurs ne se trompaient pas sur Waff, les paroles que venait de prononcer le Grand Prêtre allaient le mettre dans une rage folle.

D'une voix grave et particulièrement solennelle, la Révérende Mère déclara :

— Le *Manifeste* soulève des points qui intéressent tout le monde, croyants comme non-croyants.

— Je ne saisis pas le rapport avec l'Enfant Sacrée, dit Tuek. Vous m'aviez annoncé que nous devions discuter de questions concernant...

— Précisément! N'essayez pas de le nier, vous savez très bien qu'il y a de plus en plus de gens qui commencent à rendre un véritable culte à Sheeana. Le *Manifeste* laisse entendre...

— Le Manifeste! Le Manifeste! Ce document hérétique doit disparaître! Quant à Sheeana, nous exigeons qu'elle soit replacée sous notre seule responsabilité!

— Il ne saurait en être question, fit Odrade d'une voix mesurée.

Comme il est agité, se disait-elle. Son cou raide bougeait au minimum tandis qu'il tournait sans cesse la tête d'un côté puis de l'autre. Tous ses mouvements désignaient une tenture murale sur la droite d'Odrade avec autant de discrétion que s'il avait braqué un projecteur dessus. Comme il était incapable de cacher quoi que ce soit, ce Grand Prêtre! Il aurait pu aussi bien claironner que Waff était là, quelque par derrière cette tenture, en train de les écouter.

— Vous voulez lui faire quitter Rakis, accusa Tuek.

— Nous vous avons promis qu'elle resterait ici.

— Mais pourquoi ne pourrait-elle pas...

— Voyons! Sheeana a exprimé très clairement ses désirs. Elle souhaite devenir Révérende Mère.

— Mais elle est déjà...

— Seigneur Tuek! Ne faites pas l'innocent avec moi. Elle a dit ce qu'elle souhaitait et nous sommes heureuses de lui donner satisfaction. Quelle objection pourriez-vous faire? Du temps des Fremen, les Révérendes Mères ne servaient-elles pas le Dieu Fractionné? Pourquoi pas aujourd'hui?

— Vous autres, au Bene Gesserit, vous savez faire dire aux gens ce que vous avez envie qu'ils disent, accusa Tuek. Nous ne devrions pas discuter de ces choses en privé. Mes conseillers...

— Vos conseillers ne feraient qu'embrouiller la question! Ce qu'il ressort clairement du *Manifeste des Atréides*...

— Je ne suis ici que pour parler de Sheeana!

Tuek se drapa dans ce qu'il pensait être sa dignité de Grand Prêtre intransigeant.

— C'est bien d'elle que nous parlons, répliqua Odrade.

— Dans ce cas, j'insiste pour demander qu'il y ait davantage de prêtres dans son entourage. Nous devons la protéger contre toute...

— Comme vous l'avez protégée l'autre jour sur cette terrasse?

— Révérende Mère Odrade, vous êtes ici sur la Planète Sacrée de Rakis. Vous n'avez aucun droit que nous n'ayons bien voulu vous concéder!

— Des droits? Sheeana est devenue la cible, oui, la cible! d'ambitions de toutes sortes, et vous voudriez que nous parlions de droits?

— Mon devoir de Grand Prêtre est clair. La Sainte Église du Dieu Fractionné n'accceptera...

— Seigneur Tuek! Je fais de gros efforts, depuis tout à l'heure, pour demeurer dans les limites décentes de la courtoisie. Il y va de votre intérêt comme du nôtre. Les mesures que nous avons prises...

— Mesures? Quelles mesures?

Les mots étaient sortis de la bouche de Tuek comme un grognement sourd. Ces sorcières du Bene Gesserit étaient terribles! Entre les Tleilaxu d'un côté et cette Révérende Mère de l'autre, il se sentait comme un ballon renvoyé dans chaque camp avec une énergie terrifiante. La paisible Rakis, le lieu tranquille de ses activités quotidiennes, était bien loin de cette arène où il avait été jeté et dont il n'était même pas sûr de comprendre toutes les règles.

— J'ai demandé qu'on fasse venir ici le bashar Miles Teg, répondit Odrade. Rien de plus. Ses premiers détachements devraient arriver bientôt. Nous allons renforcer vos défenses planétaires.

— Vous osez nous imposer...

— Nous n'imposons rien à personne. C'est sur la demende de votre propre père que l'état-major de Teg a réorganisé votre défense. Le traité signé à cette occasion contient, à la demande expresse de votre père, une clause qui prévoit des inspections périodiques de notre part.

Tuek garda un silence consterné. Et Waff, cet affreux nain tleilaxu, qui avait tout entendu! Cela allait créer des conflits. Les Tleilaxu tenaient à conclure des accords sur la fixation des prix du mélange. Ils ne permettraient pas que le Bene Gesserit intervienne.

Odrade avait parlé du père de Tuck, mort depuis longtemps. Comme il aurait souhaité le voir assis à sa place! C'était quelqu'un de coriace. Il aurait su trouver la manière de tirer parti des forces qui s'opposaient ici. Il avait toujours su tenir tête aux Tleilaxu, lui. Tuek se rappelait le jour où il avait écouté (de la même manière que Waff en ce moment) un entretien avec un envoyé du Tleilax nommé Wose... accompagné d'un autre qui s'appelait Pook... Ledden Pook... Quels drôles de noms ils avaient tous!

Dans les pensées confuses de Tuck, un autre nom émergea

brusquement. Odrade venait de le mentionner. *Teg...* Ce vieux monstre était donc encore en activité?

Odrade avait repris la parole. Tuek, la gorge sèche, déglutit péniblement en se penchant en avant pour écouter ce qu'elle disait.

— Le Bashar examinera par la même occasion l'état de votre sécurité intérieure. Après ce qu'il s'est passé sur cette terrasse...

— Je m'élève officiellement contre cette ingérence dans nos affaires internes! glapit Tuek. Je n'en vois nullement la nécessité. Notre Police Sacerdotale est tout à fait à la hauteur de...

— À la hauteur? répéta Odrade en secouant la tête d'un air peiné. L'expression ne me semble guère à la hauteur de la nouvelle situation sur Rakis.

— Quelle nouvelle situation? demanda Tuek d'une voix chargée de terreur.

Odrade se contenta de le regarder fixement.

Le Grand Prêtre s'efforçait désespérément de remettre de l'ordre dans ses pensées. Se pouvait-il qu'elle fût au courant de la présence des Tleilaxu dans la pièce voisine? Impossible... Il prit une brève inspiration tremblante. Quelle était cette histoire de défense planétaire? Rakis était parfaitement protégée. Ils disposaient des meilleurs monitors et non-vaisseaux ixiens. De plus, toutes les grandes puissances avaient intérêt à ce que la planète demeure indépendante en tant que source d'appoint de mélange.

Toutes excepté les Tleilaxu, avec la surproduction de leurs maudites cuves axlotl!

Tuek était catastrophé par cette pensée. Tout ce que la Révérende Mère venait de dire avait été entendu par un Maître tleilaxu!

Il appela mentalement sur lui la protection de Shaï-Hulud, le Dieu Fractionné. L'horrible nain dans la pièce à côté prétendait parler également au nom des Ixiens et des Truitesses. Il avait exhibé des documents à l'appui de ses dires. Quelle était la « nouvelle situation » à laquelle Odrade avait fait allusion? Rien ne pouvait rester longtemps caché aux yeux des Sœurs!

Le Grand Prêtre ne pouvait s'empêcher de frissonner chaque fois qu'il pensait à Waff, avec sa tête ronde, ses yeux luisants, son nez court retroussé et ses petites dents pointues que découvrait un rictus léger. Waff ressemblait à un enfant en légèrement plus grand jusqu'au moment où l'on croisait son étrange regard et où on l'entendait parler de sa petite voix couinante. Tuek se souvenait de ce que disait toujours son père à propos de la manière dont parlaient les Tleilaxu : « Avec leur petite voix de souris, ils vous disent les choses les plus monstrueuses! »

Odrade, sur ses coussins, changea de position. Elle pensait à

Waff qui était en train de les écouter. En avait-il eu pour son compte? Les Sœurs qui écoutaient secrètement la conversation de leur côté devaient se poser la même question. Elles repassaient toujours plusieurs fois les enregistrements de ces joutes verbales à la recherche d'une amélioration ou d'un avantage quelconque à glaner en faveur du Bene Gesserit.

Je pense que Waff en a suffisamment entendu, se dit-elle. *C'est le moment de changer d'acte.*

De sa voix la plus terre à terre, elle demanda :

— Seigneur Tuek, quelqu'un d'important est en train d'écouter ce que nous sommes en train de dire. Est-il courtois de le laisser ainsi écouter en secret?

Tuek ferma les yeux. *Elle savait!*

Il les rouvrit pour affronter le regard impassible de la Révérende Mère. Elle semblait prête à attendre ainsi toute l'éternité qu'il réponde.

— Courtois? Je...

— Invitez-le donc à venir prendre place à nos côtés.

Tuek essuya son front moite du revers de la main. Son père et son grand-père, qui avaient été Grands Prêtres avant lui, avaient assigné une réponse rituelle à chaque occasion; mais pour un cas comme celui-ci, il ne voyait absolument rien. Inviter le Tleilaxu à venir s'asseoir ici? Dans cette salle, en face de...

Tuek se rappela soudain qu'il était allergique à l'odeur des Maîtres du Tleilax. Son père disait toujours : « Ils ont l'odeur de nourritures répugnantes! »

— Lorsque quelqu'un m'écoute, je préfère l'avoir en face de moi, déclara Odrade en se levant. Faut-il que je prie moi-même cette personne de...

— Non! fit Tuek en l'arrêtant d'un geste de la main sans toutefois se lever lui-même. Je n'avait pas le choix. Il est venu avec des documents signés par les Truitesses et les Ixiens. Il a dit qu'il nous aiderait à rendre Sheeana à...

— Qu'il vous aiderait?

Odrade considéra le prêtre en sueur avec une expression qui ressemblait à de la pitié. C'était cet être-là qui s'imaginait gouverner Rakis?

— Il représente le Bene Tleilax, bredouilla Tuek. Il s'appelle Waff et il...

— Je sais comment il s'appelle et pourquoi il est ici, Seigneur Tuek. Mais ce qui me surprend, c'est que vous lui ayez permis d'espionner notre...

— Il n'espionne pas! Nous sommes actuellement en pourparlers. C'est-à-dire qu'il y a de nouveaux éléments dont nous sommes obligés de tenir...

— De nouveaux éléments? Ah, oui! les catins de la Dispersion... Ce Waff en a peut-être amené quelques-unes dans ses bagages?

Avant que Tuek ait pu répondre, la petite porte de la salle d'audience s'ouvrit et Waff fit son entrée comme au théâtre, suivi de deux Danseurs-Visages.

On lui avait bien dit de ne pas amener de Danseurs-Visages! pensa Odrade.

— Vous tout seul, dit-elle en pointant l'index. Les autres n'ont pas été invités. N'est-il pas vrai, Seigneur Tuek?

Celui-ci se mit lourdement debout, conscient de la terrible proximité d'Odrade. Il se rappelait toutes les histoires qui couraient sur les prouesses physiques des Révérendes Mères. La présence des Danseurs-Visages ne faisait qu'ajouter à son désarroi. Ils lui inspiraient toujours une sourde panique. Se tournant vers la porte et s'efforçant de se composer un visage avenant, il bafouilla :

— Seulement... Seulement l'ambassadeur Waff, je vous prie.

Les mots lui brûlaient la gorge. C'était pire que n'importe quoi. Il se sentait tout nu devant ces gens!

Odrade indiqua un coussin non loin d'elle.

— Vous êtes Waff? Venez donc vous asseoir, je vous prie.

Waff inclina la tête comme s'il venait tout juste de faire sa connaissance. *Que de politesses*! D'un geste, il ordonna à ses Danseurs-Visages de rester dehors. Puis il marcha jusqu'au coussin désigné, mais demeura debout.

Odrade voyait les tensions qui montaient chez le nain tleilaxu. Une sorte de grondement sourd sortait de ses lèvres. Il avait toujours ses fameuses armes dans ses manches. Allait-il rompre leur accord?

Il était temps, se dit-elle, que les soupçons de Waff retrouvent leur acuité première, et même un peu plus. Il devait se sentir pris au piège par les manœuvres de Taraza. Il lui fallait ses mères reproductrices! Ses phéromones hurlaient ses terreurs profondes. Il portait donc en lui sa part du marché, ou tout au moins une forme quelconque d'échange. Taraza ne s'attendait naturellement pas à ce qu'il leur communique tous les renseignements qu'il avait obtenus sur les catins.

— Le seigneur Tuek me dit que vous êtes en... pourparlers, reprit-elle à haute voix.

Qu'il se rappelle bien ce mot! Il fallait que Waff sache où les véritables pourparlers devaient se tenir. Tout en parlant, Odrade s'était mise à genoux puis s'était rassise sur son coussin en disposant ses jambes de manière à pouvoir esquiver d'un bond toute attaque venant de Waff.

Le Tleilaxu la regarda un instant puis se tourna vers le coussin qu'elle lui avait indiqué. Lentement, il s'y laissa tomber, mais ses mains demeurèrent sur ses genoux, les poignets dirigés vers Tuek.

Que veut-il faire? se demanda Odrade. Chacun des gestes de Waff indiquait qu'il préméditait quelque chose. Elle s'adressa de nouveau à lui :

— J'essayais de convaincre le Grand Prêtre de l'importance que revêt à nos yeux le *Manifeste des Atréides* pour la...

— Des Atréides! bredouilla Tuek. C'est impossible qu'il émane des Atréides.

— Ce document me paraît convaincant, affirma Waff, renforçant ainsi les craintes évidentes de Tuek.

Au moins une chose qui correspond aux accords, se dit Odrade. Puis tout haut :

— La promesse de s'tori ne peut être ignorée. Beaucoup confondent le s'tori avec la présence de leur Dieu.

Waff lui jeta un regard surpris et courroucé.

— L'ambassadeur Waff, déclara Tuek, m'apprend que les Ixiens et les Truitesses sont inquiets à propos de ce document. Je lui ai asuré que...

— Je crois que nous pouvons ignorer les Truitesses pour le moment, interrompit Odrade. Elles entendent partout la rumeur divine.

Waff perçut l'ironie de ces paroles. S'adressait-elle à lui? Odrade avait raison à propos des Truitesses, bien entendu. Elles étaient si frustrées de leur ancienne dévotion qu'elles ne jouaient plus qu'un rôle mineur; et dans ce rôle, elles pouvaient être désormais guidées par les nouveaux Danseurs-Visages infiltrés chez elles.

Tuek s'efforça de sourire à Waff en lui disant :

— Vous parliez de nous aider à...

— Laissons cela pour plus tard, interrompit Odrade. Il fallait qu'elle garde l'attention de Waff fixée sur ce document qui le troublait tant. Elle paraphrasa un passage du *Manifeste* : « Ta volonté et ta foi — tout ton système de croyances — dominent ton univers. »

Tuek avait reconnu ces mots. Il avait lu l'horrible document. Ce que le *Manifeste* voulait dire, c'était que Dieu et ses Œuvres n'étaient rien de plus que des créations humaines. Il hésitait sur la manière dont il devait répondre. Aucun Grand Prêtre ne pouvait laisser passer une telle chose.

Avant qu'il eût trouvé ses mots, Waff avait rivé son regard à celui d'Odrade et répondu d'une manière qu'elle ne pouvait manquer, étant ce qu'elle était, d'interpréter correctement.

— L'erreur de prescience. C'est bien ainsi qu'on l'appelle dans ce document, n'est-ce pas? Et il est dit, dans le même passage, que l'esprit du croyant est un esprit qui stagne.

— Exactement! s'écria bruyamment Tuek. Il se sentait reconnaissant envers le Tleilaxu pour cette intervention. Il avait mis le doigt exactement au centre de cette dangereuse hérésie.

Waff ne lui prêta pas la moindre attention. Il continuait de regarder fixement Odrade. Le Bene Gesserit croyait-il vraiment que ses desseins étaient impénétrables? Qu'il se heurte donc à plus fort que lui. Cette Révérende Mère était persuadée de tout savoir. Mais le Bene Gesserit était loin de se douter de la manière dont le Tout-Puissant protégeait l'avenir du Shariat!

Rien ne pouvait démonter Tuek. Il reprit sur le même ton excité :

— Il s'attaque à tout ce que nous avons de plus sacré! Et il est en train d'être diffusé partout!

— Par le Tleilax, précisa Odrade.

Waff remua les bras, pointant ses poignets sur Tuek. Il hésitait, uniquement parce qu'il avait vu qu'Odrade devinait une partie de ses intentions.

Le regard de Tuek ne cessait d'aller de l'un à l'autre. L'accusation d'Odrade était-elle fondée? Ou bien s'agissait-il encore d'une de ces ruses familières au Bene Gesserit?

Odrade vit l'hésitation de Waff et en devina la raison. Elle cherchait cependant la clé de ses motivations. Quel avantage le Tleilaxu aurait-il à assassiner Tuek? De toute évidence, il voulait remplacer le Grand Prêtre par un de ses Danseurs-Visages. Mais quel avantage espérait-il en tirer?

Essayant de gagner du temps, elle murmura :

— Il faut savoir être très prudent, monsieur l'*Ambassadeur*.

— Depuis quand la prudence gouverne-t-elle la nécessité absolue? demanda Waff.

Tuek se leva lourdement et fit quelques pas en se tordant les mains d'un air désolé.

— Je vous en prie! Vous êtes ici dans un lieu sacré. S'il faut discuter d'hérésies, c'est uniquement pour les combattre. (Il se tourna vers Waff.) Ce n'est pas vrai, n'est-ce pas? Vous n'êtes pas les auteurs de cet horrible document?

— Il ne vient pas de nous, reconnut Waff.

Maudit prêtre! Il n'arrêtait pas de se déplacer!

— Je le savais bien, dit Tuck en passant maintenant derrière Waff et Odrade.

La Révérende Mère ne quittait pas Waff des yeux. Elle lisait le meurtre dans son regard. Elle en était certaine! Derrière elle, Tuek reprit :

— Vous n'imaginez pas le tort que vous nous faites, Révérende Mère. Ser Waff nous a proposé de constituer un cartel de l'épice. Je lui ai expliqué que nous ne pouvions pas vous vendre le mélange plus cher parce que l'une de vous a été la grand-mère de Dieu.

Waff inclina la tête. Il attendait. Le prêtre allait repasser devant lui. Dieu ne permettrait pas d'échec.

Tuek, derrière Odrade, avait les yeux baissés vers Waff. Un frisson de dégoût le parcourut. Les Tleilaxu étaient des êtres si répugnants, si... amoraux. Il était impossible de leur faire confiance. Comment prendre le démenti de Waff pour argent comptant?

Sans quitter Waff des yeux une seule seconde, Odrade répliqua :

— Vous êtes bien sûr, Seigneur Tuek, que la perspective d'un plus grand bénéfice ne vous a pas tenté?

Elle vit le bras de Waff se déplacer presque imperceptiblement sur la droite, dans sa propre direction. Ses intentions furent soudain claires.

— Seigneur Tuek, dit Odrade, ce Tleilaxu veut nous assassiner tous les deux.

A ses mots, Waff tendit brusquement les bras vers les deux cibles séparées, difficiles à atteindre. Mais avant même que ses muscles eussent réagi, Odrade était sur lui. Elle entendit le sifflement des dards sans ressentir aucune piqûre. Sa main gauche fendit l'air, brisant net le bras droit de Waff tandis que son pied droit lui brisait le bras gauche.

Waff se mit à hurler.

Il n'aurait jamais cru qu'une Révérende Mère était capable d'une telle rapidité, presque égale à celle de l'Honorée Matriarche à bord du non-vaisseau ixien. Malgré la douleur, sa première pensée fut qu'il fallait transmettre cette information aux autres. Les sorcières du Bene Gesserit étaient capables, en pleine action, de créer des dérivations synaptiques!

La porte derrière Odrade s'ouvrit à la volée et les Danseurs-Visages de Waff se ruèrent dans la pièce. Mais Odrade était déjà derrière le Tleilaxu, enserrant sa gorge dans ses deux mains.

— Restez où vous êtes ou il meurt! cria-t-elle.

Les deux autres se figèrent.

Waff se débattit pour lui échapper.

— Restez tranquille! ordonna-t-elle. Puis elle jeta un coup d'oeil à Tuek, qui gisait à terre sur sa droite. L'un des dards avait atteint sa cible.

— Waff a tué le Grand Prêtre, ajouta-t-elle à l'intention de ceux qui écoutaient secrètement.

Les deux Danseurs-Visages continuaient de l'observer sans bouger. L'irrésolution se peignait sur leur visage. Personne ici, apparemment, n'avait encore compris à quel point ce qui s'était passé faisait le jeu du Bene Gesserit. Les Tleilaxu pris à leur propre piège! Odrade s'adressa aux Danseurs.

— Retirez-vous dans le couloir en emportant ce cadavre. Et refermez la porte. Votre Maître a fait une grosse bêtise. Il aura besoin de vous dans un moment... Elle s'adressa à Waff... Pour l'instant, c'est de moi que vous avez besoin. Dites-leur d'obéir.

— Sortez, couina Waff.

Comme les deux Danseurs continuaient de la dévisager stupidement, elle s'écria :

— Si vous ne partez pas d'ici immédiatement, je le tue et ensuite je m'occupe de vous!

— Obéissez! glapit Waff.

Les Danseurs prirent le parti d'obéir à leur Maître. Mais Odrade avait perçu quelque chose d'autre dans la voix de Waff. Elle allait encore avoir du travail pour le faire émerger de son hystérie suicidaire.

Dès qu'elle fut seule avec lui, elle retira les lance-dards vides de ses manches et les empocha. Elle les ferait examiner plus tard en détail. Tout ce qu'elle pouvait faire pour ses bras, c'était le rendre momentanément inconscient afin d'immobiliser leur fracture. Elle improvisa des attelles avec les coussins du Grand Prêtre et quelques lambeaux de tissu vert arrachés aux tentures.

Waff ne fut pas long à reprendre conscience. Il gémit en se tournant vers Odrade.

— Maintenant, vous et moi sommes alliés, lui dit la Révérende Mère. Les événements qui viennent de se produire dans cette pièce ont été suivis par des représentantes du Bene Gesserit ainsi que par les membres d'une faction locale qui désire remplacer Tuek.

Tout cela allait trop vite pour Waff. Il mit un moment à saisir ce qu'elle venait de dire. Mais il se concentra sur le plus important.

— Alliés?

— J'imagine à quel point vous avez dû avoir du mal avec Tuek, fit Odrade. Toujours à discutailler au lieu de voir immédiatement son propre intérêt. Vous avez rendu service à certains prêtres en l'éliminant.

— Ils nous écoutent en ce moment? couina Waff.

— Bien entendu. Nous pouvons discuter à présent de ce monopole sur le mélange. Notre défunt et regretté Grand Prêtre a dit que vous aviez une proposition à faire sur ce point. Voyons si je suis capable de deviner l'ampleur de votre offre.

— Mes bras... gémit le Tleilaxu.

— Réjouissez-vous d'être encore en vie. Si je ne m'étais pas retenue, j'aurais pu vous tuer.

— Cela aurait mieux valu pour moi, dit Waff en détournant la tête.

— Mais pas pour le Bene Tleilax; et certainement pas non plus pour mon Ordre. Voyons... Oui; vous avez promis d'équiper Rakis avec votre nouveau modèle de moissonneuse sur coussin d'air, celui qui permet de récolter l'épice en effleurant à peine le désert de ses têtes d'aspiration.

— Vous avez écouté! accusa Waff.

— Pas du tout. C'est une offre très alléchante, dans la mesure où les Ixiens, j'imagine, fournissent gratuitement le matériel, pour des raisons bien à eux. Faut-il que j'aille encore plus loin?

— Vous disiez que nous étions alliés.

— L'existence d'un tel cartel obligerait la Guilde à acheter encore plus de machines de navigation ixiennes, poursuivit imperturbablement Odrade. Vous tiendriez ainsi la Guilde dans la mâchoires de votre concasseur.

Waff releva la tête pour la fustiger du regard mais le mouvement provoqua d'atroces élancements dans ses membres cassés et il gémit. Malgré la douleur, il observa Odrade à travers ses paupières presque fermées. Les sorcières croyaient vraiment que c'était là toute l'étendue du calcul tleilaxu? Il n'osait espérer que le Bene Gesserit se fourvoyait à ce point.

— Évidemment, ce n'était pas là que résidait votre maître-plan, poursuivit tranquillement Odrade.

Les yeux de Waff s'écarquillèrent. Elle lisait ses pensées!

— Je suis déshonoré, dit-il. En m'épargnant, vous avez épargné un misérable déchet.

Accablé, il se laissa aller en arrière sur son coussin. Odrade prit une profonde inspiration. *Il est temps de mettre à profit les résultats des analyses effectuées par le Chapitre,* se dit-elle. Se penchant à l'oreille de Waff, elle murmura :

— Le Shariat a encore besoin de vous.

Waff étouffa une exclamation.

Odrade se réjouit intérieurement. Cette réaction de Waff était suffisamment éloquente. Toutes les analyses se voyaient confirmées.

— Vous pensiez pouvoir trouver de meilleurs alliés chez celles de la Dispersion, reprit-elle. Ces Honorées Matriarches et autres hétaïres du même acabit. Mais je vous le demande: est-ce que le limachon fait alliance avec ses excréments?

Waff n'avait entendu poser cette question que dans le sein du Kehl. Le visage blême, il prit plusieurs inspirations courtes et saccadées. Que d'implications il y avait dans ce qu'elle venait de dire! Il se forçait à ignorer la douleur qui lui transperçait les bras. Des *alliés*, avait-elle dit. Et elle connaissait l'existence du Shariat! Comment était-ce donc possible?

— Il n'est pas raisonnable que nous passions à côté des nombreux avantages qu'offrirait une véritable alliance entre le Bene Tleilax et le Bene Gesserit, déclara Odrade.

Une véritable alliance avec ces sorcières powindahs?

Les idées tourbillonnaient dans la tête de Waff. Il avait déjà tant de mal à tenir à distance la douleur de ses bras. L'instant était trop fragile! Il sentit le gout âcre de la bile en arrière de sa langue.

— Aaah! fit Odrade. Vous entendez? Le prêtre Krutansik et ceux de sa faction viennent d'arriver devant notre porte. Ils vont nous proposer que l'un de vos Danseurs se substitue au défunt Hedley Tuek. Toute autre solution causerait trop de perturbations. Krutansik est un homme avisé qui s'est jusqu'ici tenu en retrait de la vie publique. Son oncle Stiros l'a bien préparé.

— Quel avantage le Bene Gesserit espère-t-il tirer d'une alliance avec nous? réussit finalement à demander Waff.

Odrade sourit. À présent, elle pouvait dire la vérité. C'était toujours beaucoup plus facile, et souvent ce qu'il y avait de mieux comme argument.

— Notre survie face à la tempête qui se prépare au sein de la Dispersion, répondit-elle. La survie du Tleilax est également en jeu. Ce que nous souhaitons le moins, c'est la disparition de ceux qui assurent la continuité de la *Grande Croyance.*

Waff se tassa douleureusement sur son coussin. Elle en parlait ouvertement! Puis il comprit. Quelle importance, si les autres entendaient? Ils n'étaient pas capables de déchiffrer le sens secret de ses paroles.

— Nos mères reproductrices vous attendent, déclara Odrade.

Elle le regarda dans les yeux et fit de la main le signe secret des prêtres zensunni.

Waff sentit sa poitrine libérée d'un bandeau qui l'oppressait. L'impossible, l'inattendu, l'*impensable* s'avérait être la réalité! Le Bene Gesserit n'était pas powindah! Tout l'univers allait bientôt emboîter le pas au Bene Tleilax dans le respect de la Vraie Foi! Dieu ne permettrait pas qu'il en soit autrement. Et surtout pas ici, sur la planète du Prophète!

La bureaucratie est la mort de l'initiative. Il n'est rien que les bureaucrates haïssent plus que l'innovation, en particulier celle qui produit de meilleurs résultats que les vieilles routines traditionnelles. Les améliorations font toujours paraître ineptes ceux qui se trouvent au sommet de la pyramide. Et qui prend plaisir à avoir l'air inepte?

Guide des Essais et Erreurs dans l'Art de Gouverner
Archives du Bene Gesserit

Les rapports, résumés et mémos de toutes espèces étaient rangés en piles sur la grande table derrière laquelle Taraza était assise. Excepté la garde de nuit et les services essentiels, tout était assoupi au cœur du Chapitre. Seuls parvenaient jusqu'à ses appartements privés les bruits familiers des machines assurant le fonctionnement des installations. Deux brilleurs flottaient au-dessus de la table, baignant d'une lumière jaune la surface de bois foncé et les liasses de papier ridulien. La fenêtre du mur opposé était un miroir sombre qui reflétait la salle.

Toutes ces archives!

Le projecteur holo débitait au-dessus du bureau le flux scintillant d'informations qu'elle venait de demander. Taraza se méfiait généralement des archivistes. C'était une attitude ambivalente dans la mesure où elle reconnaissait la nécessité de classer les informations. Mais les Archives du Chapitre étaient pour elle une jungle d'abréviations, d'annotations spéciales, de renvois et de références codées qui nécessitaient quelquefois pour être exploitables le recours à un mentat ou, pis encore, dans les moments d'extrême fatigue, aux Autres Mémoires. Tous les archivistes, bien entendu, étaient en même temps des mentats, mais cela ne suffisait guère à rassurer Taraza. On ne pouvait jamais consulter les archives de manière directe. Une grande partie des informations obtenues de cette source dépendait de l'interprétation donnée par celui qui les apportait. Sinon (et c'était encore plus détestable), il fallait se reposer sur la recherche automatique effectuée par les holosystèmes. Ce qui, à son tour, impliquait une dépendance plus ou moins grande vis-à-vis de ceux qui faisaient fonctionner les systèmes. Tout cela conférait aux fonctionnaires plus d'autorité que Taraza n'aurait souhaité leur en déléguer.

Toujours cette question de dépendance!

Taraza haïssait la dépendance. C'était un aveu amer, qui lui rappelait que peu de développements dans la réalité correspondaient exactement à ce que l'on avait préalablement imaginé.

Même les meilleures projections mentat accumulaient les erreurs... à condition de laisser faire le temps.

Et pourtant, la moindre initiative du Bene Gesserit exigeait la consultation des Archives et l'élaboration d'analyses apparemment sans fin. Même les échanges commerciaux les plus ordinaires l'exigeaient. C'était pour Taraza une cause fréquente d'irritation. Fallait-il signer tel contrat? Négocier avec tel groupe?

Le moment arrivait toujours, au cours d'une réunion, où elle était forcée de trancher:

« Analyse de l'archiviste Hesterion adoptée. »

Ou bien, comme c'était le plus souvent le cas : « Rapport de l'archiviste rejeté pour défaut de pertinence. »

Taraza se pencha en avant pour étudier la projection holo. « Projet de croisement génétique avec le sujet Waff. »

Elle parcourut des yeux les paramètres établis à partir des échantillons cellulaires envoyés par Odrade. Il était rare qu'un simple grattage d'ongle fournisse assez de matériaux pour une bonne analyse, mais Odrade avait fait de son mieux sous le prétexte de remettre en place les os brisés du Tleilaxu.

Taraza secoua la tête en examinant les données. Les produits d'un tel croisement ne seraient probablement pas différents de tous ceux que le Bene Gesserit avait déjà tentés avec des Tleilaxu. Les filles seraient réfractaires à tout sondage mémoriel. Les garçons, bien entendu, n'offriraient qu'un impénétrable et écœurant chaos.

Taraza se laissa aller en arrière et poussa un soupir. Dès qu'il s'agissait de données génétiques, les références et contre-références prenaient des proportions écrasantes. Officiellement, c'était le « Registre des Appartenances Ancestrales », R.A.A. pour les archivistes. Les Sœurs l'appelaient communément « registre de haras », dénomination qui, bien que justifiée, n'évoquait peut-être pas suffisamment l'incroyable complexité de détails figurant sous la rubrique plus officielle des Archives.

Elle avait demandé la projection des paramètres concernant Waff sur trois cents générations, computation aisée, relativement rapide à effectuer et généralement suffisante pour tous les besoins. Les lignées principales dites de « 300 G » (par exemple celle de Teg avec tous ses frères et collatéraux) s'étaient montrées fiables depuis des millénaires. L'instinct disait à Taraza qu'il était tout à fait inutile de perdre son temps à pousser la projection plus loin.

Elle sentait la fatigue monter en elle. Prenant sa tête à deux mains, elle appuya les coudes sur la table froide.

Et si je me trompais à propos de Rakis?

Les arguments de l'opposition ne pouvaient être réduits à de la poussière d'archives.

Pourquoi faut-il que nous soyons si dépendantes de ces maudits ordinateurs?

Le Bene Gesserit traitait ses lignées principales sur ordinateur depuis des temps aussi anciens que ceux du Jihad Butlérien de la Sombre Époque, où toutes les « machines pensantes » avaient été impitoyablement proscrites. En ces jours plus « éclairés », on avait un peut trop tendance à oublier les motivations inconscientes qui avaient poussé à cette ancienne orgie de destruction.

Quelquefois, il nous arrive de prendre des décisions parfaitement responsables pour des raisons qui nous sont inconscientes. Une fouille consciente et systématique des Archives et des Autres Mémoires n'offre à ce point de vue-là aucune garantie.

Taraza abaissa l'une de ses mains en la faisant claquer sur le dessus de la table. Elle n'aimait pas avoir affaire à ces légions d'archivistes qui lui apportaient en trottant les *réponses* aux questions qu'elle avait posées. Les archivistes formaient une corporation dédaigneuse, pleine de plaisanteries à part. Elle les avait parfois entendues comparer leur travail sur le R.A.A. à celui des éleveurs de bétail ou de la Société pour l'Amélioration des Animaux de Course et de Boucherie. Qu'elles aillent au diable avec leurs plaisanteries stupides! L'enjeu de la décision d'aujourd'hui était bien plus important que tout ce qu'elles seraient jamais capables d'imaginer. Ces servantes qui ne faisaient qu'obéir aux ordres n'avaient pas les responsabilités qu'avait Taraza.

Elle releva la tête et regarda, à l'autre bout de la salle, la niche où se trouvait le buste de Sœur Chenoeh, cette ancêtre qui avait rencontré le Tyran et noté ses paroles pour la postérité.

Tu savais, toi. Tu n'as jamais été une Révérende Mère, mais tu savais tout de même. Tes rapports le démontrent. Comment faisais-tu pour savoir quelle était la bonne décision à prendre?

La demande d'Odrade concernant l'envoi de renforts militaires devait être immédiatement satisfaite. La marge de temps était trop étroite. Mais maintenant que Teg, Lucille et le ghola étaient portés disparus, le plan d'urgence devait être mis en œuvre.

Sacré Teg!

Toujours ses réactions imprévisibles. Il ne pouvait laisser le ghola exposé au danger, bien sûr. Les intentions de Schwangyu n'étaient que trop prévisibles.

Qu'avait donc fait Teg? S'était-il réfugié à Ysaï ou dans l'une des grandes cités de Gammu? Non; si cela avait été le cas, il n'aurait pas manqué de donner de ses nouvelles par l'entremise de l'un des contacts secrets qu'ils avaient préparés. Il possédait une liste complète de ces contacts, qu'il avait personnellement vérifiée en partie.

De toute évidence, Teg n'avait pas entièrement confiance en ces contacts. Il avait remarqué quelque chose, au cours de ses tournées d'inspection, qu'il n'avait pas voulu transmettre par l'intermédiaire de Bellonda.

Il faudrait faire venir Burzmali pour le mettre au courant des événements. Burzmali était l'homme de la situation. Formé par Teg lui-même, il était le meilleur candidat au titre de Bashar Suprême. Il fallait l'envoyer sur Gammu.

Je suis en train de miser sur une simple intuition, se dit Taraza.

Mais si Teg avait décidé de se cacher en lieu sûr, la piste partait de Gammu. Peut-être bien qu'elle s'y était déjà terminée aussi. Le mieux était d'envoyer Burzmali sur place. Rakis attendrait, tant pis. Les avantages d'un tel choix étaient évidents. La Guilde ne se méfierait pas. Le Tleilax et celles de la Dispersion, par contre, mordraient certainement à l'hameçon. Si Odrade ne parvenait pas à piéger les Tleilaxu... mais il n'y avait aucune raison pour qu'elle échoue dans cette mission. C'était à présent une quasi-certitude.

L'inattendu.

Tu vois, Miles? J'ai fini par apprendre à ton contact.

Rien de tout cela, cependant, ne contribuait à régler le problème de l'opposition au sein de la Communauté des Sœurs.

Taraza posa ses deux mains à plat sur la table et appuya fort, comme si elle essayait de sentir ce qu'il y avait dans la tête de celles qui étaient ici au Chapitre, celles qui partageaient les opinions de Schwangyu. L'opposition verbale s'était calmée, mais cela signifiait généralement qu'une explosion de violence se préparait.

Que dois-je faire?

La Mère Supérieure était censée être immunisée contre l'indécision en temps de crise. Mais les nouvelles relations établies avec le Tleilax avaient faussé toutes les données. Certaines recommandations concernant Odrade semblaient évidentes et avaient déjà été transmises. Cette partie du programme était plausible et simple.

Conduire Waff dans le désert, aussi loin que possible des regards indiscrets; mettre en scène de toutes pièces une situation extrême assortie d'une expérience religieuse dans la ligne éprouvée de la Missionaria Protectiva. Déterminer dans quelle mesure le Tleilax pouvait être soupçonné d'utiliser le processus de création des gholas dans sa propre quête d'une immortalité spécifique. Odrade était parfaitement capable de mener à bien cette partie de leur plan remanié. Mais la grande inconnue était cette fille, Sheeana.

Ou plutôt, c'est le ver lui-même qui est l'inconnu.

Elle se répéta que le ver des sables actuel n'avait que peu de chose à voir avec les anciens vers géants de Rakis. Malgré le pouvoir véritable et démontré que Sheeana exerçait sur eux, ces animaux demeuraient totalement imprévisibles. Comme on disait aux Archives, ils n'avaient pas assez d'antécédents. Taraza ne doutait pas de la justesse des déductions d'Odrade concernant les Rakiens et leurs danses. C'était quelque chose de positif.

Un langage.

Mais nous ne le parlons pas encore. Ça, c'était négatif.

Il faut que je prenne ma décision ce soir!

Sillonnant la surface de son esprit conscient, Taraza remonta la ligne continue des Mères Supérieures dont les souvenirs encapsulés hantaient, outre la sienne, la mémoire fragile — et toujours féminine — de deux autres Révérendes Mères du Chapitre: Bellonda et Hesterion. C'était une voie plutôt tortueuse à travers les Autres Mémoires, et elle se sentait trop lasse pour l'emprunter jusqu'au bout. En bordure du chemin, elle devinait les observations de Muad'Dib, ce bâtard Atréides qui avait par deux fois ébranlé l'univers — la première fois en soumettant l'Imperium à la tête de ses hordes fremen et la deuxième en engendrant le Tyran.

Si nous sommes battues cette fois-ci, se dit-elle, *c'en est fini de nous. Nous risquons de nous faire engloutir avec armes et bagages par ces démons femelles de la Dispersion.*

Des solutions de rechange existaient. L'enfant de Rakis pouvait être évacuée vers les planètes centrales du Bene Gesserit pour y passer toute sa vie, quelque part au bout d'un long voyage à bord d'un non-vaisseau. Une fuite peu reluisante.

Tant de choses dépendaient de Teg. Avait-il pour une fois trahi les espoirs du Bene Gesserit, ou bien avait-il trouvé une manière inattendue de mettre le ghola en sécurité?

Il faut gagner du temps à tout prix, se dit Taraza. *Nous devons laisser à Teg la possibilité de communiquer avec nous. Odrade devra faire traîner les choses en longueur sur Rakis.*

C'était une politique dangereuse, mais les événements l'exigeaient.

Le dos raide, Taraza se leva de son canisiège et marcha jusqu'à la fenêtre opaque du mur opposé. La Planète du Chapitre était environnée de ténèbres stellaires. Un sanctuaire. La Planète du Chapitre. Elle n'avait même pas d'autre nom. Les planètes comme elle n'avaient qu'un numéro, quelque part dans les Archives. Celle-ci avait connu quatorze siècles d'occupation Bene Gesserit, mais qu'étaient ces siècles au regard de l'éternité? Elle pensa aux non-vaisseaux qui montaient la garde en orbite. La quintessence du système défensif de Teg. Et pourtant, la Planète du Chapitre demeurait vulnérable.

Le problème portait un nom : « découverte fortuite ».

C'était une faille qui avait toujours existé. Chez les gens de la Dispersion, l'humanité connaissait une expansion en forme de courbe exponentielle. L'univers entier s'ouvrait à elle. Enfin, le Sentier d'Or du Tyran était assuré. Mais était-ce bien certain? Le ver Atréides avait probablement bien plus en tête que la seule survie de l'espèce.

Il nous a marqués d'une manière que nous n'avons pas encore totalement élucidée, même au bout de plusieurs millénaires. Je crois savoir ce qu'il avait en tête. Mais mon opposition est d'un autre avis.

Il n'était jamais facile, pour des Révérendes Mères, de jeter un regard en arrière sur le passé de servitude qu'elles avaient enduré sous Leto II quand il avait lancé son Imperium à plein galop pendant trente-cinq siècles sur son Sentier d'Or.

Cela donne le vertige, d'imaginer cette époque.

Apercevant son propre reflet dans le plaz sombre de la fenêtre, Taraza fronça les sourcils. Elle avait une mine sinistre et la fatigue se lisait sans peine sur son visage.

J'ai de bonnes raisons d'être lasse et découragée!

Elle savait que tout, dans sa formation, avait de quoi l'aiguiller sur des configurations négatives. C'était à la fois sa défense et sa force. Elle gardait ses distances dans toutes ses relations humaines, même dans les missions de séduction qu'elle avait autrefois accomplies au service des Maîtresses Généticiennes. Taraza était l'avocate du diable par excellence et cette composante avait fini par devenir dominante au sein de l'Ordre comme conséquence de son accession au grade de Mère Supérieure. De telles conditions étaient propices au développement de l'opposition.

Comme disaient les soufis, *« le pourrissement du centre se propage vers la périphérie. »*

Ce qu'ils ne disaient pas, cependant, c'était qu'il y avait aussi des pourrissements utiles et de bon aloi.

Elle avait pour se rassurer quelques données sur lesquelles elle pouvait compter. Dans ses migrations humaines, la Grande Dispersion avait emporté avec elle les leçons du Tyran, modifiées de manière indéterminée mais susceptibles en fin de compte d'être retrouvées. Et un jour, on finirait bien par trouver le moyen d'annuler l'invisibilité des non-vaisseaux. Taraza ne pensait pas que les gens de la Dispersion avaient déjà fait cette découverte. Tout au moins, pas celles qui revenaient à présent hanter les régions de l'univers qui leur avaient donné naissance.

Il n'existait aucun itinéraire sûr au milieu des forces qui s'affrontaient. Le Bene Gesserit, se disait Taraza, s'était armé du mieux qu'il pouvait. Son problème ressemblait à celui des navigateurs de la Guilde qui conduisaient leurs vaisseaux à travers les replis de l'espace en évitant les collisions et les pièges.

Les pièges. C'était toute la clé. En ce moment même, Odrade

était en train d'armer les pièges que le Bene Gesserit avait dirigés contre le Tleilax.

Chaque fois que Taraza pensait à Odrade, c'est-à-dire fréquemment en ces temps de crise, le lien qu'il y avait entre elles de longue date semblait se resserrer. C'était comme si elle contemplait une tapisserie de plus en plus élimée où seules certaines figures gardaient leur éclat. Et le trait le plus éclatant, celui qui assurait à Odrade une solide position à proximité des sièges de commande du Bene Gesserit, était son aptitude à couper court aux détails pour aller droit au cœur parfois surprenant du conflit. C'était une forme de cette dangereuse prescience des Atréides qui était secrètement à l'œuvre en elle. L'usage de ce talent caché constituait le point qui avait soulevé le plus de critiques au sein de l'opposition, et Taraza n'était pas la dernière à reconnaître le bien-fondé de ce genre d'argument. Cette chose insidieuse, dont les mouvements profonds n'apparaissaient à la surface que sous la forme de turbulences occasionnelles, c'était elle le véritable problème!

« Se servir d'Odrade mais ne pas hésiter à l'éliminer si nécessaire », avait plaidé Taraza. « Il nous restera toujours une grande partie de sa progéniture. »

Taraza savait qu'elle pouvait compter sur Lucille... à supposer que Lucille ait pu se mettre à l'abri quelque part en compagnie de Teg et du ghola. Bien sûr, il y avait d'autres assassins en puissance à qui elle pouvait faire éventuellement appel dans la Citadelle de Rakis. C'était une arme qu'il faudrait peut-être songer bientôt à mettre en place.

Taraza éprouva soudain un moment de panique intérieure. Ses Autres Mémoires lui recommandaient la plus extrême prudence. Plus jamais il ne faudrait perdre le contrôle des lignées génétiques! Oui... si Odrade échappait à une tentative d'élimination violente, elle leur serait aliénée à jamais. Odrade était une Révérende Mère à part entière. Il devait même en rester d'autres comme elle là-bas chez celles de la Dispersion. Peut-être pas parmi les Honorées Matriarches que le Bene Gesserit avait eu l'occasion d'observer, mais...

Plus jamais! C'était le mot d'ordre opérationnel. Plus jamis de Kwisatz Haderach ni de nouveau Tyran.

Surveiller les reproductrices; surveiller leur progéniture.

Les Révérendes Mères ne mouraient pas quand leur chair périssait. Elles s'enfonçaient seulement de plus en plus dans le cœur vif du Bene Gesserit jusqu'à ce que leurs recommandations passagères et même leurs observations inconscientes deviennent inhérentes à la continuité de l'Ordre.

Ne pas commettre d'erreur à propos d'Odrade!

La protection contre Odrade nécessitait des mesures spécifiques soigneusement adaptées. Odrade, qui ne repoussait pas certaines attitudes affectives — « un peu de chaleur humaine », comme elle disait — soutenait que les émotions pouvaient être la source d'intuitions précieuses à condition de ne pas se laisser gouverner par elles. Taraza voyait dans cette *chaleur humaine* une porte donnant sur le cœur d'Odrade, une ouverture qui la rendait vulnérable.

Je sais très bien ce que tu penses de moi, Dar, avec ta chaleur humaine envers une ancienne camarade d'école. Tu penses que je représente un danger potentiel pour le Bene Gesserit mais que je peux encore être sauvée malgré moi par des «amies» vigilantes.

Taraza n'ignorait pas que parmi ses conseillères mêmes il en était qui, partageant l'opinion d'Odrade, écoutaient en silence et réservaient leur jugement. La plupart suivaient encore l'autorité de la Mère Supérieure, mais beaucoup étaient au courant du talent incontrôlé d'Odrade et avaient reconnu ses doutes. Une seule chose assurait encore la cohésion des Sœurs et Taraza ne cherchait pas à se nourrir d'illusions à ce sujet.

Chaque Mère Supérieure était poussée par une loyauté profonde et absolue envers la Communauté. Rien ne devait mettre en danger la continuité du Bene Gesserit, et surtout pas ses propres décisions. A sa manière précise et froidement autocritique, Taraza se mit en devoir d'examiner sa propre relation à la pérennité du Bene Gesserit.

Assurément, il n'y avait aucune nécessité immédiate d'éliminer Odrade. Néanmoins, Odrade était à présent si proche du cœur du projet concernant le ghola que presque rien de ce qui se passait là-bas ne pouvait échapper à son observation perspicace. Elle finirait par déduire la plus grande partie de ce qui ne lui avait pas été révélé. Le *Manifeste des Atréides* représentait presque un pari hasardeux. Odrade, la personne la plus indiquée pour donner le jour à ce document, n'avait pu que renforcer ses intuitions en l'écrivant, mais les mots eux-mêmes constituaient la barrière la plus puissante contre toute révélation.

Waff serait le premier à apprécier ce point, se disait Taraza.

Elle se détourna de la fenêtre opaque et retourna s'asseoir dans son canisiège. L'instant de la décision cruciale — le point de non-retour — pouvait être encore repoussé, mais il fallait prendre des mesures transitoires. Elle composa mentalement un message qu'elle éplucha soigneusement tout en envoyant quérir Burzmali. Oui, il faudrait que l'élève favori du Bashar entre en action, mais pas de la manière qu'attendait Odrade.

Le message à Odrade serait réduit à sa plus simple expression: « *Des renforts sont en route. En attendant, vous êtes livrée à vous-même, Dar. En ce qui concerne la sécurité de Sheeana, suivez votre propre jugement. Pour tout le reste, dans la mesure où cela ne contredit pas mes ordres, exécutez le plan prévu.* »

Voilà. C'était tout. Odrade avait déjà ses instructions, les grandes lignes qu'elle assimilerait au «plan prévu» tout en ayant conscience du caractère incomplet de l'ensemble.

Odrade obéirait. Ce « Dar » était une touche habile, se disait Taraza. *Dar et Tar*... la brèche qu'il représentait dans la *chaleur humaine* chère à Odrade était la meilleure soupape de sécurité.

Sur la droite, la grande table est dressée pour un festin de lièvre du désert rôti à la sauce cépéda. Les autres mets, à partir du bout de la table dans le sens des aiguilles d'une montre, consistent en strupe d'aplomage, chouka sous cloche transparente, café épicé de mélange (on notera la crête de faucon Atréides sur le versoir), oie-en-pot et, dans son flacon de cristal baluti, vin pétillant de Caladan. Remarquer également l'antique détecteur de poison dissimulé en partie derrière le lustre.

Dar-es-Balat
Description d'une vitrine du Musée

Teg découvrit Duncan dans la cantine attenante à la cuisine étincelante du non-globe. S'arrêtant à l'entrée de la petite pièce, il étudia attentivement le ghola. Huit jours s'étaient écoulés depuis leur arrivée ici et le garçon semblait finalement avoir surmonté l'étrange fureur qui l'avait saisi quand ils avaient pénétré pour la première fois dans le tube d'accès du non-globe.

Il avaient d'abord traversé en arrivant une sorte de caverne peu profonde où flottait l'odeur musquée d'un ours des montagnes. La roche au fond de l'antre n'était pas de la vraie roche, bien qu'elle eût été susceptible d'abuser le plus méfiant des observateurs. Une légère protubérance dans la paroi pivotait sur elle-même si l'on connaissait ou découvrait par hasard le code secret. Le fond entier de la caverne s'ouvrait alors dans un lent mouvement circulaire.

Le tube d'accès, automatiquement illuminé dès que la paroi s'était remise en place derrière eux, avait ses murs et son plafond décorés de l'emblème-griffon des Harkonnen. Teg avait aussitôt imaginé Patrin enfant débouchant en ces lieux pour la première fois (*Le choc! l'émoi! l'émerveillement!*) et il n'avait donc pas noté la réaction de Duncan jusqu'au moment où il avait perçu le sourd grondement qui emplissait l'espace clos autour d'eux.

C'était Duncan qui grondait (ou gémissait) ainsi, les poings serrés, les yeux rivés sur un griffon Harkonnen qui ornait le mur sur sa droite. Dans son visage, la rage et la confusion se livraient bataille. Il leva les deux poings et les abattit sur l'image qui le dominait, ensanglantant ses mains.

— Qu'ils soient maudits jusqu'au tréfonds de l'enfer! s'écria-t-il.

C'était une imprécation curieusement intense dans une bouche si jeune.

À peine ces mots avaient-ils franchi ses lèvres que le ghola sombrait dans une crise d'incoercibles sanglots. Lucille le prit par les épaules et lui caressa la nuque d'une manière apaisante, presque sensuelle, jusqu'à ce que les sanglots cessent.

— Qu'est-ce qui m'a pris de faire ça? demanda le ghola.

— Tu le sauras quand ta mémoire originale sera rétablie, lui répondit la Révérende Mère.

— Les Harkonnen... murmura Duncan, le visage congestionné, en levant les yeux vers elle... Pourquoi est-ce que je les hais tant?

— On ne peut pas l'expliquer avec des mots. Attends de retrouver tes souvenirs.

— Je ne veux pas de ces souvenirs! s'était exclamé Duncan avant de tourner vers Teg un regard désemparé et d'ajouter: Oui... je les veux quand même.

Et à présent, tandis que Teg l'observait en silence dans l'entrée de la cantine et qu'il levait les yeux vers lui, ses pensées étaient visiblement tournées aussi vers ce moment-là car il demanda:

— Quand, Bashar?

— Bientôt.

Teg jeta un regard autour de lui. Duncan était assis tout seul devant la table autonettoyante où était posé un bol de liquide brun. Il reconnut l'odeur de l'une des nombreuses préparations additionnées de mélange que contenaient les chambres anentropiques du non-globe. Ces réserves constituaient un véritable trésor de nourritures exotiques, de vêtements, d'armes et autres objets de toutes sortes. C'était un musée d'une valeur incalculable. Une mince couche de poussière recouvrait tout quand ils étaient arrivés, mais aucune des provisions entreposées ici n'avait subi la moindre détérioration. Tout ce qu'il y avait à boire et à manger était systématiquement additionné de mélange. Pas à des doses toxicomanigènes, à moins d'être un glouton, mais de manière toujours sensible. Même les fruits en conserve étaient saupoudrés d'épice.

Le breuvage brun dans le bol de Duncan faisait partie du lot que Lucille avait goûté et décrété capable de sustenter la vie. Teg ignorait au juste comment les Révérendes Mères s'y prenaient, mais il savait que sa propre mère le faisait aussi. Il suffisait qu'elles goûtent à n'importe quel aliment pour savoir ce qu'il y avait dedans.

Un coup d'œil à l'horloge finement ouvragée incorporée au mur opposé de la cantine apprit à Teg qu'il était plus tard qu'il ne l'aurait cru, la troisième heure de leur après-midi arbitraire étant déjà bien entamée. Duncan aurait dû se trouver encore là-haut dans la salle d'entraînement bien équipée, mais ils avaient tous les deux vu Lucille s'éloigner vers les régions supérieures du globe et Teg voulait saisir cette occasion de se retrouver tête à tête avec le ghola.

Prenant une chaise, il s'assit en face de Duncan.

— Je déteste ces horloges! dit ce dernier en relevant la tête.

— Tu détestes tout ce qui se trouve ici, lui fit remarquer le bashar.

L'horloge en question était encore une antiquité. Son cadran circulaire abritait une paire d'aiguilles analogiques et un second cadran numérique plus petit. Les aiguilles, priapales, représentaient des personnages nus: un mâle pourvu d'un énorme phallus et une femelle, la petite, dont les jambes étaient écartées. Chaque fois que les deux aiguilles se rencontraient, le mâle semblait posséder la femelle.

— Obscène, reconnut Teg avant de désigner le bol de Duncan : Tu aimes ça?

— Ce n'est pas trop mauvais, Bashar. Lucille dit que ça fait du bien après l'entraînement.

— Ma mère me préparait un breuvage semblable chaque fois que je me livrais à des exercices intenses.

Teg se pencha en avant pour humer le liquide. Il se rappelait l'arrière-goût, un peu trop riche et écœurant, du mélange sur sa langue.

— Combien de temps allons-nous encore rester ici, Bashar? lui demanda Duncan.

— Jusqu'à ce que nous soyons retrouvés par les gens qu'il faut, ou bien jusqu'à ce que nous soyons sûrs de ne pas nous faire prendre.

— Mais... coupés de tout comme nous le sommes, comment saurons-nous?

— Lorsque je jugerai le moment venu, je prendrai le cache-vie et j'irai faire le guet à l'extérieur.

— Je déteste cet endroit!

— Je l'avais déjà constaté. Tu ne sais donc pas ce que c'est que la patience?

Duncan fit la grimace.

— Bashar, pourquoi faites-vous en sorte que je ne reste

jamais seul avec Lucille? demanda-t-il à brûle-pourpoint.

Teg bloqua une expiration entamée, puis repartit sur une inspiration. Le garçon s'était aperçu de la chose. Cela signifiait que Lucille devait savoir aussi!

— Je ne pense pas que Lucille soit au courant de ce que vous faites, reprit Duncan. Mais cela commence à devenir un peu trop visible. (Il regarda furtivement vers la porte.) Si son attention n'était pas captivée à ce point par cet endroit... Je me demande où elle va quand elle s'esquive comme ça...

— Je pense qu'elle est là-haut dans la bibliothèque.

— La bibliothèque!

— Un peu primitive, je te l'accorde, mais on y trouve des choses fascinantes.

Teg avait levé les yeux vers le plafond décoré de la cuisine voisine. Le moment de décider était venu. Il ne fallait pas compter que Lucille demeurerait beaucoup plus longtemps distraite. Teg lui-même, au demeurant, partageait sa fascination. Il n'était pas difficile de s'égarer parmi toutes ces merveilles. Le non-globe tout entier, avec ses deux cents mètres de diamètre, était un fossile conservé intact. Teg estimait qu'il devait dater d'une époque bien antérieure à celle du Tyran.

Quand il en avait parlé à Lucille, celle-ci avait répliqué d'une voix sourde, presque rauque :

— Je suis sûre que le Tyran connaissait l'existence de cet endroit.

Immédiatement, le mentat en Teg s'était mis à exploiter cette suggestion.

Pourquoi le Tyran a-t-il permis à la famille Harkonnen de gaspiller dans une telle entreprise une si grande partie des dernières richesses qu'elle possédait encore?

La réponse est sans doute là. Pour mieux ruiner les Harkonnen.

Les pots-de-vin et les frais de transport par vaisseau de la Guilde des matériaux ixiens avaient dû prendre des proportions astronomiques.

— Le Tyran savait-il que nous aurions un jour besoin de cet endroit? avait demandé Lucille.

Impossible d'écarter ces facultés de prescience dont Leto II avait si souvent fait preuve, reconnaissait Teg.

Tout en observant Duncan assis en face de lui, le bashar sentit se hérisser les poils de sa nuque. Il y avait quelque chose de surnaturel dans ce repaire des Harkonnen, comme si le Tyran en personne y avait séjourné. Qu'était-il advenu des Harkonnen qui l'avaient fait construire? Teg et Lucille n'avaient pu trouver aucune trace des circonstances dans lesquelles le non-globe avait été abandonné.

Ni elle ni lui n'étaient capables de faire un pas dans ces lieux sans se sentir écrasés par le poids de l'histoire. Teg se heurtait sans cesse à des questions dont il n'avait pas la réponse.

Lucille avait à peu près le même problème.

— Où sont-ils passés? Il n'y a rien dans ma mémoire seconde qui puisse me donner le moindre indice.

— Le Tyran les a peut-être attirés au-dehors pour les tuer?

— Je retourne à la bibliothèque. J'y découvrirai peut-être quelque chose.

Les deux premiers jours, Teg et Lucille avaient exploré le non-globe de fond en comble. Taciturne et boudeur, Duncan les suivait à distance, comme s'il craignait de rester seul. Chaque nouvelle trouvaille était une cause d'effroi ou de stupéfaction. Vingt et un squelettes conservés dans des enveloppes de plaz transparent et rangés le long du mur près du cœur des installations! Observateurs macabres de tous ceux qui passaient par là pour se rendre dans la salle des machines ou dans les chambres anentropiques.

Patrin avait prévenu Teg de leur présence. Lors de ses toutes premières visites au globe, il avait découvert des documents prouvant qu'il s'agissait des ouvriers qui avaient aménagé le globe. Les Harkonnen les avaient massacrés pour préserver le secret.

Dans l'ensemble, ce non-globe était une réalisation remarquable, une enclave dans le temps, entièrement coupée de l'extérieur. Au bout de tous ces millénaires, sa machinerie sans friction créait toujours la même projection mimétique de protection que les instruments de détection les plus modernes étaient incapables de distinguer du décor naturel de roche et de pierraille.

— Il faut que cet endroit tombe intact aux mains du Bene Gesserit! ne cessait de répéter Lucille. C'est un musée rempli de véritables trésors. Ils tenaient même à jour tous les dossiers génétiques de leur famille.

Ce n'était pas tout ce que les Harkonnen avaient laissé ici. A chaque instant, Teg avait l'occasion de s'indigner à propos de détails plus ou moins subtils ou grossiers. Comme cette horloge! Tout dans leurs vêtements, leurs machines servant à maintenir les conditions de vie, les menus objets de plaisir ou d'enseignement, tout avait été marqué par la compulsion des Harkonnen à écraser toutes les personnes et tous les systèmes de valeurs auxquels ils avaient affaire sous le poids de leur arrogance et de leur supériorité proclamée.

A nouveau, Teg songea à Patrin quand il était venu là pour la première fois, sans doute guère plus âgé que le ghola à présent. Qu'est-ce qui avait bien pu le pousser à garder le secret sur cet endroit pendant tant d'années? Même sa femme n'en avait rien su. Patrin n'avait jamais parlé de ses raisons à Teg, mais le mentat avait extrapolé. Une enfance pas très heureuse. Le besoin de posséder une retraite rien qu'à lui. Des copains qui n'étaient pas de vrais amis mais qui attendaient la moindre occasion de se gausser de lui. Aucun d'eux ne devait connaître une telle merveille. Elle lui appartenait en entier! C'était plus qu'une retraite solitaire. C'était le gage privé de sa victoire sur les autres.

« *J'ai passé là-bas des heures très heureuses, Bashar. Tout fonctionne encore parfaitement. Les archives sont anciennes mais très instructives une fois qu'on a maîtrisé le dialecte. Il y a beaucoup à apprendre dans cet endroit. Mais vous comprendrez quand vous y serez. Vous comprendrez beaucoup de choses dont je ne vous ai jamais parlé.* »

L'antique salle d'entraînement portait les marques d'un fréquent usage de la part de Patrin. Il avait modifié la codification des armes sur certains automates d'une manière que Teg identifiait aisément. Les compteurs témoignaient de longues heures passées à se torturer les muscles dans des exercices complexes. Ce globe expliquait pas mal de qualités remarquables que Teg s'était toujours étonné de découvrir chez Patrin. Nombre d'aptitudes naturelles avaient été aiguisées ici.

Les automates du non-globe représentaient à eux seuls un problème.

La plupart avaient été construits en violation des anciennes proscriptions qui frappaient ce genre de machine. Certains d'entre eux, qui plus est, avaient été visiblement conçus à l'origine pour remplir des fonctions de plaisir qui confirmaient les histoires les plus révoltantes que Teg avait entendues sur les Harkonnen. La douleur comme source de plaisir! A leur manière, ces choses expliquaient cette moralité austère et inflexible que Patrin semblait avoir puisée sur Gammu.

L'indignation créait ses propres schémas de comportement.

Duncan but une longue gorgée de liquide brun et regarda Teg par-dessus le bord de son bol.

— Pourquoi es-tu descendu ici tout seul alors que je t'avais demandé de terminer cette dernière série d'exercices? demanda le bashar.

— Ces exercices n'avaient aucun sens, répondit Duncan en posant son bol.

Eh bien! Taraza, tu t'étais trompée, songea Teg. *Il fait sa crise d'indépendance bien avant ce que tu avais prédit.*

Duncan avait également cessé de lui dire : « Bashar ».

— Tu me désobéis?

— Pas exactement.

— Et peut-on savoir *exactement* ce que tu es en train de faire?

— Il *faut* que je sache à quoi m'en tenir.

— Tu ne penseras pas grand bien de moi quand tu sauras.
Duncan parut surpris.
— Bashar?
Aaah! Revoilà le « Bashar »!
— Il y a un moment que je te prépare à une certaine sorte de douleur intense, lui dit Teg. C'est nécessaire pour que nous puissions rétablir ta mémoire originale.
— Douleur, Bashar?
— Nous ne connaissons pas d'autre méthode pour rappeler le vrai Duncan Idaho — celui qui est mort.
— Bashar, si vous faites cela, je ne pourrai vous être que reconnaissant.
— C'est ce que tu dis. Mais peut-être ne me verras-tu alors que comme un fouet de plus entre les mains de ceux qui t'ont rappelé à la vie.
— N'est-il pas préférable de toute manière de savoir à quoi s'en tenir, Bashar?
Teg passa le revers de sa main sur sa bouche.
— Si tu me détestes... après... je ne peux pas dire que je t'en voudrai.
— Bashar, si vous étiez à ma place... c'est ce que vous éprouveriez?
Tout dans l'attitude de Duncan, son expression, le tremblement de sa voix, tout dénotait la plus extrême perplexité.
Pour l'instant, tout va bien, se dit Teg.
Les différentes étapes du processus étaient réglées avec une précision qui exigeait que chaque réaction du ghola soit interprétée avec le plus grand soin. Duncan était à présent plongé dans la perplexité. Il désirait ardemment une chose qu'il redoutait terriblement en même temps.
— Je ne suis que ton instructeur; je ne suis pas ton père! dit-il à haute voix.
Duncan eut un mouvement de recul devant la dureté du ton.
— N'êtes-vous pas mon ami?
— Ça ne peut pas être une voie à sens unique. Il faudra que le vrai Duncan Idaho réponde pour lui-même.
Les yeux de Duncan se voilèrent.
— Est-ce que je garderai le souvenir de cet endroit, de la Citadelle, Schwangyu et tout...
— Absolument tout. Tu auras une sorte de double mémoire pendant un certain temps, mais tu n'oublieras rien de tout ce que tu as connu récemment.
Une lueur cynique traversa le regard de l'adolescent. Quand il parla, ce fut avec amertume :
— Ainsi, vous et moi deviendrons des camarades.
En mettant dans sa voix toute la présence et l'autorité dont un

Bashar était capable, Teg obéit exactement aux instructions d'éveil.

— Ça ne m'intéresse pas particulièrement de devenir ton camarade, dit-il en dévisageant calmement Duncan. Bien qu'il ne soit pas exclu que tu te retrouves un jour bashar toi aussi. Il est possible que tu en aies l'étoffe. Mais de toute manière, je serai mort depuis longtemps à ce moment-là.

— Vous n'êtes ami qu'avec d'autres bashars?

— Patrin était mon ami et cependant il n'a jamais dépassé le grade de chef d'escadron.

Duncan baissa les yeux vers son bol vide puis les tourna vers Teg.

— Pourquoi n'avez-vous pas commandé quelque chose à boire? Vous vous êtes fatigué vous aussi là-haut.

Question très perspicace. Il ne faisait pas bon de sous-estimer ce jeune homme. Il savait que le partage de la nourriture était l'un des rites d'association les plus anciens.

— L'odeur de ce qu'il y avait dans ton bol m'a suffi, dit-il. Ce sont de vieux souvenirs dont je n'ai pas besoin maintenant.

— Alors, pourquoi êtes-vous descendu ici?

C'était bien là — révélé par sa jeune voix — le mélange d'espoir et de peur attendu. Il avait envie d'entendre Teg dire quelque chose de particulier.

— J'avais besoin de mesurer de manière précise les progrès que tes exercices t'ont fait accomplir, répondit ce dernier. Il fallait que je vienne ici pour te voir.

— Pourquoi de manière précise?

L'espoir et la peur! C'était le moment de changer d'optique.

— Je n'ai jamais entraîné de ghola avant toi, dit-il.

Ghola... Le mot demeurait entre eux en suspens, flottant parmi les relents de cuisine que les filtres du globe n'avaient pas encore absorbés. *Ghola...* Il y avait à ce terme un âpre arrière-goût d'épice qui semblait issu du bol de Duncan.

Celui-ci s'était penché en avant sans rien dire, une expression avide sur son visage. Teg se remémora la remarque de Lucille : *Il connaît l'art d'utiliser le silence.*

Quand il fut évident que Teg n'avait pas l'intention de développer sa petite phrase, Duncan se laissa aller en arrière, déçu. La commissure gauche de sa bouche était abaissée en une expression boudeuse et rancunière. Tout était tourné vers l'intérieur, exactement comme il le fallait.

— Tu n'es pas descendu ici pour rester seul, lui dit finalement Teg, mais pour te cacher. Tu te caches ici en croyant que personne ne te retrouvera jamais.

Duncan mit une main devant sa bouche. C'était le signe que Teg attendait. Les instructions à ce sujet étaient sans équivoque. « *Le ghola désire que sa mémoire soit rétablie et le redoute au plus haut point en même temps. C'est la principale barrière que vous devrez lever. »*

— Ôte ta main de devant ta bouche! ordonna Teg.

Duncan laissa retomber sa main comme s'il venait de se brûler. Il regardait le bashar à la manière d'un animal pris au piège.

« *Dites la vérité*, recommandaient les instructions de Teg. *A ce moment-là, toutes ses perceptions à feu, le ghola verra jusqu'au plus profond de votre cœur.* »

— Je veux que tu saches, déclara Teg, que ce que les Sœurs m'ont ordonné de te faire m'est particulièrement pénible.

Duncan parut se recroqueviller encore davantage sur lui-même.

— Que vous ont-elles ordonné de faire?

— Les capacités qu'elles m'on demandé de t'enseigner sont tronquées.

— T... tronquées?

— Il y avait une partie de formation générale, intellectuelle. À cet égard, on peut dire que tu as atteint le niveau d'un commandant d'unité.

— Au-dessus de Patrin?

— Pourquoi faut-il que tu sois au-dessus de Patrin?

— N'était-il pas votre camarade?

— Oui.

— Vous dites qu'il n'a jamais dépassé le grade de chef d'escadron.

— Patrin était parfaitement capable d'assumer le commandement d'une force multiplanétaire au complet. C'était un tacticien hors pair dont les conseils m'ont servi en maintes occasions.

— Mais vous dites qu'il était...

— Uniquement par choix. Son grade peu élevé lui permettait de conserver ce contact avec la base qui nous a plusieurs fois rendu service à lui et à moi.

— Commandant d'unité? fit Duncan d'une voix qui était à peine un murmure. Il gardait les yeux obstinément baissés vers le dessus de la table.

— Tu as à peu près le bagage intellectuel correspondant à la fonction, reprit Teg. Un peu trop d'impétuosité, peut-être, mais l'expérience arrange généralement les choses. Tes capacités avec les armes sont supérieures à la moyenne de ton âge.

Évitant toujours de regarder Teg, Duncan demanda :

— Quel est mon âge... Bashar?

Exactement ce que disaient les instructions : *« Le ghola ne cessera pas de tourner autour de la question centrale. Quel est mon âge? Combien d'années vit un ghola? »*

D'une voix glacée et accusatrice, Teg répliqua :

— Si tu veux savoir ton âge en tant que ghola, pourquoi ne le précises-tu pas?

— Qu... quel est cet âge, Bashar?

Il y avait un tel fardeau de misère dans sa voix d'enfant que Teg sentit les larmes lui monter au coin des yeux. Les instructions l'avaient également mis en garde contre cette réaction : « *Ne laissez pas percer trop de compassion!* ». Il dissimula sa gêne en se raclant la gorge.

— C'est une question à laquelle tu es le seul à pouvoir répondre, dit-il.

Les instructions étaient formelles : « *Renvoyez-lui sans cesse la balle. Obligez-le à regarder en lui-même. Dans un tel processus, la souffrance morale joue un rôle aussi important que la douleur physique.* »

Un profond soupir traversa Duncan. Il ferma les yeux très fort. Lorsque Teg était venu s'asseoir à cette table en face de lui, il avait pensé : *C'est le moment? C'est maintenant qu'il va le faire?* Mais le ton hostile du Bashar, ses attaques verbales, tout cela était totalement inattendu. Teg se mettait à lui parler avec condescendance.

Il veut le prendre de haut avec moi!

Une rage cynique envahit Duncan. Teg le croyait donc idiot au point de se laisser influencer par ses ruses de militaire? *Le ton et l'attitude à eux seuls peuvent subjuguer la volonté de l'adversaire.* Cependant, il sentait quelque chose d'autre dans la condescendance de Teg : une cuirasse de plastacier que rien ne pouvait pénétrer. Une intégrité... une résolution. Et il avait aperçu aussi les larmes naissantes, le geste pour les cacher... Rouvrant les yeux, il les fixa sur Teg en lui disant :

— Je ne voudrais pas être discourtois ni ingrat ni irrespectueux, Bashar, mais je ne peux pas continuer ainsi sans savoir à quoi m'en tenir.

Les instructions de Teg précisaient : « *Vous saurez à quel moment le ghola aura atteint le stade du désespoir. Aucun ghola n'essaiera de cacher ce genre de chose. Cela fait partie intégrante de leur psychisme. Vous le reconnaîtrez à la voix et à l'attitude.* »

Il était clair que Duncan avait presque atteint le moment critique. Teg devait maintenant observer un mutisme complet. Forcer Duncan à poser ses questions, à suivre son cours propre.

— Savez-vous, fit Duncan, que j'ai songé un jour à tuer Schwangyu?

Teg ouvrit la bouche mais la referma sans un son. *Le silence!* C'est que le garçon paraissait sérieux!

— J'avais peur d'elle, continua Duncan. Je n'aime pas avoir peur... Il abaissa les yeux... Vous m'avez dit vous-même un jour que nous ne haïssons que ce qui est réellement dangereux pour nous.

« Il s'en approchera puis s'en éloignera à plusieurs reprises. Attendez qu'il soit prêt à faire le plongeon. »

— Je ne vous déteste pas, fit Duncan en regardant de nouveau Teg dans les yeux. Je vous en ai voulu quand vous m'avez traité de *ghola* en face. Mais Lucille a raison. Nous ne devrions jamais être offensé par la vérité, même quand elle fait mal.

Teg se frotta les lèvres. L'envie de parler le démangeait, mais ce n'était pas encore l'instant du plongeon.

— Vous n'êtes pas surpris que j'aie envisagé de tuer Schwangyu? demanda Duncan.

Teg se tenait aussi immobile que possible. Même une inclination de tête serait interprétée comme une réponse.

— Je voulais lui glisser quelque chose dans son verre, reprit Duncan. Mais c'est bon pour les lâches et je ne suis pas un lâche. Quoi que je puisse être d'autre, je ne suis pas ça...

Teg gardait un silence immobile.

— Je pense que vous vous intéressez sincèrement à ce qu'il peut m'arriver, Bashar, fit Duncan. Mais vous avez raison; nous ne serons jamais des camarades. Si je survis, je vous surpasserai... Il sera alors trop tard pour que nous soyons camarades. Vous avez dit la vérité.

Teg fut incapable de s'empêcher, tandis que son esprit de mentat lui faisait voir la vérité, de prendre une profonde et longue inspiration. Le ghola était devenu plus fort. Récemment, quelque part, peut-être dans cette cantine en ce moment même, l'enfant avait cessé d'être un enfant pour devenir un homme. Cette constatation attristait Teg. C'était arrivé si vite! Il n'y avait pas eu de transition.

— Lucille ne se soucie pas comme vous de ce qui m'arrive, murmura Duncan. Elle ne fait qu'obéir aux ordres de sa Mère Supérieure, cette Taraza.

Pas encore... se dit Teg. Il s'humecta les lèvres du bout de la langue.

— Vous avez cherché à contrecarrer les ordres de Lucille, fit Duncan. Qu'est-ce qu'elle était censée me faire?

Teg estima que le moment était venu.

— À ton avis, dit-il, qu'est-ce qu'elle est censée te faire?

— Je n'en sais rien!

— Le vrai Duncan Idaho le saurait, lui.

— Vous aussi, vous le savez. Pourquoi ne voulez-vous pas me le dire?

— Je ne suis là que pour t'aider à rétablir ta mémoire originale.

— Alors, faites-le!

— Il n'y a que toi qui puisses vraiment le faire.

— J'ignore comment!

Teg se pencha en avant sur le bord de sa chaise, mais ne dit rien. *L'instant du plongeon?* Il sentait que quelque chose manquait encore au désespoir de Duncan.

— Vous savez que je lis facilement sur les lèvres, Bashar, reprit le ghola. Un jour, j'étais à l'observatoire de la tour et Lucille et Schwangyu étaient en bas. Schwangyu a dit ceci : « Peu importe qu'il soit très jeune. Vous avez vos ordres, obéissez! »

Gardant une fois de plus un silence prudent, Teg observa Duncan. Il l'imaginait bien errant secrètement dans les couloirs de la Citadelle, épiant, à la recherche d'informations.

C'était précisément l'état d'âme dans lequel il s'était installé, épiant et cherchant encore sans s'en rendre compte... mais d'une manière différente.

— Je ne pense pas qu'elle ait eu pour mission de me tuer, déclara Duncan. Mais vous, vous savez ce qu'elle voulait faire, parce que vous l'en avez empêchée jusqu'ici... Il abattit soudain son poing sur la table... Répondez-moi, bon sang!

Aaah! Nous voilà enfin au comble du désespoir...

— Je peux seulement te dire que ce qu'elle a l'intention de faire est en conflit avec mes propres instructions. Taraza m'a donné l'ordre de te rendre fort et de te protéger.

— Mais vous disiez que... mes capacités... étaient tronquées!

— C'était nécessaire, pour te préparer à retrouver la mémoire originale.

— Que dois-je faire?

— Tu le sais déjà.

— Je vous assure que ce n'est pas vrai. Dites-le-moi, je vous en prie!

— Tu sais faire beaucoup de choses sans avoir eu besoin de les apprendre. Par exemple, désobéir.

— Aidez-moi, je vous en prie!

C'était un gémissement désespéré. Teg se força à demeurer glacial.

— Par tous les habitants de l'enfer, que crois-tu donc que je fais en ce moment?

Duncan serra les poings et les abattit violemment sur la table en faisant trembler son bol. Ses yeux lançaient des éclairs. Abruptement, une étrange expression apparut sur son visage. Une sorte de compréhension.

— Qui êtes-vous donc? murmura-t-il.

La question clé!

D'une voix cinglante comme un fouet s'acharnant sur une victime soudain sans défense, Teg demanda :

— Qui suis-je, à ton avis?

Les traits du ghola se tordirent en un masque de désespoir atroce. Il ne réussit qu'à bégayer :

— V... vous... vous êtes...

— Duncan! Cesse de faire l'idiot!

Teg avait bondi sur ses pieds, les yeux baissés dans un accès de rage feinte.

— Vous êtes...

La main droite du bashar accomplit un arc de cercle fulgurant. La paume ouverte claqua contre la joue de Duncan.

— Comment oses-tu me désobéir? Comment... Puis ce fut la main gauche, une autre gifle à la volée.

La réaction de Duncan fut si rapide que Teg en ressentit un choc d'une intensité électrique et absolue. *Quels réflexes!* Bien qu'il y ait eu plusieurs éléments séparés dans son attaque, elle se passa en un seul mouvement flou : un bond vers le haut, pieds joints sur la chaise, celle-ci basculant en arrière et, dans le même élan, bras droit projeté vers le creux vulnérable de l'épaule de Teg.

Entraîné à réagir instinctivement, Teg esquiva de côté et lança sa jambe gauche, par-dessus la table, en direction de l'aine de Duncan. Mais il n'avait pu échapper complètement au coup. Le tranchant de la main, continuant son chemin vers le bas, rencontra sa jambe au-dessous du genou et, sans toutefois pouvoir l'arrêter, lui infligea une violente douleur qui l'engourdit tout entière.

Duncan se retrouvait étalé sur la table, s'efforçant de bouler en arrière malgré le coup impitoyable qu'il venait d'encaisser. Teg, prenant appui sur la table de la main gauche, frappa de l'autre main à la base de l'épine dorsale de Duncan, en plein dans le plexus délibérément affaibli par les exercices des jours précédents.

Duncan poussa un gémissement sourd tandis qu'une douleur atroce et paralysante se répandait dans tout son corps. Quelqu'un d'autre que lui aurait été immobilisé, hurlant, mais le ghola se contenta de ce gémissement et reprit son assaut.

Rendu implacable par les nécessités du moment, Teg s'acharna à infliger encore plus de douleur à sa victime, en prenant soin de bien lui montrer son visage dans les moments cruciaux.

« Faites attention à ses yeux! » disaient les instructions. Et Bellonda, détaillant le processus, l'avait averti aussi: « *Ses yeux sembleront regarder à travers vous, mais il vous appellera Leto.* »

Plus tard, beaucoup plus tard, Teg devait éprouver de la difficulté à se rappeler chaque détail du processus d'éveil qu'il avait appliqué pour obéir aux ordres. Il savait qu'il avait continué d'agir selon les instructions, mais sa mémoire était partie ailleurs, laissant son corps libre d'exécuter automatiquement les consignes. Curieusement, ses souvenirs truqués s'étaient reportés sur un autre épisode où la désobéissance jouait le premier rôle : la révolte de Cerbol. Il était bien plus jeune à cette époque, mais déjà Bashar, auréolé d'une formidable réputation. Il avait revêtu son plus bel uniforme, sans aucune décoration (l'intention était symbolique) et il s'était avancé seul, sous le soleil torride des plaines de Cerbol déjà éprouvées par de durs combats. Seul et sans armes à la rencontre des révoltés.

Beaucoup parmi les attaquants lui devaient la vie d'une manière ou d'une autre. La plupart lui avaient naguère fait sincèrement allégeance. Ils étaient à présent dans un état de désobéissance hostile. Et la présence de Teg sur le chemin de ces guerriers prêts à tout voulait dire :

« Je ne veux pas porter des médailles qui parlent de ce que j'ai fait pour vous quand nous étions des compagnons. Je ne veux rien avoir sur moi qui dise que je suis des vôtres. Je porte seulement l'uniforme qui proclame que je suis encore le Bashar. Tuez-moi, si vous êtes capables de pousser la désobéissance jusque-là. »

Quand la plupart des attaquants eurent déposé leurs armes en s'avançant vers lui, certains de ceux qui les commandaient mirent genou à terre devant leur ancien Bashar, qui les réprimanda en ces termes : « Vous n'aviez pas besoin de vous incliner devant moi, ni de mettre genou à terre. Vos nouveaux dirigeants vous enseignent de mauvaises manières. »

Plus tard, il devait avouer aux révoltés qu'il partageait certains de leurs griefs. Ceux de Cerbol avaient subi de graves injustices. Mais il devait les avertir aussi:

« L'une des choses les plus dangereuses de l'univers, c'est un peuple ignorant armé de revendications réelles. Mais c'est encore bien moins redoutable qu'une société intelligente et informée qui veut faire aboutir ses revendications. Les dégâts qu'une intelligence résolue et hostile peut causer, vous ne pouvez pas même les imaginer. Le Tyran n'est qu'une image paternelle et bienveillante à côté de ce que vous allez déchaîner! »

Tout cela était vrai, naturellement, mais dans un contexte Bene Gesserit, et ce n'était guère d'un grand secours pour ce qu'il avait à faire, sur ordre, au ghola Duncan Idaho : infliger une torture physique et mentale à une victime presque impuissante.

Le moins facile à oublier, c'était le regard qu'avait eu Duncan quand il avait levé les yeux vers lui, sans changer d'intensité, même au moment où il avait poussé son cri final :

— Maudit Leto! Que faites-vous?

Il m'a appelé Leto.

Teg recula de deux pas. Sa jambe gauche lui causait des élancements douloureux à l'endroit où Duncan l'avait frappée.

Il se rendit compte qu'il était haletant, à court de forces. Il était bien trop vieux pour de telles démonstrations, sans compter qu'il n'y avait guère de quoi être très fier de lui. Il reconnaissait cependant la nécessité du processus. Il n'ignorait pas qu'autrefois on éveillait la conscience des gholas en les conditionnant, à leur insu, à tenter d'assassiner quelqu'un qu'ils aimaient. Le psychisme d'un ghola, démantelé puis forcé de se reconstituer, gardait toujours cette cicatrice psychologique. La nouvelle technique laissait la cicatrice à celui qui administrait le traitement.

Lentement, luttant contre ses muscles et ses nerfs endoloris, Duncan se laissa glisser de la table et s'appuya, tremblant, au dossier de sa chaise en fixant Teg de son regard terrible.

Les instructions disaient: « *Vous demeurerez immobile et impassible. Laissez-le vous regarder tant qu'il voudra.* »

Obéissant aux instructions, Teg ne bougeait absolument pas. Le souvenir de la révolte de Cerbol lui avait quitté l'esprit. Dans les deux cas, il savait parfaitement ce qu'il faisait. C'était dans cette mesure que les deux affaires se ressemblaient. Il n'avait asséné aux rebelles aucune vérité ultime (si la chose existait); il en avait dit juste assez pour les faire rentrer à la bergerie. La souffrance, les conséquences prévisibles... « *C'est pour votre propre bien.* »

Était-ce vraiment pour son bien, ce qu'on était en train de faire à ce ghola Duncan Idaho?

Teg se demandait ce qui se passait en ce moment dans l'esprit conscient de Duncan. On lui avait donné toutes les explications connues sur le processus, mais il voyait bien que les mots ne suffisaient pas. Le regard et l'expression de Duncan témoignaient d'abondance du tourbillon intérieur qui était le sien. Ses joues et sa bouche étaient crispées en une hideuse grimace, ses yeux ne cessaient de rouler d'un côté puis de l'autre.

Avec une lenteur subtile et calculée, le visage de Duncan s'apaisa. Ses mains continuaient cependant à trembler. Il sentait tout son corps frémir comme si c'était quelque chose de lointain, de douloureux, mais qui était arrivé à quelqu'un d'autre que lui. Pourtant, il était bien là, où qu'il fût en réalité, et c'était bien de lui qu'il s'agissait. Mais ses souvenirs ne voulaient pas s'enclencher. Il se sentait soudain déplacé dans une enveloppe de chair trop jeune, incompatible avec son existence antérieure. Les crispations et les grimaces se situaient maintenant en dedans, à la mesure de ses efforts pour essayer de comprendre ce qui lui arrivait.

Les instructions de Teg lui disaient : « *Le ghola mettra des barrières au retour de ses souvenirs antérieurs. Certains reviendront aisément. D'autres mettront plus de temps à émerger. Mais il n'y aura pas de véritable enclenchement tant que l'instant de sa mort première ne lui sera pas revenu en mémoire.* » Et Bellonda avait ensuite donné à Teg toutes les explications qu'elle pouvait sur cet instant crucial.

— Les Sardaukars... murmura Duncan en regardant autour de lui les symboles Harkonnen dont le non-globe était truffé... Les troupes d'élite de l'Empereur portant des uniformes Harkonnen! Comme ils ont dû haïr cette idée!

Et un rictus sauvage lui tordit de nouveau la bouche, sous le regard attentif de Teg.

— Ils m'ont tué... reprit Duncan. Sa voix était d'autant plus glaciale qu'il affirmait cela sans élever le ton, sans la moindre émotion. Puis un violent haut-le-corps le saisit et il cessa de trembler... Il y en avait une douzaine au moins dans cette petite pièce, reprit-il en fixant son regard sur Teg. L'un d'eux m'a eu d'un coup de fendoir, en plein dans la tête... Il hésita, sa gorge s'agitant convulsivement, les yeux toujours rivés sur le bashar... Est-ce que j'ai donné suffisamment de temps à Paul pour qu'il s'échappe?

« *Vous répondrez sincèrement à toutes ses questions.* »

— Il a pu s'échapper.

Ils étaient arrivés maintenant à l'instant de vérité. Où les Tleilaxu s'étaient-ils procuré les cellules Idaho? D'après les tests du Bene Gesserit, elles étaient bien originales, mais un doute subsistait. Les Tleilaxu avaient fait subir à ce ghola un traitement particulier. Ses souvenirs pouvaient constituer une clé précieuse à cet égard.

— Mais les Harkonnen... commença Duncan au moment même où ses souvenirs de la Citadelle s'enclenchaient... Oui, oh! oui... Un éclat de rire féroce le secoua. Il poussa un cri de victoire sonore à la mémoire d'un baron Vladimir Harkonnen depuis longtemps trépassé... Je te l'ai bien rendu, Baron! Je t'ai largement fait payer tous tes forfaits!

— Tu te souviens de la Citadelle et de ce que nous t'y avons appris? demanda Teg.

Une moue de perplexité plissa profondément le front de Duncan. La douleur morale était aux prises avec la souffrance physique. Il hocha la tête en réponse à la question de Teg. Il y avait deux existences distinctes; l'une lointaine, inaccessible derrière le mur des cuves axlotl, et l'autre... l'autre... Duncan se sentait incomplet. Quelque chose en lui demeurait retranché. L'éveil n'était pas encore accompli. Il regarda brusquement Teg avec colère. Y avait-il autre chose? Teg s'était montré brutal. Cette violence était-elle nécessaire? Etait-ce ainsi qu'il fallait obligatoirement rétablir la mémoire d'un ghola?

— Je...

Duncan secouait la tête d'un côté puis de l'autre comme un gros animal blessé en face du chasseur.

— Tu as tes souvenirs au complet? insista le bashar.
— Au complet? Oh, oui... je me rappelle Gammu à l'époque où on l'appelait encore Giedi Prime... le trou d'enfer gorgé d'huile et de sang de l'Imperium! Oui, Bashar. J'ai été votre élève attentif. Commandant d'unité!

De nouveau, il éclata de rire, rejetant la tête en arrière dans un geste étonnamment adulte pour un corps si jeune.

Teg ressentit l'afflux soudain d'une satisfaction profonde, bien plus profonde qu'un simple soulagement. Tout avait marché comme elles le lui avaient dit.

— Est-ce que tu me détestes? demanda-t-il.
— Vous détester? Ne vous avais-je pas dit que je vous en serais reconnaissant au contraire?

Abruptement, Duncan porta ses deux mains à hauteur de son visage pour les regarder. Puis il baissa les yeux vers le reste de son corps juvénile.

— Quelle tentation! murmura-t-il en laissant retomber ses mains. Et il se mit à détailler le visage de Teg pour étudier la ressemblance... Les Atréides! murmura-t-il. Vous êtes bien tous foutrement pareils!
— Pas tous, répliqua Teg.
— Je ne parlais pas de votre aspect, Bashar... Le regard de Duncan se perdit dans le vague... Je vous ai demandé mon âge... Il y eut un long silence, puis... Dieux des abîmes! Tant de temps s'est écoulé!

Teg lui dit ce qu'on lui avait ordonné de dire:
— Le Bene Gesserit a besoin de toi.
— Dans ce corps de jeune garçon? Que suis-je censé faire?
— Franchement, je l'ignore, Duncan. Mais le corps est en train de mûrir et je présume qu'une certaine Révérende Mère te donnera bientôt toutes les explications voulues.
— Lucille?

Brusquement, Duncan leva la tête vers le plafond ouvragé, puis regarda le mur où se trouvait l'horloge baroque. Il se souvenait qu'il était venu ici avec Teg et Lucille. C'était le même endroit, mais tout semblait différent.

— Les Harkonnen... murmura-t-il en jetant un regard noir à Teg. Savez-vous combien de membres de ma famille les Harkonnen ont torturés et tués?
— Les archivistes de Taraza m'ont remis un rapport.
— Un rapport? Vous croyez qu'on peut décrire ces choses avec des mots?
— Non, mais c'est la seule réponse que je pouvais donner à ta question.
— Sacré Bashar! Pourquoi faut-il que vous autres Atréides soyez toujours si francs et si intègres?
— Je crois que c'est héréditaire.

— C'est parfaitement exact.

La voix était celle de Lucille et provenait de derrière Teg. Il ne se retourna pas. Depuis combien de temps était-elle là à écouter ce qu'ils disaient?

La Révérende Mère vint se placer aux côtés de Teg, mais son attention demeurait fixée sur Duncan.

— Je vois que vous avez réussi, Miles, dit-elle.

— J'ai suivi à la lettre les ordres de Taraza.

— Vous avez été habile, Miles. Plus habile que je ne vous en aurais cru capable. C'est votre mère qui aurait dû être sévèrement châtiée pour les connaissances qu'elle vous a inculquées.

— Aaah! Lucille la séductrice, railla Duncan après un bref coup d'œil à Teg. Oui, bien sûr.. à présent, je suis capable de répondre tout seul à mon autre question. Ce qu'elle était censée faire.

— On les appelle des Imprégnatrices, déclara Teg.

— Miles, fit Lucille, si vous m'avez compliqué la tâche au point d'empêcher l'exécution de mes ordres, je vous ferai rôtir à petit feu sur une broche.

Sa voix dépourvue d'inflexions émotives fit parcourir un frisson sur l'épine dorsale de Teg. Il savait qu'elle parlait au figuré, mais les implications contenues dans sa menace n'en étaient pas moins réelles.

— Un banquet de représailles! s'exclama Duncan. Quelle agréable perspective!

— Il n'y a rien de très romantique dans ce que nous t'avons fait, Duncan, lui dit Teg. J'ai accompli pour le Bene Gesserit plus d'une mission dont je n'avais pas lieu d'être fier, mais aucune ne m'a jamais répugné à ce point.

— Silence! ordonna Lucille, utilisant la Voix à pleine puissance.

Teg laissa la vague le submerger puis le dépasser, comme sa mère le lui avait enseigné. Puis il déclara calmement :

— Ceux d'entre nous qui donnent leur entière loyauté à l'Ordre n'ont qu'une préoccupation, et c'est la survie du Bene Gesserit. Non pas la survie d'un individu quel qu'il soit, mais celle de l'Ordre en tant que tel. Les machinations, les tromperies... ce ne sont que des mots creux face à la survie du Bene Gesserit.

— C'est une fichue mère que vous aviez, Miles! grogna Lucille en lui faisant le compliment de ne pas dissimuler sa fureur.

Duncan dévisagea la Révérende Mère. Qui était-elle? Lucille? Il sentait ses souvenirs se mettre d'eux-mêmes en branle. Lucille n'était pas la même personne... pas la même du tout, et cependant... certains détails, pièce par pièce, étaient les mêmes.

La voix. Les traits du visage. Soudain, il revit le visage de femme qu'il avait aperçu sur le mur de sa chambre, à la Citadelle.

« *Duncan, mon Duncan adoré...* »

Les larmes jaillirent des yeux de Duncan. Sa propre mère... encore une victime des Harkonnen... torturée... pire encore, peut-être... Jamais plus son « Duncan adoré » ne devait la revoir.

— Dieux, que ne donnerais-je pas pour pouvoir en étrangler un maintenant! gémit Duncan.

Une fois de plus, il concentra son attention sur Lucille. Ses larmes, brouillant les traits, rendaient la comparaison plus facile. Le visage de Lucille devint celui de Dame Jessica, la bien-aimée de Leto Atréides. Duncan jeta un regard à Teg, puis de nouveau à Lucille, secouant ses larmes dans le mouvement. Les visages superposés à celui de la vraie Lucille disparurent. Des ressemblances... mais pas le même. Jamais plus le même.

Imprégnatrice...

Il devinait ce que cela voulait dire. Dans un élan typique du vrai Duncan Idaho, il l'interpella :

— C'est mon enfant que vous voulez porter dans votre ventre, Imprégnatrice? Je sais qu'on ne vous appelle pas Mères pour rien.

— Nous discuterons de cela une autre fois, répondit froidement Lucille.

— Que ce soit dans un endroit agréable, au moins, fit Duncan. Je vous chanterai peu-être une chanson. Pas avec autant de talent que Gurney Halleck l'aurait fait, mais assez pour créer une atmosphère propice à une petite partie de jambes en l'air.

— Vous trouvez cela amusant?

— Amusant? Non, mais c'est vrai que je pense à Gurney. Dites-moi, Bashar, l'avez-vous également rappelé d'entre les morts?

— Pas à ma connaissance, répondit Teg.

— Aaah! Voilà quelqu'un qui savait pousser une chanson! Il était capable de vous tuer en chantant sans faire une seule fausse note.

Sans se départir de son attitude glacée, Lucille déclara :

— Au Bene Gesserit, nous avons appris à éviter la musique. Elle fait appel à trop d'émotions déroutantes. Des émotions liées à la mémoire, naturellement.

Elle voulait l'impressionner par le rappel de la mémoire seconde et de tous les pouvoirs Bene Gesserit que cela impliquait, mais Duncan ne fit qu'éclater d'un rire encore plus sonore.

— Quelle pitié! s'écria-t-il. Vous perdez ce qu'il y a de meilleur dans l'existence.

Et il se mit à fredonner un vieux refrain de Gurney Halleck :

« *Retrouver les amis, les légions engourdies...* »

Mais ses pensées tourbillonnantes l'emportèrent vite dans une autre direction, riches de la saveur nouvelle de ces instants revenus à la vie. Une fois de plus, il ressentit la présence avide de quelque chose d'énorme qui demeurait enfoui en lui. Quoi que ce fût, c'était chargé d'une violence extrême et cela concernait Lucille, l'Imprégnatrice. En imagination, il la voyait morte, baignée de sang.

Les gens veulent toujours quelque chose de plus qu'une joie immédiate ou que ce sentiment plus profond qu'on appelle le bonheur. C'est là un des secrets qui nous aident à façonner l'accomplissement de nos visées. Ce « petit quelque chose » exerce un pouvoir décuplé sur ceux qui ne savent lui attribuer un nom ou (comme c'est le plus souvent le cas) ne soupçonnent même pas son existence. La plupart des gens ne réagissent qu'inconsciemment à de telles forces cachées. De sorte que nous n'avons plus qu'à concevoir un « petit quelque chose » bien étudié et à lui donner une forme et une définition acceptables pour qu'on nous suive comme un seul homme.

Les secrets du pouvoir au Bene Gesserit

Précédées d'une vingtaine de pas par un Waff silencieux, Odrade et Sheeana descendirent le chemin bordé de mauvaises herbes qui longeait l'entrepôt d'épice. Les trois étaient vêtus de robes du désert et de distilles flambant neufs. La clôture grise de nulplaz délimitant le périmètre de l'entrepôt retenait dans ses mailles des brins d'herbe et des graines duveteuses. Odrade voyait en elles le symbole de la vie essayant de passer outre à une intervention humaine.

Derrière elle, les bâtisses qui s'étaient construites autour de Dar-es-Balat baignaient dans la lumière d'un début d'après-midi. L'air chaud et sec lui brûlait la gorge quand elle respirait trop vite. Elle se sentait étourdie et en guerre avec elle-même. La soif la tiraillait. Elle marchait comme en équilibre au bord d'un précipice. La situation qu'elle avait créée sur ordre de Taraza risquait d'exploser d'un moment à l'autre.

Quel fragile assemblage!

Il y avait trois forces en équilibre. Elles ne se soutenaient pas mutuellement, mais tenaient ensemble pour des raisons qui pouvaient changer en un instant et faire basculer toute l'alliance. Les militaires envoyés par Taraza ne la rassuraient pas du tout. Où était Teg? Où était Burzmali? Et à ce propos, où était le ghola? Il aurait déjà dû arriver ici. Pourquoi avait-elle reçu l'ordre de gagner le plus possible de temps?

L'aventure d'aujourd'hui allait certainement leur faire gagner du temps! Bien qu'elle eût reçu la bénédiction de Taraza, cette excursion dans le désert des vers géants risquait, de l'avis d'Odrade, d'occasionner un retard permanent et définitif. Sans compter qu'il y avait Waff. S'il survivait, aurait-il quelques miettes à glaner dans tout cela?

Malgré l'application immédiate des meilleures préparations ossifix du Bene Gesserit, Waff disait avoir toujours mal aux bras à l'endroit où Odrade les avait cassés. Il ne se plaignait pas. Il fournissait simplement une information. Il semblait accepter leur fragile alliance et même les modifications dues à l'entrée de la cabale des prêtres rakiens. Sans doute était-il rassuré par le fait qu'un de ses propres Danseurs-Visages occupait le siège du Grand Prêtre, déguisé en Tuek. Waff réclamait simplement avec force les « mères reproductrices » promises par le Bene Gesserit et refusait en conséquence d'exécuter en attendant sa propre part du marché.

— Ce n'est qu'un léger contretemps dû à l'examen de notre nouvel accord par le Bene Gesserit, avait expliqué Odrade. En attendant...

En attendant, ils étaient ici aujourd'hui.

Laissant de côté ses appréhensions, Odrade se concentra sur l'expédition présente. Le comportement de Waff avait eu quelque chose de fascinant pour elle, particulièrement sa réaction quand il s'était trouvé en présence de Sheeana. Un mélange de crainte et de respect mystique.

L'enfant chérie de son Prophète.

Odrade jeta un regard oblique à la fille qui marchait sagement à côté d'elle. Elle constituait le meilleur levier pour faire basculer la situation à l'avantage du Bene Gesserit.

La nouvelle percée des Sœurs dans le contexte tleilaxu emplissait Odrade d'excitation. La « vraie foi » fanatique de Waff prenait un peu plus de consistance avec chaque nouvelle déclaration de sa part. Elle estimait qu'elle avait une chance extraordinaire de pouvoir simplement observer les réactions d'un Maître tleilaxu dans un contexte religieux. Le seul sable crissant sous ses pieds appelait des comportements qu'elle était entraînée à identifier.

Nous aurions dû nous en douter avant. Les manipulations de notre propre Missionaria Protectiva auraient dû nous renseigner sur la manière dont les Tleilaxu s'y sont pris : se repliant sur eux-mêmes, se fermant à toute influence venue de l'extérieur pendant des millénaires et des millénaires.

Ils ne semblaient pas avoir copié les structures du Bene Gesserit. Et quelle autre force était capable d'accomplir des choses pareilles? Une religion, bien sûr. La Grande Croyance!

A moins que le Tleilax n'utilise ses gholas comme un moyen d'accès à l'immortalité.

Il était possible que Taraza eût raison sur ce point. Dans ce cas, les Maîtres tleilaxu réincarnés ne disposeraient pas, comme les Révérendes Mères, des Autres Mémoires, mais d'une simple mémoire personnelle — prolongée.

Absolument fascinant!

Odrade regarda le dos courbé de Waff à quelques mètres d'elle. *Arpentant le désert.* C'était une façon de marcher qui paraissait lui être naturelle. Elle se souvenait qu'il avait appelé Sheeana: *Al-yama*. Autre clé linguistique confirmant la nature de la Grande Croyance de Waff. Cela signifiait: « Celle qui est bénie ». Les Tleilaxu avaient conservé l'ancienne langue non seulement vivante mais inchangée.

Waff ne savait-il pas que seules des forces considérables telles que les religions étaient capables d'accomplir des choses pareilles?

Nous avons entre nos mains les racines de ton obsession, Waff. Elle n'est pas tellement différente de certaines que nous avons créées de toutes pièces. Nous avons l'habitude de manipuler ces choses pour servir nos propres desseins.

Le dernier message de Taraza était encore tout frais dans sa mémoire.

« Les intentions du Tleilax sont désormais claires: L'hégémonie. L'univers humain doit être transformé en univers tleilaxu. Jamais ils ne pourraient espérer atteindre cet objectif sans l'aide de la Dispersion. C.Q.F.D. »

Le raisonnement de la Mère Supérieure était difficilement contestable. Même l'opposition au sein du vaste schisme qui menaçait de désagréger la Communauté des Sœurs l'admettait. Mais la pensée des masses humaines qui constituaient la Dispersion, leur nombre explosant de manière exponentielle provoquaient chez Odrade un sentiment d'irrémédiable désespoir.

Nous sommes si peu en comparaison de leur multitude.

Sheeana se baissa pour ramasser un caillou. Elle le contempla un instant puis le jeta contre la clôture au bord du chemin. Le caillou passa à travers le grillage sans le toucher.

Odrade émergea de sa rêverie. Le bruit de leurs pas sur le sable apporté par le vent en travers de ce chemin peu utilisé lui parut tout à coup anormalement amplifié. L'étroite chaussée surélevée qui surmontait l'ancien qanat circulaire de Dar-es-Balat se trouvait à moins de deux cents pas devant eux au bout du chemin.

Sheeana se tourna vers Odrade :

— Je fais cela parce que vous l'avez ordonné, Révérende Mère. Mais j'ignore toujours pourquoi.

Parce que c'est le test qui nous permet d'évaluer Waff et, à travers lui, de remodeler les Tleilaxu!

— Il s'agit d'une démonstration, dit-elle à haute voix.

C'était la vérité. Peut-être pas toute la vérité, mais cette réponse faisait l'affaire.

Sheeana marchait la tête courbée, examinant soigneusement l'endroit où elle posait les pieds. Etait-ce ainsi qu'elle abordait chaque fois son Shaïtan? se demandait Odrade. Songeuse et distante?

Elle entendit dans le ciel, au loin derrière elle, un *schwop-schwop* étouffé. Les ornithoptères de surveillance commençaient à arriver. Ils resteraient à distance, mais nombreux allaient être ceux qui assisteraient à la *démonstration*.

— Je vais danser, déclara Sheeana. En général, cela en fait venir un très gros.

Odrade sentit ses battements de cœur s'accélérer. Le « très gros » allait-il quand même obéir à Sheeana malgré la présence de deux autres personnes?

C'est de la folie! Un vrai suicide!

Mais il fallait aller jusqu'au bout. Ordre de Taraza.

Elle regarda le périmètre grillagé de l'entrepôt d'épice qu'ils longeaient toujours. L'endroit lui paraissait étrangement familier. Plus qu'une simple sensation de déjà vu. Une certitude intérieure nourrie par les Autre Mémoires lui disait que ces lieux étaient demeurés virtuellement inchangés depuis des millénaires. L'architecture des silos à épice qu'elle voyait devait être aussi ancienne que Rakis elle-même : de grosses cuves ovales perchées sur de hautes pattes tels de monstrueux échassiers de plaz et de métal prêts à bondir sur une proie. Elle soupçonnait les ingénieurs du temps passé d'avoir inconsciemment fait passer là un message : *Le mélange est à la fois une manne et une malédiction.*

Sous les silos, le terrain aride et sablonneux, interdit à toute végétation, s'étendait, bordé de bâtiments en pisé, comme un tentacule de Dar-es-Balat, presque jusqu'au bord du qanat. Le non-globe longtemps caché du Tyran avait fait naître une communauté religieuse importante qui dissimulait la plupart de ses activités dans des sous-sols ou derrière des murs sans fenêtre. *Tels les mécanismes secrets de nos désirs inconscients!*

Sheeana prit de nouveau la parole :

— Tuek n'est plus le même.

Odrade remarqua que Waff redressait subitement la tête. Il avait entendu. Il devait songer: *Peut-on cacher quelque chose à l'envoyée du Prophète?*

Trop de gens savaient déjà qu'un Danseur-Visage avait pris la place de Tuek. La cabale des prêtres, naturellement, croyait donner ainsi aux Tleilaxu suffisamment de gages pour pouvoir espérer piéger non seulement le Tleilax, mais aussi le Bene Gesserit.

Odrade perçut l'odeur âcre des produits chimiques utilisés pour désherber le périmètre de l'entrepôt à épice. Les sensations olfactives eurent pour effet de la rappeler aux nécessités du moment. Elle ne pouvait pas se permettre de rêver ici! Il serait trop bête que le Bene Gesserit se fasse prendre à son propre piège.

Sheeana fit un faux pas et poussa un petit cri, plus d'irritation que de douleur. Waff tourna vivement la tête pour la regarder avant de reporter son attention sur le chemin. L'enfant avait simplement trébuché sur une aspérité. Le sable apporté par le vent dissimulait les endroits où la surface était déformée. La structure surélevée de l'ancienne chaussée un peu plus loin lui paraissait cependant en meilleur état. Certainement pas assez substantielle pour supporter le poids de l'un des descendants du Prophète, mais plus que suffisante pour permettre à un humble quémandeur humain de la traverser pour atteindre le désert.

Waff se considérait essentiellement comme un quémandeur. *Je viens en suppliant sur les terres de ton envoyée, Seigneur.* Il avait ses soupçons sur Odrade. Cette Révérende Mère l'avait attiré ici pour lui soutirer tout ce qu'il savait avant de le tuer.

Avec l'aide de Dieu, c'est peut-être moi qui la surprendrai. Il s'était physiquement protégé contre les effets d'une sonde ixienne alors que, de toute évidence, elle n'avait pas sur elle de dispositif aussi encombrant. Mais c'était surtout sa propre force d'âme et sa foi en la grâce de Dieu qui lui donnaient confiance.

Et si la main qu'elles nous tendent était sincère?

Cela aussi devrait être attribué à Dieu.

Une alliance avec le Bene Gesserit; le contrôle de Rakis... quel rêve extraordinaire! L'avènement du Shariat, enfin, et le Bene Gesserit cantonné dans son rôle de missionnaire...

Quand Sheeana trébucha de nouveau en laissant échapper une légère plainte, Odrade la réprimanda :

— Cesse de gémir ainsi, mon enfant.

Elle vit se raidir les épaules de Waff. Il n'aimait pas qu'on parle de cette manière à « celle qui est bénie ». Le petit homme ne manquait pas de nerf. Elle reconnaissait là la force du fanatisme. Même si un ver géant se jetait sur lui pour le dévorer, Waff ne prendrait pas la fuite. Sa foi en la volonté de Dieu le conduirait droit à sa perte, sauf si quelque chose venait ébranler soudain le sentiment de sécurité religieux où il se retranchait.

Odrade réprima un sourire. Elle imaginait aisément ce qu'il pensait en ce moment : *« Dieu va bientôt révéler ses Desseins. »*

Mais en réalité, Waff était en train de songer à ses cellules accomplissant leur lent processus de renouvellement à Bandalong. Quels que soient les événements qui allaient se produire ici, ses cellules continueraient à servir le Bene Tleilax. Et Dieu. La Grande Croyance ne manquerait jamais de son serviteur Waff en série.

— Je suis capable de sentir Shaïtan, vous savez, fit Sheeana.

— En ce moment?

Odrade leva les yeux vers la chaussée qui commençait à quelques mètres de là. Waff avait déjà pris pied sur la surface convexe.

— Non; seulement quand il arrive, répondit Sheeana.

— Evidemment! N'importe qui en est capable.

— Mais moi, je le sens de très loin.

Odrade inspira profondément par le nez, faisant le tri des odeurs qui lui parvenaient sur un fond de pierre brûlée : quelques bouffées de mélange... des traces d'ozone, quelque chose d'acide. Elle fit signe à Sheeana de la précéder sur la chaussée. Waff avait toujours ses vingt pas d'avance. La chaussée descendait à fleur du désert à une soixantaine de mètres de lui.

Il faudra que je goûte le sable à la première occasion, songea Odrade. *Cela m'apprendra pas mal de choses.*

Tandis qu'elle grimpait sur la chaussée surplombant l'ancien fossé, elle eut la vision, en direction du sud-ouest, d'une structure basse qui barrait l'horizon. Abruptement, elle se trouva plongée dans une Autre Mémoire. L'image n'était pas aussi nette que si elle l'avait vraiment devant ses yeux, mais elle ne pouvait échapper à cette évocation surgie des profondeurs d'elle-même.

Ce n'était vraiment pas le moment! se dit-elle.

Elle savait pourtant que ces intrusions à la surface de son esprit conscient ne se faisaient jamais au hasard, ni sans raisons.

Un avertissement!

Elle plissa les yeux en direction de l'horizon, laissant la vision de sa mémoire seconde s'établir en surimpression. La barrière des temps jadis se précisa au loin. Des gens marchaient sur cette crête. Il y avait dans cette vision passée un pont, un magnifique pont féerique et insubstantiel qui reliait une partie de l'ancienne chaussée à l'autre et elle savait, sans avoir besoin de le voir, qu'un fleuve coulait sous le pont depuis longtemps disparu. Le fleuve Idaho! À présent, l'image en surimpression était en mouvement. Plusieurs objets tombaient du pont. C'était trop loin pour qu'Odrade pût les identifier, mais elle avait déjà suffisamment d'éléments pour reconnaître cette scène historique. Un sentiment d'horreur mêlée d'exaltation l'envahit.

Le pont féerique était en train de s'écrouler! Il tombait par morceaux dans le fleuve qu'il enjambait.

Ce n'était pas une vision de destruction banale. C'était une scène classique issue d'une multitude de mémoires qui s'étaient fondues dans la sienne au moment de l'agonie de l'épice. Elle aurait pu trier les différentes composantes de l'image. Des milliers de ses ancêtres avaient reconstitué cette scène en imagination. Il ne s'agissait pas de vrais souvenirs visuels, mais d'un assemblage de témoignages précis.

C'est ici que cela s'est produit!

Odrade s'arrêta, laissant les images en surimpression se mêler à leur guise à ses pensées conscientes. *Avertissement!* Quelque chose de dangereux avait été décelé. Elle n'essaya pas d'en extraire la substance. Elle savait que si elle faisait cela, tout risquait de s'effilocher, laissant apparaître de petites pistes certainement valables mais qui voileraient immanquablement la certitude originale.

La scène qui se déroulait là-bas était à jamais gravée dans l'histoire des Atréides. Leto II, le Tyran, avait plongé dans la dissolution du haut de ce pont féerique. Le grand ver de Rakis, l'Empereur-Dieu lui-même, avait été précipité dans le fleuve alors qu'il accomplissait son voyage de noces.

Juste là! Dans le fleuve Idaho sous ce pont démoli, le Tyran avait été englouti dans d'horribles souffrances. La transsubstantiation d'où était né le Dieu Fractionné avait son origine ici.

En quoi est-ce un avertissement?

Fleuve et pont avaient disparu aujourd'hui. La haute muraille qui entourait autrefois le Sareer aride du Tyran n'était plus, sous l'action de l'érosion, qu'une ligne inégale à peine visible à l'horizon miroitant.

Si un ver survenait maintenant, porteur d'une de ces perles encapsulées de la mémoire éparpillée du Tyran, ce fragment de mémoire, perdu dans le rêve, pouvait-il être dangereux? Au Bene Gesserit, seule l'opposition de Taraza avait prédit :

« Il se réveillera! »

Taraza et ses conseillères n'envisageaient même pas que la chose fût possible.

Cependant, Odrade était obligée de tenir compte de la sonnette d'alarme de ses Autres Mémoires.

— Révérende Mère, pourquoi nous arrêtons-nous?

Odrade se sentit soudain ramenée à un présent qui exigeait toute son attention. Là-bas, dans cette vision qu'elle considérait comme une mise en garde, le rêve sans fin du Tyran commençait, mais elle devait se méfier d'une autre sorte de rêverie. Sheeana était devant elle et la dévisageait d'un air perplexe.

— Je regardais ce qu'il y a là-bas, fit Odrade en pointant l'index. Ce sont les origines de Shaï-Hulud, Sheeana.

Waff s'arrêta au bout de la chaussée, à un pas de l'endroit où le sable la recouvrait et à une quarantaine de mètres à présent devant Odrade et Sheeana. La voix de la Révérende Mère lui avait fait brusquement dresser l'oreille, mais il ne se retourna pas. Odrade devina son mécontentement d'après la raideur de son dos. Il n'aimait pas que l'on soit cynique, même dans l'intonation, avec son Prophète. Il soupçonnait toujours les Révérendes Mères d'être cyniques, particulièrement dans les questions religieuses. Waff n'était pas encore tout à fait prêt à accepter l'idée que le Bene Gesserit si longtemps redouté et haï puisse partager sa Grande Croyance. C'était un terrain qu'il faudrait combler avec le plus grand soin, comme pour toutes les questions qui étaient du domaine de la Missionaria Protectiva.

— On dit qu'il y avait un grand fleuve, fit Sheeana.

Odrade perçut dans sa voix une note légère de dérision. Cette enfant apprenait très vite!

Waff se tourna vers elles, le front plissé. Il avait entendu également. Que devait-il être en train de penser de Sheeana?

Posant une main sur l'épaule de l'enfant, Odrade désigna l'horizon de l'autre.

— Il y avait un pont juste là. La muraille du Sareer s'interrompait pour laisser le passage au fleuve Idaho que le pont franchissait.

— Un vrai fleuve... soupira doucement Sheeana.

— Pas un qanat, et bien plus important qu'un simple canal.

— Je n'ai jamais vu de fleuve.

— C'est à cet endroit-là qu'ils ont précipité Shaï-Hulud dans les eaux, expliqua Odrade. Puis, tendant le bras vers la gauche : De ce côté, à plusieurs kilomètres de distance, il avait construit son palais.

— Il n'y a rien d'autre que du sable de ce côté, dit Sheeana.

— Le palais a été détruit à l'époque de la Grande Famine. Les gens croyaient qu'il cachait dans ses murs un magot d'épice. Ils se trompaient, naturellement. Le Tyran était bien trop malin pour ça.

Sheeana se pencha pour murmurer à son oreille:

— C'est vrai qu'il existe un trésor d'épice. On en parle dans les chants traditionnels. Mon... certains disent qu'il est caché au fond d'une caverne.

Odrade eut un sourire. Sheeana voulait parler bien sûr de l'Histoire Orale. Et elle avait failli dire « mon père » en pensant à son vrai père, celui qui était mort dans ce désert. La Révérende Mère avait déjà suffisamment fait parler Sheeana pour reconstituer toute son histoire.

Sans cesser de chuchoter, l'enfant ajouta :

— Pourquoi cet affreux petit homme est-il ici avec nous? je ne l'aime pas.

— C'est nécessaire pour la démonstration.

Waff choisit ce moment pour descendre de la chaussée sur le sable légèrement en pente. Il avançait prudemment, mais sans hésitation apparente. Après avoir fait quelques pas sur le sable, il se retourna, les yeux brillants à la lumière brûlante du soleil, pour regarder d'abord Sheeana puis Odrade.

Toujours cette lueur de respect craintif quand il voit Sheeana, se dit la Révérende Mère. *Il est persuadé qu'il va avoir ici une très grande révélation. De quoi renflouer son honneur. Et redorer son blason terni!*

Sheeana mit une main en visière sur son front pour observer le désert.

— Shaïtan aime la chaleur, dit-elle. Les gens vont se cacher a l'intérieur quand il fait trop chaud, mais c'est à ce moment-là que sort Shaïtan.

Pas Shaï-Hulud, mais Shaïtan! se dit Odrade. *Le Tyran avait prédit juste. Que savait-il encore sur notre époque?*

Était-il vrai qu'un fragment de sa conscience dormait encore dans chacun de ses descendants vermiformes?

Aucune des analyses du Bene Gesserit qu'avait étudiées Odrade n'offrait d'explication convaincante qui avaient pu pousser un être humain à se mettre en symbiose avec le ver géant original d'Arrakis. Qu'avait-il bien pu se passer dans sa tête durant les millénaires qu'avait duré cette terrible métamorphose? En restait-il même la plus infime parcelle dans la mémoire des grands vers actuels de Rakis?

— Il approche, Révérende Mère, murmura Sheeana. Vous ne le sentez pas?

Waff jeta à l'enfant un regard plein d'appréhension.

Odrade prit une inspiration profonde. Une riche odeur de cannelle se superposait à celle de la pierre brûlée. Le feu et le soufre. L'enfer siliceux des grands vers. Elle se baissa pour ramasser une pincée de sable qu'elle porta à sa bouche. Tout le contexte y était : la Dune des Autres Mémoires aussi bien que la Rakis d'aujourd'hui.

Sheeana pointa obliquement l'index sur sa gauche, dans la direction d'où soufflait la légère brise du désert.

— Là-bas. Dépêchons-nous.

Sans attendre la permission d'Odrade, elle courut d'un pied

léger sur la chaussée, dépassa Waff et grimpa sur la première dune. Elle attendit que les deux autres la rejoignent puis dévala l'autre versant de la dune. Luttant avec le sable qui empêtrait leur avance, ils franchirent ainsi une autre dune puis se retrouvèrent sur la crête d'une longue *barracan* en forme de croissant où le vent soulevait de petits tourbillons de sable. Il ne leur fallut pas longtemps pour mettre près d'un kilomètre entre eux et la sécurité entourée d'eau de Dar-es-Balat.

De nouveau, Sheeana s'immobilisa.

Waff s'arrêta, haletant, derrière elle. La transpiration luisait sur son front à l'endroit où le capuchon du distille le serrait.

Odrade arriva derrière Waff. Respirant lentement pour reprendre son souffle, elle regarda, par-dessus l'épaule du Tleilaxu, l'endroit où l'attention de Sheeana était fixée.

Une marée de sable apportée par le vent d'une tempête avait déferlé furieusement sur le désert derrière la dune où ils étaient perchés. Le soubassement rocheux était à découvert, formant une longue et étroite avenue de gigantesques blocs espacés, comme si un Titan avait abandonné là les matériaux brisés de quelque construction insensée. À travers ce labyrinthe chaotique, le sable avait circulé tel un torrent, laissant sa signature sous la forme d'échancrures et de fissures profondes avant d'aller plonger, du haut d'un petit escarpement, dans une nouvelle série de dunes qui ridaient le désert jusqu'à l'infini.

— Par là, dit Sheeana en désignant l'avenue de blocs. Ils descendirent de leur dune, glissant et dérapant dans le sable fin. Arrivée en bas, Sheeana s'arrêta au pied d'un bloc qui devait être au moins deux fois plus haut qu'elle.

Waff et Odrade vinrent se placer juste derrière elle.

La face à pic d'une autre *barracan* géante, arquée comme le dos d'une baleine folâtre, se dressait derrière eux contre un ciel bleu argent.

Odrade mit ce répit à profit pour rétablir ses échanges normaux d'oxygène. Cette course folle lui avait coûté beaucoup d'énergie. Elle remarqua que Waff avait le visage rouge et respirait bruyamment. L'odeur de cannelle et de silice était oppressante dans cet étroit passage. Waff renifla et passa sur son nez le revers d'une main. Sheeana, sur la pointe des pieds, pivota et se remit à courir vers le bord opposé du ravin. Elle s'arrêta au bout d'une dizaine de pas et, un pied sur la pente naissante de la dune suivante, leva les deux bras vers le ciel. Lentement tout d'abord, puis sur un rythme qui allait en s'accélérant, elle commença à danser tout en gravissant la dune.

Au-dessus de leurs têtes, le bruit des ornis se fit plus fort.

— Écoutez! cria Sheeana sans interrompre sa danse.

Ce n'était pas aux ornis qu'elle faisait allusion. Odrade tourna la tête pour avoir les deux oreilles orientées dans la direction d'un nouveau bruit qui venait de faire irruption dans leur labyrinthe chaotique.

C'était un sifflement rauque, souterrain, étouffé par le sable, qui prenait de l'ampleur avec une rapidité stupéfiante. Il s'accompagnait d'un dégagement de chaleur, un net réchauffement du vent qui s'engouffrait dans le défilé rocheux. Le sifflement devint un hurlement déchirant. Abruptement, la fournaise béante, hérissée de cristal, d'une gigantesque gueule, émergea derrière le sommet de la dune que gravissait Sheeana.

— Shaïtan! hurla-t-elle sans briser le rythme de sa danse. Je suis là, Shaïtan!

La tête du monstre, coiffant la crête de la dune, s'inclina vers Sheeana. Le sable ruissela en cascades à ses pieds et elle fut forcée d'interrompre la danse. L'odeur de cannelle envahissait le défilé. Le ver cessa d'avancer.

— Le messager de Dieu! murmura sourdement Waff.

La chaleur sécha vite la transpiration qui perlait sur la partie découverte du visage d'Odrade. Automatiquement, le dispositif d'isolation de son distille s'était ajusté, gonflant de manière sensible son enveloppe extérieure. Elle respira à fond, triant les différentes composantes de cet assaut de cannelle. L'air autour d'elle était craquant d'ozone et richement saturé d'oxygène. Tous ses sens en alerte, la Révérende Mère enregistrait le plus d'impressions possible.

Pour le cas où je survivrais, se disait-elle.

Toutes ces informations étaient infiniment précieuses. Si elle les transmettait à d'autres, le jour viendrait peut-être où quelqu'un en aurait besoin.

Sheeana recula et prit pied sur la roche nue. Elle reprit sa danse sur un rythme effréné, rejetant violemment la tête sur le côté à chaque mouvement. Sa chevelure lui fouettait le visage et, chaque fois qu'elle se retrouvait face au ver, elle hurlait : « Shaïtan! »

Délicatement, comme un enfant progressant en territoire inconnu, le ver reprit son avance. Franchissant la crête, il se laissa glisser jusqu'à la roche exposée et orienta sa gueule brûlante en direction de Sheeana, qu'il dominait à seulement deux pas de distance.

De l'endroit où elle se trouvait, Odrade entendait nettement l'extraordinaire grondement intérieur du ver. Elle ne pouvait détacher son regard du reflet orangé des flammes qui habitaient la créature. Un feu mystérieux brûlait dans cette caverne.

Sheeana cessa de danser et, les poings sur les hanches, leva la tête vers le montre qu'elle avait appelé.

Odrade minutait sa respiration. Les efforts qu'elle faisait pour garder le contrôle d'elle-même absorbaient une grande partie de son énergie disponible. Elle se sentait à la merci des événements.

Si ce devait être la fin... eh bien, elle aurait obéi aux ordres de Taraza. Que la Mère Supérieure apprenne ce qu'elle pourrait des observateurs qui tournaient au-dessus de leurs têtes.

— Bonjour, Shaïtan, dit Sheeana. J'ai amené avec moi une Révérende Mère et un monsieur du Tleilax.

Waff se laissa tomber à genoux et baissa la tête.

Odrade passa devant lui et alla se placer à côté de l'enfant.

Sheeana respirait très fort. Elle avait le visage congestionné.

Les distilles fonctionnant à la limite de leur capacité faisaient entendre des cliquetis incongrus. L'air chaud saturé de l'odeur de cannelle vibrait des bruits de cette formidable rencontre, dominés par les borborygmes brûlants du ver autrement immobile.

Waff s'avança à son tour aux côtés d'Odrade. Son regard hypnotisé ne quittait pas le ver.

— Me voici, murmura-t-il d'une voix sourde.

Odrade pesta intérieurement contre lui. Le moindre bruit inutile risquait d'attirer sur eux l'attention de cette bête. Elle comprenait cependant ce que ressentait Waff. Aucun autre Tleilaxu ne s'était jamais trouvé si près d'un descendant du Prophète. Même les prêtres de Rakis étaient incapables d'accomplir cet exploit!

De la main droite, Sheeana fit soudain un geste impérieux vers le bas.

— Couché devant nous, Shaïtan! ordonna-t-elle.

Le ver abaissa sa gueule béante jusqu'à ce que la fournaise infernale remplisse le défilé rocheux devant eux. Dans un chuchotement à peine audible, Sheeana triompha :

— Vous voyez comme il m'obéit, Révérende Mère?

Odrade percevait l'emprise de l'enfant sur le monstre comme une pulsation codée, un langage secret. C'était quelque chose de troublant à voir.

D'une voix pleine d'impudence arrogante, Sheeana déclara :

— Je vais demander à Shaïtan de nous laisser grimper sur son dos!

Elle escalada la face abrupte de la dune à côté du ver géant. Aussitôt, la tête du monstre se releva pour suivre ses mouvements.

— Ne bouge pas! commanda Sheeana.

Le ver obéit.

Ce ne sont pas ses paroles qui le commandent, se dit Odrade *C'est quelque chose d'autre.. quelque chose...*

— Révérende Mère, vous venez? appela Sheeana.

Poussant Waff devant elle, Odrade s'avança. Ils escaladèrent à leur tour la dune où se trouvait Sheeana. Le sable ne cessait de dégringoler de tous les côtés, empiétant sur la roche du défilé. Devant eux, la queue effilée du ver s'incurvait en suivant la crête de la dune. Sheeana les précéda en courant dans le sable jusqu'à l'extrémité de cette queue. Agrippant le bord d'un des anneaux qui formaient le dos ondulé du monstre, Sheeana grimpa sur sa monture du désert.

Plus lentement, Odrade et Waff suivirent. La surface chaude du ver donnait à Odrade l'impression de quelque chose d'inorganique, comme s'il s'agissait de quelque machine ixienne.

Sheeana courut agilement sur le dos du monstre et s'accroupit juste derrière la gueule, là ou les anneaux étaient les plus larges et les plus protubérants.

— Faites comme moi, leur dit-elle.

Elle se pencha en avant, agrippant fermement le bord de l'anneau devant elle, qu'elle souleva légèrement pour en exposer le dessous rose et mou.

Waff obéit immédiatement. Odrade se déplaça plus lentement, prenant soin d'enregistrer le plus de détails possible. La surface de l'anneau était dure comme du plazton et recouverte de petites incrustations. Elle éprouva du doigt la consistance de la partie molle en dessous. Elle était légèrement vibrante. Tout le dos du ver se soulevait et s'abaissait sur un rythme presque imperceptible. Odrade percevait un léger bruit de frottement qui accompagnait chaque mouvement d'ondulation.

Sheeana frappa du pied en disant:

— Avance, Shaïtan!

Le ver n'eut pas de réaction.

— S'il te plaît, Shaïtan! implora Sheeana.

Odrade perçut la note de désespoir dans sa voix. L'enfant paraissait sûre de ses pouvoirs sur le monstre, mais la Révérende Mère avait compris que c'était la première fois qu'elle montait ainsi sur son dos. Elle connaissait maintenant toute l'histoire, depuis l'impulsion suicidaire jusqu'à la confusion avec les superstitions des prêtres, mais cela ne lui disait guère ce qui allait se passer ensuite.

Brusquement, le ver se mit en mouvement. Il se souleva d'une secousse, tordit son corps vers la gauche, sortit du défilé en prenant un virage serré puis se dirigea droit vers le cœur du désert, à l'opposé de Dar-es-Balat.

— Dieu nous emporte! s'écria Waff.

Sa voix avait quelque chose qui choquait Odrade. Quelle intensité! Elle mesurait par là la puissance de sa foi. Le *schwop-schwop* des ornithoptères sacerdotaux les suivait là-haut. Le déplacement d'air causé par leur passage lui apportait des bouffées d'ozone qui se mêlaient aux odeurs de fournaise exhalées par le monstre lancé à pleine course dans le désert.

Odrade leva les yeux vers les ornis en songeant qu'il serait facile pour un ennemi de débarrasser en même temps la planète d'une enfant gênante, d'une Révérende Mère non moins embarrassante et d'un Tleilaxu méprisé. Tout cela en un seul moment de violence déchaînée au-dessus du désert. La cabale des prêtres ne devait pas manquer de l'envie d'essayer, malgré la présence connue d'autres observateurs du Bene Gesserit un peu plus haut dans le ciel, mais qui interviendraient probablement trop tard.

La curiosité et la peur suffiraient-elles à les retenir?

Odrade devait admettre qu'elle était elle-même en proie à une immense curiosité.

Où nous emmène cette créature?

Certainement pas dans la direction de Keen. Elle dressa le cou pour regarder par-dessus l'épaule de Sheeana. A l'horizon, droit devant, elle aperçut l'éboulis caractéristique de l'endroit où le Tyran avait basculé dans le fleuve du haut de son pont féerique.

L'avertissement de la Mémoire Seconde!

Ses pensées se figèrent à cette révélation. Elle comprenait maintenant la valeur de l'avertissement. Le Tyran était mort dans un endroit qu'il avait choisi. Beaucoup d'autres morts avaient marqué cet endroit, mais la sienne était la plus forte. Le Tyran avait également choisi l'itinéraire de sa pérégrination nuptiale. Ce n'était pas Sheeana qui avait dit au ver de se diriger par là. Il avait pris ce chemin de son propre chef. Le pouvoir d'attraction du rêve sans fin du Tyran l'avait fait aller là où le rêve commençait.

C'est un habitant des terres sèches à qui on demande un jour: « Qu'est-ce qui est le plus précieux pour toi, un jolitre d'eau ou une mare entière? » Et l'autre réfléchit un long moment avant de répondre : « Le jolitre, pour sûr. Nul ne pourrait posséder une mare tout entière. Mais le jolitre, on peut facilement le cacher sous sa cape et se sauver avec. Personne ne s'en apercevrait. »

Bons mots de l'ancienne Dune
Archives du Bene Gesserit

La séance dans la salle d'entraînement du non-globe avait été particulièrement longue. Duncan, dans sa cage mobile, dirigeait l'exercice, fermement déterminé à ne pas accorder de répit à son jeune nouveau corps tant que celui-ci n'aurait pas maîtrisé les sept postures centrales de riposte à des attaques venues de huit directions différentes. Sa combinaison verte était assombrie de transpiration. Vingt jours qu'ils peinaient sur cette leçon!

Teg avait connaissance des anciennes techniques utilisées ici, mais il les utilisait d'une manière différente et sous d'autres noms. Au bout de quatre ou cinq jours, il avait commencé à avoir des doutes sur la supériorité des méthodes modernes. À présent, il était d'ailleurs convaincu que Duncan inventait quelque chose de nouveau, mélangeant ses anciennes connaissances avec celles qui venaient de lui être inculquées à la Citadelle.

Le bashar était installé à son pupitre de commande, où il jouait le double rôle d'observateur et de participant. Les circuits qui contrôlaient les mouvements des dangereux mannequins utilisés pour cette séquence avaient nécessité une certaine adaptation de sa part, mais il se sentait maintenant à l'aise et conduisait l'attaque avec une dextérité fréquemment inspirée.

Lucille, grincheuse, venait de temps à autre passer la tête dans l'encadrement de la porte. Elle les regardait un moment puis se retirait sans faire le moindre commentaire. Teg ignorait les intentions réelles de Duncan à l'égard de l'Imprégnatrice. Il avait cependant l'impression que le ghola à la mémoire nouvellement rétablie jouait au chat et à la souris avec sa « séductrice ». Le bashar se doutait bien qu'elle ne laisserait pas ce petit jeu continuer longtemps. Mais cette affaire ne le regardait plus. Duncan n'était plus « jeune et désarmé » face aux artifices de la Révérende Mère. Son corps juvénile abritait maintenant le cerveau d'un homme mûr, fort d'une expérience qui lui permettrait de prendre ses décisions tout seul.

Duncan et Teg avaient passé toute la matinée à l'entraînement en ne s'accordant qu'une brève pause. La faim commençait à tirailler le bashar, mais il ne voulait pas encore mettre fin à la séance. Les exploits de Duncan avaient atteint de nouveaux sommets aujourd'hui et il n'avait pas encore fini de s'améliorer.

Assis dans le fauteuil-cage d'un pupitre fixe, Teg disposa les forces d'attaque en une manœuvre complexe et frappa simultanément sur la droite, sur la gauche et d'en haut.

Les armureries des Harkonnen avaient produit de grandes quantités de ces machines d'entraînement exotiques, dont Teg n'avait pour certaines entendu parler que par l'intermédiaire de récits historiques. De toute évidence, elles étaient parfaitement familières à Duncan, qui s'en servait avec une dextérité admirable. Le programme qu'ils utilisaient en ce moment mettait en jeu des assaillants qui devaient frapper à travers un champ de force.

— Ils sont réglés pour ralentir automatiquement leur mouvement, avait expliqué Duncan de sa voix jeune-mûre. S'ils frappent trop vite, évidemment, le bouclier les arrête.

— Nous n'utilisons presque plus ce genre de champ de force, avait dit Teg. Quelques associations les emploient encore sous forme de sport, mais...

Duncan exécuta une riposte-éclair qui envoya trois assaillants au tapis avec suffisamment de dommages pour que les robots d'entretien du non-globe interviennent immédiatement. Duncan releva la cage de protection et mit le système en veilleuse sans l'arrêter pour se rapprocher de Teg en respirant à fond mais sans aucune difficulté. Regardant par-dessus l'épaule du bashar, il eut un sourire et un léger hochement de tête. Teg se tourna vivement pour n'entrevoir qu'un pli de la robe de Lucille qui s'éloignait.

— C'est comme un duel, expliqua Duncan. Elle essaie de percer ma garde et je riposte.

— Fais attention. Tu as affaire à une Révérende Mère.

— J'en ai fréquenté plus d'une à mon époque, Bashar.

Une fois de plus, Teg se trouva décontenancé. On l'avait averti qu'il lui faudrait se réadapter à un Duncan Idaho entièrement changé, mais il n'avait pas prévu que cette réadaptation lui coûterait à chaque instant de tels efforts. L'expression qu'il lisait en ce moment dans le regard de Duncan le laissait perplexe.

— Je crois que nos rôles ont été légèrement modifiés, Bashar, reprit le ghola en se baissant pour ramasser une serviette avec laquelle il s'épongea le visage.

— Je ne sais pas si j'ai encore quelque chose à t'apprendre, reconnut Teg.

Il aurait bien voulu, cependant, que Duncan prît un peu plus au sérieux son avertissement concernant Lucille. S'imaginait-il que les Révérendes Mères de l'ancien temps étaient identiques à celles d'aujourd'hui? C'était hautement improbable, pensait Teg pour sa part. Comme tout le reste, le Bene Gesserit évoluait et changeait continuellement.

De toute évidence, Duncan avait pris sa décision sur le rôle qu'il était prêt à jouer dans les machinations de Taraza. Il n'attendait pas seulement son moment, mais il avait décidé d'entraîner son corps pour qu'il corresponde aux critères qu'il s'était personnellement fixés, indépendamment des intentions de Bene Gesserit à son égard.

Il a déjà pris sa décision sans disposer de données suffisantes, se dit Teg.

Duncan laissa tomber sa serviette et garda quelques instants les yeux baissés dessus.

— Laissez-moi juge de ce que vous pouvez m'apprendre, dit-il.

Il tourna la tête vers Teg, toujours assis dans son fauteuil-cage, et l'observa avec attention.

Teg prit une profonde inspiration. Il percevait la faible odeur d'ozone qui émanait de cet indestructible matériel Harkonnen qui attendait, en ronronnant doucement, le rappel à l'action de Duncan. Et la transpiration du ghola avait une dominante amère.

Duncan éternua.

De nouveau, Teg huma l'air chargé de la poussière de leurs activités quotidiennes. Il y avait des moments où l'on pouvait en sentir le goût sur le bout de sa langue plutôt que dans ses narines. Alcalin. Et il flottait par-dessus tout cela le parfum des épurateurs d'air et des régénérateurs d'oxygène. L'arôme floral incorporé au système était net, mais Teg n'avait pas réussi à identifier la fleur. Depuis un mois qu'ils l'occupaient, le globe s'était aussi imprégné d'odeurs humaines, progressivement intégrées au complexe original: transpiration, odeurs âcres de cuisine ou de recyclage des déchets, jamais complètement éliminées. Pour Teg, ces résidus qui évoquaient trop leur présence avaient un caractère étrangement agressif. Il se prenait parfois à plisser les narines ou à tendre l'oreille à la recherche de bruits intrus — quelque chose de plus que l'écho de leurs propres pas dans un couloir ou que le choc assourdi d'ustensiles métalliques dans la cuisine.

La voix de Duncan le tira de sa rêverie :

— Vous êtes un drôle d'homme, Bashar.

— Comment ça?

— C'est votre ressemblance avec le duc Leto. Vous avez la même tête, c'est fantastique. Il était un peu plus petit que vous, mais les traits du visage...

Il secoua la tête en spéculant sur la responsabilité du Bene Gesserit dans la présence de ces signatures génétiques sur le visage de Teg : le profil d'épervier, les sillons profonds et, surtout, ce rayonnement intérieur, cette assurance de supériorité morale.

Supériorité à quel point et morale à quel point?

D'après les archives qu'il avait pu consulter à la Citadelle (et dont il était sûr à présent qu'elles avaient été mises exprès à portée de sa curiosité), la réputation de Teg était quelque chose de légendaire et de pratiquement universel chez ses contemporains. A la bataille de Markon, il avait suffi que l'ennemi apprenne que c'était Teg en personne qui s'apprêtait à le combattre pour que ses généraux demandent à parlementer. Mais était-ce la vérité?

Duncan regarda Teg dans son fauteuil-cage et lui posa la question.

— La renommée peut être la meilleure des armes, répondit le bashar. Elle permet souvent d'éviter de répandre le sang.

— Sur Arbclough, pourquoi êtes-vous monté en première ligne avec vos troupes d'élite?

— Où as-tu appris ça? demanda Teg, étonné.

— À la Citadelle. Vous auriez pu vous faire massacrer. En quoi cela vous aurait-il avancé?

Teg se remémora que dans ce jeune corps qui se tenait devant lui étaient une foule de connaissances impossibles à déterminer et qui devaient le guider dans sa recherche de renseignements. C'était probablement dans cette zone inconnue, se disait le Bashar, que résidait la plus grande utilité du ghola pour le Bene Gesserit.

— Nous avions essuyé de graves pertes les deux jours précédents, répondit-il. Je n'avais pas bien su évaluer l'importance de la terreur et du fanatisme qui motivaient l'ennemi.

— Mais les risques...

— Ma présence en première ligne disait aux miens : « Voyez, je partage les risques avec vous. »

— Les documents de la Citadelle disaient que la planète avait été entièrement corrompue par les Danseur-Visages. Patrin m'a raconté que vous vous étiez opposé à ceux de vos officiers qui recommandaient de nettoyer radicalement Arbelough, y compris...

— Tu n'y étais pas pour savoir, Duncan.

— Justement, j'essaie de faire comme si. Vous avez donc épargné l'ennemi malgré les avis de votre entourage.

— Nous n'avons pas épargné les Danseurs-Visages.

— Mais aussitôt après, vous avez circulé, sans arme, parmi les rangs ennemis, avant même qu'ils aient déposé leurs propres armes.

— C'était pour les assurer qu'ils seraient bien traités.

— Vous couriez un grand danger.

— Tu crois? Un grand nombre se sont ralliés à nous pour participer à l'assaut final sur Kroïnin, où les ennemis du Bene Gesserit ont été mis en déroute.

Duncan observait Teg de son regard perçant. Non seulement le vieux bashar ressemblait physiquement au duc Leto, mais il possédait la même sorte de charisme propre aux Atréides. C'était une figure légendaire même parmi ses anciens ennemis. Teg avait dit un jour qu'il descendait de la célèbre Ghanima des Atréides, mais il y avait nécessairement autre chose. Duncan avait le vertige à l'idée de ce que les maîtres généticiens du Bene Gesserit semblaient capables de faire.

— Reprenons l'entraînement, dit-il abruptement.

— Ne t'esquinte pas.

— Vous oubliez, Bashar, que j'ai eu autrefois un corps pas plus vieux que celui-ci. Je m'en souviens. C'était sur Giedi Prime.

— Gammu!

— Le nom moderne est tout à fait approprié, mais c'est l'ancien qui reste accroché à ma mémoire. C'est en rapport avec les raisons pour lesquelles elles m'ont fait venir ici. Je le sais.

Evidemment, il sait, se dit Teg.

Le bref répit lui ayant permis de récupérer, Teg introduisit un nouvel élément dans sa ligne d'attaque et lança une fulgurante traînée de feu sur le flanc gauche de Duncan.

Avec quelle facilité celui-ci esquiva!

Il faisait appel à une variante étonnamment hétéroclite des cinq postures, chaque mouvement semblant improvisé avant même que le besoin s'en fît sentir.

— Chaque attaque est une plume flottant sur la route infinie, fit Duncan d'une voix qui ne trahissait pas le moindre essoufflement. Quand la plume approche, elle est déviée puis ôtée.

Tout en parlant, il esquivait puis contrait un nouvel assaut.

La logique mentat de Teg suivait ses mouvements sur un terrain qu'il reconnaissait volontiers dangereux.

Dépendance et bûches maîtresses!

Le ghola semblait faire partie de l'attaque. Il la précédait, alignant ses mouvements sur ceux de Teg selon un rythme parallèle plutôt que décalé. Teg était obligé de faire appel à toutes ses ressources tandis que les énergies de simulation brûlaient et crépitaient tout autour d'eux sur le sol. L'insaisissable Duncan dans sa cage mobile était partout à la fois. Pas un seul projectile chercheur de Teg ne l'atteignit. Pas une seule traînée de feu ne l'effleura. Il sautait par-dessus, se glissait par-dessous, apparemment indifférent à la douleur réelle que ces armes d'entraînement auraient pu lui causer.

A nouveau, Duncan accéléra le rythme de son attaque.

Une douleur fulgurante remonta le bras gauche de Teg, de la main qui tenait les commandes jusqu'à l'épaule.

Poussant un cri, Duncan coupa immédiatement le courant.

— Désolé, Bashar. Vous vous êtes défendu comme un lion, mais j'ai bien peur que vous n'ayez été vaincu par le poids des ans.

Il sortit une nouvelle fois de sa cage pour s'avancer vers Teg.

— Une petite punition pour me rappeler les mauvais traitements que je t'ai infligés, fit ce dernier en se frottant le bras.

— Mettons cela au compte de l'excitation du moment, répliqua Duncan. Je crois que ça suffit comme ça pour aujourd'hui.

— Pas tout à fait encore. Il ne suffit pas de fortifier tes muscles.

À ces mots, Duncan éprouva dans tout son corps une étrange sensation d'alerte. Il sentait le contact inorganisé de cette chose partielle que l'éveil de sa mémoire n'avait pas encore exhumée et qui était tapie en lui, pensait-il, comme une bête tenue en laisse, attendant d'être lâchée pour bondir.

— Que voudriez-vous faire de plus? demanda-t-il d'une voix rauque.

— C'est ta survie qui se trouve dans la balance. Tout ce que nous faisons ici est destiné à te protéger pour que tu puisses gagner Rakis.

— Dans l'intérêt du Bene Gesserit, et pour des raisons que vous dites ne pas connaître!

— C'est vrai que je ne les connais pas, Duncan.

— Mais vous êtes un mentat.

— Les mentats ne peuvent faire de projection s'ils n'ont pas de données.

— Vous croyez que Lucille en sait plus?

— Je n'en suis pas très sûr, mais je voudrais te mettre de nouveau en garde en ce qui la concerne. Elle a pour ordre de te conduire sur Rakis *après* t'avoir préparé à ce que tu devras y faire.

— Ce que je *devrai* y faire? répéta Duncan en secouant latéralement la tête. N'est-ce pas à moi de choisir ce que je désire faire? Qu'est-ce que vous croyez avoir réveillé en moi? Un foutu Danseur-Visage uniquement capable d'obéir aux ordres?

— Cela veut dire que tu refuses d'aller sur Rakis?

— Cela veut dire simplement que je prendrai ma décision quand je saurai exactement de quoi il s'agit. Je ne suis pas un tueur à gages.

— Tu crois que j'en suis un, Duncan?

— Je sais que vous êtes quelqu'un d'honorable, digne de respect et d'admiration. Accordez-moi au moins le droit d'avoir mes propres critères dans ces domaines.

— On vient de te donner une nouvelle chance de vivre...

— Mais vous n'êtes pas mon père et Lucille n'est pas ma mère. Imprégnatrice... À quoi espère-t-elle donc me *préparer*?

— Il est possible qu'elle ne le sache pas, Duncan. Comme moi, elle ne possède peut-être qu'une partie des clés. D'après ce que je sais du Bene Gesserit, c'est même fort probable.

— Ainsi, tous les deux, vous avez pour tâche de me préparer et de me livrer sur Rakis. Voilà le colis dont vous avez passé commande!

— Cet univers est très différent de celui où tu es né la première fois, dit Teg. Comme à ton époque, nous sommes toujours liés par la Grande Convention sur les armes atomiques et les effets para-atomiques des interactions bouclier-laser. Il est toujours écrit que les attaques-surprises sont interdites. Il y a par-ci, par-là des bouts de papier portant notre signature où nous...

— Mais les non-vaisseaux ont changé les bases de tous ces traités, interrompit Duncan. Je crois avoir appris correctement mes leçons d'histoire à la Citadelle. Mais dites-moi, Bashar, pourquoi le fils de Paul a-t-il demandé aux Tleilaxu de lui fournir tous ces gholas de moi, par centaines, durant des millénaires?

— Le fils de Paul?

— Les documents de la Citadelle l'appellent l'Empereur-Dieu. Vous le dénommez le Tyran.

— Aaah! Je ne crois pas que nous connaissions ses véritables raisons. Peut-être cherchait-il à compenser la perte de quelqu'un qui...

— Vous m'avez fait revenir pour affronter le ver! s'écria subitement Duncan.

C'est cela que nous sommes en train de faire? se demanda Teg. Il avait déjà plusieurs fois envisagé cette possibilité. Mais ce n'était qu'une hypothèse et non une projection. Et même ainsi, les intentions de Taraza ne pouvaient être limitées à cela. Teg le sentait dans chaque fibre de son intuition mentat. Lucille connaissait-elle la réponse? Teg n'avait pas la prétention de pouvoir extorquer des révélations à une Révérende Mère à part entière. Non... il faudrait attendre le bon moment, observer et écouter patiemment. À sa façon, c'était de toute évidence l'attitude pour laquelle avait opté Duncan. Il était trop dangereux de s'opposer ouvertement à Lucille.

— Franchement, Duncan, je n'en sais rien, répondit Teg à haute voix en secouant la tête.

— Mais vous exécutez les ordres.

— Selon le serment qui me lie au Bene Gesserit.

— « Ruse, tromperie... ce sont des mots vides de sens quand la survie de l'Ordre est en jeu », murmura Duncan en le citant.

— J'ai dit cela, c'est vrai, reconnut Teg.

— C'est justement parce que vous l'avez dit que je vous fais confiance aujourd'hui. Mais je ne me fie pas à Lucille.

Teg courba le menton jusqu'à sa poitrine.

Dangereux... beaucoup trop dangereux...

Avec plus de lenteur et de délibération qu'en de précédentes occasions, il chassa de son esprit ce genre de pensée et entreprit un nettoyage mental en se concentrant sur les priorités établies à son intention par Taraza.

« Vous êtes mon *Bashar. »*

Duncan observait le visage de Teg depuis un moment. La

fatigue inscrivait ses rides dans les traits du vieil homme, rappelant soudain son grand âge au ghola. Celui-ci aurait été curieux de savoir si des hommes comme Teg avaient parfois la tentation de s'adresser aux Tleilaxu pour qu'ils les transforment en gholas. La réponse était probablement négative. Le risque était trop grand de devenir de simples marionnettes entre les mains du Tleilax.

Cette pensée envahissait l'esprit conscient de Duncan au point qu'il en restait figé et que Teg, levant les yeux vers lui, ne manqua pas de s'en apercevoir aussitôt.

— Quelque chose qui ne va pas?

— Les Tleilaxu m'on fait quelque chose; quelque chose qui n'est pas encore remonté à la surface, murmura Duncan d'une voix sourde.

— Exactement ce que nous redoutions!

C'était Lucille, qui se tenait dans l'encadrement de la porte derrière Teg. Elle s'avança pour s'immobiliser à deux pas de Duncan.

— J'ai tout entendu, reprit-elle. Vous êtes une mine de renseignements, vous deux.

Teg parla vivement, dans l'espoir d'émousser la colère qu'il sentait en elle.

— Il vient de maîtriser les sept postures aujourd'hui.

— Il frappe comme la foudre, fit Lucille; mais n'oubliez pas qu'au Bene Gesserit, nous jaillissons comme l'eau en occupant tout l'espace à la fois. Ne voyez-vous pas, ajouta-t-elle en baissant les yeux vers Teg, que notre ghola est déjà au-delà des postures?

— Pas de point fixe, pas de posture possible, déclara Duncan.

Teg leva vivement les yeux vers lui. Il se tenait la tête haute, le front lisse, le regard net face à celui du bashar. Il avait évolué physiquement d'une manière étonnante depuis que sa mémoire originale lui avait été rendue.

— Allez au diable, Miles! grommela Lucille.

Mais l'attention de Teg était toujours fixée sur Duncan. Son corps tout entier semblait rehaussé d'une vigueur nouvelle. Il émanait de lui une grâce qui n'était pas là auparavant.

Duncan se tourna vers Lucille :

— Vous avez peur d'échouer dans votre mission?

— Certainement pas. Tu es encore un mâle.

Et elle songea : *Oui, ce jeune corps doit déborder des liqueurs ardentes de la procréation. Ses détonateurs hormonaux sont intacts et ne demandent qu'à être déclenchés.*

Cependant, dans son attitude présente et dans la manière dont il la regardait, il y avait quelque chose qui la forçait à hisser son attention jusqu'à de nouveaux sommets dévorateurs d'énergie.

— Que t'ont fait les Tleilaxu? demanda-t-elle.

Il répondit avec une impertinence qui ne correspondait pas à son état d'âme :

— Ô Grande Imprégnatrice, si je le savais, je vous le dirais tout de suite.

— Tu crois que c'est à un jeu que nous sommes en train de jouer?

— Je ne sais pas à *quoi* nous sommes en train de jouer!

— À l'heure qu'il est, beaucoup de gens savent que nous ne sommes pas sur Rakis, où l'on s'attendait à nous voir fuir.

— Et Gammu grouille de représentants de la Dispersion, ajouta Teg. Ils sont suffisamment nombreux pour explorer toutes les pistes locales.

— Qui pourrait soupçonner l'existence d'un non-globe oublié datant de l'époque des Harkonnen? demanda Duncan.

— N'importe qui, à condition d'établir le rapport entre Rakis et Dar-es-Balat, répondit Teg.

— Si tu crois qu'il s'agit d'un jeu, tu admettras que la partie s'annonce plutôt mal pour nous, dit Lucille.

Elle pivota sur un talon pour faire face à Teg.

— Quant à *vous*, vous avez désobéi aux ordres de Taraza!

— C'est faux! protesta Teg. J'ai fait exactement ce qu'elle m'avait ordonné de faire. Je suis son Bashar et vous oubliez à quel point elle me connaît.

Avec un choc abrupt qui la rendit muette, Lucille comprit d'un seul coup toute la subtilité des manœuvres de Taraza.

Nous sommes de vulgaires pions!

Avec quel art et quelle subtilité Taraza déplaçait ses pions... Lucille ne se sentait nullement amoindrie à l'idée d'être un simple pion posé sur un échiquier. C'était une notion à laquelle toutes les Révérendes Mères du Bene Gesserit avaient toujours été accoutumées. Même Teg le savait. *Amoindrie, pourquoi donc*? La situation dans laquelle ils étaient tous plongés prenait de plus en plus d'ampleur dans son esprit. Les paroles de Teg l'avaient fait réfléchir. Elle était sidérée par la minceur de ses propres vues, jusqu'à présent, sur les différentes forces qui s'affrontaient autour d'eux. Tout se passait comme si elle n'avait vu d'abord que la surface d'un fleuve aux eaux tumultueuses pour être plongée ensuite, tout d'un coup, dans ses formidables remous intérieurs. Maintenant qu'elle se sentait ballottée de tous les côtés par les flots, elle éprouvait le désarroi d'une compréhension totale et brutale.

Des pions peuvent être sacrifiés.

Par votre croyance dans les singularités, dans les absolus granulaires, nous niez le mouvement, y compris celui de l'évolution! En laissant persister dans votre perception du monde l'image d'un univers granulaire, vous vous rendez aveugle au mouvement. Lorsque les choses changent, votre univers absolu disparaît, n'étant plus accessible à vos perceptions auto-limitées. L'univers vous a finalement laissé derrière lui.

Première version du
Manifeste des Atréides
Archives du Bene Gesserit

Taraza posa ses mains à plat contre ses tempes, le long des oreilles, et pressa. Chacun de ses doigts sentait la fatigue à l'intérieur, juste entre ses deux mains. La lassitude... Avec un bref clignement de paupières, elle se plongea en transe de relaxation. Mains contre tête... c'était son seul foyer de perception sensorielle.

Cent battements de cœur.

Elle avait l'habitude de faire cet exercice depuis son plus jeune âge. C'était l'une des premières choses que le Bene Gesserit lui avait apprises. Exactement cent battements. Au bout de toutes ces années d'entraînement, elle n'avait même plus besoin de les compter. Son corps faisait inconsciemment office de métronome.

Quand elle rouvrit les yeux, elle se sentait bien mieux. Elle espérait disposer au moins de deux heures de travail supplémentaire avant d'être de nouveau subjuguée par la fatigue. Dans toute sa vie, ces séances de cent battements avaient bien dû prolonger ses heures de veille de quelques années.

Ce soir, néanmoins, à la pensée de l'ancienne technique, ses souvenirs avaient tendance à la ramener loin en arrière dans la spirale du temps. Elle était happée par son enfance, le dortoir où la Sœur Rectrice faisait les cent pas la nuit pour s'assurer qu'elles étaient bien toutes endormies dans leurs lits.

Sœur Baram, la Rectrice de nuit.

Il y avait des années que Taraza n'avait évoqué ce nom. Sœur Baram, petite et grosse, n'avait jamais pu devenir Révérende Mère à part entière. La raison n'en était pas immédiatement visible, mais les Sœurs médecins et leurs docteurs Suk lui avaient trouvé quelque chose. Baram n'avait jamais été autorisée à subir l'agonie de l'épice. Elle ne faisait pas un secret de ses imperfections, dans la mesure où elles lui avaient été révélées. Les symptômes avaient été découverts à l'adolescence : tremblements nerveux périodiques, qui se manifestaient surtout au moment où elle commençait à sombrer dans le sommeil. C'étaient les signes d'un mal plus profond qui avait conduit à ordonner sa stérilisation, d'où l'attribution logique du poste de Rectrice de nuit.

Baram avait d'autres faiblesses que ses supérieures n'avaient pas décelées. Lorsqu'une des filles se levait, sur la pointe des pieds, pour aller aux toilettes, il lui était possible, avec un peu de persuasion, de soutirer à la Rectrice de longues conversations à voix basse. La plupart du temps, les questions naïves obtenaient des réponses naïves, mais il arrivait que Baram ait des choses intéressantes à apprendre. C'était elle qui avait enseigné à Taraza le truc de la relaxation

Un matin, l'une des grandes avait trouvé Sœur Baram morte dans les toilettes. Les tremblements nerveux de la Rectrice de nuit cachaient une maladie fatale qui avait surtout de l'importance pour les Maîtresses généticiennes et leurs archives sans fin.

Comme les programmes d'enseignement du Bene Gesserit n'abordaient généralement pas les questions de la « mort personnelle » avant les années avancées de l'acolytat, Sœur Baram avait représenté le premier contact visuel de Taraza avec la mort. Le corps avait été découvert à moitié coincé sous un lavabo, la joue droite en contact avec le sol carrelé, la main gauche prise derrière un tuyau sous la cuvette. Elle avait dû s'agripper dans une ultime tentative pour se redresser, et la mort l'avait saisie au milieu du mouvement en la figeant comme un insecte prisonnier d'un bloc d'ambre.

Quand on avait dégagé Sœur Baram pour l'emmener sur une civière, Taraza avait vu la marque rouge à l'endroit où la joue était en contact avec le carrelage. La Rectrice de jour lui avait donné sur cette marque une explication d'une rigueur toute scientifique. Tout était bon à servir de leçon à ces Révérendes Mères en puissance, qui pourraient plus tard incorporer les données ainsi acquises aux « conversations avec la mort » de leurs années d'acolytat.

Lividité cadavérique.

Assise à sa table de travail du Chapitre toutes ces années après, Taraza dut faire appel à tous ses pouvoirs de concentration pour dissiper ces souvenirs du passé qui l'empêchaient de s'atteler à la tâche qui l'attendait devant elle. Toutes ces leçons emmagasinées dans sa mémoire. Cela lui donnait le vertige. C'était l'équivalent de tant de vies. Mais ce nouveau tour de ses pensées eut pour effet de réaffirmer le sentiment qu'elle avait d'être en vie pour expédier le travail à faire. On avait besoin d'elle. Mue par une nouvelle ardeur, elle se pencha sur ses obligations.

Maudite nécessité de former le ghola sur Gammu.

Mais c'était la personnalité même du ghola qui l'exigeait. Pour que l'on puisse rétablir sa mémoire originale, il fallait que le sol même sous ses pieds lui soit familier.

Elle avait bien fait d'envoyer Burzmali sur le terrain. Si Miles avait réellement trouvé le moyen de se cacher sur place, et s'il décidait de refaire surface maintenant, il aurait besoin de toute l'aide que l'on pourrait lui apporter. Une fois de plus, elle se demanda si le moment n'était pas arrivé de jouer la carte de la prescience. Trop dangereux! Et les Tleilaxu avaient déjà été avisés que le ghola de rechange leur serait peut-être bientôt demandé.

« Préparez-le à être livré! »

Elle retourna subitement au problème de Rakis. Cet imbécile de Tuek aurait dû être surveillé de plus près. Combien de temps un Danseur-Visage pouvait-il se substituer à lui sans être découvert? Il n'y avait rien à reprocher à la décision improvisée d'Odrade, néanmoins. Elle avait mis les Tleilaxu dans une situation intenable. L'imposteur pouvait être démasqué, ce qui aurait pour effet d'exposer le Tleilax à l'opprobre général.

Eu égard à la politique du Bene Gesserit, la partie était devenue extrêmement délicate. Depuis maintenant plusieurs générations, les Sœurs faisaient miroiter devant le clergé rakien la perspective d'une alliance avec elles. À présent, tout était changé! Les Tleilaxu devaient penser que c'étaient *eux* qui avaient été choisis à la place des prêtres. L'alliance tripartite d'Odrade pouvait laisser croire au clergé de Rakis que chaque Révérende Mère était prête à jurer soumission au Dieu Fractionné. Le Conseil sacerdotal devait en bredouiller d'excitation. Les Tleilaxu, évidemment, voyaient là l'occasion d'établir un monopole absolu sur le mélange en contrôlant enfin la seule source qui leur échappait.

Un coup frappé à la porte de Taraza lui indiqua que l'acolyte lui portait son thé. C'était systématique lorsque la Mère Supérieure travaillait tard la nuit. Elle jeta un coup d'œil au chrono incorporé au bureau, une mécanique ixienne si précise qu'elle ne variait pas de plus d'une seconde par siècle. Il était une heure vingt-trois du matin.

Elle cria à l'acolyte d'entrer. C'était une blonde pâle, au regard froid et observateur, qui se pencha pour disposer le contenu de son plateau devant Taraza.

Ignorant la fille, celle-ci contemplait les papiers qui s'étalaient sur son bureau. Il restait tant à faire. Ce travail était bien plus important que le sommeil, mais elle avait une douleur sourde dans la tête et elle ressentait ce vertige particulier, analogue à un engourdissement du cerveau, qui lui disait que le thé n'allait pas être d'un grand secours. Elle était dans un tel état d'épuisement mental qu'il faudrait faire quelque chose pour qu'elle puisse même tenir sur ses jambes. Ses épaules et son dos lui causaient de douloureux élancements.

L'acolyte fit mine de se retirer, mais elle lui fit signe d'attendre.

— Massez-moi les épaules, s'il vous plaît, dit-elle.

Les mains expertes de l'acolyte résorbèrent peu à peu les constrictions qui la faisaient souffrir.

Brave fille!

Taraza sourit mentalement à cette pensée. Bien sûr que c'était une brave fille. Quelqu'un de moins compétent n'aurait pas été affecté au service d'une Mère Supérieure.

Une fois l'acolyte partie, Taraza demeura plongée, immobile, dans ses pensées. *Si peu de temps.* Elle se reprochait chaque minute de sommeil qu'elle s'accordait. Mais on ne pouvait rien y faire. L'organisme avait ses exigences qui finissaient toujours par se glisser au premier plan. Depuis plusieurs jours, elle se surmenait tellement qu'elle allait avoir un problème pour récupérer en bloc. Dédaignant le thé servi sur son bureau, elle se leva et sortit dans le couloir qui menait à l'étroite cellule où elle dormait toujours. Après avoir laissé un message à la garde de nuit pour qu'on la réveille à onze heures du matin, elle se laissa tomber tout habillée sur la couche rigide.

Calmement, elle régularisa le rythme de sa respiration, isola ses sens de toute distraction et sombra dans l'état intermédiaire.

Mais le sommeil ne vint pas.

Elle fit appel à tout son répertoire. Le sommeil refusa tout de même de l'emporter.

Elle demeura ainsi durant un long moment, jusqu'à ce qu'elle soit forcée de reconnaître l'inefficacité des techniques dont elle disposait pour plier le sommeil à sa volonté. L'état intermédiaire devrait accomplir d'abord son office réparateur. En attendant, ses pensées continuaient de tourner.

Le clergé rakien n'avait jamais constitué pour elle un problème central. Déjà prisonniers de la religion, les prêtres pouvaient être aisément manipulés par son intermédiaire. Ils voyaient principalement dans le Bene Gesserit une force capable d'imposer leur dogme. Qu'ils continuent de penser cela s'ils en avaient envie. C'était un leurre qui les aveuglait.

Maudit Miles Teg! Déjà trois mois de silence, et le rapport de Burzmali n'avait rien de très encourageant pour l'avenir. Le sol calciné, les traces de décollage d'un non-vaisseau... Où avait-il donc pu aller? Le ghola était peut-être mort. Teg n'avait jamais agi de cette manière dans le passé. Des années de confiance. C'était la raison pour laquelle elle l'avait choisi. En même temps que sa valeur militaire et sa ressemblance avec le duc Leto, bien sûr. Toutes ces choses qu'elles avaient soigneusement préméditées en lui.

Teg et Lucille. Ils formaient l'équipe parfaite.

S'il n'était pas mort, le ghola se trouvait-il toujours à leur portée? Etait-il tombé aux mains des Tleilaxu? Des forces de la Dispersion? De nombreuses possibilités existaient. Des années de confiance... Le silence... Ce silence était-il un message? Et si c'était le cas, que cherchait-il à dire?

Avec la mort de Schwangyu et de Patrin, une atmosphère de conspiration entourait les événements de Gammu. Se pouvait-il que Teg eût été implanté longtemps à l'avance par les ennemis du Bene Gesserit? Impossible! Sa propre famille témoignait de l'absurdité d'une telle hypothèse. Sa fille, dans la demeure familiale, était aussi mystifiée que tout le monde.

Trois mois sans la moindre nouvelle.

Prudence. Elle avait demandé à Teg de faire preuve de la plus grande prudence dans les mesures qu'il prendrait pour protéger le ghola. Teg avait vu l'extrême danger qu'il courait sur Gammu. Les dernier rapports expédiés par Schwangyu établissaient clairement cela.

Où Teg et Lucille avaient-ils pu emmener le ghola?

Comment avaient-ils fait pour se procurer un non-vaisseau? Encore une conspiration?

Les pensées de Taraza ne cessaient de tourner autour de ce soupçon profond. Etait-ce Odrade l'instigatrice? Dans ce cas, qui conspirait avec elle? Lucille? Les deux femmes ne se connaissaient pas avant leur brève rencontre sur Gammu. Mais était-ce bien sûr? S'était-elle penchée sur Odrade pour susurrer des choses à son oreille? Elle n'avait rien laissé voir, mais qu'est-ce que cela prouvait? La loyauté de Lucille n'avait jamais été mise en doute. Les deux Révérendes Mères obéissaient scrupuleusement aux ordres qui leur étaient donnés. Ce qui était le propre des conspirateurs!

Des faits... Taraza avait besoin de faits. Le matelas sous elle fit entendre un bruit de froissement et c'en fut terminé de son isolation sensorielle. Elle était submergée aussi bien par les soucis que par le bruit de ses propres mouvements. Avec résignation, elle se prépara à un nouvel effort de relaxation.

D'abord la relaxation, ensuite le sommeil.

Les vaisseaux de la Dispersion voletaient de partout dans son imagination embrumée par la fatigue. Les Égarées étaient de retour avec leurs innombrables non-vaisseaux. Teg s'était-il procuré le sien par elles? Cette hypothèse faisait en ce moment l'objet d'une investigation discrète sur Gammu et sur d'autres planètes. Elle essaya de compter des nefs imaginaires, mais celles-ci refusaient de s'aligner docilement en formation propice à la venue du sommeil. Sans bouger sur sa couche, elle retrouva sa lucidité.

Son subconscient essayait de lui révéler quelque chose. L'épuisement avait jusqu'ici bloqué cette voie de communication mais à présent... Elle se redressa dans son lit, pleinement éveillée.

Les Tleilaxu étaient entrés en rapport avec les gens de la Dispersion. Pas seulement avec ces catins qui se faisaient appeler Honorées Matriarches, mais avec ceux du Tleilax également. Derrière tout cela, Taraza sentait l'existence d'un unique dessein. Les Égarés n'étaient pas revenus seulement pour satisfaire leur curiosité sur leurs origines. Le désir grégaire de réunir toute l'humanité n'était pas suffisant en soi pour expliquer ce retour. Il était clair que les Honorées Matriarches avaient des rêves de conquête.

Mais si les Tleilaxu qui avaient participé à la Dispersion n'avaient pas emporté avec eux le secret des cuves axlotl? Qu'en serait-il, dans ce cas?

Le mélange.

Les catins à l'œil orangé utilisaient visiblement un substitut inadéquat au mélange. Ceux de la Dispersion n'avaient pas dû résoudre le mystère des cuves axlotl du Tleilax. Ils en connaissaient forcément l'existence et avaient essayé de les recréer, mais s'ils avaient échoué leur seul recours était... le mélange!

Elle entreprit d'explorer méthodiquement cette projection.

Les Égarés avaient épuisé les sources d'authentique mélange que leurs ancêtres avaient emporté dans la Dispersion. Où se tourner pour les renouveler? Il n'y avait que les vers de Rakis et le Bene Tleilax des origines. Les catins n'osaient pas dévoiler leurs véritables intérêts. Leurs ancêtres croyaient que les vers géants ne pouvaient être transplantés. Se pouvait-il qu'elles eussent découvert une planète adaptée aux vers? Bien sûr que c'était possible. Dans ce cas, leur tentative de négociation avec le Tleilax n'était qu'une simple diversion. Leur véritable objectif était Rakis. A moins que ce ne fût exactement le contraire.

Des richesses échangeables.

Elle avait eu entre les mains le rapport de Teg concernant la concentration anormale de fortunes de provenance étrangère sur Gammu. Certains de ceux qui étaient revenus détenaient des titres monétaires ou autres jetons négociables. Cela ressortait clairement de l'activité bancaire.

Mais quelle meilleure monnaie d'échange pouvait exister que l'épice?

La richesse. C'était la clé, bien sûr. Et quelle que soit la monnaie, les transactions avaient déjà commencé.

Taraza perçut des voix derrière sa porte. L'acolyte de nuit discutait avec quelqu'un qui insistait. Ils parlaient à boix basse, mais Taraza en entendit assez pour mettre ses sens en alerte.

— Elle ne veut pas qu'on la réveille jusqu'en fin de matinée, protestait l'acolyte à qui une voix d'homme répliquait :

— Elle m'a ordonné elle-même de lui présenter mon rapport dès l'instant de mon arrivée.

— Je vous dis qu'elle est épuisée. Elle a besoin de...

— Elle a besoin d'être obéie! Dites-lui que je suis ici.

Taraza fit glisser ses jambes sur le bord de la couche. Ses pieds trouvèrent le sol. Dieux! que ses genoux lui faisaient mal! Mais elle souffrait surtout de ne pouvoir identifier cette voix chuchotante qui insistait auprès de la garde.

À qui ai-je dit de se présenter dès son... Burzmali!

— Je suis éveillée! cria-t-elle.

La porte s'entrouvrit et l'acolyte passa la tête.

— Mère Supérieure, Burzmali vient de rentrer de Gammu.

— Il peut venir, dit Taraza.

Elle alluma un brilleur au chevet de sa couche. La lumière jaune dissipa toute l'obscurité de la cellule exiguë.

Burzmali referma la porte derrière lui. Sans attendre, il appuya sur le bouton d'isolation phonique près de la porte et ils furent aussitôt coupés de tous les bruits extérieurs.

Il apporte de mauvaises nouvelles, se dit Taraza.

Elle leva les yeux vers Burzmali. Petit et sec, il avait un visage pointu au menton étroit et effilé. Ses cheveux blonds retombaient en frange sur un front haut. Ses yeux verts largement espacés donnaient une impression de vigilance et de vivacité. Il semblait bien trop jeune pour ses responsabilités de Bashar, mais Teg avait paru encore plus jeune à l'époque d'Arbelough.

C'est nous qui avons vieilli se dit-elle amèrement.

Elle se força à se relaxer et à s'imprégner du fait que c'était Teg qui avait formé cet homme en lui faisant entièrement confiance.

— Quelles sont les mauvaises nouvelles? demanda-t-elle.
Burzmali se racla la gorge.

— Toujours pas le moindre signe du Bashar et de son groupe sur Gammu, Mère Supérieure.

Il avait une voix profondément masculine.

Il n'a pas encore annoncé le pire, se dit Taraza en voyant sur son visage les signes d'une nervosité évidente.

— Je veux tous les détails, fit-elle à haute voix. Vous avez bien sûr examiné systématiquement les ruines de la Citadelle.

— Aucun survivant. L'ennemi n'a rien laissé au hasard.

— Des Tleilaxu?

— C'est possible.

— Vous en doutez?

— Ils ont utilisé le nouvel explosif ixien, l'Uri-12. Je... je crois que c'est pour nous lancer sur une fausse piste. Le crâne de

Schwangyu portait également les marques de perforation mécanique d'une sonde mentale.

— Et Patrin?

— Exactement ce que disait Schwangyu dans son rapport. Il s'est fait sauter avec le vaisseau-leurre. On n'a pu identifier de lui que deux doigts et un œil à peu près intact. Il n'y avait plus rien à sonder.

— Mais vous avez des doutes. Quels sont-ils?

— Schwangyu a laissé un message qui ne puisse pas être découvert par d'autres.

— Dans les marques d'usure du mobilier?

— Oui, Mère Supérieure.

— C'est donc qu'elle savait qu'elle allait être attaquée. Elle a eu quand même le temps de laisser un message. j'ai lu ce que vous disiez dans votre précedent rapport sur le caractère dévastateur de l'assaut.

— Il a été rapide et totalement destructeur. Ils n'ont même pas cherché à faire de prisonniers.

— Que disait ce message?

— Catins.

Taraza s'efforça de contenir le choc, bien qu'elle eût plus ou moins attendu cela. Ses efforts pour demeurer calme la vidaient presque de toutes ses énergies. La situation était très grave. Elle s'autorisa un profond soupir. L'opposition de Schwangyu avait persisté jusqu'au dernier moment mais, voyant le désastre, elle avait pris la décision adéquate. Sachant qu'elle allait mourir sans pouvoir transférer les vies de sa Mémoire Seconde à une autre Révérende Mère, elle avait réagi d'une manière fondamentalement loyale. Si tu n'as plus rien d'autre à faire, arme tes sœurs pour qu'au moins l'ennemi soit frustré.

Ainsi, les Honorées Matriarches sont passées à l'action!

— Parlez-moi de vos recherches pour retrouver le ghola, ordonna-t-elle.

— D'autres ont suivi cette piste avant nous, Mère Supérieure. Il y avait des traces de différentes origines sur le terrain. La roche, les arbres et les fourrés sont carbonisés en plusieurs endroits.

— Mais c'était bien un non-vaisseau?

— Les *traces* d'un non-vaisseau.

Taraza hocha silencieusement la tête. *Des années de confiance*. C'était peut-être un message?

— Avec quel soin avez-vous examiné ces traces? demanda-t-elle.

— Je les ai seulement survolées au cours d'un vol de routine vers une autre destination.

Elle fit signe à Burzmali de prendre un siège qui se trouvait au pied de son lit.

— Asseyez-vous et détendez-vous bien. Je voudrais que vous m'aidiez à jouer à la devinette.

Burzmali s'assit lentement.

— À la devinette?

— Vous étiez son élève préféré. Je veux que vous fassiez comme si vous étiez Miles Teg. Vous devez absolument faire sortir le ghola de la Citadelle. Vous n'avez confiance en personne dans votre entourage, pas même en Lucille. Que faites-vous?

— Quelque chose d'imprévisible, bien sûr.

— C'est évident.

Burzmali frotta son menton étroit. Puis il déclara :

— J'ai confiance en Patrin. À cent pour cent.

— Très bien. Patrin et vous, que faites-vous?

— Patrin est natif de Gammu.

— J'y avait pensé moi-même, dit Taraza.

Burzmali poursuivit en gardant les yeux baissés vers le sol à ses pieds :

— Patrin et moi, nous avons préparé un plan d'urgence longtemps à l'avance. J'essaye toujours de prévoir une solution de rechange à mes problèmes.

— Parfait. Voyons ce plan. De quoi peut-il s'agir?

— Pourquoi Patrin s'est-il tué? demanda Burzmali.

— Vous êtes sûr qu'il en a été ainsi?

— Vous avez lu les rapports comme moi. Schwangyu et plusieurs autres ont admis cette conclusion. Je l'admets aussi. Patrin était assez loyal pour faire cela pour son Bashar.

— Pour vous! Vous êtes Miles Teg à présent. Quel plan aviez-vous élaboré avec Patrin?

— Je n'accepterais certainement pas d'envoyer délibérément Patrin à une mort certaine.

— À moins que?

— À moins qu'il n'ait tout organisé de son propre chef. La chose est possible, si c'est Patrin et pas... moi qui a fourni l'idée. Il a pu faire cela pour me protéger, pour être sûr que personne ne pourrait jamais être au courant du plan.

— Comment Patrin a-t-il pu faire venir un non-vaisseau sans que nous le sachions?

— Il est né sur Gammu. Sa famille remonte jusqu'à l'époque de Giedi Prime.

Taraza détourna la tête en fermant à demi les yeux. Ainsi, Burzmali suivait les mêmes lignes directrices que celles qui lui avaient été livrées par son subconscient.

Nous connaissions les origines de Patrin.

Quel était le sens de cette association avec Gammu? Son esprit refusait de spéculer là-dessus. Voilà ce qui arrivait quand elle laissait la fatigue prendre le pas sur tout le reste! Elle se tourna de nouveau vers Burzmali.

— Patrin aurait-il découvert un moyen d'établir des contacts secrets avec sa famille ou de vieux amis?

— Nous avons exploré toutes les pistes que nous avons trouvées.

— Soyez sûr qu'il y en a qui vous ont échappé.

Burzmali haussa les épaules.

— Je n'ai jamais dit le contraire. À aucun moment je n'ai écarté ce genre d'hypothèse.

Taraza prit une longue inspiration.

— Vous allez retourner sur Gammu. Prenez avec vous autant d'aide que la Sécurité pourra vous en assigner. Dites à Bellonda que ce sont mes ordres. Vous placerez des agents partout. Tâchez de savoir quelles relations avait gardées Patrin. Quels membres de sa famille vivaient encore. Qui étaient ses meilleurs amis. Vous passerez tout au peigne fin.

— Nous aurons beau être discrets, cela fera du bruit. D'autres en auront connaissance.

— Je sais, mais nous n'y pouvons rien. Et... Burzmali!

Il s'était déjà levé.

— Oui, Mère Supérieure?

— Les autres enquêteurs... vous devrez garder de l'avance sur eux.

— Puis-je utiliser les services d'un Navigateur de la Guilde?

— Non!

— Mais comment...

— Burzmali... Et si Miles, Lucille et le ghola se trouvaient encore sur Gammu?

— Je vous ai déjà dit que je n'admettais pas l'idée qu'ils aient pu s'enfuir à bord d'un non-vaisseau.

Durant un long moment de silence, Taraza étudia l'homme qui se tenait immobile, debout au pied de son lit. Il avait été formé par Miles Teg, dont c'était l'un des meilleurs disciples. Qu'est-ce que son instinct aguerri lui suggérait donc? Elle l'encouragea doucement à parler :

— Oui, Burzmali?

— Gammu s'appelait autrefois Giedi Prime. C'était une planète Harkonnen.

— Qu'est-ce que cela évoque pour vous?

— Les Harkonnen étaient riches, Mère Supérieure. Très riches.

— Oui?

— Assez riches et puissants pour aménager en secret un non-espace... par exemple un non-globe de dimensions respectables.

— Aucun document ne mentionne une telle chose! Les Ixiens

n'ont jamais fait la moindre allusion à des installations pareilles. Ils ne s'occupent pas de Gammu depuis des...

— Avec quelques pots-de-vin, quelques prête-noms, de multiples transbordements de cargaisons... L'époque de la Grande Famine a effacé bien des traces, et avant il y eu le Tyran pendant des millénaires.

— Au cours desquels les Harkonnen ont dû courber la tête de peur de la perdre entièrement. Mais soit; je veux bien admettre votre hypothèse.

— Les documents ont pu s'égarer.

— Pas par notre faute, ni celle des gouvernements qui ont survécu. Mais qu'est-ce qui vous inspire ce genre de spéculations?

— Patrin.

— Aaah!

— Si une telle découverte a jamais été faite, ajouta vivement Burzmali, il y a des chances pour qu'une personne comme Patrin, qui est né sur Gammu, en ait eu vent.

— Et cela ferait combien de personnes dans le secret? Croyez-vous qu'il soit possible de garder un tel... Oui! Je vois ce que vous voulez dire. Si c'était un secret appartenant uniquement à la famille de Patrin...

— Je n'ai pas osé leur poser directement la question.

— Bien sûr que non! Mais où chercheriez-vous... sans alerter surtout...

— Cet endroit où les traces de non-vaisseau sont restées.

— Il faudrait que vous alliez là-bas en personne!

— Difficile à faire sans que tout le monde le sache, reconnut Burzmali. À moins d'y aller avec très peu de monde, et dans un but ostensiblement différent.

— Lequel?

— Elever une stèle funéraire à la mémoire de mon ancien Bashar.

— En laissant croire par la même occasion que nous sommes sûrs de sa mort? Excellent!

— Vous avez déjà demandé aux Tleilaxu de vous préparer un nouveau ghola.

— Simple mesure de précaution, qui n'implique pas que... Burzmali, ce que vous voulez faire est extrêmement dangereux. Je doute que nous puissions leurrer des gens comme ceux qui vont vous épier à chaque instant sur Gammu.

— Le deuil affiché par ceux qui m'accompagneront et par moi-même sera complet et parfaitement crédible.

— Ce qui est crédible n'est pas forcément convaincant pour un observateur qui se méfie.

— Vous n'avez donc pas foi en ma loyauté et celle de mes compagnons?

Taraza plissa les lèvres de concentration. Elle se gardait d'oublier que la loyauté à toute épreuve était un caractère que le Bene Gesserit avait appris à cultiver à partir de la souche Atréides. Comment produire des individus qui inspirent une dévotion absolue. Burzmali et Teg étaient les meilleurs exemples.

— Ça peut marcher, reconnut-elle.

Elle dévisagea Burzmali d'un air songeur. Le meilleur disciple de Teg avait des chances de ne pas se tromper!

— Dans ce cas, nous agirons ainsi, fit Burzmali en se tournant pour prendre congé.

— Un instant, lui dit Taraza. Et comme il se retournait, perplexe, sur le pas de la porte, elle ajouta froidement: Je veux que vous absorbiez tous du *shere* jusqu'au point de saturation. Si vous vous faites capturer par des Danseurs-Visages — leur nouveau modèle —, vous devrez vous brûler la cervelle ou la faire sauter au sens complet du terme. Prenez toutes les dispositions nécessaires.

L'expression soudain assombrie de Burzmali rassura Taraza. Il venait de se laisser déborder quelque peu par une autosatisfaction dangereuse. Mieux valait refroidir légèrement son amour-propre. Il n'y avait aucune nécessité pour lui de se montrer téméraire.

Nous savons depuis longtemps que les objets de notre expérience sensorielle palpable peuvent être influencés par nos choix, aussi bien conscients qu'inconscients. C'est un fait avéré qui n'implique nullement que nous soyons forcés de croire à la présence en nous d'une force capable de se projeter à l'extérieur pour atteindre l'univers. Je veux parler d'une relation pragmatique entre la croyance et ce que nous identifions sous le nom de « réel ». Tous nos jugements sont infléchis par le poids très lourd d'un ensemble de croyances ancestrales auxquelles nous sommes, en tant que membres du Bene Gesserit, encore plus sensibles que d'autres. Il ne suffit pas pour nous d'en avoir conscience et de vouloir nous en protéger. Les interprétations de rechange devront toujours faire l'objet de notre attention.

Mère Supérieure Taraza
Débat au sein du Conseil

Dieu nous jugera ici même, exulta Waff.

Il n'avait pas cessé de se conduire ainsi aux moments les plus inattendus pendant toute leur longue course à travers le désert. Sheeana ne semblait pas trop y prêter attention, mais la voix et les commentaires du Tleilaxu commençaient à exaspérer Odrade.

Le soleil de Rakis avait largement entamé sa courbe descendante en direction de l'ouest. Cependant, le ver qui les portait semblait infatigable dans sa traversée de l'ancien Sareer vers les monticules représentant à l'horizon les vestiges de la muraille du Tyran.

Pourquoi cette direction? se demandait Odrade.

Aucune réponse n'était satisfaisante. Néanmoins, le fanatisme de Waff et le danger qu'il présentait à nouveau appelaient une réaction immédiate. Elle eut recours au jargon du Shariat qu'elle savait efficace sur lui.

— C'est à Dieu de juger et non aux hommes.

Waff tiqua devant le sarcasme qui perçait dans sa voix. Il scruta l'horizon devant eux puis leva la tête vers les ornis qui suivaient leur avance.

— Il faut bien que les hommes accomplissent le travail de Dieu, murmura-t-il.

Odrade ne répondit pas. Waff avait été conduit une fois de plus à douter du Bene Gesserit. Il devait se demander: *Est-ce que ces sorcières partagent vraiment notre Grande Croyance?*

Les pensées de la Révérende Mère la plongèrent de nouveau

dans une foule de questions sans réponses où tout ce qu'elle savait sur les vers géants de Rakis, soit d'après ses souvenirs personnels, soit d'après ce qu'elle puisait dans sa Mémoire Seconde, se mêlait dans sa tête en un montage insensé. Elle eut une vision dans laquelle des Fremen, avec leurs grandes robes, chevauchaient un ver encore plus gros que celui-ci. Chaque cavalier se tenait, penché vers l'arrière, à une longue perche munie d'un croc qui s'enfonçait dans un anneau du ver exactement de la même manière que ses mains s'y agrippaient en ce moment. Elle sentait le vent sur ses joues, la cape qui battait contre ses jambes. Cette chevauchée, avec beaucoup d'autres, lui laissait une impression de familiarité de longue date.

Il y a longtemps qu'un Atréides n'a pas monté un ver de cette manière.

La clé de leur destination se trouvait-elle derrière eux à Dar-es-Balat? Comment était-ce pensable? Mais la journée avait été si chaude et elle avait eu l'esprit tellement obnubilé par la perspective de cette expérience mystique dans le désert que ses idées n'étaient peut-être pas demeurées aussi claires qu'elles auraient dû l'être.

Dar-es-Balat avait ceci de commun avec les autres communautés de Rakis qu'elle se renfermait sur son centre durant les heures de grande chaleur du début de l'après-midi. Odrade se souvenait de l'échauffement pénible de son distille tout neuf tandis qu'elle attendait dans l'ombre d'une bâtisse à la sortie ouest de la ville, où des escortes séparées devaient lui amener Waff et Sheeana qu'elle avait installés dans des résidences bien gardées.

Quelle cible facile elle offrait alors! Mais il fallait que les Sœurs soient certaines de la coopération des Rakiens. Les escortes Bene Gesserit avaient délibérément prolongé l'attente.

— Shaïtan aime la chaleur, avait fait remarquer Sheeana.

Les Rakiens se cachaient pendant les heures chaudes, alors que les vers sortaient. Fallait-il voir là un fait significatif, susceptible de révéler la raison pour laquelle ce ver les conduisait dans une direction déterminée?

Mes idées rebondissent dans toutes les directions comme une balle d'enfant!

Quelle importance cela pouvait-il avoir, que les Rakiens se cachent du soleil pendant qu'un gnome tleilaxu, une Révérende Mère et une petite sauvageonne cavalcadaient à travers le désert sur le dos d'un ver? C'était un type de comportement fort ancien sur Rakis. Rien de surprenant là-dedans. La seule différence était que les anciens Fremen avaient des habitudes essentiellement nocturnes alors que leurs descendants modernes comptaient davantage sur l'ombre pour les protéger du soleil torride.

Comme les prêtres, en comparaison, devaient se sentir en sécurité derrière leurs qanats protecteurs!

Chaque habitant d'un centre urbain de Rakis savait à chaque instant que le qanat était là et que ses eaux lisses coulaient dans l'ombre, alimentant de leurs étroits filets le réseau de rigoles dont l'évaporation était ensuite récupérée dans les pièges à vent.

— Nos prières nous protègent, avaient-ils coutume de dire. Mais ils savaient très bien ce qui les protégeait en réalité.

« Sa présence sanctifie le désert. »

Le Ver Sacré.

Le Dieu Fractionné.

Odrade baissa les yeux vers l'anneau qu'elle agrippait.

Et c'est lui qui nous porte!

Elle songea aux prêtres qui les observaient à bord des ornis au-dessus de leurs têtes. Comme ils aimaient espionner leurs semblables! A Dar-es-Balat, pendant qu'elle attendait l'arrivée de Waff et de Sheeana, elle n'avait pas cessé de sentir leurs regards dans son dos. Des yeux l'avaient épiée à travers les hautes grilles des balcons, par les fentes des murs épais, derrière de faux miroirs de plaz ou simplement dans l'ombre d'un endroit abrité.

Elle avait dû faire de gros efforts pour ignorer les dangers tandis qu'elle mesurait le passage du temps au mouvement de l'ombre d'un mur voisin. C'était ce qu'il y avait de mieux comme montre dans ce coin perdu où l'on utilisait rarement autre chose que le temps solaire.

Les tensions s'étaient accumulées, amplifiées par la nécessité de garder une apparence sereine. Allaient-ils l'attaquer? Oseraient-ils seulement, sachant qu'elle avait pris ses propres précautions? À quel point les prêtres étaient-ils furieux d'avoir été forcés de s'allier aux Tleilaxu dans cette troïka secrète? Les conseillères Bene Gesserit de la Citadelle n'avaient pas trop approuvé cette dangereuse manière d'appâter les prêtres.

« Il vaudrait mieux que ce soit l'une de nous qui joue le rôle d'appât. »

Odrade avait été catégorique: « Ils ne s'y laisseraient jamais prendre. Leurs soupçons les empêcheraient d'agir. De plus, il y a toutes les chances pour qu'ils envoient Albertus. »

Odrade avait donc attendu sur cette place de Dar-es-Balat, dans l'ombre de verdure où elle pouvait voir, six étages plus haut en levant la tête, le rectangle éblouissant du ciel qui dominait les balcons ornés de rampes en arabesques, de plantes vertes et de fleurs éclatantes, orange, écarlates ou bleues.

Sans compter les regards cachés.

Il venait d'y avoir un mouvement dans l'embrasure de la

grande porte d'entrée située sur sa droite! Une silhouette vêtue de pourpre, de blanc et d'ors sacerdotaux s'insinua sur la place. Odrade l'étudia prudemment, à la recherche d'un signe indiquant que les Tleilaxu avaient osé étendre leur influence en mettant en place un nouveau Danseur-Visage. Mais il s'agissait bien d'un homme, d'un prêtre qu'elle reconnaissait : Albertus, le doyen de Dar-es-Balat.

Exactement comme nous l'avions prévu.

Albertus traversa l'atrium et l'espace qui les séparait avec une dignité solennelle. Y avait-il dans sa démarche quelque indice de traîtrise? Allait-il faire signe à des sbires postés dans l'ombre? Elle jeta un coup d'œil aux balcons en gradins. Il y avait quelques mouvements fugitifs dans les étages supérieurs. Le prêtre qui s'avançait vers elle n'était pas seul.

Mais moi non plus!

Albertus s'arrêta à deux pas d'Odrade et releva les yeux, pour la regarder, de l'endroit où son attention était restée obstinément fixée: les motifs complexes et entrelacés des dalles pourpre et or dont la place était revêtue.

Il a les os faibles, se dit Odrade.

Rien dans son expression ne laissait voir qu'elle le reconnaissait. Albertus faisait partie du groupe qui savait que le Grand Prêtre avait été remplacé par un Danseur-Visage.

Il se racla la gorge et prit une inspiration tremblante.

Pas seulement les os mais toute la carcasse!

Tandis qu'Odrade s'amusait à cette pensée, sa vigilance n'était pas diminuée pour autant. Les Révérendes Mères faisaient toujours automatiquement ce genre de remarque. Il fallait repérer les caractères génétiques. Le peu de sélectivité qui existait dans sa lignée ancestrale était entaché d'imperfections, des choses élémentaires que les Sœurs corrigeraient chez ses descendants s'il valait un jour la peine de cultiver cette lignée. C'était à considérer, bien sûr, car Albertus avait gravi lentement mais sûrement les échelons du pouvoir et il faudrait déterminer si cela impliquait l'existence d'un matériel génétique de quelque valeur. Albertus n'avait cependant reçu qu'une médiocre formation. La plus novice des acolytes aurait pu avoir raison de lui. Le conditionnement des prêtres de Rakis avait bien régressé depuis l'époque des Truitesses.

— Pourquoi êtes-vous ici? demanda-t-elle d'une voix aussi accusatrice que curieuse.

Albertus répondit en tremblant:

— J'apporte un message de votre groupe, Mère Supérieure.

— Alors, donnez-le!

— Il y a un léger contretemps, à cause de l'itinéraire pour venir ici, que trop de gens connaissent.

C'était bien l'histoire qu'il avait été convenu de raconter aux prêtres. Mais elle lisait sans peine autre chose sur le visage d'Albertus. Les secrets qu'on lui confiait étaient dangereusement accessibles à tout le monde ou presque.

— Je regrette presque de ne pas vous avoir fait mettre à mort, dit-elle.

Albertus recula de deux pas. Son regard était devenu vitreux, comme s'il venait de trépasser à l'instant même devant elle. Elle identifia sa réaction. Albertus était entré dans cette phase hautement révélatrice où la peur lui agrippait le scrotum. Il savait que la terrible Révérende Mère Odrade qu'il avait devant lui était capable de le condamner à mort sur un simple caprice, voire d'exécuter la sentence de ses propres mains. Rien de ce qu'il allait dire ou faire en sa présence n'échapperait à son attention sans pitié.

— Vous avez envisagé de *me* tuer et de détruire notre Citadelle de Keen, accusa-t-elle.

Albertus se mit à trembler violemment.

— Pourquoi dites-vous des choses pareilles, Révérende Mère? fit-il. Mais l'arrière-ton geignard contenu dans sa voix était suffisamment révélateur.

— N'essayez pas de nier, poursuivit Odrade. Je me demande si beaucoup de gens vous trouvent aussi facile à lire que moi. Vous êtes censé cacher vos secrets et non vous promener partout en les affichant sur votre front!

Albertus se laissa tomber à genoux. Elle crut qu'il allait se mettre à plat ventre.

— Mais ce sont les vôtres qui m'envoient!

— Et vous avez sauté sur l'occasion de venir vérifier en personne s'il était possible de vous débarrasser de moi!

— Pourquoi aurions-nous de telles...

— Taisez-vous! Vous n'aimez pas l'influence que nous avons sur Sheeana. Vous redoutez les Tleilaxu. Trop de responsabilités ont été ravies à vos mains *sacerdotales* et certaines choses ont été mises en mouvement qui vous font horriblement peur.

— Révérende Mère! Que faut-il que nous fassions? Que faut-il que nous fassions?

— Vous devez nous obéir! Et plus encore, vous devez obéir à Sheeana. Ce que nous allons risquer aujourd'hui vous épouvante? Ce n'est rien à côté de ce que nous pourrions vous faire!

Elle secoua la tête en feignant le désespoir, sachant l'effet que tout cela avait sur le malheureux Albertus. Il se faisait tout petit sous le terrible poids de son courroux.

— Debout! ordonna-t-elle. Et n'oubliez pas que vous êtes un prêtre et que vous devez dire la vérité!

Albertus se remit maladroitement sur ses pieds en gardant la tête baissée. Elle vit tout son corps réagir à sa décision d'abandonner tout subterfuge. Quelle épreuve pour lui! Loyal envers la Révérende Mère qui lisait si facilement les pensées qu'il avait dans son cœur, il lui fallait être également loyal envers sa religion. Il devait affronter l'ultime paradoxe de toutes les religions :

Dieu sait tout, Dieu voit tout!

— Vous ne pouvez rien me dissimuler, ni à Sheeana, ni à Dieu, dit-elle.

— Pardonnez-moi, Révérende Mère.

— Vous pardonner? Il n'est pas en mon pouvoir de vous pardonner et vous ne devriez pas me le demander. Vous êtes un prêtre!

Il releva les yeux vers le visage courroucé d'Odrade.

Il était maintenant totalement imprégné du paradoxe. Dieu était certainement présent! Mais Dieu demeurait généralement lointain, et les confrontations pouvaient être remises à plus tard. Demain serait un jour nouveau. Cela ne faisait aucun doute. Et c'était acceptable si l'on se permettait quelques petits péchés, peut-être un mensonge ou deux. Provisoirement seulement. Ou même un gros péché, si les tentations étaient trop fortes. Les dieux étaient censés faire preuve de plus de mansuétude à l'égard des grands pécheurs. Il serait toujours temps de se repentir après.

Odrade considéra Albertus à travers la vision analytique de la Missionaria Protectiva.

Aaah ! songea-t-elle. *Mon pauvre Albertus. C'est vrai; mais tu es maintenant en présence d'un simple être humain qui connaît tous les secrets que tu croyais être le seul à partager avec ton dieu.*

Pour Albertus, la situation dans laquelle il se trouvait en ce moment offrait bien peu de différence avec la mort et la soumission ultime au jugement d'un dieu omnipotent. Cela ressemblait à coup sûr à la manière dont il était en train d'abdiquer inconsciemment devant elle ses dernières miettes de volonté. Ses pires terreurs religieuses avaient été invoquées pour être concentrées sur la personne d'une *Révérende* Mère.

De sa voix la plus sèche, sans même avoir recours au pouvoir contraignant de la Voix, Odrade déclara:

— J'exige que cette farce prenne fin immédiatement.

Albertus s'efforça vainement de déglutir. Il savait qu'il ne pouvait pas mentir. Il avait peut-être en tête une lointaine possibilité de mensonge, mais il était absolument incapable de la concrétiser. D'un air soumis, il releva les yeux vers le front d'Odrade, à l'endroit où le capuchon du distille était étroitement plaqué contre sa peau. Il parla d'une voix à peine audible :

— Révérende Mère, c'est seulement parce que nous nous sentons frustrés. Le Tleilaxu et vous, vous accompagnez notre Sheeana dans le désert. Avec elle, vous apprendrez beaucoup, tandis que nous... Ses épaules s'affaisèrent... Pourquoi emmenez-vous le Tleilaxu?

— C'est Sheeana qui l'a demandé, mentit Odrade.

Albertus ouvrit la bouche mais la referma sans avoir rien dit. Odrade vit l'acceptation monter en lui.

— Vous transmettrez mon avertissement aux autres, dit-elle. La survie de Rakis et de votre clergé dépend étroitement de la manière dont je serai obéie. Vous ne devez nous contrarier sur aucun point! Quant à ces complots puérils que vous fomentez contre nous... Sheeana nous tient au courant de toutes vos mauvaises pensées!

Albertus fit alors une chose qui l'étonna. Il secoua la tête en émettant une sorte de rire sec et caquetant. Elle avait déjà remarqué que de nombreux prêtres semblaient apprécier la déconfiture chez les autres, mais elle ne soupçonnait pas que cet amusement pût s'étendre à leurs propres fiascos.

— Je trouve que vous avez le rire creux, dit-elle.

Albertus haussa les épaules et une partie de son masque se remit en place. Elle en avait déjà vu plusieurs sur son visage. Toutes ces façades! Il portait ses masques par couches superposées. Et tout en dessous, derrière ses défenses les plus profondes, il y avait celui qui se sentait concerné, celui qu'elle avait mis à nu l'espace d'un instant. Ces prêtres avaient cependant une dangereuse propension à se lancer dans de volubiles explications quand on les pressait de trop de questions.

Il faut que je fasse venir à la surface celui qui se sent concerné, se dit Odrade.

Elle lui coupa la parole au moment même où il ouvrait la bouche:

— Je ne veux plus rien entendre! Vous vous présenterez à moi à mon retour du désert. En attendant, vous êtes mon messager personnel. Transmettez exactement mon message et vous serez récompensé d'une manière à laquelle vous n'avez jamais pensé, même en rêve. Trahissez-moi et vous connaîtrez des souffrances dignes de Shaïtan!

Elle avait suivi des yeux Albertus qui s'éloignait de la place en trottinant, les épaules rentrées, le menton pointé en avant comme s'il n'aspirait qu'à mettre ses lèvres le plus tôt possible à portée d'oreille de ses pairs cléricaux.

Dans l'ensemble, se disait-elle, tous s'était bien passé. Au prix d'un risque calculé sous la forme d'un grand danger pour elle. Elle était sûre que les balcons au-dessus de la place étaient truffés d'assassins qui n'attendaient qu'un signal de la part d'Albertus. Et à présent, les terreurs qu'il rapportait avec lui étaient typiques de ce que le Bene Gesserit connaissait intimement à travers des millénaires et des millénaires de manipulations. Un virus aussi contagieux que celui de n'importe quelle peste. Dans l'enseignement des Sœurs, le phénomène était désigné sous le nom d' « hystérie dirigée ». L'arme était, cette fois-ci, dirigée (et l'on pouvait même dire : *braquée*) sur le coeur du clergé rakien. On pouvait se fier à elle, particulièrement quand elle serait renforcée par les événements qui se préparaient. Les prêtres se soumettraient. Il n'y aurait plus à redouter qu'une poignée d'hérétiques réfractaires.

Tel se présente l'univers impressionnant de la magie qu'il est constitué non pas d'atomes mais uniquement de mouvements et de vibrations. En son sein, il convient d'abandonner toute croyance aux barrières qui font obstacle à la compréhension. La notion de compréhension elle-même est à écarter, cet univers n'étant ni visible, ni audible, ni décelable par aucun moyen fixe de perception. C'est le vide ultime où aucun écran préalable n'existe sur lequel puissent être projetées des formes. Il ne connaît qu'un seul mode de conscience et c'est l'écran de projection des images. L'imagination! Ainsi, l'on apprend véritablement ce que signifie être humain, être un créateur d'ordre, de formes et de systèmes harmonieux, être, en somme, l'organisateur du chaos.

Manifeste des Atréides
Archives du Bene Gesserit

— Ce que tu fais là est trop dangereux, déclara Teg. J'ai ordre de te protéger et de te rendre fort. Je ne peux pas permettre que cela continue ainsi.

Teg et Duncan se trouvaient dans le long corridor lambrissé juste à l'entrée de la salle d'entraînement du non-globe. L'après-midi était déjà bien avancé d'après l'horaire qu'ils s'étaient arbitrairement fixé et Lucille venait de les quitter dans un froissement furieux de ses robes à l'issue d'un affrontement plein de vitupérations de part et d'autre.

Chaque rencontre entre Duncan et Lucille, ces derniers temps, avait pris l'allure d'une bataille. A l'instant même, elle s'était campée dans l'encadrement de la porte, silhouette massive adoucie par des rondeurs en évidence et une attitude de séduction qui ne pouvait échapper à aucun des deux mâles.

— Assez, Lucille! avait crié Duncan.

Seule la voix de la Révérende Mère trahissait sa colère quand elle avait répliqué:

— Combien de temps crois-tu que j'aie l'intention d'attendre pour exécuter mes ordres?

— Jusqu'à ce que vous me disiez, vous ou quelqu'un d'autre, ce que je...

— Taraza attend de toi des choses dont personne ici n'a connaissance! s'écria Lucille.

Teg voulut apaiser les esprits.

— Je vous en prie. Ne suffit-il pas pour l'instant que Duncan continue d'améliorer ses performances? D'ici quelques jours, je commencerai à monter régulièrement la garde au-dehors. Ne pourrions-nous pas...

— Vous pourriez commencer par cesser de vous mêler de mes affaires! avait coupé Lucille. Et c'est alors qu'elle était partie, furieuse

En lisant, à present, l'expression de froide détermination dans le regard de Duncan, Teg s'était senti brusquement agacé. Il se voyait prisonnier, dans tous les sens du terme, de la situation. Son intelligence mentat, cet instrument magnifiquement affilé, était ici coupée de la rumeur mentale à laquelle elle était habituellement accordée à l'extérieur. Il se disait que s'il pouvait seulement imposer le silence à son esprit, ramener tout au calme pendant un moment, tout redeviendrait bien plus clair.

— Pourquoi retenez-vous votre respiration, Bashar?

La voix de Duncan avait transpercé Teg. Il lui fallut un énorme effort de volonté pour se remettre à respirer normalement. Il percevait les émotions de ses deux compagnons à l'intérieur du non-globe comme un flux et reflux temporairement coupé des autres forces.

Les autres forces.

Les perceptions mentat pouvaient faire figure de débiles face aux autres forces qui balayaient l'univers. Il existait peut-être dans le cosmos des êtres à qui la vie insufflait des pouvoirs qu'il n'était pas capable d'imaginer. À côté de telles forces, il ne serait qu'un maigre fétu ballotté par l'écume d'un torrent furieux.

Qui pouvait plonger dans un tel tourbillon et en ressortir intact?

— Je ne vois pas ce que pourrait bien faire Lucille si je continue à lui résister, déclara Duncan.

— A-t-elle essayé d'utiliser la Voix avec toi? demanda Teg d'une voix qui lui sembla appartenir à quelqu'un d'autre.

— Une fois seulement.

— Tu lui as résisté?

La surprise, lointaine, avait réussi à se frayer un chemin jusqu'à lui et à lui rendre sa lucidité.

— C'est Paul Muad'Dib en personne qui m'a appris à faire ça.

— Mais elle est capable de te paralyser d'un seul...

— Je crois qu'elle a des ordres qui excluent la violence.

— Qu'est-ce que la violence, Duncan?

— Je vais à la douche, Bashar. Vous ne venez pas?

— Dans une minute.

Teg prit une longue inspiration. Il se sentait au bord de l'épuisement. Cet après-midi d'entraînement, et puis cela à présent, il y avait de quoi le vider de ses forces. Il regarda partir Duncan. Où était donc Lucille? Que préparait-elle? Combien de temps encore allait-elle attendre? Cette dernière question était cruciale et projetait l'emphase particulière du non-globe sur la notion de leur isolement dans le temps.

De nouveau, il perçut ce flux et reflux sur lequel s'exerçait l'influence de leurs trois vies.

Il faut que je parle à Lucille. Où est-elle passée? À la bibliothèque? Non... il y a quelque chose qu'il faut que je fasse avant.

Lucille était assise dans la petite pièce où elle avait élu domicile dès les premiers jours. C'était un espace exigu agrémenté d'une alcôve qu'occupait un lit somptueusement ouvragé. Plusieurs signes, subtils ou grossiers, indiquaient qu'il s'agissait là de la chambre de quelque hétaïre Harkonnen en faveur à l'époque. Des bleus pastel soulignés de bleus sombres dominaient dans la décoration. Malgré les enjolivures baroques du lit, de l'alcôve, du plafond et de tous les objets fonctionnels, Lucille était capable de faire abstraction du lieu quand elle s'y reposait. Allongée sur le lit, elle fermait les yeux pour ne pas voir les images lourdes de sexualité qui ornaient le plafond de l'alcôve.

Il va falloir s'occuper de Teg.

Il lui faudrait agir sans mécontenter Taraza ni rendre le ghola vulnérable. Teg posait un problème particulier à plusieurs égards, et principalement par la manière dont ses processus mentaux pouvaient puiser à volonté à des sources profondes qui n'étaient pas sans parenté avec celles du Bene Gesserit.

Toujours cette Révérende Mère qui l'a enfanté, naturellement!

Il y avait toujours beaucoup de choses qui passaient d'une telle mère à un tel fils. Cela commençait dans la matrice et ne prenait probablement même pas fin quand les deux êtres étaient séparés par la suite. Teg n'avait jamais subi l'épreuve vorace de la transmutation qui pouvait engendrer les Abominations. Tout de même pas ça. Mais il possédait néanmoins des pouvoirs subtils et parfaitement réels. Ceux qui étaient issus du ventre d'une Révérende Mère avaient la possibilité d'apprendre des choses interdites aux autres.

Teg savait exactement de quelle manière Lucille considérait l'amour sous toutes ses manifestations. Elle avait vu son expression, l'autre jour, quand ils se trouvaient encore à la Citadelle.

« Sorcière bourrée d'arrière-pensées! »

Il aurait pu aussi bien le lui crier à la figure.

Elle se souvenait aussi du sourire anodin et du regard supérieur dont elle l'avait gratifié. Cela avait été une erreur de sa part, humiliante pour tous les deux. Elle perçut soudain, dans cette pensée qu'elle venait d'avoir, l'existence d'une sympathie latente à l'égard de Teg. Quelque part en elle, malgré l'enseignement vigilant du Bene Gesserit, il y avait des failles. Ses instructrices l'avaient maintes et maintes fois mise en garde.

— Pour être capable d'insuffler un véritable amour, vous devez l'éprouver vous-même, mais uniquement de manière transitoire. Et une seule fois suffit!

À ce sujet, les réactions de Teg face au ghola Duncan Idaho étaient édifiantes. Teg se trouvait à la fois attiré et repoussé par celui dont ils avaient tous les deux la responsabilité.

Tout comme moi, du reste.

Peut-être sa plus grande erreur était-elle de n'avoir pas séduit Teg avant.

Durant ses années d'éducation sexuelle, où on lui avait appris à puiser de l'énergie dans les rapports physiques au lieu de s'y diluer, ses instructrices avaient continuellement mis l'accent sur l'analyse et les comparaisons historiques, dont les Mémoires Seconde de toute Révérende Mère recelait d'innombrables exemples.

Lucille concentra ses pensées sur la présence mâle de Teg. Ce faisant, elle éprouva une réaction féminine immédiate. Sa chair aspirait à la présence de Teg tout contre elle, au sommet de l'excitation sexuelle, prêt pour le moment de mystère.

Un amusement léger s'insinua dans la pensée consciente de Lucille. Pas *orgasme*. Pas de dénomination scientifique! C'était du pur jargon Bene Gesserit : *le moment de mystère*; l'ultime spécialité de l'Imprégnatrice. L'immersion dans la longue continuité de l'Ordre rendait indispensable le recours à ce concept. On lui avait appris à croire profondément en cette dualité : d'une part, les faits scientifiques sur lesquels s'appuyaient les Maîtresses Généticiennes pour les guider, mais de l'autre, en même temps, le moment de mystère qui transcendait toute connaissance. L'histoire et la science Bene Gesserit enseignaient que les pulsions de procréation devaient demeurer irrémédiablement enfouies dans la psyché. Elle ne pouvaient être extirpées sous peine de destruction de l'espèce.

Le filet de sécurité.

Lucille était maintenant en train de rassembler autour d'elle toutes ses énergies sexuelles, comme seule pouvait le faire unc Imprégnatricc du Bene Gesserit. Elle entreprit de concentrer ses pensées sur Duncan. Il devait être en ce moment sous la douche, en train de penser à la séance d'instruction de ce soir avec son professeur Révérende Mère.

Je dois aller à mon élève sans plus tarder, se dit-elle. *La leçon cruciale doit être administrée maintenant, ou il ne sera jamais fin prêt pour Rakis.*

C'étaient les ordres de Taraza.

Toutes ses pensées se focalisèrent entièrement sur Duncan. C'était presque comme si elle le voyait, nu, sous sa douche.

Comme il avait peu idée de ce qu'il y aurait pour lui à apprendre!

Duncan se trouvait seul assis dans le vestiaire des douches attenant à la salle d'entraînement. Il était plongé dans une profonde tristesse qui faisait remonter en lui le souvenir d'anciennes souffrances occasionnées par des blessures que sa jeune chair n'avait jamais connues.

Certaines choses, cependant, ne changeaient pas. Les sœurs jouaient toujours aux mêmes jeux d'antan!

Il regarda, autour de lui, les sombres boiseries de cet ancien repaire Harkonnen. Murs et plafonds étaient incrustés d'arabesques. Les mosaïques du sol formaient d'étranges dessins. Monstres et corps humains aux proportions harmonieuses étaient définis par les mêmes traits qu'un éclair d'attention suffisait à faire surgir dans un sens ou dans l'autre.

Duncan baissa les yeux vers ce corps que les Tleilaxu, dans leurs cuves axlotl, avaient réalisé pour lui. Il lui produisait, par moments, une drôle d'impression. Dans les derniers instants de sa vie pré-ghola dont il se souvenait, il était un homme adulte et riche d'expérience, qui combattait un essaim de guerriers sardaukars pour donner à son jeune duc une chance de s'échapper.

Son jeune duc! Paul n'était pas, à l'époque, plus vieux que le corps actuel de Duncan. Mais il était déjà conditionné à la manière de tous les Atréides avant lui: Honneur et loyauté par-dessus tout.

Le même conditionnement qu'ils m'ont donné après m'avoir sauvé des Harkonnen.

Quelque chose en lui ne pouvait échapper à cette ancienne dette. Il en connaissait parfaitement la source. Il pouvait retracer exactement le processus au moyen duquel elle avait été implantée en lui.

Pour y rester jusqu'à présent.

Il regarda le sol carrelé. Des mots avaient été gravés dans le dallage qui bordait la cloison du vestiaire. C'était une écriture qu'une partie de lui-même avait identifiée comme antique, datant de l'époque oubliée des Harkonnen, mais qu'une autre partie ne connaissait que trop bien sous le nom familier de galach standard.

PROPRETÉ NETTETÉ PROPRETÉ CLARTÉ SANTÉ PROPRETÉ PURETÉ

L'ancienne écriture se répétait tout autour de la petite pièce comme si les mots tout seuls avaient le pouvoir de créer des choses qu'il savait étrangères aux Harkonnen de son souvenir.

Au-dessus de l'entrée des douches, une autre inscription disait :

CONFESSE CE QUI EST DANS TON CŒUR ET TU DEVIENDRAS PUR

Une admonition religieuse dans un sanctuaire Harkonnen? Les Harkonnen avaient-ils donc changé au cours des siècles qui avaient suivi sa mort? Duncan avait du mal à y croire. Ces mots venaient probablement du constructeur, qui les avait jugés appropriés.

Il sentit, plus qu'il n'entendit, l'arrivée de Lucille derrière lui dans le vestiaire. Il s'empressa d'agrafer la tunique qu'il avait prise dans les compartiments anentropiques du non-globe (non sans en avoir préalablement retiré toutes les marques d'identification Harkonnen!). Sans se retourner, il demanda :

— Eh bien, qu'y a-t-il, Lucille?

Elle caressa le tissu de la tunique le long de son bras gauche.

— Les Harkonnen avaient le goût du luxe.

— Lucille, fit Duncan en articulant soigneusement, si vous me touchez encore sans ma permission, je m'*efforcerai* de vous tuer. Et j'agirai avec une telle conviction que si j'échoue, c'est vous qui serez probablement obligée de me tuer pour vous défendre.

Elle eut un mouvement de recul. Il la regarda droit dans les yeux en ajoutant :

— Je ne suis pas l'animal reproducteur de vos foutues sorcières!

— Tu crois que c'est ça qui nous intéresse?

— Personne ne m'a dit ce qui vous intéresse, mais vos actes parlent d'eux-mêmes!

Il se balançait de la pointe d'un pied sur l'autre. Cette chose en lui qui n'avait pas été éveillée frémissait et faisait battre son pouls à toute allure.

Lucille l'observa attentivement. *Encore ce maudit Miles Teg*! Elle ne s'attendait pas à ce que la résistance de Duncan prît cette forme. Sa résolution ne faisait aucun doute. Les mots, par eux-mêmes, n'y pouvaient rien. Il était immunisé contre la Voix.

La vérité.

C'était la seule arme qui lui restait.

— Écoute, Duncan, je ne sais pas exactement ce que Taraza veut te faire accomplir sur Rakis. Je veux bien cssayer de deviner, mais je peux me tromper.

— Essayez toujours.

— Il y a une fille sur Rakis, presque une enfant encore. Elle s'appelle Sheeana. Les vers du désert lui obéissent. D'une manière ou d'une autre, il faut que ce pouvoir passe entre les mains du Bene Gesserit.

— Je ne vois pas en quoi je pourrais...

— Si je le savais moi-même, je te le dirais certainement tout de suite.

Il perçut sa sincérité que dévoilait le désespoir.

— Et quel rapport votre propre «talent» a-t-il avec tout ça? demanda-t-il.

— Taraza et ses conseillers sont seuls à le savoir.

— Ils veulent assurer leur emprise sur moi, pour que je n'aie aucune chance de leur échapper!

Lucille était déjà arrivée à cette déduction, mais elle ne s'attendait pas à ce qu'il y parvienne si aisément. Le visage juvénile de Duncan cachait une intelligence qui fonctionnait d'une manière dont elle n'avait pas encore saisi toute l'ampleur. Ses pensées se mirent à tourner à toute allure.

— Qui dominera les vers pourra faire renaître l'ancienne religion.

C'était la voix de Teg, dans l'encadrement de la porte derrière Lucille.

Je ne l'ai pas entendu venir!

Elle fit brusquement volte-face. Teg avait au creux de son bras l'un des antiques lasers des Harkonnen, dont le canon était négligemment pointé sur elle.

— C'est pour m'assurer que vous m'écouterez, dit-il.

— Depuis combien de temps nous épiez-vous?

Son regard furieux n'eut pas d'effet sur l'expression de Teg.

— Depuis le moment où vous avez reconnu que vous ne saviez pas ce que Taraza attend au juste de Duncan, répondit-il. Je ne le sais pas moi non plus, mais je peux faire quelques projections mentat. Rien de bien défini pour le moment, mais cela ouvre des perspectives. Vous me direz si je me trompe.

— Sur quoi?

Il jeta un regard à Duncan.

— L'une des choses que l'on vous a ordonné de faire est de le rendre irrésistible à la majorité des femmes.

Lucille s'efforça de dissimuler son dépit. Taraza lui avait recommandé de cacher cela à Teg le plus longtemps possible. Elle voyait maintenant qu'il était trop tard. Teg avait su lire en elle avec une habileté diabolique inculquée par sa diabolique mère.

— Des énergies considérables sont en train de s'amasser pour être dirigées contre Rakis, poursuivit le Bashar toujours en regardant Duncan. Quelles que soient les modifications que les Tleilaxu ont pu introduire en lui, il reste le dépositaire, dans ses gènes, de certaines qualités appartenant a une ancienne humanité. Est-ce là ce que recherchent les Maîtresses Généticiennes?

— Un foutu étalon pour le Bene Gesserit! s'écria Duncan.

— Que comptez-vous faire avec cette arme? demanda Lucille en désignant l'antique laser au bras de Teg.

— Ça? Je n'ai même pas mis de recharge dedans.

Il abaissa le canon de l'arme et la posa dans un coin à côté de lui.

— Miles Teg, vous serez puni pour ce que vous venez de faire! s'écria Lucille d'un ton grinçant.

— Cela devra attendre. Il fait presque nuit dehors. Je suis sorti tout à l'heure avec le cache-vie. Burzmali est passé ici. Il a laissé sa marque pour me dire qu'il avait trouvé le message que j'ai gravé dans l'écorce des arbres, parmi les griffures d'animaux.

Le regard de Duncan était soudain devenu attentif. Ses yeux brillaient.

— Qu'allez-vous faire? demanda Lucille.

— J'ai laissé un nouveau message fixant un rendez-vous. En attendant, nous allons tous à la bibliothèque. Il y a là des cartes que nous allons étudier et mémoriser. Si nous devons fuir, au moins, nous saurons où nous irons.

Lucille lui accorda le bénéfice d'un bref hochement de tête.

Duncan n'avait saisi son mouvement qu'avec une toute petite partie de son attention. Il avait déjà mentalement devant lui les anciens documents de la bibliothèque Harkonnen. C'était lui qui avait montré à Teg et à Lucille la manière de se servir correctement des appareils et qui avait fait projeter une ancienne carte de Giedi Prime datant de l'époque où le non-globe avait été construit.

Guidé par les souvenirs pré-ghola de Duncan et par sa connaissance plus moderne de la planète, Teg avait essayé de mettre la carte à jour. « Station forestière » était devenu « Citadelle Bene Gesserit ».

— C'était principalement un territoire de chasse des Harkonnen, avait expliqué Duncan. Ils chassaient du gibier humain élevé sur les lieux et conditionné spécialement dans ce but.

Des villes entières avaient disparu. D'autres étaient devenues d'importantes cités, mais sous une autre appellation. « Ysaï », la plus proche de l'endroit où ils se trouvaient, était indiquée sous le nom de « Baronie » sur l'ancienne carte.

Le regard de Duncan s'était durci à cette évocation.

— C'est là qu'ils m'ont torturé.

Quand Teg eut épuisé ses souvenirs de la planète, beaucoup d'endroits demeuraient marqués *inconnu* mais il avait ajouté un grand nombre de symboles vrillés du Bene Gesserit identifiant les lieux où les agents de Taraza lui avaient dit qu'il pourrait trouver éventuellement refuge.

C'étaient surtout ces emplacements que Teg voulait mémoriser.

Tout en se tournant pour les précéder sur le chemin de la bibliothèque, Teg déclara :

— J'effacerai cette carte dès que nous l'aurons tous en tête. On ne peut pas savoir qui viendra fourrer son nez ici après notre départ.

Lucille le dépassa dans un froissement d'étoffe.

— Vous en porterez la responsabilité comme pour tout le reste, Miles!

Il cria vers le dos qui s'éloignait :

— C'est un mentat qui vous affirme qu'il n'a fait que ce qui était attendu de lui.

— Belle logique! répliqua-t-elle sans se retourner.

Vous voyez dans cette salle la reconstitution d'un morceau du désert de Dune. La chenillette devant vous date de l'époque Atréides. Groupés autour d'elle, dans le sens des aiguilles d'une montre à partir de votre gauche, vous apercevez une petite moissonneuse, une aile de transport, une usine à épice rudimentaire et quelques accessoires complémentaires. D'autres explications vous seront fournies pour chaque sujet exposé. Remarquez la légende en lettres lumineuses au-dessus du tout: « CAR ILS SE NOURRIRONT DE L'ABONDANCE DES MERS ET DU TRESOR DES SABLES ». Cette citation ancienne d'inspiration religieuse était souvent répétée par le célèbre Gurney Halleck.

Commentaire du guide
Musée de Dar-es-Balat

Le ver ne ralentit pas son allure implacable jusqu'à la tombée du soir. À ce moment-là, Odrade avait passé mentalement en revue toutes les questions qui la tracassaient sans trouver de nouvelle réponse. Comment faisait Sheeana pour imposer sa volonté aux vers? Elle prétendait que ce n'était pas elle qui guidait son « Shaïtan » dans cette direction. Quel était le langage caché auquel le monstre du désert répondait? Odrade savait que les anges gardiens du Bene Gesserit qui les observaient de là-haut dans leurs ornis avaient dû se poser les mêmes questions plus une :

« *Pourquoi Odrade ne fait-elle rien pour arrêter ça?* »

Les anges gardiens avaient même dû hasarder quelques réponses : « *Elle ne nous appelle pas à son secours parce qu'elle a peur que nous ne dérangions le monstre. Elle craint que nous ne puissions les cueillir sur son dos sans déclencher une catastrophe.* »

Mais la vérité était beaucoup plus simple. C'était la curiosité qui la motivait.

Le sifflement de l'air sur leur passage aurait pu être celui d'un vaisseau fendant les flots; mais l'odeur de silex, apportée par le vent, qui montait des sables surchauffés leur rappelait que seul le désert les environnait maintenant sur des kilomètres et des kilomètres à la ronde, avec ses dunes en dos de baleine espacées aussi régulièrement que les vagues de l'océan.

Waff était silencieux depuis un bon moment. Penché en avant dans une attitude qui semblait une parodie en miniature de celle d'Odrade, il regardait droit devant lui, sans expression. La dernière chose qu'il avait dite était : « Que Dieu ait pitié de ses fidèles serviteurs à l'heure du Jugement! »

Odrade le considérait comme la preuve vivante qu'un fanatisme suffisamment fort était capable de perdurer toute une éternité. Le credo zensunni et le soufisme encore plus vieux survivaient dans la tradition tleilaxu tel un virus mortel endormi depuis des millénaires dans l'attente de l'hôte idéal pour ses débordements de violence latente.

Que va donner cette chose que j'ai implantée dans le clergé rakien? se demanda-t-elle.

Sainte Sheeana... C'était une certitude, en tout cas.

La jeune fille chevauchait un anneau de son Shaïtan, sa cape relevée dévoilant une partie de ses maigres jambes. Elle s'agrippait à l'anneau, entre ses genoux, des deux mains.

Elle avait dit que sa première chevauchée sur le dos d'un ver l'avait conduite directement devant les murs de Keen. Pourquoi là et pas ailleurs? Le ver avait-il voulu simplement l'amener auprès de ses semblables?

Celui qu'ils montaient en ce moment avait visiblement un autre but. Sheeana avait cessé de poser des questions; mais Odrade, à vrai dire, lui avait ordonné d'observer le silence et de se mettre en transe réduite. Cela, au moins, aurait pour effet de fixer dans sa mémoire les plus infimes détails de l'expérience d'aujourd'hui, de sorte qu'ils puissent être extirpés aisément plus tard. S'il y avait un langage caché entre le ver et Sheeana, il serait nécessairement découvert.

Odrade scruta attentivement l'horizon. Les vestiges de l'ancien mur qui entourait le Sareer ne se trouvaient plus qu'à quelques kilomètres d'eux. Les ruines projetaient de longues ombres sur le sable, indiquant à Odrade qu'elles étaient bien plus hautes qu'elle ne l'avait cru tout d'abord. Elles présentaient à présent un profil irrégulier, bordé d'éboulis parsemés de gros blocs. La brèche où le Tyran avait dégringolé du pont dans le fleuve Idaho se trouvait beaucoup plus à droite, à trois bons kilomètres de leur chemin. Il n'y avait plus le moindre fleuve en vue.

Waff donna soudain signe de vie à côté d'elle.

— Je réponds à ton appel, ô mon Dieu, fit-il. C'est Waff des Entio qui vient prier dans ton Territoire Sacré.

Le regard acéré d'Odrade pivota vers lui sans qu'elle bouge la tête d'un millimètre. *Entio*? Il n'y avait qu'un seul Entio dans sa Mémoire Seconde, un chef de clan de l'époque de la grande Errance zensunni, bien avant Dune. Qu'est-ce que cela signifiait? Quels souvenirs venus du fond des âges ces Tleilaxu entretenaient-ils?

Sheeana rompit à son tour le silence:

— Shaïtan ralentit.

Les ruines de l'ancien mur leur bloquaient le passage. Elles dominaient d'une bonne cinquantaine de mètres le sommet des plus hautes dunes. Le ver incurva légèrement sa route sur la droite et passa entre deux blocs géants, plus hauts qu'eux. Puis il s'immobilisa. Son long dos annelé était parallèle à une section pratiquement intacte de la base du mur.

Sheeana se dressa pour regarder l'obstacle.

— Quel est cet endroit? demanda Waff. Il avait légèrement élevé la voix pour couvrir le bruit des ornis tournant au-dessus de leur tête.

Odrade lâcha la prise qui lui meurtrissait les doigts. Elle les plia et les déplia plusieurs fois, mais sans changer de position sur le dos du ver tandis qu'elle inspectait les alentours. L'ombre des gros blocs formait une ligne de démarcation très nette sur le sable et les éboulis plus petits. Vu de très près, à moins d'une vingtaine de mètres, le mur se révélait percé de failles et de crevasses, trous noirs béants sur les anciennes fondations.

Waff s'était mis debout et se massait les mains.

— Pourquoi avons-nous été conduits ici? demanda-t-il d'un ton faiblement plaintif.

Un frémissement parcourut le dos du ver.

— Shaïtan veut que nous descendions, dit Sheeana.

Comment le sait-elle? se demanda Odrade. Le mouvement du monstre n'avait pas été assez fort pour leur faire perdre l'équilibre. Ce n'était peut-être qu'un simple réflexe à l'issue de sa longue course.

Mais Sheeana se tourna face à la base de l'ancien mur, laissa pendre les jambes sur la courbe du ver et glissa jusqu'en bas. Elle se reçut accroupie sur le sable meuble.

Odrade et Waff se penchèrent en avant pour observer, fascinés, la jeune fille qui faisait, en s'enfonçant dans le sable, le tour de la créature géante pour venir se camper, mains sur les hanches et tête levée, devant la gueule béante dont la fournaise intérieure projetait le reflet de ses flammes orange sur son visage.

— Shaïtan, pourquoi sommes-nous là? demanda Sheeana.

De nouveau, le ver frémit.

— Il veut que tout le monde descende, leur cria Sheeana.

Waff se tourna vers Odrade.

— Si Dieu veut ta mort, il dirigera tes pas vers l'endroit où il est écrit qu'elle doit se produire.

Odrade répliqua par une paraphrase du jargon du Shariat :

— Le messager de Dieu doit être obéi en toute chose.

Waff poussa un soupir. Le doute se lisait sur son visage, mais il se détourna et descendit le premier du ver, aussitôt imité par Odrade. Comme l'avait fait Sheeana, ils contournèrent la créature pour se retrouver face à elle. Odrade, tous ses sens en alerte, ne quittait pas Sheeana du regard.

Il faisait une insupportable chaleur devant la gueule béante du monstre. L'odeur piquante et familière de l'épice imprégnait l'air autour d'eux.

— Nous nous présentons humblement à toi, ô mon Dieu! fit le Tleilaxu.

Odrade, plus que lasse de ses effusions mystiques, accorda une partie de son attention au paysage qui les entourait, avec ses amoncellements de pierres, sa muraille délabrée qui se dressait contre un ciel assombri et ses blocs érodés par le temps. Le seul bruit qu'on entendait était le grondement sourd de la fournaise interne du monstre.

Mais où pouvons-nous être? se demandait-elle. *Qu'est-ce que cet endroit peut avoir de spécial pour que le ver l'ait choisi comme destination?*

Quatre ornis de surveillance passèrent en ligne au-dessus d'eux. Le sifflement de leurs rotors d'ailes et le hurlement de leurs réacteurs noyèrent momentanément les bruits de fond du ver.

Faut-il leur faire signe de se poser? se demandait Odrade. Un simple geste de la main suffirait. Mais au lieu de le faire, elle leva les deux bras pour leur signaler de demeurer là-haut.

Le froid du crépuscule était en train de s'abattre sur le désert. Frissonnante, Odrade modifia son métabolisme en conséquence. Elle était maintenant à peu près certaine que le monstre ne les engloutirait pas tant que Sheeana se trouverait à leurs côtés.

Tournant le dos au ver, Sheeana déclara :

— Il veut que nous soyons ici.

Comme s'il obéissait à un signal contenu dans ses paroles, le monstre tordit le cou dans la direction opposée à la leur et se glissa parmi les amas de gros blocs. Ils l'entendirent bientôt s'éloigner rapidement dans le désert.

Odrade demeurait face au pied de l'ancienne muraille. La nuit allait bientôt tomber sur eux, mais il restait encore suffisamment de lumière pour qu'ils puissent trouver la raison qui avait attiré le ver ici. Une haute crevasse dans la paroi rocheuse sur sa droite lui parut être un point de départ aussi bon qu'un autre pour leurs investigations. Une partie de son attention fixée sur les bruits qui provenaient de Waff, Odrade commença à escalader une pente de sable en direction de l'ouverture obscure. Sheeana la suivit sans peine.

— Que faisons-nous ici, Révérende Mère?

Odrade secoua la tête. Elle entendait Waff qui grimpait derrière elles.

La crevasse qui s'ouvrait devant eux était une porte sur les ténèbres. Odrade s'arrêta à l'entrée et empêcha Sheeana d'avancer plus loin. Elle estimait que l'ouverture devait faire un mètre de large sur environ quatre fois plus en hauteur. La paroi rocheuse qui la bordait était curieusement lisse, comme si des mains humaines l'avaient polie. Le sable apporté par le vent s'était accumulé à l'entrée. La lumière dorée du soleil couchant s'y reflétait, baignant tout un côté de la paroi intérieure d'une lueur irréelle.

Derrière Odrade, la voix de Waff demanda :

— Quel est cet endroit?

— Il y a beaucoup d'anciennes cavernes dans le désert, répondit Sheeana. Les Fremen y cachaient leurs réserves d'épice. (Elle huma longuement l'air devant eux.) Vous ne sentez pas, Révérende Mère?

Une nette odeur de mélange se dégageait de cet endroit, devait reconnaître Odrade.

Waff passa devant elle et s'engagea dans la crevasse. Puis il se retourna, levant la tête vers l'endroit où les parois rocheuses, à l'entrée, se rejoignaient, formant un angle aigu. Sans cesser de leur faire face, il s'enfonça dans l'entrée à reculons, les yeux fixés sur les parois. Odrade et Sheeana s'avancèrent à sa suite. Avec un sifflement abrupt de sable qui s'effondre, Waff disparut à leur vue. Au même instant, le sable sous les pieds d'Odrade et de Sheeana fut aspiré dans la crevasse en les entraînant en avant. Odrade s'empara de la main de Sheeana.

— Révérende Mère! s'écria l'enfant.

Le bruit se répercuta en un écho grondant contre des parois invisibles tandis qu'elles dévalaient une longue pente de sable en mouvement vers le cœur des ténèbres. Puis leur chute fut freinée dans un dernier ruissellement feutré. Immergée jusqu'aux épaules, Odrade se redressa la première et se remit debout, tirant Sheeana par le bras. Elle sentait une surface dure sous ses pieds et elle avait du sable jusqu'aux genoux.

Sheeana allait dire quelque chose mais elle lui mit une main sur la bouche.

— Chut! Écoute!

On entendait une sorte de raclement irrégulier sur la gauche.

— Waff?

— J'en ai jusqu'au cou! fit la voix terrorisée du Tleilaxu.

— Ce doit être la volonté de Dieu, répliqua sèchement Odrade. Relevez-vous sans faire de mouvement brusque. Le sol est ferme sous vos pieds. Doucement! Nous n'avons pas besoin d'une autre avalanche!

Tandis que sa vision s'adaptait à l'obscurité, Odrade leva les yeux vers la pente de sable qu'ils venaient de dégringoler. L'ouverture de la caverne où ils se trouvaient n'était plus qu'une lointaine fente inaccessible par où filtrait une lueur pâle et dorée.

— Révérende Mère... chuchota Sheeana. J'ai peur!

— Récite la Litanie contre la Peur, ordonna Odrade. Et sois

tranquille. Les nôtres savent que nous sommes là. Ils vont nous secourir.

— Dieu nous a conduits ici, murmura Waff.

Odrade ne répondit pas. Dans le silence total où ils étaient plongés maintenant, elle fronça les lèvres pour émettre un sifflement aigu dont elle guetta l'écho en retour. Ses oreilles lui apprirent ainsi qu'ils se trouvaient à l'intérieur d'un vaste espace occupé seulement par une sorte d'obstacle bas quelque part derrière eux. Elle se tourna dans cette direction et siffla de nouveau.

La barrière était à une centaine de mètres.

Elle libéra sa main de celle de Sheeana.

— Ne bouge pas d'ici, s'il te plaît. Waff?

— J'entends les ornis, dit le Tleilaxu.

— Nous les entendons tous. Ils sont en train de se poser. Nous allons bientôt avoir des secours. En attendant, veuillez rester où vous êtes et ne pas faire de bruit. J'ai besoin du silence le plus complet possible.

Sifflant pour écouter l'écho, avançant prudemment pas à pas, la Révérende Mère s'enfonça dans les ténèbres. Sa main tendue en avant rencontra bientôt une surface rocheuse verticale et irrégulière. En tâtonnant, elle découvrit qu'elle ne lui arrivait pas plus haut qu'à la taille. Sa main ne sentait rien derrière. Sifflant encore, elle apprit par l'écho qu'il s'agissait d'un espace délimité, partiellement clos.

Une voix lointaine, bien au-dessus d'elle, appela:

— Révérende Mère! Vous êtes là?

Elle se retourna, les mains en porte-voix devant ses lèvres, pour crier:

— Ne descendez pas! Nous sommes tombés au fond d'une grande caverne. Apportez-nous de la lumière et de longues cordes.

La petite silhouette obscure qui s'était profilée là-haut à l'entrée de la caverne se retira. La lumière du crépuscule avait presque totalement disparu. Odrade se tourna dans la direction d'où elle était venue pour crier :

— Sheeana! Waff! Avancez d'une dizaine de pas vers moi et attendez.

— Où sommes-nous, Révérende Mère? demanda Sheeana.

— Patience, mon enfant.

Un murmure monotone comme une psalmodie lui parvenait de l'endroit où se trouvait Waff. Prêtant l'oreille, Odrade reconnut l'ancien langage de l'Islamiyat. Il était en train de prier. Le Tleilaxu avait abandonné toute tentative pour essayer de lui dissimuler ses origines. Tant mieux. Le croyant était un réceptacle qui ne demandait qu'à être nourri des délices de la Missionaria Protectiva.

En attendant, les promesses de cet endroit où les avait amenés le ver emplissaient Odrade d'excitation. En se guidant d'une main sur le rebord du petit mur rocheux, elle en suivit les contours sur sa gauche. Le sommet du muret était parfaitement poli par endroits. Partout, il s'inclinait légèrement vers l'autre côté. Abruptement, ses Autres Mémoires lui offrirent une projection :

Un bassin de capture!

C'était un réservoir d'eau fremen. Odrade huma longuement à la recherche d'une trace d'humidité. L'air était aussi sec que la poussière du désert.

Un rayon de lumière vive pénétra par la fente de la caverne, dissipant en partie les ténèbres. Une voix appela d'en haut. Odrade l'identifia comme appartenant à l'une des Sœurs.

— Nous vous apercevons!

Elle recula pour s'écarter du bassin et se tourna, scrutant la pénombre environnante. Waff et Sheeana se tenaient à une soixantaine de mètres de là, les yeux écarquillés devant le spectacle qui les entourait. L'immense caverne avait à la base une forme à peu près circulaire d'un diamètre de deux cents mètres environ. Sa voûte rocheuse atteignait une grande hauteur. A l'endroit où se tenait Odrade, le bassin fremen laissait voir en son centre l'endroit surélevé où un ver pouvait être retenu prisonnier de l'eau jusqu'à ce que le moment de s'y répandre arrive. La Mémoire Seconde lui montra la terrible agonie entrecoupée de spasmes de la créature dont la mort produisait le poison-épice qui était à l'origine des orgies fremen.

Une petite arche délimitait une autre zone d'ombre sur le bord opposé du bassin. Odrade discerna le déversoir qui amenait l'eau des pièges à vent. Il devait y avoir d'autres bassins là-bas, tout un ensemble conçu pour conserver les trésors d'humidité d'une riche tribu ancienne. Elle pensait connaître à présent le nom de cet endroit.

— Le Sietch Tabr, murmura-t-elle pour elle-même entre ses dents.

Ce nom avait ouvert la porte à tout un flot de souvenirs utiles. C'était le fief de Stilgar du temps de Muad'Dib.

Pourquoi ce ver nous a-t-il conduits au Sietch Tabr?

Un ver avait déjà déposé Sheeana devant les murs de la cité de Keen. Pour que d'autres soient au courant de son existence? Que pouvait-il y avoir dans cette caverne dont ils devaient aussi apprendre l'existence? Des habitants, au fond de ces ténèbres? Elle ne percevait aucune présence vivante dans cette direction.

La Sœur à l'entrée interrompit ses réflexions en criant :

— Il a fallu amener des cordes de Dar-es-Balat! Les spécialistes du Musée disent qu'il doit s'agir du Sietch Tabr. Ils croyaient qu'il était entièrement détruit.

— Envoyez-moi de la lumière pour que je puisse explorer, lui cria Odrade.

— Les prêtres demandent que l'on ne touche à rien!

— De la lumière! fit impérieusement Odrade.

Quelques instants plus tard, un objet sombre glissa sur la pente dans une petite cascade de sable. Odrade envoya Sheeana le chercher à quatre pattes. Une pression du doigt sur le bouton et un large faisceau de lumière jaillit dans la direction de l'arche obscure de l'autre côté du bassin de capture.

C'est bien ce que je pensais. D'autres bassins.

Et sur le côté de ce bassin-ci, un étroit escalier creusé à même le roc. Les marches grimpaient vers la voûte, tournaient à un palier et se perdaient à leur vue.

Odrade se pencha pour chuchoter à l'oreille de Sheeana:

— Surveille bien Waff. S'il essaye de nous suivre, avertis-moi.

— Oui, Révérende Mère. Où allons-nous?

— Il faut que j'explore ces lieux. C'est moi que l'on a fait venir ici pour une raison précise. (Elle éleva la voix, s'adressant au Tleilaxu.) Waff, pouvez-vous attendre ici que l'on apporte les cordes?

— Qu'étiez-vous en train de chuchoter? demanda le Tleilaxu, soupçonneux. Pourquoi faut-il que j'attende? Que faites-vous?

— J'étais en train de prier, dit Odrade. À présent, je dois continuer ce pèlerinage toute seule.

— Et pourquoi toute seule?

Dans le langage ancien de l'Islamiyat, elle répondit:

— C'était écrit.

Et il n'insista pas!

Précédant Sheeana, Odrade se dirigea d'un pas vif vers les marches de pierre. Courant pour la rattraper, Sheeana souffla:

— Il faudra dire à tout le monde que cet endroit existe. Ces anciennes cavernes fremen sont le meilleur refuge contre Shaïtan.

— Une seconde, mon enfant, lui dit Odrade.

Elle braqua le faisceau de lumière sur le haut de l'escalier. Les marches s'incurvaient sur la droite, s'enfonçant dans le roc. Elle hésitait. La sensation de danger qu'elle éprouvait depuis le début de cette expédition était maintenant à son point culminant. C'était quelque chose de presque palpable en elle.

Qu'y a-t-il là-haut?

— Attends-moi ici, Sheeana, dit-elle. Empêche Waff de me suivre.

— Comment le pourrais-je?

Elle tourna craintivement la tête dans la direction où se trouvait le Tleilaxu.

— Dis-lui que c'est la volonté de Dieu qu'il n'aille pas plus loin qu'ici. Tu n'as qu'à le lui dire ainsi... Elle se pencha à l'oreille de Sheeana et prononça les mêmes mots dans la langue ancienne de Waff... N'ajoute rien d'autre. Barre-lui le chemin et répète la phrase s'il insiste pour passer.

Sheeana récita rapidement la formule. Elle la connaissait par cœur. Odrade se réjouissait de la voir apprendre si vite.

— Il a peur de toi, expliqua-t-elle. Il ne cherchera pas à te faire de mal.

— Oui, Révérende Mère.

Sheeana se campa, les bras croisés, au pied des marches, la tête tournée vers le centre de la caverne où était Waff.

Braquant la lumière vers le haut, Odrade commença à gravir l'escalier.

Le Sietch Tabr! Quelle surprise nous réserves-tu encore, vieux ver?

En haut des marches, dans une longue salle au plafond bas, elle découvrit les premiers cadavres momifiés par l'air sec du désert. Il y en avait cinq. Deux hommes et trois femmes, dépourvus de tout vêtement ou marque d'identification. On les avait simplement laissés là nus et ils s'étaient lentement desséchés, la chair et la peau se tendant étroitement sur les os. Ils étaient alignés contre le mur, les jambes en travers du passage. Elle dut les enjamber un à un.

En passant, elle éclaira chaque momie pour mieux l'examiner. Elles portaient toutes la trace d'un même coup de poignard. La lame tranchante avait pénétré vers le haut, juste en dessous de la voûte du sternum.

Des meurtres rituels?

La chair ratatinée était tombée de la blessure, laisant une déchirure noire pour marquer son emplacement. Ces cadavres ne dataient pas de l'époque fremen, se disait Odrade. Les distilles de mort fremen réduisaient toute chair en cendres pour récupérer l'eau des corps.

Du faisceau de sa lampe, Odrade fouilla l'obscurité devant elle tout en réfléchissant à la situation où elle se trouvait. La découverte de ces corps momifiés intensifiait l'impression de danger qu'elle éprouvait. *J'aurais dû apporter une arme.* Mais cela aurait réveillé les suspicions de Waff.

Le signal d'alarme intérieur ne pouvait être pris à la légère. Ces vestiges du Sietch Tabr recelaient un péril mortel.

La lumière de la lampe révéla la présence d'un nouvel escalier au fond de la salle étroite. Elle s'avança prudemment. De la première marche, elle éclaira le haut. L'escalier était bien plus bas que le précédent et ses marches beaucoup plus larges. Elles donnaient accès à une nouvelle ouverture dans le roc. Odrade se retourna et balaya la salle où elle se trouvait du faisceau de sa lampe. La paroi rocheuse portait de nettes marques d'impact et de calcination. Une fois de plus, Odrade leva les yeux vers le sommet de l'escalier.

Que peut-il y avoir là-haut?

Le sentiment de danger était intense.

Lentement, s'arrêtant presque à chaque marche, Odrade gravit l'escalier. Elle se trouva bientôt à l'entrée d'une nouvelle salle creusée dans la roche mère. D'autres cadavres l'y attendaient. Ceux-là avaient été abandonnés dans la position grotesque de leur dernier mouvement. Là encore, leur chair momifiée n'était couverte d'aucun vêtement. Ils gisaient un peu partout le long de cette galerie plus large. Environ une vingtaine. Elle les contourna un par un. Certains avaient été poignardés de la même manière que ceux d'en bas; d'autres avaient été brûlés ou déchiquetés par des rayons laser. L'un d'entre eux avait même été décapité et sa tête, encore revêtue d'un masque de parchemin, gisait dans un coin contre le mur comme une boule abandonnée à l'issue d'une partie dans quelque jeu macabre.

La galerie était en ligne droite, bordée de chaque côté d'une série d'ouvertures donnant sur des cellules étroites. Elle ne découvrit rien de précieux dans celles qu'elle balaya du faisceau de la lampe: quelques brins épars de fibre d'épice, de minuscules coulées de roche fondue et, sur les murs, le sol et le plafond, les boursouflures caractéristiques de la pierre liquéfiée puis resolidifiée.

Quelle sorte de violence s'est déchaînée ici?

Des taches évocatrices étaient visibles sur le sol de certaines cellules. Du sang répandu? Dans un coin de l'une d'elles, quelques lambeaux de tissu brun s'entassaient. Il y en avait aussi des fragments sous les pas d'Odrade.

Partout, de la poussière, encore de la poussière. Chaque pas qu'elle faisait en soulevait des nuages.

La galerie s'achevait par une arcade qui débouchait sur une large corniche. Elle projeta le faisceau de la lampe derrière la corniche. Elle surplombait une énorme grotte, bien plus vaste que la première caverne, dont la voûte était si élevée qu'elle devait arriver jusqu'aux fondations de la grande muraille à la surface. De larges marches plates descendaient de la corniche jusqu'au sol de la grotte. En hésitant, Odrade descendit et s'avança de quelques pas vers le centre. Elle promena la lumière de sa lampe autour d'elle. D'autres galeries s'ouvraient dans les parois de la grotte. Certaines avaient été obstruées par de grosses pierres et les pierres avaient été délogées par des explosions. Elles jonchaient, un peu partout, le sol de la grotte et la corniche qu'elle venait de quitter.

Odrade huma l'air. Portée par la poussière qu'elle remuait sous ses pieds, il y avait une nette odeur de mélange. Cette odeur était étroitement liée à son intuition de danger. Tout la poussait à faire volte-face et à courir rejoindre les autres. Mais le danger était un signal et il fallait qu'elle sache où aboutissait ce signal.

Elle savait maintenant où elle se trouvait. Cette grotte était le grand lieu de rassemblement du Sietch Tabr, où s'étaient tenues d'innombrables orgies d'épice et assemblées tribales. C'était là que Stilgar le Naïb avait présidé son clan. Gurney Halleck était passé là ainsi que Dame Jessica, Paul Muad'Dib et Chani, mère de Ghanima. Là, Muad'Dib avait harangué ses guerriers. Le permier clan Idaho avait marché sous cette haute voûte... ainsi, du reste, que le premier ghola Idaho!

Pourquoi avons-nous été conduits ici? Quel est ce danger que je sens?

Il était pourtant là, bien présent. Elle aurait presque pu le toucher du doigt.

Ici, le Tyran avait caché un magot d'épice. Les archives du Bene Gesserit disaient que ce magot remplissait la grotte jusqu'au plafond et que même les galeries attenantes en étaient bourrées.

Odrade se tourna lentement, balayant la grotte de la lumière de sa lampe. Là-bas, c'était la corniche des Naïbs. Et là, cette large saillie, c'était la Tribune Royale que Muad'Dib s'était fait aménager dans le roc.

Et voilà l'arcade par où je suis entrée.

Elle examina le sol, notant les endroits où la pierre avait été sondée ou brûlée par ceux qui avaient cherché là d'autres magots cachés par le Tyran. C'étaient les Truitesses qui avaient fait main basse sur la presque totalité du mélange, dont l'emplacement leur avait été indiqué par le ghola Idaho consort de la fameuse Siona. Les archives disaient que d'autres caches avaient été découvertes plus tard, sous de faux planchers ou derrière de fausses cloisons. De nombreux témoignages authentiques existaient, corroborés par la Mémoire Seconde. À l'époque de la Grande Famine, ces lieux avaient connu des déchaînements de violence du fait des innombrables désespérés qui venaient y tenter leur chance. Cela aurait pu expliquer la présence de tous ces cadavres. Plus d'un s'était battu simplement pour obtenir le privilège de venir fouiller le Sietch Tabr.

Comme on lui avait appris à le faire, Odrade s'efforça de se guider sur son intuition de danger. Les miasmes de tout ce passé de violence adhéraient-ils encore à la pierre au bout de nombreux millénaires? Ce n'était pas là que résidait sa prémonition. Il s'agissait de quelque chose de bien plus immédiat.

Son pied gauche heurta une inégalité du sol. Le faisceau de la lampe éclaira une ligne sombre dans la poussière. Elle dégagea toute cette poussière du pied, dévoilant d'abord une lettre puis un mot entier gravé en écriture cursive.

Elle lut le mot silencieusement, puis à haute voix.

« Arafel. »

Ce mot ne lui était pas inconnu. Les Révérendes Mères de l'époque du Tyran l'avaient incorporé dans la conscience collective du Bene Gesserit en remontant ses racines jusqu'aux sources les plus antiques.

« Arafel. Le nuage qui obscurcit la fin de l'univers. »

Odrade se sentait au comble de sa prémonition de danger. Tout était concentré dans ce simple mot.

« Le jugement sacré du Tyran », disaient les prêtres pour l'interpréter. « C'est le nuage qui obscurcit le jugement sacré! »

Elle fit lentement le tour du mot gravé dans la pierre, sans le quitter des yeux, remarquant la manière dont la dernière boucle se prolongeait en une petite flèche. Elle suivit du regard la direction indiquée par cette flèche. Quelqu'un d'autre avait dû avoir la même idée, car la corniche de pierre était partiellement détruite à cet endroit. Elle s'avança jusqu'à l'emplacement où le brûleur d'un chasseur de trésor avait laissé dans le sol de la grotte sa marque noire de roche liquéfiée. Des coulures de pierre fondue descendaient comme autant de doigts du bord déchiqueté de la corniche. Chaque doigt était issu d'un trou profond dans la roche.

Elle se baissa pour éclairer les trous un à un avec sa lampe.

Rien.

L'excitation du chasseur de trésor se mêlait à la crainte inspirée par sa prémonition. Les richesses jadis recelées par cette caverne avaient de quoi couper le souffle à l'imagination. Aux pires époques des temps anciens, une valise pleine d'épice représentait le prix d'une planète. Et dire que les Truitesses avaient dilapidé ce magot, gaspillant leurs réserves en querelles intestines, faux jugements et stupidités trop mesquines pour que l'histoire en conserve la trace! Elles n'avaient été que trop heureuses d'accepter une alliance avec les Ixiens lorsque le Tleilax avait fait éclater le monopole de l'épice.

Les chasseurs de trésor ont-ils tout trouvé? Le Tyran était d'une habileté suprême.

Arafel.

La fin de l'univers.

Cela voulait-il dire qu'il avait lancé un message, à travers les millénaires, au Bene Gesserit actuel?

Elle balaya, une fois de plus, les parois de la grotte du rayon de sa lampe. Puis elle la leva vers la voûte.

Celle-ci formait un demi-globe presque parfait au-dessus de sa tête. C'était à l'origine, elle le savait, destiné à représenter le ciel nocturne tel qu'on pouvait le voir de l'entrée du Sietch Tabr.

Mais même à l'époque de Kynes, le premier planétologue de Dune, les étoiles peintes à même la voûte avaient déjà disparu, tombées en écaille à la suite de minuscules vibrations sismiques ou de la simple érosion de la vie quotidienne.

Le pouls d'Odrade s'accéléra. A aucun moment son intuition de danger n'avait été plus intense. Le signal d'alarme avait viré au rouge écarlate! D'un pas rapide, elle gagna les marches par lesquelles elle était descendue. Les yeux mi-clos, elle se concentra sur sa Mémoire Seconde pour obtenir une représentation ancienne de cet endroit. L'image se forma lentement, frayant son chemin à travers l'angoisse de ses prémonitions. Braquant la lumière vers le sommet de la voûte, plissant les yeux de concentration, Odrade superposa par transparence l'ancienne image à la réalité qu'elle avait devant elle.

Des éclats de brillance!

La Mémoire Seconde les positionnait peu à peu. Ils indiquaient les étoiles d'un ciel depuis longtemps disparu. Comme si rien n'avait changé! Il y avait aussi le demi-cercle jaune argent du soleil d'Arrakeen. Odrade savait que c'était le symbole du soleil couchant.

La journée du Fremen commence à la tombée du soir.

Arafel!

Gardant la lumière braquée sur ce symbole, Odrade acheva de gravir les marches à reculons et suivit la corniche qui surplombait la grotte jusqu'à l'endroit exact indiqué par la Mémoire Seconde.

Il ne restait absolument rien du demi-soleil.

Les chasseurs de trésor avaient rogné la paroi où il était dessiné. Des cloques brillantes marquaient l'endroit où un brûleur avait systématiquement balayé la roche. Aucune fissure ne l'avait entamée.

La sensation de constriction dans sa poitrine disait à Odrade qu'elle était au bord d'une dangereuse découverte. C'était ici que son signal interne aboutissait!

Arafel... la fin de l'univers. Derrière le soleil couchant!

Elle balança le faisceau lumineux sur sa droite puis sur sa gauche. Un nouveau passage s'ouvrait à gauche. Les pierres qui en avaient muré l'entrée étaient disséminées un peu partout sur la corniche. Le cœur battant, Odrade se glissa dans l'ouverture et se retrouva dans un petit couloir obstrué à son extrémité par un bouchon de pierre fondue. Sur la droite, juste derrière l'endroit où le demi-soleil avait été dessiné, elle découvrit une petite pièce où flottait une forte odeur de mélange. À l'intérieur, les murs et le plafond portaient, comme ailleurs, des marques laissées par les brûleurs des chasseurs de trésor. L'impression de danger était devenue insupportable. Elle récita silencieusement la Litanie contre la Peur tout en fouillant systématiquement la pièce du faisceau de sa lampe. Le sol de pierre formait un carré de deux mètres de côté environ. Le plafond se trouvait à moins d'un mètre au-dessus de sa tête. Des exhalaisons de cannelle lui faisaient plisser les narines. Elle éternua. Les yeux larmoyants, elle repéra un endroit, près du seuil, où le sol était d'une couleur légèrement plus claire.

Encore des traces d'anciennes recherches?

En se penchant, la lampe tenue obliquement, elle vit qu'il s'agissait, contrairement à ce qu'elle avait cru d'abord, d'une inscription gravée dans la pierre, que la poussière avait fait presque complètement disparaître. A genoux, elle gratta la poussière. Le trait était fin et profond. Celui qui l'avait gravé avait eu l'intention qu'il dure. Peut-être le dernier message d'une Révérende Mère en détresse? C'était un procédé auquel les membres du Bene Gesserit avaient quelquefois recours. Elle suivit du doigt le tracé inscrit dans la pierre et le reconstitua en une arabesque mentale.

Au bout d'un moment de flottement, elle l'identifia tout d'un coup, C'était un mot unique, tracé dans l'ancienne écriture chakobsa. Il signifiait: « Ici ».

Ce n'était pas le mot ordinaire servant à désigner n'importe quel endroit, mais un « ici » emphatique et accentué qui voulait dire : « Vous m'avez découvert! » et que les battements de cœur d'Odrade mettaient encore plus en relief.

Elle posa sa lampe sur la pierre à côté de son genou droit et laissa ses doigts explorer le seuil à proximité de cette ancienne injonction. La pierre paraissait parfaitement uniforme à l'œil, mais les doigts sensibles de la Révérende Mère décelèrent une légère discontinuité. Elle exerça une pression à cet endroit, puis une torsion, puis une série d'autres pressions sous des angles chaque fois différents. L'effort de concentration la faisait transpirer.

Aucun résultat.

Accroupie sur ses talons, elle réfléchit à la situation.

« Ici. »

La prémonition était à son maximum. Elle la sentait physiquement comme un poids qui gênait sa respiration.

Changeant de position, elle recula un peu la lampe et se mit à plat ventre pour regarder de très près toute la partie du seuil qui se trouvait derrière l'inscription.

Ici!

Fallait-il essayer de glisser un levier dans la rainure invisible pour soulever le seuil? Non... un outil ne servirait à rien. Tout cela portait la marque du Tyran et non d'une Révérende Mère.

Elle essaya encore de faire bouger le seuil. Pas le moindre résultat.

Le sentiment de danger et les tensions accumulées accentuaient ses frustrations. Odrade se remit brusquement debout et donna un coup de talon rageur à la pierre juste à côté du mot gravé. Cette fois-ci, elle remua! Et au-dessus de sa tête, quelque chose grinça sur du sable.

Elle fit un bond en arrière tandis qu'une cataracte de sable s'abattait à ses pieds. Une sourde rumeur fit vibrer les murs de la chambre et la pierre sur laquelle elle se trouvait. Puis le sol bascula d'une seule pièce, ouvrant une large fissure sous le mur, à l'endroit du seuil.

Une nouvelle fois, Odrade fut emportée dans une glissade vertigineuse vers l'inconnu. Sa lampe roula avec elle, éclairant par à-coups les ténèbres qui entouraient sa chute. Elle distingua des monticules brun-rouge autour d'elle. L'odeur de cannelle emplissait ses narines.

Elle atterrit à côté de sa lampe sur l'un des moelleux monticules de mélange. L'ouverture par où elle avait glissé se trouvait, inaccessible, à une hauteur de cinq mètres. Elle ramassa la lampe. Le faisceau lumineux lui permit d'apercevoir de larges marches taillées dans la pierre en contrebas de l'ouverture. Il y avait quelque chose d'écrit sur les contremarches, mais la seule chose qu'elle voyait pour le moment était qu'il existait une issue. La première vague de panique s'apaisa, mais le sentiment de danger lui coupait presque la respiration, exerçant tout son poids sur les muscles de sa poitrine.

Elle éclaira la salle où elle était tombée en braquant la lampe alternativement à droite et à gauche. Elle était tout en longueur et située exactement sous la galerie qu'elle avait empruntée à la sortie de la grande caverne. Partout, des montagnes de mélange étaient entassées!

Éclairant le plafond, elle comprit pourquoi personne n'avait pu déceler l'existence de cette salle en tapant sur le sol de la galerie au-dessus. De gros épaulements de pierre entrecroisés sur toute la largeur des murs transmettaient tout l'effort en profondeur dans la masse des parois. Un coup frappé là-haut ne pouvait renvoyer que le son plein de la roche massive.

Odrade contempla de nouveau le mélange qui l'entourait. Même aux cours dépréciés d'aujourd'hui, il y avait là un véritable trésor de plusieurs milliers de tonnes.

Est-ce là le danger?

Le signal d'alarme intérieur n'avait rien perdu de son intensité. Le trésor du Tyran n'était pas ce qu'il fallait redouter en soi. La nouvelle troïka saurait bien procéder à un partage équitable et on n'en parlerait plus. Simple bonus dans le projet ghola.

Il y avait quelque chose d'autre. Elle ne pouvait ignorer le pressentiment persistant.

De nouveau, elle explora du faisceau de sa lampe les

entassements de mélange. Son attention fut soudain attirée par tout un pan de mur, au-dessus d'un monticule d'épice, où d'autres mots étaient inscrits. Encore du chakobsa, gravé à la pointe d'un stylet dans une belle écriture régulière et géométrique. Le message disait :

UNE RÉVÉRENDE MÈRE LIRA MES MOTS!

Quelque chose de glacé étreignit l'estomac d'Odrade. Elle se rapprocha avec la lumière, foulant aux pieds assez de mélange pour payer la rançon d'un empire. Cela continuait :

JE VOUS LÈGUE MA PEUR ET MA SOLITUDE. À VOUS JE DONNE LA CERTITUDE QUE LE CORPS ET L'ÂME DU BENE GESSERIT CONNAÎTRONT LE MÊME SORT QUE TOUS LES AUTRES CORPS ET QUE TOUTES LES AUTRES ÂMES.

Une autre série de phrases continuait un peu plus sur la droite. Pataugeant dans le mélange à l'odeur entêtante, elle leva la tête pour lire :

QU'EST-CE QUE LA SURVIE SI L'ON NE SURVIT PAS ENTIER? DEMANDEZ-LE DONC AU BENE TLEILAX! QU'EST-ELLE SI L'ON N'ENTEND PLUS LA MUSIQUE DE L'EXISTENCE? LES MÉMOIRES NE SUFFISENT PAS SI ELLES N'ONT PAS LE POUVOIR D'INSPIRER DE NOBLES FINS!

Il y en avait encore sur le petit mur du fond de la longue salle étroite. Contournant les monticules d'épice, Odrade se mit à genoux pour déchiffrer :

POURQUOI VOTRE ORDRE N'A-T-IL PAS TRACÉ LE SENTIER D'OR? IL EN CONNAISSAIT LA NÉCESSITÉ. PAR VOTRE CARENCE, VOUS M'AVEZ CONDAMNÉ, MOI L'EMPEREUR-DIEU À DES MILLÉNAIRES DE DÉSESPOIR SOLITAIRE.

Les mots «Empereur-Dieu» n'étaient pas écrits en chakobsa mais dans le langage de l'Islamiyat, où ils avaient un arrière-sens immédiatement apparent pour tous les familiers de cet ancien idiome :

« Moi votre Dieu et votre Empereur parce que vous l'avez voulu. »

Odrade eut un sourire amer. Il y avait là de quoi plonger Waff dans un état de transe religieuse! Plus il s'enfonçait dans cette voie, plus il devenait facile d'ébranler son assurance.

Elle ne mettait pas en doute le bien-fondé de l'accusation du Tyran, ni les potentialités contenues dans sa prédiction relative à la fin du Bene Gesserit. Le signal d'alarme l'avait conduite sans faillir jusqu'à cet endroit. Mais il y avait quelque chose d'autre à l'œuvre. Les vers de Rakis évoluaient encore au rythme ancien du Tyran. Il sommeillait peut-être au cœur de son rêve sans fin mais son existence monstrueuse, sous la forme d'une minuscule perle de mémoire dans chaque ver, se poursuivait comme il l'avait prédit.

Quelles étaient les paroles qu'il avait adressées, de son vivant, au Bene Gesserit? La Mémoire Seconde les lui rappela :

« Quand je ne serai plus là, qu'ils m'appellent Shaïtan, Empereur de la Géhenne. Il faut que la roue tourne et tourne le long du Sentier d'Or. »

Oui... c'était bien à cela que Taraza pensait en disant:

« Mais ne comprenez-vous pas? Le menu peuple de Rakis l'appelle Shaïtan depuis plus d'un millier d'années! »

Ainsi, Taraza le savait. Sans jamais avoir vu les mots qui étaient gravés ici, elle le savait.

Je vois tes intentions, Taraza. Et je porte maintenant le fardeau de peur que tu portes depuis tant d'années. J'en ressens le poids avec exactement la même intensité que toi.

Odrade comprit, à ce moment-là, que le signal d'alarme qu'elle avait en elle ne la quitterait plus jusqu'à sa mort, ou jusqu'à la fin du Bene Gesserit, ou encore jusqu'à ce que le péril qui les menaçait soit résolu.

Elle reprit sa lampe, se mit debout et marcha, en s'enfonçant dans le mélange, jusqu'aux larges marches qui conduisaient hors de cette salle. Arrivée devant les marches, elle s'immobilisa, tremblante. Elle voyait maintenant d'autres phrases du Tyran inscrites sur les contremarches. Elle les lut en grimpant.

MES PAROLES CONSTITUENT VOTRE PASSÉ.

MES QUESTIONS SONT TRÈS SIMPLES:

AVEC QUI FAITES VOUS ALLIANCE?

AVEC LES AUTO-IDOLÂTRES DU TLEILAX?

AVEC LA BUREAUCRATIE DE MES TRUITESSES?

AVEC LA GUILDE QUI PARCOURT LE COSMOS?

AVEC LES IMMOLATEURS HARKONNEN ASSOIFFÉS DU SANG DES AUTRES?

AVEC UN CLOAQUE DOGMATIQUE DE VOTRE PROPRE CRÉATION?

COMMENT FEREZ-VOUS FACE À VOTRE PROPRE FIN?

COMME UNE SIMPLE SOCIÉTÉ SECRÈTE ET RIEN D'AUTRE?

Odrade dépassa la dernière question et les revit toutes dans sa tête en continuant de grimper.

De nobles fins? Quelle notion fragile cela avait toujours été. Et comme c'était facile à dénaturer. Mais la force de cette chose était présente, environnée d'un péril constant. Cela s'étalait partout sur les murs et les marches de cette salle. Taraza le savait sans qu'on ait eu besoin de le lui expliquer. L'intention du Tyran était on ne peut plus claire.

« Ralliez-vous à moi! »

En émergeant dans la petite pièce, à la recherche d'un point d'appui pour se hisser jusqu'au niveau du seuil, Odrade baissa les yeux vers le trésor qu'elle avait découvert. Elle hocha la tête, émerveillée par la perspicacité de Taraza. C'était donc ainsi que le Bene Gesserit risquait de finir. Les intentions de Taraza étaient maintenant nettes. Tous les morceaux du puzzle étaient à leur place. Rien de certain, cependant. Richesse, pouvoir, c'était la même chose au bout du compte. Les nobles fins avaient été déclenchées, il fallait qu'elles atteignent leur terme, même si cela signifiait la mort de l'Ordre.

Quels pauvres instruments nous avons choisis pour nous défendre!

Une petite fille qui attendait là-bas dans la caverne enfouie sous les sables. Une petite fille et un ghola que l'on entraînait sur Rakis.

Je parle ton langage à présent, vieux ver. C'est un langage sans mots, mais j'en connais le cœur.

Nos pères mangeaient la manne du désert.
Dans les endroits torrides où soufflaient les tornades. Sauve-nous, ô Seigneur, de cette horrible terre!
Sauve-nous, oh-h-h-h-h sauve-nous.
De cette terre sèche et assoiffée.

Les Complaintes de Gurney Halleck
Musée de Dar-es-Balat

Teg et Duncan, tous les deux lourdement armés, émergèrent du non-globe avec Lucille pour affronter la partie la plus froide de la nuit. Les étoiles étaient des pointes d'épingles au-dessus de leurs têtes. L'air était absolument calme avant qu'ils le troublent par leur présence.

L'odeur dominante qui parvenait aux narines de Teg était celle de la neige cassante, dont les exhalaisons moites piquaient les narines et formaient, quand ils respiraient, de gros nuages de buée devant leur visage.

Des larmes de froid naissaient au coin des yeux de Duncan. Il avait beaucoup pensé à Gurney pendant qu'ils se préparaient à quitter le non-globe. Ce bon vieux Gurney, avec sa joue balafrée par le fouet de vinencre d'un Harkonnen. C'est maintenant que Duncan aurait eu besoin de compagnons de confiance. Il ne se fiait guère à Lucille et Teg était vieux, bien trop vieux. Il voyait les yeux du bashar luire de fatigue à la lumière des étoiles.

Déplaçant le poids de l'antique laser de combat qu'il portait sur l'épaule gauche, Duncan enfouit ses mains dans ses poches à la recherche d'un peu de chaleur. Il avait oublié à quel point il pouvait faire froid sur cette planète. Lucille, pour sa part, ne semblait pas trop affectée. Elle devait encore faire appel à l'un des trucs du Bene Gesserit pour se réchauffer.

En la regardant, il se rendait compte qu'il n'avait jamais vraiment fait confiance à aucune de ces sorcières. Pas même à Dame Jessica. Il était trop facile de voir en elles des créatures traîtresses, incapables de faire preuve de la moindre loyauté en dehors de leur Ordre. Et elles avaient beaucoup trop de sales tours dans leur sac! Lucille, il est vrai, semblait avoir renoncé à ses intentions séductrices. Elle savait qu'il ne plaisantait pas, l'autre jour. Mais il était bien évident qu'elle bouillait de colère.

Qu'elle continue à bouillir!

Teg était silencieux, toute son attention tournée vers l'extérieur. Il écoutait les bruits de la nuit. Avait-il eu raison de s'en remettre à l'unique plan qu'il avait préparé avec l'aide de Burzmali? Ils ne disposaient d'aucune solution de rechange. Y avait-il à peine huit jours qu'ils avaient mis tout au point? Il avait l'impression, malgré la hâte des derniers moments, que cela faisait beaucoup plus longtemps.

Il se tourna vers Lucille et Duncan. Celui-ci portait sur l'épaule un vieux laser Harkonnen, le gros modèle de combat. Même les recharges étaient très lourdes. Lucille avait refusé de s'encombrer d'autre chose qu'un minuscule laser de poche, qu'elle avait glissé dans son corsage. Il ne pouvait tirer qu'une seule giclée. Un jouet d'assassin.

« Nous autres, au Bene Gesserit, nous sommes réputées pour aller au combat armées de nos seuls talents individuels », avait-elle expliqué. « Cela nous diminue de vouloir procéder autrement. »

Restaient les deux poignards glissés dans des fourreaux le long de ses cuisses. Teg les avait bien vus. Et il les soupçonnait aussi d'être enduits de poison.

Il soupesa l'arme qu'il tenait lui-même entre les mains: un modèle de combat bien plus moderne, qu'il avait amené de la Citadelle. Et sur l'épaule, à la bretelle, il avait aussi le frère jumeau de l'arme que portait Duncan.

Je dois faire confiance à Burzmali, se disait Teg. *C'est moi qui l'ai formé. Je sais ce qu'il vaut. S'il dit qu'on peut se fier à ces nouveaux alliés, il doit avoir raison.*

La joie avait éclaté sur le visage de Burzmali quand il avait retrouvé son vieux Bashar sain et sauf.

Mais il avait neigé depuis leur dernière rencontre et la neige formait à présent autour d'eux une table rase où les moindres traces allaient s'inscrire. Ils n'avaient pas prévu cela dans leurs plans. Y avait-il des traîtres à la Régulation du Temps?

Teg frissonna. L'air était vraiment glacé. Il avait une minceur stratosphérique et donnait libre accès à la lumière stellaire qui baignait la clairière autout d'eux. La lueur diaphane se réverbérait sur le tapis blanc du sol et la poussière scintillante qui couvrait les rochers. Les formes sombres des conifères et les branches nues des espèces à feuilles caduques étaient soulignées par un ourlet de givre. Tout le reste était plongé dans l'ombre noire.

Lucille souffla sur ses doigts et se pencha vers Teg pour chuchoter :

— Vous ne croyez pas qu'il devrait être là?

Ce n'était pas ce qu'elle lui demandait en réalité. Sa vraie question était : « Peut-on faire confiance à Burzmali? », et elle l'avait déjà posée plusieurs fois, sous une forme ou une autre, depuis que Teg lui avait expliqué son plan, huit jours auparavant. Tout ce qu'il put répondre fut :

— Je joue ma vie là-dessus.

— La nôtre aussi! répliqua Lucille.

Teg détestait comme elle l'incertitude où ils étaient plongés, mais l'efficacité de n'importe quel plan reposait en fin de compte sur ceux qui étaient chargés de l'exécuter.

— C'est vous qui avez insisté pour que nous partions d'ici afin de gagner Rakis au plus vite, rappela-t-il à la Révérende Mère tout en espérant qu'elle remarquerait son sourire destiné à atténuer l'agressivité du propos.

Lucille ne parut affectée ni dans un sens ni dans l'autre. Teg n'avait jamais vu une Révérende Mère afficher autant de nervosité. Que dirait-elle si elle savait quels étaient leurs nouveaux alliés! Bien sûr, il y avait aussi le fait qu'elle avait jusqu'ici partiellement échoué dans la mission que lui avait confiée Taraza. Elle devait en être ulcérée.

— Nous avons fait le serment de protéger le ghola, dit-elle.

— Burzmali a fait le même serment.

Teg regarda Duncan qui gardait le silence à côté d'eux. Rien dans son attitude n'indiquait qu'il prêtait attention à ce qu'ils disaient ou qu'il partageait la nervosité ambiante. Ses traits étaient figés en un masque d'impassibilité ancienne. Il écoutait la nuit, et c'est ce qu'ils auraient dû être en train de faire tous les trois, se dit Teg. Il y avait dans l'expression du jeune ghola le reflet étrange d'une maturité sans âge.

Si j'ai jamais eu besoin de compagnons de confiance, c'est bien en ce moment! était en train de se dire Duncan.

Son imagination le ramenait, une fois de plus, à l'époque de ses racines pré-ghola sur Giedi Prime. C'était ce qu'on appelait alors une « nuit Harkonnen ». Bien au chaud sous la protection de leur armure flottante sur suspenseurs, les Harkonnen aimaient traquer leur gibier humain par des nuits pareilles. Un fuyard blessé pouvait facilement mourir de froid. *Et les maudits Harkonnen s'en réjouissaient! Que leurs âmes soient à jamais damnées!*

Comme il fallait s'y attendre, Lucille, captant son attention, lui lança un regard qui voulait dire : « *Nous n'en avons pas encore fini, toi et moi.* »

Il leva le visage vers la lumière des étoiles, pour qu'elle ne manque pas d'apercevoir son sourire narquois et provocateur. Lucille se raidit dans sa dignité. Il fit glisser le gros laser de son épaule pour l'examiner. Elle remarqua les ornements spiralés sur la crosse et le long du canon. L'arme était une antiquité mais elle donnait tout de même une impression de terrible puissance. Duncan la fit reposer au creux de son bras gauche, la main droite sur la poignée, le doigt sur la détente, exactement de la même manière que Teg avec son arme plus moderne.

Lucille tourna le dos à ses compagnons et explora de tous ses sens le versant de la colline, au-dessus et au-dessous d'eux. Au moment même où elle accomplissait ce mouvement, le bruit d'une violente déflagration déchira la nuit, suivi d'une avalanche d'explosions plus brèves. Il y eut une série de grondements distants sur leur droite, et le silence retomba. Une nouvelle explosion monta du pied de la colline. Puis le silence. Puis un fracas venu d'en haut! De tous les côtés à la fois, maintenant!

À la première déflagration, tous les trois avaient plongé derrière le rempart des rochers qui faisaient face à la caverne du non-globe. Les bruits qui emplissaient la nuit étaient difficiles à isoler les uns des autres. Ils formaient un vacarme puissant, à composantes en partie mécaniques, auquel s'ajoutaient des appels, des plaintes et des sifflements sinistres. De temps à autre, une sourde explosion souterraine faisait vibrer le sol.

Teg connaissait ces bruits. Il y avait une bataille qui se livrait non loin. Il percevait le sifflement des brûleurs de combat et, là-haut dans le ciel, le vrombissement fulgurant des lasers lourds.

Quelque chose éclata au-dessus de leur tête dans une pluie d'étincelles rouges et bleues. Puis une deuxième, et une troisième fois! Le sol n'arrêtait plus de trembler. Teg huma l'air. Il y avait une odeur d'acide effervescent, avec une légère composante alliacée.

Des non-vaisseaux! Plusieurs non-vaisseaux!

Ils étaient en train de se poser dans la vallée au pied de l'antique non-globe.

— À l'intérieur! Vite! ordonna-t-il.

Au moment même où il parlait, il comprit qu'il était trop tard. Des ombres s'avancaient vers eux de tous les côtés. Il souleva le canon de son gros laser et le pointa vers la vallée, dans la direction où il entendait le plus de bruit et voyait le plus de mouvements. Des cris montaient à présent vers eux, étouffés par la distance. Des brilleurs dansaient parmi les cimes des arbres, projetant des ombres fantasmagoriques. Ils venaient d'être lâchés par ceux qui gravissaient la pente de la colline. Portées par la brise glaciale, les sphères lumineuses permettaient de voir par intermittence les silhouettes sombres qui se détachaient sur le blanc de la neige.

— Des Danseurs-Visages! grogna Teg en reconnaissant leur allure.

Les sphères flottantes allaient dépasser la cime des arbres d'ici quelques secondes et elles seraient sur leur position en moins d'une minute!

— Nous sommes trahis, dit Lucille.

Un cri sonore leur parvint de la colline au-dessus d'eux: «Bashar!», accompagné de nombreux bruits de voix.

Burzmali?

Teg leva les yeux dans cette direction, puis les baissa vers les Danseurs-Visages qui poursuivaient leur progression. Pas le temps d'être difficile. Il se pencha pour dire à Lucille :

— Burzmali est là-haut. Courez avec Duncan!

— Mais si c'était...

— C'est votre seule chance.

— Imbécile! accusa-t-elle au moment même où elle se tournait pour obéir.

Le « oui » de Teg ne fit rien pour soulager ses craintes. Voilà ce qui arrivait quand on s'en remettait uniquement aux plans des autres!

Duncan nourrissait de tout autres pensées. Il comprenait les intentions de Teg: se sacrifier pour leur donner le temps de fuir. Il était hésitant, les yeux tournés vers l'ennemi qui grimpait la colline.

Voyant ses hésitations, Teg aboya:

— C'est un ordre de combat! Je suis ton commandant!

Lucille se tourna vers Teg, sidérée. Jamais elle n'avait entendu un homme utiliser des inflexions aussi proches de la Voix.

Duncan ne voyait qu'une chose, c'était le visage de son vieux Duc qui lui ordonnait d'obéir. C'était trop pour lui. Il agrippa le bras de Lucille, mais avant de l'entraîner vers le sommet de la colline, il se retourna pour dire à Teg:

— Nous vous couvrirons dès que nous serons à l'abri.

Teg ne répondit pas. Il prit position derrière un rocher recouvert de givre tandis que Lucille et Duncan s'éloignaient en rampant. C'était le moment de vendre chèrement sa peau. Mais il faudrait qu'il y ait quelque chose d'autre en prime : *l'inattendu.* L'ultime signature d'un vieux Bashar.

Les attaquants se rapprochaient rapidement. Leurs exclamations excitées étaient pleinement distinctes.

Réglant la puissance de son laser au maximum, Teg pressa la détente. Un arc bleuté foudroyant balaya le flanc de la colline en contrebas. Les arbres sur son passage s'embrasèrent et s'abattirent. Des cris retentirent. L'arme ne fonctionnerait pas longtemps à ce régime, mais tant qu'elle agissait, le carnage qu'elle faisait produisait l'effet désiré.

Dans le silence abrupt qui suivit cette première décharge, Teg quitta sa position pour se mettre à couvert derrière un nouveau rocher sur sa gauche. Seuls quelques brilleurs flottants avaient survécu au premier déchaînement de violence, avec ses arbres arrachés et ses corps disloqués.

De nouveaux hurlements s'élevèrent en réponse à sa deuxième contre-attaque. Il rampa parmi les rochers jusqu'à l'autre côté de la caverne qui donnait accès au non-globe. De là, il arrosa de son laser l'autre versant de la colline. De nouveaux cris se firent entendre. De nouvelles flammes surgirent, des arbres calcinés s'abattirent.

Pas une fois l'ennemi n'avait répondu à son tir.

Ils veulent nous prendre vivants!

Les Tleilaxu étaient prêts à sacrifier le nombre de Danseurs qu'il faudrait pour lui faire vider son laser!

Il changea de place la bretelle de l'antique canon Harkonnen sur son épaule pour qu'il soit prêt à entrer en action d'un seul mouvement. Puis il éjecta la charge presque vide de son laser moderne, mit en place une nouvelle charge et posa l'arme sur un rocher. Il ne croyait pas qu'il aurait l'occasion de recharger sa deuxième arme. Les autres penseraient qu'il était à court de munitions. Mais il avait encore à sa ceinture les deux pistolets Harkonnen, comme ultime recours. Ils devaient être efficaces à tir rapproché. Les Maîtres Tleilaxu, ceux qui portaient la responsabilité du carnage, qu'ils s'approchent un peu!

Prudemment, il reprit le laser posé sur la roche et grimpa vers le sommet de la colline en prenant d'abord sur la gauche, puis sur la droite. Deux fois, il s'arrêta pour arroser le versant en contrebas d'une brève giclée, comme s'il voulait économiser ses recharges. Il était inutile de chercher à dissimuler ses mouvements. Ils devaient avoir un détecteur de vie qui le suivait en permanence et, de toute manière, il y avait les traces qu'il laissait dans la neige.

L'inattendu! Avait-il une chance de les attirer suffisamment près?

Bien plus haut que la caverne d'accès du non-globe, il trouva un creux parmi les rochers, en partie comblé par la neige. Il se laissa glisser au cœur de cette position, notant l'admirable champ qu'elle offrait. Ses arrières étaient protégés par des pitons rocheux. Sur trois côtés, le versant était dégagé. Il passa prudemment la tête pour essayer d'apercevoir quelque chose derrière les roches qui le dominaient.

Rien d'autre que le silence.

Cet appel venait-il vraiment des hommes de Burzmali? Mais même si c'était le cas, il n'était pas certain que Lucille et Duncan pourraient les rejoindre dans ces circonstances. Tout dépendait en fait de Burzmali.

A-t-il autant de ressources que je l'ai toujours pensé?

Le temps manquait pour examiner les différentes possibilités ou changer un seul élément de la situation. Le combat était engagé. Il n'avait qu'un seul rôle à jouer. Il prit une profonde inspiration et scruta la colline qui s'étendait en contrebas.

Ils s'étaient déployés et avaient repris leur avance. Mais ils n'avaient plus de brilleurs, cette fois-ci, et ils étaient silencieux. Plus de cris d'encouragement. Teg appuya son laser moderne sur le rocher devant lui et balaya tout le versant de gauche à droite d'un arc lumineux prolongé qu'il laissa s'éteindre tout seul pour bien montrer qu'il avait épuisé sa charge.

Défaisant la bretelle du laser Harkonnen qu'il portait à l'épaule, il le mit en position et attendit en silence. Ils devaient croire qu'il avait battu en retraite vers le sommet de la colline. Tapi derrière les rochers, il espérait qu'il y avait suffisamment de mouvement là-haut pour tromper les détecteurs de vie. Il entendait encore les voix de ceux qui gravissaient la pente calcinée. Il compta silencieusement dans sa tête, évaluant la distance, sachant par expérience combien de temps il fallait pour que l'ennemi se trouve à bonne portée de tir. Et il guettait surtout un autre bruit, qu'il avait maintes fois entendu sur les champs de bataille où il avait précédemment affronté les Tleilaxu. C'étaient les jappements brefs des commandements lancés par des voix suraiguës.

Il les entendait!

Les Maîtres se tenaient bien plus en arrière qu'il ne l'avait prévu. Les lâches! Il régla le vieux laser sur la puissance maxi et se dressa soudain hors de son creux protecteur entre les rochers.

À la lumière des arbres et des buissons en flammes, il vit les premiers Danseurs qui avançaient prudemment en un large arc de cerle. Les voies aiguës des Maîtres étaient bien en retrait de cette ligne, hors de portée de la lumière orange et vacillante.

Soulevant le nez du laser, Teg visa une ligne située en arrière de la première vague d'attaque. Il lâcha deux longues giclées qui balayèrent le terrain dans chaque sens. L'énergie destructrice contenue dans cette arme antique le surprit tout d'abord. De toute évidence, il s'agissait du produit d'une superbe technologie, mais il n'avait eu aucun moyen de l'essayer à l'intérieur du non-globe.

Cette fois-ci, les hurlements aigus qui retentirent ressemblaient à des piaillements de panique.

Teg abaissa le canon de l'arme et nettoya la première ligne de Danseurs-Visages. Ils reçurent le rayon de plein fouet, ce qui leur indiquait qu'il ne possédait pas qu'une seule arme. L'arc livide repassa plusieurs fois sur eux, en leur donnant largement le temps de le voir s'achever par un faible crachotement d'étincelles.

C'était le moment! Ils s'étaient laissés berner une fois, ils se montreraient un peu plus prudents. S'il voulait rejoindre Lucille et Duncan, il avait maintenant une toute petite chance. Cette seule pensée en tête, il quitta le creux des rochers et courut vers les pitons dans l'intention de les contourner pour continuer d'escalader la colline. Il n'avait pas fait cinq pas qu'un mur de chaleur sembla se matérialiser devant lui. Son esprit conscient eut à peine le temps d'analyser ce qu'il lui arrivait : l'impact irrésistible d'une décharge d'étourdisseur en plein dans la figure et dans la poitrine! Cela venait du haut de la colline, là où il avait envoyé Lucille et Duncan. Un irréparable chagrin enveloppa le Bashar tandis qu'il sombrait progressivement dans un abîme de ténèbres.

D'autres étaient capables de produire l'inattendu!

Toutes les religions organisées ont à faire face à un problème commun, qui représente le point faible par où nous pouvons les pénétrer et les orienter selon nos propres besoins. Ce problème est : comment faire la distinction entre la révélation et l'*hubris?*

Missionaria Protectiva
Enseignement pour Initiés

Odrade évitait soigneusement de regarder le rectangle de verdure ombragée, en contrebas, où Sheeana était assise en compagnie d'une instructrice. La Sœur était l'une de leurs meilleures enseignantes, particulièrement compétente pour aborder cette nouvelle phase de l'éducation de Sheeana. Taraza les avait toutes choisies avec grand soin.

Tout se déroule exactement selon ses plans, se disait Odrade. *Mais la Mère Supérieure avait-elle prévu ce coup de hasard qui nous a fait faire une telle découverte ici sur Rakis?*

Était-ce bien un coup de hasard, finalement?

Elle laissa errer son regard, au-dessus des toits bas, jusqu'au vaste quartier qui était le domaine central du Bene Gesserit sur Rakis. Des tuiles arc-en-ciel cuisaient là-bas à la lumière impitoyable du soleil de midi.

Tout cela est à nous.

C'était, de loin, la plus grande ambassade autorisée par les prêtres dans leur ville sacrée de Keen. Et sa propre présence dans la place-forte du Bene Gesserit était un défi aux accords qu'elle avait passés avec Tuek. Mais ils dataient d'avant la découverte du Sietch Tabr, et de toute manière Tuek n'existait plus. Le Grand Prêtre qui s'exhibait gravement dans les locaux sacerdotaux n'était qu'un Danseur-marionnette à la carrière précaire.

Elle reporta ses pensées sur Waff, qui se tenait derrière elle en compagnie de deux Sœurs anges-gardiens, près de la porte du petit appartement à la vue admirable au travers des grandes baies de plaz blindé. Là, tout le mobilier était d'un noir impressionnant où une Révérende Mère en robe pouvait se fondre aisément, ne laissant visibles à ses visiteurs que les parties plus claires de son visage.

Avait-elle correctement évalué Waff? Tout avait été fait exactement selon les règles établies par la Missionaria Protectiva. Avait-elle suffisamment élargi la faille de son armure psychique? Il faudrait bientôt l'amener à parler. Elle saurait alors à quoi s'en tenir.

Waff conservait un calme apparent. Elle pouvait voir son reflet dans le plaz. Rien dans son attitude n'indiquait qu'il comprenait que les deux Sœurs de haute taille, aux cheveux bruns, qui l'encadraient étaient là pour l'empêcher de se livrer à quelque démonstration de violence. Mais il avait certainement compris.

Ce sont mes anges gardiens, pas les siens.

Il gardait le plus possible la tête baissée pour lui dissimuler son expression, mais elle le savait perplexe. Là-dessus, il n'y avait aucune hésitation à avoir. Le doute était parfois comme un animal affamé et elle savait ce qu'il fallait faire pour le nourrir. Il avait d'abord eu la certitude que leur voyage dans le désert serait l'occasion de sa mort. À présent, ses croyances soufiques et zensunni lui disaient qu'il était ici sous la protection de Dieu.

Il devait au moins, cependant, être en train de faire le point sur les accords qu'il avait imprudemment passés avec le Bene

Gesserit, et de s'apercevoir enfin qu'il avait compromis son peuple en mettant la précieuse civilisation tleilaxu tout entière en danger. Oui, l'équilibre du petit homme était en train de devenir de plus en plus fragile, mais seul un regard Bene Gesserit pouvait s'en apercevoir. Il serait bientôt temps de remodeler ses conceptions selon un schéma plus favorable aux besoins de la Communauté des Sœurs. En attendant, qu'il mijote un peu plus longtemps dans son jus.

Elle regarda de nouveau, pour tromper l'attente, le spectacle qui s'étalait sous sa fenêtre. Le Bene Gesserit avait choisi ce site pour son ambassade en raison des importants travaux de rénovation qui étaient en train de changer l'aspect de tout le secteur nord-est de la cité antique. Les Sœurs avaient pu bâtir ici à leur guise en remodelant le quartier selon leurs besoins. Les anciennes structures conçues pour faciliter l'accès des piétons, les larges voies réservées aux voitures officielles et les aires d'atterrissage pour les ornis disséminées un peu partout, tout cela avait été changé.

Il faut vivre avec son époque.

Les nouveaux bâtiments étaient bordés de larges avenues plantées de grands arbres exotiques dont l'exubérance attestait l'impudente consommation d'eau. Les ornis étaient à présent confinés aux terrasses de quelques immeubles choisis. Des passerelles pour piétons étaient suspendues aux façades par des armatures étroites. À l'extérieur de chaque immeuble récent, des rainures de montée et de descente étaient ménagées. On y accédait avec une clé, un jeton et son empreinte palmaire. Leur champ énergétique luminescent était masqué par une paroi sépia, plus ou moins translucide. Ces rainures formaient des lignes verticales foncées qui ressortaient sur le fond gris terne du plazton et du plaz. Les silhouettes humaines que l'on apercevait indistinctement à l'intérieur des tubes faisaient penser à des impuretés animées d'un incessant mouvement vertical de va-et-vient et prisonnières de saucisses mécaniques.

Tout cela au nom de la modernisation.

Derrière elle, Waff s'agita et s'éclaircit la voix.

Elle ne se retourna pas. Les deux Sœurs anges gardiens savaient ce qu'elle était en train de faire et ne bronchèrent pas. La nervosité croissante de Waff confirmait simplement que tout allait bien.

Ce n'était pourtant pas exactement l'avis d'Odrade en ce moment. Tout n'allait pas vraiment bien.

Elle interprétait ce qu'elle voyait de sa fenêtre comme une cause d'inquiétude à ajouter aux autres symptômes de cette planète inquiétante. Elle se souvenait que Tuek n'aimait pas trop non plus cette modernisation de sa ville. Il répétait qu'il était nécessaire de freiner le mouvement et de définir les moyens de préserver les lieux anciens. Et le Danseur-Visage qui le remplaçait soutenait les mêmes arguments.

Comme ce Danseur nouveau modèle ressemblait à s'y méprendre au Grand Prêtre! Ces créatures avaient-elles une autonomie de pensée ou jouaient-elles simplement leur rôle en conformité avec les instructions d'un Maître? Ce nouveau modèle était-il également stérile? Qu'est-ce qui les différenciait d'un véritable humain?

Beaucoup de choses, à propos de cette substitution, tracassaient Odrade.

Les conseillers du faut Tuek, ceux qui étaient au courant de ce qu'ils appelaient entre eux « le complot tleilaxu », faisaient état d'un large soutien public à leur politique de modernisation et se réjouissaient ouvertement d'avoir pu enfin faire triompher leurs vues. Albertus venait régulièrement informer Odrade de tout ce qui se passait. Mais chaque nouveau rapport l'inquiétait davantage. Même l'attitude obséquieuse du vieux prêtre la préoccupait.

— Naturellement, avait expliqué Albertus, ce n'est pas d'un large soutien public *populaire* que les conseillers ont voulu parler.

Odrade n'avait pu qu'acquiescer. L'attitude des conseillers signifiait qu'ils bénéficiaient du soutien puissant des couches moyennes du clergé, des carriéristes qui osaient faire des plaisanteries sur leur Dieu Fractionné durant les réceptions qu'ils s'offraient chaque week-end... sans oublier ceux qui étaient appâtés par le magot récemment découvert au Sietch Tabr.

Quatre-vingt-dix mille tonnes! L'équivalent de six mois de récolte dans les déserts de Rakis. Même le tiers de cette quantité représentait un levier de négociation non négligeable dans les nouveaux équilibres qui étaient en train de se former.

Je n'aurais jamais dû te rencontrer, Albertus.

Elle avait voulu faire remonter à la surface *celui qui se sent concerné.* Ce qu'elle avait fait en réalité n'était pas difficile à analyser pour quelqu'un qui connaissait bien les méthodes et les rouages de la Missionaria Protectiva.

Un vil sycophante!

Cela faisait-il une grande différence, que sa servilité fût motivée par sa croyance absolue en un lien sacré unissant Odrade à Sheeana? La Révérende Mère n'avait jamais réfléchi de si près à la manière dont les enseignements de la Missionaria Protectiva pouvaient détruire l'indépendance de la personnalité humaine. Il y avait toujours l'objectif final, naturellement :

Faites-en des partisans obéissants, utiles à nos fins.

Les paroles du Tyran, dans cette caverne secrète, avaient fait plus que déclencher ses craintes quant à l'avenir du Bene Gesserit.

« Je vous lègue ma peur et ma solitude. »

À des millénaires de distance, il avait implanté le doute en elle aussi sûrement qu'elle l'avait fait pour Waff.

Elle voyait les questions du Tyran comme si elles s'inscrivaient en lettres flamboyantes dans sa vision interne.

AVEC QUI FAITES-VOUS ALLIANCE!

Ne sommes-nous rien de plus qu'une société secrète? Comment ferons-nous face à notre propre fin? Dans un cloaque dogmatique de notre création?

Les paroles du Tyran s'étaient gravées en lettres de feu dans sa conscience. Où étaient les « nobles fins » dans ce que faisait le Bene Gesserit? Odrade entendait presque la réponse sarcastique de Taraza à cette question.

« *Question de survie, Dar! Ce sont les seules nobles fins dont nous ayons besoin. La survie! Même le Tyran savait cela!* »

Tuek aussi le savait peut-être. Et qu'est-ce que cela lui avait rapporté au bout du compte?

Odrade était hantée par une sorte de sympathie pour le défunt Grand Prêtre. Tuek était l'illustration typique de ce qu'une famille unie par de profonds liens pouvait donner sur Rakis. Même le nom était un symbole. Il n'avait pas changé depuis l'époque des Atréides. Le fondateur de la lignée était un trafiquant, confident du premier Leto. Le Grand Prêtre Tuek descendait d'une famille étroitement attachée à ses racines, où l'on disait: « Il y a dans notre passé quelque chose qui vaut la peine d'être préservé. » L'exemple que cela représentait pour les descendants ne pouvait passer inaperçu d'une Révérende Mère.

Mais tu as échoué, Tuek.

Les quartiers rénovés qu'elle voyait de sa fenêtre étaient une concrétisation de cet échec, une concession accordée à certains éléments de la société rakienne qui détenaient de plus en plus de pouvoir. C'étaient précisément les éléments que le Bene Gesserit s'efforçait depuis des années de soutenir et de favoriser. Tuek y avait vu les signes précurseurs d'une époque où il deviendrait politiquement trop faible pour s'opposer à tout ce que ces modernisations impliquaient.

Un rituel plus court et plus coloré, par exemple.

De nouveaux chants, plus à la mode.

Des danses simplifiées. (« Ces danses traditionnelles n'en finissent pas! »)

Et par-dessus tout, moins de dangereuses incursions dans le désert pour les jeunes postulants issus de bonne famille.

Odrade soupira et jeta un regard furtif à Waff. Le nain

tleilaxu était en train de se mordiller la lèvre inférieure. *Excellent, ça!*

Albertus de malheur! Si tu pouvais te révolter un tout petit peu!

Derrière les portes closes du Temple, la succession du Grand Prêtre faisait déjà en ce moment l'objet de débats passionnés. La nouvelle société rakienne arguait de la nécessité de « ne pas se laisser distancer par le progrès. » Elle voulait dire, en réalité : « Donnez-nous plus de pouvoir! »

C'est ainsi que cela s'est toujours passé, songeait Odrade. *Même à l'intérieur du Bene Gesserit.*

Et cependant, elle ne pouvait s'empêcher de penser : *Pauvre Tuek!*

Albertus avait rapporté que, peu de temps avant sa mort et son remplacement par un Danseur-Visage, Tuek avait averti les siens que la Grande Prêtrise pourrait très bien sortir de la famille s'il venait à perdre la vie. Ce Hedley Tuek avait eu finalement plus de ressource et de subtilité que ses ennemis ne l'imaginaient. Déjà, la famille battait le rappel de ses débiteurs et rassemblait ses moyens pour essayer de conserver un bastion de pouvoir.

De son côté, le Danseur-Visage qui avait pris sa place révélait énormément de choses par la manière dont il s'acquittait de son rôle. La famille Tuek n'était pas au courant de la substitution. L'acteur était si bon qu'on avait mal à croire qu'il ne s'agissait pas du vrai Tuek. Mais l'observation attentive du personnage en action était infiniment précieuse pour les Révérendes Mères. C'était à ajouter, sans nul doute, à la liste des causes qui rendaient Waff si nerveux en ce moment.

Odrade pivota brusquement sur un talon et marcha d'un pas décidé vers le Maître tleilaxu.

C'est le moment de le secouer un peu!

Elle s'immobilisa à deux pas de Waff et baissa vers lui un regard courroucé. Waff la considéra d'un air défiant.

— Vous avez eu suffisamment de temps pour réfléchir à votre position, accusa-t-elle. Pourquoi ne dites-vous rien?

— Ma position? Vous croyez que vous nous laissez le choix?

— L'homme n'est qu'un caillou jeté dans une mare, dit-elle en lui citant ses propres croyances.

Waff prit une longue inspiration tremblante. Elle savait dire les mots qu'il fallait, mais qu'y avait-il derrière ces mots? Ils ne sonnaient plus du tout juste dans la bouche de cette femme powindah.

Voyant que le Tleilaxu ne répondait pas, Odrade compléta sa citation :

— Et si l'homme n'est qu'un caillou, aucune des choses qu'il accomplit ne peut valoir davantage.

Un frisson involontaire parcourut Odrade, ce qui lui attira un regard de surprise soigneusement dissimulée de la part des Sœurs anges gardiens. Ce frisson ne faisait nullement partie de la mise en scène, destinée à Waff.

Pourquoi les paroles du Tyran me viennent-elle à l'esprit en ce moment précis? se demanda-t-elle.

LE CORPS ET L'ÂME DU BENE GESSERIT CONNAÎTRONT LE MÊME SORT QUE TOUS LES AUTRES CORPS ET QUE TOUTES LES AUTRES ÂMES.

La flèche du Tyran s'était fichée profondément en elle.

Comment suis-je devenue si vulnérable?

La réponse s'imposa d'un seul coup à elle.

Le Manifeste des Atréides!

Le fait d'avoir composé ce texte sous la direction attentive de Taraza avait ouvert une brèche en elle.

Etait-ce le but recherché par la Mère Supérieure quand elle lui avait confié cette tâche? La rendre vulnérable? Mais comment Taraza aurait-elle pu savoir à l'avance ce qu'ils allaient découvrir sur Rakis? Non seulement elle n'avait aucun talent de prescience, mais elle avait tendance à éviter d'y faire appel chez les autres. Dans les rares occasions où elle avait demandé à Odrade d'utiliser ses dons dans ce domaine, elle l'avait fait avec une réticence sur laquelle le regard exercé d'une Sœur ne pouvait se tromper.

Et cependant, elle m'a bien rendue vulnérable.

Était-ce un accident?

Elle se lança dans une récitation accélérée de la Litanie contre la Peur, à peine le temps de quelques battements de cils, mais pendant ce temps Waff avait apparemment pris sa décision.

— Vous voulez nous forcer la main, dit-il, mais vous ignorez les pouvoirs que nous tenons en réserve... Il souleva le bout de ses manches pour montrer l'endroit où les lance-dards étaient précédemment dissimulés... Ce n'étaient que de piètres jouets en comparaison des armes dont nous disposons réellement, ajouta-t-il.

— Le Bene Gesserit n'en a jamais douté, lui répondit Odrade.

— Faut-il qu'un conflit éclate entre nous?

— Le choix vous appartient.

— Pourquoi toujours tourner autour de la violence?

— Nombreux sont ceux qui voudraient bien voir le Bene Gesserit et le Bene Tleilax se sauter mutuellement à la gorge, déclara Odrade. Nos ennemis seront certainement ravis d'être là pour ramasser les morceaux quand nous nous serons suffisamment affaiblis les uns les autres.

— Vous plaidez en faveur d'un accord mais vous ne nous laissez aucune marge pour négocier! Peut-être votre Mère

Supérieure ne vous a-t-elle pas délégué les pleins pouvoirs nécessaires pour conclure un accord?

Comme il était tentant de tout replacer dans le giron de Taraza, exactement comme Taraza elle-même le souhaitait! Odrade jeta un coup d'oeil aux deux anges gardiens. Leur visage n'exprimait absolument rien. Que savaient-elles au juste? Si elle agissait à l'encontre des ordres de Taraza, s'en apercevraient-elles?

— Avez-vous ces pleins pouvoirs? insista Waff.

Toujours les noble fins... songea Odrade. *Il est certain que le Sentier d'Or du Tyran a démontré qu'elles possédaient au moins une qualité...*

Elle opta finalement pour une vérité créative.

— J'ai ces pleins pouvoirs, affirma-t-elle.

Dès l'instant où elle le disait, cela devenait vrai. Il serait impossible à Taraza de la désavouer. Mais Odrade savait que ses propres paroles la conduisaient à agir d'une manière qui s'écartait sensiblement de l'évolution prévue par la Mère Supérieure.

L'autonomie d'action. Exactement ce qu'elle aurait voulu trouver elle-même chez Albertus.

Mais c'est moi qui suis sur place et qui sais ce qu'il faut.

Elle se tourna vers les deux Sœurs :

— Restez ici, je vous prie, et veillez à ce que nous ne soyons pas dérangés.

Puis elle s'adressa à Waff :

— Nous serons aussi bien ici pour discuter.

Elle désigna deux canisièges disposés à angle droit à l'autre extrémité de la pièce. Elle attendit qu'ils soient tous les deux confortablement installés avant d'ajouter :

— Cette conversation requiert un degré de franchise que la diplomatie ordinaire autorise rarement. Il y a trop de choses dans la balance pour que nous nous satisfaisions de simples faux-fuyants.

Waff lui jeta un curieux regard. Puis il murmura :

— Nous sommes au courant des dissensions qui existent au sein de vos plus hautes assemblées. Des approches subtiles ont été faites dans notre direction. Si cela fait partie de...

— Je suis fidèle au Bene Gesserit, affirma Odrade. Même celles qui vous ont contactés lui son entièrement loyales.

— Si c'est encore une de vos ruses pour...

— Pas question de ruse!

— Avec le Bene Gesserit, il y a toujours un mauvais coup à craindre, accusa Waff.

— Que redoutez-vous de notre part? Dites-le-moi ouvertement.

— Peut-être... en ai-je trop appris sur votre Ordre pour que vous puissiez vous permettre de me laisser vivre?

— Ne pourrais-je pas dire la même chose de vous? Qui d'autre est au courant de nos affinités secrètes? Ce n'est pas une femelle *powindah* qui est en train de vous parler ici!

Elle avait lancé ce mot avec une certaine appréhension, mais l'effet produit sur Waff n'aurait pas pu être plus révélateur. Le Tleilaxu était visiblement ébranlé. Il lui fallut un long moment pour récupérer. Mais il conservait tout de même un doute, pour la bonne raison qu'elle l'avait elle-même implanté en lui.

— Qu'est-ce que les mots prouvent? demanda-t-il. Rien ne vous empêche de tirer parti de tout ce que vous avez appris sur nous sans rien nous donner en contrepartie. C'est toujours vous qui tenez le manche du fouet.

— Moi, je n'ai pas d'armes dissimulées dans mes manches.

— Mais dans votre tête, vous possédez des informations qui pourraient signifier notre perte.

Tout en disant cela, Waff avait ostensiblement tourné son regard vers les deux anges gardiens.

— Elles font partie de mon arsenal, reconnut Odrade. Voulez-vous que je les renvoie?

— Avec la tête pleine de tout ce qu'elles ont entendu ici? répliqua Waff en reportant sur Odrade son regard méfiant. Vous feriez mieux de renvoyer le contenu de votre mémoire à toutes!

Odrade prit son intonation la plus raisonnable et la plus convaincante pour dire :

— Que gagnerions-nous à exposer au grand jour votre ardeur missionnaire avant que vous ne soyez prêts à passer à l'action? Avons-nous intérêt à noircir votre réputation en révélant les lieux où vous avez infiltré vos nouveaux Danseurs-Visages? Bien sûr que nous sommes au courant à propos des Truitesses et des Ixiens. Il ne nous a pas fallu bien longtemps, après avoir étudié votre nouveau modèle, pour le découvrir un peu partout.

— Vous voyez bien! s'écria Waff d'un ton qui était synonyme de danger.

— La seule manière pour moi de prouver notre entente est sans doute de vous révéler quelque chose qui nous rende également vulnérable, déclara Odrade.

Waff était bouche bée.

— Nous avons l'intention de transplanter les vers du prophète sur de nombreuses planètes de la Dispersion, poursuivit-elle. Que feraient ou diraient les prêtres de Rakis si vous leur révéliez cela?

Les deux Sœurs postées devant l'entrée la regardaient avec une expression d'amusement à peine voilée. Elles étaient persuadées qu'elle mentait.

— Je n'ai pas de gardes du corps avec moi, fit Waff. Lorsqu'une seule personne détient un secret dangereux, il n'est pas difficile de s'assurer de son silence éternel.

Odrade leva les bras pour exhiber ses manches sans rien dire. Waff regarda les Sœurs.

— Très bien, dit la Révérende Mère en se tournant vers elles pour les rassurer d'un signe de main discret. Veuillez attendre dans le couloir, toutes les deux.

Quand la porte se fut refermée derrière elles, Waff fit part à Odrade d'un nouveau doute.

— Mes représentants n'ont pas examiné cet appartement. Quelle certitude puis-je avoir qu'il n'est pas truffé d'appareils enregistreurs?

Odrade lui répondit dans le langage de l'Islamiyat :

— Peut-être préférez-vous utiliser un idiome que vous et moi sommes seuls à connaître?

Les yeux de Waff étincelèrent. Dans le même langage, il répliqua :

— Très bien. Je prends le risque. Et pour commencer, je vous demande de m'éclairer sur les véritables causes des dissensions que connaît actuellement le... Bene Gesserit.

Odrade se permit un léger sourire. Avec le changement d'idiome, c'était toute la personnalité de Waff, toute son attitude qui avait changé. Il se comportait exactement comme prévu. Aucun des doutes qui l'habitaient n'avait été renforcé dans *ce* langage!

Elle répondit avec une égale confiance :

— Certaines redoutent stupidement que nous ne donnions le jour à un nouveau Kwisatz Haderach! C'est l'argument soutenu par un petit nombre de mes Sœurs.

— Personne n'en a plus besoin aujourd'hui, dit Waff. Celui qui avait le don d'être en plusieurs endroits à la fois est venu et il est reparti. Sa présence n'avait d'autre but que de nous amener le Prophète.

— Dieu ne nous enverrait pas deux fois le même message, renchérit Odrade.

C'était exactement le genre de réflexion que Waff avait coutume d'entendre souvent dans cette langue. Il ne trouvait plus du tout étrange que ce soit une femme qui prononce ces mots. Le poids du langage était suffisant.

— Est-ce que la mort de Schwangyu a rétabli l'unité dans vos rangs? demanda-t-il.

— Nous avons toutes un ennemi commun.

— Les Honorées Matriarches!

— Vous avez fait preuve de discernement en en tuant deux pour apprendre le plus de choses possible sur elles, fit Odrade.

Waff se pencha en avant, entièrement captivé par le flot de cette conversation dans une langue qui lui était familière.

— Tout est régi chez elles par le sexe! dit-il en exultant. Leurs techniques d'amplification orgastique sont tout à fait remarquables! Nous avons...

Un peu tard, il prit conscience de l'identité de celle qui était assise devant lui et qui écoutait ses paroles.

— Nous connaissons toutes ces techniques, lui dit Odrade pour le rassurer. Il sera intéressant de faire des comparaisons, mais il y a des raisons évidentes pour lesquelles nous n'avons jamais voulu nous laisser porter par ces vecteurs dangereux. Les catins sont assez stupides pour se précipiter tête baissée dans cette erreur précise.

— Erreur? répéta Waff sans comprendre.

— Elles tiennent les rênes de ce pouvoir dans leurs propres mains. À mesure que le pouvoir augmente, leur contrôle sur lui doit augmenter aussi. La chose est vouée à la destruction de par son propre élan!

— Le pouvoir... toujours le pouvoir... murmura Waff. Puis, frappé par une pensée subite, il ajouta : Vous voulez dire que c'est ce qui a causé la chute du Prophète?

— Le Prophète savait ce qu'il faisait. Des millénaires de paix forcée, suivis de la Grande Famine et de la Dispersion. Il s'agit d'une relation directe. Souvenez-vous qu'il n'a jamais cherché à détruire ni le Bene Tleilax, ni le Bene Gesserit.

— Qu'espérez-vous d'une alliance entre nos deux peuples? demanda Waff à brûle-pourpoint.

— L'espoir est une chose et la survie en est une autre.

— Toujours le même pragmatisme. Et vous dites qu'il y en a parmi vous qui redoutent que le Prophète ne soit restauré sur Rakis avec tous ses pouvoirs antérieurs?

— N'est-ce pas ce que je que je vous ai déjà affirmé?

Le langage de l'Islamiyat prenait une force particulière sous cette forme interrogative. Il rejetait sur Waff la responsabilité d'apporter ses preuves.

— Ainsi, elles mettent en doute l'intervention de Dieu dans la création de votre Kwisatz Haderach, fit ce dernier. Doutent-elles aussi du Prophète?

— Très bien; abordons ces questions au grand jour, dit Odrade en se lançant dans une fiction préparée à l'avance. Schwangyu et celles qui la soutenaient se sont écartées de la Grande Croyance. Nous n'en voulons nullement au Bene Tleilax de les avoir éliminées. Cela nous évite d'avoir à le faire nous-mêmes.

Waff accepta cette explication sans sourciller. Etant donné les circonstances, c'était exactement ce à quoi on pouvait s'attendre. Il savait qu'il avait révélé ici beaucoup de choses qu'il aurait mieux fait de garder en réserve, mais il y en avait aussi que le Bene Gesserit ignorait. Quant à tout ce qu'il venait d'apprendre...

Odrade le choqua au plus haut point en lui disant :

— Si vous croyez, mon cher Waff, que les descendants du Tleilax vous sont revenus inchangés de la Dispersion, c'est que vous avez érigé la stupidité en mode de vie.

Il garda le silence.

— Vous avez tous les éléments entre vos mains, poursuivit-elle. Vos descendants appartiennent aux catins de la Dispersion. Si vous croyez pouvoir lier celles-ci à un accord quelconque, c'est que votre stupidité dépasse véritablement toutes les bornes.

Les réactions de Waff indiquaient à Odrade que le poisson était ferré. Tout se mettait parfaitement en place. Elle avait dit la vérité chaque fois que c'était nécessaire. Les doutes implantés en Waff avaient été réorientés dans une direction plus utile: contre ceux de la Dispersion. Et tout cela avait été accompli dans sa langue à lui.

La gorge serrée, il essaya de dire quelque chose mais dut se masser le cou pour pouvoir en sortir un son articulé.

— Que pouvons-nous faire? demanda-t-il.

— La réponse est claire. Les Égarées ont jeté leur dévolu sur nous en tant que nouvelle conquête à réaliser. Il s'agit d'ailleurs avant tout pour elles de ne rien laisser sur leur passage. Simple question de prudence.

— Mais leur nombre est si grand!

— C'est pourquoi nous devons nous unir pour leur tenir tête, si nous ne voulons pas être engloutis de la même manière qu'un limachon engloutit son repas.

— Nous ne nous soumettrons jamais à l'ordure powindah! Dieu ne le permettra pas!

— Qui a parlé de se soumettre?

— Le Bene Gesserit invoque toujours cet ancien prétexte : « Si tu n'es pas capable de battre ton ennemi, allie-toi à lui. »

Odrade eut un sourire sarcastique :

— Dieu ne permettra pas que vous vous soumettiez. Vous suggérez donc qu'il nous le permettra à nous?

— Quels sont vos plans, dans ce cas? Que voudriez-vous faire contre un ennemi si nombreux?

— Exactement ce que vous projetez de faire : les convertir. Vous n'aurez qu'un seul mot à dire et le Bene Gesserit épousera officiellement la Vraie Foi.

Waff demeura muet de stupéfaction. Elle connaissait donc le cœur du projet tleilaxu. Savait-elle également de quelle manière le Tleilax espérait le mener à bien?

Odrade le considérait d'un œil ouvertement spéculateur.

Il faut savoir saisir la bête par la queue lorsque c'est nécessaire, se disait-elle.

Mais si les projections établies par les analystes du Bene Gesserit était erronées? Dans un tel cas, ces *négociations* ne seraient rien d'autre qu'une plaisanterie. Et il y avait aussi cette lueur cachée dans le regard de Waff, cette évocation d'une sagesse ancienne... bien plus ancienne que sa propre chair. Lorsqu'elle parla, ce fut avec une assurance qu'elle était loin de ressentir :

— Ce que vous êtes parvenus à faire avec des gholas issus de vos propres cuves et conservés secrètement pour votre seul usage, d'autres seraient prêts à payer un prix élevé pour pouvoir le refaire.

Ses paroles étaient en grande partie obscures (D'autres étaient-ils en train de les écouter?) mais Waff ne douta pas un seul instant que le Bene Gesserit fût au courant de ces choses-là aussi.

— Vous voulez que nous partagions même ça? fit-il d'une voix rauque.

— Tout! Nous devons tout partager.

— Qu'apporterez-vous dans ce partage?

— Demandez.

— La totalité de vos archives génétiques.

— Elles sont à vous.

— Des mères reproductrices de notre choix.

— Nommez-les.

Waff était sidéré. Cela dépassait largement tout ce que la Mère Supérieure avait déjà proposé. Un véritable feu d'artifice venait d'éclater dans son esprit. Elle avait raison, naturellement, à propos des Honorées Matriarches... et aussi à propos des descendants du Tleilax revenus de la Dispersion. Il ne leur avait jamais totalement fait confiance. Jamais!

— Vous allez nous demander de vous fournir du mélange sans restriction, évidemment, dit-il.

— Évidemment.

Il la regardait fixement, ayant du mal à croire à toute l'étendue de sa bonne fortune. Les cuves axlotl n'offriraient l'immortalité qu'à des adeptes de la Grande Croyance. Personne n'oserait jamais s'attaquer, pour essayer de s'en emparer, à une chose que le Tleilax préférait détruire plutôt que voir tomber en des mains powindahs. Et maintenant, il avait recruté les services de l'armée missionnaire la plus puissante et la plus endurante qui fût. Il ne faisait nul doute que la main de Dieu était ici à l'œuvre. D'abord stupéfait puis inspiré, il parla à Odrade d'une voix douce :

— Et vous, Révérende Mère, quel nom donnez-vous à notre accord?

— Les nobles fins. Vous connaissez déjà les paroles du Prophète gravées dans les murs du Sietch Tabr. Douteriez-vous de lui?

— Certainement pas! Mais... il y a autre chose. Que projetez-vous de faire avec ce ghola de Duncan Idaho et cette fille, Sheeana?

— Les apparier, naturellement. Et leurs descendants parleront en notre nom à tous les descendants du Prophète.

— Sur toutes les planètes où vous avez l'intention de les implanter?

— Sur toutes, oui, acquiesça Odrade.

Waff se carra dans son fauteuil, satisfait. *Je vous tiens, maintenant, Révérendes Mères!* se dit-il. *C'est nous qui régirons cette alliance, ce n'est pas vous. Le ghola est notre créature, pas la vôtre!*

Odrade vit le reflet de ces réserves dans le regard du Tleilaxu, mais elle savait qu'elle avait poussé les choses aussi loin qu'il était possible de le faire sans réveiller ses doutes. Quoi qu'il arrive par la suite, elle avait engagé la Communauté des Sœurs sur une voie précise et Taraza ne pouvait plus rien faire pour désavouer cette alliance.

Waff mit ses épaules en arrière en un geste curieusement juvénile qui contrastait avec l'intelligence pétillante de son regard.

— Aaah! Encore une chose, dit-il, toujours dans sa langue, en véritable Maître des Maîtres donnant ses instructions à son entourage... Est-ce que vous nous aiderez également à diffuser ce... *Manifeste des Atréides*?

— Pourquoi pas? J'en suis l'auteur.

Il se pencha brusquement en avant.

— Vous?

— Vous pensiez donc que quelqu'un de moins qualifié aurait pu l'écrire?

Il hocha silencieusement la tête, convaincu sans autre argument. Cela confirmait une chose à laquelle il avait déjà songé et qui parachevait leur alliance: Ces Révérendes Mères à l'intelligence puissante sauraient conseiller le Tleilax en chaque occasion. Quelle importance, qu'elles soient inférieures en nombre à ces catins de la Dispersion? Qui pouvait résister à une telle combinaison de sagesse et d'armes insurpassables?

— Le titre du *Manifeste* ne ment pas non plus, ajouta Odrade. Je suis une véritable Atréides.

— Accepteriez-vous d'être l'une de nos mères reproductrices? s'enhardit à demander Waff.

— J'ai presque atteint l'âge limite de la procréation, lui répondit Odrade, mais je me tiens à votre entière disposition.

Je me souviens de compagnons de luttes.
Dont tous sauf nous ont oublié le but.
Mais qui sont distillées dans chaque blessure subie.
Chaque cicatrice est un lieu d'agonie.
Où nous combattîmes sans gloire, Guerre non désirée, bataille sans espoir.
Qu'avons-nous payé là? Qu'y avons-nous acquis?

Chants de la Dispersion

Burzmali fondait sa stratégie sur les leçons apprises au contact de son ancien Bashar. Il ne s'ouvrait à personne des options multiples et des positions de repli qu'il avait arrêtées à l'avance. Prérogative de commandant! Cela supposait, naturellement, une connaissance préalable du terrain aussi parfaite que possible.

À l'époque de l'ancien Empire, et même sous le règne de Muad'Dib, toute la région qui entourait la Citadelle de Gammu était une réserve forestière située sur de hautes terres isolées des résidus oléifères que l'on trouvait un peu partout en territoire Harkonnen. Sur ces terres, les Harkonnen avaient planté quelques-unes des plus fines essences de pilingitam, un bois dont le cours était toujours élevé et que les riches appréciaient par-dessus tout. Depuis les temps les plus reculés, les gens de goût préféraient s'entourer de bois précieux plutôt que de matériaux artificiels fabriqués en série et connus dans le passé sous les noms de polastine, polaz et pormabat (devenus par la suite: tine, laz et bat). Déjà, sous l'ancien Empire, un certain mépris s'attachait aux petits riches et aux Maisons Mineures qui ignoraient la valeur des essences précieuses.

« C'est un po-po-po », disait-on pour désigner celui qui s'entourait de copies à bon marché faites dans des matériaux populaires. Même quand les très riches étaient forcés d'utiliser une des trois substances en « po », ils la cachaient, chaque fois que c'était possible, sous un placage en vrai pilingitam.

Burzmali n'ignorait rien de tout cela quand il avait demandé à ses hommes de lui trouver un pilingitam stratégiquement situé à proximité du non-globe. Le bois de cet arbre possédait de nombreuses qualités fort appréciées des maîtres artisans. Fraîchement coupé, il se travaillait comme un bois tendre; sec et vieux, il était aussi résistant qu'un bois dur. Il absorbait la plupart des pigments et la finition donnait l'impression qu'ils faisaient naturellement partie du grain. Mieux encore, le pilingitam avait des propriétés antifongiques certaines et nul insecte ne l'aurait volontiers choisi pour pitance. Il était ignifuge. Et chez les spécimens âgés, mais encore vivants, le tronc continuait à s'élargir démesurément autour d'un grand tube creux central.

— Nous devons préparer quelque chose d'inattendu, avait dit Burzmali à ses hommes.

Au cours de sa première reconnaissance aérienne de la région, il avait déjà remarqué la couleur citron caractéristique du feuillage de cet arbre. À l'époque de la Grande Famine, toutes les forêts de la planète avaient été saccagées, mais quelques vénérables pilis avaient survécu parmi les essences dures et les espèces à feuilles persistantes replantées sous la direction des Sœurs.

Les éclaireurs de Burzmali découvrirent l'un de ces spécimens sur une hauteur dominant le site du non-globe. Son feuillage s'étendait sur près de trois hectares de terrain. L'après-midi du jour J, Burzmali, après avoir fait placer des leurres à quelque distance de cette position et fait creuser une galerie, dans une dépression de terrain, jusqu'au cœur spacieux du pilingitam, y avait installé son P. C. et le dispositif nécessaire à leur retraite.

— Cet arbre est une forme de vie, avait-il expliqué à ses hommes. Il nous rendra invisibles aux détecteurs.

L'inattendu.

À aucun moment, Burzmali ne s'était imaginé que tous ses préparatifs demeureraient inaperçus. La seule chose qu'il espérait était de diluer sa vulnérabilité.

Lorsque survint l'attaque, il vit qu'elle semblait suivre un schéma prévu à l'avance. Il s'était attendu à ce que les assaillants s'appuient sur leur grand nombre et sur la présence des non-vaisseaux comme pour l'attaque de la Citadelle de Gammu. Les analystes du Bene Gesserit lui avaient assuré que la plus grande menace provenait de forces appartenant à la Dispersion — des descendants du Tleilax manipulés par des furies qui se donnaient le nom d'Honorées Matriarches. Il voyait dans tout cela un excès de confiance plus qu'une véritable audace. La vraie audace faisait partie de l'arsenal inculqué à tous ses disciples par le Bashar Miles Teg. Et il était heureux que l'on pût compter sur Teg pour improviser, si nécessaire, dans les limites du plan d'action prévu.

Par l'intermédiaire de ses relais, Burzmali put suivre la fuite mouvementée de Duncan et Lucille tandis que des hommes à lui, équipés de casques com et de lunettes à vision nocturne, créaient des diversions aux positions choisies comme leurres. Sans intervenir à aucun moment, Burzmali et ses réserves d'élite suivaient pas à pas les mouvements de l'ennemi. La progression de Teg était encore plus facile à déceler grâce aux ravages qu'il faisait parmi les attaquants.

Burzmali nota avec satisfaction que Lucille ne s'arrêtait pas en entendant s'intensifier les bruits du combat. Duncan, par contre, voulut retourner en arrière et faillit compromettre leurs plans. Lucille sauva la situation en enfonçant brutalement son poing à l'emplacement d'un nerf sensible et en lui criant :

— Tu ne peux plus rien faire pour lui!

Burzmali jura entre ses dents en entendant la voix de Lucille amplifée par les écouteurs de son casque. D'autres avaient dû l'entendre aussi! Ils étaient sans doute à l'écoute depuis quelque temps.

Il émit un commandement subvocal par l'intermédiaire du microphone implanté dans son larynx et se prépara à abandonner son poste. Il concentrait la plus grande partie de son attention sur l'approche de Lucille et de Duncan. Si tout se passait comme prévu, ses hommes lui amèneraient bientôt le couple à domicile tandis que deux soldats sans casque, vêtus de manière à donner le change de loin, continueraient la fuite à leur place vers les positions-leurres plus haut sur la colline.

Et pendant tout ce temps, Teg était en train de créer une magnifique trouée de destruction par laquelle un véhicule tout terrain avait des chances de s'échapper.

Un officier vint avertir précipitamment Burzmali :

— Deux ennemis sont sur le point de rejoindre le Bashar!

Burzmali coupa court d'un geste. Il n'avait pas le temps de supputer les chances qu'il restait à Teg. Tout devait concourir avant tout à sauver le ghola. Il suivait ce qui se passait sur l'écran avec une concentration absolue.

Allons! Cours! Plus vite, imbécile!

Lucille entretenait à peu près les mêmes pensées tandis qu'elle poussait Duncan devant elle, prête à tout mettre en œuvre pour protéger leurs arrières. Elle était résolue à résister jusqu'à l'extrême limite de ses capacités. Tout son conditionnement Bene Gesserit était passé au premier plan *Ne jamais renoncer!* Renoncer signifiait verser toute sa mémoire consciente dans la Mémoire Seconde d'une autre Sœur, ou bien carrément dans l'oubli. Même Schwangyu s'était rachetée in extremis en résistant jusqu'à la dernière fibre de son être. Elle était morte dans la véritable tradition du Bene Gesserit. Teg lui avait donné tous les détails, que lui avait rapportés Burzmali. Et Lucille, rassemblant les vies sans nombre dont elle était la dépositaire, se disait : *Je ne peux tout de même pas faire moins!*

Elle suivit Duncan au creux d'une légère dépression de terrain entourant le tronc d'un pilingitam géant et, quand des ombres jaillirent des ténèbres environnantes pour les plaquer au sol, réagit comme une furie au moment même où une voix murmurait : « amis! » à son oreille en chakobsa. Cela la freina l'espace d'un battement de cœur et lui permit d'apercevoir les leurres qui continuaient leur fuite vers le haut de la colline. Plus que l'emploi du chakobsa, cela lui confirma les plans et l'identité de ceux qui les maintenaient plaqués contre les riches senteurs de terreau. Lorsque Duncan et elle furent poussés vers un boyau orienté vers le centre de l'arbre géant et lorsqu'on leur recommanda (toujours en chakobsa) de ne pas trop traîner, elle fut définitivement certaine de figurer au coeur d'une action d'audace tout à fait dans le style de Teg.

Duncan l'avait compris aussi. À l'entrée du boyau obscur, il l'identifia à son odeur et tapa sur son bras un message dans l'ancien langage de guerre muet des Atréides.

« Laissons-nous conduire. »

La forme du message la surprit tout d'abord, jusqu'à ce qu'elle se souvienne qu'il était parfaitement naturel que le ghola, avec sa nouvelle personnalité, connaisse ce moyen de communication.

Sans dire un seul mot, ceux qui les entouraient prirent à Duncan l'antique laser qui l'encombrait et poussèrent les fugitifs à l'intérieur du sas d'un véhicule que Lucille fut incapable d'identifier. Au même instant, une brève lueur rouge embrasa la nuit.

Burzmali s'adressa à ses hommes en mode subvocal :

— Ils sont partis! Ça y est!

Vingt-huit véhicules de surface et onze ornis à ailes battantes s'éloignèrent lourdement des positions-leurres. *Excellente diversion*, se félicita Burzmali.

À la pression qu'elle ressentait dans ses oreilles, Lucille comprit qu'on venait de refermer un sas. La lueur rouge embrasa de nouveau le ciel, puis les ténèbres retombèrent.

Des explosifs réduisirent en miettes l'arbre géant qui les entourait. Leur véhicule, qu'elle identifiait maintenant comme un transport blindé, surgit presque verticalement sur ses suspenseurs et ses réacteurs. Lucille n'avait, pour se repérer, que les éclairs des explosions et les constellations entrevues sporadiquement dans le cadre étroit des hublots de plaz ovales. Le champ suspenseur qui les portait rendait leur mouvement irréel dans la mesure où il n'était perçu que par les yeux. Ils étaient maintenus par des harnais dans des berceaux de plastacier tandis que le blindé fonçait vers le bas de la colline, directement à travers le terrain balayé par Teg, en faisant de brusques écarts et en changeant continuellement de direction. Aucun de ces mouvements violents n'était directement ressenti par les passagers, qui ne voyaient que des morceaux de feuillages ou de buissons, souvent en flammes, défilant et basculant sans cesse dans tous les sens sur un fond d'étoiles scintillantes.

Ils rasaient la cime des arbres qui avaient échappé au laser destructeur de Teg! À ce moment-là seulement, Lucille conçut un faible espoir de s'en tirer indemne. Abruptement, leur véhicule s'était mis à vibrer. Ils ralentissaient. Les étoiles visibles, délimitées par le cadre ovale des minuscules hublots de plaz, basculèrent et furent obscurcies par un obstacle. La gravité se fit de nouveau sentir et une lumière faible éclaira la cabine. Lucille vit Burzmali ouvrir une porte étanche sur sa gauche.

— Descendez vite! lança-t-il. Pas une seconde à perdre!

Précédée par Duncan, Lucille sauta sur le sol meuble et humide. Burzmali lui donna une tape dans le dos, prit Duncan par le bras et les éloigna du véhicule.

— Par là! Dépêchez-vous!

Ils s'enfoncèrent dans des buissons qui bordaient une chaussée étroite. Burzmali, qui les tenait maintenant tous les deux par le bras, leur fit traverser la chaussée et les força à s'aplatir dans un fossé. Il tendit une couverture cache-vie au-dessus de leurs têtes et jeta prudemment un coup d'œil en arrière dans la direction d'où ils étaient venus.

Lucille regarda à son tour. Elle ne vit que la lumière des étoiles sur une pente de neige. Elle sentit Duncan bouger à côté d'elle.

Sur le versant au-dessus d'eux, un véhicule de surface lancé à toute allure, ses tuyères de queue modifiées visibles à la lumière stellaire, s'éloignait en crachant une courte flamme rouge. Il grimpa, grimpa... pour obliquer soudain sur la doite.

— Le nôtre? chuchota Duncan.

— Oui.

— Comment a-t-il pu arriver là-haut sans être...

— Par un vieil aqueduc souterrain désaffecté, chuchota Burzmali. Il est programmé pour fonctionner automatiquement.

Il ne quittait pas des yeux la flamme rouge qui s'éloignait en formant des arabesques. Brusquement, une énorme explosion de lumière bleutée monta en ondes concentriques de cet endroit, immédiatement suivie par une explosion sourde.

— Aaah! fit Burzmali, satisfait.

Duncan murmura à voix basse :

— Ils sont censés croire que vous avez surchauffé vos réacteurs.

Burzmali, visiblement stupéfait, jeta un étrange regard au visage du ghola que la lumière stellaire rendait gris et spectral.

— Duncan Idaho était l'un des meilleurs pilotes de la flotte des Atréides, expliqua Lucille.

Ce commentaire ésotérique n'était pas lancé au hasard. Burzmali comprit immédiatement qu'il n'était pas seulement le protecteur de deux fugitifs. Ceux dont il avait la charge possédaient des capacités auxquelles il pourrait faire appel en cas de besoin.

Des éclairs bleus et rouges rayaient le ciel à partir de l'endroit où avait explosé le véhicule piégé. Les non-vaisseaux étaient en train de renifler cette boule lointaine de gaz brûlants. Qu'allaient décider leurs renifleurs? Une pluie d'étincelles bleues et rouges retombait derrière les versants éclairés par les étoiles.

Burzmali tourna brusquement la tête en direction de la chaussée d'où provenait un bruit de pas. Duncan avait sorti une arme d'un mouvement si vif que Lucille étouffa une exclamation. Elle lui toucha le bras pour le modérer, mais il le dégagea d'une secousse. Ne voyait-il donc pas que Burzmali acceptait l'intrusion?

Une voix appela doucement de la chaussée au-dessus d'eux:

— Suivez-moi. Faites vite.

Celui qui venait de parler, silhouette mobile à peine visible dans l'obscurité, sauta à pieds joints à côté d'eux puis s'élança dans une trouée des buissons qui bordaient la route. Des points noirs, sur le versant neigeux au-delà des buissons, se transformèrent en une douzaine de soldats armés de lasers. Cinq d'entre eux se regroupèrent silencieusement autour de Duncan et Lucille et les guidèrent sur un sentier couvert de neige qui s'écartait de la route. Le reste du détachement courut à découvert en direction du bas de la colline pour se fondre dans un bosquet sombre.

Après avoir parcouru une centaine de mètres, les cinq hommes de leur escorte se mirent en file indienne, deux devant, trois derrière, Burzmali au milieu suivi de Lucille puis de Duncan. Ils arrivèrent bientôt devant une échancrure de roche noire surmontée d'une saillie où ils s'arrêtèrent pour écouter passer derrière eux d'autres véhicules piégés.

— Des leurres, rien que des leurres, chuchota Burzmali. Nous brouillons toutes les pistes. Ils sont convaincus que nous fuyons aussi vite que possible. Au lieu de cela, nous allons tranquillement non loin d'ici. Plus tard, nous reprendrons lentement la route... à pied.

— L'inattendu... murmura Lucille.

— Et Teg? demanda Duncan dans un souffle.

Burzmali se pencha à son oreille pour chuchoter :

— Ils ont dû l'avoir.

Il y avait une tristesse infinie dans sa voix.

— Descendez par là, vite! leur dit un des membres de leur escorte.

Ils se glissèrent dans l'échancrure étroite. Quelque chose grinça non loin. Des mains les guidèrent sous un passage couvert. Le grincement se reproduisit derrière eux.

— Occupez-vous de cette porte, dit quelqu'un.

La lumière jaillit autour d'eux.

Duncan et Lucille virent qu'ils se trouvaient dans une vaste chambre richement décorée et apparemment creusée dans le roc. D'épais tapis couvraient le sol. Ils avaient des tons pourpre et or, avec des motifs vert clair en forme de créneaux ininterrompus. Un gros tas de vêtements gisait en désordre sur une table près de l'endroit où Burzmali discutait à voix basse avec un homme de l'escorte, un grand gaillard au front haut et aux yeux d'un vert perçant.

Lucille tendait une oreille attentive. Les mots étaient intelligibles (ils se rapportaient à la manière dont les gardes avaient été postés) mais l'accent de l'homme aux yeux verts était nouveau pour elle, fait de cascades gutturales et de consonnes télescopées avec une vélocité surprenante.

— Sommes-nous dans un non-espace? demanda-t-elle.

— Non, répondit une voix derrière elle avec le même accent. Mais nous sommes protégés par les algues.

Au lieu de se tourner vers celui qui avait parlé, Lucille leva les yeux vers le tapis d'algues jaune-vert qui recouvrait le plafond et les murs. La roche noire n'était visible qu'en quelques endroits à proximité du sol.

Burzmali interrompit sa conversation pour s'adresser à elle :

— Nous sommes en sécurité ici. Ces algues sont spécialement sélectionnées pour un tel usage. Les détecteurs de vie sont incapables de déceler autre chose que la présence végétale qui nous entoure.

Lucille pivota sur un talon pour examiner la salle plus en détail. Elle remarqua notamment le griffon Harkonnen incrusté dans la table en cristal, les tissus exotiques dont les fauteuils et les canapés étaient tapissés et le râtelier d'armes, contre un mur, où se trouvait une double rangée de lasers de combat dont elle n'avait jamais vu l'équivalent ailleurs. Leur canon était long et évasé en forme de cloche à son extrémité et leur sous-garde dorée se terminait en spirale.

Burzmali avait repris sa conversation avec l'homme aux yeux verts. Ils parlaient de la manière dont ils devaient se déguiser. Elle continua d'écouter avec une partie de son attention tout en étudiant soigneusement les deux autres membres de l'escorte qui demeuraient dans la pièce. Leurs trois compagnons s'étaient éclipsés discrètement par un passage étroit qui s'ouvrait à côté du râtelier d'armes et qui était dissimulé par une lourde tenture de fils d'argent miroitants. Elle remarqua que Duncan l'observait attentivement pour noter ses réactions, la main sur la crosse du petit laser passé à sa ceinture.

Des gens de la Dispersion? se demanda Lucille. *À qui va leur loyauté*?

Sans rien laisser paraître sur son visage, elle se rapprocha de Duncan et, dans le langage des doigts sur son bras, lui fit part de ses soupçons. Ils regardèrent tous les deux Burzmali.

Trahison?

Elle continua d'étudier ce qui l'entourait. Étaient-ils observés par des yeux invisibles?

Neuf brilleurs éclairaient la pièce, chacun entouré de son halo d'illumination intense qui contribuait à créer une lumière unie à l'endroit où Burzmali.discutait toujours avec l'homme aux yeux verts. Une partie de cette lumière venait directement des brilleurs flottants, tous réglés dans un riche vermeil, et le reste était réfléchi moins crûment par les algues. Le résultat était une absence d'ombres presque totale, même sous les meubles.

Les fils d'argent miroitants du rideau qui masquait l'entrée s'écartèrent pour livrer passage à une vieille femme. Lucille l'observa longuement. Elle avait un visage ridé aussi noir que du très vieux bois de rose. Son profil crochu était étroitement encadré par des cheveux raides et gris qui lui tombaient presque aux épaules. Elle portait une longue robe noire brodée de fils dorés représentant des dragons. Elle s'immobilisa derrière un canapé sur le dossier duquel elle posa une main aux veines saillantes.

Burzmali et son compagnon interrompirent leur conversation. Lucille regarda tour à tour la robe de la vieille femme puis la sienne. Exception faite des dragons dorés, les deux vêtements étaient tout à fait similaires de conception, avec leur capuchon rejeté en arrière sur les épaules. La robe aux dragons différait uniquement par sa fente latérale dans le bas et la manière dont elle s'ouvrait par-devant.

Voyant qu'elle ne parlait pas, Lucille se tourna vers Burzmali pour quêter une explication. Il se contenta de lui rendre son regard avec une expression d'intense concentration. La vieille femme continuait à l'observer en silence.

Tout cela emplissait Lucille de nervosité inquiète. Elle remarqua que Duncan avait la même réaction. Il n'ôtait pas sa main de la crosse de son arme. Le long silence pendant lequel les deux femmes s'observaient créait une atmosphère lourde d'angoisse. Il y avait quelque chose qui évoquait presque le Bene Gesserit dans la manière dont cette femme restait là immobile à la regarder.

Ce fut Duncan qui rompit le premier le silence en demandant à Burzmali :

— Qui est-ce?

— Je suis celle qui va vous aider à sauver votre peau, dit la vieille femme.

Elle avait une voix faible et chevrotante, toujours avec le même accent étrange.

La Mémoire Seconde de Lucille lui suggéra un indice concernant le vêtement de la vieille femme.

Il ressemble à celui que portaient les anciennes filles ludiques.

Elle faillit secouer la tête pour repousser cette pensée. Cette femme était certainement trop vieille pour jouer un tel rôle. Et la forme des dragons mythiques brodés sur l'étoffe différait de celle que la Mémoire Seconde évoquait. Lucille reporta son attention sur le visage ridé. Les yeux étaient rougis et larmoyants sous les atteintes de l'âge et de la maladie. Des croûtes sèches s'étaient formées à l'endroit où chaque commissure des paupières touchait la paroi du nez. Bien trop vieille pour une fille ludique!

La vieille s'adressa à Burzmali :

— Je crois qu'elle lui ira parfaitement.

Elle commença à ôter sa robe aux dragons. Puis elle s'adressa à Lucille :

— Elle est pour vous. Portez-la avec respect. Nous avons tué pour vous la procurer.

— Vous avez tué qui? demanda Lucille.

— Une postulante des Honorées Matriarches, répondit la vieille de sa voix éraillée où perçait une fierté certaine.

— Pourquoi devrais-je porter cette robe?

— Nous allons échanger nos vêtements, fit la vieille.

— Pas sans explication, dit Lucille en refusant de prendre la robe qui lui était tendue.

Burzmali s'avança d'un pas.

— Vous pouvez lui faire totalement confiance.

— Je suis une amie de vos amis, murmura la vieille femme en agitant la robe sous le nez de Lucille. Prenez-la donc!

— Il faut que je connaisse d'abord vos plans, dit Lucille en s'adressant à Burzmali.

— Moi aussi, intervint Duncan. Au nom de quelle autorité nous demandez-vous de faire confiance à ces gens?

— Celle de Teg. Et aussi la mienne, répondit Burzmali en se tournant vers la vieille. Vous pouvez leur expliquer, Sirafa. Nous avons tout le temps.

— Vous porterez cette robe pour accompagner Burzmali jusqu'à Ysaï, déclara la vieille.

— *Sirafa*... répéta mentalement Lucille. Ce nom sonnait presque comme une Variante Linéaire du Bene Gesserit.

Sirafa toisa Duncan.

— Il est encore suffisamment petit. Il sera déguisé et transporté séparément.

— Non! protesta Lucille. J'ai ordre de le protéger en personne!

— Ne soyez pas ridicule, dit Sirafa. Ils vont rechercher une femme et un jeune garçon correspondant à vos signalements. Ils ne s'occuperont pas d'une fille ludique appartenant aux Honorées Matriarches accompagnée de son amant d'une nuit... ni d'un Maître tleilaxu entouré de ses familiers.

Lucille s'humecta les lèvres du bout de la langue. Sirafa

s'exprimait avec la tranquille assurance d'une Rectrice Intendante.

La vieille femme étala la robe aux dragons sur le dossier du canapé. Elle portait en dessous un collant noir qui ne dissimulait rien de ses formes souples et même rebondies. Elle avait un corps bien plus jeune que son visage. Pendant que la Révérende Mère l'observait, Sirafa, de ses deux mains, lissa en arrière ses joues et son front. Les rides s'aplanirent et le visage, à son tour, devint beaucoup plus jeune.

Un Danseur-Visage?

Elle l'examina attentivement, à la recherche des signes habituels. Elle n'en trouva aucun. Et pourtant...

— Ôtez votre robe! commanda Sirafa. Sa voix était plus jeune et encore plus autoritaire que tout à l'heure.

— Faites-le, insista Burzmali. Sirafa prendra votre place pour mieux brouiller les pistes. C'est notre seule chance de pouvoir passer.

— Pour aller où? demanda Duncan.

— Un non-vaisseau nous attend, dit Burzmali.

— Pour nous emmener où? demanda Lucille.

— Dans un endroit sûr. Nous serons tous bourrés de shere, mais je préfère ne pas en dire plus. L'effet du shere s'atténue avec le temps.

— Comment allez-vous me déguiser en Tleilaxu? demanda Duncan.

— Faites-nous confiance, dit Burzmali, qui ne quittait pas Lucille des yeux... Révérende Mère?

— Vous ne me laissez pas le choix, fit Lucille.

Elle défit les agrafes de sa robe et la laissa glisser à terre. Elle retira le petit laser qu'elle portait dans son corsage et le posa sur le canapé. Son collant était gris pâle et elle vit que Sirafa s'intéressait aux deux poignards qu'elle portait sur chaque cuisse dans de longs fourreaux.

— Il nous arrive également de porter des dessous noirs, dit-elle en mettant la robe aux dragons.

L'étoffe semblait lourde, mais était en réalité légère à porter. Elle tourna sur elle-même et constata que le vêtement s'ajustait sur son corps comme s'il avait été fait sur mesure pour elle. Elle sentit un point qui lui piquait la nuque. Elle passa le doigt à cet endroit.

— C'est là que le dard a percé le vêtement, dit Sirafa. Nous avons fait très vite, mais l'acide avait déjà attaqué le tissu. Ça ne se voit pas à l'œil nu.

— Elle peut passer? lui demanda Burzmali.

— C'est parfait. Mais il faudra que je lui donne quelques conseils. Elle ne doit pas commettre la moindre erreur, ou ils vous auront tous les deux... comme ça!

Elle tapa dans ses mains pour donner plus d'emphase à ses paroles.

Où ai-je déjà vu ce geste? se demanda Lucille.

Au même instant, Duncan lui toucha le coude pour lui dire discrètement avec ses doigts : « *Cette manière de taper dans ses mains... C'est une coutume de Giedi Prime!* »

Sa Mémoire Seconde confirma la chose à Lucille. Cette femme faisait-elle donc partie d'une communauté isolée qui cultivait des mœurs archaïques?

— Le garçon doit partir tout de suite... dit Sirafa en faisant un geste à l'adresse des deux derniers membres de l'escorte... Conduisez-le à l'endroit convenu.

— Je n'aime pas beaucoup ça, dit Lucille.

— Nous n'avons pas le choix! lança Burzmali.

Lucille était obligée d'en convenir. Elle devait se fier à la fidélité jurée par Burzmali au Bene Gesserit. Et Duncan n'était pas un enfant. Son entraînement prana-bindu avait été contrôlé par le Bashar et par elle-même. Ce ghola possédait des ressources que peu de gens en dehors du Bene Gesserit pouvaient égaler. Elle regarda sans rien dire Duncan et les deux hommes qui sortaient à travers le rideau de fils miroitants.

Quand ils eurent disparu, Sirafa fit le tour du canapé et vint se camper devant Lucille, mains sur les hanches, pour la contempler. Lucille lui rendit son regard.

Burzmali se racla la gorge en retournant le tas de vêtements qui se trouvait devant lui sur la table.

Le visage de Sirafa, particulièrement les yeux, avait quelque chose de presque irrésistible. Ses yeux étaient vert pâle sur un blanc pur qu'aucun verre de contact ou autre artifice ne modifiait.

— Vous devriez passer comme ça, lui dit Sirafa. Souvenez-vous que vous êtes une fille ludique d'un genre spécial et que Burzmali est votre client. Aucune personne ordinaire ne songerait à vous déranger.

Lucille crut discerner là une mise en garde voilée.

— Parce qu'il y a ceux qui pourraient le faire?

— Il y a en ce moment sur Gammu des ambassadeurs des grandes religions, lui expliqua Sirafa. Vous ne les connaissez probablement pas toutes. Elles appartiennent à ce que vous appelez la Dispersion.

— Et vous, vous l'appelez comment?

— La Découverte, répondit Sirafa en levant une main pour prévenir sa réaction. N'ayez pas peur! Nous avons un ennemi commun.

— Les Honorées Matriarches?

Sirafa détourna la tête et cracha dédaigneusement par terre.

— Regardez-moi bien, femme du Bene Gesserit! Je ne vis

que pour les tuer. C'est la seule chose que l'on m'ait appris à faire!

— D'après ce que nous savons, dit prudemment Lucille, vous vous acquittez très bien de cette tâche.

— Il y a peut-être des domaines où je suis plus forte que vous... Mais écoutez-moi bien! Vous êtes spécialiste des questions sexuelles. Vous saisissez?

— Pourquoi les prêtres nous dérangeraient-ils?

— Les prêtres? C'est ainsi que vous les appelez? Soit... mais ce n'est probablement pas pour les raisons que vous imaginez... La religion, ennemie des plaisirs du sexe...

— N'accepter surtout aucun substitut au plaisir sacré, dit Lucille.

— Que Tantrus vous protège, femme du Bene Gesserit! Il y a *plusieurs* sortes de « prêtres » parmi les gens de la Découverte, et certains n'hésitent pas à proposer l'extase immédiate au lieu de promettre l'au-delà.

Lucille faillit sourire. Cette soi-disant tueuse de Matriarches prétendait-elle donner des leçons à une Révérende Mère en matière de religions?

— Il y a ici des gens qui se déguisent en « prêtres », continua Sirafa. Ils sont très dangereux. Et les plus dangereux de tous sont les fidèles de Tantrus, qui proclament que le sexe est l'unique manière de vénérer leur dieu.

— Comment ferai-je pour les reconnaître? dit Lucille, qui percevait dans la voix de Sirafa beaucoup de sincérité et un peu d'appréhension.

— Ne vous tracassez pas pour ça. Vous n'êtes pas censée établir de telles distinctions. Votre préoccupation première est de vous faire payer. Pour vous, je pense que cinquante solari sont un tarif raisonnable.

— Vous ne m'avez pas dit pour quelle raison il pourraient venir nous déranger, dit Lucille.

Elle tourna la tête vers Burzmali, qui avait étalé quelques vêtements grossiers devant lui et était en train de retirer son treillis de combat. Puis elle reporta son attention sur Sirafa, qui lui répondit:

— Certains se réclament d'une ancienne convention qui leur accorde le privilège d'interrompre votre transaction avec Burzmali. D'autres, en réalité, voudront seulement vous mettre à l'épreuve.

— Ecoutez bien ce qu'elle dit, fit Burzmali. C'est très important.

— Il sera déguisé en paysan, expliqua Sirafa. C'est la seule manière de justifier les callosités de ses mains de soldat. Vous l'appellerez Skar. C'est un nom répandu ici.

— Mais que dois-je faire si un prêtre intervient?

Sirafa tira une petite bourse de son corsage et la passa à Lucille, qui la soupesa dans sa main.

— Elle contient deux cent quatre-vingt-trois solari. Si quelqu'un se présente à vous sous le nom de divin... Vous vous rappellerez? Divin...

— Comment pourrais-je l'oublier?

Lucille avait dit cela sur un ton presque sarcastique, mais Sirafa n'y prêta pas attention.

— Si quelqu'un se présente sous ce nom, vous restituerez cinquante solari à Burmali avec vos excuses. Il y a également dans cette bourse votre carte de fille ludique établie sous le nom de Pira. Montrez-moi comment vous prononcez votre nom.

— Pira.

— Non! Avec un accent bien plus prononcé sur le « a »!

— Pirà!

— C'est un peu mieux comme ça. Et maintenant, suivez-moi bien. Burzmali et vous allez être très tard dans la rue. Vous serez censée avoir eu d'autres clients avant lui. Il faut une preuve. Par conséquent, il est préférable que vous... euh... fassiez une répétition avec Burzmali avant de sortir d'ici.

— Quel sens du détail! fit Lucille.

Sirafa prit cela comme un compliment et lui sourit. Mais son expression demeurait étroitement contrôlée. Comme ses réactions étaient inhabituelles!

— Il y a une chose que je voudrais savoir, ajouta-t-elle. Si je dois m'*occuper* d'un de ces divins, comment ferai-je pour retrouver Burzmali ensuite?

— Skar!

— Soit. Comment retrouverai-je Skar?

— Il vous attendra où que vous alliez. C'est lui qui vous retrouvera quand vous aurez fini.

— Parfait. Si un divin survient, je restitue ses cent solari à Skar et je...

— Cinquante!

— Je ne suis pas d'accord, Sirafa, dit Lucille en secouant doucement la tête d'un côté puis de l'autre. Lorsque je me serai *occupée* d'un divin, il comprendra que cinquante solari, ce n'est pas assez payé.

Sirafa plissa la lèvre inférieure et se tourna vers Burzmali:

— Vous m'aviez prévenue, mais je n'avais pas supposé que...

Faisant très légèrement appel à la Voix, Lucille la coupa:

— Vous n'avez *rien* à supposer si ce n'est pas moi qui vous le dis!

Sirafa fronça les sourcils. Elle était visiblement déroutée par la Voix, mais elle reprit d'un ton tout aussi arrogant que précédemment:

— Dois-je présumer que vous n'avez besoin d'aucune explication sur les variantes sexuelles?

— Vous pouvez présumer.

— Et le fait que votre robe vous identifie comme une adepte du cinquième degré de l'Ordre de Hormu vous laisse également indifférente?

Ce fut au tour de Lucille de froncer les sourcils.

— Et si je fais preuve de talents qui dépassent le cinquième degré?

— Aaah! dit Sirafa. Vous écouterez donc ce que j'ai à dire?

Lucille acquiesça d'un bref signe de tête.

— Parfait. Puis-je présumer que vous êtes en mesure de produire des pulsations vaginales?

— Vous le pouvez.

— Dans n'importe quelle position?

— Je suis capable de commander à tous les muscles de mon corps!

Sirafa se tourna vers Burzmali.

— Ce qu'elle dit est vrai?

— Sinon, elle ne l'affirmerait pas, lui répondit Burzmali, toujours derrière Lucille.

Sirafa prit un air songeur, les yeux fixés sur le menton de Lucille.

— C'est une complication, je pense.

— Afin que vous ne vous mettiez pas de fausses idées en tête, lui dit Lucille, je vous signale que les talents que l'on m'a enseignés ne sont pas faits pour être monnayés. Ils ont en principe une autre fonction.

— Oh! je n'en doute pas, dit Sirafa. Mais l'agilité sexuelle est parfois...

— Agilité! s'écria Lucille en laissant passer dans sa voix toute l'indignation dont une Révérende Mère était capable. Et tant pis si c'était exactement ce que recherchait Sirafa. Il fallait la remettre à sa place... Agilité! répéta-t-elle. Je sais maîtriser ma température génitale. Je connais par cœur et je sais exciter à volonté les cinquante et un points sensibles. Je...

— Cinquante et un? Mais il n'y en a que...

— Cinquante et un! coupa Lucille. Et si l'on compte les séquences et les combinaisons, il y en a exactement deux mille huit. Sans parler des associations avec les deux cent cinq positions sexuelles...

— Deux cent cinq? répéta Sirafa, visiblement sidérée. Vous ne voulez certainement pas dire...

— Plus, en réalité, si l'on tient compte des variantes mineures. Je suis une Imprégnatrice, ce qui signifie que j'ai maîtrisé les trois cents stades d'amplification orgastique!

Sirafa s'éclaircit la voix et s'humecta les lèvres du bout de la langue.

— Dans ce cas, je vous recommande de vous restreindre. Gardez une partie de vos talents secrète, ou bien... Elle se tourna, une fois de plus, vers Burzmali... Pourquoi ne m'avez-vous pas prévenue?

— Je l'ai fait.

Lucille perçut une pointe d'amusement dans sa voix, mais ne se retourna pas pour en avoir confirmation.

Sirafa inspira et expira à deux reprises de manière audible.

— Si l'on vous pose des questions, vous direz que vous êtes sur le point de passer une série d'épreuves pour changer de grade. Cela devrait atténuer les soupçons.

— Et sur la nature de ces épreuves?

— Facile. Vous souriez de manière mystérieuse et vous ne répondez pas.

— Si quelqu'un m'interroge sur cet Ordre de Hormu?

— Vous menacez de le dénoncer à vos supérieures. Il ne devrait pas insister.

— Et s'il insiste?

Sirafa haussa les épaules.

— Inventez n'importe quelle histoire. Même un Diseur de Vérité devrait se divertir à vous écouter mentir.

Lucille gardait un visage impassible tandis qu'elle réfléchissait à la situation. Elle entendit Burzmali — Skar! — qui bougeait derrière elle. Elle ne pensait pas rencontrer de sérieuse difficulté dans le rôle qu'elle s'apprêtait à jouer. Au contraire, cela lui fournirait certainement la matière d'une anecdote ou deux qu'elle pourrait plus tard raconter en souriant dans la Maison du Chapitre. Elle vit que Sirafa était en train de regarder Burz... Skar! en ricanant. Elle se tourna vers son « client ».

Il était nu, son treillis soigneusement plié à côté de son casque et du petit tas formé par ses vêtements grossiers de paysan.

— Je vois que Skar ne fait pas d'objection aux préliminaires de cette mission, dit Sirafa en désignant de la main son pénis à demi dressé. Je vous laisse donc.

Lucille l'entendit passer à travers les fils moirés du rideau. Elle ne put s'empêcher d'avoir une pensée rageuse :

C'est le ghola qui devrait être ici à sa place!

L'oubli... tel est votre destin. Toutes les anciennes leçons de la vie, vous les perdez, vous les gagnez, puis vous les reperdez et vous les regagnez encore.

Leto II
La Voix de Dar-es-Balat

« Au nom de l'Ordre Sacré et de son indissoluble Communauté, ce compte rendu a été jugé digne de foi et propre à figurer dans la Chronique du Chapitre. »

Taraza contempla ces mots sur son système de projection avec une légère moue d'écœurement. La lumière du matin mêlait des reflets jaunes à la projection, donnant aux mots un flou mystérieux.

D'un mouvement rageur, la Mère Supérieure écarta son siège de la table de projection, se leva et marcha jusqu'à une fenêtre orientée au sud. Le soleil était encore bas et les ombres très longues dans la cour.

Faut-il que j'y aille moi-même?

Elle était réticente à cette pensée. Ces lieux lui donnaient une telle impression de sécurité... Mais c'était stupide de sa part, elle le savait. Même si le Bene Gesserit y était établi depuis quatorze siècles, la Planète du Chapitre ne devait être considérée que comme un havre temporaire.

Elle posa sa main gauche sur l'encadrement poli de la fenêtre. Chaque ouverture avait été calculée de manière à orienter l'attention vers une vue splendide. Dans ses proportions, ses couleurs, sa décoration, cette pièce reflétait les efforts des constructeurs et architectes qui avaient œuvré ensemble pour donner aux occupants un sentiment de bien-être et de soutien.

Taraza essaya de s'immerger dans cette atmosphère de sécurité feutrée, mais n'y réussit pas.

Les discussions auxquelles elle venait d'assister laissaient dans cette salle des relents d'amertume malgré le ton sobre sur lequel les mots avaient été prononcés. Ses conseillères s'étaient montrées intraitables, et elle ne pouvait leur donner tort.

Nous transformer en missionnaires? Et pour le compte des Tleilaxu?

Elle appuya sur une plaque qui commandait l'ouverture de la fenêtre. Une brise tiède, parfumée par les pommiers en fleur du verger voisin, pénétra dans la salle. La Communauté des Sœurs était fière des fruits qu'elle produisait ici, au centre stratégique de son immense pouvoir. Il n'existait pas de plus beaux vergers dans toutes les Citadelles, dans toutes les succursales du Chapitre qui constituaient le vaste réseau tissé par le Bene

Gesserit à travers la plupart des planètes occupées par les humains sous l'ancien Imperium.

« C'est à leurs fruits que tu les connaîtras. »

Quelques vieilles religions sont encore capables de sagesse, se dit Taraza.

De son poste d'observation élevé, elle apercevait tout le quartier sud de la Cité du Chapitre. L'ombre oblique d'une tour de guet voisine se profilait, irrégulière, sur les terrasses et les toits des maisons.

Chaque fois qu'elle y pensait, elle se disait qu'il s'agissait d'une bien petite communauté pour une telle concentration de pouvoir. Au-delà des vergers et des jardins fleuris s'étendait un treillis de résidences privées, chacune entourée de son espace vert aux frontières géométriques. Ces domaines privilégiés appartenaient soit à des Sœurs à la retraite, soit à des familles loyales sélectionnées. A l'ouest, l'horizon était formé par des montagnes en dents de scie, aux sommets souvent couronnés de neige luisante. L'astroport se trouvait à une vingtaine de kilomètres à l'est. Autour de ce noyau central du Chapitre s'étendaient de vastes plaines où paissait une race particulière de bétail, si sensible aux odeurs des gens que les troupeaux étaient pris de panique et beuglaient à qui mieux mieux à la moindre intrusion de quelqu'un qui n'avait pas l'odeur voulue.

Les demeures centrales, avec leurs cultures entourées de murs, avaient été orientées par un Bashar des temps anciens de telle manière que personne ne pouvait circuler, de jour comme de nuit, sur les voies de communication plates et sinueuses, sans être immédiatement repéré.

Tout paraissait disposé au hasard, sans plan particulier. Et pourtant, un ordre rigoureux régissait les moindres détails. L'ensemble, se disait Taraza, était bien à l'image du Bene Gesserit.

Quelqu'un se racla la gorge derrière elle et elle se rappela subitement que l'une de celles qui avaient employé au Conseil les arguments les plus véhéments attendait patiemment dans l'encadrement de la porte demeurée ouverte.

Elle attend de connaître ma décision.

La Révérende Mère Bellonda préconisait « l'élimination physique immédiate de la Révérende Mère Odrade ». Aucune décision n'avait encore été prise.

Tu t'es surpassée cette fois-ci, Dar. Je m'attendais à un acte d'indépendance aveugle. Je le souhaitais même. Mais ça!

Bellonda, la vieille et grosse Bellonda au visage rougeaud, au regard froid, réputée pour sa méchanceté naturelle, voulait faire condamner Odrade pour trahison.

« Le Tyran l'aurait immédiatement anéantie! » avait-elle proclamé.

C'est toute la leçon que nous avons retenue de lui? se demanda Taraza.

Bellonda avait avancé comme argument que la Révérende Mère Odrade n'était pas seulement une Atréides mais aussi une Corrino. Il y avait dans sa lignée ancestrale un grand nombre d'empereurs, de vice-régents et d'administrateurs puissants.

Avec toute la soif de pouvoir que cela implique pour elle.

« Ses ancêtres ont survécu à Salusa Secundus! » ne cessait de répéter Bellonda. « N'avons-nous donc rien appris de nos expériences génétiques? »

Nous avons appris à créer des Odrade, se dit Taraza.

Après avoir survécu à l'agonie de l'épice, Odrade avait été envoyée sur Al Dhanab, l'équivalent de Salusa Secundus, pour y être conditionnée sévèrement. La planète n'était faite que de hautes falaises et de précipices arides, de vents brûlants et de tempêtes glaciales, de sécheresse et d'humidité excessives. L'endroit idéal pour mettre à l'épreuve quelqu'un qui serait peut-être destiné plus tard à aller sur Rakis. D'un tel conditionnement, seuls émergeaient des survivants coriaces. Et la grande, souple et athlétique Odrade était l'une des plus coriaces qui fût.

Que pourrais-je faire pour sauver la situation?

Le message le plus récent d'Odrade disait que toute paix, même les millénaires imposés par le Tyran, était entourée d'une fausse aura qui pouvait se révéler fatale à ceux qui lui faisaient trop confiance. Là étaient à la fois la force et la faiblesse des arguments invoqués par Bellonda.

Taraza tourna la tête vers la conseillère qui attendait à la porte.

Elle est bien trop grasse! C'est presque un défi qu'elle nous jette par sa présence!

— Nous ne pouvons pas plus éliminer Odrade que nous ne pouvons éliminer le ghola, dit la Mère Supérieure à haute voix.

La voix de Bellonda lui parvint, mesurée et toute pleine d'assurance :

— Les deux sont devenus beaucoup trop dangereux pour nous. Voyez comme Odrade vous affaiblit par sa manière de vous rapporter les paroles gravées dans le Sietch Tabr!

— Vous croyez que le message du Tyran m'a affaiblie, Bell?

— Vous savez bien ce que je veux dire. Les Tleilaxu n'ont aucun sens moral.

— Cessez de détourner la conversation, Bell. Vous êtes comme un insecte en train de voleter d'une fleur à l'autre. Est-ce que vous sentez vraiment quelque chose?

Les Tleilaxu! Ils ont fabriqué ce ghola pour servir leurs propres fins. Et maintenant, Odrade voudrait que nous...

— Vous vous répétez, Bell.

— Les Tleilaxu aiment emprunter des raccourcis. Leur point

de vue sur la génétique n'est pas le nôtre. Ce n'est pas un point de vue *humain*. Ils créent des monstres.

— Vous en êtes sûre?

Bellonda s'avança dans la salle, contourna la table et se rapprocha de Taraza en lui cachant la niche murale où se trouvait la statuette de Chenoeh.

— Une alliance avec les prêtres de Rakis, d'accord; mais pas avec le Tleilax!

Ses robes firent entendre un bruit de froissement tandis qu'elle brandissait le poing.

— Bell! Le Grand Prêtre est un Danseur-Visage à présent. C'est avec lui que vous voulez faire alliance?

Bellonda secoua rageusement la tête.

— Les fidèles de Shaï-Hulud sont légion! On les trouve partout. Quelle sera leur attitude envers nous s'ils apprennent un jour le rôle que nous avons joué dans cette supercherie?

— Vous vous trompez, Bell! Nous avons fait en sorte que seuls les Tleilaxu soient vulnérables dans cette affaire. Sur ce point précis, c'est Odrade qui a raison.

— Ce n'est pas vrai! Si nous faisons alliance avec eux, nous sommes vulnérables au même titre qu'eux. Nous serons obligées de servir les intérêts du Tleilax. Ce sera pis que notre longue soumission au Tyran.

L'éclat mauvais qui avait traversé le regard de Bellonda n'échappa guère à Taraza. Elle comprenait du reste sa réaction. Aucune Révérende Mère ne pouvait évoquer la période de servitude que l'Ordre avait endurée du temps de l'Empereur-Dieu sans éprouver au moins un frisson glacé. Jamais le Bene Gesserit, ballotté contre son gré par des forces qui le dépassaient, n'avait été aussi peu sûr de sa survie au jour le jour.

— Vous croyez que nous assurerons nos approvisionnements d'épice en concluant une alliance aussi stupide? demanda Bellonda.

Toujours le même vieil argument, constatait Taraza. Sans le mélange, et sans l'agonie de sa transformation, il ne pouvait pas y avoir de Révérendes Mères. L'un des objectifs visés par les catins de la Dispersion était certainement le mélange — c'est-à-dire l'épice plus la maîtrise que le Bene Gesserit avait sur elle.

Taraza retourna à sa table de travail et se laissa tomber dans son canisiège. Elle se pencha en arrière tandis que le dossier s'adaptait à ses formes. C'était un véritable problème. Un problème typique du Bene Gesserit. Malgré leurs recherches et leurs expérimentations continuelles, les Sœurs n'avaient jamais pu découvrir de produit de substitution. La Guilde Spatiale avait peut-être besoin du mélange pour « transe-former » ses Navigateurs, mais ces derniers n'étaient pas irremplaçables. Les machines ixiennes pouvaient accomplir leur travail. Les Ixiens et leurs satellites étaient compétitifs sur les marchés de la Guilde. Des alternatives existaient.

Tandis que nous, nous n'avons rien.

Bellonda contourna le bureau de Taraza, appuya les deux poings sur la surface brillante et se pencha en avant pour regarder la Mère Supérieure dans les yeux.

— Et nous ne savons toujours pas ce que les Tleilaxu ont fait à notre ghola!

— Odrade le découvrira.

— Ce n'est pas une raison pour lui pardonner sa trahison!

Taraza parla d'une voix mesurée :

— Il y a des générations et des générations que nous attendons ce moment et vous voudriez faire tout échouer comme ça!

Elle donna un coup léger de la paume de sa main sur le dessus de la table.

— Le précieux projet rakien n'est plus notre projet, répliqua Bellonda. Si cela se trouve, il n'a jamais été le nôtre.

Concentrant toute la puissance de ses facultés mentales, la Mère Supérieure réexamina les implications de cet argument familier. La chose était fréquemment revenue sur le tapis au cours de la séance mouvementée qui venait de s'achever.

L'affaire du ghola avait-elle reçu son impulsion des mains du Tyran en personne? Et si c'était le cas, que fallait-il faire? Que *pouvait*-on faire?

Tout au long du débat, le rapport présenté par la Minorité était resté présent dans tous les esprits. Schwangyu était peut-être morte, mais sa faction survivait et tout se passait comme si Bellonda venait de rejoindre son camp. La Communauté des Sœurs était-elle donc à ce point aveugle face à la possibilité d'une issue fatale? Le rapport d'Odrade sur ce message caché sur Rakis pouvait être interprété comme un sinistre avertissement. Odrade avait bien mis l'accent là-dessus en décrivant la manière dont son signal d'alarme intérieur l'avait mise en garde. Aucune Révérende Mère ne pouvait traiter chose pareille à la légère.

Bellonda se redressa en croisant les bras sur son opulente poitrine.

— Nous n'échappons jamais complètement aux enseignements que nous avons reçus durant notre enfance, ni à aucune des configurations qui nous ont produites, c'est bien cela?

Il s'agissait d'un argument propre aux conflits internes du Bene Gesserit. Il rappelait souvent aux Sœurs leur vulnérabilité particulière.

Nous sommes une aristocratie secrète et c'est notre descendance qui hérite du pouvoir. Oui, nous sommes vulnérables à ces choses, et le meilleur exemple en est Miles Teg.

Bellonda, qui avait trouvé une chaise, s'assit, les yeux à la même hauteur que ceux de Taraza.

— Au plus fort moment de la Dispersion, murmura-t-elle, nous avons perdu environ vingt pour cent de nos sujets déficients.

— Ce ne sont pas des déficients qui nous reviennent en ce moment!

— Mais le Tyran avait certainement prévu que cela se produirait!

— La Dispersion était pour lui un objectif en soi, Bell. C'était son Sentier d'Or, rien de moins que la survie de l'humanité!

— Mais nous savons ce qu'il pensait des Tleilaxu. Il aurait très bien pu les exterminer, et il ne l'a pas fait.

— Il voulait la diversité.

Bellonda frappa du poing sur la table:

— Pour ça, on peut dire qu'il est comblé!

— Nous n'avons fait que ressasser les mêmes arguments, Bell, et je ne vois toujours aucun moyen d'échapper à ce qu'a fait Odrade.

— La soumission!

— Pas du tout. Avons-nous jamais été totalement soumises à l'un quelconque des empereurs qui ont précédé le Tyran? Pas même à Muad'Dib!

— Nous sommes toujours dans la souricière du Tyran, accusa Bellonda. Pouvez-vous me dire pourquoi les Tleilaxu n'ont jamais cessé de fabriquer à la chaîne son ghola de prédilection? Ça fait des millénaires que ça dure, et il continue à sortir de leurs boîtes axlotl comme un pantin infatigable!

— Vous pensez que les Tleilaxu obéiraient encore à une directive secrète du Tyran? Si c'est le cas, vous plaidez en faveur d'Odrade. La situation qu'elle a créée se prête admirablement à l'élucidation de ce problème.

— Il n'a pas eu de directive à donner! Il a simplement rendu ce ghola particulièrement attrayant aux yeux des Tleilaxu.

— Et pas aux nôtres?

— Mère Supérieure, il faut absolument que nous sortions de cette souricière sans attendre! Et de la manière la plus radicale!

— C'est à moi de décider, Bell. Et je penche toujours pour une alliance prudente.

— Mettons au moins le ghola à mort. Sheeana aura des enfants. Nous pourrons...

— Le point de vue génétique n'est pas et n'a jamais été le seul en cause.

— Mais il pourrait le devenir. N'avez-vous pas peur de surestimer l'importance du facteur de prescience dans la lignée Atréides?

— Toutes vos suggestions tendent à nous aliéner Rakis et le Bene Tleilax, Bell.

— Le Bene Gesserit peut tenir cinquante générations sur ses réserves actuelles de mélange. Davantage, même, en se rationnant.

— Vous croyez que cinquante générations représentent beaucoup, Bell? Ne comprenez-vous pas que c'est ce genre d'attitude, précisément, qui vous empêche d'être assise ici à ma place?

Bellonda fit reculer sa chaise qui grinça sur le sol. Il était clair qu'elle n'était pas convaincue. Taraza estimait qu'elle ne pouvait plus lui faire confiance. Si quelqu'un devait mourir, ce serait peut-être elle. Et où étaient les nobles fins, dans tout ça?

— Tout cela ne nous mène à rien, déclara la Mère Supérieure. Laissez-moi, je vous prie.

Un fois seule, Taraza médita de nouveau sur le rapport d'Odrade. L'avenir s'annonçait sombre. Il n'était pas difficile de comprendre pourquoi la réaction de Bellonda et des autres était si violente. Mais cela témoignait d'un dangereux manque de maîtrise de soi.

Le moment n'est pas encore venu pour le Bene Gesserit de rédiger ses dernières volontés.

Assez curieusement, Odrade et Bellonda partageaient les mêmes craintes mais cela les avait conduites à des conclusions radicalement différentes. Interprété par Odrade, le message trouvé parmi les ruines de Rakis était porteur d'un avertissement venu du fond des âges :

Tout aura une fin, même cela.

Allons-nous connaître maintenant la nôtre, écrasées par les hordes voraces de la Dispersion?

Mais le secret des cuves axlotl était presque à portée des Sœurs.

Si nous obtenons cela, plus rien ne pourra nous arrêter!

Elle fit du regard, lentement, le tour de la salle. Toute la puissance du Bene Gesserit était encore ici. La Maison du Chapitre demeurait protégée par un fossé de non-vaisseaux. Sa position ne figurait nulle part excepté dans la tête des intéressées.

L'invisibilité totale.

Totale mais temporaire. Un accident pouvait toujours arriver.

Elle rejeta les épaules en arrière. *Prendre ses précautions mais ne pas vivre trop dans leur ombre, toujours sur la défensive.* Heureusement qu'il y avait, pour lutter contre l'ombre, la Litanie contre la Peur.

Émanant d'une autre personne qu'Odrade, le message de mise en garde, avec sa manière troublante de dire que le Tyran s'occupait toujours de son Sentier d'Or, aurait été beaucoup moins redoutable.

Toujours ce maudit talent des Atréides!

« *Une simple société secrète et rien d'autre* »?

Les dents de Taraza grinçaient de frustration.

« *Les souvenirs ne suffisent pas s'ils ne conduisent à de nobles fins* »!

Et s'il était vrai que la Communauté des Sœurs était devenue incapable d'entendre la musique de l'existence?

Maudit Tyran! Il pouvait encore les atteindre!

Que cherche-t-il donc à nous dire?

Son Sentier d'Or ne pouvait plus être en danger. La Dispersion avait résolu définitivement le problème. Les Humains s'étaient déployés dans toutes les directions comme les piquants d'un porc-épic.

Avait-il eu la vision du retour des Dispersés? Etait-il possible qu'il eût anticipé la présence de ce tapis de ronces sur une partie de son Sentier d'Or?

Il savait que nous nous douterions de la nature de ses pouvoirs. Il le savait très bien!

Elle songea aux rapports de plus en plus nombreux qui faisaient état d'Égarés retournant à leurs anciennes racines. Il y avait là une remarquable diversité de gens et de techniques, en même temps qu'un goût prononcé pour le secret et même la conspiration. Non-vaisseaux de conception originale, armes et réalisations techniques d'une complexité à vous couper le souffle. À peuples différents, technologies différentes.

Certaines semblent même étonnamment primitives. À la surface, tout au moins.

Et ils recherchaient en réalité beaucoup plus que du mélange. Taraza n'avait pas de peine à identifier la forme spéciale de mysticisme qui poussait les gens de la Dispersion à revenir :

« *Nous voulons connaître vos secrets ancestraux!* »

Quant au message des Honorées Matriarches, il était encore plus clair : « *Ce dont nous avons besoin, nous le prendrons.* »

Et c'est Odrade qui tient tout entre ses mains, se dit Taraza. Elle avait Sheeana. Bientôt, si Burzmali réussissait, elle aurait aussi le ghola. Elle avait le Maître des Maîtres du Bene Tleilax. Elle pouvait avoir Rakis aisément.

Si seulement ce n'était pas une Atréides!

Taraza reporta un instant son attention sur les mots qui dansaient encore au-dessus de la surface de son bureau. Il s'agissait d'un tableau comparatif entre le dernier Duncan Idaho et tous ceux qui l'avaient précédé. Chaque nouveau ghola était légèrement différent de ses prédécesseurs. Le fait était clairement établi. Les Tleilaxu cherchaient à améliorer quelque chose. Mais quoi? La clé se trouvait-elle dans ce nouveau modèle de Danseurs-Visages? Visiblement, les Tleilaxu voulaient mettre au point des créatures polymorphes indétectables des imitateurs parfaits, des doubles capables de copier non seulement l'apparence et les souvenirs de leurs victimes, mais aussi leur identité et leurs pensées profondes. C'était là une forme d'immortalité encore plus séduisante que celle dont les Maîtres tleilaxu se servaient jusqu'ici. Et c'était, de toute évidence, leur objectif principal.

Son analyse concordait avec celles de la majorité de ses conseillères. Un tel double *deviendrait* véritablement la personne qu'il imitait. Les rapports envoyés par Odrade sur le Danseur-Visage qui s'était substitué à Tuek allaient tout à fait dans ce sens. Même un Grand Maître du Tleilax ne devait pas être nécessairement capable d'arracher aisément un tel Polymorphe à son apparence et à son comportement d'emprunt.

Ni à ses convictions.

Maudite Odrade! Elle avait acculé ses Sœurs à un mur. Elles n'avaient pas d'autre choix que de la suivre, et Odrade le savait!

Comment le savait-elle? Encore ce talent erratique?

Je ne peux pas agir aveuglément. Il faut absolument que je sache d'abord.

Elle refit mentalement la série d'exercices familiers destinés à lui redonner son calme. Elle n'osait pas prendre une décision capitale dans cette humeur de frustration. Elle contempla longuement la statuette de Chenoeh et cela l'aida. Elle se leva de son canisiège et retourna devant sa fenêtre favorite.

Le paysage qu'elle avait sous les yeux exerçait souvent un effet apaisant sur elle. Les distances semblaient changer avec le mouvement du soleil dans la journée et les variations soigneusement contrôlées des conditions météorologiques de la planète.

Elle se sentit soudain l'estomac creux.

Aujourd'hui, je déjeunerai avec les acolytes et les Sœurs converses.

Cela lui faisait du bien, parfois, de rassembler les jeunes autour d'elle et de les voir perpétuer la tradition commune des repas, avec leurs horaires immuables, matin, midi, soir... Cela formait un ciment à toute épreuve. Taraza adorait les observer en ces occasions. Elles formaient comme une marée évocatrice de mouvements profonds, de forces invisibles et de pouvoirs immenses qui perduraient parce que le Bene Gesserit avait trouvé le moyen de s'insérer dans le flot du temps éternel.

Ces pensées eurent pour effet de redonner son équilibre à Taraza. Elle put prendre un peu de recul par rapport aux questions qui la tracassaient et les examiner sans passion.

Le Tyran et Odrade avaient raison. *Sans les nobles fins, nous ne sommes rien.*

Il était cependant impossible d'ignorer le fait qu'en l'occurrence, les décisions critiques étaient prises sur Rakis par une personne qui était marquée par les imperfections génétiques récurrentes propres à la lignée des Atréides. Odrade avait toujours manifesté de telles faiblesses. Elle s'était montrée nettement bienveillante envers des acolytes en faute. C'était le genre de comportement qui faisait naître l'affection.

Une affection dangereuse et obnubilante!

Elle affaiblissait les autres, à qui il fallait alors demander des compensations pour leur faute. D'autres Sœurs plus fermes devaient prendre les acolytes en main et renforcer leur point faible. Bien sûr, Odrade avait contribué à mettre ce point faible en évidence. Il fallait le reconnaître. Peut-être raisonnait-elle ainsi elle-même.

Quand elle méditait de cette manière, quelque chose de subtil et d'extrêmement profond infléchissait les perceptions de Taraza. Elle était forcée de réprimer un violent sentiment de solitude. Cela faisait mal. La mélancolie pouvait être aussi obnubilante que l'affection... ou même l'amour. Taraza et les Sœurs attentives de sa Mémoire Seconde attribuaient ces réactions émotionnelles à une conscience aiguë de sa propre mortalité. Elle se voyait obligée d'affronter le fait qu'un jour elle ne serait rien de plus qu'une liste de souvenirs dans le cerveau vivant de quelqu'un d'autre.

Les souvenirs, mais aussi les découvertes accidentelles, l'avaient rendue vulnérable. Juste au moment où elle avait besoin de la totalité de ses facultés!

Mais je ne suis pas encore morte.

Elle savait ce qu'il fallait faire pour recouvrer ses facultés. Elle connaissait aussi les conséquences. Chaque fois qu'elle sombrait dans ce genre d'humeur, elle en émergeait avec une prise bien plus grande sur l'existence et sur ses propres motifs. D'autres avaient observé ces effets, mais seule Odrade était au courant de la rage qu'elle connaissait alors.

La voilà qui monte!

Taraza s'aperçut qu'elle était aux prises avec les racines affligeantes de ses frustrations.

En plusieurs occasions, Odrade avait clairement identifié le noyau central expliquant le comportement de la Mère Supérieure. Ce puissant cri de rage contre l'usage que d'autres avaient fait de sa vie. La puissance de cette rage refoulée était ahurissante, même si elle ne pouvait jamais s'exprimer d'une manière libératrice. Il n'était pas question de lui permettre de se vider entièrement. Et cela faisait mal! Et le fait qu'Odrade s'en rende compte rendait la douleur encore plus intense!

Ces choses-là accomplissaient parfaitement leur office, naturellement. Les handicaps imposés par le Bene Gesserit avaient un rôle précis à jouer. Ils développaient certains muscles mentaux, ils multipliaient les revêtements calleux dont l'existence ne devait jamais être révélée à une personne extérieure.

L'amour était l'une des forces les plus dangereuses de l'univers. Il fallait s'en protéger à tout prix. Une Révérende Mère ne devait jamais se laisser impliquer dans des relations personnelles, pas même au sein du Bene Gesserit.

Simulation: Nous jouons le rôle nécessaire grâce auquel nous serons sauvées. Le Bene Gesserit survivra!

Combien de temps allaient-elles demeurer asservies, cette fois-ci? Encore trente-cinq siècles? Qu'ils aillent tous au diable! Même trente-cinq siècles, ce n'était que du provisoire!

Elle tourna le dos à sa fenêtre et à sa perspective revigorante. Elle se sentait réellement revigorée. De nouvelles forces montaient en elle. Assez pour surmonter la réticence insidieuse qui l'avait empêchée jusqu'ici de prendre la décision essentielle.

J'irai sur Rakis.

Elle ne pouvait plus ignorer la source de cette réticence.

Je serai peut-être obligée de faire ce que voudrait Bellonda.

La survie de l'individu, de l'espèce et de l'environnement, voilà ce qui motive l'être humain. On observera que l'ordre d'importance varie au cours de la vie. Qu'est-ce qui réclame le plus d'attention à un âge donné? Le temps qu'il fait? L'état de la digestion? Éprouve-t-il (ou elle) réellement quelque chose pour moi? Tous ces appétits variés que la chair est capable de ressentir et peut raisonnablement espérer satisfaire. Quelles autres choses pourraient avoir de l'importance?

À Hwi Noree
La Voix de Leto II
Dar-es-Balat

Miles Teg se réveilla dans l'obscurité pour s'apercevoir qu'il était porté sur une litière souple soutenue par des suspenseurs. À leur faible rayonnement, il discernait l'emplacement des petits globes de suspension alignés au-dessus de sa tête.

Il y avait un bâillon dans sa bouche. Ses mains étaient soigneusement liées dans son dos. Ils ne lui avaient pas bandé les yeux.

Ils ne se soucient pas de ce que je peux voir.

Qui « ils » étaient, il n'en avait pas pour l'instant la moindre idée. Les mouvements sautillants des silhouettes sombres qui l'entouraient suggéraient qu'ils étaient en train de descendre une pente ardue. Un sentier de montagne? La litière suspendue ne transmettait aucun cahot. Il entendait seulement le léger bourdonnement des suspenseurs quand son escorte s'arrêtait momentanément pour franchir un passage difficile.

De temps à autre, au détour d'un obstacle, il apercevait une lumière qui clignotait devant eux. Ils pénétrèrent bientôt dans la zone éclairée et s'arrêtèrent. Teg aperçut un brilleur isolé, à trois mètres environ au-dessus du sol, amarré à un poteau, oscillant légèrement sous l'effet de la brise glacée. À la lumière jaune qu'il diffusait, Teg distingua les contours d'une cabane au centre d'une clairière où la neige, sale et boueuse, portait de multiples traces de pas. La clairière était entourée de quelques buissons et d'arbres espacés. Quelqu'un dirigea le faisceau d'une lampe vers son visage. Aucune parole ne fut prononcée, mais quelqu'un fit un geste en direction de la cabane. Teg avait rarement vu une construction aussi délabrée. Elle semblait sur le point de s'écrouler au moindre contact. Il était prêt à parier que la toiture fuyait.

Une fois de plus, la litière se mit en mouvement pour se rapprocher de la cabane. Il put étudier de plus près son escorte. Les visages étaient emmitouflés jusqu'aux yeux dans des fourreaux qui ne laissaient voir ni la bouche ni le menton. Même les cheveux étaient dissimulés par des capuches. Les vêtements étaient épais et cachaient tous les détails de leur configuration physique à l'exception de l'articulation générale des bras et des jambes.

Le brilleur amarré au poteau s'éteignit.

La porte de la cabane s'ouvrit, illuminant une partie de la clairière. On le poussa brutalement à l'intérieur. Il entendit la porte se refermer.

Après l'obscurité au dehors, la clarté était aveuglante à l'intérieur. Il cilla jusqu'à ce que sa vision s'adapte au changement. Avec une étrange sensation de dépaysement, il regarda autour de lui. Il s'attendait d'abord à ce que l'intérieur de la cabane corresponde à son extérieur, mais il se trouvait dans une pièce impeccable, presque dépourvue de mobilier. Il y avait trois chaises, une petite table et... (Il étouffa une exclamation de surprise) une sonde ixienne! Il n'avaient donc pas senti son haleine saturée de shere?

S'ils étaient ignorants à ce point, qu'ils utilisent donc la sonde. La souffrance serait atroce pour lui, mais ils ne tireraient rien de son cerveau.

Quelque chose cliqueta derrière lui et il entendit un mouvement. Trois personnes pénétrèrent dans son champ de vision et se rangèrent au pied de la litière. Ils le regardèrent en silence. Teg les observa tour à tour. Celui qui était sur sa gauche portait une combinaison sombre aux revers écartés. De sexe mâle, il avait ce visage carré que Teg avait souvent remarqué chez les natifs de Gammu. Ses yeux, ronds et petits, semblaient regarder droit à travers Teg. Ce visage était celui d'un inquisiteur, de quelqu'un que les souffrances des autres laissaient parfaitement indifférent. Les Harkonnen en avaient importé de nombreux spécimens en leur temps. C'étaient des êtres tendus vers un seul but, capables d'infliger n'importe quelle douleur sans le moindre changement d'expression.

Celui qui se trouvait juste au niveau des pieds de Teg avait d'épais vêtements noirs et gris analogues à ceux de l'escorte, mais le col-fourreau était baissé et la capuche rejetée en arrière pour révéler un visage lisse surmonté de cheveux gris coupés court. Ni le visage ni les vêtements ne donnaient d'indication précise. Impossible, même, de dire si celui-ci était mâle ou femelle. Teg enregistra mentalement ses traits : front large, menton carré, grands yeux verts au-dessus d'un nez à l'arête tranchante, petite bouche plissée en une moue de dédain.

Le troisième retint plus longtemps son attention. Grand de taille, combinaison noire de bonne coupe sur laquelle était passée une austère vareuse également noire. Le tout impeccablement ajusté. Matériau coûteux. Ni décoration ni insigne. Mâle, sans le moindre doute. Il affectait une expression d'ennui et cela permit à Teg de lui accoler une étiquette. Visage étroit, hautain, yeux marron, lèvres fines. Mais surtout, il s'ennuyait. Comme il s'ennuyait! Tout ce qui se passait ici était pris sur son temps précieux. Des affaires bien plus urgentes l'appelaient ailleurs et les deux autres, ces vulgaires *subalternes*, ne semblaient pas encore l'avoir bien compris.

Celui-là, se dit Teg, *est l'observateur officiel.*

Il avait été envoyé ici par les maîtres de ces lieux pour observer et rapporter ce qu'il avait vu. Où était sa mallette? Aaah, oui! Elle était là, posée contre le mur derrière lui. Ces mallettes étaient de véritables badges pour les fonctionnaires de sa sorte. Au cours de sa tournée d'inspection sur Gammu, Teg les avait remarqués dans les rues d'Ysaï ou des autres cités de la planète. Les mallettes étaient de différentes tailles. Plus le fonctionnaire était important, plus la mallette était fine et étroite. Celle qui était posée ici contre le mur devait à peine contenir quelques bobines et un petit œil com. Un fonctionnaire comme celui-ci ne se séparait jamais de l'œil qui lui permettait de communiquer avec ses supérieurs. La mallette était minuscule. Ce devait être quelqu'un de très haut placé.

Il se prit à se demander quelle serait la réaction de ce

personnage s'il lui demandait soudain: « Qu'allez-vous leur dire sur mon stoïcisme? »

La réponse était déjà inscrite dans ce visage agacé. Il ne répondrait même pas. Il n'était pas là pour répondre. Quand celui-là s'en ira, songea Teg, il marchera à longues enjambées, ses pensées déjà loin devant lui, en un lieu où lui seul sait à quelles puissances il devra rendre compte. Et il fera claquer cette mallette contre sa cuisse pour se rappeler sa propre importance et pour attirer l'attention des autres sur ce symbole de son autorité.

La silhouette emmitouflée au pied de la litière de Teg parla d'une voix assurée et vibrante, nettement féminine :

— Vous voyez comme il se contient tout en nous observant? Le silence n'aura pas raison de lui. Je vous l'ai déjà dit avant. Vous nous faites perdre notre temps et nous n'en avons pas beaucoup à gaspiller dans ces enfantillages.

Teg la dévisagea. Il y avait dans sa voix quelque chose de vaguement familier. Quelque chose d'imposant qui rappelait les Révérendes Mères. Comment était-ce possible?

L'inquisiteur probablement originaire de Gammu hocha la tête.

— Vous avez raison, Mater, mais ce n'est pas moi qui donne les ordres ici.

Mater? répéta mentalement Teg. *C'est son nom ou son titre*?

Les deux qui venaient de parler se tournèrent vers le fonctionnaire. Celui-ci se baissa vers sa mallette, d'où il sortit un petit œil com. Il se détourna de manière que l'écran ne soit apparent ni à ses compagnons, ni à Teg. L'œil se mit à luire d'un éclat vert qui fit jouer des reflets livides sur le visage de celui qui le tenait. Son sourire supérieur disparut. Il remua silencieusement les lèvres, uniquement à l'intention de la personne avec qui il communiquait par l'intermédiaire de l'œil.

Teg ne laissa pas voir qu'il était capable de lire sur les lèvres. Tous ceux que le Bene Gesserit avait formés en étaient capables, sous n'importe quel angle ou presque. Cet homme s'exprimait dans un idiome apparenté à l'ancien galach.

— C'est bien le Bashar Miles Teg, disait-il. Je l'ai identifié de manière certaine.

La lueur verte dansait sur son visage tandis qu'il fixait l'œil. Son interlocuteur devait s'agiter frénétiquement, si cette lueur avait une signification quelconque. De nouveau, les lèvres du fonctionnaire entrèrent silencieusement en action :

— Personne ici ne doute qu'il ait été conditionné contre la douleur. Son haleine sent le shere. Il ne...

Il s'interrompit tandis que la lueur verte se remettait à danser sur son visage.

— Je ne cherche pas d'excuses... reprit-il en articulant

soigneusement ses mots. Vous savez bien que nous ferons l'impossible, mais permettez-moi de vous recommander instamment de multiplier les autres moyens mis en œuvre pour retrouver le ghola.

La lueur verte s'éteignit.

Le fonctionnaire accrocha l'œil à sa ceinture, se tourna vers ses compagnons et inclina une fois la tête.

— La sonde T, dit la femme.

Ils firent passer la sonde à proximité de la tête de Teg.

Elle appelle cela une sonde T, se dit-il en examinant le casque qu'ils faisaient descendre sur sa tête. Il ne portait aucune marque d'identification ixienne.

Teg éprouva une étrange impression de déjà vu. Il avait la sensation que sa captivité ici s'était déjà produite un grand nombre de fois. Ce n'était pas une scène unique mais tout un environnement familier... le prisonnier, l'interrogatoire, les trois personnages, la sonde... Il se sentait incapable de réfléchir. Comment aurait-il pu avoir connaissance d'une scène pareille? Il n'avait jamais personnellement utilisé de sonde ixienne, bien qu'il en connût parfaitement l'emploi et l'usage. Le Bene Gesserit avait souvent recours à la douleur, mais préférait compter dans de telles circonstances sur ses Diseuses de Vérité. En réalité, les Sœurs redoutaient surtout d'utiliser des équipements qui pouvaient les rendre un peu trop dépendantes de leurs fournisseurs ixiens. C'eût été de leur part un signe de faiblesse, l'aveu qu'elles ne pouvaient se passer de vulgaires machines. Teg soupçonnait la présence, dans leur attitude, de certains relents du Jihad Butlérien, qui prônait la révolte contre les machines capables d'imiter dans leur essence les pensées et les souvenirs des humains.

Une impression de déjà vu!

La logique mentat exigeait de lui la réponse à cette question: *Comment puis-je avoir connaissance de ce moment?* Il savait très bien qu'il n'avait jamais été prisonnier avant. L'idée était même grotesque dans sa manière d'inverser les rôles. Le grand Bashar Miles Teg, prisonnier? Il en souriait presque. Mais l'impression d'avoir déjà vécu cette scène n'en persistait pas moins.

Une fois le casque en position au-dessus de sa tête, ils commencèrent à fixer un par un sur son crâne les fils qui faisaient ressembler l'appareil à une méduse. Le fonctionnaire regardait travailler les deux autres en laissant paraître de légers signes d'impatience sur son visage autrement imperturbable.

Teg continuait de les observer tout à tour. Lequel des trois allait jouer le rôle du « gentil »? Celle qu'ils appelaient Mater, de toute évidence... Fascinant... Était-ce une autre forme d'Honorée Matriarche? Mais aucun des deux autres ne lui manifestait le respect auquel on aurait pu s'attendre, à ce que savait Teg, de la part des Égarés.

Ces gens étaient pourtant originaires de la Dispersion, sauf peut-être l'homme à la figure carrée vêtu de la combinaison marron. Teg concentra son attention sur la femme. Les cheveux gris en brosse, l'assurance tranquille des yeux verts largement espacés, le menton légèrement en avant, tout cela donnait une impression de force, presque de confiance. Elle était bien choisie pour jouer la « gentille ». Son visage respirait la respectabilité, mais il y avait aussi chez elle une sorte de réserve. Elle devait avoir l'habitude d'observer longuement les choses avant d'intervenir. Elle avait au moins le niveau d'entraînement du Bene Gesserit.

À moins qu'elle n'ait été formée par les Honorées Matriarches.

Ils avaient fini de connecter le casque à son crâne. Celui qui paraissait originaire de Gammu fit glisser la console de la sonde jusqu'à un endroit où tous les trois pouvaient apercevoir l'écran. Teg ne le voyait pas.

La femme ôta le tampon qui bâillonnait Teg. Il ne s'était pas trompé. C'était elle qui allait lui prodiguer ses soins au bon moment. Il se passa la langue partout dans la bouche pour retrouver ses sensations normales. Son visage et sa poitrine étaient encore un peu engourdis à la suite du choc provoqué par l'étourdisseur qui l'avait terrassé. Combien de temps s'était écoulé depuis? Heureusement, à en croire la communication silencieuse du fonctionnaire, Duncan avait réussi à leur échapper.

L'homme de Gammu se tourna vers l'observateur.

— Vous pouvez commencer, Yar, fit ce dernier.

Yar? Curieux nom. Presque tleilaxu par sa consonance. Mais Yar n'était visiblement pas un Danseur-Visage... ni un Maître tleilaxu. Trop corpulent pour celui-ci, et il n'avait pas les stigmates de celui-là. Fort de l'entraînement reçu du Bene Gesserit, Teg était sûr de ne pas se tromper.

Yar enfonça un contact sur la console de la sonde.

Teg s'entendit grogner de douleur. Rien ne l'avait préparé à quelque chose d'aussi intense. Ils avaient réglé leur machine du diable au maximum dès le premier essai. Aucun doute là-dessus. Ils savaient qu'ils avaient affaire à un mentat. Un mentat était capable de faire abstraction de certaines contraintes exercées par la chair. Mais ça, c'était trop! Il ne pouvait y échapper. La douleur vibrait dans son corps tout entier, menaçant de faire chavirer sa conscience. Comment le shere pouvait-il offrir une protection contre ça?

La douleur s'estompa graduellement puis disparut, ne laissant plus qu'un souvenir grinçant.

Encore!

Il lui vint soudain à l'idée que l'agonie de l'épice endurée par les Révérendes Mères devait ressembler à cela. Il ne pouvait en tout cas certainement pas exister de douleur plus grande. Il luttait pour demeurer silencieux, mais il s'entendait gémir et grogner. Tous les talents qu'il avait jamais acquis, aussi bien comme mentat que comme adepte du Bene Gesserit, étaient mis à contribution pour empêcher ses lèvres de former des mots, de supplier qu'on arrête, ne fût-ce qu'un instant, ou de promettre de tout dire à condition qu'on le laisse tranquille.

Une fois de plus, la douleur s'estompa puis revint en force.

— Assez!

C'était la voix de la femme. Teg eut du mal à se rappeler comment elle s'appelait... *Mater*?

Yar parla d'une voie bourrue:

— Il est saturé de shere. Assez pour lui durer un an! (Il désigna sa console.) Pas le moindre signal!

Teg respirait par brèves saccades. Cette douleur! Elle continuait à augmenter malgré l'injonction de Mater.

— J'ai dit assez! répéta cette dernière en haussant le ton.

Quelle sincérité... se dit Teg. La souffrance décrût, comme si chacun de ses nerfs était extirpé de son corps à vif, emportant une bribe de souvenir cuisant.

— Ce n'est pas bien, ce que nous faisons là, déclara Mater. Cet homme est...

— Il est comme tous les autres hommes, dit Yar. Voulez-vous que je fixe la connexion spéciale à son pénis?

— Pas tant que je serai là! s'écria-t-elle.

Teg était presque convaincu par sa sincérité. Le dernier filament de douleur quitta sa chair et il demeura là avec l'impression de léviter entre ciel et terre. La sensation de déjà vu n'avait pas disparu. Il était là tout en n'étant pas là. Il s'était déjà trouvé là, et pourtant c'était impossible.

— On ne nous pardonnera pas un échec, déclara Yar. Êtes-vous prête à leur annoncer que nous avons encore perdu?

Mater secoua vivement la tête. Elle se pencha pour mettre son visage dans le champ de vision de Teg, parmi les fils de la méduse qui le coiffait.

— Bashar, je suis navrée pour ce que nous sommes obligés de faire, croyez-moi, dit-elle. Ce n'est pas moi qui l'ai voulu. Je vous en prie. Tout cela me répugne. Dites-nous ce qu'il faut absolument que nous sachions et laissez-moi rendre votre situation plus confortable.

Teg forma un sourire à son intention. Elle était excellente! Il tourna les yeux vers le fonctionnaire attentif.

— Vous direz de ma part à vos maîtres. Elle joue très bien son rôle.

Le visage du fonctionnaire s'empourpra. Il fit une affreuse grimace.

— Mettez-lui le maximum, Yar, dit-il d'une voix de ténor abrupte qui ne dénotait, au contraire de Mater, aucune formation spéciale.

— Je vous en prie! dit Mater.

Elle se redressa, mais sans perdre de vue les yeux de Teg.

Ses instructeurs du Bene Gesserit lui avaient appris cela: « Observez bien les yeux. Etudiez la manière dont ils accommodent. Plus le plan focal est loin, plus l'attention se tourne vers l'intérieur ».

Il fixa délibérément le bout du nez de Mater. Son visage n'était pas laid. Plutôt racé. Il se demandait à quoi son corps pouvait ressembler sous ses vêtements encombrants.

— Yar! fit le fonctionnaire.

L'autre ajusta les commandes de sa console et appuya sur un contact.

La douleur qui envahit Teg était d'une telle intensité qu'il fut obligé de reconnaître que la précédente était loin du maximum. Mais avec cette nouvelle vague avait surgi une étrange sensation de clarté. Il se trouvait presque en mesure de retrancher ses pensées de l'agression. Comme si la douleur concernait quelqu'un d'autre. Il avait découvert un sanctuaire où peu de choses l'atteignaient. La douleur était toujours là, atroce même. Elle lui parvenait comme un rapport sur l'état de ses sensations. C'était en partie le shere qui faisait cela, il le savait et il en éprouvait de la gratitude.

La voix de Mater s'immisça dans son univers intérieur.

— Je crois que nous allons le perdre. Vous feriez mieux de réduire.

Une autre voix lui répondit, mais le son se figea avant que Teg ait pu identifier les paroles. Il s'aperçut brusquement que ses perceptions n'avaient plus de point d'ancrage. Tout s'était arrêté! Il crut entendre les battements de son cœur s'accélérer sous l'effet de la peur, mais il n'en était pas sûr. Tout était immobile, profondément silencieux, et il n'y avait rien autour.

Suis-je encore vivant?

Il perçut alors un battement de cœur, mais sans avoir la certitude qu'il s'agissait du sien. *Bom-bodom! Bom-bodom!* C'était une impression de mouvement et non de bruit. Il ne pouvait pas lui attribuer de source.

Que m'arrive-t-il?

Les mots s'inscrivirent soudain en lettres blanches brillantes sur le fond noir qui recouvrait ses centres visuels.

— Je suis revenu à un tiers.

— Restez comme ça. Nous allons voir si nous pouvons le lire par l'intermédiaire de ses réactions physiques.

— Peut-il encore nous entendre?
— Pas consciemment.
Aucune leçon de Teg ne lui avait suggéré qu'une sonde pouvait accomplir son sale boulot en présence du shere. Mais ils appelaient ça une sonde T. Les réactions imperceptibles de son corps pouvaient-elles livrer la clé de ses pensées non formulées? Y avait-il un moyen physique de les extirper contre sa volonté?
De nouveau, les mots s'inscrivirent dans ses centres visuels :
— Est-il toujours bien isolé?
— Entièrement.
— Ne prenons pas de risque. Enfonce-le un peu plus.
Teg s'efforça de hisser ses perceptions au-dessus de ses terreurs.
Il faut que je reste maître de moi!
Que révélerait son corps s'il perdait le contact? Il avait une petite idée de ce qu'ils étaient en train de lui faire et son esprit en ressentait une extrême panique mais sa chair ne sentait rien.
Isoler le sujet. Ne lui fournir aucun endroit où asseoir son identité.
Qui avait dit cela? Quelqu'un. La sensation de déjà vu lui revenait en force.
Je suis un Mentat, se dit-il. *Mon esprit et ses mécanismes constituent le centre de moi.* Il possédait des souvenirs et une expérience sur lesquels pouvait s'appuyer ce centre.
La douleur revint. Puis les bruits. Trop fort! Beaucoup trop fort!
— Il entend de nouveau, dit la voix de Yar.
— Comment est-ce possible? dit le fonctionnaire.
— Votre réglage n'est peut-être pas assez fort...
C'était Mater qui venait de parler.
Teg fit un effort pour ouvrir les yeux. Ses paupières n'obéissaient pas. Puis il se souvint. Ils appelaient cela une sonde T. Ce n'était pas un appareil ixien. C'était quelque chose qui venait de la Dispersion. Il identifiait la manière dont ses muscles et ses sens lui étaient assujettis. Comme si une autre personne habitait son corps, avec un droit de regard sur ses réactions. Il s'appliqua à suivre les cheminements du processus d'intrusion mécanique. Cette machine du diable pouvait lui ordonner de cligner les yeux, de soupirer, de pisser, de péter, de déféquer... n'importe quoi. Elle pouvait commander à son corps comme si ses pensées n'avaient aucune part dans son propre comportement. Il était relégué dans un simple rôle d'observateur.
Des odeurs l'assaillirent. Des odeurs écœurantes. Il ne pouvait pas se commander de plisser les narines, mais il en eut l'idée. C'était suffisant. Ces odeurs avaient été produites par la sonde. Elle jouait avec ses sens, pour apprendre leurs réactions.

— Vous n'en avez pas assez pour le lire? La voix de ténor du fonctionnaire.

Il nous entend encore! Yar.

— Maudits soient ces mentats! Cette fois-ci, c'était Mater.

— Dit, Dat et Dot... fit Teg, nommant les marionnettes du Cirque d'Hiver de sa lointaine enfance sur Lernaeus.

— Il parle! Le fonctionnaire.

Teg sentit la machine bloquer ses perceptions. Yar était en train de faire quelque chose sur sa console. Mais Teg savait que sa logique de mentat venait de lui souffler quelque chose de vital. Ces trois-là étaient des marionnettes. Seuls les montreurs avaient de l'importance. Et à la manière dont les marionnettes bougeaient, on pouvait dire ce que faisaient les montreurs.

La sonde poursuivait son intrusion. Malgré la violence en jeu, Teg sentait ses perceptions s'ajuster à la machine. Elle l'étudiait, mais il l'étudiait lui aussi.

Il commençait à comprendre. Toute l'étendue de son spectre sensoriel pouvait être recopiée dans cette machine et mise en réserve, à la disposition de Yar. Il existait dans Teg une chaîne de réactions organiques. La machine pouvait les remonter à la trace comme si elle fabriquait un véritable duplicata de lui. Le shere et sa résistance de mentat écartaient les recherches de sa mémoire, mais tout le reste pouvait être reproduit.

Elle ne pensera pas de la même manière que moi, se dit-il pour se rassurer.

La machine n'aurait ni ses nerfs ni sa chair. Elle n'aurait pas ses souvenirs, ni ses expériences. Elle n'était pas née d'une femme. Elle n'avait jamais émergé de la chaleur d'un ventre humain pour affronter cet étonnant univers.

Dans une partie de son esprit conscient, Teg planta un petit drapeau pour signaler que cette observation lui apprenait quelque chose sur le ghola.

Duncan a été décanté dans une cuve axlotl.

Cette déduction lui était parvenue comme une brusque morsure d'acide sur le bout de la langue.

Encore la sonde T!

Teg se laissa évoluer parmi une multiplicité de perceptions simultanées. Remontant les prolongements de la sonde T, il continua d'approfondir son observation sur le ghola tout en essayant d'écouter Dit, Dat et Dot. Les trois marionnettes demeuraient étrangement silencieuses. Oui; elles attendaient que leur sonde T achève son travail.

Le ghola : Duncan était une extension réalisée à partir de cellules qui étaient *bien* nées d'une femme imprégnée par un homme.

Machine et ghola!

Observation : *La machine est incapable de partager cette*

expérience de la naissance excepté d'une manière lointaine et indirecte, qui ne peut que laisser de côté les nuances personnelles importantes.

De même qu'elle laissait en lui beaucoup d'autres choses de côté en ce moment même.

La sonde T était en train de lui rejouer des odeurs. Avec chaque odeur induite, les souvenirs révélaient leur présence dans la mémoire de Teg. Il percevait la très grande vitesse à laquelle elle opérait, mais ses propres sensations demeuraient étrangères à cette exploration menée à toute allure et lui permettaient de se retrancher, aussi longtemps qu'il le désirait, à l'intérieur des souvenirs ainsi évoqués.

Voilà!

Ça, c'était la cire brûlante qu'il s'était répandue sur la main quand il avait à peine quatorze ans et qu'il étudiait à l'institut du Bene Gesserit. Il se rappelait les salles de cours et les laboratoires comme si la seule existence qu'il eût connue se déroulait là-bas en ce moment même.

L'institut rattaché à la Maison du Chapitre.

Par le fait même qu'il avait été admis là, Teg savait que le sang de Siona coulait dans ses veines. Aucun pouvoir de prescience ne pouvait le suivre à la trace.

Il vit les labos et sentit l'odeur de la cire, un composé d'esters artificiels et du produit naturel élaboré par des abeilles qu'élevaient des Sœurs déchues et leurs serviteurs. Il concentra ses souvenirs sur un moment où il était en train d'observer les abeilles et les apiculteurs au travail parmi les vergers de pommiers.

Les rouages de la structure sociale du Bene Gesserit paraissaient compliqués jusqu'au moment où l'on prenait conscience des nécessités vitales : se nourrir, s'habiller, se chauffer, communiquer, s'instruire, se protéger de ses ennemis (comme annexe à la pulsion de survie). La continuité du Bene Gesserit exigeait, pour être comprise, une certaine adaptation. L'Ordre ne procréait pas pour le bien de l'humanité en général. Pas de mixture raciale incontrôlée! L'Ordre procréait pour étendre ses propres pouvoirs, pour assurer la continuation du Bene Gesserit, en estimant que c'était un service suffisant qu'il rendait à l'humanité. Peut-être était-ce vrai. La motivation de reproduction était profondément implantée et la Communauté des Sœurs avait l'habitude de faire les choses jusqu'au bout.

Une nouvelle odeur l'assaillit.

Il reconnut l'odeur de laine mouillée de ses vêtements au moment où il entrait dans la capsule de commandement à l'issue de la bataille de Ponciard. L'odeur emplissait ses narines, appelant celle de l'ozone des instruments de la capsule et celle de la transpiration des autres occupants. *La laine!* Les Sœurs avaient toujours trouvé un peu étrange ce penchant qu'il avait pour les matières naturelles au détriment des fibres synthétiques produites dans des fabriques captives.

Et il n'aimait pas plus les canisièges.

Je déteste l'odeur de l'oppression sous toutes ses formes.

Ces marionnettes... Dit, Dat, Dot... savaient-elles à quel point elles étaient opprimées?

La logique mentat lui fit un clin d'œil sarcastique. Les vêtements de laine n'étaient-ils pas aussi produits dans des fabriques captives?

Mais ce n'était pas la même chose.

Une autre partie de lui-même défendait des arguments opposés. Les matières synthétiques pouvaient être stockées pour une période de temps pratiquement illimitée. Combien de temps, par exemple, étaient-elles restées dans les compartiments anentropiques du non-globe Harkonnen?

« Je préfère tout de même la laine et le coton.

— *Comme tu voudras.*

— Mais comment ai-je acquis de tels goûts?

— *C'est un préjugé Atréides. Tu en as hérité.* »

Teg chassa les odeurs diverses et se concentra sur le mouvement global de la sonde agressive. Il s'aperçut bientôt qu'il était capable de devancer l'objet. C'était comme un nouveau muscle qu'il s'exerça à fléchir tout en continuant d'explorer ses souvenirs induits à la recherche d'informations utiles.

Je suis assis sur le seuil de la maison de ma mère, sur Lernaeus.

Teg fit abstraction d'une partie de ses perceptions pour observer la scène : Âge, onze ans. Il est en train de parler à une jeune acolyte du Bene Gesserit qui fait partie de la suite d'un Important Visiteur. L'acolyte est une minuscule créature aux cheveux blond-roux et à la figure de poupée. Nez retroussé, yeux gris-vert. L'I.V. est une Révérende Mère en robe noire, extrêmement vieille d'apparence. Elle a disparu à l'intérieur en compagnie de la mère de Teg. L'acolyte, qui s'appelle Carlana, essaye ses jeunes talents sur le fils de la maison.

Avant qu'elle ait prononcé vingt mots, Miles Teg a su identifier ses intentions. Elle cherche à lui soutirer des informations! C'est l'une des premières leçons de diplomatie délicate que lui a enseignées sa mère. Il y a, après tout, beaucoup de gens qui aimeraient bien poser des questions indiscrètes à un petit garçon qui vit dans la maison d'une Révérende Mère, en espérant obtenir quelque information monnayable. Il y a toujours un marché pour ce genre de chose.

Sa mère lui a expliqué : « Tu commences par juger celui qui te pose les questions, de manière à accorder tes réponses à ses faiblesses. » Rien de tout cela, naturellement, n'aurait pu servir contre une Révérende Mère à part entière. Mais contre une acolyte, particulièrement celle-ci...

Face à Carlana, il affecte une attitude de réticence timide. Carlana se fait une idée un peu exagérée de son charme. Il la laisse vaincre sa réticence après avoir fait dûment appel à tout son répertoire de séduction. Ce qui lui vaut une bonne poignée de mensonges qui, si elle les répète jamais à l'I.V. qui se trouve de l'autre côté de la porte close, lui attirera à coup sûr une sévère réprimande, sinon quelque chose de plus douloureux encore.

Dit, Dat et Dot sont en train de dire quelque chose : « Je crois qu'il est prêt maintenant. »

Teg a reconnu la voix de Yar, qui l'a tiré de ses souvenirs anciens.

« Accorder tes réponses à ses faiblesses. »

La voix de sa mère résonne encore dans la tête de Teg.

Des marionnettes.

Des montreurs de marionnettes.

Le fonctionnaire parle : « Demandez à la simulation où ils ont conduit le ghola. »

Un grand silence, suivi d'un léger bourdonnement.

— Je ne reçois rien, Yar.

Teg les entend parler avec une acuité douloureuse. Il force ses yeux à s'ouvrir malgré le commandement contraire de la sonde.

— Regardez! fait Yar.

Trois paires d'yeux fixent Teg sans bouger. Où plutôt si, ils bougent. Mais avec quelle lenteur! Dit... Dat... Dot... leurs paupières battent... battent... avec une minute au moins d'intervalle entre deux battements. Yar va faire quelque chose sur sa console. Ses doigts mettront une semaine pour arriver à destination.

Teg tâte les liens qui lui maintiennent les chevilles et les poignets. De la corde ordinaire! Prenant son temps, il tortille les doigts pour qu'ils entrent en contact avec les nœuds. Ils se relâchent, lentement tout d'abord, puis se défont d'un coup. Il passe aux sangles qui l'attachent à la litière. Plus facile. De simples boucles. La main de Yar n'a pas fait le quart du chemin jusqu'à la console.

Dit... Dat... Dot.

Les trois paires d'yeux commencent à manifester une légère surprise.

Teg se libère des fils de la méduse. *Pop-pop-pop!* Les ventouses sautent l'une après l'autre. Il est surpris de voir que le dos de sa main droite saigne un peu à l'endroit où il a effleuré l'une des connexions.

Projection mentat : *Mes mouvements se font à une vitesse dangereuse.*

Il a déjà sauté à bas de sa litière. Le fonctionnaire fait un geste lent... très lent... vers sa poche où l'on voit une bosse. La main de Teg lui broie la gorge. Celui-là ne se servira plus jamais du petit laser qu'il porte toujours sur lui. La main de Yar a encore le tiers du chemin à faire. On lit maintenant une nette surprise dans ses yeux. Il est peu probable qu'il aperçoive même la main qui lui brise la nuque. Mater est un peu plus rapide. Son pied gauche est lancé vers l'endroit où Teg se trouvait un instant avant. Trop lent! Elle a rejeté la tête en arrière, exposant son cou au tranchant de main qui l'achève.

Comme ils sont lents à tomber!

Teg s'aperçut alors qu'il transpirait abondamment. Mais il n'avait pas le temps de s'inquiéter de ça.

Je savais exactement ce qu'ils allaient faire avant même qu'ils accomplissent leur geste! Que m'est-il arrivé?

Projection mentat: *L'agonie de la sonde m'a hissé à un nouveau niveau de capacité.*

Une sensation aiguë de faim lui fit prendre conscience de l'énergie qu'il avait dépensée. Il écarta cette sensation et se sentit retourner à une cadence normale. Trois coups sourds successifs : trois corps qui heurtaient le sol.

Il prit le temps d'examiner la console. Il était sûr qu'elle n'était pas de fabrication ixienne. Les commandes semblaient à peu près les mêmes, cependant. Il court-circuita le système de mise en mémoire, pour en effacer le contenu.

Les lumières de la pièce?

La plaque à côté de la porte d'entrée. Il éteignit tout, prit trois inspirations profondes. Un tourbillon flou fit irruption dans la nuit qui enveloppait la cabane.

Ceux qui l'avaient amené ici, emmitouflés dans leurs épais vêtements pour se protéger du froid hivernal, eurent à peine le temps de se tourner en direction du bruit étrange avant que le tourbillon ne les abatte.

Cette fois-ci, Teg mit un peu moins de temps à retrouver sa cadence normale. La lumière des étoiles lui permit d'apercevoir une piste qui conduisait vers le bas de la colline à travers d'épaisses broussailles. Glissant sur la neige boueuse et piétinée, il trouva bientôt le moyen de s'équilibrer en anticipant le terrain. Chaque pas retombait exactement où il voulait qu'il soit. Il se trouva bientôt au milieu d'un espace découvert d'où la vue plongeait sur une vallée.

On voyait les lumières d'une cité avec un grand rectangle noir formé de bâtiments dans la zone centrale. Il connaissait cet endroit : Ysaï. C'était là que se trouvaient les montreurs de marionnettes.

Et je suis libre!

Un homme était assis, chaque jour, devant une haute palissade où une étroite fente verticale avait été pratiquée. Chaque jour, un âne sauvage du désert passait derrière la palissade, de l'autre côté de la fente. D'abord le nez, puis la tête, puis les pattes antérieures, le flanc long et brun, les pattes postérieures et enfin la queue. Un jour, l'homme bondit sur ses pieds, une lueur de triomphe dans son regard, et s'écria à l'intention de qui voulait l'entendre: « Eurêka! J'ai trouvé! C'est le nez qui cause la queue! »

Récits de la Sagesse Cachée
Tirés de l'Histoire Orale de Rakis

À plusieurs reprises depuis son arrivée sur Rakis, Odrade s'était sentie empoignée par le souvenir de cet ancien tableau qui occupait une place de choix sur le mur de l'appartement de Taraza dans la Maison du Chapitre. Chaque fois que le souvenir revenait, elle sentait ses doigts vibrer comme au contact du pinceau. Ses narines se fronçaient à l'odeur des huiles et des pigments. Ses émotions assiégeaient la toile. Et chaque fois, Odrade émergeait de cette évocation en doutant un peu plus que Sheeana fût sa toile à elle.

Laquelle de nous deux est en train de peindre l'autre?

Cela lui était arrivé de nouveau ce matin même. Il faisait encore noir à l'extérieur du petit logement qu'elle partageait avec Sheeana au sommet de la Citadelle de Rakis. Une acolyte était entrée sans faire de bruit pour réveiller Odrade et lui annoncer que Taraza allait arriver sous peu. Dès quelle avait levé les yeux vers le visage faiblement éclairé de l'acolyte aux cheveux noirs, Odrade avait été saisie par l'image vivante du tableau de maître.

Qui de nous peut dire qu'il crée vraiment quelqu'un d'autre?

— Laissons Sheeana dormir un peu plus longtemps, dit Odrade avant de renvoyer l'acolyte.

— Voulez-vous déjeuner avant l'arrivée de la Mère Supérieure? demanda cette dernière.

— Nous attendrons de connaître son bon plaisir.

Odrade se leva, fit une toilette rapide et revêtit sa plus fine robe noire. Puis elle alla se mettre devant la fenêtre qui donnait à l'est et regarda dans la direction de l'astroport. Plusieurs lumières en mouvement produisaient un halo contre le ciel gris. Elle alluma tous les brilleurs de la chambre pour adoucir le spectacle de l'extérieur. Les globes réfléchis par le plaz blindé de la fenêtre devinrent des constellations dorées. Elle vit aussi son propre visage à demi transparent, les traits tirés par la fatigue.

Je savais qu'elle viendrait.

Au moment même où elle pensait cela, le soleil apparut au-dessus de l'horizon voilé par la poussière comme un ballon orange lancé par un enfant. Immédiatement, il y eut cet accroissement de chaleur que tant d'observateurs avaient mentionné à propos de Rakis. Odrade se détourna de la fenêtre juste à temps pour voir s'ouvrir la porte.

Taraza fit son entrée dans un froissement de sa robe. Une main referma la porte derrière elle, les laissant seules. La Mère Supérieure s'avança vers Odrade, la capuche levée encadrant son visage. Ce n'était pas un spectacle très rassurant.

Reconnaissant le trouble d'Odrade, Taraza joua là-dessus.

— Eh bien, Dar! Finalement, nous voilà face à face comme deux étrangères!

Ces mots eurent pour effet de faire sursauter Odrade. Elle interpréta correctement la menace, mais la peur la quitta comme un filet d'eau coulant d'un bec de cruche. Pour la première fois de son existence, Odrade identifia le moment précis où elle franchissait une certaine ligne de démarcation. C'était une ligne dont peu de ses Sœurs, pensait-elle, soupçonnaient l'existence. Et au moment même où elle la franchissait, elle avait conscience d'avoir toujours été au courant de son emplacement. En passant de l'autre côté, on flottait soudain dans le vide, librement. Elle n'était plus vulnérable. Elle pouvait être tuée, mais non vaincue.

— Ainsi, Dar et Tar, c'est fini, dit-elle à haute voix.

Taraza discerna les tonalités incisives et sans inhibitions de la voix d'Odrade, mais les mit sur le compte d'un excès de confiance.

— Peut-être n'y a-t-il jamais eu de Dar et Tar, dit-elle d'une voix de glace. Je vois que vous êtes persuadée d'avoir été extrêmement habile.

La bataille a commencé, se dit Odrade, *mais je ne suis pas sur sa ligne d'attaque.*

— Les options autres que l'alliance avec le Tleilax étaient pour moi inacceptables, fit-elle à haut voix. Surtout dans la mesure où je venais de comprendre ce que vous recherchiez pour l'Ordre.

Taraza se sentit soudain très lasse. Le voyage avait été long malgré les sauts exécutés d'un repli à l'autre par son non-vaisseau. L'organisme savait toujours quand on lui subtilisait une partie de ses rythmes familiers pour les remplacer par d'autres. Elle jeta son dévolu sur un canapé moelleux et s'y laissa tomber en soupirant d'aise.

Odrade reconnut l'état d'épuisement dans lequel se trouvait la Mère Supérieure et en conçut une sympathie immédiate. Elles étaient soudain redevenues deux Sœurs aux prises avec des problèmes communs.

Taraza, de toute évidence, avait senti ce changement. Elle donna plusieurs tapes sur le coussin à côté d'elle et attendit qu'Odrade s'y installe.

— Nous devons préserver le Bene Gesserit, déclara Taraza. C'est la seule chose qui compte.

— Cela va de soi.

La Mère Supérieure fixa avec intensité les traits familiers d'Odrade.

Elle est épuisée, elle aussi.

— Vous étiez sur place, dit-elle à haute voix. Vous avez eu des contacts avec les gens. Vous connaissez intimement le problème. Je voudrais... non, Dar... j'ai *besoin* de connaître votre point de vue.

— Les Tleilaxu présentent toutes les apparences d'une coopération complète, dit Odrade, mais il y a quelque chose qu'ils dissimulent. Je commence à me poser quelques questions assez troublantes.

— Par exemple?

— Ces cuves axlotl... Si ce n'étaient pas de vraies cuves?

— Que voulez-vous dire?

— Le comportement de Waff me fait parfois penser à ces familles qui cachent un enfant anormal ou un vieil oncle demeuré. Je vous assure qu'il est embarrassé chaque fois que nous abordons la question des cuves.

— Mais que pourraient-ils donc...

— Des mères substitutives.

— Vous croyez? Il faudrait qu'elles...

Taraza n'alla pas plus loin, sidérée par les perspectives qui venaient de s'ouvrir à elle.

— Qui a jamais vu un Tleilaxu femelle? demanda Odrade.

Taraza avait la tête pleine d'objections :

— Mais... le degré de précision chimique... la nécessité de limiter strictement les variables... (Elle rejeta son capuchon en arrière, secouant ses cheveux.) Vous avez raison; il faut tout remettre en question. Mais ce que vous me dites... ce serait monstrueux!

— Il ne dit pas encore toute la vérité sur notre ghola

— Que dit-il?

— Rien de plus que ce qu'il y a déjà dans mon rapport : que c'est une variante, par rapport au Duncan Idaho original, qui correspond exactement à nos spécifications prana-bindu.

— Cela n'explique pas la raison pour laquelle ils ont tué ou essayé de tuer nos acquisitions antérieures.

— Il jure, par le serment sacré de la Grande Croyance, qu'ils ont agi ainsi parce qu'ils étaient honteux que les onze premiers gholas n'aient pas donné toute satisfaction.

— Comment ont-ils pu le savoir? Veut-il dire par là qu'ils ont des espions parmi...

— Il jure que ce n'est pas le cas. Je lui ai lancé cette accusation et il prétend qu'un ghola parfaitement réussi créerait à coup sûr parmi nous des bouleversements visibles.

— Quels bouleversements visibles? Que veut-il...

— Il se refuse à en dire davantage. Il se retranche chaque fois derrière l'affirmation que toutes leurs obligations contractuelles ont été respectées. Où est le ghola en ce moment, Tar?

— Que... Oh! sur Gammu.

— Il y a des bruits qui courent sur...

— Burzmali a la situation bien en main.

La Mère Supérieure serra les lèvres. Elle espérait que ce qu'elle venait de dire était la vérité. Le dernier rapport en sa possession n'était guère rassurant sur la situation.

— De toute évidence, vous vous demandez si vous allez faire tuer le ghola ou non, dit Odrade.

— Pas seulement le ghola!

— Il est donc exact, fit Odrade en souriant, que Bellonda veut m'éliminer définitivement.

— Comment avez-vous...

— Les amis ont parfois une utilité précieuse, Tar.

— Vous êtes sur un terrain dangereux, Révérende Mère Odrade.

— Mais je prends bien garde de ne pas trébucher, Mère Supérieure Taraza. Et j'ai intensément réfléchi aux révélations faites par Waff sur ces Honorées Matriarches.

— Faites-moi part de ces réflexions.

Il y avait une implacable détermination dans la voix de Taraza.

— Ne nous y trompons pas, murmura Odrade. Elles surpassent nettement les talents sexuels de nos Imprégnatrices.

— Des catins!

— C'est vrai; elles emploient leurs talents d'une manière qui se retournera fatalement contres elles et contre d'autres. Elles se sont laissé aveugler par leur propre pouvoir.

— C'est là tout le fruit de vos intenses réflexions?

— Dites-moi, Tar... Pourquoi ont-elles attaqué et rasé notre Citadelle de Gammu, à votre avis?

— Elles en avaient après notre ghola, de toute évidence. Elles voulaient le tuer ou le capturer.

— Pourquoi serait-ce si important pour elles?

— Que cherchez-vous donc à m'expliquer? demanda Taraza

— Les « catins » n'auraient-elles pu agir sur la base d'informations venant des Tleilaxu? Supposons un instant que cette altération secrète introduite par Waff et les siens dans notre ghola soit de nature à en faire l'équivalent masculin d'une Honorée Matriarche?

Taraza porta une main devant sa bouche et la laissa retomber vivement en prenant conscience de ce que son geste révélait. C'était trop tard. Mais ce n'était pas grave. Elle avait une autre Révérende Mère en face d'elle et elles n'étaient pas encore ennemies.

— Et, reprit Odrade, nous avons ordonné à Lucille de le rendre irrésistible à la plupart des femmes.

— Depuis combien de temps les Tleilaxu traitent-ils avec ces catins? demanda Taraza.

— Je demanderais plutôt, fit Odrade en haussant les épaules, depuis combien de temps ils traitent avec leurs propres Égarés de la Dispersion. De Tleilaxu à Tleilaxu, il y a de nombreux secrets à échanger.

— Voilà une projection brillante de votre part, dit Taraza. Quelle valeur de probabilité lui assignez-vous?

— Vous le savez aussi bien que moi. Cela expliquerait un grand nombre de choses.

— Et que pensez-vous maintenant de l'alliance que vous avez conclue avec les Tleilaxu?

— Elle est plus nécessaire que jamais. Nous devons être à l'intérieur du conflit, là où nous pouvons influencer les diverses parties en présence.

— Une abomination! s'écria Taraza.

— Pardon?

— Ce ghola est un dispositif d'enregistrement à forme humaine qu'ils ont implanté parmi nous. Si les Tleilaxu réussissent à mettre la main sur lui, ils apprendront tout ce qu'ils voudront sur nous.

— Ce serait maladroit de leur part.

— Mais tout à fait typique de leur manière d'agir!

— Je reconnais qu'il y a d'autres implications dans notre situation, fit Odrade. Mais pour moi, ces considérations nous interdisent surtout de tuer le ghola avant de l'avoir soumis à un examen détaillé.

— Il est peut-être déjà trop tard pour cela, Dar! Au diable votre alliance! Vous leur avez donné prise sur nous... et vice versa, je l'admets, mais personne n'ose lâcher l'extrémité à laquelle il s'agrippe.

— N'est-ce pas là l'alliance parfaite?

Taraza soupira.

— Dans combien de temps faut-il que nous leur donnions accès à nos archives génétiques?

— Rapidement. Waff insiste beaucoup.

— Et nous pourrons voir leurs... cuves axlotl?

— Évidemment, c'est la condition que j'exige. Bien qu'avec réticence, il a donné son accord.

— Chacun met la main de plus en plus profond dans la poche de l'autre, grogna Taraza.

— L'alliance parfaite, c'est bien ce que je disais, fit Odrade de sa voix la plus innocente.

— Zut, zut et zut! grommela Taraza. Et Teg qui vient de rendre sa mémoire intégrale au ghola!

— Mais est-ce que Lucille a...

— Je l'ignore!

D'un air morose, la Mère Supérieure mit Odrade au courant des maigres rapports qu'elle avait reçus de Gammu. Teg et son groupe avaient été retrouvés, mais ils n'étaient pas encore tirés d'affaire. Quant à Lucille, elle n'avait encore fait parvenir aucun message. On s'occupait de leur faire quitter la planète.

Ses propres paroles produisirent dans l'esprit de Taraza une image inquiétante. Qu'était donc ce ghola? Elle avait toujours su que leurs Duncan Idaho n'étaient pas des gholas comme les autres. Mais à présent, avec leurs performances neuromusculaires améliorées, plus ce facteur inconnu introduit par les Tleilaxu... Cela équivalait à manier un bâton enflammé. On savait qu'il faudrait s'en servir pour défendre sa vie, mais les flammes se rapprochaient bien trop vite.

Odrade demanda d'une voix songeuse :

— Avez-vous jamais essayé d'imaginer ce que doit ressentir un ghola quand il renaît soudain dans un corps tout frais?

— Comment? Que voulez-vous...

— Se dire que sa chair est celle d'un cadavre... Se souvenir de sa propre mort...

— Les Idaho n'ont jamais été des gens tout à fait comme les autres, fit Taraza.

— On pourrait dire la même chose de ces Maîtres tleilaxu.

— Où voulez-vous en venir?

Odrade se gratta le front. Il lui fallut un moment pour mettre ses propres idées en ordre. Ce n'était pas facile, avec quelqu'un qui refusait tout lien affectif, quelqu'un qu'une fureur profonde faisait tout rejeter à l'extérieur. Taraza n'avait pas le sens de... l'*empathie*. Elle était incapable de se mettre dans la chair et les sentations de quelqu'un d'autre, sauf s'il s'agissait d'un exercice de logique abstraite.

— L'éveil d'un ghola doit être une expérience épouvantable. dit Odrade en baissant la tête. Il faut sûrement être doté d'une souplesse mentale extraordinaire pour y survivre.

— Nous avons toujours supposé que les Maîtres du Tleilax possédaient plus de qualités qu'ils ne voulaient en montrer.

— Et les Duncan Idaho?

— Également, bien sûr. Autrement, pourquoi le Tyran les aurait-il achetés l'un après l'autre aux Tleilaxu?

Voyant que cette discussion ne menait nulle part, Odrade déclara:

— Les Idaho ont toujours été foncièrement loyaux envers les Atréides et nous ne devons pas oublier que je suis une Atréides.

— Vous croyez que la loyauté vous attachera celui-ci?

— Surtout si Lucille a...

— Cela risquerait d'être trop dangereux!

Odrade se laissa aller contre le dossier du canapé. Taraza exigeait des certitudes. Les différentes vies de ce ghola en série étaient comme le mélange, elles présentaient des saveurs différentes selon leur contexte. Comment pouvaient-elles être sûres de leur ghola?

— Les Tleilaxu veulent toucher aux forces qui ont produit notre Kwisatz Haderach, grommela Taraza.

— Vous pensez que c'est la raison pour laquelle ils tiennent à avoir accès à nos archives génétiques?

— Je n'en sais rien, bon sang! Vous ne voyez donc pas ce que vous avez fait, Dar?

— Je pense que je n'avais pas le choix.

Taraza eut un sourire glacé. La démonstration d'Odrade restait admirable, mais elle avait besoin d'être remise à sa place.

— Vous croyez que j'aurais agi de la même manière? demanda-t-elle.

Elle ne comprend toujours pas ce qui m'est arrivé, se dit Odrade.

Taraza s'était attendue à voir sa docile Odrade faire preuve d'indépendance, mais l'ampleur de cette indépendance avait révolutionné le Grand Conseil. Et Taraza refusait de voir là la marque de sa propre main.

— Pratique habituelle, murmura Odrade.

Taraza sursauta comme si ces mots avaient été un soufflet. Seul l'entraînement rigoureux de toute une vie passée au service du Bene Gesserit l'empêcha de frapper violemment Odrade.

Pratique habituelle!

Combien de fois Taraza elle-même n'avait-elle pas dénoncé cela comme une source d'indignation, un aiguillon constamment pointé sur sa fureur soigneusement bridée?

Odrade cita alors la Mère Supérieure:

— « Il n'y a rien de plus dangereux qu'une pratique habituelle. L'ennemi peut y déceler un schéma de comportement qu'il retournera contre vous. »

— C'est une faiblesse, il est vrai, fut obligée de reconnaître Taraza.

— Nos ennemis croyaient connaître d'avance nos réactions, dit Odrade. Vous-même, *Mère Supérieure,* étiez sûre de savoir dans quelles limites j'allais agir. C'est comme pour Bellonda. Avant qu'elle ouvre la bouche, vous saviez ce qu'elle allait dire.

— Avons-nous commis une erreur en ne vous mettant pas au-dessus de moi dans la hiérarchie? demanda Taraza, sincèrement motivée par le bien du Bene Gesserit.

— Non, Mère Supérieure. La route est délicate, mais nous voyons toutes les deux où il faut aller.

— Où se trouve Waff en ce moment?

— Il dort, et il est bien gardé.

— Faites venir Sheeana. Nous devons décider s'il faut ou non renoncer à cette partie du projet.

— Et avaler la pilule?

— Comme vous dites, Dar.

Sheeana avait encore le visage ensommeillé quand elle entra en se frottant les yeux dans la pièce commune de leur appartement. Elle avait eu cependant le temps, visiblement, de se passer un peu d'eau sur la figure et de mettre une robe blanche toute propre. Ses cheveux étaient encore mouillés.

Taraza et Odrade se tenaient près de la fenêtre qui donnait à l'est, le dos à la lumière du jour.

— Je vous présente Sheeana, Mère Supérieure, fit Odrade.

À la mention de son nom, Sheeana redressa brusquement la tête et les épaules. Elle avait, bien sûr, entendu parler de ce puissant personnage, cette Taraza qui régnait sur la Communauté des Sœurs depuis sa lointaine Citadelle appelée la Maison du Chapitre. Le soleil pénétrait à flots par la fenêtre située derrière les deux femmes et éclairait en plein le visage de Sheeana, qui était éblouie. La figure des deux Révérendes Mères, par contre, était partiellement dans l'ombre, entourée d'un flou de clarté.

Les acolytes chargées de son instruction l'avaient préparée à cette rencontre:

« Vous vous tiendrez bien droite devant la Mère Supérieure et vous lui parlerez avec le plus grand respect. Vous ne lui répondrez que quand elle vous adressera la parole. »

Sheeana se tenait bien droite comme on le lui avait recommandé.

— J'apprends que vous ferez peut-être un jour partie des nôtres, lui dit Taraza.

Les deux femmes purent observer l'effet immédiat de ces paroles sur Sheeana. Elle était à présent mieux consciente de ce que représentait une Révérende Mère du Bene Gesserit. Le puissant projecteur de la vérité avait été dirigé sur elle. Elle avait commencé à se faire une idée de l'énorme somme de connaissances que l'Ordre avait accumulée au cours des millénaires. On lui avait parlé de la transmission sélective des souvenirs, du fonctionnement de la Mémoire Seconde et de l'agonie de l'épice. Et voilà qu'elle avait en ce moment devant elle la plus puissante de toutes les Révérendes Mères, celle à qui rien ne pouvait être caché.

Voyant que Sheeana ne lui répondait pas, Taraza murmura:

— Vous n'avez rien à dire, mon enfant?

— Que pourrais-je ajouter, Mère Supérieure? Vous avez déjà tout dit vous-même.

Taraza lança un regard inquisiteur à Odrade.

— Vous avez beaucoup d'autres surprises de ce genre en réserve, Dar?

— Je vous avais prévenue que c'était un esprit supérieur.

Taraza reporta son attention sur Sheeana.

— Etes-vous fière de cette opinion sur vous, mon enfant?

— Cela m'effraye, Mère Supérieure.

Gardant un visage aussi impassible que possible, Sheeana respira un peu plus aisément. *Ne dites que la vérité la plus profonde que vous êtes capable de ressentir*. Ces paroles d'avertissement prononcées par l'un de ses professeurs prenaient maintenant tout leur sens. Elle gardait les yeux légèrement dans le vague, baissés vers un point situé sur le sol, juste devant les deux femmes. Elle évitait ainsi d'être trop éblouie par le soleil. Elle sentait encore son coeur battre trop rapidement et elle savait que les Révérendes Mères s'en apercevaient. Odrade lui en avait plus d'une fois donné la preuve.

— C'est normal que cela vous effraye, dit Taraza.

— Comprends-tu ce que l'on est en train de te dire, Sheeana? demanda Odrade.

— La Mère Supérieure veut savoir si je suis entièrement dévouée au Bene Gesserit.

Odrade regarda Taraza en haussant les épaules. Elles n'avaient plus besoin de discuter de cette question entre elles. C'était ainsi lorsqu'on faisait partie de la même famille, comme c'était le cas dans la Communauté des Sœurs.

Taraza continuait d'observer Sheeana en silence. C'était un regard pesant que le sien, qui laissait vide d'énergie celle qui devait s'y soumettre sans prononcer une seule parole.

Odrade s'efforça de réprimer un élan de sympathie pour la jeune fille. Elle lui ressemblait tellement, à l'époque où elle avait à peu près le même âge qu'elle. Elle possédait cette intelligence toute ronde, qui entrait en expansion sur la totalité de sa surface en même temps, à la manière d'un ballon que l'on est en train de gonfler. Odrade se souvenait que ses professeurs avaient admiré la même qualité chez elle, mais non sans une certaine dose de circonspection, exactement comme faisait Taraza en ce moment. Odrade avait su reconnaître cette circonspection quand elle était encore plus jeune que Sheeana, et elle ne doutait pas que celle-ci la reconnût aussi. L'intelligence servait tout de même à quelque chose.

— Mmmm... fit Taraza.

Odrade perçut le murmure songeur de la Mère Supérieure comme l'écho d'un «flot simultané» intérieur. La mémoire d'Odrade aussi avait fait un retour sur elle-même. Les Sœurs qui apportaient son dîner à Odrade quand elle étudiait tard le soir avaient l'habitude de s'attarder pour l'observer d'une certaine manière, la même dont Sheeana faisait l'objet en ce moment. Odrade connaissait ces différentes techniques d'observation depuis son plus jeune âge. C'était, après tout, l'un des grands attraits du Bene Gesserit, le genre de chose qui vous donnait envie d'être capable de maîtriser à votre tour ces talents ésotériques. Sheeana était mue, à n'en pas douter, par un tel désir. Aucune postulante n'y échappait.

Toutes ces choses qui pourraient être à ma portée!

Taraza demanda finalement:

— À votre avis, mon enfant, qu'est-ce qui vous attire chez nous?

— Je suppose que ce sont les mêmes choses qui vous attiraient quand vous aviez mon âge, Mère Supérieure.

Odrade réprima un sourire. Le sens aigu de l'indépendance qui caractérisait Sheeana frôlait ici l'impertinence et Taraza ne pouvait pas manquer de s'en apercevoir.

— Vous pensez que c'est là la meilleure manière d'utiliser le précieux don de la vie qui vous a été fait?

— Je n'en connais pas d'autre, Mère Supérieure.

— Nous apprécions votre sincérité et vous recommandons de l'utiliser à bon escient.

— Oui, Mère Supérieure.

— Vous nous devez déjà beaucoup et vous nous devrez encore davantage. N'oubliez jamais cela. Nos bienfaits ne sont pas bon marché.

La malheureuse n'a pas idée du prix qu'elle aura à payer pour ces bienfaits, se disait Odrade.

Le Bene Gesserit ne laissait jamais oublier leur dette à ses adeptes. Et ce n'était pas en affection qu'il fallait rembourser. L'affection était quelque chose de dangereux. Sheeana l'apprenait en ce moment.

Le don de la vie?

Un frisson voulut naître dans le dos de la Révérende Mère, et elle toussa pour le faire avorter.

Suis-je seulement vivante en ce moment? Peut-être l'étais-je avant qu'elles ne m'enlèvent à Maman Sibia. Peut-être suis-je morte le jour où les Sœurs sont venues me chercher dans sa maison.

— Vous pouvez vous retirer à présent, Sheeana, dit Taraza.

La jeune fille pivota sur un talon et quitta la pièce non sans laisser à Odrade le temps d'apercevoir le sourire de ses lèvres serrées. Sheeana avait compris qu'elle avait réussi à l'examen que venait de lui faire passer la Mère Supérieure.

Lorsque la porte se fut refermée derrière Sheeana, Taraza déclara:

— Vous aviez mentionné ses aptitudes naturelles à se servir de la Voix. Je viens de le constater par moi-même. Tout à fait remarquable.

— Elle se contrôle avec soin, pourtant. Elle a appris à ne jamais l'essayer sur nous.

— Qu'avons-nous donc là, Dar?

— Peut-être, pour plus tard, une Mère Supérieure aux talents extraordinaires.

— Extraordinaires, pas plus?

— Il nous faudra attendre pour le savoir.

— Croyez-vous qu'elle serait capable de tuer pour nous?

Odrade fut choquée et ne chercha pas à le cacher.

— Tout de suite?

— Bien sûr.

— Le ghola?

— Je sais que Teg refuserait, dit Taraza. Même en ce qui concerne Lucille, j'ai des doutes. Tous les rapports que j'ai reçus établissent clairement qu'il est capable de forger de puissants liens de... d'affinité.

— Un peu comme moi?

— Schwangyu elle-même n'était pas totalement immunisée.

— Où sont les nobles fins dans un acte pareil? interrogea Odrade. N'est-ce pas précisément contre ce genre de chose que le Tyran nous a mises en...

— Lui? Il ne s'est pas gêné pour tuer de nombreuses fois.

— Et il en a payé le prix.

— Tout ce que nous prenons, nous devons le payer, Dar.

— Même une vie?

— Gardez-vous d'oublier un seul instant qu'une Mère Supérieure est à même de prendre n'importe quelle décision qui s'impose pour assurer la survie de l'Ordre.

— Soit... Prenez ce qu'il vous plaira et payez-en le prix.

C'était la seule réponse adéquate, mais elle renfonça cette nouvelle vigueur qu'Odrade sentait en elle, cette liberté de réagir à sa manière à elle au sein d'un univers indépendant. D'où lui venait une telle détermination? Du conditionnement cruel infligé par le Bene Gesserit? De ses origines Atréides? Elle n'essayait pas de se leurrer en se disant qu'il s'agissait d'une décision de sa part de ne plus jamais suivre les préceptes moraux inculqués par quelqu'un d'autre qu'elle-même. Cette stabilité intérieure sur laquelle elle s'appuyait à présent n'avait rien à voir avec la morale. Ni avec une quelconque bravade. Ces deux motifs n'étaient jamais suffisants par eux-mêmes.

— Vous ressemblez énormément à votre père, lui dit Taraza. Habituellement, c'est du côté de la dame que vient presque tout le courage; mais dans votre cas, je crois que c'est l'inverse.

— Miles Teg est un homme d'un courage exemplaire, mais je crois que vous simplifiez à outrance.

— C'est possible. Cependant, je ne me suis trompée sur vous à aucun tournant de votre existence, Dar. Pas même quand nous étions toutes les deux de simples postulantes sur les bancs de l'institut.

Elle sait donc! se dit Odrade.

— Inutile d'entrer dans les détails, fit-elle à haute voix. Et elle pensa: *Cela vient à la fois de ma naissance et de la manière dont j'ai été éduquée, formée, conditionnée... tout comme elle, d'ailleurs... Dar et Tar...*

— Il s'agit d'un caractère de la lignée des Atréides que nous n'avons pas encore pu entièrement analyser, déclara Taraza.

— Pas d'un accident génétique?

— Je me demande parfois si nous avons connu un seul accident de ce genre depuis le Tyran.

— Vous croyez qu'il nous voyait déjà, du haut de sa citadelle, à travers tous ces millénaires?

— Jusqu'où faut-il remonter dans le temps pour trouver les racines?

— J'aimerais savoir, dit Odrade, comment cela se passe en réalité quand une Mère Supérieure ordonne aux Maîtresses Généticiennes : « Faites en sorte que celle-ci procrée avec celui-là ».

Taraza eut un sourire glacé.

Odrade se sentit soudain portée par la crête d'une vague, poussée avec violence dans ce nouvel univers qui s'ouvrait à elle.

Taraza souhaite ma rébellion! Elle veut que je m'oppose à elle!

— Voulez vous rencontrer Waff maintenant? demanda-t-elle.

— J'aimerais avoir d'abord votre opinion sur lui.

— Il voit en nous le moyen ultime de réaliser l'« Accession du Tleilax ». Nous sommes le don de Dieu à son peuple.

— Il y a longtemps qu'ils attendent ce moment, murmura Taraza. Comment ont-ils pu dissimuler la vérité à ce point pendant tant de siècles?

— Ils ont la même conception du temps que nous, approuva Odrade. C'est surtout cela qui m'a aidée à convaincre Waff que nous partagions leur Grande Croyance.

— Mais pourquoi toute cette maladresse? Ils ne sont pas si stupides que ça.

— C'était pour détourner notre attention de la manière dont

ils utilisaient en fait leurs chaînes de gholas. Qui pourrait croire des gens stupides capables d'une chose pareille?

— Et qu'ont-ils créé en fin de compte? demanda Taraza. L'*image* de la stupidité perverse, ou quelque chose de plus?

— A faire trop longtemps l'idiot, on le devient réellement. De même qu'en perfectionnant sans cesse le pouvoir d'imitation de ses Danseurs-Visages, on finit par...

— Quoi qu'il en soit, dit Taraza, ils ont mérité d'être punis. C'est on ne peut plus clair. Vous pouvez le faire venir, à présent.

Odrade donna les ordres nécessaires. Pendant qu'elles attendaient, Taraza déclara:

— Le plan d'éducation du ghola avait déjà mal tourné avant qu'ils ne quittent la Citadelle de Gammu. Il a devancé tous ses instructeurs en apprenant des choses qui ne lui étaient que suggérées, et cela à un rythme qui n'a cessé de s'accélérer de manière alarmante. Qui peut dire ce qu'il est devenu aujourd'hui?

Les historiens exercent un grand pouvoir et certains d'entre eux le savent bien. Ils recréent le passé en le modelant selon leur propre interprétation. Ce faisant, ils modifient aussi l'avenir.

La Voix de Leto II
À Dar-es-Balat

Duncan suivait son guide à fond de train sous la lumière pâle de l'aube. L'homme avait peut-être l'air âgé, mais il était aussi vif qu'une gazelle et paraissait infatigable.

Ils ne s'étaient débarrassés que quelques minutes auparavant de leurs lunettes de vision nocturne. Duncan les avait rendues avec plaisir. Tout ce qui n'était pas dans le champ des lunettes était noir sous la faible lueur des étoiles qui filtrait à travers les frondaisons épaisses au-dessus de leur tête. Au-delà de ce champ, le monde n'existait pas. De chaque côté, le paysage défilait par saccades. Tantôt un massif de broussailles jaunes, tantôt deux arbres à l'écorce argentée, tantôt un mur de pierres percé d'un portail en plastacier protégé par le crépitement bleuté d'un bouclier d'énergie, ou encore un pont en dos d'âne fait de roche locale, toute verte et noire sous leurs pas. Au bout de tout cela, une entrée en arcade de pierre blanche polie. Toutes ces constructions paraissaient extrêmement vieilles et coûteuses, entretenues au prix de constantes réparations.

Duncan n'avait pas la .moindre idée de l'endroit où il se trouvait. C'était un terrain qui n'évoquait aucun de ses souvenirs sur l'époque lointaine de Giedi Prime.

L'aube lui révéla qu'ils suivaient un sentier d'animaux dissimulé sous les arbres du versant escarpé d'une colline. La montée devenait de plus en plus abrupte. De temps à autre, une percée sur leur gauche à travers les arbres leur permettait d'apercevoir une vallée. Une brume flottante couronnait la colline, montant la garde à l'approche du ciel, faussant les distances et se refermant sur eux à mesure qu'ils grimpaient. Leur monde devenait un endroit de plus en plus restreint, coupé de l'univers extérieur plus large.

A l'occasion d'une pause très brève, plus pour écouter la forêt autour d'eux que pour se reposer, Duncan étudia soigneusement le paysage couronné de brume qui l'entourait. Il se sentait déplacé, privé d'un univers qui possédait un ciel et une ouverture sur les autres planètes.

Son déguisement était des plus simples : épais vêtements d'hiver d'origine tleilaxu et capiton aux joues pour lui arrondir le visage. Ses cheveux noirs frisés avaient été lissés à l'aide d'un produit chimique appliqué à chaud puis teints en blond et dissimulés sous un bonnet noir. Son pubis avait été entièrement rasé. Quand il s'était regardé dans le miroir qu'on lui avait tendu, c'est à peine s'il s'était reconnu.

Un sale Tleilaxu!

La personne qui avait artistement procédé à sa transformation était une vieille femme aux yeux gris-vert brillants.

— Vous êtes à présent un Maître tleilaxu, lui avait-elle dit. Vous vous appelez Wose. Un guide va vous conduire jusqu'à votre prochaine étape. Traitez-le comme un Danseur-Visage si vous êtes en présence d'étrangers. Autrement, faites ce qu'il vous dira.

Ils étaient sortis du refuge souterrain en empruntant une galerie sinueuse aux parois et au plafond recouverts d'algues vertes huileuses. Dans la pénombre étoilée et glaciale, il avait émergé entre les bras d'un homme au visage invisible, emmitouflé dans d'épais vêtements. Derrière Duncan, une voix avait chuchoté :

— Le voilà, Ambitorm. Conduis-le à bon port.

Le guide s'exprimait d'une voix grave aux accents gutturaux.

— Suivez-moi, dit-il après avoir fixé une cordelette à la ceinture de Duncan et lui avoir montré comment on ajustait les lunettes de vision nocturne.

Duncan avait senti l'unique secousse de la cordelette au moment où ils s'étaient mis en route. Il avait vite compris à quoi elle servait. Ce n'était pas seulement pour s'assurer qu'il était bien derrière. Il n'avait aucun mal à voir Ambitorm avec les lunettes spéciales. La cordelette servait plutôt à le jeter rapidement à terre s'il y avait un danger. Elle évitait d'être obligé de parler.

Pendant un bon moment, dans la nuit, ils traversèrent en terrain plat un véritable réseau de petits cours d'eau aux rives ourlées de glace. La lumière des lunes de Gammu ne pénétrait le couvert des arbres que de manière occasionnelle. Ils émergèrent finalement au versant d'une petite colline d'où la vue plongeait sur une morne désolation de broussailles qu'un revêtement de givre faisait scintiller au clair de lune. Ils descendirent dans cette direction. Les broussailles, qui atteignaient en réalité deux fois la hauteur du guide, formaient des voûtes au-dessus de sentiers boueux d'animaux, à peine plus larges que les galeries par où ils étaient passés au début de leur voyage. Il faisait plus chaud ici, comme s'ils marchaient sur du compost. Aucune lumière, pratiquement, ne pénétrait jusqu'au sol spongieux recouvert de végétation en décomposition. Duncan respirait une odeur moite et suffocante de fumier. Ses lunettes ne lui montraient, de chaque côté, qu'un mur de végétation apparemment sans fin. Son seul lien ténu avec un monde hostile était la cordelette qui le reliait à Ambitorm.

Celui-ci décourageait systématiquement toute tentative de conversation. Il avait répondu « oui » quand Duncan lui avait demandé confirmation de son nom, pour ajouter aussitôt : « Ne parlez plus. »

La nuit représentait une traversée inquiétante pour Duncan. Il avait horreur de se retrouver ainsi seul avec ses propres pensées. Ses souvenirs de Giedi Prime étaient trop persistants. L'endroit où il se trouvait ne ressemblait à rien de ce qu'il avait connu dans son existence pré-ghola. Il se demandait comment faisait Ambitorm pour retrouver son chemin dans ce dédale. Les couloirs de broussailles pratiqués par les animaux devaient être tous pareils.

Une fois qu'il s'était habitué à leur petit trot régulier, Duncan avait eu tout le temps de laisser vagabonder ses pensées.

Dois-je laisser les Sœurs se servir de moi comme elles le veulent? Quelle dette ai-je envers elles?

Et il songea à Teg, dont le dernier acte de résistance héroïque avait permis à Lucille et à lui de s'échapper.

J'ai fait la même chose pour Jessica et Paul.

C'était un lien qui l'unissait au Bashar et qui inspirait à Duncan une grande tristesse. La loyauté de Miles Teg était entièrement acquise au Bene Gesserit.

A-t-il acheté ma propre loyauté par cet acte de bravoure?

Maudits Atréides!

L'effort physique qu'il était obligé de fournir cette nuit lui permettait d'acquérir une plus grande familiarité avec son nouveau corps. Comme il était jeune! Un simple effort de réminiscence et il revoyait cette fameuse dernière scène de sa vie pré-ghola. Il sentait la lame du Sardaukar lui entamer le crâne dans une explosion aveuglante de lumière et de douleur. La certitude de sa mort imminente, puis... plus rien, jusqu'au moment où il s'était retrouvé devant Teg dans le non-globe Harkonnen.

Le don d'une nouvelle existence. Etait-ce plus qu'un don, ou bien moins? Les Atréides lui demandaient de payer encore.

Pendant un certain temps, juste avant que l'aube paraisse, Ambitorm le fit courir dans le lit d'un ruisseau étroit dont le froid mordant traversa les bottes imperméables et isolantes de son costume tleilaxu. La surface du cours d'eau reflétait la lumière argentée, tamisée par les frondaisons, de la lune qui se couchait pour faire place à l'aube.

Les premières lueurs du jour les virent déboucher à l'orée de la piste plus large, sous le couvert des arbres, qui grimpait vers le sommet de la colline. Ce chemin d'animaux les conduisit jusqu'à une étroite corniche rocheuse en contrebas d'une crête de blocs en dents de scie. Ambitorm le fit passer derrière un écran de buissons jaunes desséchés au sommet couvert de neige sale apportée par le vent. Il défit la cordelette qui les reliait. Un peu plus loin devant eux, il y avait un renfoncement dans la paroi rocheuse. Ce n'était pas exactement une caverne, mais Duncan nota qu'il pourrait leur offrir une certaine protection si le vent ne se mettait pas à souffler à travers les buissons qui se trouvaient derrière eux. Il n'y avait en tout cas pas la moindre trace de neige par terre à cet endroit.

Ambitorm alla jusqu'au bout du renfoncement, où il gratta soigneusement une couche de terre givrée et retira plusieurs pierres plates qui dissimulaient une étroite cavité. Il en sortit un objet noir de forme cylindrique qu'il manipula quelques instants.

Accroupi à l'abri de la roche, Duncan le regardait faire. Ambitorm avait un visage enfoncé et une peau qui ressemblait à du cuir basané. Oui, ses traits auraient pu être ceux d'un Danseur-Visage. De profonds sillons partaient du coin de ses yeux bruns. Des plis rayonnaient des commissures de ses lèvres fines et barraient son front large. Ils s'étalaient aux abords de son nez aplati et soulignaient la fossette de son menton étroit. Partout, son visage était ridé par le temps.

D'appétissantes odeurs commencèrent à s'élever du cylindre posé devant lui.

— Nous allons manger ici et attendre un peu avant de continuer, déclara Ambitorm.

Il s'exprimait en galach ancien, mais avec ces sonorités gutturales que Duncan entendait pour la première fois et une curieuse manière d'accentuer les voyelles adjacentes. Venait-il de la Dispersion ou était-il originaire de Gammu? Selon toute évidence, plusieurs courants linguistiques avaient coexisté depuis l'époque de Dune et de Muad'Dib. Du reste, Duncan avait déjà pu constater que tous ceux qu'il avait connus à la Citadelle de Gammu, y compris Lucille et Teg, parlaient un galach qui avait sensiblement évolué par rapport à celui qu'il avait appris dans son enfance pré-ghola.

— Ambitorm... demanda-t-il tout haut... C'est un nom de Gammu?

— Appelez-moi Tormsa, dit le guide.

— C'est un surnom?

— C'est le nom que vous devez me donner.

— Pourquoi les autres vous appelaient-ils Ambitorm?

— C'est moi qui le leur ai demandé.

— Mais comment se fait-il...

— Vous avez vécu sous les Harkonnen et vous n'avez jamais appris à changer d'identité?

Duncan demeura silencieux. C'était donc ça? Encore un déguisement? Ambi... Tormsa n'avait pas changé d'apparence. *Tormsa...* Etait-ce un nom tleilaxu?

Le guide lui tendit une tasse fumante.

— Voilà quelque chose qui vous redonnera des forces, *Wose.* Buvez d'un coup. Ça vous réchauffera.

Duncan enserra la tasse de ses deux mains. *Wose... Wose et Tormsa... Le Maître tleilaxu et son Danseur-Visage.*

Il leva la tasse vers Tormsa en un geste ancien qui était celui des compagnons de guerre Atréides, puis il la porta à ses lèvres. C'était brûlant! Mais le liquide le réchauffa agréablement quand il en avala une gorgée. Il avait une saveur légèrement sucrée avec un arrière-goût végétal. Il souffla dessus, imitant Tormsa, et but le reste d'une traite.

C'est drôle, que je ne me méfie pas d'un poison ou d'une drogue quelconque, songea-t-il. Mais ce Tormsa et ses compagnons de la veille lui semblaient porter sur leur visage le sceau du Bashar. Le geste fraternel adressé à un compagnon de guerre lui était venu spontanément.

— Pourquoi risquez-vous votre peau de cette manière? demanda Duncan.

— Vous connaissez le Bashar et vous posez cette question?

Décontenancé, Duncan garda de nouveau le silence.

Tormsa se pencha en avant pour ramasser sa tasse. Bientôt,

toute trace de leur collation eut disparu sous les pierres plates et la couche de terre soigneusement étalée.

La présence de cette nourriture ici témoignait d'une préparation méticuleuse, se disait Duncan. Il se tourna, accroupi sur le sol glacé, vers la brume qui bouchait toujours la vue au-delà des buissons qui protégeaient leur cachette. Des branches nues morcelaient le paysage de leurs formes irrégulières. Sous ses yeux, la brume commença alors à se lever, révélant les contours confus d'une cité à l'autre extrémité de la vallée.

Tormsa était venu s'accroupir à côté de lui.

— Très ancienne cité, dit-il. Place forte Harkonnen. Regardez bien. Nous y serons cette nuit.

Il passa à Duncan un petit monoscope que celui-ci porta devant son oeil gauche tout en essayant de régler son objectif à huile. Le mécanisme ne lui était pas familier. Il différait beaucoup de ceux qu'il avait eu l'occasion de manipuler dans sa vie pré-ghola ou à la Citadelle. Renonçant momentanément à s'en servir, il l'examina avec curiosité.

— Ixien? demanda-t-il.

— Non; c'est nous qui l'avons fabriqué... Tormsa tendit la main et indiqua deux minuscules boutons qui faisaient saillie au début du cylindre noir... Position lente, position rapide. Appuyez à gauche pour vous rapprocher, à droite pour revenir en arrière.

De nouveau, Duncan porta le monoscope à son oeil.

C'est nous qui l'avons fabriqué... Qui ça, « nous »?

Le doigt sur le bouton « rapide », et l'image apparut d'un coup. De minuscules points noirs se déplaçaient dans la cité. Des gens! Il augmenta le grossissement. Les points devinrent de petites poupées. Maintenant qu'ils donnaient l'échelle, Duncan se rendit compte que la cité au bout de la vallée était gigantesque... et plus lointaine qu'il ne l'aurait cru. Un énorme édifice rectangulaire se dressait, isolé, au centre de la cité. Son sommet se perdait dans les nuages. Incroyable...

Duncan venait de reconnaître l'endroit. Les alentours avaient changé, mais la structure centrale était à jamais gravée dans sa mémoire.

Combien d'entre nous ont disparu dans ce trou d'enfer pour ne plus jamais revenir?

— Neuf cent cinquante étages, fit Tormsa en voyant ce qui intéressait Duncan. Quarante-cinq kilomètres de long sur trente de large. Tout en plastacier et en plaz blindé.

— Je sais, fit Duncan en lui rendant le scope. Elle s'appelait Baronie.

— Ysaï.

— C'est le nom qu'on lui donne aujourd'hui. Mais j'en ai plusieurs autres dans mon souvenir.

Duncan prit une large inspiration pour réprimer ses anciennes haines. Tous ces gens étaient morts aujourd'hui. Seul l'édifice demeurait. Et les souvenirs. Il scruta la cité autour de l'énorme bâtisse. Elle ressemblait à une garenne démesurée, parsemée d'espaces verts délimités par de hauts murs. Des résidences privées au milieu de leur parc, d'après les explications données par Teg. Et le monoscope révélait la présence de gardes arpentant le faîte des murs.

Tormsa cracha par terre devant lui.

— Cité Harkonnen, grommela-t-il.

— Conçue de manière à écraser les gens, fit Duncan.

— À les rendre petits et impuissants, approuva Tormsa.

Duncan se fit la réflexion que son guide était devenu presque loquace.

À plusieurs reprises, au cours de la nuit, il avait enfreint la recommandation de Tormsa en essayant d'engager la conversation:

— Quels animaux ont formé ces couloirs?

La question venait logiquement à l'esprit quand on trottait au milieu de ces passages couverts qui emprisonnaient d'âcres senteurs musquées.

— Ne parlez pas! répondait invariablement le guide.

À un autre moment, Duncan avait voulu savoir pourquoi ils ne pouvaient pas se procurer un véhicule quelconque pour s'enfuir plus vite. Même un véhicule de sol eût été préférable à cette pénible marche à travers brousse, où chaque chemin ressemblait comme un frère aux autres.

Tormsa s'était immobilisé dans un coin où perçait un rayon de lune pour regarder celui dont il avait la charge comme s'il était subitement devenu insensé.

— Un véhicule, on peut le suivre!

— Et à pied, personne ne peut nous suivre?

— Pour cela, il faudrait qu'ils soient eux aussi à pied. Et sur ce terrain, ils se feraient massacrer tout de suite. Ils le savent très bien.

Quel endroit étrange! Quelle planète primitive!

À l'abri de la Citadelle du Bene Gesserit, Duncan n'avait pas pleinement réalisé la nature de l'univers qui l'entourait. Plus tard, dans le non-globe avec Lucille et Teg, il s'était trouvé entièrement coupé du monde extérieur. Il possédait l'intégralité de ses souvenirs de ghola et de pré-ghola, mais comme ils lui semblaient inutiles en ces circonstances! Cependant, en y réfléchissant maintenant, il s'apercevait qu'ils pouvaient lui fournir des clés. Il était évident que Gammu ne possédait qu'une régulation du temps des plus rudimentaires. D'autre part, d'après Teg, les monitors en orbite qui protégeaient la planète contre toute attaque étaient ce qu'il y avait de plus perfectionné.

Tout pour la protection, pratiquement rien pour le confort. Sous cet angle, cela évoquait irrésistiblement Arrakis.

Rakis, rectifia-t-il mentalement.

Et Teg... Le vieux Bashar avait-il survécu? Etait-il prisonnier? Que signifiait se faire capturer sur cette planète et à cette époque? Du temps des anciens Harkonnen, cela signifiait être réduit brutalement en esclavage. Quant à Lucille et Burzmali...

Il se tourna vers Tormsa.

— Allons-nous retrouver Lucille et Burzmali dans cette cité?

— Oui, s'ils s'en tirent.

Duncan baissa les yeux pour examiner son costume. Etait-ce un déguisement suffisant? Un Maître tleilaxu et son compagnon? Tout le monde prendrait Tormsa pour un Danseur-Visage, naturellement. Et les Danseurs-Visages étaient réputés dangereux.

Le pantalon large que portait Duncan était fait d'une matière qu'il n'avait jamais vue auparavant. Au toucher, elle ressemblait à de la laine, mais il voyait qu'elle était d'origine artificielle. Quand il l'humectait de salive, celle-ci n'adhérait pas, et l'odeur n'était pas celle de la laine. Son doigt décelait une uniformité de texture qu'aucun matériau naturel n'aurait pu présenter. Les hautes bottes souples et le bonnet étaient faits de la même matière. Tous ces vêtements étaient amples et rebondis, sauf aux chevilles. Mais ils n'étaient pas fourrés. Simplement isolés par un artifice de fabrication qui emprisonnait une couche d'air entre les épaisseurs d'étoffe. Leur couleur était un mélange marbré de gris et de vert. Excellent pour le camouflage.

Tormsa portat des vêtements identiques.

— Combien de temps allons-nous attendre ici? demanda Duncan.

Tormsa secoua la tête pour lui intimer le silence. Il était à présent assis en position repliée, le menton contre les genoux, les bras enlaçant ses jambes, le regard fixé au loin par-delà la vallée.

Au cours de leur marche nocturne, Duncan avait apprécié le confort remarquable de ses vêtements. À part la fois où ils avaient marché dans l'eau, ses pieds étaient restés au chaud, sans jamais s'échauffer exagérément. Le pantalon, la chemise et la veste le laissaient entièrement libre de ses mouvements et ne lui avaient irrité la peau à aucun moment.

— Qui fabrique ces vêtements? avait-il demandé.

— Nous-mêmes, avait grogné Tormsa. Ne parlez pas.

Ces réponses lui rappelaient celles qu'il avait reçues des Révérendes Mères à la Citadelle, avant que sa mémoire préghola ne lui soit restituée. Elles signifiaient en réalité : « Vous n'avez pas besoin de le savoir ».

Au bout d'un moment, Tormsa déplia ses jambes et s'étira. Il paraissait plus détendu. Il se tourna vers Duncan.

— Des amis nous signalent de la cité qu'il y a des patrouilles au-dessus de nous.

— Des ornis?

— Oui.

— Que faisons-nous?

— Faites ce que je fais et rien d'autre.

— Mais vous restez là sans bouger.

— Pour le moment. Bientôt, nous descendrons dans la vallée.

— Mais comment allons-nous...

— Pour traverser ce genre de terrain, il faut s'identifier aux animaux qui y vivent. Savoir observer leurs traces et la manière dont ils marchent, en s'arrêtant de temps à autre pour se reposer.

— Mais les patrouilles ne savent-elles pas faire la différence entre...

— Quand les animaux broutent, il faut faire semblant de brouter. Si un orni s'approche, vous continuez de faire exactement ce que vous faisiez, comme n'importe quel animal. Ils passent très haut dans le ciel. Heureusement pour nous. Ils ne font pas la différence entre un animal et un humain, à moins de descendre assez bas.

— Comment se fait-il qu'ils ne...

— Ils font confiance à leurs appareils et aux mouvements qu'ils détectent. Ils sont paresseux. Ils volent haut. Ainsi, les recherches vont plus vite. Ils se fient à leurs instruments et à leur propre intelligence pour distinguer les présences humaines de celles des animaux.

— S'ils nous prennent pour des animaux, ils passeront sans s'arrêter?

— S'ils ont un doute, ils feront un autre relevé. Nous ne devons surtout pas changer le rythme de nos mouvements après avoir été observés une première fois.

C'était un long discours pour le taciturne Tormsa. Il observa attentivement Duncan avant d'ajouter :

— Vous avez bien compris?

— Comment saurai-je que nous sommes observés?

— Vous sentirez quelque chose vibrer dans votre ventre. Comme le picotement d'une boisson qu'un homme ne devrait pas avaler.

Duncan hocha la tête.

— Des détecteurs ixiens.

— Ne soyez pas alarmé, lui dit Tormsa. Les animaux d'ici en ont l'habitude. Quelquefois, ils s'arrêtent, mais un instant à peine, puis ils continuent comme s'il ne s'était rien passé. Ce qui, pour eux, est la stricte vérité. Il n'y a que pour nous que quelque chose de désagréable pourrait arriver.

Tormsa se leva.

— Nous allons maintenant descendre dans la vallée, reprit-il. Suivez-moi de très près. Faites ce que je fais et rien d'autre.

Duncan emboîta le pas à son guide et ils se retrouvèrent bientôt sous le couvert des arbres. Il se rendait compte qu'à partir d'un certain moment, durant leur marche nocturne, il avait commencé à accepter le rôle que d'autres lui avaient assigné dans leurs machinations. Une patience nouvelle avait pris le pas sur le reste de ses pensées. Et il y avait aussi une sorte d'excitation piquée par la curiosité.

Quel univers était donc issu de l'époque des Atréides?

Gammu... Quel étrange endroit était devenue l'ancienne Giedi Prime.

Lentement mais distinctement, de plus en plus de choses lui étaient révélées et chacune lui ouvrait de nouvelles perspectives. Il voyait peu à peu les schémas prendre forme. Un jour, se disait-il, il n'y aurait plus qu'un seul schéma, et il saurait alors pourquoi il avait été rappelé d'entre les morts.

Oui, tout était une question de bonnes portes à ouvrir, se disait-il. On en ouvrait une, qui conduisait à un endroit où il y en avait encore d'autres. On en choisissait une et on examinait soigneusement ce qu'elle découvrait. Il y avait des moments, peut-être, où l'on était forcé d'essayer toutes les portes; mais plus on en ouvrait, plus on avait de chances de tomber sur la bonne la fois suivante. Et quand, finalement, on ouvrait celle qui donnait sur un endroit familier, on pouvait s'écrier : « Aaah! Voilà qui explique tout. »

— Une patrouille, dit Tormsa à ce moment-là. Nous sommes des animaux en train de brouter.

Il tendit la main vers un buisson proche et arracha sans hâte une branchette.

Duncan l'imita.

Je règne par la force du regard et des serres — tel le faucon parmi les oiseaux inférieurs.

Proclamation Atréides
Réf : *Archives du B.G.*

À l'aube, Teg émergea de l'abri des pare-vent qui bordaient la grande route. C'était une voie plate et très large, à la chaussée renforcée et exempte de vie végétale. Dix véhicules au moins pouvaient y rouler de front, estima Teg. À cette heure-ci, elle était surtout empruntée par des piétons.

Il avait soigneusement épousseté ses vêtements et s'était assuré qu'ils ne portaient aucune marque distinctive. Ses cheveux gris n'étaient pas aussi soignés que d'habitude, mais il n'avait que ses doigts pour tout peigne.

La circulation sur la route se faisait en direction d'Ysaï, à plusieurs kilomètres de là de l'autre côté de la vallée. La matinée était sans nuage et une faible brise soufflait sur son visage, en direction de la mer située quelque part au loin derrière lui.

Au cours de la nuit, il avait atteint une sorte de compromis délicat avec ses nouvelles perceptions. Les informations floues affluaient dans sa vision seconde : connaissance d'événements autour de lui avant même qu'ils se produisent, sensation de savoir exactement où il fallait poser le pied pour accomplir le prochain pas. Et derrière tout cela, la réaction qui pouvait se déclencher à n'importe quel moment pour lui donner une rapidité de mouvement qui, normalement, était incompatible avec une créature de chair et d'os. La raison était incapable d'expliquer la chose. Il avait l'impression de marcher en équilibre sur le fil d'un rasoir.

Malgré tous ses efforts, il ne pouvait trouver d'explication à ce qu'il lui était arrivé quand il avait été soumis à la sonde T. Était-ce une expérience analogue à celle des Révérendes Mères lors de l'agonie de l'épice? Mais il ne sentait pas la présence d'une Mémoire Seconde issue de son passé ancestral. Et il ne croyait pas les Sœurs capables de faire ce qu'il faisait. Sa double vision, qui lui disait à l'avance d'où allait venir le prochain mouvement dans la limite de ses perceptions immédiates, ressemblait à une nouvelle forme de connaissance de la réalité.

Ses professeurs mentat lui avaient toujours assuré qu'il existait une forme de vérité vivante que le recours aux faits ordinaires ne suffisait pas à prouver. Elle était parfois contenue, disaient-ils, dans une fable ou une poésie, et allait souvent à l'encontre des désirs conscients.

« C'est l'expérience la plus difficile à admettre pour un mentat », ajoutaient-ils.

Teg avait toujours réservé son jugement sur cette affirmation. Il était cependant obligé, aujourd'hui, de l'accepter. La sonde T lui avait fait franchir le seuil d'une nouvelle réalité.

Il ignorait pourquoi il avait choisi ce moment précis pour émerger de sa cachette, mis à part le fait qu'il s'insérait ainsi dans un flot humain plausible.

La plus grande partie de la circulation sur cette route était constituée par des maraîchers qui tiraient des panières de fruits et de légumes. Ces panières étaient soutenues par des suspenseurs de type rudimentaire. La vue de toute cette nourriture provoquait chez Teg de douloureux élancements d'estomac, mais il se forçait à les ignorer. Avec son expérience des planètes primitives que lui avait fait acquérir une longue carrière au service du Bene Gesserit, il assimilait l'activité de ces maraîchers à celle d'un paysan tirant par son licol une bête de somme. La densité de la circulation à pied le frappait comme un mélange étrange d'archaïsme et de modernisme. Spectacle banal de campagnards portant leurs produits à la ville grâce à des dispositifs techniques tout à fait ordinaires. Mais les suspenseurs mis à part, cette scène évoquait pour lui le passé le plus reculé de l'humanité. Après tout, une bête de somme était une bête de somme, même si elle sortait de la chaîne de montagne d'une usine ixienne.

Faisant appel à sa vision seconde toute neuve, Teg choisit l'un de ces campagnards, un homme trapu à la peau foncée, aux traits épais et aux grosses mains calleuses. Il marchait d'un air décidé et indépendant en remorquant huit énormes panières chargées de melons à l'écorce rugueuse dont le parfum était un supplice pour l'estomac affamé de Teg. Celui-ci régla son pas sur celui du paysan et attendit quelques minutes avant de lui demander :

— Est-ce la meilleure route pour se rendre à Ysaï?

— Ysaï est très loin, lui répondit l'homme d'une voix gutturale aux intonations prudentes.

Teg regarda les panières derrière lui.

— Nous les portons à un marché de gros, poursuivit le paysan avec un regard oblique. D'autres s'occupent de les acheminer en ville.

Teg s'était aperçu que, tout en parlant, l'homme l'avait guidé (poussé, presque) vers le bord de la chaussée. Puis il avait regardé derrière lui en tournant la tête et en l'inclinant légèrement. Trois autres paysans les avaient rattrapés et les entouraient maintenant de telle sorte qu'ils étaient totalement coupés par un mur de panières du reste de la circulation.

Teg ne savait quelle attitude adopter. Que cherchaient-ils à faire? Pour sa part, il ne sentait aucune menace. Sa vision spéciale n'avait décelé aucune violence imminente dans son entourage.

Un véhicule lourd les dépassa à toute allure, lancé dans la direction d'Ysaï. Teg ne perçut son passage qu'à l'odeur de ses gaz d'échappement, au déplacement d'air qui secoua les panières, au bruit de son puissant moteur et à la tension soudaine de ceux qui l'entouraient. Le mur de panières lui cachait complètement la vue.

— Nous vous cherchions pour vous protéger, Bashar, lui dit le paysan à qui il avait adressé la parole en premier. Il y en a beaucoup qui vous traquent, mais aucun d'eux ne se trouve ici parmi nous.

Teg lui avait jeté un regard stupéfait.

— Nous avons servi sous vos ordres à Renditaï, ajouta l'homme.

Teg déglutit. *Renditaï*... Il lui fallut quelques instants pour se rappeler. Rien qu'une escarmouche sans importance au milieu d'une interminable série de conflits et de négociations.

— Je regrette, mais je ne sais pas comment vous vous appelez, dit-il.

— Soyez heureux de ne pas connaître nos noms. Cela vaut bien mieux.

— Mais je vous suis reconnaissant.

— C'est nous qui sommes contents de cette occasion de rembourser une partie de notre dette, Bashar.

— Je dois me rendre à Ysaï.

— C'est dangereux.

— Le danger est partout.

— Nous nous doutions que vous voudriez aller à Ysaï. Quelqu'un va bientôt passer sur cette route. Il vous cachera. Justement, le voilà. Personne ne vous a vu, Bashar. Vous n'étiez pas ici.

Un autre paysan remorqua, en plus de ses propres panières, le chargement du premier tandis que celui-ci aidait Teg à passer sous une longe pour monter à l'intérieur d'un véhicule obscur. Il eut une brève vision de plastacier luisant et de plaz au moment où le véhicule ralentit un peu pour permettre l'opération. La portière se referma vivement derrière lui et il se retrouva sur la banquette confortable et capitonnée d'un véhicule de sol, seul à l'arrière. La voiture prit de la vitesse, laissant derrière elle le groupe de paysans à pied. Les vitres intérieures étaient fumées, ne laissant voir à Teg qu'un paysage obscur qui défilait. Le chauffeur était une silhouette entourée d'ombre.

Cette première occasion, depuis sa capture, de se détendre confortablement, incita presque Teg à se laisser sombrer dans le sommeil. Il ne percevait aucune menace. Son corps demeurait tout endolori du traitement que lui avait infligé la sonde T et des efforts surhumains qu'il lui avait demandés par la suite.

Il se disait toutefois qu'il fallait qu'il reste alerte et prêt à tout.

Le chauffeur se pencha de côté et parla sans se retourner, pardessus son épaule.

— Il y a deux jours qu'ils vous cherchent, Bashar. Certains sont sûrs que vous avez quitté la planète.

Deux jours?

L'étourdisseur ou les autres traitements qu'ils avaient pu lui faire subir l'avaient laissé inconscient pendant trop longtemps. Cela n'avait fait qu'accroître sa faim. Il essaya de lire, par l'intermédiaire de ses centres visuels, le chrono implanté dans sa chair, mais il clignota à vide comme il l'avait fait chaque fois que Teg l'avait consulté depuis la sonde T. Sa notion du temps et toutes ses références dans ce domaine étaient profondément altérées.

Ainsi, il y en a qui pensent que j'ai quitté Gammu.

Teg ne demanda pas qui étaient ceux qui le cherchaient. Des Tleilaxu et des gens de la Dispersion avaient participé à l'attaque et aux tortures qui avaient suivi.

Teg examina la voiture où il se trouvait. C'était l'un de ces splendides véhicules de sol datant d'avant la Dispersion. Il portait les marques de la plus belle fabrication ixienne. Bien que ce fût la première fois qu'il en essayait un, il en avait déjà entendu parler. Des artisans les récupéraient pour les remettre à neuf, refaire la décoration intérieure et tout ce qu'il fallait pour leur redonner cette ancienne touche de qualité et de luxe. On avait dit à Teg qu'on en découvrait encore dans des endroits insolites: vieux immeubles abandonnés, conduits de voirie, entrepôts de machines ou même au beau milieu d'un champ.

De nouveau, le chauffeur se pencha pour parler par-dessus son épaule:

— Vous avez une adresse où vous voulez allez à Ysaï, Bashar?

Teg fouilla sa mémoire à la recherche des contacts dont il avait dressé la liste à l'occasion de sa première tournée sur Gammu et lui donna une adresse.

— Vous connaissez cet endroit?

— C'est un établissement où les gens se rencontrent surtout pour boire et pour parler, Bashar. J'ai entendu dire qu'on y sert aussi une excellente nourriture. N'importe qui peut y entrer à condition d'avoir de l'argent.

Sans savoir ce qui l'avait poussé à faire ce choix, Teg déclara :

— Nous y tenterons notre chance.

Il ne jugeait pas nécessaire d'expliquer au chauffeur qu'il y avait aussi des salons particuliers à cette adresse.

L'idée de la nourriture lui donnait de nouvelles crampes à

l'estomac. Ses bras se mirent à trembler et il lui fallut plusieurs minutes pour recouvrer son calme. Les activités de la nuit dernière l'avaient littéralement vidé de ses forces. Il explora du regard l'intérieur de la voiture dans l'idée qu'il y trouverait peut-être de quoi boire ou de quoi manger. La rénovation avait été effectuée avec amour, mais il ne trouva pas de compartiment secret contenant ce qu'il désirait.

Ces voitures n'étaient pas tellement rares dans certains quartiers, mais il fallait être riche pour en posséder une. À qui appartenait celle-ci? Pas à celui qui la conduisait en ce moment, en tout cas. Il ressemblait trop à un chauffeur professionnel. Mais si cette voiture lui avait été envoyée exprès, cela signifiait que d'autres savaient où il se trouvait.

— Allons-nous être arrêtés et contrôlés? demanda-t-il.

— Pas avec cette voiture, Bashar. Elle appartient à la Banque Planétaire de Gammu.

Teg absorba ce renseignement en silence. La Banque Planétaire faisait partie de ses contacts. Il avait étudié soigneusement l'emplacement de ses principales succursales au cours de sa tournée d'inspection. À cette évocation, il pensa brusquement aux responsabilités qu'il avait envers le ghola.

— Mes compagnons... fit-il en hésitant... Sont-ils...

— D'autres sont en train de s'en occuper, Bashar. Je ne peux rien vous dire de plus.

— Pourrait-on prévenir le...

— Dès qu'il n'y aura plus de danger, Bashar.

— Naturellement.

Il se renfonça au creux de la banquette et se remit à étudier l'intérieur de la voiture. Ces véhicules de sol étaient essentiellement construits en plaz et en plastacier virtuellement indestructible. C'étaient les autres matériaux qui se dégradaient avec le temps: les garnitures, les enjoliveurs, l'électronique, le système de suspension, les revêtements de protection thermique des conduits de turbopropulsion. Toutes les substances adhésives finissaient par se détériorer quoi qu'on fasse. Les rénovateurs avaient fait en sorte que ce véhicule semble sortir tout droit de l'usine. Le métal avait un éclat austère, les coussins se moulaient sur lui avec ce léger crissement du neuf. Quant à l'odeur... c'était ce mélange indéfinissable de matériaux nobles et d'encaustique, avec une petite pointe d'ozone venue de l'électronique au fonctionnement impeccable. Mais nulle part, dans tout cela, il n'y avait la moindre odeur de nourriture.

— Combien de temps pour atteindre Ysaï? demanda Teg.

— Une demi-heure environ, Bashar. Avez-vous une raison d'aller plus vite? Je ne voudrais pas trop attirer...

— J'ai très faim.

Le chauffeur jeta un coup d'œil à droite puis à gauche. Il n'y avait plus aucun paysan en vue. La route était déserte à part deux lourdes cosses de transport avec leur tracteur qui se tenaient sur la voie de droite et un énorme camion qui transportait une haute machine de cueillette des fruits automatique.

— Il serait dangereux de trop s'attarder, dit le chauffeur, mais je connais un endroit où je pourrai, je pense, vous obtenir au moins une assiette de soupe.

— N'importe quoi. Il y a deux jours que je n'ai pas mangé, et je me suis beaucoup dépensé.

Ils arrivèrent bientôt à un carrefour où ils s'engagèrent dans un étroit chemin sur la gauche, parmi de hauts conifères régulièrement espacés. Ils prirent une allée qui passait au milieu des arbres pour aboutir à une construction basse en pierres noires surmontée d'une toiture de plaz noir. Les fenêtres étroites laissaient apercevoir l'éclat miroitant de leurs brûleurs de protection.

— Juste une seconde, dit le chauffeur.

Quand il descendit, Teg aperçut son visage pour la première fois : tout en longueur, avec un nez effilé et une bouche très fine. Ses joues portaient les stigmates visibles, en forme d'arabesques, d'un travail de reconstitution chirurgicale. Ses yeux brillaient d'un éclat argenté visiblement artificiel. Il lui tourna le dos pour entrer dans le bâtiment. Quand il en ressortit, il vint ouvrir la portière de Teg :

— Faites vite, Bashar. On est en train de vous réchauffer un peu de soupe à l'intérieur. Je leur ai dit que vous étiez un banquier. Inutile de les payer.

Le sol était couvert de glace et craquant sous ses pieds. Teg dut se baisser légèrement pour franchir le seuil. Il pénétra dans un couloir sombre, lambrissé, au bout duquel il y avait une salle bien éclairée. L'odeur de nourriture qui en provenait l'attirait comme un aimant. Ses bras s'étaient remis à trembler. Une petite table avait été dressée près d'une fenêtre qui donnait sur un jardin clos et couvert. Des massifs chargés de grosses fleurs rouges dissimulaient presque entièrement le mur de pierres qui délimitait le jardin. Les baies de serplaz jaune baignaient l'endroit d'une lumière d'été artificielle. Teg se laissa tomber avec gratitude dans l'unique fauteuil qui se trouvait devant la table. Il remarqua la nappe blanche au liseré gaufré. Il y avait une seule cuiller à soupe.

Une porte grinça sur sa droite et une silhouette trapue apparut, portant un bol fumant. L'homme eut un instant d'hésitation en voyant Teg, puis déposa le bol devant lui sur la table. Quelque peu alarmé par sa réaction, Teg se força à ignorer momentanément l'arôme alléchant qui montait jusqu'à ses narines et se concentra sur celui qui le servait en disant:

— C'est une excellente soupe, monsieur. Je l'ai préparée moi-même.

La voix aussi était artificielle. Il vit les cicatrices de chaque côté de la mâchoire. Cet homme ressemblait à une ancienne créature mécanique. Sa tête presque sans cou était rattachée à de larges épaules, ses bras semblaient bizarrement articulés aux épaules et aux coudes, ses jambes donnaient l'impression de ne plier qu'aux hanches. Il se tenait à présent immobile, mais il était entré d'une démarche raide qui confirmait qu'il était surtout fait de prothèses. La souffrance qui se lisait dans ses yeux ne pouvait demeurer inaperçue.

— Je sais que je ne suis pas très beau à voir, fit-il d'une voix grinçante. J'ai été massacré dans l'explosion d'Alajory.

Teg n'avait pas la moindre idée de ce qu'était cette explosion d'Alajory, mais son interlocuteur présumait visiblement qu'il était au courant. Ce terme « massacré » était au demeurant une accusation fort intéressante portée contre la Destinée.

— J'étais en train de me demander si je vous connaissais déjà, lui dit Teg.

— Ici, personne ne connaît personne. Mangez votre soupe. Vous n'avez rien à craindre dans cette maison.

Il leva le doigt en direction de l'extrémité spiralée d'un détecteur silencieux qui pendait du plafond et dont la couleur indiquait qu'il n'y avait pas de poison dans son entourage immédiat.

Teg regarda le liquide brun foncé qui emplissait son bol. Il contenait plusieurs morceaux de viande. Il saisit sa cuiller d'une main tremblante et fit deux tentatives infructueuses avant de pouvoir la porter à sa bouche, non sans en avoir refait tomber presque tout le contenu dans le bol.

Un main ferme agrippa son poignet pour l'aider et la voix artificielle parla doucement à son oreille :

— Je ne sais pas ce que ces salauds vous ont fait, Bashar, mais je peux vous assurer que personne ne vous fera de mal ici sans m'être préalablement passé sur le corps.

— Vous me connaissez?

— Beaucoup sont prêts à mourir pour vous, Bashar. Si mon fils est vivant aujourd'hui, c'est à vous qu'il le doit.

Teg le laissait guider sa main. Il n'aurait pas pu, autrement, avaler la première cuillerée. Le liquide était riche, brûlant et bienfaisant. Sa main cessa bientôt de trembler et il fit signe à l'homme de lui lâcher le poignet.

— Encore un peu, Bashar?

Teg s'aperçut alors qu'il avait vidé le bol. Il était tenté de dire oui, mais le chauffeur lui avait demandé de se dépêcher.

— Merci, mais il faut que je reparte.

— Vous n'étiez pas ici, lui dit l'homme

Quand il fut de nouveau confortablement installé à l'arrière du véhicule lancé à toute allure sur la grande route, Teg réfléchit à la formule d'adieu utilisée par celui qui se disait « massacré ». C'était la même que celle du premier paysan : « Vous n'étiez pas ici. » Cela en disait long sur l'état d'esprit collectif qui régnait sur Gammu et sur les changements survenus depuis sa tournée d'inspection.

Ils arrivèrent dans les premiers faubourgs d'Ysaï et Teg se demanda s'il ne valait pas mieux qu'il se déguise d'une manière quelconque. Trop de gens semblaient le reconnaître du premier coup.

— Où me cherchent les Honorées Matriarches à présent? demanda-t-il.

— Un peu partout, Bashar. Nous ne sommes pas en mesure de garantir votre sécurité pour l'instant, mais nous nous organisons. Je communiquerai l'adresse où je vous conduis à qui de droit.

— Ont-elles dit pourquoi elles me recherchent?

— Elles ne disent jamais rien, Bashar.

— Depuis combien de temps sont-elles implantées ici?

— Bien trop longtemps. Elles étaient déjà sur Gammu quand j'étais enfant, et plus tard lorsque j'ai combattu à Renditaï en tant que balterne.

Un siècle au moins, se dit Teg. *Largement le temps de regrouper un grand nombre de forces entre leurs mains.. s'il faut ajouter foi aux craintes de Taraza.*

Et Teg n'hésitait pas à y ajouter foi.

« Ne faites surtout jamais confiance à quelqu'un que ces catins ont pu avoir sous leur influence », lui avait dit un jour Taraza.

Teg, en tout cas, ne sentait toujours aucune menace dans sa situation actuelle. Il ne pouvait que constater l'atmosphère de secret qui l'entourait visiblement. Il ne chercha pas à obtenir de plus amples détails.

Ils se trouvaient maintenant au coeur de la cité.Teg entrevit la masse noire de l'ancienne Citadelle Harkonnen de Baronie à la faveur d'occasionnelles trouées entre les murs qui entouraient les résidences privées. La voiture tourna dans une rue bordée de petites boutiques hétéroclites, pour la plupart rafistolées avec des matériaux de récupération dont la diversité et les couleurs disparates affichaient l'origine. Des enseignes criardes proclamaient que les marchandises à l'intérieur étaient de meilleure qualité qu'ailleurs et que le service après vente était incomparable

Ce n'était pas tant qu'Ysaï s'était dégradée ou même pervertie, se disait Teg. La croissance de la cité avait été orientée vers quelque chose de pire que la laideur. Quelqu'un avait cherché délibérément à la rendre sordide. C'était la clé de presque tout ce qu'il voyait ici.

Le temps ne s'était pas seulement arrêté à Ysaï, il était revenu en arrière. Le spectacle que Teg avait sous les yeux n'était pas celui d'une cité moderne sillonnée par des rames de transport rapides et efficaces, parsemée d'immeubles usiformes aux structures parfaitement isolées. Il n'y avait là que des assemblages désordonnés, des bâtisses anciennes reliées à des constructions bricolées au goût de chaque individu, presque toujours dans un but qui n'apparaissait pas clairement ou dont l'utilité avait dû se perdre dans la nuit des temps. Tout, à Ysaï, était jeté pêle-mêle dans une contiguïté qui n'échappait que par miracle au chaos. Ce qui sauvait encore la cité, se disait-il, c'était la présence des anciennes artères le long desquelles s'agglutinaient les bicoques lépreuses. Le chaos avait peu de prise sur les tracés rectilignes bien que les nouvelles rues aient été percées sans le moindre plan d'urbanisme, se recoupant dans tous les sens sauf à angle droit. Vue des airs, la cité ressemblait à un patchwork insensé où seul le rectangle géant de l'ancienne Baronie donnait une impression d'ordre géométrique. Le reste était un défi à toute architecture.

Teg comprit brusquement que cet endroit était un leurre, une tromperie plaquée sur d'autres tromperies, le tout formant un tel méli-mélo de mensonges qu'on aurait pu gratter plusieurs strates sans arriver jusqu'à un début de vérité utile. Tout Gammu était fait ainsi. D'où provenait une telle folie? Remontait-elle au temps des Harkonnen?

— Nous y sommes, Bashar.

Le chauffeur se rangea le long du trottoir devant la façade aveugle d'un immeuble en plastacier noir où se découpait l'ouverture unique d'une porte d'entrée sur la rue. Nul matériau de récupération ici. Teg reconnut parfaitement l'endroit. C'était bien l'une des planques qu'il avait sélectionnées lui-même. Des signaux incompréhensibles clignotaient dans sa nouvelle vision seconde, mais il pensait pas qu'il y eût du danger dans l'immédiat. Le chauffeur lui ouvrit la portière en s'effaçant pour le laisser passer.

— Il n'y a pas grand monde a cette heure-ci, dit-il. Dépêchez-vous d'entrer.

Sans un regard en arrière, Teg descendit sur le trottoir étroit et s'engouffra dans l'immeuble. Un petit hall en plastacier d'un blanc poli l'accueillit, agrémenté seulement de quelques rangées d'oeils com. Il se glissa dans un tube de montée et composa les coordonnées qu'il avait en mémoire. Ce tube, si ses souvenirs étaient exacts, grimpait en diagonale jusqu'au cinquante-septième étage de l'immeuble sur l'autre façade, celle où il y avait des fenêtres. Il revoyait la salle à manger privée aux tentures pourpres et au mobilier brun foncé massif, la maîtresse des lieux au regard sévère et à l'air de famille évident avec le Bene Gesserit, sans être elle-même une Révérende Mère.

Le tube le conduisit directement dans cette salle de son souvenir, mais il n'y eut personne pour l'accueillir. Il posa son regard sur le mobilier massif et les tentures grenat qui, au fond de la salle, dissimulaient les quatre fenêtres en façade.

Il savait que sa présence ne pouvait manquer d'être décelée. Il décida d'attendre patiemment, comptant sur sa vision spéciale pour anticiper tout danger. Il ne recevait pour le moment aucun signal d'agression. Il prit position sur le côté de la sortie du tube et examina de nouveau les lieux.

Teg avait une théorie sur les relations entre une pièce d'habitation quelconque et ses fenêtres — leur nombre, leur disposition, leur hauteur à partir du sol, le rapport entre les dimensions de la salle et celles de ses fenêtres, l'étage où elle se trouvait, la manière dont les fenêtres étaient habillées et ainsi de suite. Toutes ces données, dans son raisonnement de mentat, étaient comparées à l'usage auquel était destinée la chambre. Les pièces d'habitation pouvaient être classées selon une hiérarchie particulièrement précise. Il y avait bien sûr des cas d'espèce où ces considérations n'auraient pas pu fournir d'information utile, mais en général on pouvait se fier à la théorie.

L'absence de fenêtres dans une pièce située au-dessus du niveau du sol revêtait une signification particulière. Si des humains occupaient cette chambre, cela ne signifiait pas nécessairement que le secret était leur objectif principal. Il lui était arrivé d'établir sans équivoque que dans un contexte universitaire, l'absence de fenêtres dans une salle de cours était à la fois le symbole d'un isolement par rapport au monde extérieur et d'une nette aversion envers les jeunes.

Cette pièce-ci, cependant, avait quelque chose de différent: pas seulement le secret à volonté, mais aussi le besoin de maintenir une surveillance occasionnelle sur le monde extérieur.

L'Isolement protecteur sur commande.

Son jugement se trouva renforcé lorsqu'il traversa la pièce pour écarter brusquement l'une des draperies. Les fenêtres étaient en triplaz à haute résistance. C'était bien ça! Surveiller le monde extérieur, c'était aussi risquer de provoquer une attaque. Telle était du moins l'opinion de la personne qui avait donné l'ordre de protéger ainsi cette salle.

Il alla tirer une autre draperie à l'extrémité du mur et examina de plus près la surface vitrée. Il y avait là des réflecteurs prismatiques dont la fonction était d'amplifier la vue le long du mur adjacent de chaque côté et de haut en bas.

Ça alors!

Sa précédente visite ne lui avait pas laissé le temps d'examiner les lieux avec autant de précision, mais il savait à présent parfaitement à quoi s'en tenir. Très intéressant. Il laissa retomber la tenture et se tourna juste à temps pour voir émerger du tube d'accès un homme de haute taille.

La vision seconde de Teg lui fournit une prédiction catégorique sur le nouveau venu. Cet homme représentait une menace cachée. Son allure générale était sans aucun doute possible celle d'un militaire. Surtout sa manière de se tenir et son œil vif à l'affût de détails que seul un officier ayant subi une formation spéciale était susceptible d'observer. Mais il y avait quelque chose d'autre dans son maintien qui alerta immédiatement Teg. Ce militaire était un traître professionnel! Un mercenaire prêt à se vendre à celui qui offrait le plus.

— C'est écœurant, la manière dont ils vous ont traité! fit-il en s'avançant vers Teg.

Sa voix de baryton portait en elle l'assurance inconsciente du pouvoir personnel. L'accent ne ressemblait à aucun autre dont Teg eût connaissance. Il venait de la Dispersion! Au moins le grade de Bashar ou l'équivalent, estima-t-il.

Il ne sentait toujours pas de danger immédiat.

Voyant que Teg ne lui répondait pas, l'homme reprit :

— Oh! Excusez-moi. Je me présente: Muzzafar, Jafa Muzzafar, commandant régional des forces de Dur.

Teg n'avait jamais entendu parler des forces de Dur.

Les questions se bousculaient dans sa tête, mais il gardait le silence. Tout ce qu'il pouvait dire à cet homme risquait de trahir une faiblesse.

Où étaient les gens qu'il s'attendait à trouver ici? *Qu'est-ce qui m'a fait choisir cet endroit*? Sa décision lui avait été inspirée avec une telle assurance...

— Installez-vous confortablement, je vous prie, lui dit Muzzafar en désignant des coussins derrière une table basse. Je vous assure que je ne suis pour rien dans ce qui vous est arrivé. J'ai essayé d'y mettre un terme dès que j'en ai eu connaissance, mais vous aviez déjà... quitté les lieux.

Teg percevait maintenant quelque chose d'autre dans la voix de ce Muzzafar: une sorte de prudence qui confinait à la peur. Il était donc au courant des événements de la cabane.

— Très habile de votre part, continua Muzzafar. Garder vos forces d'attaque en réserve jusqu'à ce que vos ravisseurs soient occupés à essayer de vous extorquer des renseignements. Ont-ils appris quelque chose?

Teg secoua muettement la tête de droite à gauche et de gauche à droite. Il sentait qu'il allait d'un instant à l'autre recevoir l'impulsion de passer à l'attaque en mode accéléré, et pourtant il ne percevait toujours aucune menace immédiate. À quel jeu jouaient donc ces Égarés? Quoi qu'il en soit, il était parfaitement clair que Muzzafar et les siens n'avaient rien compris à ce qui s'était passé dans la cabane où on l'avait soumis à la sonde T.

— Asseyez-vous, insista Muzzafar.

Teg se laissa tomber sur le coussin indiqué.

Muzzafar prit un siège bas à un autre coin de la table. Tout indiquait qu'il était sur le qui-vive, prêt à faire face à une situation de violence.

Teg prit le temps de l'étudier avec intérêt. Muzzafar n'avait pas révélé de véritable grade à part le titre vague de commandant. De haute taille, il avait le visage large et rubicond, le nez long, les yeux gris-vert et la manie de fixer un point situé juste derrière l'épaule droite de Teg quand il s'adressait à lui. Teg avait autrefois connu un espion qui agissait ainsi.

— Eh bien! fit Muzzafar. Je n'ai pas cessé d'entendre parler de vous ou de lire des choses à votre sujet depuis mon arrivée ici.

Teg continua de l'observer en silence. Ses cheveux coupés court laissaient visible une cicatrice violacée de quelques millimètres de long au-dessus de son sourcil gauche. Il portait une vareuse ouverte de couleur vert clair avec un pantalon assorti. Pas tout à fait un uniforme, mais il y avait quelque chose dans sa tenue qui évoquait la stricte discipline des armées. Ses chaussures, par exemple, étaient cirées à la perfection. Teg était sûr qu'en se penchant, il pourrait y apercevoir son reflet comme dans un miroir.

— Je n'avais jamais pensé vous rencontrer un jour en chair et en os, naturellement, reprit Muzzafar. Considérez qu'il s'agit d'un très grand honneur pour moi.

— Pour ma part, je ne sais pas grand-chose sur vous, excepté que vous commandez des forces de la Dispersion, lui répondit Teg.

— Mmm... Il n'y a rien de très particulier à savoir, je pense.

Une fois de plus, Teg sentit la faim lui tenailler l'estomac. Son regard se porta sur le bouton, près du tube d'accès, qui servait, il s'en souvenait, à faire venir un serveur. C'était le genre d'endroit où le service était fait par des humains de préférence aux automates habituels. Excellente excuse pour entretenir sur les lieux une petite troupe prête à agir en permanence.

Se méprenant sur le regard de Teg, Muzzafar murmura:

— Je vous en prie, ne songez pas à nous quitter déjà. J'ai demandé à mon médic personnel de venir ici vous examiner. Il ne devrait plus tarder. À votre place, j'attendrais tranquillement qu'il arrive.

— J'avais seulement l'intention de commander quelque chose à manger, dit Teg.

— Je vous conseillerais d'attendre le passage du docteur. Ces étourdisseurs provoquent parfois des effets secondaires indésirables.

— Vous êtes au courant.

— Au courant de ce lamentable fiasco, oui. Votre Burzmali et vous représentez une force avec laquelle nous devons compter.

Avant que Teg ait pu lui répondre, le tube livra passage à un personnage de haute taille, vêtu d'une veste-combinaison rouge. Il était maigre à un point tel qu'on avait l'impression de voir pointer ses os à travers l'étoffe ballante. Tatouée sur son front haut était la marque en forme de losange des docteurs Suk, mais sa couleur était orange au lieu du noir habituel. En outre, les iris du docteur étaient dissimulés par des taies orange scintillantes qui ne laissaient pas voir la vraie couleur de ses yeux.

Un adepte d'une drogue quelconque? se demanda Teg.

Il ne décelait pas l'odeur des stupéfiants habituels, ni même celle du mélange. Il flottait cependant autour de cet homme comme un parfun de fruit acidulé.

— Ah! Vous voilà, Solitz! fit Muzzafar en désignant Teg d'un grand geste. Faites-lui un bon examen. Il a été touché par un étourdisseur hier soir.

Solitz sortit un scanoscope, le modèle compact, tenant dans une main, habituellement utilisé par les docteurs Suk. Son champ analyseur émettait un léger bourdonnement.

— Ainsi, vous êtes un docteur Suk, lui dit Teg en regardant ostensiblement le losange orangé tatoué sur son front.

— Oui, Bashar. Ma formation et mon conditionnement sont issus de nos meilleures et de nos plus anciennes traditions.

— Je n'avais jamais vu de marque d'identification de cette couleur.

Le docteur passa son scanoscope autour de la tête de Teg.

— La couleur du tatouage ne fait aucune différence, Bashar C'est ce qu'il y a derrière qui importe.

Il abaissa son appareil jusqu'aux épaules de Teg puis, systématiquement, le long de son corps.

Teg attendit que le bourdonnement s'arrête.

Le docteur recula d'un pas et s'adressa à Muzzafar :

— Il est en pleine forme, Maréchal. C'est même remarquable, compte tenu de son âge. Mais il a particulièrement besoin de sustenter son organisme.

— Hum... je vois. Eh bien, c'est parfait, Solitz. Occupez-vous de cette question. Le Bashar est notre hôte.

— Je vais lui commander un repas adapté à ses besoins. Il faudra manger lentement, Bashar.

Le docteur Suk effectua un demi-tour impeccable qui fit flotter un instant la veste et les jambes de sa combinaison. Puis le tube se referma sur lui.

— Maréchal? répéta Teg.
— C'est un ancien titre de Dur.
— De Dur?
— Excusez-moi; c'est vraiment stupide de ma part, fit Muzzafar.
Il sortit de la poche de sa vareuse un petit étui d'où il fit glisser une carte. Teg reconnut un holostat du même genre que celui qu'il avait gardé sur lui pendant toute sa carrière militaire et qui contenait des vues de chez lui et de sa famille. Muzzafar posa la carte à plat sur la table et enfonça le petit déclencheur.
La représentation miniature en couleurs d'une étendue verte et touffue de forêt vierge prit forme au-dessus de la table.
— C'est chez moi, dit Muzzafar en désignant du doigt un endroit précis de la projection. Le buisson-charpente juste là au centre. Le premier qui m'ait jamais obéi. Tout le monde se moquait de moi, au début, parce que j'avais pris celui qui se présentait comme ça, sans choisir.
Tout en s'intéressant à la projection, Teg perçut la profonde tristesse qui imprégnait la voix de Muzzafar. Le buisson en question était un assemblage étique de branches grêles à l'extrémité desquelles pendaient des boules d'un bleu très vif. *Buisson-charpente*?
— Pas très costaud, je sais, reprit Muzzafar en retirant son doigt de la projection. Et pas très sûr non plus, évidemment. Surtout quand il a fallu que je me défende avec à plusieurs reprises pendant les tout premiers mois. Mais je me suis pris d'affection pour lui. Ils sont très sensibles à cela, voyez-vous. Et c'est à présent la meilleure place de toutes les vallées basses, par la Roche Eternelle de Dur!
Voyant l'air perplexe de Teg, Muzzafar s'écria:
— Que je suis bête! Vous n'avez pas de buissons-charpentes, naturellement! Il faut excuser mon ignorance crasse. Je pense que nous avons beaucoup à apprendre l'un de l'autre.
— Vous avez appelé ça chez vous.
— C'est vrai. Bien dirigés, une fois qu'ils ont appris à obéir, naturellement, ils font de somptueuses résidences. Le tout ne demande pas plus de quatre ou cinq standards.
Standards, se dit Teg. Ainsi, les Égarés comptaient toujours en Années Standard.
Le tube d'accès fit entendre un sifflement et une jeune serveuse en tablier bleu entra à reculons dans la salle en traînant une desserte chaude montée sur suspenseurs qu'elle vint placer devant la table basse où était Teg. Son costume était à peu près le même que celui dont il avait gardé le souvenir depuis sa dernière visite, mais le visage rond et agréable qu'elle tourna vers lui était celui d'une inconnue. Le devant de son crâne avait été épilé, laissant voir un réseau de veines saillantes. Ses yeux

étaient d'un bleu très pâle et il y avait dans son attitude générale une sorte d'indifférence soumise. Elle souleva le couvercle de la desserte et les odeurs épicées de la nourriture montèrent aussitôt aux narines de Teg.

Celui-ci eut un soupçon, mais sa vision seconde ne percevait toujours pas de menace immédiate. Il se vit en train de manger sans que rien de fâcheux lui arrive ensuite.

La serveuse disposa les plats devant lui, avec son couvert soigneusement rangé sur le côté.

— Je n'ai pas de détecteur, mais je peux goûter aux plats si vous le désirez, lui dit Muzzafar.

— Ce ne sera pas nécessaire, fit Teg.

Il savait que cela les intriguerait, mais on le soupçonnerait simplement d'avoir des talents de Diseur de Vérité. Il examina la nourriture. Sans l'avoir décidé consciemment, il se pencha et commença à manger. Bien qu'il fût habitué à l'appétit particulier du mentat, sa propre réaction le surprit. Quand il fonctionnait en mode mentat, son cerveau consommait les calories à un rythme accéléré. Mais ce qui était en train de se produire ici dépassait tout ce qu'il avait connu. Son instinct de survie avait pris la relève. La faim qu'il ressentait était quelque chose qu'il ne pouvait plus contrôler. Quand il avait mangé prudemment sa soupe à l'étape précédente, il n'avait pas eu cette réaction.

Le docteur Suk a bien choisi, se dit-il. Le repas avait été composé en fonction des paramètres fournis par le scanoscope.

La serveuse continuait d'apporter des plats qu'elle allait chercher dans des dessertes fumantes commandées par l'intermédiaire du tube.

Teg dut se lever au milieu du repas pour aller aux toilettes. Même là, il avait conscience des œils com qui l'épiaient en permanence. Il se rendait compte que les réactions de son organisme, en particulier ses processus digestifs, avaient subi de profondes transformations qui les faisaient correspondre aux nouvelles nécessités de son métabolisme. Quand il retourna s'asseoir à la table, il avait aussi faim que s'il n'avait rien mangé du tout.

La serveuse commença à manifester quelques signes d'étonnement, puis d'inquiétude. Mais elle continuait à apporter les plats sur sa demande.

Muzzafar le regardait faire avec une perplexité grandissante, sans dire un mot.

Teg commençait à ressentir les effets réparateurs de l'apport énergétique prescrit par le docteur Suk. Mais les quantités, visiblement, n'avaient pas été prévues. La fille faisait le va-et-vient avec le tube d'accès dans une sorte d'état de choc.

Muzzafar finit par dire :

— Je dois vous avouer que c'est la première fois que je vois quelqu'un manger de telles quantités d'affilée. Je ne comprends pas comment vous faites. Ni pourquoi.

Teg s'enfonça en arrière dans ses coussins, enfin rassasié. Il savait qu'il avait soulevé des questions auxquelles il était impossible de répondre franchement.

— C'est un truc de mentat, dit-il. Mon organisme a été récemment soumis à de rudes épreuves.

— Tout à fait étonnant, dit Muzzafar en se levant.

Voyant que Teg voulait se lever à son tour, il lui fit signe de ne pas bouger.

— Inutile. Nous vous avons préparé une chambre à côté. Il est préférable que vous ne quittiez pas cet immeuble pour le moment.

La serveuse sortit avec les dessertes vides.

Teg observa Muzzafar. Quelque chose avait changé en lui pendant son repas. Muzzafar le regardait à présent d'un air froid et calculateur.

— Vous avez un implant de communication, lui dit Teg. Vous venez de recevoir de nouveaux ordres.

— Il ne serait pas souhaitable pour vos amis d'essayer d'attaquer cet endroit.

— Vous croyez que c'est là mon plan?

— Quel est votre plan, Bashar?

Teg sourit.

— Très bien, fit Muzzafar.

Son regard se perdit dans le vague tandis qu'il écoutait son implant. Quand il reporta son attention sur Teg, il ressemblait à un prédateur. Teg sentit l'impact physique de son regard. Il comprit que quelqu'un allait arriver dans cette pièce et que le maréchal jugeait la présence de cette nouvelle personne très dangereuse pour son hôte. Mais Teg ne sentait rien qui pût menacer ses forces nouvellement reconstituées.

— Vous pensez que je suis votre prisonnier, dit-il tout haut.

— Par la Roche Eternelle, Bashar! Vous n'êtes vraiment pas ce à quoi je m'attendais!

— Et cette Honorée Matriarche qui va venir, à quoi s'attend-elle?

— Faites attention, Bashar. Ne prenez pas ce ton avec elle. Vous n'avez pas la plus petite idée de ce qui va vous arriver.

— Il va m'arriver une Honorée Matriarche.

— Et grand bien vous fasse!

Muzzafar exécuta un demi-tour impeccable et sortit par le tube d'accès.

Teg demeura les yeux fixés sur l'endroit qu'il venait de quitter. Dans sa vision seconde, un halo lumineux clignotait autour de l'entrée du tube. L'Honorée Matriarche était proche, mais pas encore prête à entrer dans cette salle. Avant, elle voulait s'entretenir avec Muzzafar. Mais le maréchal n'aurait rien de très important à apprendre à cette dangereuse femelle.

La mémoire ne recrée jamais la réalité. Elle la reconstitue. Et toute reconstitution modifie l'original en devenant elle-même un cadre de référence externe obligatoirement imparfait.

Manuel du Mentat

Lucille et Burzmali entrèrent dans Ysaï par les quartiers pauvres du sud, éclairés par des lampadaires largement espacés. Il était presque minuit et pourtant les rues étaient pleines de monde. Certains passants déambulaient tranquillement, d'autres conversaient avec une animation provoquée par la drogue, d'autres encore se contentaient d'observer comme s'ils attendaient quelque chose. Ils s'agglutinaient au coin des rues, retenant l'attention fascinée de Lucille sur son passage.

Burzmali la pressait d'avancer plus vite, jouant son rôle de client qui avait hâte de se retrouver seul avec elle. Lucille en profitait pour observer les gens à la dérobée.

Que faisaient-ils tous là? Ces hommes qui attendaient dans les entrées d'immeubles, qu'attendaient-ils donc? À un moment, sur le passage de Lucille et de Burzmali, un groupe d'ouvriers vêtus de lourds tabliers protecteurs émergèrent d'un large porche. Il émanait d'eux une forte odeur d'égout et de transpiration. Elle s'aperçut qu'il y avait parmi eux autant de femmes que d'hommes. Ils étaient tous grands et de forte stature, avec des avant-bras épais. Lucille ignorait quel était leur travail, mais ils appartenaient tous au même type et cela lui fit prendre conscience du peu d'informations qu'elle possédait sur Gammu.

Lorsqu'ils sortirent dans la nuit, ils toussèrent et crachèrent l'un après l'autre dans le caniveau.

*Peut-être pour se débarraser d'un contaminant quelconque?*se dit Lucille.

Burzmali se pencha à son oreille pour murmurer:

— Ces gens sont les Bordanos.

Elle risqua un coup d'oeil en arrière, à l'endroit où ils

tournaient déjà dans une petite rue. *Les Bordanos?* Aaah, oui! Elle se souvenait. Un type sélectionné et entraîné spécialement à manipuler les machines de compression qui traitaient les gaz d'épandage. La génétique leur avait ôté l'odorat et renforcé la musculature des épaules et des bras.

Burzmali la fit tourner à l'angle d'une rue, hors de vue des Bordanos.

Cinq enfants émergèrent d'un porche obscur sur leur passage et leur emboîtèrent le pas en file indienne. Lucille remarqua qu'ils tenaient quelque chose dans leur poing serré. Ils avaient un air étrangement décidé. Brusquement, Burzmali s'arrêta et leur fit face. Les enfants s'arrêtèrent aussi sans le quitter des yeux. Lucille vit clairement qu'ils étaient prêts à quelque démonstration violente.

Burzmali croisa ses deux mains devant lui en inclinant la tête.

— Guldur! cria-t-il aux enfants.

Quand Burzmali se tourna pour reprendre sa route, les enfants ne les suivirent plus.

— Ils nous auraient jeté des pierres, expliqua-t-il à Lucille.

— Pourquoi?

— Ils appartiennent à une secte d'adorateurs de Guldur — c'est le nom local du Tyran.

Lucille se retourna, mais les enfants avaient disparu. Sans doute à la recherche d'autres victimes.

Burzmali la guida dans une nouvelle rue bordée de charrettes à bras qui servaient d'étals à une multitude de petits marchands. On y trouvait de tout: de la nourriture, des vêtements, des ustensiles et outils divers. Un concert de cris s'en élevait en permanence tandis que les marchands essayaient d'attirer la clientèle. Leur voix avait cette sonorité rauque de fin de journée, empreinte d'une fausse brillance qui disait l'espoir que d'anciens rêves seraient réalisés mais qui savait en réalité que la vie ne risquait pas de changer pour eux. Il vint à l'idée de Lucille que ces gens des rues poursuivaient un rêve fugace, que ce qu'ils cherchaient n'était pas la chose en soi mais un mythe après lequel ils étaient conditionnés à courir de la même manière qu'un lévrier pourchasse un leurre frétillant sur l'ovale sans fin d'un cynodrome.

Un peu plus loin qu'eux dans la même rue, un passant de haute taille engoncé dans un pardessus rembourré marchandait d'une voix sonore un filet plein de fruits vermeils à l'odeur douceâtre que lui proposait un commerçant. L'odeur forte flottait partout. Le marchand se lamentait:

— Vous voulez enlever le pain de la bouche de mes enfants!

La silhouette rembourrée parla d'une voix flûtée dont les sonorités familières eurent pour effet de glacer Lucille :

— Moi aussi, j'ai des enfants!

Lucille dut faire un effort pour se maîtriser. Quand ils eurent quitté la rue commerçante, elle chuchota à l'oreille de Burzmali :

— Cet homme avec le gros pardessus, tout à l'heure... c'était un Maître tleilaxu!

— Impossible, protesta Burzmali. Trop grand.

— Ils étaient deux; l'un sur les épaules de l'autre.

— Vous en êtes certaine?

— Absolument.

— J'en ai vu d'autres comme ça depuis notre arrivée, mais je ne me serais jamais douté...

— Beaucoup de gens suspects dans ces rues, dit Lucille. Ils cherchent quelque chose.

Elle s'apercevait que la vie de la populace de cette planète sordide ne l'intéressait guère. Elle se défiait maintenant des explications qu'on lui avait fournies pour justifier la présence ici du ghola. Entre toutes les planètes où leur précieux ghola aurait pu être éduqué, pourquoi les Sœurs avaient-elles choisi celle-ci? Mais était-il vraiment si précieux? Ne servait-il pas plutôt de leurre?

Bloquant presque l'entrée d'une étroite ruelle sur leur gauche, un homme manipulait avec dextérité un assemblage enchevêtré de lumières tournoyantes.

— Vivant! criait-il. Regardez, c'est vivant!

Lucille ralentit le pas pour regarder un passant qui se glissait dans la ruelle en donnant une pièce à l'homme, puis se penchait sur une cuvette que les lumières faisaient briller. Son propriétaire croisa le regard de Lucille. Il avait le teint sombre et la figure étroite, celle d'un Caladanien primitif sur un corps à peine plus grand qu'un Maître tleilaxu. Une nette expression de mépris avait traversé son visage rêveur au moment où il prenait l'argent de son client.

Celui-ci releva le front de la cuvette avec un haut-le-corps et poursuivit son chemin d'une démarche légèrement chancelante, le regard vitreux.

Lucille reconnut alors l'assemblage. Ses utilisateurs lui donnaient le nom d'hypnobong et il était interdit sur la plupart des mondes civilisés.

Burzmali la pressa et ils laissèrent derrière eux le propriétaire rêveur de l'hypnobong.

Ils débouchèrent dans une rue plus large. L'immeuble en face d'eux avait une entrée d'angle. Ils ne voyaient que des piétons autour d'eux. Pas un seul véhicule ne passait. Un homme de haute taille était assis sur la première marche de l'entrée d'angle, les genoux repliés sous son menton, les bras autour des jambes. Ses mains aux doigts longs et minces étaient étroitement croisées. Il portait un chapeau noir à large bord qui laissait sa figure dans l'ombre, mais ses yeux jetaient un éclat suffisant pour montrer à Lucille qu'il ne s'agissait pas là d'un être humain ordinaire. C'était une créature dont l'existence avait jusque-là surtout fait l'objet de spéculations au Bene Gesserit.

Buzmali attendit de l'avoir largement dépassé avant de satisfaire la curiosité de Lucille.

— Un Futar, expliqua-t-il. C'est le nom qu'ils se donnent. Il n'y a pas longtemps qu'on en voit sur Gammu.

— Une expérience des Tleilaxu, conjectura Lucille en se disant: *Ou plus précisément, un essai malheureux qui nous est revenu de la Dispersion.* Tout haut, elle ajouta: Que font-ils ici?

— Une mission commerciale, c'est ce que les gens disent, fit Burzmali.

— N'en croyez rien. Ce sont des fauves croisés avec des humains.

— Aaah! Nous sommes arrivés, dit Burzmali.

Il guida Lucille vers un portail étroit qui donnait accès à une gargote mal éclairée. Lucille n'ignorait pas que cela faisait partie du rôle qu'ils étaient en train de jouer. Il leur fallait agir comme les autres gens du quartier. Mais l'idée de manger dans un endroit aussi sordide, surtout avec les odeurs qui lui parvenaient, lui répugnait véritablement.

On voyait que l'endroit avait été plein de monde mais qu'il était en train de se vider.

— Cette servicette a une excellente réputation, lui dit Burzmali tandis qu'ils prenaient place devant un distri libre en attendant que le menu leur soit projeté.

Lucille observait les clients qui partaient. Des travailleurs de nuit se rendant aux usines et aux bureaux proches, estima-t-elle. Ils semblaient anxieux et pressés, comme s'ils avaient peur de ce qu'on pourrait leur faire s'ils arrivaient en retard.

Comme sa propre vie avait été protégée à la Citadelle, se disait Lucille. Elle n'aimait pas du tout ce qu'elle découvrait de Gammu. Quel endroit sordide que cette servicette! Les tabourets du comptoir, sur sa droite, étaient éventrés et branlants. Le dessus de la table devant elle avait été tant de fois frotté et récuré qu'il ne pouvait même plus être débarrassé de ses poussières par l'aspitube dont l'ouverture béait à son coude gauche. Elle ne voyait pas trace du moindre dispositif sonique pour maintenir un semblant d'asepsie. Des parcelles de nourriture et d'autres saletés s'étaient incrustées dans les rayures de la table. Lucille frissonna. Elle ne pouvait s'empêcher de se répéter que c'était une erreur d'avoir accepté de se séparer du ghola.

Elle s'aperçut que le menu était projeté et que Burzmali était déjà en train de le parcourir.

— Je commande pour vous, dit-il.

C'était sa façon de lui faire comprendre qu'il ne tenait pas à ce qu'elle commette d'erreur en demandant un plat qu'une adepte de Hormu aurait peut-être évité.

Cela la contrariait, de se sentir dépendante à ce point. Elle était Révérende Mère! Entraînée à commander dans n'importe quelle situation, maîtresse de sa propre destinée. Tout cela était exaspérant. Elle fit un geste impatient en direction de la fenêtre sale, sur sa gauche, derrière laquelle on voyait passer les gens dans la ruelle.

— Je perds des clients pendant que nous traînons ainsi, Skar.

Ça au moins, c'était dans le ton.

Burzmali soupira presque de soulagement. *Enfin!* se dit-il. Elle avait retrouvé ses réactions de Révérende Mère. Il ne comprenait pas son attitude absente, la manière dont elle regardait la cité et ses habitants.

Deux gobelets remplis d'une boisson crémeuse glissèrent de la fente du distri. Burzmali vida le sien d'une seule traite. Lucille goûta le liquide du bout de la langue pour en trier les composants. Un ersatz cafiaté, dilué dans un jus au parfum de noisette.

Burzmali leva le menton pour lui faire signe de boire rapidement. Elle obéit, réprimant une grimace devant les arômes chimiques. Elle vit que l'attention de Burzmali était fixée sur quelque chose derrière elle, mais elle n'osait pas se retourner. Cela n'aurait pas cadré avec son personnage.

— Venez, dit Burzmali.

Il posa une pièce de monnaie sur la table et la fit sortir en hâte. Son sourire était celui d'un client impatient, mais il y avait aussi une lueur d'inquiétude dans son regard.

Le rythme de la rue avait changé. Il y avait nettement moins de monde. Les porches sombres donnaient l'impression de receler de plus lourdes menaces. Lucille se rappela qu'elle était censée représenter une corporation puissante dont les membres étaient à l'abri de la violence quotidienne de la rue. Il était vrai que les quelques passants qu'elle croisait s'écartaient pour lui faire place, après avoir jeté sur les dragons qui ornaient sa robe un regard qui avait toutes les apparences d'un respect craintif.

Burzmali s'arrêta à l'entrée d'un immeuble.

Elle ressemblait à toutes les autres entrées de cette rue, légèrement en retrait par rapport à la façade, de sorte qu'elle paraissait encore plus étroite qu'elle ne l'était en réalité. Le hall était gardé par un système optique de sécurité d'un modèle archaïque. Aucun dispositif moderne, apparemment, ne fonctionnait dans ce quartier. Les rues elles-mêmes en représentaient la preuve: elles étaient conçues uniquement pour la circulation au sol. Il ne devait pas y avoir une seule terrasse équipée dans tout le secteur. On n'entendait ni ne voyait aucun engin aérien, aucun orni. Il y avait, par contre, de la musique, comme un susurrement très faible qui faisait penser à la sémuta. Quelque chose de nouveau dans la manière d'utiliser cette drogue? C'était certainement un quartier où les toxicomanes ne devaient pas manquer.

Lucille leva les yeux vers la façade de l'immeuble tandis que Burzmali la précédait dans l'entrée et signalait leur présence en pénétrant dans le faisceau optique.

Toute la façade était aveugle, faite de plastacier ancien à l'éclat terni interrompu de place en place par le reflet d'un oeil com de surface. C'étaient également de très anciens modèles, remarqua-t-elle, beaucoup plus gros que ceux que l'on faisait maintenant.

Une porte, dans l'ombre au fond du hall, pivota sur des gonds silencieux.

— Par ici, dit Burzmali en se tournant pour la tirer par le coude.

De l'autre côté de la porte, il y avait un couloir faiblement éclairé où flottait une odeur de nourritures exotiques et d'essences amères. Elle mit un bon moment à déchiffrer certains des composants qui assaillaient ses narines. Du mélange. Elle ne pouvait pas se tromper sur les effluves caractéristiques évoquant la cannelle. Et aussi de la Sémuta. Elle identifia l'odeur du riz brûlé et des sels de higet. Quelqu'un essayait de camoufler ici un autre genre de *cuisine*. C'étaient des explosifs que l'on y fabriquait. Elle allait avertir Burzmali, mais se ravisa. Il n'était pas nécessaire qu'il sache. De plus, on ne pouvait jamais savoir quelles oreilles écoutaient dans ces espaces confinés.

Burzmali la précéda sur l'étroit escalier qu'éclairait faiblement une rampe à brilleurs parallèle au plan incliné. Arrivé à l'étage, il trouva un bouton dissimulé dans une cavité du mur mille fois plâtré et replâtré. On n'entendit aucun bruit quand il appuya sur le bouton, mais Lucille perçut un changement subtil dans les mouvements qui les entouraient. Un silence figé, comme tapi dans l'attente d'une brusque fuite ou d'une agression.

Il faisait froid dans l'escalier et elle frissonna, mais pas à cause de la température. Des pas résonnèrent derrière la porte à côté de la cavité où était caché le bouton.

Une affreuse vieille aux cheveux gris, vêtue d'un sarrau jaune, ouvrit la porte et les scruta en fronçant ses sourcils en bataille.

— C'est vous, dit-elle d'une voix chevrotante. Puis elle s'écarta pour les laisser passer.

Lucille jeta un rapide coup d'oeil à l'intérieur au moment où la porte se refermait derrière elle. Un observateur superficiel aurait pu croire qu'il s'agissait encore d'un endroit sordide et négligé, mais ce n'était pas vrai. Sous les apparences trompeuses, elle percevait une certaine classe, due en particulier aux exigences d'une personne de goût. Tel objet a sa place ici et pas ailleurs. Tel meuble doit être disposé ainsi et pas autrement. Les bibelots et le mobilier paraissaient un peu décatis, mais la personne en question n'y voyait pas d'inconvénient. Au contraire, c'était mieux comme ça. Tout allait parfaitement ensemble.

À qui était cette chambre? À la vieille femme qui se dirigeait péniblement vers une autre porte située sur leur gauche?

— Nous ne voulons pas être dérangés jusqu'à l'aube, dit Burzmali.

La vieille s'arrêta et se retourna.

Lucille l'observa attentivement. Encore une qui feignait un âge avancé? Non; l'âge était réel. Chaque mouvement la faisait vaciller tout entière. Son cou tremblait, son corps la trahissait d'une manière qu'elle était incapable de contrôler.

— Même si c'est quelqu'un d'important? demanda-t-elle de sa voix chevrotante.

Un tic agitait ses paupières quand elle parlait. Ses lèvres bougeaient le moins possible pour émettre les sons nécessaires, qu'elle semblait aller chercher quelque part au plus profond d'elle-même. Ses épaules, déformées à force d'être restées courbées pendant des années sur le même type de travail, étaient incapables de se redresser assez pour lui permettre de regarder Burzmali dans les yeux. Elle se contentait, à la place, de le scruter à travers ses sourcils, en un mouvement curieusement furtif.

— Qui attendez-vous d'important? lui demanda Burzmali.

La vieille eut une sorte de haut-le-corps et parut mettre un temps infini à comprendre.

— Des gens très importants viennent ici, dit-elle.

Lucille reconnut soudain une posture particulière et souffla vivement, parce qu'il fallait que Burzmali le sache:

— Elle est de Rakis!

Le regard penché de la vieille se porta sur Lucille.

— J'ai été prêtresse, Dame de Hormu.

— Bien sûr qu'elle est de Rakis, fit Burzmali d'un ton qui signifiait qu'elle ne devait pas insister.

— Je ne vous veux pas de mal, chevrota la vieille.

— Vous servez toujours le Dieu Fractionné? interrogea Lucille.

De nouveau, un long moment s'écoula avant la réponse.

— Nombreux sont ceux qui servent le Grand Guldur.

Lucille plissa les lèvres et laissa errer une fois de plus son regard à travers la chambre. La vieille femme avait tout d'un coup perdu beaucoup de son importance.

— Je suis contente de ne pas avoir à vous tuer, dit-elle.

La mâchoire de la vieille s'affaissa en une parodie de surprise tandis qu'un peu de salive coulait au coin de ses lèvres.

C'était ça, la descendante des Fremen? Lucille laissa son dégoût s'extérioriser en un long frisson. Cette loque humaine était issue d'une race qui marchait la tête haute et qui savait mourir bravement. Celle-ci ne saurait que gémir jusqu'à sa mort.

— Je vous en supplie, faites-moi confiance, geignit la vieille avant de s'en aller.

— Pourquoi lui avez-vous dit ça? demanda Burzmali. Si nous rejoignons Rakis, ce sera grâce à ces gens.

Elle se contenta de le regarder sans rien dire, reconnaissant la peur derrière sa question. Mais c'était de la peur pour elle!

Pourtant, je ne l'ai pas imprégné, l'autre fois, se dit-elle.

Avec un choc, elle se rendit compte que Burzmali avait perçu la haine qu'elle éprouvait.

Je les hais! Je hais les habitants de cette planète!

C'était un sentiment dangereux pour une Révérende Mère. Et pourtant, il brûlait en elle. Cette planète l'avait changée d'une manière qu'elle n'acceptait pas. Elle ne voulait pas admettre que de telles choses existaient. La compréhension abstraite était une chose, l'expérience une autre.

Qu'ils soient damnés!

Mais ils étaient déjà damnés.

Elle ressentait une douleur à la poitrine. La frustration! Impossible d'échapper à cette nouvelle constatation. Qu'était-il arrivé à ces gens?

Ça, des gens?

La coquille était intacte, mais elle n'abritait plus grand-chose. Et c'était dangereux. Suprêmement dangereux.

— Il faut profiter de l'occasion pour nous reposer, dit Burzmali.

— Je n'ai pas besoin de gagner mon pain?

Burzmali devint blême.

— Ce que nous avons fait était indispensable! Nous avons eu de la chance de ne pas être arrêtés, mais nous aurions pu l'être.

— Et ici, nous sommes en sécurité?

— Autant qu'on puisse le garantir. Les gens qui nous entourent ont été contrôlés par mes hommes ou par moi.

Lucille jeta son dévolu sur un long canapé d'où montaient des restes de vieux parfums et s'apprêta à laver son esprit de cette haine dangereuse. Là où avait pénétré la haine, l'amour pouvait suivre! Elle entendit Burzmali qui s'étendait sur des coussins le long d'un mur voisin. Bientôt, le bruit de sa respiration régulière lui parvint. Mais elle n'arrivait pas à s'endormir. Elle était envahie par une foule de souvenirs surgis de la Mémoire Seconde qu'elle partageait avec ses ancêtres. Abruptement, elle eut la vision d'une rue encombrée de monde, de visages en mouvement sous un soleil éclatant. Il lui fallut un bon moment pour se rendre compte qu'elle voyait tout cela sous un angle assez particulier — celui d'un jeune enfant porté dans les bras de quelqu'un. Et elle savait qu'il s'agissait d'un souvenir personnel. Elle connaissait la personne qui la portait, elle sentait les battement de son cœur contre sa joue chaude.

Lucille goûta le sel de ses propres larmes.

Elle comprit, à ce moment-là, que Gammu l'avait touchée bien plus profondément que n'importe quelle autre expérience depuis les premiers jours où elle avait fréquenté les instituts du Bene Gesserit.

Caché derrière d'épaisses barrières, le cœur devient de glace.

Darwi Odrade
Débat au sein du Conseil

De violentes tensions régnaient sur le groupe, constitué de Taraza (portant en secret une cotte sous sa robe et la tête remplie des autres précautions qu'elle avait prises), Odrade (persuadée qu'un affrontement violent se préparait et par conséquent sur ses gardes), Sheeana (parfaitement au courant de la situation et protégée par trois Révérendes Mères de la Sécurité qui allaient partout avec elle comme une armure vivante), Waff (redoutant que sa raison ait été altérée par quelque mystérieux artifice du Bene Gesserit), du faux Tuek (manifestant tous les symptômes d'une fureur près d'éclater) et de neuf conseillers rakiens du Grand Prêtre (rageusement occupés chacun en son for intérieur à trouver le moyen d'assurer sur les autres sa suprématie et celle de sa famille).

En outre, cinq acolytes spécialement sélectionnées et entraînées par le Bene Gesserit au combat rapproché se tenaient à proximité de la Mère Supérieure tandis qu'un nombre égal de Danseurs-Visages ne quittaient pas Waff.

L'assemblée se tenait au dernier étage du Musée de Dar-es-Balat. La salle était vaste, tout en longueur, avec un mur de plaz qui donnait à l'ouest sur un jardin suspendu de verdure luxuriante. A l'intérieur, le décor consistait en divans moelleux et objets d'art tirés des collections du Tyran.

Odrade n'était pas d'accord sur la présence de Sheeana, mais Taraza s'était montrée intransigeante sur ce point. L'influence de Sheeana sur Waff et sur la majorité des prêtres représentait un avantage trop important pour le Bene Gesserit.

Il y avait des stores de dolbanne tout au long du mur vitré pour atténuer la clarté du soleil déclinant à l'ouest. L'exposition de cette pièce au couchant avait pour Odrade une signification toute particulière. L'ouest, c'était le désert où reposait Shaï-Hulud. C'était le passé, c'était la mort.

Elle admirait les dolbannes le long du plaz. C'étaient des panneaux constitués de lamelles noires de dix molécules d'épaisseur, animées d'un mouvement de rotation au sein d'un fluide transparent. Pourvues d'un système de réglage automatique, les meilleures dolbannes de fabrication ixienne laissaient passer une quantité prédéterminée de lumière sans gêner notablement la vue. Les artistes et les antiquaires les préféraient aux systèmes à polarisation parce qu'elles ne modifiaient pas au passage le spectre de la lumière disponible. Leur emploi dans cette salle correspondait à l'usage auquel elle était habituellement destinée: celui de vitrine pour les plus belles collections de l'Empereur-Dieu. Et là, oui, c'était une robe qui avait été portée par la fiancée d'un jour du Tyran.

Les prêtres de Rakis, groupés à une extrémité de la salle, étaient plongés dans une discussion animée. Ils ignoraient complètement le faux Tuek. Taraza, non loin, les écoutait. Son expression indiquait qu'elle les jugeait stupides.

Waff se tenait avec ses Danseurs-Visages près de la grande porte d'entrée. Son attention allait de Sheeana à Odrade puis à Taraza, et seulement de manière occasionnelle au groupe de prêtres occupés à se chamailler. Chaque mouvement que faisait le Tleilaxu trahissait ses incertitudes. Le Bene Gesserit allait-il le soutenir vraiment? Pourraient-ils ensemble imposer leur volonté à l'opposition rakienne par des moyens pacifiques?

Sheeana et ses gardes du corps se rapprochèrent d'Odrade. La jeune fille avait des membres grêles, remarqua la Révérende Mère, mais elle était en train de s'étoffer. Sa musculature prenait un aspect typique du Bene Gesserit. Ses pommettes osseuses s'adoucissaient sous la peau bistre, ses yeux marron devenaient plus brillants mais il y avait toujours des filets fauves dans sa chevelure châtain. L'attention qu'elle consacrait aux prêtres indiquait qu'elle tenait compte de ce qui lui avait été révélé avant la séance.

— Ils vont vraiment se battre? chuchota-t-elle.

— Écoute-les bien, lui répondit Odrade.

— Que va faire la Mère Supérieure?

— Observe-la attentivement.

Elles regardèrent toutes les deux Taraza, au milieu de ses

acolytes musclées. La Mère Supérieure paraissait maintenant amusée par le comportement des prêtres.

Le groupe de Rakiens avait commencé cette discussion à l'extérieur, dans le jardin suspendu. Puis, le soleil ayant décliné, il était rentré la continuer dans cette salle. Les prêtres gesticulaient, soufflaient rageusement, grommelaient des menaces et élevaient la voix de temps à autre. Ne voyaient-ils donc pas la manière dont le faux Tuck les observait?

Odrade reporta son attention sur l'horizon visible au-delà du jardin suspendu. Il n'y avait pas le moindre signe de vie dans le désert. Partout où son regard se posait, il n'y avait que du sable.Les gens qui étaient nés et qui avaient grandi ici avaient sur l'existence et sur leur propre planète un point de vue qui différait de celui de la plupart de ces prêtres. Ce n'était pas la Rakis des oasis et des zones vertes irriguées qui abondaient aux latitudes plus clémentes, pointant leurs doigts fleuris vers les grandes étendues arides. À partir de Dar-es-Balat, le désert méridien ceinturait la planète comme un bandeau.

— J'en ai assez de vos discussions insensées! explosa brusquement le faux Tuck. Il repoussa brutalement un des prêtres et pénétra au milieu du groupe en pivotant sur lui-même pour dévisager un par un les conseillers rakiens. Êtes-vous donc tous devenus fous? ajouta-t-il d'une voix exaspérée.

L'un des prêtres (c'était le vieil Albertus, par les dieux!) regarda dans la direction de Waff en lui criant :

— Ser Waff! Voulez-vous avoir l'obligeance de rappeler votre Danseur-Visage?

Waff hésita, puis se dirigea lentement vers les prêtres, entouré de son escorte.

Le faux Tuck s'avança comme un fou vers lui en brandissant le doigt :

— Vous! Restez où vous êtes! Je ne tolérerai aucune ingérence de la part des Tleilaxu! Votre conspiration est parfaitement évidente!

Odrade n'avait pas quitté le Tleilaxu des yeux pendant que l'autre parlait. Quelle surprise! Jamais le Maître tleilaxu n'avait entendu un de ses protégés lui parler ainsi. Quel choc! La fureur déformait ses traits. Des sifflements évoquant des insectes furieux sortirent de sa bouche mêlés à des stridulations syncopées. Visiblement, il s'agissait d'un langage. Les Danseurs-Visages de son escorte restèrent pétrifiés, mais le faux Tuck se tourna vers les autres prêtres sans paraître autrement affecté.

Waff cessa de striduler. Consternation! Son Danseur-Visage ne lui obéissait plus! Il marcha vers les prêtres, mais le faux Tuck s'en aperçut aussitôt et leva à nouveau vers lui un index tremblant.

— Je vous ai dit de ne pas vous mêler de ça! Vous réussirez

peut-être à vous débarrasser de moi, mais ne me jetez pas vos obscénités tleilaxu à la figure!

L'effet fut instantané. Waff s'arrêta, comprenant enfin. Il jeta un coup d'oeil à Taraza, vit l'amusement qui se peignait sur ses triats. Sa rage avait trouvé une nouvelle cible.

— Vous saviez! accusa-t-il.

— Je m'en doutais seulement.

— Vous êtes... vous êtes...

— Vous avez trop cherché la perfection, lui dit la Mère Supérieure. C'est vous qui êtes responsables.

Les prêtres ne faisaient guère attention à cette conversation. Ils entouraient le faux Tuek en lui criant de se taire et de s'en aller. Et ils le traitaient de « maudit Danseur-Visage! ».

Odrade étudiait avec attention l'objet de leurs attaques. Jusqu'où la transcription était-elle poussée? Était-il vraiment convaincu d'être le vrai Tuek?

Soudain calmé, le faux Grand Prêtre se drapa dans sa dignité et jeta un regard de mépris à ses accusateurs.

— Vous me connaissez tous, dit-il. Vous connaissez mes années de service et de dévouement au Dieu Fractionné qui n'est qu'Un Seul Dieu. Je suis prêt à aller à lui si c'est ce que vous conspirez de me faire faire, mais n'oubliez jamais ceci: Il sait ce qu'il y a dans vos cœurs!

Les prêtres se tournèrent vers Waff comme un seul homme. Aucun d'eux n'avait vu un Danseur-Visage prendre la place de leur Grand Prêtre. Il n'y avait pas eu de témoin rakien. Les seuls témoignages dont ils avaient connaissance provenaient de bouches qui avaient très bien pu mentir. Quelques têtes se tournèrent aussi vers Odrade. Elle faisait partie de ceux qui leur avaient raconté cette histoire.

Waff, également, s'était tourné vers Odrade.

Elle sourit en s'adressant au Maître tleilaxu :

— Il ne nous sied pas, pour le moment, que la Grande Prêtrise passe en d'autres mains.

Waff vit immédiatement les avantages en ce qui le concernait. C'était un coin, fiché entre les prêtres et le Bene Gesserit, qui rendait presque inopérant l'un des leviers les plus dangereux que possédaient les Sœurs pour agir contre le Tleilax.

— Cela ne me sied pas non plus, répliqua-t-il.

Comme les prêtres faisaient de nouveau entendre leurs voix rageuses, Taraza intervint juste à point :

— Lequel d'entre vous rompra notre accord?

Tuek écarta deux de ses conseillers et s'avança vers la Mère Supérieure. Il ne s'arrêta qu'à un pas d'elle.

— À quoi jouons-nous ici?

— Nous vous soutenons contre ceux qui voudraient vous remplacer. Le Bene Tleilax a la même position que nous. C'est notre manière de démontrer que nous aussi avons notre mot à dire dans le choix du Grand Prêtre.

Plusieurs voix sacerdotales s'élevèrent alors à l'unisson:

— Est-ce un Danseur-Visage ou non?

Taraza s'adressa d'un air affable à celui qui lui faisait face:

— Êtes-vous un Danseur-Visage?

— Bien sûr que non!

La Mère Supérieure se tourna vers Odrade.

— J'ai l'impression qu'il y a eu un malentendu, dit celle-ci.

Elle choisit Albertus parmi les prêtres et riva son regard au sien.

— Sheeana, demanda-t-elle d'une voix forte, que doit faire à présent l'Église du Dieu Fractionné?

Comme on le lui avait préalablement recommandé, Sheeana fit un pas hors du cercle de ses gardes du corps et déclara avec toute la hauteur dont elle était capable :

— Elle doit continuer à servir Dieu!

— Je crois que le principal objet de cette réunion vient d'être réglé, annonça Taraza. Si vous avez besoin de protection, Grand Prêtre Tuek, un détachement de nos gardes attend dans le couloir, il est à vos ordres.

Elle vit en lui l'acceptation et la compréhension. Il était devenu la créature du Bene Gesserit. Il avait tout oublié de ses origines Danseur-Visage.

Quand les prêtres et Tuek furent sortis, Waff adressa un seul mot à Taraza, dans le langage de l'Islamiyat:

— Expliquez!

Taraza fit un pas en avant, laissant ses gardes derrière elle. Elle se rendait ainsi ostensiblement vulnérable. C'était un mouvement calculé, débattu avant cette réunion en présence de Sheeana. Dans le même langage, elle répondit à Waff :

— Nous renonçons à notre emprise sur le Bene Tleilax.

Tout le monde attendait en silence tandis qu'il retournait ces mots dans sa tête. Taraza n'oubliait pas que le nom dont les Tleilaxu s'étaient gratifiés eux-mêmes pouvait se traduire par: «ceux que l'on ne peut pas nommer». Un label souvent réservé aux dieux.

Ce *dieu*-ci, visiblement, n'avait pas encore rapproché la découverte qu'il venait de faire ici de ce qui risquait d'arriver à ses danseurs polymorphes infiltrés parmi les Ixiens ou les Truitesses. Un certain nombre de chocs l'attendaient. Pour le moment, il semblait fort perplexe.

Waff était aux prises avec de nombreuses questions sans réponse. Les rapports qu'il avait reçus de Gammu ne le satisfaisaient pas. C'était un double jeu dangereux qu'il jouait en ce moment. Les Sœurs jouaient-elles un jeu similaire? Les Égarés du Tleilax ne pouvaient être mis à l'écart sans que cela risque de déclencher une agression de la part des Honorées Matriarches. Taraza elle-même les avait avertis du danger. Le vieux Bashar de Gammu représentait-il toujours une force digne d'être prise en considération?

Il posa cette dernière question à haute voix.

Taraza riposta par une question de son cru :

— Qu'avez-vous fait à notre ghola? Qu'espériez-vous gagner en le changeant?

Elle était sûre de connaître déjà la réponse, mais il était nécessaire qu'elle feigne l'ignorance.

Waff aurait voulu répondre : « La mort du Bene Gesserit et de tous ses adeptes! ». Les Révérendes Mères étaient beaucoup trop dangereuses. Pourtant, leur valeur était inestimable. Il se figea dans un silence renfrogné, lorgnant les Sœurs avec une expression boudeuse qui accentuait l'aspect enfantin de son visage de lutin.

Un enfant capricieux, se dit Taraza. Mais elle savait qu'il était dangereux de sous-estimer Waff. La coquille des Tleilaxu, lorsqu'elle était brisée, ne révélait que la présence d'une autre coquille à l'intérieur. Et cela, à l'infini. Tout tournait finalement autour des soupçons d'Odrade sur le grand sujet de discorde qui risquait encore d'aboutir dans cette pièce à une effusion de sang. Les Tleilaxu avaient-ils réellement révélé tout ce qu'ils avaient appris des catins et des autres Égarés? Le ghola n'était-il rien d'autre qu'une arme en puissance pour les Tleilaxu?

Taraza décida de l'aiguillonner à nouveau en utilisant l'approche de l' « Analyse Nº 9 » élaborée au Conseil. Toujours dans le langage de l'Islamiyat, elle murmura :

— Allez-vous vous déshonorer au pays même du Prophète? Vous n'avez pas partagé avec nous comme vous l'aviez dit.

— Nous vous avons décrit l'usage sexuel...

— Vous n'avez pas tout partagé! C'est à cause du ghola, nous le savons!

Elle voyait sa réaction. C'était celle d'un animal pris au piège. Dangereux à l'extrême. Elle avait vu un jour un chien bâtard, descendant à la queue rase, retourné à l'état sauvage, des anciens animaux de compagnie des Daniens, acculé dans un coin par une bande de gamins. L'animal s'était retourné contre ses poursuivants et s'était frayé, à coups de crocs, à coups de griffes, avec une férocité tout à fait inattendue, un chemin vers la liberté. Résultat : deux enfants estropiés à vie, un seul s'en tirant indemne! Waff était en ce moment comparable à cet animal. Elle voyait sa main trembler à la recherche d'une arme; mais Tleilaxu et Bene Gesserit s'étaient mutuellement fouillés avec un soin extrême avant d'entrer ici. Elle était sûre qu'il n'avait aucune arme. Néanmoins...

Waff parla d'une voix pleine de sous-entendus méfiants:

— Vous croyez que je ne sais pas de quelle manière vous comptez nous imposer votre loi?

— *Voilà* le pourrissement que les gens de la Dispersion ont emporté avec eux! s'écria Taraza. « Le pourrissement du centre... »

L'attitude de Waff changea brusquement. Il ne pouvait pas ignorer les implications profondes des conclusions du Bene Gesserit. Mais était-ce la discorde qu'elle était en train de semer?

— Le Prophète a implanté un repère sonore dans la tête de chaque humain, Dispersé ou pas, continua Taraza. Et il nous les renvoie avec leur pourrissement intact.

Waff serrait les dents. Que cherchait-elle à faire? Il ne pouvait s'empêcher d'entretenir cette folle pensée que les Sœurs lui avaient embrumé l'esprit en incorporant quelque drogue secrète à l'air qu'il respirait. Elles connaissaient des choses dont l'accès était interdit aux autres! Son regard alla de Taraza à Odrade, puis inversement. Il savait qu'il était vieux en termes de résurrections de gholas, mais il n'était pas vieux aux sens où pouvait l'être le Bene Gesserit. Ces femmes étaient âgées! Elles portaient rarement leur âge sur leur visage, mais elles étaient vieilles au-delà de tout ce qu'il osait imaginer.

Taraza avait des pensées similaires. La lueur de compréhension dans le regard de Waff ne lui avait pas échappé. La nécessité pouvait ouvrir de nouvelles portes de la raison. Mais à quel niveau de profondeur le Tleilaxu était-il capable de descendre? Son regard était si âgé! Elle avait le sentiment que ce qui avait été jadis un cerveau dans le corps de ces Maîtres du Tleilax n'était plus à présent qu'une imitation — un enregistrement holo où tout sentiment susceptible d'affaiblir avait été radicalement effacé. Taraza partageait cette défiance envers les sentiments qu'elle soupçonnait en lui. Était-ce quelque chose qui les unissait?

Le tropisme d'une pensée commune.

— Vous dites que vous renoncez à votre emprise sur nous, grogna Waff, mais je sens vos doigts qui enserrent ma gorge.

— Puisque c'est comme ça, lui répondit Taraza, que dites-vous de ces autres doigts qui vous étranglent? Certains de vos Égarés sont revenus à vous. Jamais aucune Révérende Mère ne nous est revenue de la Dispersion.

— Mais vous disiez que vous connaissiez la totalité de vos...

— Nous avons d'autres moyens de les connaître. À votre avis, qu'est-il donc arrivé aux Révérendes Mères qui nous ont quittées pour la Dispersion?

— Une catastrophe qui les aurait fait périr ensemble?

Waff secoua la tête. C'était une information absolument inédite. Aucun des Tleilaxu qui étaient revenus n'avait fait la moindre allusion à un tel événement. L'anomalie éveillait ses soupçons. Qui fallait-il croire?

— Elles ont été perverties, dit Taraza.

Odrade, en entendant pour la première fois la Mère Supérieure exprimer à haute voix ce que toutes soupçonnaient déjà plus ou moins, prit conscience de l'énorme pouvoir impliqué par cette simple phrase. Elle en était bouleversée. Elle se trouvait bien placée pour connaître les ressources, les stratagèmes improvisés, les plans de secours dont disposait une Révérende Mère pour surmonter les barrières. Il y avait donc Quelque Chose, « là-bas », qui était capable de neutraliser tout cela?

Voyant que Waff ne disait rien, Taraza poursuivit:

— Vous venez à nous avec des mains impures.

— C'est vous qui osez dire cela? s'indigna Waff. Vous qui continuez à nous dépouiller de toutes nos ressources selon la méthode que vous a enseignée la mère du vieux Bashar?

— Nous savions que vous pouviez supporter ces pertes si vous disposiez des ressources de la Dispersion.

Waff prit une inspiration tremblante. Ainsi, le Bene Gesserit savait même ça. Il voyait en partie comment les Sœurs s'étaient renseignées. Eh bien... il faudrait trouver un moyen de regagner le contrôle du faux Tuek. Rakis était l'enjeu pour lequel les Dispersés se battaient en réalité, et cet enjeu risquait d'être bientôt réclamé aux Tleilaxu.

Taraza fit un nouveau pas vers Waff, seule et vulnérable. Elle vit ses gardes devenir tendues. Sheeana voulut amorcer un petit pas vers elle, mais Odrade la tira fermement en arrière.

Odrade concentrait son attention sur la Mère Supérieure et non sur ses adversaires potentiels. Les Tleilaxu étaient-ils vraiment convaincus que le Bene Gesserit allait les servir? Taraza avait testé les limites de la question, sans aucun doute. Et dans le langage de l'Islamiyat. Mais elle paraissait bien seule, loin de son escorte, à portée de Waff et des siens. Où les soupçons évidents du Tleilaxu allaient-ils le mener à présent?

La Mère Supérieure frissonna.

Cela n'avait pas échappé à Odrade. Enfant, Taraza était déjà anormalement maigre. Plus tard, elle n'avait jamais pris un gramme de graisse excédentaire. Cela la rendait particulièrement sensible aux changements de température et intolérante au froid. Cependant, Odrade ne percevait aucun de ces changements dans cette salle. Taraza venait de prendre une décision dangereuse, si dangereuse que son corps la trahissait. Le danger n'était pas uniquement pour elle-même, naturellement, mais pour tout le Bene Gesserit. Et c'était là le crime le plus horrible qu'une Sœur pût commettre: manquer de loyauté envers son Ordre.

— Nous sommes prêtes à vous servir de toutes les manières

sauf une, dit Taraza.Nous ne deviendrons jamais des réceptables pour vos gholas!

Waff devint blême.

— Aucune d'entre nous, poursuivit Taraza, n'est en ce moment ni ne deviendra jamais... elle s'arrêta pour souffler .. une cuve axlotl!

Waff leva la main droite pour commencer un geste que toutes les Révérendes Mères connaissaient : le signal d'attaque de ses Danseurs-Visages.

Taraza pointa le doigt sur son bras :

— Si vous achevez ce geste, le Tleilax perdra tout. L'envoyée de Dieu (Taraza désigna Sheeana par-dessus son épaule) vous tournera le dos et les paroles du Prophète seront de la poussière amère dans vos bouches.

Dans le langage de l'Islamiyat, ces mots étaient trop pour Waff. Il abaissa le bras mais continua de regarder Taraza d'un air farouche.

— Mon ambassadrice vous a dit que nous échangerions avec vous tout ce que nous savions, poursuivit la Mère Supérieure. Vous vous êtes engagé à faire de même. L'envoyée de Dieu nous écoute avec les oreilles du Prophète! Qu'est-ce que l'Abdl du Tleilax a à dire?

Les épaules de Waff s'affaissèrent.

Taraza lui tourna le dos. C'était un mouvement calculé, mais elle savait, de même que les autres Révérendes Mères présentes, qu'elle pouvait maintenant le faire sans aucun risque. Son regard croisa, à l'autre bout de la salle, celui d'Odrade, et elle s'autorisa un sourire que cette dernière, Taraza le savait, ne manquerait pas d'interpréter correctement. L'heure était venue pour le Bene Gesserit d'infliger un léger châtiment!

— Les Tleilaxu ont exprimé le désir d'avoir une Atréides comme mère reproductrice, dit-elle. Je vous donne Darwi Odrade. Vous en aurez d'autres plus tard.

Waff prit sa décision.

— Vous savez peut-être beaucoup de choses sur les Honorées Matriarches, mais il vous...

— *Ces catins!* fit Taraza en pivotant vers lui.

— Comme vous voudrez. Mais il y a une chose, vos paroles le montrent, que vous ignorez. Je scelle notre accord en vous la révélant. Elles sont capables d'amplifier les sensations de la plate-forme orgastique et de les transmettre intégralement au partenaire masculin, dont elles provoquent ainsi l'abandon sensuel total. Il y a création d'ondes orgastiques multiples que... le partenaire féminin peut entretenir à volonté pendant une période de temps prolongée.

— Abandon sensuel total, dites-vous? fit Taraza sans chercher à dissimuler son étonnement.

Odrade avait écouté également avec une stupéfaction que partageaient toutes les Sœurs présentes, y compris les acolytes. Seule Sheeana semblait ne pas comprendre.

— Je vous affirme, Mère Supérieure Taraza, déclara Waff avec une sorte de jubilation, que nous avons reproduit cela avec nos propres gens. Je l'ai expérimenté sur moi! L'effet a été tel que, dans ma rage, j'ai provoqué l'auto-destruction du Danseur-Visage qui tenait le rôle... féminin. Je n'admets pas que quiconque... vous entendez? Quiconque... ait une telle emprise sur moi!

— Quel genre d'emprise?

— S'il s'était agi de l'un de ces... catins, comme vous les appelez, je lui aurais obéi aveuglément, quoi qu'elle m'eût demandé... (Il frissonna) ...C'est à peine si j'ai eu... la volonté... (Il secoua la tête, comme pour chasser ce mauvais souvenir)... de détruire... C'est la colère qui m'a sauvé!

La gorge sèche, Taraza s'efforça vainement de déglutir.

— Comment...

— Comment elles font ça? Bon... mais avant de partager ce secret avec vous, je vous avertis solennellement: Si jamais l'une de vous essaye un jour d'utiliser ce pouvoir contre l'un d'entre nous, il s'ensuivra un carnage sanglant! Nous avons préparé notre Domel et l'ensemble de notre peuple à réagir par le massacre immédiat de toutes les Révérendes Mères qui passeront à leur portée dès que nous percevrons le moindre signe que le Bene Gesserit cherche à exercer sur nous ce genre d'emprise.

— Aucune d'entre nous ne ferait une chose pareille, mais pas à cause de vos menaces. Ce qui nous arrête, c'est la certitude que nous nous détruirions par la même occasion. Le carnage dont vous parlez ne serait nullement nécessaire.

— Ah, oui? Dans ce cas, pourquoi ces... catins ne sont-elles pas détruites aussi?

— Elle le sont! De même que tous ceux qu'elles touchent!

— Je n'ai pas été détruit!

— C'est parce que Dieu vous protège, mon cher Abdl, dit Taraza. De même qu'il protège tous ceux qui ont la foi.

Apparemment convaincu, Waff fit du regard le tour de l'assistance avant de s'adresser de nouveau à Taraza.

— Qu'il soit dit que j'exécute ma part du contrat au pays du Prophète. Voici... (Il fit un signe à deux de ses Danseurs-Visages) ...Nous allons procéder à une démonstration...

Beaucoup plus tard, seule dans la salle de réunion du dernier étage, Odrade se demandait si elle avait eu raison de laisser Sheeana assister à la démonstration. Mais après tout, pourquoi pas? Sheeana était déjà consacrée au Bene Gesserit. Et la renvoyer eût éveillé les soupçons de Waff.

Elle avait eu une réaction nettement sensuelle en assistant à la représentation des Danseurs-Visages. Les Rectrices chargées de son éducation allaient probablement devoir faire appel à leurs assistants mâles un peu plus tôt que prévu. Quelle serait alors l'attitude de Sheeana? Tenterait-elle d'utiliser sur eux les connaissances qu'elle venait d'acquérir? Il était urgent d'implanter en elle des inhibitions pour empêcher cela. Il fallait lui faire prendre conscience des dangers qu'elle courait.

Les Sœurs et les acolytes présentes s'étaient parfaitement contrôlées, enregistrant fidèlement dans leur mémoire tout ce qu'elles voyaient. Sheeana devait pouvoir en tirer la leçon. D'autres étaient capables de maîtriser ces forces intérieures.

Les Danseurs-Visages spectateurs étaient demeurés impassibles, mais le visage de Waff était intéressant à observer. Il disait qu'il allait détruire ceux qui avaient servi à la démonstration. Mais ne succomberait-il pas d'abord à la tentation? Quelles pensées avaient dû lui traverser l'esprit tandis qu'il voyait le Danseur-Visage mâle se tordre sous l'effet d'une extase d'une intensité à en perdre la raison?

D'une certaine manière, cette démonstration rappelait à Odrade la danse rakienne à laquelle elle avait assisté sur la Grand-place de Keen. À court terme, la danse était délibérément arythmique; mais à mesure qu'elle progressait, il s'était créé un rythme à long terme qui se répétait tous les... deux cents pas au bas mot. Les danseurs avaient le don d'étaler leurs figures sur une durée remarquable.

Tout comme les Danseurs-Visages qui avaient fait la démonstration.

Le Siaynoq devenu un moyen de domination sexuelle sur les multitudes de la Dispersion!

Odrade revoyait cette danse, son rythme interminable suivi d'un chaos de violence subite. La glorieuse concentration d'énergies religieuses du Siaynoq avait dégénéré en un partage d'un tout autre genre. Elle se rappelait l'excitation de Sheeana devant les bribes de la danse qu'elle avait pu entrevoir sur la Grand-place. Plus tard, elle avait demandé à l'enfant :

— Que crois-tu qu'ils partageaient?

— Les danseurs, quelle question!

Odrade ne pouvait laisser passer cela.

— Je t'ai déjà avertie de ne pas prendre ce ton avec moi, Sheeana. Voudrais-tu apprendre immédiatement ce qu'une Révérende Mère est capable de faire pour te punir?

Les mots se déroulaient comme un message fantôme dans la mémoire d'Odrade tandis qu'elle contemplait le crépuscule qui tombait sur Dar-es-Balat. Un sentiment de solitude l'envahit. Tous les autres avaient quitté la salle de réunion.

Seule reste celle qui est punie!

Comme les yeux de Sheeana étaient brillants dans cette

chambre qui dominait la Grand-place! Comme sa tête était pleine de questions!

— Pourquoi parlez-vous toujours de discipline et de punitions?

— Tu dois apprendre à te discipliner. Comment veux-tu exercer un pouvoir sur les autres si tu ne sais pas te maîtriser toi-même?

— Je n'aime pas ce genre de leçon.

— Aucune de nous ne l'aime vraiment... jusqu'à ce qu'elle en apprenne plus tard la valeur par l'expérience.

Comme prévu, cette réponse avait mis un certain temps à faire son chemin dans l'esprit de Sheeana. Finalement, elle avait révélé tout ce qu'elle savait sur la danse.

— Certains danseurs réussissent à s'échapper. D'autres vont directement chez Shaïtan. Les prêtres disent Shaï-Hulud.

— Qu'arrive-t-il à ceux qui survivent?

— Quand ils sont rétablis, ils doivent participer tous ensemble à une grande danse au milieu du désert. Si Shaïtan survient, ils meurent. S'il ne vient pas, ils reçoivent une récompense.

Odrade voyait très bien le schéma. D'autres explications de la part de Sheeana étaient tout à fait superflues. Cependant, elle avait laissé continuer l'enfant de sa petite voix amère et monocorde :

— On leur donne de l'argent, un emplacement au marché, ce genre de chose. Les prêtres disent qu'ils ont prouvé ainsi leur humanité.

— Et ceux qui meurent n'étaient pas humains?

Sheeana avait gardé le silence un long moment, plongée dans ses pensées. Le lien était clair pour Odrade : c'était le test d'humanité du Bene Gesserit! Sheeana avait été soumise, comme elle, au rite de passage qui livrait accès à l'humanité particulière des Sœurs. Comme ce passage semblait aisé en comparaison des douleurs ultérieures!

Dans la pénombre de la salle de musée, Odrade leva sa main droite devant elle et la contempla en se souvenant de la boîte à douleur et du gom jabbar dans son cou, prêt à tuer si elle faiblissait ou laissait échapper un cri.

Sheeana n'avait pas crié non plus. Mais elle connaissait la réponse à la question d'Odrade bien avant l'agonie de l'épice.

«Humains mais différents.»

— Odrade parla tout haut dans la grande salle déserte qui abritait une partie des trésors du Tyran.

— Que nous as-tu donc fait, Leto? Est-ce uniquement Shaïtan qui nous parle par ta voix? Que veux-tu nous forcer à donner en partage?

La danse fossile va-t-elle devenir sexualité fossile?

— À qui étiez-vous en train de parler, Révérende Mère?

C'était la voix de Sheeana, qui venait d'entrer par la porte demeurée ouverte. Sa robe grise de postulante se fondait dans la pénombre pour devenir de plus en plus visible à mesure qu'elle approchait.

— C'est la Mère Supérieure qui m'envoie vous chercher, reprit-elle en s'immobilisant à deux pas d'Odrade.

— Je parlais toute seule, fit cette dernière.

Elle contemplait la jeune fille inhabituellement silencieuse, en songeant à ce moment crucial où la question décisive lui avait été posée :

« Voulez-vous devenir Révérende Mère? »

— Pourquoi parlez-vous toute seule, Révérende Mère? demanda Sheeana d'une voix pleine de sollicitude. Les Rectrices allaient encore avoir fort à faire pour supprimer ces réactions affectives.

— Je pensais au jour où je t'ai demandé si tu voulais être une Révérende Mère. Tu te souviens?

— Vous m'avez dit qu'il fallait que je m'en remette entièrement à vous, que je ne devais jamais vous désobéir ni vous cacher la moindre chose.

— Et tu as répondu : « C'est tout? »

— Je ne savais pas grand-chose alors, n'est-ce pas? Je ne sais toujours pas grand-chose.

— Nous n'en savons pas beaucoup plus que toi, mon enfant. La seule chose dont nous sommes sûres, c'est que nous participons toutes à la même danse et que Shaïtan viendra certainement nous prendre au moindre faux pas de la plus faible d'entre nous.

Quand des étrangers se trouvent en présence, des concessions mutuelles s'imposent pour compenser les différences de mœurs et d'éducation.

Dame Jessica
Sagesse d'Arrakis

Les dernières traînées de lumière verdâtre abandonnaient l'horizon lorsque Burzmali donna le signal du départ. Il faisait nuit quand ils atteignirent les quartiers situés à l'autre extrémité d'Ysaï et la route périphérique par laquelle ils devaient rejoindre Duncan. Le ciel couvert réfléchissait les lumières de la cité sur les agglomérations de taudis vers lesquelles les conduisaient leurs guides.

Ces guides ne laissaient pas d'inquiéter Lucille. Ils apparaissaient comme par magie au détour des ruelles et à l'entrée des maisons pour leur chuchoter des indications à mesure qu'ils passaient.

Trop de gens étaient au courant de leur fuite et de leur proche rendez-vous!

Lucille avait résorbé sa haine, mais il y avait des séquelles sous la forme d'une profonde défiance envers tous ceux qu'ils rencontraient. Dissimuler cette réaction derrière le comportement distant d'une fille ludique accompagnant son client devenait de plus en plus difficile pour elle.

La voie pour piétons qui longeait la route était couverte de neige sale et boueuse projetée là surtout par le passage des véhicules de sol. Avant d'avoir fait cinq cents mètres, Lucille sentit qu'elle avait les pieds glacés et dut faire appel à des ressources d'énergie supplémentaires pour compenser l'afflux de sang à ses extrémités.

Burzmali marchait en silence, le front baissé, apparemment perdu dans ses préoccupations. Mais Lucille n'était pas dupe. Elle savait qu'il entendait le moindre bruit autour d'eux et guettait le passage de chaque voiture. Lorsqu'un véhicule de sol approchait, il leur faisait quitter le chemin pour qu'ils soient invisibles. Les voitures, flottant sur leurs suspenseurs, passaient à toute allure en projetant, de part et d'autre de leur tablier, la neige sale qui allait saupoudrer les buissons du bord de la route. Burzmali la forçait à rester accroupie dans la neige à côté de lui jusqu'à ce qu'il se fût assuré qu'ils étaient hors de portée de vue et d'oreille. Il eût été, au demeurant, surprenant que les occupants des voitures aient pu les entendre, tant leur propre passage faisait siffler l'air.

Ils marchaient ainsi depuis deux heures lorsque Burzmali s'arrêta enfin pour scruter le paysage qui s'étendait devant eux. Leur lieu de destination était une petite communauté de la périphérie qu'on leur avait décrite comme « parfaitement sûre ». Mais Lucille n'avait guère confiance. Aucun endroit sur Gammu n'était tout à fait sûr.

Des lumières jaunes, réfléchies par la base des nuages un peu plus loin, permettaient de localiser l'agglomération. Pataugeant dans la gadoue, ils suivirent un tunnel qui passait sous la route périphérique et entreprirent l'ascension d'une colline au versant couvert de vergers qui paraissaient étrangement dépenaillés dans la pénombre.

Lucille leva les yeux. Le ciel était en train de se dégager.

Gammu possédait plusieurs petites lunes : des non-vaisseaux. Certains avaient été mis en place par Teg, mais elle aperçut les traînées de nouveaux engins venus renforcer le dispositif de défense planétaire. Ils paraissaient quatre fois plus gros que la plus brillante des étoiles et ils se déplaçaient souvent ensemble, de sorte que leur lumière diffuse était utile mais erratique à cause de leur grande vitesse. Ils traversaient toute la largeur du ciel et s'abîmaient sous l'horizon en l'espace de quelques heures. Lucille vit ainsi un chapelet d'une demi-douzaine de satellites par une trouée au milieu des nuages. Elle se demandait s'ils faisaient bien partie du système défensif de Teg.

Durant quelques instants, elle médita sur les faiblesses propres à la mentalité d'assiégé que ces défenses évoquaient. Teg avait raison sur ce point. Militairement parlant, la mobilité était la clé du succès; mais elle doutait que cela s'applique à leur présente mobilité à pied.

Il n'y avait guère d'endroits où se dissimuler rapidement sur le versant enneigé de la colline et Lucille sentait que cela rendait Burzmali nerveux. Que feraient-ils si quelqu'un arrivait?

À gauche de l'endroit où ils se trouvaient, un vallon couvert de neige descendait obliquement vers l'endroit où brillaient les lumières. Ce n'était pas une route. Peut-être un chemin creux.

— Par ici, dit Burzmali en les guidant vers le vallon.

Ils s'enfonçaient dans la neige jusqu'aux mollets.

— J'espère qu'on peut faire confiance à ces gens, dit Lucille.

— Ils détestent les Honorées Matriarches, répondit Burzmali. C'est suffisant pour moi.

— J'espère que le ghola y est!

Elle faisait des efforts pour réprimer sa colère, mais ne put s'empêcher d'ajouter :

— Leur haine est loin d'être une caution suffisante pour moi.

En fait, elle s'attendait au pire. Mais elle était arrivée à une conclusion plutôt rassurante en ce qui concernait Burzmali. Il était comme Teg. Ni l'un ni l'autre n'aurait jamais suivi un chemin qui risquait de les faire déboucher dans un cul-de-sac. Pas s'il y avait moyen de faire autrement. Elle n'aurait pas été étonnée si on lui avait dit qu'il y avait des partisans de Burzmali cachés dans les buissons devant eux en ce moment même.

Le vallon était prolongé par un chemin revêtu légèrement concave, exempt de neige grâce à un système qui la faisait fondre. Un filet d'eau coulait dans la rigole médiane. Il fallut quelques instants à Lucille pour comprendre sur quoi ils marchaient : un gliss-mag. C'était une ancienne rampe de glissage magnétique pour le transport des marchandises et des matières premières jusqu'à une fabrique datant d'avant la Dispersion.

— Attention, ça va être de plus en plus en pente, lui dit

Burzmali. Ils ont taillé des marches, mais elles ne sont pas très larges.

Ils arrivèrent bientôt au pied du gliss-mag. Il y avait là un mur décrépit, fait de briques locales montées sur une base de plastacier. La lueur des étoiles dans le ciel maintenant à peu près dégagé révélait le caractère rudimentaire de la maçonnerie, typique de l'époque de la Grande Famine. Le mur était couvert d'une masse enchevêtrée de plantes grimpantes et de mousses bigarrées qui ne dissimulaient qu'à moitié les fissures maladroitement bouchées avec un mortier de mauvaise qualité. Une unique rangée de fenêtres surplombait l'endroit où le gliss-mag débouchait au-dessus d'une plate-forme envahie par les ronces et les mauvaises herbes. Trois de ces fenêtres laissaient apercevoir à l'intérieur la lueur bleutée d'une activité électrique accompagnée d'étincelles et de faibles grésillements.

— C'est une ancienne fabrique, dit Burzmali.

— J'ai des yeux et de la mémoire, riposta Lucille, piquée au vif. Ce mâle balbutiant la prenait pour une idiote?

Un grincement sinistre se fit entendre à quelques pas sur leur gauche. Une motte de terre et de mauvaises herbes se souleva en même temps qu'une petite porte dans un vif jaillissement de lumière jaune.

— Vite!

Au pas de course, Burzmali la précéda, parmi la végétation touffue, jusqu'au sommet de l'escalier que la porte venait de découvrir. Elle se referma aussitôt après leur passage dans un grincement de machinerie fatiguée.

Lucille se retrouva dans une large salle au plafond bas. La lumière provenait de longues rampes de brilleurs modernes fixées à des poutres massives de plastacier. Le sol était propre mais portait des marques aux endroits où, sans doute, avaient été jadis installées des machines aujourd'hui disparues.

Elle décela du coin de l'œil un mouvement à l'autre extrémité de la salle. Elle se retourna pour voir une jeune femme vêtue d'une autre version de sa robe aux dragons qui s'avançait vers eux.

Lucille plissa les narines. Elle sentait des relents d'acide et d'autre chose qu'elle n'aimait pas.

— La fabrique appartenait aux Harkonnen, lui dit Burzmali. J'ignore à quoi elle servait.

La jeune femme s'avança jusqu'à Lucille. Elle avait un corps souple aux mouvements élégants sous la robe qui la drapait. Un éclat intérieur irradiait de son visage, témoin de sa santé entretenue par un exercice régulier. Ses yeux verts, cependant, avaient une manière dure et glacée d'évaluer tout ce qu'ils voyaient.

— Ainsi, on a jugé que l'une d'entre nous n'était pas suffisante pour surveiller cet endroit, dit-elle.

Lucille posa le bras sur celui de Burzmali pour l'empêcher de parler. Cette femme n'était pas ce qu'elle prétendait être.

Pas plus que moi!

Elle choisit soigneusement ses mots :

— Nous arrivons à nous reconnaître sans peine, heureusement. La jeune femme sourit.

— Je vous ai vus approcher de loin. Je n'en croyais pas mes yeux. (Elle toisa Burzmali d'un regard hautain.) C'était censé être un client?

— Et un guide, répondit Lucille.

Elle nota la perplexité qui se peignait sur les traits de Burzmali et pria pour que celui-ci ne parle pas à tort. Cette femme était dangereuse!

— Nous n'étions pas attendus? demanda Burzmali.

— Aaah! Ça parle également! fit la jeune femme en émettant un rire aussi glaçant que son regard.

— Je n'aime pas qu'on me désigne de cette façon, dit Burzmali.

— Je désigne la racaille de Gammu comme il me plaît, dit la jeune femme. Vos préférences ne m'intéressent pas.

— De quoi osez-vous me traiter?

Burzmali était fatigué et l'insulte inattendue lui faisait monter la moutarde au nez.

— Je te traite comme tu le mérites, racaille!

C'en était trop pour Burzmali. Avant que Lucille ait pu l'arrêter, il avait poussé un grognement sourd et lancé sa main pour gifler la fille.

Il ne lui effleura même pas la joue.

Sous le regard fasciné de Lucille, la jeune femme esquiva aisément l'attaque, saisit au passage la manche de Burzmali comme on attrape un chiffon emporté par le vent et, pirouettant à une vitesse aveuglante qui empêchait presque d'observer la grâce de l'exécution, envoya son malheureux adversaire glisser au tapis. Puis elle fléchit une jambe, prête à frapper de l'autre pied.

— Je vais le tuer, souffla-t-elle.

Lucille, incertaine de ce qui pouvait s'ensuivre, pencha tout son corps d'un côté, évitant de justesse le pied lancé en avant, et contra au moyen d'un sabard standard du Bene Gesserit qui projeta la jeune femme en arrière, pliée en deux à l'endroit où le coup lui avait heurté l'abdomen.

— J'ignore comment vous vous appelez, mais je ne tiens pas à perdre ce guide, lui dit la Révérende Mère.

La jeune femme était en train de récupérer son souffle. Elle haleta:

— Je m'appelle Murbella, Très Honorée Matriarche. Vous me rendez honteuse en me mettant hors de combat avec un coup si lent. Pourquoi faites-vous ça?

— Vous aviez besoin d'une leçon.

— Il n'y a pas lóngtemps que je porte la robe, Très Honorée Matriarche. Veuillez me pardonner. Je vous remercie de cette splendide leçon et je vous remercierai encore chaque fois que j'aurai l'occasion d'utiliser cette riposte, que je ne suis pas près d'oublier.

Elle inclina légèrement la tête puis se remit souplement sur ses pieds avec un sourire effronté aux lèvres.

De sa voix la plus froide, Lucille lui demanda ·

— Savez-vous qui je suis?

Du coin de l'œil, elle vit que Burzmali se remettait lentement et péniblement debout. Il demeura à l'écart, observant les deux femmes, mais la colère lui brûlait les joues.

— D'après la manière dont vous m'avez donné cette leçon, je vois que vous êtes celle que vous êtes, Très Honorée Matriarche. M'avez-vous pardonné?

Le sourire effronté avait disparu des lèvres de Murbella. Elle baissait la tête.

— Vous êtes pardonnée. Un non-vaisseau va venir?

— C'est ce qu'on dit ici. Tout est prêt pour l'accueillir.

Murbella regarda Burzmali.

— Il m'est encore utile et il est nécessaire qu'il m'accompagne, déclara Lucille.

— C'est entendu, Très Honorée Matriarche. Votre pardon inclut-il l'honneur de me dire votre nom?

— Certainement pas!

Murbella soupira.

— Nous avons capturé le ghola. Il venait du sud déguisé en Tleilaxu. J'étais sur le point de le conduire au lit quand vous êtes arrivée.

Burzmali s'avança vers elles en boitillant. Lucille vit qu'il avait enfin reconnu le danger. Cet endroit « parfaitement sûr » était infesté d'ennemis! Par bonheur, ceux-ci ignoraient encore beaucoup de choses.

— Le ghola n'est pas blessé? demanda Burzmali.

— Tiens, ça parle encore! fit Murbella. Comme c'est drôle!

— Vous ne conduirez pas ce ghola dans votre lit, lui dit Lucille. C'est moi qui dois le prendre spécialement en charge.

— À la guerre comme à la guerre, Très Honorée Matriarche. C'est moi qui l'ai eu la première. Et il est déjà à moitié subjugué.

Elle émit un nouveau rire, avec une insouciance cruelle qui causa un choc à Lucille.

— Par ici, ajouta Murbella. Il y a un endroit d'où vous pourrez tout voir

Puissiez-vous mourir sur Caladan!

Toast des temps passés

Duncan s'efforçait de se rappeler où il se trouvait. Il savait que Tormsa était mort. Le sang avait giclé de ses yeux. Oui, il s'en souvenait clairement. Ils étaient entrés dans un bâtiment obscur et la lumière avait soudain éclaté autour d'eux. Duncan avait senti une vive douleur à la base de la nuque. Un coup reçu? Il avait essayé de se retourner, mais ses muscles n'obéissaient plus.

Il se souvenait qu'il était assis en bordure d'une vaste pelouse où se déroulait un jeu complexe avec des boules excentriques qui rebondissaient dans toutes les directions sans cohésion apparente. Les joueurs étaient de jeunes hommes vêtus du costume de... Giedi Prime!

— Ils s'entraînent à être des vieillards, avait-il dit. Il s'en souvenait parfaitement.

Sa compagne, une très jeune femme, l'avait regardé sans comprendre.

— Ces jeux de plein air devraient être réservés aux vieillards, avait expliqué Duncan.

— Ah?

Question à laquelle il était impossible de répondre. Elle se débarrassait de lui s'un simple réflexe verbal.

Comme elle s'est débarrassée de moi au sens propre quelques instants plus tard en me livrant aux Harkonnen!

Ainsi, c'était un souvenir de l'époque pré-ghola...

Ghola!

Il se souvenait à présent de la Citadelle Bene Gesserit de Gammu, de la bibliothèque et de ses représentations holo ou tridimensionnelles du duc Atréides, Leto Ier. La ressemblance de Teg n'était pas un hasard: quelques centimètres de plus, mais pour le reste c'était le même. Même visage étroit, tout en hauteur, même nez à l'arête saillante, même charisme Atréides bien connu.

Teg!

Il se rappelait tout à coup la dernière action héroïque du Bashar dans la nuit de Gammu.

Où suis-je?

Tormsa l'avait conduit ici. Ils avaient suivi un sentier envahi par les herbes dans les faubourgs d'Ysaï. *Baronie*. Avant qu'ils aient parcouru deux cents mètres, la neige s'était mise à tomber. Une neige moite et collante qui leur glaçait les os et les fit claquer des dents en moins d'une minute. Ils s'arrêtèrent pour remonter leur capuche et boucler leur vareuse étanche. C'était un peu mieux, mais la nuit allait bientôt venir et il ferait beaucoup plus froid.

— Il y a un refuge, un peu plus loin, dit Tormsa. Nous pourrons y passer la nuit.

Voyant que Duncan ne répondait pas, il ajouta :

— Nous n'aurons pas très chaud, mais au moins nous serons au sec.

Trois cents pas plus loin environ, Duncan aperçut la masse grise de la bâtisse. Elle se dressait, haute de deux étages, à travers le voile flou des flocons. Il reconnut immédiatement son usage : c'était un ancien poste de comptage Harkonnen. À l'abri de ces murs, les fonctionnaires comptaient (et quelquefois tuaient) tous ceux qui passaient. La bâtisse était faite de terre du pays transformée en une unique brique géante par un expédient très simple: les mottes d'argile préformées étaient cuites en place à l'aide d'un brûleur à gros calibre, du modèle utilisé par les Harkonnen pour mater les foules.

Quand ils se rapprochèrent, Duncan vit les vestiges d'un écran défensif plein champ, avec ses ouvertures en forme de bouches à feu dirigées vers les abords du poste. Quelqu'un avait, depuis longtemps, démantelé tout le système. Les trous déchiquetés dans le champ étaient en partie comblés par la végétation, mais les bouches à feu demeuraient dégagées. Oui, bien sûr... c'était pour permettre à ceux qui se trouvaient à l'intérieur de mieux surveiller les abords.

Tormsa s'immobilisa pour tendre l'oreille et étudier soigneusement leurs alentours.

Duncan détaillait l'ancien poste Harkonnen. Il se souvenait très bien maintenant. L'assemblage qu'il avait sous les yeux s'était greffé comme une excroissance difforme sur la structure cylindrique de base dont la surface, sous l'action des brûleurs, avait pris un aspect glacé. Des cloques et des boursouflures indiquaient les endroits où le revêtement avait été surchauffé. L'érosion des siècles l'avait marqué de multiples rayures, mais la forme de base demeurait. Il leva les yeux et reconnut une partie de l'ancien système d'ascension à suspenseurs. Quelqu'un avait fixé un palan improvisé à la barre de soutien.

Ainsi, le passage à travers le champ défensif n'était ouvert que depuis peu.

Tormsa disparut à ce moment-là dans le passage.

Comme si un commutateur venait d'être actionné, la scène changea brusquement dans la mémoire de Duncan. Il se trouvait maintenant dans la bibliothèque du non-globe en compagnie de Teg. Le projecteur passait une série de vues de la cité moderne d'Ysaï. La notion de *moderne* avait pour lui de curieuses résonances. Baronie était déjà une cité résolument moderne, si l'on entendait par là qu'elle se conformait aux normes usiformes de son époque. Elle faisait exclusivement appel à la technologie des faisceaux de guidage sur suspenseurs pour le transport surélevé des personnes et des marchandises. Aucune ouverture n'était pratiquée au niveau du sol. C'est ce qu'il était en train d'expliquer à Teg.

Cela ne manquait pas d'avoir des répercussions sur la physionomie d'une ville où chaque mètre carré horizontal et vertical était précieux. Les ouvertures réservées aux faisceaux de guidage n'avaient pas besoin de dépasser le gabarit des modules de transport universels. Le reste de l'espace était libéré des contraintes de la circulation.

— La forme idéale serait le cylindre, avec une plate-forme au sommet pour les ornis, avait fait remarquer Teg.

— Oui, mais les Harkonnen préféraient les cuves et les parallélépipèdes.

Et c'était vrai.

Duncan se souvenait de Baronie avec une netteté qui lui donnait le frisson. Les tubes de transport la taraudaient comme de multiples galeries de vers qui se croisaient dans tous les sens, obliquement, verticalement, en courbe ou à angle droit. À part la mode des rectangles et des carrés imposée par les Harkonnen, Baronie n'obéissait qu'à une règle d'urbanisme: caser le plus de gens possible dans les locaux les plus économiques.

— Les terrasses étaient les seules parties à peu près humaines de cette fichue cité! avait expliqué Duncan à Lucille et à Teg quand ils en avaient discuté ensemble.

Au sommet des immeubles, il y avait les somptueuses terrasses réservées aux élites. Leurs accès étaient soigneusement gardés: aires de stationnement pour les ornis, entrées intérieures et parcs environnants. Les privilégiés qui vivaient là-haut pouvaient oublier l'humanité grouillante qui s'agitait à leurs pieds. Les bruits et les odeurs de cette populace ne montaient pas jusqu'à eux. Ils obligeaient leurs domestiques à se laver et à revêtir des habits aseptisés avant d'émerger sur les terrasses.

Teg avait posé une question:

— Pourquoi ces populations entassées acceptaient-elles de vivre dans des conditions pareilles?

La réponse était évidente et il l'avait donnée. C'était que l'extérieur était un endroit dangereux. Les administrateurs de la cité avaient d'ailleurs tendance à exagérer le danger. Et rares étaient ceux de l'intérieur qui se faisaient une idée exacte de ce que pouvait être une meilleure vie à l'Extérieur. La seule meilleure vie dont ils avaient entendu parler était sur les terrasses. Et la seule manière d'accéder là-haut était de s'avilir au dernier degré.

« C'est ainsi que cela se passe et tu ne peux rien y faire. »

C'était encore une autre voix qui résonnait à l'intérieur du crâne de Duncan. Il l'entendait avec la plus grande clarté.

Paul!

C'était étrange, pensait-il, comme les prescients manifestaient le même genre d'arrogance que les mentats installés au cœur de leur logique la plus friable.

Je n'avais jamais jusqu'ici pensé à Paul comme à quelqu'un d'arrogant.

Duncan contemplait son propre visage dans un miroir. Il se rendit compte, avec une petite partie de son esprit, qu'il s'agissait d'un souvenir pré-ghola. Abruptement, il se trouva devant un autre miroir. C'était toujours son visage, mais différent. Sa figure sombre et rebondie commençait à prendre les traits durs qu'elle pourrait avoir si elle mûrissait. Il regardait ses propres yeux. Oui, c'étaient bien ses yeux. Il avait entendu, un jour, quelqu'un les décrire comme « tapis dans leurs cavernes ». Ils étaient profondément enfoncés sous leurs arcades, dans le creux dominant ses pommettes hautes. On lui avait dit un jour qu'il était impossible de voir s'ils étaient bleu foncé ou vert foncé quand la lumière n'était pas exactement comme il fallait.

C'était une femme qui avait dit ça. Il lui était impossible de se souvenir de cette femme.

Il essaya de porter les mains à ses cheveux, mais elles ne lui obéissaient pas. Il se souvint alors qu'on lui avait décoloré les cheveux. Qui lui avait fait ça? Une vieille femme. Sa tête n'était plus couronnée d'une toque de boucles noires.

Le duc Leto était là, qui le regardait dans l'encadrement de la porte de la salle à manger caladanienne.

— Nous allons passer à table, dit le duc.

C'était un commandement royal que seul sauvait de l'arrogance un petit sourire qui avait l'air de dire : « Il fallait bien que quelqu'un le dise ».

Que se passe-t-il dans ma tête?

Il se rappelait qu'il avait suivi Tormsa jusqu'à l'endroit où celui-ci disait qu'un non-vaisseau viendrait les chercher.

C'était un grand bâtiment qui se profilait dans la nuit, entoure de constructions plus petites qui semblaient toutes occupées. On entendait des voix et des bruits de machines, mais aucun visage ne s'était montré aux fenêtres, aucune porte ne s'était ouverte. Duncan avait senti des odeurs de cuisine en passant devant la plus grande des annexes. Cela lui avait rappelé qu'ils n'avaient rien d'autre dans l'estomac depuis ce matin qu'une poignée de lanières séchées d'une substance coriace que Tormsa appelait : « ordinaire de voyage ».

Ils étaient entrés dans le bâtiment obscur.

La lumière avait éclaté.

Le sang avait giclé des yeux de Tormsa.

Les ténèbres.

Duncan regardait un visage de femme. Il en avait déjà vu un semblable en une autre occasion: c'était une *tridi* extraite d'une séquence holo plus longue. Mais où cela s'était-il passé? Où avait-il vu cette image? C'était un visage presque ovale, au front à peine un peu plus large que le reste de sa courbe autrement parfaite.

— Je m'appelle Murbella, avait dit la femme. Tu ne t'en souviendras pas plus tard, mais je peux te le dire maintenant en te marquant. Tu as été choisi par moi.

Je me souviens pourtant de toi, Murbella.

Ses yeux verts largement espacés sous les sourcils arqués formaient une zone d'attraction qui renvoyait à plus tard l'examen du menton et de la bouche petite. Les lèvres étaient charnues et il devinait la moue qu'elles pouvaient avoir au repos.

Les yeux verts le fixaient dans les yeux. Quelle froideur dans ce regard. Quelle puissance.

Quelque chose lui toucha la joue.

Il ouvrit les yeux. Ce n'était pas un souvenir! C'était en train de lui arriver en ce moment même!

Murbella! Elle était réellement là. Elle l'avait quitté quelques instants, puis elle était revenue. Il se souvenait qu'il s'était réveillé tout nu sur une surface moelleuse... une natte. Ses doigts la reconnaissaient au toucher. Murbella, également nue, se tenait au-dessus de lui en le fixant de ses yeux verts avec une terrible intensité. Elle le toucha simultanément en plusieurs endroits tandis que de ses lèvres entrouvertes sortait un fredonnement doux comme une berceuse.

Il sentit une érection vive, douloureuse dans sa rigidité.

Aucun pouvoir de résistance ne demeurait en lui. Elle promenait ses mains, sa langue sur son corps. Et ce fredonnement! La bouche l'entourait, le happait. Le bout durci de ses seins lui sillonnait les joues, le torse. Mais quand il entrevit son regard, il aperçut le froid dessein conscient.

Murbella était revenue et elle recommençait!

Par-delà l'épaule droite de la fille, il vit une surface de plaz transparent. Lucille et Burzmali se tenaient derrière cette barrière. *Encore un rêve?* Burzmali s'appuyait d'une main au plaz. Lucille avait les bras croisés et son visage exprimait la colère et la curiosité mêlées.

Murbella murmura contre son oreille :

— Mes mains sont du feu.

Elle lui cachait les deux observateurs de l'autre côté du plaz. Il sentait le feu de ses mains partout où elle les faisait aller.

D'un seul coup, son esprit tout entier s'embrasa. Des endroits secrets s'éveillèrent en lui. Il vit des capsules rouges, comme un chapelet de saucisses luisantes, défiler devant ses yeux. Il se sentait brûlant de fièvre. Il était l'une de ces capsules regorgeantes, il débordait d'excitation enflammée. Ces capsules! Il les reconnaissait! Elles étaient lui... Elles étaient...

Toute la cohorte des Duncan Idaho, l'original plus les gholas en série, entra dans son esprit conscient. Ils étaient comme des graines gonflées sur le point d'éclater, déniant toute autre existence en dehors de la leur. Il se vit écrasé sous la masse d'un ver géant à face humaine.

Maudit Leto!

Ecrasé, broyé, anéanti... un nombre incroyable de fois. *Maudit! Maudit! Maudit!*

Il périssait par l'épée d'un Sardaukar. La douleur explosait en un feu d'artifice aussitôt englouti par les ténèbres.

Il périssait dans un accident d'orni. Il périssait sous les coups de poignard d'une Truitesse. Il n'en finissait pas d'être assassiné par tout le monde.

Et il vivait toujours.

Les souvenirs affluaient tant et si bien qu'il se demandait comment il pouvait les contenir tous. La douce joie de tenir dans ses bras sa fille qui venait de naître. Les riches odeurs musquées d'une maîtresse ardente. La cascade de saveurs d'un bon vin danien. Les exercices épuisants dans la salle d'entraînement.

Les cuves axlotl!

Comme un pantin dans un mouvement répété à l'infini, il se voyait sortir d'elles dans la lumière aveuglante, porté par des mains mécaniques. Les manipulateurs aux doigts capitonnés le tournaient et le retournaient dans tous les sens et, dans sa vision floue de nouveau-né, il apercevait l'énorme masse de chair femelle, monstrueuse dans sa quasi-immobilité gravide, reliée par tout un réseau de tubes et de câbles noirs à une série de bacs métalliques géants.

Les cuves axlotl?

Il était haletant, aux prises avec ces souvenirs en série qui cascadaient à travers lui.

Toutes ces vies! Toutes ces vies!

Il se souvenait, à présent, de ce que les Tleilaxu avaient implanté en lui, de cette bombe mentale enfouie qui n'attendait pour exploser que cet instant de séduction par une Imprégnatrice du Bene Gesserit.

Seulement, c'était Murbella qui était ici, et elle n'appartenait pas au Bene Gesserit.

Il l'avait cependant sous la main, et le dispositif tleilaxu prit le relais de ses réactions.

Fredonnant doucement, il toucha Murbella d'un geste si agile qu'elle en fut alarmée.

Il ne devrait pas être si actif! Pas de cette manière!

La main droite de Duncan vibrait contre les lèvres de sa vulve tandis que de la main gauche il lui caressait la base de la colonne vertébrale. En même temps, sa bouche descendait doucement le long de son nez, sur ses lèvres, au pli de son aisselle gauche. Duncan n'avait pas cessé de fredonner légèrement sur un rythme qui la faisait vibrer tout entière, qui la berçait... et la rendait faible.

Elle essaya de le repousser au moment où il accélérait la cadence de ses impulsions.

Comment a-t-il su me toucher là à cet instant précis? Et là? Et là? Par la roche sacrée de Dur, comment sait-il?

Duncan remarqua le gonflement de ses seins, la congestion du nez. Il vit les mamelons se dresser, dilatés, les aréoles s'assombrir autour d'eux. Elle gémissait en écartant les cuisses.

Très Honorée, aidez-moi!

Mais la seule Matriarche Très Honorée à qui elle pouvait penser était séparée de cette pièce par une porte verrouillée et une solide barrière de plaz.

L'énergie du désespoir envahit Murbella. Elle réagit de la seule manière qu'elle connaissait : par le contact de ses mains, par les caresses, par l'emploi des techniques soigneusement étudiées durant les longues années de son apprentissage.

Mais à chacune de ses initiatives, Duncan répondait par une contre-impulsion encore plus stimulante.

Murbella s'aperçut qu'elle n'était plus en mesure de maîtriser tous ses réflexes. Certaines de ses réactions automatiques montaient d'un puits de savoir plus profond que celui de son éducation. Elle sentit ses muscles vaginaux se contracter. Elle sentit la brusque libération du fluide lubrifiant. Lorsque Duncan la pénétra, elle s'entendit gémir. Ses bras, ses mains, ses jambes, son corps tout entier se mouvaient au rythme d'un double automatisme: celui qui venait d'un entraînement méthodique et l'autre, plus profond, plus impérieux, qui la faisait sombrer dans un abîme vertigineux.

Comment a-t-il pu me faire ça?

Des vagues de contractions extatiques naquirent dans les muscles élastiques de son pelvis. Il réagit en même temps qu'elle et elle sentit l'impact de son éjaculation saccadée. Cela intensifia ses propres réactions. Des pulsations d'extase se propagèrent en ondes concentriques à partir des contractions répétées de son vagin... encore et encore et encore. Le plaisir débordait tous ses sens. Une tache d'un éclat blanc insoutenable passa derrière ses paupières fermées. Tous ses muscles vibraient avec une intensité de jouissance qu'elle n'aurait jamais crue possible pour elle-même.

De nouveau, les ondes se répandirent.

Encore et encore.

Elle ne pouvait plus tenir le compte des recommencements.

Quand Duncan gémissait, elle gémissait, et les ondes se répandaient de nouveau.

Sans fin.

Elle avait perdu la notion du temps et de l'espace. Elle était immergée dans une extase ininterrompue.

Elle voulait que cela continue toute l'éternité et elle voulait en même temps que cela s'arrête. Ce n'était pas normal, qu'une chose pareille arrive à une femme! Une Honorée Matriarche ne devait pas connaître ces sensations. Elles servaient uniquement à subjuguer les mâles.

Duncan émergea de la séquence réactionnelle qui avait été implantée en lui. Il savait confusément qu'il y avait une autre chose qu'il était censé faire, mais il ne se rappelait pas laquelle.

Lucille?

Il l'imagina morte devant lui. Mais cette fille n'était pas Lucille. Elle s'appelait... elle s'appelait Murbella.

Il était vidé de presque toutes ses forces. Il se leva de dessus Murbella et réussit à retomber à genoux. Ses mains tremblaient d'un mouvement qu'il ne pouvait ni contrôler ni comprendre.

Murbella essaya de s'arracher à Duncan mais il n'était plus là. Elle ouvrit brusquement les paupières.

Toujours à genoux, Duncan se pencha sur elle. Elle se demandait combien de temps s'était écoulé. Elle s'efforça de rassembler assez d'énergie pour se redresser, mais n'y parvint pas. Peu à peu, la raison lui revint.

Elle regarda Duncan dans les yeux. Elle savait maintenant qui était cet homme. Cet homme? Ce garçon, plutôt. Mais il avait accompli des choses... des choses contre lesquelles toutes les Honorées Matriarches avaient été mises en garde. Il y avait un ghola armé par le Tleilax de connaissances interdites. Ce ghola devait être tué!

Une petite quantité d'énergie monta dans ses muscles. Elle se souleva sur un coude. Haletante, elle voulut s'écarter de lui mais ne réussit qu'à retomber lourdement sur la natte.

Par la Roche Sacrée de Dur! On ne pouvait laisser vivre ce mâle! C'était un ghola et il était capable d'accomplir des choses que seules les Honorées Matriarches auraient dû faire. Elle voulait l'attaquer et, en même temps, brûlait du désir de l'attirer de nouveau contre elle, en elle. *Cette extase*! Elle savait qu'il aurait pu lui demander n'importe quoi en cet instant, elle l'aurait fait. Elle l'aurait fait pour lui.

Non! Il faut absolument que je le tue!

De nouveau, elle se dressa sur un coude et, cette fois-ci, réussit à s'asseoir. Son regard sans force se porta sur la surface de plaz derrière laquelle se trouvaient la Très Honorée Matriarche et son guide. Ils la regardaient. Le visage de l'homme était congestionné. Celui de la Très Honorée était aussi impassible que la Roche Sacrée elle-même.

Comment peut-elle rester là sans rien dire après ce qu'elle vient de voir? Il faut que cette Très Honorée tue le ghola!

Murbella fit signe à la femme derrière le plaz et se traîna jusqu'à la porte verrouillée à quelques pas de la natte. Elle eut à peine la force de tirer le verrou et de pousser la porte avant de retomber. Ses yeux se tournèrent vers le garçon agenouillé dont la transpiration rendait le corps luisant. Ce corps adorable...

Non!

Le désespoir lui donna la force de se redresser. Elle se mit d'abord à genoux puis, par la seule énergie de sa volonté, se retrouva debout. Les forces lui revenaient peu à peu mais ses jambes tremblaient tandis qu'elle contournait en titubant le pied de la natte.

Je vais le faire moi-même. Je ne dois pas penser. Il faut que je le fasse

Son corps vacillait d'un côté puis de l'autre. Elle essaya de ne pas trembler en lui portant un coup à la gorge. C'était un mouvement qu'elle connaissait parfaitement pour l'avoir pratiqué durant de longues heures d'entraînement. Il devait lui écraser le larynx. La victime mourait asphyxiée.

Duncan évita le coup aisément, mais il était lent... très lent.

Murbella faillit retomber à côté de lui, mais les mains de la Très Honorée Matriarche la retinrent.

— Tuez-le... haleta Murbella. C'est contre lui qu'on nous a mises en garde. C'est celui-là!

Elle sentit les mains qui se resserraient sur son cou, les doigts qui s'enfonçaient impitoyablement dans les points riches en nerfs derrière ses oreilles.

La dernière chose que Murbella entendit avant de sombrer dans l'inconscience fut la réponse de la Très Honorée Matriarche qui disait :

— Nous ne tuerons personne. La place de ce ghola est sur Rakis.

Pour tout individu, la compétition potentiellement la plus dangereuse provient souvent de sa propre espèce. L'espèce consomme des denrées indispensables. Sa croissance est limitée par la denrée vitale qui est disponible dans la quantité la plus faible. La condition la moins favorable détermine le taux de croissance. (Loi du minimum.)

Extrait des *Leçons d'Arrakis*

L'immeuble se dressait en retrait d'une large avenue derrière un écran d'arbres et de haies fleuries soigneusement entretenues. Les haies avaient été espacées de manière à former un labyrinthe jalonné de piliers blancs à hauteur d'homme qui délimitaient les surfaces plantées. Aucun véhicule ne pouvait entrer ni sortir autrement qu'au pas. En bon militaire, Teg notait automatiquement ces détails tandis que la voiture blindée s'arrêtait devant le portail. Le maréchal Muzzafar, le seul autre occupant à l'arrière du véhicule, perçut son intérêt et expliqua :

— Nous sommes protégés des airs par un dispositif d'enfilade à faisceaux.

Un soldat en uniforme de camouflage, portant un long laser à la bretelle, leur ouvrit la portière et rectifia la position tandis que Muzzafar descendait.

Teg le suivit. Il reconnaissait maintenant cet endroit. C'était l'une des adresses « sûres » que les services de sécurité du Bene Gesserit lui avaient communiquées. De toute évidence, les fichiers des Sœurs avaient besoin d'être remis à jour. Pas de beaucoup, cependant, car Muzzafar ne semblait pas se douter que Teg pût déjà connaître les lieux.

Tandis qu'ils s'avançaient vers le portail, Teg remarqua qu'un autre dispositif de défense qu'il avait inspecté lors de sa première tournée à Ysaï était demeuré inchangé. Il y avait des différences à peine perceptibles dans certains piliers blancs aux angles du labyrinthe. Ces piliers dissimulaient en réalité des scanolyseurs télécommandés à partir d'une salle de surveillance située quelque part à l'intérieur de l'immeuble. Leurs «chapeaux» en forme de losange balayaient toute la zone située entre l'immeuble et eux. Une légère pression sur un bouton dans la salle de surveillance suffisait à faire de la viande hachée à partir de tout organisme vivant qui traversait leur champ.

Au portail, Muzzafar s'arrêta et se tourna vers Teg.

— L'Honorée Matriarche que vous allez rencontrer est la plus puissante de toutes celles qui viennent ici. Elle ne tolère rien d'autre que l'obéissance la plus totale.

— Si j'ai bien compris, c'est une mise en garde.

— Je veux seulement vous rendre service. Appelez-la Honorée Matriarche et rien d'autre. Nous allons entrer. J'ai pris la liberté de vous faire faire un nouvel uniforme.

La pièce où Muzzafar le fit pénétrer était l'une de celles que Teg n'avait pas visitées lors de son précédent passage. Petite et encombrée de caisses à panneaux de toile noire, elle laissait peu de place pour s'y tenir à deux. Un unique brilleur fixé au plafond l'éclairait d'une lumière jaune. Muzzafar se glissa dans un coin tandis que Teg ôtait la combinaison sale et froissée qu'il portait depuis le non-globe.

— Désolé de ne pouvoir vous offrir également un bain, lui dit Muzzafar, mais nous n'avons pas le temps. Elle commence à s'impatienter.

Teg se sentit revivre en endossant cet uniforme. C'était le vêtement noir dont il avait l'habitude, avec tous les détails y compris les étoiles d'or au collet. Ainsi, on voulait qu'il se présente devant cette Honorée Matriarche en qualité de Bashar du Bene Gesserit. Intéressant. Il redevenait Bashar à part entière. Non qu'il eût jamais perdu le sens de cette identité puissante; mais l'uniforme la renforçait et la proclamait à la vue de tous. Avec lui, il n'avait plus besoin d'affirmer sa personnalité d'une quelconque autre manière.

— Vous êtes bien mieux ainsi, lui dit Muzzafar.

Il précéda Teg dans le couloir et ouvrit une autre porte dont Teg se souvenait. Oui, c'était là qu'il avait rencontré les contacts « sûrs » qu'on lui avait indiqués. Il n'avait pas eu de mal à identifier la fonction de cette salle la première fois, et rien ne paraissait avoir changé depuis. Des rangées de capteurs microscopiques occupaient les intersections des murs et du plafond, camouflées en rampes argentées retenant les brilleurs flottants.

Celui qui est observé ne voit pas, se dit Teg. *Et les observateurs ont des yeux par millions.*

Sa vision seconde lui indiquait qu'il y avait ici un danger, mais rien d'immédiatement violent.

La salle, qui faisait environ quatre mètres sur cinq, était un lieu de transactions à un niveau élevé. L'argent n'y passait pas nécessairement de main en main. On y voyait par contre de petits objets de valeur représentant tout ce qu'il pouvait y avoir comme monnaie d'échange : des bourses de mélange, des gemmones laiteuses de la taille d'un globe oculaire, parfaitement sphériques, de consistance à la fois lisse et molle mais rayonnantes d'un éclat lisse dès qu'elles recevaient la moindre quantité de lumière ou que quelque chose de vivant les touchait. C'était le genre d'endroit où le spectacle d'un danikin de mélange ou d'un sachet de gemmones était considéré comme tout à fait banal. L'équivalent d'une planète pouvait changer de mains sur une simple inclination de tête, un clin d'œil ou un mot à voix basse

Nul besoin, ici, d'exhiber des sacoches bourrées de billets. La chose qui s'en rapprochait le plus était peut-être un mince carré de translux à l'intérieur garni de poison, d'où sortaient des feuilles encore plus minces de cristal ridulien sur lequel étaient gravés, en caractères infalsifiables, des nombes astronomiques.

— C'est une banque, déclara Teg.

— Comment? fit distraitement Muzzafar, dont le regard était fixé sur une porte close à l'autre bout de la salle. Ah! oui... Elle ne va pas tarder à arriver.

— Elle nous observe en ce moment, j'imagine.

Muzzafar ne répondit pas, mais son visage s'assombrit.

Teg regardait autour de lui. Qu'est-ce qui avait changé depuis sa dernière visite? Il ne voyait aucune différence notable. Il se demandait si des sanctuaires tels que celui-ci connaissaient beaucoup de changements d'un siècle à l'autre. Il y avait au sol un tapis de rosée aussi moelleux que du duvet de brantal et aussi blanc que le ventre d'une baleine à fourrure. Il miroitait d'un faux éclat mouillé que l'œil était tout seul à percevoir. Celui qui l'aurait foulé nu-pieds (mais la chose ne s'était sans doute jamais produite) n'aurait senti rien d'autre qu'une caresse sèche et soyeuse.

Au centre de la salle, il y avait une table étroite de deux mètres de long environ. Son plateau faisait plus de trois centimètres d'épaisseur. Teg était sûr qu'il était en jacaranda massif d'origine danienne. Sa surface d'un brun violacé avait été si bien polie que son lustre absorbait la vision en profondeur, révélant le tracé délicat des veines semblables aux courants sous-jacents d'une claire rivière. Il n'y avait que quatre chaises d'amiral autour de la table, façonnées par un maître artisan dans le même bois, au dossier et au siège garnis de cuiraline assortie aux tons du bois.

Pas plus de quatre chaises. Il eût été déplacé d'en mettre davantage. Teg ne s'y était pas assis lors de sa première visite et il ne le fit pas cette fois-ci non plus, mais il savait exactement ce qu'il aurait ressenti : un confort presque du niveau des vulgaires canisièges. Presque, mais pas tout à fait, bien sûr. Des sièges trop moelleux, capables de s'adapter étroitement à la forme du corps, risquaient d'inciter leur occupant à une relaxation dangereuse. Tout, dans cette salle et son mobilier, disait : « Prenez vos aises, mais sachez demeurer vigilant. »

Non seulement il fallait garder sa lucidité quand on était ici, mais il convenait également d'avoir derrière soi une grande capacité de violence. Telle avait été l'estimation de Teg la première fois, et son opinion n'avait pas changé aujourd'hui.

Il n'y avait pas de fenêtres ici, mais celles qu'il avait vues de l'extérieur miroitaient derrière des barres de lumière, des écrans d'énergie qui avaient pour fonction d'empêcher toute intrusion de l'extérieur et toute évasion de l'intérieur. Ces défenses n'avaient pas que des avantages, Teg le savait, mais c'étaient surtout leurs implications qui étaient intéressantes. La dépense d'énergie nécessaire pour les garder jour et nuit sous tension équivalait au budget alimentaire d'une grande ville pendant toute la durée de vie de ses habitants les plus vieux.

Cet étalage de richesse n'avait rien de fortuit.

La porte que Muzzafar regardait s'ouvrit avec un léger déclic.

Danger!

Une femme en robe mordorée où dansaient des lignes de feu s'engouffra dans la pièce.

Elle est très vieille!

Teg ne s'attendait pas à voir quelqu'un d'aussi âgé. Son visage était un masque parcheminé. Ses yeux de glace viride étaient profondément enfoncés dans leurs orbites au-dessus d'un nez long et crochu dont l'ombre recouvrait ses lèvres fines et soulignait la forme anguleuse de son menton. Une calotte noire coiffait une partie de sa chevelure grise.

Muzzafar s'inclina.

— Laissez-nous, lui dit-elle.

Il sortit sans un mot, par la porte qui avait livré passage à la vieille femme. Quand la porte se fut refermée derrière Muzzafar Teg murmura :

— Honorée Matriarche...

— Ainsi, vous avez compris qu'il s'agissait d'une banque, fit-elle d'une voix où l'on décelait à peine un léger tremblement.

— Naturellement.

— Les moyens de transférer de vastes quantités d'énergie de personne à personne font rarement défaut. Et je ne parle pas de l'énergie qui fait tourner les machines, mais de celle qui anime les gens.

— Et qui porte généralement le nom étrange de civilisation, société ou gouvernement.

— Je savais que je trouverais en vous quelqu'un de très intelligent.

Elle tira une chaise en arrière et s'assit, sans faire le moindre geste pour inviter Teg à en faire autant.

— J'aime bien me considérer comme un banquier, reprit-elle. Cela épargne pas mal de circonlocutions oiseuses et affligeantes.

Teg ne répondit pas. Il n'en voyait pas la nécessité. Il continua de l'observer sans bouger.

— Pourquoi me regardez-vous ainsi? demanda-t-elle.

Je ne m'attendais pas à vous voir si vieille.

— Hé, hé! Nous vous réservons bien d'autres surprises, Bashar. Plus tard, une Honorée Matriarche plus jeune que moi vous marquera peut-être en vous murmurant son nom. Rendez grâces à Dur si cela se produit.

Il inclina la tête, sans comprendre beaucoup de ce qu'elle disait.

— Cet immeuble est également très vieux, reprit-elle. Je vous ai observé lorsque vous êtes arrivé. Cela vous surprend-il aussi?

— Non.

— L'édifice est demeuré pratiquement inchangé depuis des millénaires. Il est constitué de matériaux qui, pour la plupart n'offrent guère de prise au temps.

Teg baissa les yeux vers la table.

— Oh! Je ne parlais pas du bois, reprit-elle. Mais ne vous y fiez pas. En dessous, il y a de la polastine, du polaz et du pormabat. Les po-po-po ne sont pas à dédaigner quand les nécessités les imposent.

Teg ne répondit pas.

— Les nécessités... continua la vieille femme. Avez-vous une objection à formuler contre les méthodes que les nécessités nous ont imposé d'utiliser contre vous?

— Mes objections n'ont aucune importance.

Il se demandait où elle voulait en venir. Mais la réponse était évidente. Elle l'étudiait, bien sûr, tout comme il l'étudiait.

— Pensez-vous que d'autres aient parfois élevé des objections contre ce que vous avez pu leur faire?

— Sans l'ombre d'un doute.

— Vous êtes un commandant-né, Bashar. Je pense que vous allez nous être précieux.

— J'ai toujours pensé que j'étais surtout précieux à moi-même.

— Bashar! Regardez mes yeux.

Il obéit et vit de petits points orange flotter dans le blanc autour des iris. La sensation de danger était soudain aiguë.

— Si jamais vous les voyez devenir entièrement orange, prenez garde! poursuivit-elle. C'est que vous m'aurez offensée au-delà de ce que je puis tolérer.

Il inclina la tête.

— J'apprécie votre aptitude à commander, reprit-elle, mais ne croyez pas que vous puissiez l'exercer sur moi! Vous commandez à la racaille et c'est la seule fonction que nous ayons à proposer à ceux de votre sorte.

— La racaille?

Elle fit un geste blasé de la main.

— Vous savez bien. Ceux qui sont là, dehors. Leur curiosité est étriquée. Rien de grand ne pénètre jamais dans leur psychisme.

— Je me doutais que c'était ce que vous vouliez dire.

— Il est vrai que nous veillons à ce que les choses demeurent ainsi. Tout leur parvient à travers un filtre étroit dont le rôle est d'exclure tout ce qui n'a pas une valeur de survie immédiate.

— Un psychisme étriqué.

— Vous êtes choqué, je le sais, mais ça n'a pas d'importance. Pour ces gens-là, la seule chose qui compte, c'est : « Aurai-je de quoi manger aujourd'hui? Aurai-je un abri pour la nuit à l'abri des vandales et de la vermine? » Le luxe? Le luxe, c'est la possession d'une drogue ou d'une personne du sexe opposé qui puisse, pour un instant, tenir la bête aux abois.

Et la bête, c'est toi, pensa Teg.

— Si je prends mon temps avec vous, Bashar, poursuivit-elle, c'est parce que je vois que vous pourriez nous être encore plus utile que Muzzafar. Et il nous est extrêmement précieux, sachez-le. En ce moment même, nous le récompensons de vous avoir conduit à nous dans un état de réceptivité parfaite.

Comme Teg gardait le silence, elle glousse :

— Vous n'estimez pas être en état de réceptivité?

Teg ne disait toujours rien. Avait-on glissé une drogue quelconque dans le repas qu'on lui avait servi? Il percevait le clignotement de sa vision seconde, mais la menace s'était estompée en même temps que les points orange dans les yeux de l'Honorée Matriarche. Cependant, il fallait faire attention à ses pieds. C'étaient des armes mortellement dangereuses.

— Il se trouve simplement que votre attitude envers la racaille n'est pas la bonne, ajouta-t-elle. Par bonheur, ils agissent de telle sorte qu'ils se limitent eux-mêmes. Ils le savent dans le tréfonds de leur esprit conscient, mais ils n'y peuvent rien. Ils n'ont pas le temps de s'attaquer à un autre problème que celui de leur misérable survie immédiate.

— Leur sort ne peut pas être amélioré?

— Il ne *doit* pas être amélioré! Bien sûr, nous veillons à ce que le désir de s'améliorer demeure vigoureux chez eux, mais cela reste une aspiration chimérique.

— Encore un luxe dont ils doivent se passer.

— Ce n'est pas un luxe! C'est quelque chose qui n'est pas du tout à leur portée! Quelque chose qui doit rester caché en permanence derrière le mur de ce que nous aimons appeler l'ignorance protectrice.

— Ce qu'on ignore ne peut pas faire de mal.

— Je n'aime pas beaucoup ce ton, Bashar.

De nouveau, les taches orange dansèrent dans ses yeux; mais le signal de danger s'affaiblit rapidement et elle glousse :

— Ce dont on se méfie, c'est le contraire de ce qu'on *ignore*. Nous enseignons que toute connaissance nouvelle peut être dangereuse. Vous devinez la conclusion : toute extension de la connaissance est contraire à la survie!

À ce moment, la porte s'ouvrit derrière l'Honorée Matriarche et Muzzafar reparut. Il était transformé. Son visage rayonnait, ses yeux brillaient. Il s'immobilisa derrière la chaise de la vieille femme.

— Un jour, je vous permettrai de rester dans mon dos de cette manière, fit celle-ci en s'adressant toujours à Teg. Vous voyez que j'en ai le pouvoir.

Qu'avait-on fait à Muzzafar? Il donnait presque l'impression d'être sous l'effet d'une drogue.

— Reconnaissez-vous ce pouvoir? insista l'Honorée Matriarche.

— Je ne peux pas le nier, fit Teg après s'être éclairci la voix.

— N'oubliez pas que je me considère comme un banquier. Nous venons de créditer notre loyal Muzzafar. Êtes-vous reconnaissant, Muzzafar?

— Je le suis, Honorée Matriarche, fit-il d'une voix rauque.

— Je suis persuadée que vous êtes à même de comprendre la signification générale d'un tel pouvoir, Bashar, reprit-elle. Le Bene Gesserit vous a correctement formé. Les Sœurs ont du talent, mais pas autant que nous, semble-t-il.

— On dit que vous êtes très nombreuses.

— Le nombre n'est pas la clé, Bashar. Le genre de pouvoir que nous utilisons peut très bien être concentré dans un petit nombre de mains.

Elle ressemblait aux Révérendes Mères, se dit Teg, par sa manière de répondre sans jamais rien révéler d'essentiel.

— En gros, reprit l'Honorée Matriarche, le pouvoir que nous exerçons revient à remplacer la substance même de la survie pour un grand nombre de gens. Ensuite, pour régner, il suffit de brandir la menace du manque. (Elle fit mine de regarder par-dessus son épaule.) Aimeriez-vous que nous vous retirions nos faveurs, Muzzafar?

— Non, Honorée Matriarche...

Il tremblait réellement!

— Vous avez découvert une nouvelle drogue, dit Teg.

Elle éclata d'un rire sonore, un peu rauque, de bon cœur.

— Pas tout à fait, Bashar. Elle est très ancienne au contraire.

— Et vous voudriez faire de moi un adepte?

— Comme tous ceux que nous soumettons, Bashar, vous avez le choix : l'obéissance ou la mort.

— Un très vieux choix, reconnut Teg.

Il ne saisissait pas encore la nature de la menace immédiate Sa vision seconde ne percevait aucune violence. Bien au contraire. Elle lui laissait entrevoir des fragments de sensualité confuse. Croyaient-elles pouvoir l'imprégner?

Elle lui sourit d'un air lourd de sous-entendus aux connotations glacées.

— Nous servira-t-il bien, Muzzafar?

— J'en suis persuadé, Honorée Matriarche.

Teg fronça les sourcils. Ces deux-là portaient le mal au plus profond d'eux. Ils allaient à l'encontre de tous les principes moraux qui lui inspiraient sa conduite. Il était rassurant de se souvenir qu'aucun des deux ne soupçonnait l'étrange métamorphose qui avait accéléré ses réflexes.

Ils semblaient se réjouir de sa perplexité présente.

Teg avait également l'avantage de se rendre compte que ceux qu'il avait devant lui n'aimaient pas réellement la vie. Il le voyait clairement grâce à l'éducation que lui avait donnée le Bene Gesserit. L'Honorée Matriarche et Muzzafar avaient oublié ou, plus probablement, abandonné tout ce qui donnait une raison de survivre à des humains capables d'éprouver de la joie. Il se disait qu'ils n'auraient probablement pas pu trouver la moindre source de joie dans leur propre chair. Leur existence devait être principalement celle d'un voyeur, celle d'un observateur éternel toujours en train d'essayer de se rappeler comment étaient les choses avant que ne s'opère la transformation qui les avait amenés à ce qu'ils étaient en ce moment. Même quand ils se vautraient dans l'accomplissement de quelque chose qui était autrefois synonyme de plaisir, il devait leur falloir repousser à chaque fois les limites extrêmes de leurs expériences simplement pour arriver à toucher le bord de leurs anciens souvenirs.

Le sourire de l'Honorée Matriarche s'élargit en un rictus qui laissa voir ses dents d'un blanc étincelant.

— Regardez-le, Muzzafar, dit-elle. Il n'a pas la moindre idée de ce que nous sommes capables de faire!

Teg entendit ces mots, mais il perçut aussi autre chose avec ses yeux formés à l'école du Bene Gesserit. Ces deux-là n'avaient pas en eux le moindre milligramme de naïveté. Rien ne pouvait plus les étonner. Rien n'était censé être vraiment nouveau pour eux. Et cependant, ils intriguaient, ils tramaient, en espérant que cette fois-ci encore ils arriveraient à se dépasser pour produire les sensations fortes dont ils avaient gardé le souvenir. Mais ils savaient que leur espoir était vain, naturellement, et qu'ils ne retireraient de cette expérience qu'un surcroît de rage tout juste bon à nourrir une tentative de plus pour rejoindre l'inaccessible. C'était ainsi qu'ils fonctionnaient.

Teg se composa un sourire à leur intention en mettant à profit tout ce que le Bene Gesserit lui avait enseigné. C'était un sourire plein de compassion, de compréhension et de réelle jouissance devant sa propre existence. Il savait qu'il tenait là l'insulte la plus mortelle qui pût leur être jetée à la face et il la vit atteindre parfaitement son but. Muzzafar lui lança un regard noir. L'Honorée Matriarche passa de la fureur orange à la surprise abrupte puis, plus lentement, à une délectation naissante. C'était une chose qu'elle n'avait pas prévue! Une chose entièrement nouvelle!

— Muzzafar, dit-elle tandis que les points orange s'estompaient dans ses yeux, allez chercher l'Honorée Matriarche qui a été choisie pour marquer notre Bashar.

Teg, dont la vision seconde criait au péril imminent, comprit enfin. Il vit son propre devenir se déployer autour de lui en ondes concentriques tandis que le pouvoir montait en lui. La métamorphose opérait toujours! Il sentait ses énergies décupler. En même temps se faisaient de nouveaux choix et une nouvelle compréhension. Il se vit sous la forme d'un typhon dévastant tout l'immeuble, semant la mort sur son passage (les cadavres de Muzzafar et de l'Honorée Matriarche gisant parmi d'autres), transformant ces lieux en abattoir avant de les abandonner derrière lui.

Faut-il vraiment que je fasse cela? se demanda-t-il.

Pour chaque mort qu'il causerait, d'autes morts seraient exigées. Il en voyait cependant la nécessité, comme il voyait enfin les desseins du Tyran. Et la souffrance qu'il percevait pour lui-même le faisait presque crier de chagrin, mais il se contenait.

— C'est cela, amenez-moi cette Honorée Matriarche, dit-il.

Il savait que cela ferait toujours une personne de moins à débusquer dans cet immeuble et à détruire de ses mains. D'abord, il lui fallait prendre d'assaut la salle de surveillance des scanolyseurs.

« Toi qui connais les souffrances que nous endurons ici, ne nous oublie pas dans tes prières. »

Inscription à l'entrée de l'aire d'atterrissage d'Arrakeen
(Archives historiques de Dar-es-Balat)

Taraza contemplait les pétales qui voletaient comme des flocons de neige dans le ciel de Rakis. L'éclat opalescent du matin était une chose à laquelle, malgré les nombreuses réunions d'information préparatoires, elle ne s'était pas attendue. Rakis lui réservait quelques surprises. Les effluves des fausses fleurs d'oranger étaient si prenants ici, à l'entrée des jardins suspendus de Dar-es-Balat, qu'ils faisaient oublier toutes les autres odeurs.

Ne jamais croire que l'on a exploré entièrement les profondeurs d'un abîme... ou d'un quelconque être humain, se dit-elle.

Les conversations s'étaient tues, mais non les échos des propos qui s'étaient échangés à côté, à peine quelques minutes auparavant. Tous étaient d'accord, cependant, pour dire que le moment était venu de passer aux actes. Bientôt, Sheeana allait leur faire la «danse du ver» pour démontrer une fois de plus sa technique.

Waff et un nouveau représentant des prêtres assisteraient à cet « événement sacré », mais Taraza était certaine que ni l'un ni l'autre ne soupçonnaient la véritable nature de ce qu'ils allaient voir. Waf, comme toujours, serait à surveiller de près. Il affichait encore cette expression d'incrédulité irritée devant tout ce qu'il voyait ou entendait. Cela formait un étrange mélange avec la crainte religieuse sous-jacente qu'il ressentait du fait de sa présence sur la planète sacrée. Le catalyseur, de toute évidence, était la rage de savoir que c'étaient des imbéciles et des incapables qui gouvernaient ici.

Odrade sortit de la salle de réunion et rejoignit Taraza.

— Les rapports que je reçois de Gammu sont de plus en plus alarmants, déclara la Mère Supérieure. M'apportez-vous du nouveau?

— J'ai bien peur que non. Il semble que le chaos règne plus ou moins là-bas.

— À votre avis, Dar, que devrions-nous faire?

— Les paroles du Tyran à Chenoeh ne cessent de me hanter : « Le Bene Gesserit est si proche de ce qu'il devrait être, et pourtant si éloigné encore. »

Taraza montra le désert, au-delà du qanat de la cité-musée.

— Il est encore là, Dar. Je le sens. (Elle se tourna pour faire face à Odrade.) Et Sheeana lui parle.

— Il a dit tellement de mensonges.

— Mais il n'a pas menti à propos de sa propre réincarnation. Souvenez-vous de ses paroles : « Chaque fragment de ma descendance portera prisonnière, isolée et impuissante, une partie de mon esprit conscient... des perles de moi-même, errant aveugles parmi les sables, prisonnières d'un rêve sans fin. »

— Vous tablez beaucoup sur votre foi dans les pouvoir de ce rêve.

— Il faut que nous retrouvions les desseins du Tyran! Dans leur totalité!

Odrade soupira, mais ne répondit pas.

— Ne sous-estimez jamais les pouvoirs d'une idée, reprit Taraza. Les Atréides ont toujours été philosophes dans leur manière de gouverner. La philosophie est dangereuse en ce qu'elle encourage l'apparition d'idées nouvelles.

Odrade ne répondait toujours pas

— Le ver porte tout cela en lui, Dar! poursuivit Taraza avec véhémence. Toutes les forces qu'il a mises en branle sont encore présentes en lui!

— C'est moi que vous essayez de convaincre ou vous-même, Tar?

— C'est une façon pour moi de vous punir, Dar. De même que le Tyran est encore en train de nous punir toutes.

— De n'être pas ce que nous devrions être? Aaah! Voilà Sheeana et les autres.

— Le langage du ver, Dar. C'est cela qui est important.

— Puisque vous le dites, Mère Supérieure.

Tandis qu'elle se portait à la rencontre des nouveaux arrivants, Taraza lui lança un regard courroucé. Odrade arborait un air sombre qui ne lui plaisait pas.

La présence de Sheeana, heureusement, lui redonnait toute sa détermination. Très alerte, cette petite Sheeana. Très bon sujet. Elle leur avait exécuté sa danse la veille au soir, dans la salle de musée, sur un fond de tapisserie exotique en fibre d'épice représentant le désert et les vers géants. Elle semblait presque faire partie du décor, comme si elle sortait des dunes stylisées en même temps que les monstres représentés avec un réalisme saisissant. Taraza revoyait sa chevelure châtain volant autour d'elle au gré des mouvements rythmiques, ondoyant en un arc flou où la lumière oblique faisait ressortir les reflets fauves de ses mèches flottantes. Ses yeux étaient clos mais son visage n'était pas au repos. La tension se lisait dans la courbe passionnée de sa grande bouche, dans ses narines frémissantes, dans son menton projeté en avant. Ses mouvements avaient une grâce sophistiquée qui formait un contraste avec son extrême jeunesse.

Cette danse est son langage, se dit Taraza. *Odrade a raison. En la voyant, nous pourrons l'apprendre.*

Waff semblait replié sur lui-même ce matin. Il était difficile de décider si son regard était tourné vers l'extérieur ou l'intérieur.

Le Tleilaxu était en compagnie de Tulushan, un prêtre rakien aux cheveux bruns et à l'air avenant qui avait été choisi pour représenter le clergé à cet « événement sacré ». Taraza, qui avait fait sa connaissance la veille lors de la démonstration de Sheeana, trouvait extraordinaire qu'il n'emploie jamais le mot: « mais » alors qu'il formait l'essentiel de tout ce qu'il avait à dire. Le parfait bureaucrate. Dûment ambitieux comme tous ceux de son espèce, mais ses ambitions allaient bientôt tourner court. Taraza, qui le savait de source sûre, n'en éprouvait pas le moindre regret pour lui. Tulushan, avec sa figure angélique, n'était pas à la hauteur d'une position de confiance. Naturellement, il valait mieux, par certains côtés, que les airs qu'il se donnait. Et moins par d'autres.

Waff se mit à l'écart à l'entrée du jardin, laissant Odrade et Sheeana seules avec Tulushan.

Le jeune prêtre n'était pas irremplaçable, naturellement. Cela expliquait dans une large mesure pour quelle raison il avait été choisi pour cette aventure. Et cela confirmait à Taraza qu'elle avait atteint le niveau souhaité de violence virtuelle. Elle ne pensait pas, cependant, qu'une des factions sacerdotales irait jusqu'à faire du mal à Sheeana.

Nous ne devons pas la quitter des yeux.

Elles avaient eu du pain sur la planche depuis la démonstration des pouvoirs sexuels des catins, huit jours auparavant. Huit jours d'activité fébrile pour des résultats plutôt préoccupants dans l'ensemble. Odrade s'était chargée de Sheeana. Taraza aurait préféré confier cette tâche de formation à Lucille, mais il fallait bien se contenter de ce que l'on avait sous la main et Odrade était incontestablement ce qu'il y avait de mieux en ce moment sur Rakis pour mener à bien l'éducation de la jeune fille.

Taraza se tourna vers le désert. On attendait en ce moment les ornis qui venaient de Keen avec leur chargement d'observateurs importants. Ces personnalités n'étaient pas encore vraiment en retard, mais elles savaient faire durer le plaisir comme il se devait pour des gens de leur rang.

— Sheeana semblait réagir favorablement dans le domaine de l'éducation sexuelle, bien que l'opinion de Taraza sur les mâles dont le Bene Gesserit disposait sur place pour les exercices pratiques ne fût guère flatteuse. Le soir même de son arrivée sur Rakis, elle avait fait venir l'un d'eux. Par la suite, elle avait jugé que le dérangement ne valait pas le peu de joie et d'oubli que cela lui apportait. Et d'ailleurs, qu'y avait-il à oublier? Oublier, c'était ouvrir la porte à une faiblesse.

Ne jamais oublier!

C'était exactement ce que pratiquaient les catins. Le commerce de l'oubli. Et elles n'avaient pas la moindre conscience de l'étau dans lequel le Tyran tenait prisonnières les destinées humaines, ni de la nécessité absolue de briser cet étau.

Taraza avait secrètement écouté ce que disaient Odrade et Sheeana pendant la séance de la veille.

Pourquoi ai-je écouté?

La jeune fille et son professeur se trouvaient ici même, dans le jardin suspendu, sur des bancs face à face au-dessous d'un distort ixien portatif qui rendait leurs paroles inintelligibles pour quelqu'un qui ne disposait pas du transmetteur codé. Le distort, monté sur un suspenseur, flottait au-dessus d'elles comme un étrange parapluie, un disque noir émettant des interférences qui déformaient les mouvements précis des lèvres et le son de leurs voix.

Pour Taraza, qui se tenait dans la longue salle de réunions, le minuscule transmetteur à l'oreille, la leçon s'était déroulée comme une véritable distorsion de ses propres souvenirs.

Quand ces choses-là m'ont été enseignées, nous n'avions pas encore vu de quoi les catins de la Dispersion étaient capables.

— Pourquoi parle-t-on autant de la complexité du sexe? avait demandé Sheeana. L'homme que vous m'avez envoyé hier soir ne répétait que cela.

— Beaucoup pensent qu'ils la comprennent, Sheeana, alors que personne, peut-être, ne l'a jamais vraiment comprise. C'est que ces choses-là participent de l'esprit beaucoup plus que de la chair

— Pourquoi n'ai-je pas le droit de me servir de ce que nous ont montré les Danseurs Visages?

— Sheeana, cette complexité dont tu parles recouvre des rouages infinis. De bonnes et de mauvaises actions ont été commises sous l'impulsion des forces sexuelles. On parle de « puissance sexuelle », ou bien d'« énergie sexuelle », ou encore de « l'irrésistible appel du désir ». Je ne nie pas que ce soient des faits observables. Mais nous sommes ici en présence de forces si dangereuses qu'elles ont le pouvoir de te détruire ainsi que toutes les valeurs auxquelles tu es attachée.

— C'est ce que je n'arrive pas à comprendre. Quelle est l'erreur des catins?

— Elles ignorent le fonctionnement de l'espèce, Sheeana. Je suis sûre que tu es déjà capable de ressentir cela. Le Tyran en était certainement conscient. Qu'est-ce que son Sentier d'Or, sinon une vision des forces sexuelles à l'œuvre pour recréer indéfiniment l'humanité?

— Et les catins ne créent pas?

— Elles essaient surtout de s'assurer la maîtrise de leur univers au moyen de ces forces.

— Il semble qu'elles y réussissent.

— Aaah! mais au prix de quelles conséquences?

— Je ne comprends pas.

— Tu sais ce que c'est que la Voix, et de quelle manière elle permet d'assujettir les autres.

— Oui, mais pas tout le monde.

— Précisément. Une civilisation assujettie par la Voix pendant une trop longue période de temps finirait par trouver le moyen de résister à cette force et de rendre inopérante toute manipulation ultérieure.

— Vous voulez dire qu'il y a des gens qui savent résister aux catins?

— Les signes sont là et ils ne peuvent pas nous tromper. C'est l'une des raisons pour lesquelles nous sommes venues sur Rakis.

— Les catins vont venir ici?

— J'en ai bien peur. Elles veulent conquérir le cœur de l'ancien Empire. Elles voient en nous un adversaire facile.

— Et vous n'avez pas peur qu'elles gagnent?

— Elle ne peuvent pas gagner, Sheeana. Sois-en sûre. Mais elles nous rendent service.

— Comment ça?

Le ton de Sheeana faisait écho à la stupéfaction éprouvée par Taraza en entendant Odrade prononcer ces mots. Que savait-elle au juste? L'instant d'après, la Mère Supérieure comprit, et elle se demanda si la leçon était aussi claire dans l'esprit de la jeune fille.

— Le cœur est statique, Sheeana. Voilà près de quatre mille ans que nous sommes pratiquement au même point. Le mouvement et la vie sont « là-bas », avec les peuples de la Dispersion qui résistent aux catins. Quoi que nous fassions par ailleurs, nous devons renforcer cette résistance.

Un bruit d'ornis qui approchaient rappela brusquement Taraza à la réalité présente. Les observateurs officiels arrivaient de Keen. Ils étaient encore loin, mais les bruits portaient à de grandes distances dans l'atmosphère limpide du désert.

La méthode pédagogique d'Odrade était bonne. Taraza le reconnaissait volontiers tout en scrutant le ciel à la recherche des premiers points brillants. Apparemment, ils volaient bas et venaient de l'autre côté de l'immeuble. Ce n'était pas la bonne direction, mais peut-être avait-on voulu promener les officiels du côté des ruines de la muraille du Tyran. Beaucoup de visiteurs étaient curieux de voir l'endroit où Odrade avait découvert le magot d'épice.

Sheeana, Odrade, Waff et Tulushan rentrèrent dans la salle de réunions. Ils avaient également entendu les ornis. Sheeana avait hâte de démontrer son pouvoir sur les vers. Taraza était incertaine. Elle avait cru déceler un bruit de fatigue dans les réacteurs des appareils. Étaient-ils surchargés? Combien d'observateurs devaient se trouver à bord?

Le premier orni amorça un passage au-dessus de la terrasse et Taraza aperçut le cockpit blindé. Elle sut qu'il y avait traîtrise avant même que le premier rayon ne surgisse de l'engin, fauchant ses jambes au-dessous des genoux. Elle s'affaissa lourdement contre un arbre en pot, les jambes entièrement sectionnées. Un nouveau rayon lui mordit obliquement la hanche. L'orni passa au-dessus d'elle dans le rugissement de ses réacteurs auxiliaires, puis vira sur l'aile vers la gauche.

Taraza s'agrippa à l'arbre, détournant la douleur. Elle réussit à interrompre presque tous les écoulements de ses blessures, mais la souffrance était grande. Pas aussi forte que l'agonie de l'épice, se souvint-elle. Cela aidait, bien qu'elle se sût condamnée. Elle entendait maintenant, partout dans le musée et aux abords de l'immeuble, des cris et de multiples bruits de violence.

J'ai gagné! se dit-elle.

Odrade émergea en courant sur la terrasse et se pencha sur elle. Elle ne parla pas, mais Odrade montra qu'elle comprenait en collant son front contre la tempe de la Mère supérieure. Rituel millénaire du Bene Gesserit. Taraza commença à déverser sa vie dans la conscience d'Odrade. La Mémoire Seconde, les espoirs, les craintes... et tout le reste.

L'une d'entre elles avait peut-être un chance d'en réchapper.

Sheeana les observait de l'intérieur. Elle avait reçu l'ordre de ne pas bouger de l'endroit où elle se trouvait. Elle savait ce qui était en train de se passer sur la terrasse. C'était l'ultime mystère du Bene Gesserit et chaque postulante était au courant.

Waff et Tulushan, qui avaient déjà quitté la salle au moment de l'attaque, n'étaient pas revenus.

Sheeana frissonnait d'appréhension.

Brusquement, Odrade se releva et rentra en courant. Il y avait une lueur farouche dans son regard, mais chacun de ses mouvements était rempli de détermination. Bondissant pour attraper les brilleurs qui se trouvaient sur son chemin, elle les réunit en grappes par leurs cordons dont elle mit les extrémités entre les mains de Sheeana. Celle-ci se sentit devenir légère sous l'effet des champs suspenseurs. Traînant d'autres globes derrière elle, Odrade courut vers une extrémité de la salle où une grille murale indiquait l'endroit qu'elle cherchait. Avec l'aide de Sheeana, elle retira la grille qui donnait accès à un puits d'aération. La lumière des brilleurs leur permit de voir les murs rugueux à l'intérieur.

— Rapproche les globes pour obtenir le maximum d'effet suspenseur, lui dit Odrade. Eloigne-les de toi pour te laisser descendre. Tu passes la première.

Sheeana enroula l'extrémité des cordons autour d'une main moite de transpiration puis se glissa dans le puits. Elle se laissa d'abord descendre puis, soudain apeurée, tira sur les cordons pour ralentir sa chute. Au-dessus d'elle, la lumière indiquait qu'Odrade la suivait.

Arrivées en bas, elles émergèrent dans une salle de machinerie où les ventilateurs formaient un fond sonore à la violence qui se déchaînait au-dehors.

— Il nous faudra rejoindre d'abord un non-espace puis le désert, dit Odrade. Ces puits d'aération communiquent. Nous trouverons le passage.

— Elle est morte? murmura Sheeana.

— Oui.

— Pauvre Mère Supérieure.

— C'est moi la Mère Supérieure à présent, Sheeana. Provisoirement du moins. (Elle leva un doigt vers le ciel.) Ce sont les catins qui ont attaqué. Il n'y a pas de temps à perdre.

Le monde est pour les vivants.
Qui sont-ils à cette heure?
Nous défiâmes les ombres d'effleurer la tiède blancheur.
Elle fut le vent quand le vent me barrait la route.
Vivant à midi, j'expirai sur son cœur.
Celui qui de la chair s'élève dans l'esprit meurt :
Le monde déborde le monde et la lumière est toute.

Théodore Roethke
Citations historiques, Dar-es-Balat

C'est à peine si la volonté consciente de Teg intervint dans sa transformation en typhon. Il avait enfin reconnu la nature de la menace que représentaient les Honorées Matriarches. Cette reconnaissance prenait sa place parmi les impulsions confuses et impératives dont le bombardaient ses nouvelles perceptions de mentat alignées sur la vitesse accrue de ses réactions.

Une menace monstrueuse appelait des contre-mesures monstrueuses. Le sang l'éclaboussait de partout tandis qu'il taillait son chemin d'un étage à l'autre du grand immeuble, massacrant tout le monde sur son passage.

Comme il l'avait appris de ses maîtres Bene Gesserit, le grand problème dans l'univers humain résidait dans la manière dont s'effectuait la procréation. Il entendait la voix de son premier professeur tandis qu'il poursuivait son œuvre de destruction à travers l'immeuble :

« Tu peux appeler ça simplement sexualité, mais nous préférons employer le terme plus fondamental de *procréation*. C'est un concept à multiples facettes et ramifications, commandant une énergie apparemment illimitée. Le sentiment qu'on appelle *amour* n'en est qu'un tout petit aspect. »

Teg broya la gorge d'un homme qui se tenait rigide en travers de son chemin et trouva finalement la salle de surveillance qui commandait les défenses de l'immeuble. Il n'y avait qu'un seul homme à l'intérieur, assis devant une console, l'index de sa main droite touchant presque le bouton rouge sur lequel il allait appuyer.

Il le décapita presque du tranchant de la main gauche. Le corps bascula en arrière au ralenti, une gerbe de sang jaillissant de son cou béant.

Les Sœurs ont raison de les appeler des catins!

On pouvait mener l'humanité à peu près n'importe où en manipulant les énormes énergies de la procréation. On pouvait inciter les humains à accomplir des actions qu'ils n'auraient jamais cru possible d'accomplir. Un de ses professeurs l'avait énoncé clairement :

« Toute cette énergie doit avoir un exutoire. Enfermée dans une bouteille elle devient monstrueusement dangereuse. Déviée, elle balaye tout sur son passage. C'est le grand secret de toutes les religions. »

Teg eut conscience de laisser plus de cinquante cadavres derrière lui en quittant l'immeuble. La dernière victime fut un militaire en tenue de camouflage qui se tenait devant l'entrée, apparemment sur le point de pénétrer dans l'immeuble.

Tout en courant parmi les piétons et les véhicules immobiles pour lui, Teg eut le temps de réfléchir, au rythme effréné de ses pensées, à ce qu'il avait laissé derrière lui. Etait-ce une consolation, se demandait-il, si la dernière expression vivante de la vieille Honorée Matriarche avait été une expression de réelle surprise? Pouvait-il se féliciter que Muzzafar ne revoie plus jamais sa maison de buisson-charpente?

La nécessité de ce qu'il venait d'accomplir en l'espace de quelques battements de coeur apparaissait cependant très clairement à quelqu'un que le Bene Gesserit avait formé. Il existait dans le vieil Empire un grand nombre de planètes-paradis. Il en existait probablement encore davantage chez les peuples de la Dispersion. Les humains ne semblaient jamais se lasser de tenter ce genre d'expérience stupide. Sur ces planètes, le farniente était surtout la règle. Les malins avaient vite fait de dire que c'était dû à l'effet lénifiant du climat. Mais c'était trop facile. La vraie raison, il le savait, résidait dans le fait que les énergies sexuelles circulaient en toute liberté dans ces endroits. Que les Missionnaires du Dieu Fractionné ou de toute autre dénomination s'introduisent dans l'un de ces paradis, et la violence se déchaînerait automatiquement.

« Nous autres, au Bene Gesserit, nous sommes bien placés pour le savoir, avait dit l'un des professeurs de Teg. Il nous est arrivé plus d'une fois de mettre feu à l'un de ces barils de poudre, avec notre Missionaria Protectiva. »

Teg ne cessa de courir que lorsqu'il déboucha dans une ruelle à plus de cinq kilomètres de l'abattoir qui avait servi de quartier général à la vieille Honorée Matriarche. Il savait que très peu de temps s'était écoulé, mais il y avait quelque chose de beaucoup plus important qui exigeait toute son attention. Il n'avait pas tué tous les occupants de l'immeuble. Les survivants savaient maitenant de quoi il était capable. Ils l'avaient vu massacrer les Honorées Matriarches. Ils avaient vu Muzzafar tomber mort sous ses mains. La montagne de cadavres et les enregistrements repassés au ralenti parleraient d'eux-mêmes.

Teg s'adossa à un mur de la venelle. La paume de sa main gauche était tout écorchée. Il se laissa redescendre à une cadence normale en regardant le sang couler de sa blessure. Sa couleur était presque noire.

Plus riche en oxygène?

Il haletait, mais peut-être pas autant que les efforts qu'il venait de fournir auraient dû l'exiger.

Que m'arrive-t-il?

C'était quelque chose qui lui venait de son ascendance Atréides, il en avait la certitude. La situation de crise l'avait fait basculer dans un autre registre de possibilités humaines, une autre dimension. Quelle que fût la nature de la transformation, elle s'était opérée en profondeur. Son horizon s'était étendu à de nouvelles nécessités. Et il était jalonné des statues immobiles de ceux qu'il avait dépassés dans la rue pour venir jusqu'ici.

Vais-je les considérer un jour moi aussi comme de la racaille?

Cela n'arriverait que s'il le voulait bien, il en était conscient. Mais la tentation était là, et il se laissa aller à un bref instant de commisération à l'égard des Honorées Matriarches. C'était la Grande Tentation qui les avait fait basculer dans leur propre fange.

Que faire, maintenant?

La voie s'ouvrait toute grande devant lui. Il y avait un homme ici à Ysaï, un homme qui connaissait certainement tous ceux dont Teg avait besoin. Il regarda autour de lui dans la venelle. Oui, cet homme n'était pas loin.

Des effluves de fleurs et d'herbes parvinrent à ses narines d'un endroit situé un peu plus loin devant lui. Il se dirigea par là, conscient d'être guidé exactement vers ce qu'il cherchait et de n'avoir à redouter pour le moment aucune agression. C'était un havre de paix temporaire.

Il ne mit pas longtemps pour arriver à la source des effluves. C'était un porche en retrait surmonté d'une marquise bleue où l'on pouvait lire ces deux mots en galach moderne: « Service personnalisé ».

Teg entra et comprit immédiatement ce qu'il venait de dénicher. Il y en avait dans de nombreux recoins du vieil Empire: des établissements où l'on servait à manger comme dans l'ancien temps, les automates et les robots étant bannis des cuisines comme de la salle où étaient servis les clients. La plupart étaient des endroits à la mode. Les gens en parlaient à leurs amis comme d'une « découverte » qu'il convenait de ne pas ébruiter.

« Tu comprends, si ça se savait, on ne pourrait plus y trouver une table au bout de quelques jours. »

L'idée avait toujours amusé Teg. Chacun s'empressait de donner l'adresse à tout le monde, sous le couvert de protéger un secret.

Des odeurs alléchantes émanaient des cuisines au fond de la salle. Un serveur passa avec un plateau chargé de plats aux fumets prometteurs.

Une jeune femme vêtue d'une courte robe noire et d'un tablier blanc vint à la rencontre de Teg.

— Par ici, monsieur. Il y a une table libre.

Elle lui présenta une chaise, le dos au mur, où il prit place tandis qu'elle posait devant lui une double feuille de papier grossier à bon marché.

— Excusez-nous, nos menus sont imprimés, dit-elle. J'espère que vous n'y verrez pas d'inconvénient. Quelqu'un va s'occuper de vous dans un instant.

Il la regarda s'éloigner. Le serveur qu'il avait vu passer avec les plats la croisa. Il s'en retournait à la cuisine avec son plateau vide.

Teg était arrivé jusqu'ici comme s'il avait suivi des rails. Et l'homme dont il avait besoin était là, assis à une table voisine.

Le serveur s'était arrêté pour parler à cet homme qui détenait les clés, Teg le savait, des prochains événements. Ils étaient tous les deux en train de rire. Teg balaya du regard le reste de la salle. Trois autres tables seulement étaient occupées. Une femme d'un certain âge était attablée dans le coin opposé à celui de Teg. Elle grignotait une sorte de pâtisserie glacée. Elle portait ce qui devait être le dernier cri de la mode actuelle: une robe rouge très courte, très collante et très décolletée sur le devant, avec des chaussures assorties. À une autre table, sur la droite, dînait un jeune couple. Ils n'avaient d'yeux que l'un pour l'autre. Près de la porte, un vieux monsieur distingué, vêtu d'une tunique marron à l'ancienne, étroitement ajustée, mangeait du bout des doigts un plat à base de légumes verts. Il n'avait d'yeux que pour son assiette.

L'homme à qui le serveur était en train de parler éclata d'un grand rire sonore.

Teg posa son regard sur la nuque de celui qui servait. Des touffes de cheveux blonds y faisaient saillie comme des paquets d'herbe morte. Sous les cheveux rugueux, le col était râpé. Teg regarda plus bas. Les chaussures étaient usées au talon. La lisière de la veste noire avait été reprisée. Par souci d'économie? Ou pour obéir à quelle autre sorte de contrainte? Quoi qu'il en soit, les odeurs qui venaient de la cuisine ne suggéraient aucune pingrerie. La vaisselle était propre et étincelante. Pas la moindre ébréchure. Mais la nappe à rayures rouges et blanches qui recouvrait la table était reprisée en plusieurs endroits d'une manière qui respectait soigneusement le tissu original.

À nouveau, Teg concentra son attention sur les autres clients. Ils ne paraissaient pas trop à plaindre. Aucun d'eux n'était du genre affamé qui vient se nourir une fois par jour dans une gargote à bon marché. Teg comprit alors de quoi il était question. Non seulement c'était la bonne adresse à la mode, mais on avait fait sciemment en sorte que les lieux aient exactement l'apparence voulue. Derrière un établissement à l'aspect anodin se cachait quelqu'un d'intelligent qui ne laissait rien au hasard. C'était le petit restaurant où les jeunes cadres en plein essor conduisaient un client pour marquer un point, ou bien leur patron pour être dans ses bonnes grâces. La nourriture devait être splendide et les portions généreuses. Teg était obligé de constater que son instinct ne l'avait pas trompé en le menant ici. Il se pencha sur le menu, laissant la faim occuper le premier plan de ses pensées conscientes. Il se sentait un appétit au moins aussi féroce que celui qui avait causé la stupéfaction de feu le Maréchal Muzzafar.

Le serveur apparut à côté de lui avec un plateau où l'on avait placé une petite boîte ouverte et un pot d'où montait l'odeur forte d'un baume novoderme.

— Je vois que vous vous êtes blessé à la main, Bashar, dit-il en posant le plateau sur la table. Laissez-moi vous panser avant de prendre la commande.

Teg lui tendit sa main blessée et le regarda la soigner avec compétence et dextérité.

— Vous me connaissez? demanda-t-il.

— Oui, Bashar. Et après tout ce que j'ai entendu dire, ça fait vraiment une drôle d'impression de vous voir en uniforme. Là, ça y est.

Il avait achevé son pansement.

— Qu'avez-vous entendu dire? interrogea Teg d'un voix plus basse.

— Que vous étiez recherché par les Honorées Matriarches.

— Je viens d'en massacrer quelques-unes, ainsi que plusieurs de leurs... Comment doit-on les appeler?

Le serveur devint pâle mais répondit d'une voix ferme :

Esclaves serait le mot le plus approprié, Bashar.

Vous n'étiez pas à la bataille de Renditaï?

Oui, Bashar. Beaucoup d'entre nous se sont établis ici par la suite.

— J'ai besoin de manger mais je ne peux pas vous payer.

— Aucun de ceux qui se trouvaient à Renditaï ne songerait à

vous réclamer de l'argent. Savent-elles que vous êtes venu par ici?

— Je ne le pense pas.

— Les clients qui sont ici sont des habitués. Aucun ne vous trahirait. Je tâcherai de vous avertir si je vois entrer quelqu'un de dangereux. Que souhaitez-vous manger?

— Une grande quantité de nourriture. Je vous laisse le choix. À peu près deux fois plus d'hydrates de carbone que de protéines. Pas d'excitant.

— Qu'entendez-vous par une grande quantité, Bashar?

— Apportez les plats juqu'à ce que je vous dise d'arrêter... ou que vous ayez le sentiment d'avoir outrepassé votre générosité.

— Malgré les apparences, Bashar, cet établissement n'est pas pauvre. J'ai assez travaillé ici pour m'enrichir.

Cela confirmait les déductions de Teg. L'aspect un peu étriqué des lieux était délibéré.

Le serveur s'éloigna et s'arrêta de nouveau en chemin pour dire quelques mots au dîneur solitaire de la table centrale. Teg l'observa ouvertement lorsque le serveur regagna les cuisines. Oui, c'était bien celui qu'il cherchait. Il était pour lors tout entier à son assiette garnie d'une montagne de pâtes vertes.

De nombreux signes indiquaient, pensa Teg, que cet homme vivait sans femme. Le col était mal boutonné, les attaches à l'envers. Sa manche gauche était maculée de sauce verte. Il était droitier, mais laissait traîner en mangeant sa main gauche sur la nappe tachée. Le revers de son pantalon était élimé et l'un des ourlets, décousu en partie, pendait sur son talon. Ses chaussettes étaient dépareillées: l'une bleue, l'autre jaune paille. Aucun de ces détails ne semblait le préoccuper outre mesure. Jamais sa mère ni une autre femme ne l'avait rattrapé de justesse sur le pas de la porte pour lui intimer l'ordre de se rendre plus présentable avant de sortir. Sa philosophie était contenue dans son aspect physique: « Si vous n'êtes pas content, je m'en fous. »

Pendant que Teg l'observait, il releva brusquement la tête, dans un sursaut, comme si quelqu'un venait à l'instant de lui piquer les fesses. Il fit de ses yeux bruns le tour de la petite salle, s'arrêtant sur chaque visage comme s'il cherchait quelqu'un puis se concentra de nouveau tranquillement sur son assiette.

Le garçon revint à la table de Teg avec un bouillon où nageaient quelques lamelles d'oeuf et de légumes verts.

— Pour vous faire patienter en attendant la suite, dit-il.

— Vous êtes venu directement ici après Renditaï? demanda Teg.

— Oui, Bashar. Mais j'ai également servi sous vos ordres sur Acline.

— Dans le soixante-septième Gammu?

— Exactement!

— Nous avons épargné pas mal de vies ce jour-là. Aussi bien de leur coté que du nôtre.

Voyant que Teg ne commençait pas à manger, le serveur demanda d'un ton un peu froid :

— Vous désirez un détecteur, Bashar?

— Pas tant que ce sera vous qui me servirez.

Teg parlait sincèrement, mais il avait l'impression de tricher un peu parce que sa vision seconde lui confirmait que la nourriture n'était pas empoisonnée.

— Un instant, lui dit Teg.

— Oui, Bashar?

— Cet homme-là, à la table centrale, C'est un de vos clients réguliers?

— Le professeur Delnay? Oui, Bashar.

— Delnay. C'est bien ce que je pensais.

— Professeur d'arts martiaux. Et de leur histoire.

— Oui, je sais. Quand le moment sera venu de me servir mon dessert, pouvez-vous le prier de se joindre à moi?

— Dois-je lui dire qui vous êtes, Bashar?

— Vous ne croyez pas qu'il le sait déjà?

— Vraisemblablement; mais tout de même...

— Ne péchons pas par excès de prudence. Vous pouvez apporter la suite.

L'intérêt de Delnay se trouva soulevé bien avant que l'invitation de Teg ne lui fût transmise. Les premiers mots du professeur quand il vint s'asseoir à sa table furent:

— Mes compliments. C'est l'exploit gastronomique le plus remarquable auquel il m'ait jamais été donné d'assister. Etes-vous sûr de pouvoir avaler encore un dessert?

— Deux ou trois plutôt qu'un.

— C'est stupéfiant!

Teg goûta une cuillerée de pâtisserie au miel.

— Cet endroit est un vrai paradis, fit-il.

— J'en garde jalousement l'adresse. Sauf en ce qui concerne quelques bons amis, naturellement. Qu'est-ce qui me vaut l'honneur de votre invitation?

— Avez-vous déjà été... euh... *marqué* par une Honorée Matriarche?

— Dieux miséricordieux, non! je n'ai pas assez d'importance pour ça.

— J'avais l'intention de vous demander de risquer votre vie Delnay.

— En faisant quoi?

Il n'avait marqué aucune hésitation. C'était rassurant.

— Il y a un endroit sur Ysaï où mes anciens soldats se

réunissent parfois. Je voudrais m'y rendre afin d'en rencontrer le plus possible.

— Traverser la ville en uniforme comme vous l'êtes ici?

— De n'importe quelle manière que vous m'indiquerez.

Delnay passa un doigt sur sa lèvre inférieure et se pencha en arrière tout en examinant Teg.

— C'est que vous n'êtes pas facile à déguiser, voyez-vous. Il y aurait peut-être un moyen... ajouta-t-il en hochant la tête... Mais je ne sais pas si vous allez aimer ça.

— Dites toujours.

— Avec un peu de rembourrage et quelques autres transformations... vous pourriez passer pour un chef d'équipe bordano. Naturellement, vous ne sentirez pas la rose. Et il vous faudra faire comme si vous n'étiez pas incommodé par les odeurs.

— Qu'est-ce qui vous fait croire que ça marchera?

— C'est qu'il va y avoir une tempête cette nuit. Normal pour la saison. Il s'agit de préparer le sous-sol pour les récoltes de l'année prochaine. Et de remplir les bassins pour les cultures thermiques, vous comprenez.

— Je n'ai pas très bien saisi votre raisonnement, déclara Teg; mais nous pourrons y aller dès que j'aurai fini mon dessert.

— L'endroit où nous nous abriterons pour laisser passer l'orage vous plaira certainement. Je suis fou de faire ça, vous savez. Mais le patron du restaurant m'a dit que si je ne vous aidais pas, ce n'était pas la peine que je remette les pieds ici.

La nuit était déjà tombée lorsque Delnay et Teg arrivèrent à l'endroit fixé. Teg, vêtu de cuir et simulant un léger boitement, devait faire appel à une partie de ses pouvoirs de mentat pour ignorer les miasmes qu'il dégageait. Delnay et ses amis l'avaient enduit de boues d'égout puis l'avaient arrosé au jet. Le séchage à air pulsé lui avait laissé la plupart des arômes pestilentiels.

Un tableau météo à affichage télécommandé, près de la porte de l'établissement où ils se rendaient, indiqua à Teg que la température avait baissé de neuf degrés à l'extérieur au cours de l'heure écoulée. Delnay passa le premier et se dirigea rapidement vers le fond de la salle bondée pleine de bruits de verres et de conversations. Teg resta devant le tableau météo pour l'étudier. Le vent atteignait trente kilomètres. Le baromètre était à la baisse. Il remarqua l'écriteau au-dessus du tableau: « Informations dans l'intérêt de notre clientèle. » Également dans l'intérêt du bar, sans aucun doute. Plus d'un client sur le point de sortir avait dû, en lisant ces indications, se raviser et retourner quelques instants vers les alcools et la chaleur humaine qu'il venait de quitter.

Au fond de la salle, il y avait une grande cheminée ou brûlait un vrai feu de bois aromatique.

Delnay reparut, fronça le nez devant l'odeur de Teg et le

guida, en contournant la foule, vers une arrière-salle où une petite porte donnait accès à une salle de bains privée. Son uniforme — lavé et repassé — l'attendait sur le dossier d'une chaise.

— Je serai près de la cheminée quand vous sortirez, lui dit Delnay.

— En grand apparat, hein?

— Ce n'est dangereux que dans la rue.

Delnay repartit tranquillement vers la grande salle.

Quand Teg ressortit de la salle de bains et commença à se frayer un chemin vers la cheminée, le silence se fit sur son passage à mesure qu'on le reconnaissait. Des murmures se propagèrent d'un bout à l'autre de la salle : « C'est le vieux Bashar en personne... Oui, c'est bien Teg... J'ai servi sous ses ordres, tu sais... Je reconnaîtrais son visage entre mille... »

Les clients s'étaient groupés autour de la chaleur atavique de la cheminée. Il y avait là de riches odeurs de vêtements mouillés et d'haleines chargées d'alcool.

Ce serait la tempête qui aurait rempli ainsi la taverne?Teg fit du regard le tour des visages de vétérans assemblés là. Quoi qu'en dise Delnay, ce n'était pas là l'affluence d'un jour normal. Ce gens se connaissaient tous et ils étaient venus pour une raison précise.

Delnay était assis sur l'un des bancs attenants au foyer, un verre contenant un liquide ambré à la main.

— Vous avez fait circuler le mot d'ordre de se rassembler ici, lui dit Teg.

— N'est-ce pas ce que vous souhaitiez, Bashar?

— Qui êtes vous, Delnay?

— Je possède une ferme d'hiver à quelques kilomètres au sud et j'ai des amis banquiers qui me prêtent parfois leur véhicule de sol. Si vous voulez plus de précisions, je suis comme tout le monde dans cette salle — quelqu'un qui ne demande qu'à être débarrassé définitivement de ces Honorées Matriarches.

Quelqu'un derrière Teg demanda :

— Est-il vrai que vous en ayez tué une centaine aujourd'hui, Bashar?

Sans se retourner, il répondit d'une voix neutre .

— Ce chiffre me paraît fortement exagéré. Pourrais-je avoir quelque chose à boire, s'il vous plaît?

Du haut de sa grande taille, il scruta les visages autour de lui tandis que quelqu'un s'empressait d'aller lui chercher un verre. Comme il s'y attendait, le liquide à l'intérieur avait le bleu foncé d'une « marinette » danienne. Ces vieux soldats n'avaient pas oublié ses goûts.

Les activités de la salle se poursuivaient, mais à un rythme ralenti. Tout le monde attendait qu'il dise ce qu'il avait à dire.

Les aspect grégaires de la nature humaine ressortaient toujours beaucoup plus par ces soirs de tempête, se disait Teg. Regroupez-vous autour du feu à l'entrée de la caverne, membres du clan! Rien de dangereux ne pourra nous arriver tant que nous resterons ensemble et que les bêtes sauvages apercevront nos flammes. Combien de réunions similaires devaient se tenir en ce moment sur Gammu par une nuit pareille? se demandait-il en sirotant son verre. Le mauvais temps favorisait les déplacements que l'on voulait tenir secrets. Il retenait aussi par force à l'intérieur certaines personnes qui n'auraient pas dû s'y trouver autrement.

Teg reconnu certains visages surgis de son passé. Des officiers, des hommes de troupe, un peu de tout. Certains lui rappelaient de bons souvenirs. Il pouvait compter sur eux. Beaucoup allaient mourir ce soir.

Le niveau sonore recommença à monter tandis que la salle s'habituait à sa présence. Personne ne le pressait de s'expliquer. C'était une chose que l'on savait également de lui. Il avait l'habitude de choisir seul son moment.

Les bruits des rires et des conversations devaient être les mêmes, il en avait conscience, que ceux qui accompagnaient de tels rassemblements humains depuis l'aube des temps, à l'époque où des créatures apeurées se serraient les unes contre les autres à la recherche d'un semblant de sécurité. Les tintements des verres, les éclats de voix soudains, les petits rires tranquilles... Ces rires, particulièrement, émanaient de ceux qui avaient le plus conscience de leur ascendant sur le groupe. Ils montraient que l'on pouvait être amusé sans avoir besoin de s'esclaffer comme un imbécile pour attirer l'attention sur soi. Delnay appartenait à la catégorie des rieurs tranquilles.

Teg leva les yeux vers le plafond. Il était de construction traditionnnelle, à poutres apparentes et assez bas. Cela rendait la salle à la fois plus vaste et plus intime. Il voyait là l'indice d'un souci constant de la psychologie humaine. C'était une chose qu'il avait remarquée à plusieurs reprises sur cette planète. La volonté d'étouffer toute prise de conscience indésirable. Il s'agissait de faire en sorte que les gens se sentent à l'aise et en sécurité. Ce qu'ils n'étaient pas, bien sûr, mais il ne fallait pas qu'ils le sachent.

Pendant quelques instants encore, Teg observa le va-et-vient du personnel compétent qui distribuait les consommations. On servait surtout des bières brunes locales, et aussi quelques marques d'importation de luxe. Sur le comptoir et sur les tables éclairées d'une lumière tamisée, il y avait des bols contenant des fritures de légumes locaux fortement salés. Ce procédé destiné à augmenter délibérément la soif n'offusquait apparemment personne. C'était chose courante dans le métier. Les bières aussi étaient considérablement salées. Cela s'était toujours fait. Les brasseurs avaient l'art d'entretenir le réflexe de la soif.

Dans certains groupes, les conversations étaient en train de devenir plus bruyantes. L'alcool exerçait sa magie de toujours. Bacchus était présent! Teg savait que si les choses suivaient leur cours normal, le crescendo culminerait un peu plus tard dans la soirée puis graduellement, très graduellement, le niveau sonore diminuerait. Quelqu'un irait consulter le tableau météo près de la porte. Selon ce qu'il lirait, la salle se viderait tout d'un coup ou progressivement. Teg aurait été curieux de savoir si, quelque part derrière le comptoir, il n'y avait pas un dispositif capable de truquer les chiffres affichés par la station. Les patrons de cette taverne ne semblaient pas du genre à laisser passer une telle occasion de faire marcher le commerce.

Les attirer à l'intérieur et les retenir par tous les moyens acceptables pour eux.

Les gens qui tenaient cet établissement étaient capables de marcher la main dans la main avec les Honorées Matriarches sans éprouver le moindre scrupule.

Teg reposa son verre et se racla la gorge.

— Puis-je vous demander quelques instants d'attention? demanda-t-il d'une voix forte.

Le silence se fit aussitôt. Même les serveurs cessèrent leurs activités.

— Gardez toutes les issues, poursuivit Teg. Personne ne doit entrer ni sortir tant que je n'en aurai pas donné l'autorisation. Les portes du fond également, je vous prie.

Pendant qu'on exécutait ses ordres, il scruta soigneusement les visages présents, utilisant sa vision spéciale et sa vieille expérience militaire pour sélectionner ceux à qui il pouvait se fier le plus. La voie était devenue claire pour lui. A la lisière de sa vision seconde se détachaient Lucille, Burzmali et Duncan, chacun avec ses besoins particuliers qu'il fallait satisfaire.

— Je suppose que vous pouvez trouver facilement des armes? demanda-t-il.

— Nous étions déjà prêts en venant ici, Bashar! s'écria quelqu'un au milieu de la salle.

Teg percevait dans cette voix les effets de l'alcool, mais aussi de l'adrénaline dont la montée devait rappeler des souvenirs familiers à ces hommes.

— Nous allons nous emparer d'un non-vaisseau, dit-il

Ils demeurèrent figés. Aucun autre produit de la technologie moderne n'était si étroitement gardé. Ces vaisseaux se posaient sur leurs aires d'atterrissage ou en d'autres endroits et repartaient aussitôt. Leurs coques blindées étaient hérissées de canons. Leurs équipages étaient continuellement en alerte aux emplacements vulnérables. Une attaque de front n'aurait aucune chance de réussir. Peut-être par la ruse. Mais ici même, dans cette salle, Teg avait atteint un nouveau niveau de conscience, poussé par la nécessité et les gènes erratiques de son ascendance Atréides. Les positions de tous les non-vaisseaux sur le sol de Gammu ou en orbite lui étaient devenues visibles. Des points clignotaient dans sa vision interne et, comme des fils reliant les unes aux autres les différentes parties d'une parure de diamants, lui indiquaient la voie qu'il fallait suivre pour ressortir de l'autre côté du labyrinthe.

Oh! mais c'est que je ne tiens pas à ressortir, se dit-il.

L'impulsion qui le faisait agir ne pouvait être niée.

— Plus exactement, reprit-il, nous allons capturer un non-vaisseau appartenant aux forces de la Dispersion. Leurs bâtiments sont parmi les meilleurs. Vous, vous et vous... Il désigna ceux qu'il avait déjà sélectionnés dans sa tête... Vous resterez ici pour veiller à ce que personne ne sorte ni ne communique avec qui que ce soit à l'extérieur de cet établissement. Il y a de fortes chances pour que vous soyez attaqués. Vous tâcherez de tenir le plus longtemps possible. Ceux que je vais désigner maintenant prendront leurs armes et viendront avec moi.

La justice? Qui a dit qu'il voulait la justice? Ici, sur Arrakis, c'est nous qui la faisons. Triompher ou mourir. Ne vitupérons pas la justice tant que nous aurons des armes et la liberté de nous en servir.

Leto Ier
Archives du Bene Gesserit.

Le non-vaisseau passa à basse altitude au-dessus du désert rakien, soulevant le sable en tourbillons qui retombaient avec des crépitements sur le versant des dunes. Le soleil jaune argent était en train de sombrer à l'horizon troublé par les diablotins miroitants d'une longue journée torride. Le non-vaisseau s'immobilisa en frémissant, sphère brillante dont la présence pouvait être détectée par les yeux et les oreilles, mais non par les instruments à long rayon d'action ni par aucun pouvoir de prescience. La vision seconde de Teg lui confirmait au demeurant que personne ne s'était aperçu de leur arrivée.

— Je veux que les ornis blindés et les véhicules de sol soient largués en moins de dix minutes, ordonna Teg.

Derrrière lui, plusieurs hommes s'affairèrent.

— Êtes-vous certain qu'ils sont là, Bashar?

C'était la voix de l'un des consommateurs de la taverne de Gammu, un officier de confiance qui avait servi à Renditaï mais dont l'humeur n'était plus celle de quelqu'un qui cherche à revivre les actions d'éclat de sa jeunesse. Il avait vu plusieurs de ses vieux compagnons d'armes mourir dans la bataille qu'ils avaient livrée sur Gammu. Comme la plupart des autres survivants qui se trouvaient à bord, il avait laissé là-bas une famille dont il ignorait à présent le sort. Il y avait dans sa voix des relents d'amertume, comme s'il essayait de se persuader qu'il avait été entraîné par traîtrise dans cette aventure.

— Ils seront bientôt là, dit Teg. Ils vont arriver sur le dos d'un ver.

— Comment le savez-vous?

— C'est déjà convenu.

Teg ferma à demi les yeux. Il n'avait pas besoin de les garder ouverts pour suivre les opérations. Cette salle ressemblait à d'innombrables autres qui lui avaient servi de poste de commandement: un espace ovale rempli d'instruments avec leurs opérateurs, et aussi d'officiers prêts à transmettre ses ordres.

— Où sommes-nous? demanda quelqu'un

— Ces rochers au nord, lui dit Teg. Vous les voyez? Il fut un temps où de hautes falaises se dressaient là. On appelait cet endroit la Passe du Vent. Il y avait un sietch remen dont il ne reste plus aujourd'hui qu'une ou deux cavernes. Quelques pionniers rakiens y vivent encore.

— Des Fremen! murmura quelqu'un d'autre. Par les dieux! Je ne veux pas manquer l'arrivée de ce ver. Je n'aurais jamais cru pouvoir assister un jour à une telle scène.

— Encore votre fameuse stratégie de l'inattendu, hein? fit l'officier à la voix amère.

Que dirait-il si je lui révélais mes nouveaux pouvoirs? se demandait Teg. *Il penserait sans doute que j'ai des motifs cachés dont le bien-fondé ne résisterait pas à une analyse sérieuse. Et il aurait certainement raison. Cet homme est à deux doigts de la vérité. Resterait-il loyal si quelqu'un lui ouvrait les yeux*?

Il secoua lentement la tête. L'officier, en réalité, n'aurait guère le choix. Personne ici n'avait d'autre choix que se battre et mourir.

Il était parfaitement vrai, médita-t-il alors, que tout processus de règlement d'un conflit impliquait que l'on dupe les masses. Comme il était facile, dans ce cas, de tomber dans le travers des Honorées Matriarches!

La racaille...

La duperie n'était pas aussi difficile à exercer que certains le croyaient. La plupart des gens demandaient à être guidés. Cet officier qui avait parlé tout à l'heure ne demandait que ça. La chose s'expliquait par l'existence de profonds instincts tribaux (ou de puissantes motivations inconscientes). La réaction normale, quand on commençait à s'apercevoir de la facilité avec laquelle on s'était laissé mener par le bout du nez, consistait à regarder autour de soi à la recherche d'un bouc émissaire. Cet officier de tout à l'heure était en train d'en chercher un en ce moment.

— Burzmali voudrait vous parler, annonça quelqu'un sur la gauche de Teg.

— Pas maintenant, répondit-il.

Burzmali pouvait attendre. Le commandement lui reviendrait bien assez tôt. En attendant, il jouait un rôle de diversion. Il aurait tout le temps, plus tard, de frôler dangereusement celui de bouc émissaire.

Comme il était facile de créer des boucs émissaires, et comme ils étaient aisément acceptés! La chose était particulièrement vraie quand on savait que l'alternative revenait à se considérer ou coupable ou stupide. Peut-être les deux à la fois.

Teg aurait voulu dire à ceux qui l'entouraient : « Cherchez la duperie; vous connaîtrez alors nos véritables intentions. »

L'officier de liaison à la gauche de Teg annonça de nouveau:

— Il y a une Révérende Mère avec Burzmali à présent. Elle insiste pour que vous la receviez en même temps que lui.

— Dites à Burzmali que je préfère qu'il retourne auprès de Duncan, et qu'il surveille bien Murbella. Elle ne doit s'échapper à aucun prix. Lucille peut venir.

Pas moyen de faire autrement, se dit-il.

Lucille se montrait de plus en plus soupçonneuse quant aux changements qui s'étaient opérés en lui. On pouvait faire confiance à une Révérende Mère pour remarquer ce genre de différence.

Elle fit son entrée dans un énergique froissement de robes Elle était furieuse mais ne le laissait pas paraître.

— J'exige une explication, Miles!

C'était une bonne entrée en matière, se dit Teg.

— Une explication sur quoi?

— Pour quelle raison ne sommes-nous pas allés directement à la...

— Parce que les Honorées Matriarches et leurs alliés tleilaxu de la Dispersion tiennent la plupart des centres stratégiques de Rakis.

— Comment... comment faites-vous pour...

— Ils ont tué Taraza, vous savez.

Cela la fit taire, mais pas pour longtemps.

— Miles, j'insiste pour que vous me disiez...

— Nous n'avons pas le temps. Le prochain passage de satellite nous fera repérer au sol.

— Mais les défenses planétaires..

— Sont aussi vulnérables que n'importe quel autre type de défense quand il devient statique. Les familles des défenseurs sont en bas. Celui qui tient les familles tient les défenseurs.

— Mais que faisons-nous ici, en plein...

— Nous attendons Odrade et cette fille qui l'accompagne, pour les prendre à bord. Oh! Et puis leur ver, également

— Qu'allons-nous faire d'un...

— Odrade saura ce qu'il faut faire de ce ver. Elle est votre Mère Supérieure, à présent.

— Vous voulez nous lancer comme ça dans...

— C'est vous qui allez vous lancer. Mes hommes et moi, nous restons ici pour opérer une diversion.

Ces paroles eurent pour effet d'établir un silence médusé dans la salle de commandement.

Une diversion... se dit Teg. *Quel terme peu approprié...*

Le genre de résistance qu'il avait en tête allait provoquer l'hystérie des Honorées Matriarches, surtout quand on leur ferait croire que le ghola était sur la planète. Non seulement elles organiseraient une contre-offensive d'envergure, mais elles finiraient par stériliser entièrement ce monde. Rakis ne serait plus qu'une ruine calcinée. Il y avait peu de chances pour qu'une seule créature, homme, ver ou truite des sables, survive.

— Les Honorées Matriarches essayent depuis longtemps de capturer un ver, dit-il. Je ne comprends vraiment pas comment elles ont pu demeurer à ce point aveugles sur la méthode de transplantation.

— Transplantation?

Lucille était totalement perdue. Teg avait rarement vu une Révérende Mère prise à ce point au dépourvu. Elle essayait désespérement d'assembler les éléments qu'il venait d'indiquer. Il avait remarqué que les Sœurs possédaient un certain nombre de talents de mentats. Un mentat était à même de dégager des certitudes raisonnables en présence de données incomplètes. Il avait, en tout cas, la convition qu'il se trouverait depuis longtemps hors de sa portée (ou de celle d'une quelconque Révérende Mère) lorsqu'elle parviendrait enfin à ordonner ses déductions. Ce serait alors la ruée des Révérendes Mères sur sa descendance. Elles iraient chercher d'abord Dimela, pour la livrer à leurs maîtresses généticiennes, puis ce serait le tour d'Odrade. Odrade n'y échapperait pas.

Elles avaient maintenant la clé des cuves axlotl du Tleilax. Ce ne serait qu'une question de temps pour que le Bene Gesserit surmonte ses scrupules et apprenne à maîtriser cette source d'épice. C'était un corps humain qui en était la base!

— Nous sommes en danger ici, dit Lucille.

— Il y a un certain danger, c'est vrai. Le point faible de ces Honorées Matriarches, c'est leur richesse. Elles commettent les erreurs de ceux qui sont trop riches.

— Des catins dépravées! s'écria Lucille.

— Je vous suggère de vous rendre à présent à l'entrée du vaisseau. Odrade ne va pas tarder à arriver.

Elle le quitta sans ajouter un mot.

— Les blindés sont débarqués et déployés, annonça l'officier de liaison.

— Prévenez Burzmali de se préparer à prendre le commandement à bord. Nous allons bientôt descendre.

— Vous pensez que tout le monde va se joindre à vous?

C'était celui qui était à la recherche d'un bouc émissaire qui avait parlé.

— En ce qui me concerne, je descends, répondit Teg. Tout seul, si nécessaire. Ceux qui ne veulent pas m'accompagner n'y sont pas obligés.

Après ça, ils le suivraient tous comme un seul homme, songea-t-il. La pression d'un pair était une chose que peu de gens comprenaient en dehors de ceux qui étaient formés par le Bene Gesserit.

Tout devint silencieux dans le poste de commandement à part le faible bourdonnement et le cliquetis des machines. Teg se mit à penser aux « catins dépravées ».

Il n'était pas exact de les traiter de dépravées. Parfois, les très riches devenaient effectivement dépravés. Cela venait de leur conviction que l'argent (ou le pouvoir) pouvait acheter n'importe quoi. Et pourquoi n'auraient-ils pas eu cette conviction? Ils la vérifiaient tous les jours. Il n'était pas difficile de croire aux absolus.

L'espoir renaît éternellement et autres gornaroles!

C'était une croyance quasi divine. Avec de l'argent , on pouvait avoir l'impossible.

À ce moment-là venait la dépravation.

Pour les Honorées Matriarches, ce n'était pas tout à fait la même chose. Elles étaient au-delà, en quelque sorte, de la dépravation. Elles avaient dépassé cette phase. Il le voyait. Elles se trouvaient maintenant plus loin que la dépravation, si loin que Teg se demandait s'il avait vraiment envie d'en entendre parler.

La connaissance était là, cependant, inévitable au sein de sa nouvelle perception des choses. Pas une seule de ces femmes n'aurait hésité un instant à condamner une planète entière à la torture si cela pouvait lui rapporter quelque chose; ou si l'enjeu était quelque plaisir imaginaire; ou encore si la torture lui valait quelques jours, voire quelques heures de vie supplémentaires.

Quels plaisirs recherchaient-elles donc? Qu'est-ce qui pouvait les contenter? Elles étaient comme des droguées à la sémuta. Quelle que fût la chose qui leur tenait lieu de plaisir, il leur en fallait chaque fois des quantités de plus en plus grandes.

Et elles le savent!

Comme elles devaient être furieuses intérieurement! Se laisser prendre à un tel piège! Elles avaient déjà tout vu, et rien n'était assez pour elles. Ni assez bon, ni assez mauvais. Elles avaient entièrement perdu le sens de la modération.

Elles étaient extrêmement dangereuses, cependant. Et il se trompait peut-être sur un point précis: il était après tout possible qu'elles aient oublié comment elles étaient avant l'horrible transformation causée par cette étrange substance à l'odeur acidulée qui leur injectait les yeux de ses pigments orange. Les souvenirs de souvenirs étaient parfois horriblement déformés. Tout mentat était sensibilisé aux dangers de cette faiblesse qu'il avait en lui.

— Voilà le ver! annonça à ce moment-là l'officier de liaison.

Teg fit pivoter son fauteuil pour observer la projection holo miniature de la zone sud-ouest à l'extérieur du vaisseau. Le ver, avec ses deux minuscules passagers humains, était un filament lointain et ondulant qui laissait son sillage sur le désert.

— Dès qu'elles seront là, ordonna-t-il, vous amènerez ici la Révérende Mère. Sheeana — c'est la jeune fille qui est avec elle — restera en compagnie du ver pour le faire entrer dans la soute. Il n'obéit qu'à elle. Que Burzmali soit prêt à prendre le commandement. Nous n'aurons pas beaucoup de temps pour la passation des pouvoirs.

Quand Odrade pénétra dans le poste de commandement, elle respirait fort et exhalait une odeur de désert, un mélange d'épice, de silice et de transpiration humaine. Teg était dans son fauteuil, apparemment en train de se reposer. Ses yeux étaient fermés.

Odrade se disait qu'elle était en train de surprendre le bashar dans une attitude d'abandon qui ne lui ressemblait pas. Il paraissait presque perdu dans ses songes. Mais quand il ouvrit les yeux, elle perçut le changement dont Lucille n'avait pu l'avertir qu'en quelques mots glissés sur son passage, en même temps qu'elle faisait rapidement allusion à la transformation du ghola. Qu'était-il donc arrivé à Teg? Il prenait presque la pose à son intention, comme s'il la mettait au défi de lire en lui. Le menton était ferme et légèrement en avant, dans son attitude normale d'observation. Le visage étroit, avec son réseau de rides, n'avait rien perdu de sa vivacité. Le long nez fin, si caractéristique de ses ancêtres Corrino et Atréides, paraissait encore plus long avec l'âge, mais la chevelure grise demeurait fournie et la petite protubérance au milieu du front attirait le regard de l'observateur sur...

Sur ses yeux! C'était là qu'on voyait le changement...

— Comment avez-vous fait pour savoir que nous arriverions ici? demanda-t-elle. Nous n'avions nous-mêmes aucune idée de l'endroit où nous conduisait le ver.

— Il y a très peu d'endroits habités dans le désert méridien. Celui-ci m'a paru le plus probable. Le choix du parieur.

Le choix du parieur? Elle connaissait cette expression mentat, mais ne l'avait jamais très bien comprise.

Teg se leva de son fauteuil.

— Je vous laisse ce vaisseau. Allez à l'endroit que vous connaissez le mieux.

La Planète du Chapitre? Elle avait failli le dire à haute voix, mais se retint en songeant à la présence de tous ces étrangers. Qui étaient les militaires qui entouraient Teg? La très brève explication fournie par Lucille ne la satisfaisait guère.

— Nous sommes obligés de modifier un peu les plans de Taraza, dit Teg. Le ghola ne peut pas rester. Il part avec vous.

Elle comprit aussitôt. Les nouveaux talents de Duncan Idaho étaient devenus nécessaires pour faire pièce aux catins. Il ne servait plus uniquement d'appât pour la destruction de Rakis.

— Il ne pourra pas quitter l'intérieur du non-vaisseau, naturellement, ajouta Teg.

Odrade acquiesça silencieusement. Duncan n'était pas protégé contre les recherches des prescients... les Navigateurs de la Guilde, entre autres.

— Bashar! fit la voix de l'officier de liaison. Nous venons d'être détectés par un satellite!

— Allez, remuez-vous, tas de limachons! s'écria Teg. Tout le monde à terre! Faites venir Burzmali.

Une porte s'ouvrit à l'arrière du poste et Burzmali entra au pas de course :

— Bashar! Que signifie...

— Pas le temps. Vous prenez le commandement. (Il se leva de son fauteuil en faisant signe à Burzmali de venir l'occuper.) Odrade vous expliquera où vous devez aller.

Poussé par une impulsion qui correspondait en partie, il le savait, à un élan vindicatif, il saisit brusquement le bras d'Odrade et se pencha pour l'embrasser sur la joue.

— Faites ce que vous avez à faire, ma chère fille, murmura-t-il. Ce ver qui est dans la soute risque fort, d'ici peu, d'être l'unique représentant de son espèce dans tout l'univers.

Odrade comprit alors: Teg connaissait l'ensemble du dessein de Taraza, et il allait faire en sorte jusqu'à la fin que les ordres de sa Mère Supérieure soient entièrement respectés.

« Faites ce que vous avez à faire. » Il n'y avait rien d'autre à ajouter à cela.

Nous ne sommes pas en présence d'un nouvel état de la matière mais d'une relation nouvellement établie entre l'esprit conscient et la matière, qui nous offre une vue bien plus approfondie du mécanisme de la prescience. L'oracle se projette un univers interne afin de mettre en évidence de nouvelles probabilités extérieures à partir de forces qui ne sont pas bien comprises. Il n'est pas indispensable de comprendre ces forces pour les employer à façonner l'univers physique. Les anciens orfèvres et forgerons n'avaient pas besoin de connaître les complexités moléculaires et submoléculaires du fer, du bronze, du cuivre, de l'or ou de l'étain qu'ils travaillaient. Ils avaient inventé des puissances mystiques pour expliquer l'inconnu tandis qu'ils continuaient à se servir de leurs forges et de leurs marteaux.

Mère Supérieure Taraza
Débat au sein du Conseil

L'édifice ancien où la Communauté des Sœurs mettait en lieu sûr son Chapitre, ses Archives et les locaux de ses commandements les plus sacro-saints produisait, la nuit, des bruits qui étaient plus que de simples bruits. C'étaient des signaux que, durant les longues années qu'elle avait passées ici, Odrade avait appris à interpréter de manière précise. Ce craquement qu'elle venait d'entendre, par exemple, c'était la protestation d'une poutre en bois du plancher qui n'avait pas été remplacée depuis huit cents ans. Elle se contractait la nuit en faisant ce bruit.

Odrade avait la mémoire de Taraza pour commenter ces signaux. La masse des souvenirs n'était pas encore bien intégrée; le temps avait manqué pour cela. Mais lorsqu'elle travaillait la nuit, ici dans le bureau de Taraza, Odrade consacrait toujours quelques instants à poursuivre cette intégration.

Dar et Tar ne faisant enfin qu'une.

Ce commentaire, aisément identifiable, venait de Taraza.

Hanter les profondeurs de la Mémoire Seconde revenait à

exister simultanément sur plusieurs plans. Taraza, pour le moment, demeurait très près de la surface. Odrade se laissa descendre un peu plus bas parmi les vies multiples. Elle reconnut bientôt l'existence d'un ego qui respirait à part tandis que les autres réclamaient qu'elle se fonde dans leurs expériences totales, au complet avec les odeurs, les sensations tactiles, les émotions... tout cela conservé intact et à sa portée dans sa propre conscience.

C'est un peu déroutant de rêver les rêves des autres.

Encore Taraza.

Taraza, qui avait joué un jeu si dangereux alors que l'avenir entier de la Communauté des Sœurs était dans la balance! Avec quel soin elle avait minuté la « fuite » qui avait permis aux catins d'apprendre que les Tleilaxu avaient incorporé des pouvoirs dangereux dans leur ghola... Et l'attaque de la Citadelle de Gammu n'avait guère tardé à confirmer que l'information avait atteint son but. La nature brutale de cette attaque, cependant, avait fait comprendre à Taraza qu'il lui restait très peu de temps. Les catins n'hésiteraient pas à concentrer leurs forces pour détruire totalement Gammu, uniquement pour éliminer ce ghola.

Tant de choses dépendaient de Teg à ce moment-là déjà.

Elle perçut alors la présence du Bashar dans l'assemblage de sa Mémoire Seconde : le père qu'elle n'avait jamais réellement connu.

Même à la fin, on ne peut pas dire que je l'ai connu.

Cela risquait de l'affaiblir, de trop plonger dans ce réservoir de souvenirs. Mais il lui était difficile d'échapper à ses appels tentateurs.

Elle songea aux paroles du Tyran : « Le terrible champ de mon passé! Les réponses bondissent comme les moutons apeurés d'un troupeau, obscurcissant le ciel de mes inévitables souvenirs. »

Odrade se tenait comme un nageur entre deux eaux.

Je serai probablement remplacée, se dit-elle. *Peut-être même vilipendée.* Bellonda n'allait certainement pas accepter facilement cette transmission des pouvoirs. Mais peu importait. C'était la survie de l'Ordre qui devait les motiver toutes avant tout le reste.

Elle ressortit de la Mémoire Seconde et laissa porter son regard sur le coin de la pièce où, dans l'ombre d'une niche murale, un buste pouvait être discerné à la faible lumière des brilleurs. Ses contours étaient vagues dans le creux de la niche, mais elle connaissait bien ce visage : c'était celui de Chenoeh, gardienne symbolique de la Maison du Chapitre.

« Là par la seule grâce de Dieu... »

Toutes les Sœurs qui avaient émergé de l'agonie de l'épice (ce qui n'était pas le cas de Chenoch) avaient dit ou pensé la même chose; mais qu'est-ce que cela signifiait vraiment? Une sélection attentive et une formation poussée contribuaient à diminuer grandement le nombre des échecs. Où était la main de Dieu dans tout cela? Dieu n'était certainement pas le ver qu'on venait d'amener de Rakis. Et la présence de Dieu ne se faisait-elle sentir que dans les succès de l'Ordre?

Je me laisse prendre aux artifices de ma propre Missionaria Protectiva!

Elle savait que ces pensées et ces interrogations étaient semblables à d'innombrables autres qui avaient hanté cette pièce dans le passé. Sans résultat! Néanmoins, elle n'aurait pu se résoudre à faire enlever ce buste gardien de la niche où il reposait depuis si longtemps.

Je ne suis pas superstitieuse, se disait-elle. *Je n'obéis pas à des compulsions. C'est une question de tradition. Ces choses-là ont une valeur que nous connaisssons bien.*

Il est certain que jamais un buste de moi ne sera ainsi honoré.

Elle songea alors à Waff et à ses Danseurs-Visages qui avaient trouvé la mort en même temps que Teg lors de la terrible destruction de Rakis. Il ne servait à rien de se lamenter sur la perte que venait de subir le vieil Empire. Mieux valait penser aux possibilités de représailles créées par le geste de violence inconsidéré des Matriarches.

Teg y avait déjà pensé!

La séance du Conseil qui venait de s'achever s'était écroulée de fatigue sans parvenir à des conclusions fermes. Odrade, pour sa part, s'estimait heureuse d'avoir détourné les attentions sur quelques points qui leur tenaient plus immédiatement à cœur :

Les représailles, d'abord. Cela les avait occupées un bon moment. Les précédents historiques avaient habillé les analyses des Archives sous une forme qui avait satisfait à peu près tout le monde. L'assemblage hétéroclite d'humains qui gravitait autour des Honorées Matriarches pouvait s'attendre à quelques chocs.

Ix allait certainement se surpasser. Ses dirigeants n'avaient pas la moindre idée de la manière dont la concurrence de la Dispersion allait les écraser.

La Guilde serait isolée et devrait payer chèrement son mélange et ses produits technologiques. La Guilde et Ix, forcés de s'allier par les circonstances, tomberaient ensemble.

Les Truitesses pouvaient être à peu de chose près ignorées. Simples satellites d'Ix, elles s'estompaient déjà dans un passé que les humains allaient abandonner.

Et le Bene Tleilax... oui, les Tleilaxu... Waff avait déjà succombé aux Honorées Matriarches. Il ne l'avait jamais avoué, mais la vérité ne pouvait faire de doute. « *Juste une fois, et avec un de mes propres Danseurs-Visages.* »

Odrade eut un sourire attristé en se souvenant du baiser amer que lui avait donné son père.

Je ferai faire une deuxième niche, se dit-elle. *Pour y placer un autre buste : celui de Miles Teg, le grand Hérétique!*

Les soupçons de Lucille étaient troublants, cependant. Teg était-il vraiment devenu enfin prescient dans ses derniers instants? Avait-il *vu* les non-vaisseaux? Ce serait aux Maîtresses Généticiennes d'élucider le problème.

« Nous avons fait le cercle! » avait accusé Bellonda.

Elles connaissaient toutes le sens de cette expression. Cela signifiait qu'elles s'étaient repliées sur une position défensive pour affronter la longue nuit des catins.

Odrade se rendit compte qu'elle n'aimait décidément pas Bellonda ni son rire qui laissait voir ses larges dents carrées.

Elles avaient longtemps discuté à propos de l'analyse effectuée sur un prélèvement cellulaire de Sheeana. La « preuve de Siona » y était bien présente. Elle possédait les gènes ancestraux qui la rendaient indétectable par les prescients et lui permettaient de quitter le vaisseau sans créer aucun risque.

Duncan, par contre, posait un problème.

Les pensées d'Odrade s'attardèrent sur le ghola prisonnier du non-vaisseau. Elle se leva de son siège et marcha jusqu'à la fenêtre obscure pour regarder dans la direction de l'aire d'atterrissage lointaine.

Allaient-elles prendre le risque de laisser sortir Duncan de l'écran protecteur constitué par ce non-vaisseau? Les examens cellulaires montraient qu'il représentait un mélange de plusieurs gholas Idaho dont certains descendaient de Siona. Mais quelle était l'influence de l'original?

C'est impossible. Il faut qu'il reste prisonnier.

Et Murbella? Murbella qui était enceinte! Quel déshonneur pour une Honorée Matriarche...

« Les Tleilaxu m'avaient conditionné pour que je tue mon Imprégnatrice », avait déclaré Duncan.

« Vas-tu essayer de tuer cette catin? » avait interrogé Lucille

« Ce n'est pas une Imprégnatrice », avait été la réponse.

Le Conseil avait longuement discuté de la nature possible du lien qui s'était établi entre Duncan et Murbella. Lucille soutenait qu'il n'y avait aucun lien et qu'ils demeuraient des ennemis circonspects.

« Mieux vaut ne pas prendre le risque de les mettre en présence. »

Il faudrait étudier à fond les techniques sexuelles utilisées par les catins. Peut-être pouvait-on ménager une rencontre entre Murbella et Duncan à l'intérieur du non-vaisseau. C'était un risque à prendre. Assorti de mesures de protection adéquates, naturellement.

Elle songea enfin au ver qui était encore dans ıa soute. Le moment de sa métamorphose approchait. Une fosse tapissée de mélange l'attendait. Le moment venu, Sheeana l'attirerait vers la fosse qui serait en partie remplie d'eau. Les truites des sables qui en résulteraient pourraient alors commencer leur lente transformation.

Tu avais raison, père. C'est tellement simple quand on regarde les choses en face.

Inutile d'aller chercher un monde désertique pour transplanter les vers. Les truites sauraient créer toutes seules l'habitat nécessaire à Shaï-Hulud. Il n'était pas agréable de songer que la Planète du Chapitre serait un jour constituée de vastes étendues de désolation totale, mais c'était indispensable.

Le « Testament » que Miles Teg avait enregistré dans les systèmes de mémoire submoléculaire du non-vaisseau ne pouvait être ignoré. Bellonda elle-même le reconnaissait.

Le Chapitre allait devoir réviser entièrement ses archives historiques. Ce que Teg avait appris sur les Égarées — les catins de la Dispersion — demandait un regard neuf.

« On connaît rarement le nom de ceux qui sont riches et puissants. Le plus souvent, on n'a affaire qu'à leurs mandataires. L'arène politique entraîne quelques exceptions, mais ne révèle pas toute la structure du pouvoir. »

Le philosophe mentat avait fait une brèche profonde dans toutes leurs idées reçues. Ses conclusions ne cadraient pas avec la foi des Archivistes dans l'inviolabilité de leurs analyses.

Nous le savions déjà, Miles. Nous ne voulions pas l'admettre, c'est tout. Je pense que pendant plusieurs générations, nous allons être toutes occupées à fouiller dans notre Mémoire Seconde.

On ne pouvait pas faire confiance à un système fixe de stockage des données.

« Si vous détruisez la plus grande partie des documents en circulation, le temps se chargera du reste. »

Quelle n'avait pas été la rage des Archivistes en entendant la voix du Bashar proférer une telle condamnation!

« Le fait d'écrire l'histoire est en grande partie un processus de diversion. La plupart des comptes rendus historiques détournent en réalité l'attention des influences secrètes qui se sont exercées sur les événements en question. »

C'était ce passage qui avait emporté l'adhésion de Bellonda. Elle avait même renchéri : « Les quelques témoignges qui échappent à ce processus restrictif sont rapidement relégués dans l'ombre par des procédés évidents. »

Teg avait énuméré quelques-uns de ces procédés : « Détruire le plus grand nombre d'exemplaires possible. Discréditer les témoignages les plus révélateurs en les couvrant de ridicule. Les ignorer dans les centres d'enseignement. S'assurer qu'ils ne circulent pas ailleurs. Dans quelques cas extrêmes, élimination des auteurs. »

Sans mentionner le phénomène du bouc émissaire, qui a coûté la vie à plus d'un messager porteur de mauvaises nouvelles, se dit Odrade. Elle avait entendu parler d'un ancien souverain qui gardait toujours une lance à portée de la main pour transpercer ces oiseaux de sinistre augure.

« Nous possédons une bonne base d'informations pour asseoir une meilleure compréhension de notre passé », avait argumenté Odrade. « Nous n'avons jamais ignoré que ce qui était dans la balance à l'occasion de n'importe quel conflit, c'était le moyen de déterminer qui aurait la maîtrise de la matière première ou de son équivalent. »

Peut-être que ce n'étaient pas tout à fait de « nobles fins », mais cela en tiendrait lieu pour le moment.

Je suis en train d'éviter le problème central, se dit-elle.

Il allait falloir prendre une décision à propos de Duncan Idaho, et elles le savaient toutes.

En soupirant, Odrade se leva pour demander qu'on fasse venir un orni et se prépara à franchir la courte distance qui la séparait du non-vaisseau.

La prison de Duncan était, au moins, confortable, se dit-elle en entrant dans le poste de commandement que Teg avait précédemment occupé. Il y avait encore des signes de son passage ici: un petit projecteur holostat qui montrait une vue de sa demeure sur Lernaeus, avec la vieille maison austère, la pelouse immense et la rivière. Le nécessaire de couture de Teg était posé sur une petite table à proximité.

Le ghola, assis dans un fauteuil pliant, était en train de contempler la projection quand elle entra. Il leva la tête avec indifférence.

— Vous l'avez laissé mourir sans rien faire, dit-il.

— Nous avons fait ce qu'il y avait à faire. J'ai obéi à ses ordres.

— Je sais pourquoi vous êtes ici. Mais ne croyez pas que vous pouvez me faire changer d'avis. Je ne suis pas l'animal reproducteur de vos foutues sorcières. Vous avez bien compris?

Odrade lissa le bas de sa robe et s'assit au bord du lit face à Duncan.

— Avez-vous jeté un coup d'œil aux documents que nous a laissés mon père? demanda-t-elle.

— Votre père?

— Miles Teg était mon père. Je vous rapporte ses dernières paroles. Ses yeux ont été les nôtres dans les tout derniers moments. Il fallait qu'il voie la mort de Rakis. L'« esprit du premier éveil » avait compris l'importance des dépendances et des bûches maîtresses.

Voyant son air perplexe, elle expliqua :

— Nous sommes restés trop longtemps prisonniers du labyrinthe d'oracles établi par le Tyran.

Elle perçut la brusque tension de ses muscles, le mouvement du félin qui se prépare à l'attaque.

— Vous ne pourriez pas sortir vivant de ce vaisseau, dit-elle. Je pense que vous savez pourquoi.

— Siona.

— Vous représentez un danger pour nous, mais nous préférerions vous voir vivre utilement.

— Il n'est toujours pas question que je vous serve de reproducteur, et surtout pas avec cette petite morveuse qui vient de Rakis.

Odrade eut un sourire. Elle se demandait comment Sheeana réagirait à cette description.

— Vous trouvez ça drôle? demanda Duncan.

— Pas vraiment. Il nous reste l'enfant qu'aura Murbella, naturellement, Je suppose que nous devrons nous en contenter.

— Je lui ai parlé par le com. Elle est persuadée qu'elle va devenir Révérende Mère, que vous allez l'accepter au sein du Bene Gesserit.

— Et pourquoi pas? Ses cellules ont passé avec succès le test de Siona. Je suis sûre qu'elle fera une Sœur remarquable.

— Elle a réussi à vous donner le change?

— Vous voulez dire : ne nous est-il pas venu à l'idée qu'elle voulait se joindre à nous uniquement pour apprendre nos secrets avant de nous laisser tomber? Nous savons parfaitement ces choses, Duncan.

— Mais vous ne pensez pas qu'elle puisse s'échapper?

— Une fois que nous tenons quelqu'un, nous ne pouvons plus jamais le perdre vraiment.

— Vous ne croyez pas avoir perdu Dame Jessica?

— Elle nous est revenue à la fin.

— Pourquoi êtes-vous ici?

— J'ai pensé que vous aviez droit à une explication sur le véritable dessein de la Mère Supérieure. Son but était la destruction de Rakis, voyez-vous. Ce qu'elle recherchait vraiment, c'était l'élimination de la quasi-totalité des vers géants.

— Par tous les dieux d'en bas! Mais pour quelle raison?

— Ils représentaient une force prophétique qui nous maintenait en état de servitude. Ces perles de la conscience du Tyran amplifiaient son emprise. Il ne prédisait pas les événements, il les créait.

Duncan désigna l'arrière du vaisseau.

— Mais dans ce cas, pourquoi...

— Celui-là? Il est tout seul à présent. Avant qu'il se soit reproduit en nombre suffisant pour exercer à nouveau une influence quelconque, l'humanité aura progressé suffisamment pour être autonome et hors de sa portée. Nous serons trop nombreux et trop diversifiés. Aucune force ne pourra régir à elle seule notre avenir. Plus jamais.

Elle se leva. Voyant qu'il ne disait rien, elle poursuivit :

— Dans les limites qui nous sont imposées et que vous comprenez, j'en suis sûre, je serais personnellement heureuse que vous réfléchissiez au genre de vie que vous désirez mener. Je vous promets de faire tout ce que je pourrai pour vous aider.

— Pourquoi feriez-vous ça?

— Parce que mes ancêtres vous aimaient. Parce que mon père vous aimait.

— L'amour? Vous autres sorcières n'êtes même pas capables de le ressentir.

Baissant les yeux vers lui, elle le considéra en silence durant près d'une minute. Ses cheveux décolorés avaient recommencé à pousser noirs à la racine et à former des boucles, particulièrement sur sa nuque.

— Je ressens ce que je ressens, murmura-t-elle enfin. Et ton eau est la nôtre, Duncan Idaho.

Elle vit l'effet que cette apostrophe fremen avait sur lui, puis elle se détourna et se fit ouvrir la porte par les gardes.

Avant de quitter le vaisseau, elle retourna dans la soute contempler le ver géant tranquillement étendu sur son lit de sable rakien. Le hublot par où elle l'observait dominait le monstre captif de deux cents mètres environ. Odrade partagea un rire silencieux avec Taraza, dont la présence en elle était de plus en plus établie.

C'est nous qui avions raison, et Schwangyu et ses partisans avaient tort. Nous savions bien qu'il voulait sortir de là. C'était évident, après ce qu'il a fait.

Elle murmura tout haut, comme si elle parlait pour elle-même ou à l'intention des observateurs postés là pour signaler le moment où la métamorphose du ver commencerait :

— Nous connaissons ton langage, à présent.

C'était un langage sans mots, un langage fait de rythmes et de mouvements de danse adaptés à un univers de rythme et de danse. On pouvait s'exprimer dans ce langage, mais on ne pouvait pas le traduire en mots. Pour en comprendre la signification, il fallait vivre l'expérience, et même alors on voyait changer cette signification sous ses yeux. Les «nobles fins» étaient tout compte fait une expérience incommunicable. Mais lorsqu'elle regardait, comme en ce moment, le mastodonte à la peau rugueuse et insensible à la chaleur du désert rakien, Odrade ne doutait pas de ce qu'elle avait sous les yeux : la preuve tangible que les nobles fins étaient bien réelles.

Doucement, elle l'apostropha :

— Dis,vieux ver! C'était bien ça, ton dessein? Elle ne reçut pas de réponse, mais bien sûr elle ne s'était pas vraiment attendue à en recevoir une.

Achevé d'imprimer le 18 juillet 1986
sur presse CAMERON,
dans les ateliers de la S.E.P.C.
à Saint-Amand-Montrond (Cher)
pour le compte de France Loisirs

Dépôt légal : août 1986.
N° d'Éditeur : 11783. N° d'Impression : 1368.